HEN NORDEN
HS-, NARWAL-,
IN-, WALROSSCLAN
LAGER DES RABEN-CLANS
SCHLUCHT
BERG DES WELTGEISTES
EIS-KLIP-PEN
SS
ROLLHANG
ÖHLE
HÜGEL
BERGHASEN-CLAN
EIS-FLUSS
RS
SCHWAN-CLAN
DER GROSSE WALD
AUEROCHSEN-, LUCHS-, WALDPFERD-, ROTWILD-, FLEDER-MAUSCLANS
DIE HOHEN BERGE
ASSER
SHÖHLE
OCHSEN-FELS
EBER-ESCHENCLAN
HMOOR

Michelle Paver
Chronik der dunklen Wälder

Wolfsbruder
Torak – Wanderer zwischen den Welten

Michelle Paver

Chronik der dunklen Wälder

Wolfsbruder

Torak

Wanderer zwischen den Welten

Aus dem Englischen
von Katharina Orgaß
und Gerald Jung

cbj

cbj ist der Kinder- und Jugendbuchverlag
in der Verlagsgruppe Random House

FSC
Mix
Produktgruppe aus vorbildlich
bewirtschafteten Wäldern und
anderen kontrollierten Herkünften

Zert.-Nr. SGS-COC-1940
www.fsc.org
© 1996 Forest Stewardship Council

Verlagsgruppe Random House FSC-DEU-0100
Das für dieses Buch verwendete FSC-zertifizierte Papier *EOS*
liefert Salzer, St. Pölten.

Einmalige Sonderausgabe

Die Originalausgaben erschienen unter den Titeln
»Chronicles of Ancient Darkness – Wolf Brother« und
»Chronicles of Ancient Darkness – Spirit Walker«
bei Orion Children's Books, London.

Übersetzung: Katharina Orgaß und Gerald Jung
Lektorat: Carola Henke
Umschlagillustration: Dieter Wiesmüller
Innenillustrationen: Geoff Taylor
Umschlaggestaltung: Basic-Book-Design, Karl Müller-Bussdorf
AR · Herstellung: WM
Satz: Uhl + Massopust, Aalen
Druck: GGP Media GmbH, Pößneck
ISBN: 978-3-570-13294-4
Printed in Germany

www.cbj-verlag.de

Inhalt

Wolfsbruder

Kapitel 1

TORAK ERWACHTE MIT einem Ruck und stellte erschrocken fest, dass er doch eingeschlafen war.

Das Feuer war heruntergebrannt. Er duckte sich in den trügerischen Schutz des Lichtscheins und spähte ins unheimliche Dunkel des Großen Waldes. Er konnte nichts sehen. Er konnte nichts hören. War er zurückgekommen? War er dort draußen und belauerte ihn mit mordlustig funkelnden Augen?

Torak hatte Hunger und fror. Er wusste, dass er dringend etwas essen musste, dass ihm der Arm wehtat und seine Augen vor Müdigkeit brannten, aber er konnte es nicht richtig *spüren*. Die ganze Nacht hatte er die zerstörte Hütte aus Fichtenzweigen bewacht und zugesehen, wie sein Vater verblutete. Wie konnte so etwas geschehen?

Erst gestern – *gestern* – hatten sie hier in der herbstlich blauen Abenddämmerung ihr Lager aufgeschlagen. Torak hatte einen Scherz gemacht und sein Vater hatte gelacht. Dann war urplötzlich der Wald über sie hereingebrochen.

Raben krächzten. Kiefern knackten. Und aus dem Dunkel unter den Bäumen sprang etwas noch Dunkleres – ein riesiges Scheusal in Bärengestalt.

Plötzlich war der Tod über ihnen. Wirbelnde Klauen. Ohrenbetäubendes Gebrüll. Im Nu hatte das rasende Tier die Hütte zertrümmert. Im Nu hatte es Toraks Vater eine klaffende Wunde in die Seite gerissen. Dann war es lautlos wie Nebel im Wald verschwunden.

Aber was war das für ein Bär, der einen Menschen anfiel und wieder verschwand, ohne sein Opfer zu töten? Was für ein Bär *spielte* nur mit seiner Beute?

Und wo war er jetzt?

Torak konnte nicht über den Lichtkreis des Feuers hinaussehen, aber er wusste, dass die gesamte Lichtung verwüstet war, voller geknickter Schösslinge und zertrampeltem Farn. Es roch nach Kiefernblut und zerwühlter Erde. Dreißig Schritt entfernt hörte er den Bach kummervoll strudeln und murmeln. Der Bär konnte überall sein.

Sein Vater stöhnte. Er öffnete mühsam die Augen und sah seinen Sohn an, ohne ihn zu erkennen.

Torak stockte das Herz. »Ich … ich bin es«, stotterte er. »Wie geht es dir?«

Das hagere braun gebrannte Gesicht seines Vaters verkrampfte sich vor Schmerzen. Seine Wangen waren aschgrau und die Clantätowierung hob sich bläulich davon ab. Sein langes dunkles Haar war schweißverklebt.

Die Wunde war so tief, dass Torak das Gedärm des Vaters im Flammenschein schimmern sah, als er ungeschickt versuchte, die Blutung mit Bartflechten zu stillen. Er musste die Zähne zusammenbeißen, um sich nicht zu übergeben. Hoffentlich merkte Fa nichts – aber Fa war Jäger. Ihm entging nichts.

»Torak…«, flüsterte er, streckte die heißen Finger aus und umklammerte Toraks Hand so fest wie ein kleines Kind. Torak schluckte. So klammerte sich ein Sohn an die Hand des Vaters, nicht umgekehrt.

Torak riss sich zusammen, wollte ein Mann sein, kein Kind. »Ich hab noch ein paar Schafgarbenblätter«, sagte er und tastete mit der freien Hand nach seinem Medizinbeutel. »Vielleicht hilft das gegen…«

»Behalt sie. Du blutest auch.«

»Es tut nicht weh«, log Torak. Der Bär hatte ihn gegen eine Birke geschleudert und dabei hatte er sich die Rippen geprellt und den linken Unterarm aufgeschürft.

»Geh, Torak. Jetzt. Bevor er wiederkommt.«

Torak starrte seinen Vater an. Er öffnete den Mund, aber es kam kein Laut heraus.

»Du musst gehen«, sagte sein Vater.

»Nein. *Nein.* Ich kann nicht…«

»Ich sterbe, Torak. Bis die Sonne aufgeht, bin ich tot.«

Torak griff nach dem Medizinbeutel. In seinen Ohren rauschte es. »Fa…«

»Bereite mich… auf die Todesreise vor. Dann pack deine Sachen.«

Die Todesreise. Nein. Nein.

Doch die Miene des Vaters war unerbittlich. »Meinen Bogen«, fuhr er fort. »Drei Pfeile. Du… behältst die übrigen. Dort, wo ich hingehe… macht das Jagen keine Mühe.«

Toraks Beinleder war am Knie zerrissen. Er bohrte den Daumennagel in die Haut. Es tat weh. Er konzentrierte sich mit aller Macht auf den Schmerz.

»Essen«, keuchte sein Vater. »Das Räucherfleisch. Nimm dir… alles.«

Toraks Knie blutete jetzt. Er grub den Fingernagel noch

fester hinein. Er wollte sich nicht vorstellen, wie sein Vater auf die Todesreise ging. Er wollte sich nicht vorstellen, wie er allein im Wald zurückblieb. Er zählte erst zwölf Sommer. Allein konnte er nicht überleben. Er wusste nicht, wie.

»Torak! Mach schon!«

Heftig blinzelnd nahm Torak seines Vaters Waffen und legte sie neben den Verwundeten. Er zählte die Pfeile ab und stach sich dabei an den scharfen Feuersteinspitzen. Dann schulterte er Köcher und Bogen und suchte in den Resten der Hütte nach seiner kleinen Axt aus schwarzem Basalt. Seine aus Haselnussruten geflochtene Rückentrage war beim Angriff des Bären kaputtgegangen. Er musste die Sachen in sein Wams stecken oder an seinen Gürtel binden.

Dann zog er seinen Schlafsack aus Rentierfell zu sich heran.

»Nimm meinen«, sagte sein Vater leise. »Du hast deinen ... immer noch nicht geflickt. Und tausch ... mit mir das Messer.«

Torak war entsetzt. »Ich will dein Messer nicht! Du brauchst es doch noch!«

»Du brauchst es nötiger. Und es gefällt mir, etwas von dir mit auf die ... Todesreise zu nehmen.«

»Bitte, Fa! Du darfst nicht ...«

Ein Zweig knackte.

Torak fuhr herum.

Die Dunkelheit war undurchdringlich. Alle Schatten sahen aus wie Bären.

Kein Wind.

Kein Vogelgezwitscher.

Nur das knisternde Feuer und sein hämmernder Puls. Der ganze Wald hielt den Atem an.

Sein Vater leckte sich den Schweiß von den Lippen. »Noch

ist er nicht da. Aber bald. Bald kommt er mich holen… Rasch. Die Messer.«

Torak wollte nicht mit seinem Vater das Messer tauschen. Das hatte so etwas Endgültiges. Aber der Vater sah ihn mit einem Blick an, der keinen Widerspruch duldete.

Torak biss die Zähne so fest zusammen, dass es wehtat, holte sein Messer heraus und gab es seinem Vater in die Hand. Dann band er die Lederscheide von seines Vaters Gürtel los. Fas Waffe war schön und tödlich, die Klinge aus gebändertem blauem Schiefer war wie ein Weidenblatt geformt, und das Heft aus Hirschgeweih war mit Elchsehnen umwickelt, damit man nicht abrutschte. Als Torak es betrachtete, traf ihn die Wahrheit wie ein Faustschlag – er bereitete sich darauf vor, ohne Fa zurechtzukommen. »Ich lass dich nicht allein!«, rief er. »Ich kämpfe mit ihm. Ich …«

»Nein! Mit diesem Bären wird niemand fertig!«

Raben flatterten auf.

Torak hielt unwillkürlich den Atem an.

»Hör zu«, keuchte sein Vater. »Du weißt, dass Bären… alle Bären… die stärksten Jäger im ganzen Wald sind. Aber dieser Bär… ist noch *viel* stärker.«

Torak lief es kalt den Rücken herunter. Er schaute seinem Vater in die Augen, sah die roten Äderchen und die unergründlichen schwarzen Pupillen. »Wie meinst du das?«, flüsterte er. »Was …«

»Er ist… besessen.« Fas Gesicht war so verzerrt, dass es kaum wiederzuerkennen war. »Ein… Dämon… aus der Anderen Welt… ist in ihn gefahren und macht ihn so böse.«

Die Glut knisterte. Die Bäume beugten sich lauschend vor.

»Ein *Dämon*?«, wiederholte Torak.

Sein Vater schloss die Augen und sammelte neue Kraft.

»Er lebt nur, um zu töten«, brachte er schließlich heraus. »Je öfter er tötet... desto stärker wird er. Er vernichtet... alles. Das Wild. Die Sippen. Alle müssen sterben. Der ganze Wald muss sterben...«, er brach ab. »Nur noch ein Mond... dann ist es zu spät. Dann ist der Dämon... zu mächtig.«

»Ein Mond? Aber was...«

»Denk nach, Torak! Du weißt, wenn das rote Auge am höchsten steht, sind die Dämonen am mächtigsten. Dann ist der Bär... unbesiegbar.« Er rang nach Luft. Im Schein der Glut sah Torak die große Ader an seinem Hals. Sie pochte immer schwächer. »Du musst... mir etwas versprechen«, keuchte Fa.

»Alles, was du willst.«

Fa schluckte. »Geh nach Norden. Viele Tagesmärsche. Suche... den Berg... des Weltgeistes.«

Torak sah seinen Vater entsetzt an. *Was soll ich?*

Der Vater öffnete die Augen und schaute in das Blätterdach über seinem Kopf, als erblickte er dort etwas, das nur er sah. »Such ihn«, wiederholte er. »Es ist unsere einzige Hoffnung.«

»Aber... niemand weiß, wo der Berg ist. Niemand hat ihn je gefunden.«

»Du findest ihn.«

»Wie soll ich ihn finden? Ich weiß doch nicht...«

»Dein Gefährte... zeigt dir den Weg.«

Torak war verwirrt. So hatte sein Vater noch nie gesprochen. Er war ein nüchterner Mann, ein Jäger. »Ich verstehe kein Wort!«, rief er aus. »Was für ein Gefährte? Warum muss ich den Berg suchen? Weil ich dort in Sicherheit bin? Vor dem Bären? Ist das der Grund?«

Langsam wandte Fa den Blick, bis er seinem Sohn ins Gesicht sah. Er schien zu überlegen, wie viel Torak verkraften konnte. »Du bist … zu jung«, seufzte er. »Ich dachte, mir bliebe mehr Zeit. Es gibt so vieles, was ich dir noch nicht erklärt habe. Bitte … bitte hasse mich nicht eines Tages deswegen.«

Torak starrte ihn entsetzt an. Dann sprang er auf. »Ich schaffe es nicht allein. Soll ich nicht lieber loslaufen und …«

»Nein«, sagte sein Vater ungewöhnlich streng. »Dein ganzes Leben lang habe ich dich von anderen fern gehalten. Sogar … vom Wolfsclan, unserer eigenen Sippe. Geh ihnen aus dem Weg! Wenn sie herausfinden … was du vermagst …«

»Was meinst du damit? Ich verstehe nicht …«

»Zu spät«, unterbrach ihn der Vater. »Schwöre jetzt. Auf mein Messer. Schwöre bei deinem Leben, dass du den Berg suchst, und wenn es dein Tod ist.«

Torak biss sich fest auf die Unterlippe. Durch die Baumkronen im Osten drang graues Licht. Noch nicht, dachte er verzweifelt. *Bitte noch nicht.*

»Schwöre!«, röchelte der Vater.

Torak kniete sich hin und hob das Messer auf. Es war schwer … das Messer eines Erwachsenen, zu groß für ihn. Unbeholfen berührte er mit der Klinge erst seine Armwunde, dann den Fellstreifen, der auf die Schulter seines Wamses genäht war. Das Fell stammte vom Wolf, dem Totemtier seiner Sippe. Mit schwankender Stimme sprach er den Schwur: »Ich schwöre beim Blut auf dieser Klinge und bei allen meinen drei Seelen … den Berg des Weltgeistes zu suchen, und wenn es mein Tod ist.«

Sein Vater atmete erleichtert aus. »Gut … Gut. Jetzt … mal mir die Todeszeichen auf. Beeil dich. Der Bär … ist bald da.«

In Toraks Augen brannten salzige Tränen. Wütend wischte er sie weg. »Ich habe keinen Ocker«, nuschelte er.

»Nimm … meinen.«

Blinzelnd kramte Torak nach dem aus einer Geweihsprosse gefertigten kleinen Medizinhorn, das einst seiner Mutter gehört hatte. Mit tränenblinden Augen zog er den Pfropfen aus dunkler Eichenrinde heraus und schüttete sich das rote Pulver in die gewölbte Hand.

Plötzlich hielt er inne. »Ich kann das nicht.«

»O doch. Tu's für mich.«

Torak spuckte in seine Hand und vermengte Pulver und Speichel zu einer klebrigen Paste, dem dunkelroten Blut der Erde. Dann machte er sich daran, seinem Vater die kleinen Kreise aufzumalen, mit deren Hilfe die Seelen einander nach dem Tod wiederfanden.

Erst zog er dem Vater behutsam die Biberfellstiefel aus und malte ihm auf jede Ferse einen Kreis als Zeichen für die Namensseele. Dann malte er ihm für die Clanseele einen Kreis über das Herz. Das war nicht ganz einfach, denn Fas Brust war von einer alten Verwundung voller Narben, und Torak brachte nur eine schiefe Eiform zustande, die ihren Zweck hoffentlich trotzdem erfüllte.

Das wichtigste Zeichen kam zum Schluss, der Kreis auf der Stirn für Nanuak, die Weltseele. Als er damit fertig war, kämpfte er mit den Tränen.

»So ist's gut«, sagte sein Vater leise. Aber Torak sah bestürzt, dass die Ader an seinem Hals kaum noch pochte.

»Du darfst nicht sterben!«, rief er flehend.

Sein Vater betrachtete ihn voller Schmerz und Sehnsucht.

»Ich lass dich nicht allein, Fa. Ich …«

»Du hast einen Eid geschworen, Torak.« Der Vater schloss die Augen wieder. »Also. Behalte … das Medizinhorn. Ich brauche es nicht mehr. Pack deine Sachen. Lauf zum Fluss und hol mir Wasser. Und dann … geh.«

Ich weine *nicht*!, nahm sich Torak vor, als er den Schlafsack des Vaters zusammenrollte und sich auf den Rücken band, seine Axt in den Gürtel schob und den Medizinbeutel in sein Wams steckte.

Er stand auf und griff nach dem Wassersack, aber der war völlig zerfetzt. Er musste das Wasser in ein Blutampferblatt schöpfen. Als er aufbrechen wollte, rief ihn sein Vater leise beim Namen.

Er drehte sich um. »Ja, Fa?«

»Denk dran. Wenn du jagen gehst, schau immer hinter dich. Das habe ich … dir schon so oft gesagt.« Er lächelte schief. »Du … vergisst es jedes Mal. Schau immer hinter dich, hörst du?«

Torak nickte. Er zwang sich zurückzulächeln. Dann stapfte er durchs nasse Farnkraut zum Fluss hinunter.

Es wurde heller, die Luft roch frisch und süß. Die Bäume ringsum bluteten, goldenes Kiefernblut sickerte aus den Wunden, die der Bär den Stämmen geschlagen hatte. In der Morgenbrise hörte man die Baumgeister leise klagen.

Unten am Fluss zogen Nebelschwaden über den Farn, Weidenbäume tauchten ihre Finger ins kalte Wasser. Torak sah sich rasch um, dann pflückte er ein Ampferblatt und ging ans Ufer. Seine Stiefel sanken in den weichen roten Boden ein.

Er blieb wie angewurzelt stehen.

Direkt neben seinem rechten Fuß war eine Bärenspur. Der Abdruck einer Vorderpfote, doppelt so groß wie sein eigener Kopf und noch so frisch, dass sich die Löcher dort, wo sich die tückischen langen Klauen tief in den Lehm gebohrt hatten, scharf umrissen abzeichneten.

Schau hinter dich, Torak.

Er fuhr herum.

Weiden. Erlen. Tannen.

Kein Bär.

Er erschrak, als sich neben ihm ein Rabe auf einem Ast niederließ. Der Vogel legte unbeholfen die schwarzen Flügel an und heftete ein rundes schwarzes Auge auf ihn. Dann ruckte er mit dem Kopf, krächzte und flog davon.

Es kam Torak vor, als wollte ihm der Vogel etwas zeigen. Er blickte ihm nach.

Dunkle Eiben. Tropfnasse Fichten. Dicht. Undurchdringlich.

Aber höchstens zehn Schritt entfernt, bewegten sich Zweige im Dickicht. Da war etwas. Etwas sehr Großes.

Torak versuchte, die Ruhe zu bewahren und nachzudenken, aber sein Kopf fühlte sich vor lauter Angst ganz leer an.

Das Gefährliche an Bären ist, dass sie sich so leise wie ein Lufthauch bewegen können, sagte sein Vater immer. *Ein Bär kann zehn Schritt neben einem lauern, ohne dass man es merkt. Gegen einen Bären kann man sich nicht wehren. Er ist schneller. Er kann besser klettern. Allein wird man nicht mit ihm fertig. Man kann ihn nur beobachten und versuchen, ihm klar zu machen, dass man weder Feind noch Beute ist.*

Torak zwang sich, ganz still zu stehen. Nicht weglaufen. Nicht weglaufen. Vielleicht hat er dich nicht bemerkt.

Ein dumpfes Fauchen. Wieder bewegten sich die Zweige.

Er hörte es rascheln, als sich das Tier der Hütte näherte, wo sein Vater lag. Er blieb reglos stehen, als es an ihm vorbeitappte. Feigling!, schalt er sich stumm. Du versuchst ja nicht mal, Fa zu beschützen!

Aber was kannst du schon machen?, widersprach die leise Stimme der Vernunft. Fa hat gewusst, dass es so kommen würde. Deshalb hat er dich zum Fluss geschickt. Er hat gewusst, dass ihn der Bär holen kommt…

»Torak!«, hörte er den Vater schreien. *»Lauf!«*

Krähenschwärme stoben krächzend auf. Ein Gebrüll erschütterte den Wald, ein nicht enden wollendes Gebrüll, von dem Torak schier der Schädel platzte.

»Fa!«, schrie er gellend.

»Lauf!«

Noch einmal bebte der Wald. Noch einmal hörte er seinen Vater rufen, dann verstummte er jäh.

Torak biss sich auf die Faust.

Zwischen den Bäumen erspähte er in den Trümmern der Hütte einen großen schwarzen Schatten.

Dann drehte er sich um und rannte los.

Kapitel 2

Torak stürmte durchs Erlendickicht und versank bis zu den Knien im Morast. Die Birken verständigten sich flüsternd über den Eindringling. Stumm beschwor er sie, dem Bären nichts zu verraten.

Sein verletzter Arm brannte, und seine Rippen schmerzten bei jedem Atemzug, aber er traute sich nicht, stehen zu bleiben. Der Wald war voller Augen. Er stellte sich vor, wie ihn der Bär verfolgte. Er rannte weiter.

Er scheuchte einen jungen Keiler auf, der nach Knollenkümmel grub, und grunzte eine Entschuldigung, damit das Tier nicht auf ihn losging. Der Keiler antwortete mit einem übellaunigen Schnauben und ließ ihn ziehen.

Ein Vielfraß knurrte *Verschwinde!*, als er vorbeilief, und er knurrte so wütend zurück, wie er konnte, denn bei Vielfraßen musste man sehr bestimmt sein. Dieser hier kam jedenfalls zu dem Schluss, dass Torak es ernst meinte, und floh auf einen Baum.

Im Osten war der Himmel wolfsgrau. Ferner Donner

grollte. Das Licht vor dem Gewitter färbte die Bäume leuchtend grün. Im Gebirge gibt es Regen, ging es Torak durch den Kopf. Gib auf Sturzbäche Acht.

Auf diesen Gedanken konzentrierte er sich, um seine Angst zu vergessen. Es gelang ihm nicht. Er rannte weiter.

Irgendwann war er außer Atem und musste Halt machen. Unter einer Eiche ließ er sich auf den Boden fallen. Als er den Kopf hob und in das flirrende grüne Blätterdach emporblickte, hörte er den Baum vor sich hin murmeln, doch er ließ den Jungen nicht an seinen Geheimnissen teilhaben.

Zum ersten Mal in seinem Leben war Torak ganz allein. Er fühlte sich nicht mehr als Teil des Waldes. Er hatte das Gefühl, als hätte seine Weltseele ihre Verbindung zu allem Lebendigen durchtrennt – zu Baum und Vogel, Jäger und Wild, Fluss und Fels. Niemand und nichts auf der ganzen Welt wusste, wie es ihm erging, und es wollte auch niemand wissen.

Der schmerzende Arm riss ihn aus seinen Gedanken. Er holte den letzten Rest Birkenbast aus dem Medizinbeutel und wickelte ihn um die Wunde. Dann stand er auf und sah sich um.

In diesem Teil des Waldes war er aufgewachsen. Hier kannte er jeden Hang, jede Lichtung. Durch das Tal im Westen floss das Rotwasser. Für Kanus war es zu seicht, aber wenn im Frühjahr die Lachse vom Meer heraufkamen, konnte man dort gut angeln. Am östlichen Rand des Großen Waldes lag ein weites, sonniges Gehölz, in dem sich das Wild im Herbst dick und rund fraß und wo es Beeren und Nüsse im Überfluss gab, und im Süden war das Hochmoor, wo die Rentiere im Winter Moos ästen.

Fa sagte immer, das Beste an diesem Teil des Waldes sei,

dass kaum andere Menschen herkamen. Höchstens ab und zu die sonderbaren Leute vom Weidenclan, der am Meer im Westen lebte, oder Angehörige des Natternclans aus dem Süden, aber keiner ließ sich hier für längere Zeit nieder. Sie zogen lediglich vorüber, jagten, was sie benötigten, wie es alle Bewohner des Großen Waldes taten, und keiner ahnte, dass hier auch Fa und Torak ihr Jagdrevier hatten.

Torak hatte nie darüber nachgedacht, warum das so war. So hatte er schon immer gelebt: allein mit Fa und fern aller Sippen. Doch jetzt sehnte er sich zum ersten Mal nach anderen Menschen. Er hätte gern laut gerufen, um Hilfe geschrien.

Aber Fa hatte ihm dringend davon abgeraten.

Außerdem konnte ihn der Bär dann hören.

Der Bär.

Panische Angst ergriff ihn. Er kämpfte sie nieder. Er holte tief Luft, dann lief er in nördlicher Richtung weiter, diesmal in gleichmäßigem Trab.

Im Laufen las er die Tierfährten. Elchhufe. Auerochsenkot. Hörte ein Waldpferd im Farn rascheln. Der Bär hatte die anderen Tiere nicht verscheucht. Jedenfalls bis jetzt nicht.

Hatte sich sein Vater geirrt? Hatte der nahende Tod seinen Geist verwirrt?

»Dein Vater ist verrückt!«, hatten die anderen Kinder gehöhnt, als Fa und er vor fünf Sommern am allsommerlichen Sippentreffen an der Küste teilgenommen hatten. Es war Toraks allerersten Sippentreffen und es war schrecklich gewesen. Fa hatte ihn nie wieder mitgenommen.

»Es heißt, ein Geist hat ihm seinen Atem eingeblasen«, hatten die Kinder gespottet. »Deshalb hat er seine Sippe verlassen und lebt allein.«

Der damals siebenjährige Torak war außer sich geraten. Er hätte eine Prügelei angezettelt, wenn sein Vater nicht vorbeigekommen wäre und ihn weggezerrt hätte. »Kümmere dich nicht um sie, Torak«, hatte Fa lachend gesagt. »Das ist dummes Zeug.«

Er hatte wie immer Recht gehabt.

Auch was den Bären anging?

Vor ihm lag eine Lichtung. Er stolperte ins Sonnenlicht und Aasgeruch schlug über ihm zusammen.

Schwankend blieb er stehen.

Der Bär hatte die Waldpferde wie zerbrochenes Spielzeug fallen lassen. Kein Aasfresser hatte sich an die Kadaver herangetraut. Nicht einmal Fliegen hatten sich darauf niedergelassen.

Torak hatte noch nie gesehen, dass ein Bär seine Beute so zurichtete. Ein gewöhnlicher Bär zieht seinem Opfer erst ein Stück Fell ab, macht sich dann über die Eingeweide und den hinteren Teil her und versteckt den Rest der Beute für später. Wie jedem Jäger ist ihm Vergeudung fremd. Dieser Bär dagegen hatte von jedem Pferd nur einen einzigen Bissen gefressen. Er hatte nicht aus Hunger, sondern zum Vergnügen getötet.

Vor Torak lag ein totes Fohlen. Seine kleinen Hufe waren vom letzten Mal, als es am Fluss seinen Durst gestillt hatte, noch schlammverkrustet. Torak wurde übel. Was war das für eine Kreatur, die eine ganze Herde abschlachtete? Welches Tier tötete zum bloßen Vergnügen?

Wieder sah er die Augen des Bären vor sich, in die er einen angstvollen Atemzug lang geblickt hatte. Solche Augen hatte er noch nie gesehen. Vernichtender Zorn und unbändiger Hass auf alles Lebendige hatten darin gestanden. Die wütende, brennende Wirrnis der Anderen Welt.

Sein Vater hatte doch Recht gehabt. Das war kein Bär. Es war ein Dämon. Er würde so lange töten, bis der ganze Wald tot war.

Mit diesem Bären wird niemand fertig, hatte Fa gesagt. Hieß das, der Wald war dem Untergang geweiht? Und wieso musste ausgerechnet er, Torak, den Berg des Weltgeistes suchen? Jenen Berg, den noch nie jemand zu Gesicht bekommen hatte?

Dein Gefährte zeigt dir den Weg, hörte er den Vater sagen.

Wie? Und wann?

Torak verließ die Lichtung und lief im Schutz der Bäume weiter.

Er lief und lief. Er lief, bis er seine Beine nicht mehr spürte. Als er an einen bewaldeten Abhang kam, konnte er nicht mehr weiter. Völlig außer Atem, blieb er stehen und stützte keuchend die Hände auf die Knie.

Plötzlich hatte er furchtbaren Hunger. Er tastete nach seinem Vorratsbeutel und stöhnte enttäuscht auf. Der Beutel war leer. Erst jetzt fielen ihm die ordentlich gebündelten Streifen Räucherfleisch wieder ein, die er in der Hütte hatte liegen lassen.

Torak, du Dummkopf! Machst schon am ersten Tag, an dem du allein bist, alles falsch.

Allein.

Das konnte nicht sein. Fa konnte ihn nicht einfach verlassen haben und nie mehr zurückkommen!

Erst nach einer Weile nahm er das leise Maunzen wahr, das von der anderen Seite des Hügels an sein Ohr drang.

Da, schon wieder. Ein Tierjunges rief nach seiner Mutter.

Sein Herz machte einen Satz. Dank sei dem Geist! Eine leichte Beute. Bei dem Gedanken an frisches Fleisch knurrte ihm der Magen. Um was für ein Tier es sich handelte, kümmerte ihn nicht. Er hatte solchen Heißhunger, dass er sogar eine Fledermaus verspeist hätte.

Torak ließ sich auf den Bauch fallen und kroch zwischen den Birken hindurch bis zur Hügelkuppe.

Unter sich sah er eine schmale Rinne, durch die ein kleiner Fluss gurgelte. Torak erkannte ihn wieder. Es war das Flinkwasser. Im Sommer hatten Fa und er oft ein Stück weiter westlich ihr Lager aufgeschlagen und Lindenrinde gesammelt, aus der man Seile fertigen konnte. Diese Stelle kam ihm allerdings fremd vor. Dann begriff er, warum.

Vor nicht allzu langer Zeit war ein Sturzbach vom Gebirge herabgekommen. Inzwischen war das Wasser wieder abgelaufen und hatte nasses, zerzaustes Unterholz und grasverklebte Schösslinge hinterlassen. Auch die Wolfshöhle am gegenüberliegenden Ufer war zerstört. Die beiden ertrunkenen Wölfe am Fuß eines mächtigen roten Felsens, der wie ein schlafender Auerochse aussah, glichen triefnassen Fellumhängen. Daneben dümpelten in einer Pfütze drei tote Welpen.

Der vierte hockte zitternd daneben.

Das Wolfsjunge musste etwa drei Monde alt sein. Es war mager und klatschnass und stieß unablässig leise, lang gezogene Klagelaute aus.

Torak zuckte zusammen. Das Gewinsel versetzte ihn urplötzlich in eine andere Umgebung. Schwarzes Fell. Warme Dunkelheit. Nahrhafte Milch. Die Mutter leckte ihn sauber. Kleine, spitze Klauen und weiche, feuchte Schnauzen. Flaumige Welpen kletterten über ihn hinweg – er war der Jüngste im Wurf.

Das Gesicht, das Torak heimsuchte, war so quicklebendig wie ein Blitz. Was hatte es zu bedeuten?

Er griff nach seines Vaters Messer. Es ist nicht wichtig, was es bedeutet, ermahnte er sich. Gesichte machen nicht satt. Wenn du diesen Welpen nicht isst, bist du bald zu schwach zum Jagen. Und wenn man kurz vor dem Verhungern ist, darf man auch das Totemtier der eigenen Sippe töten.

Der Welpe hob den Kopf und jaulte ängstlich.

Torak lauschte – *und verstand ihn.*

Er konnte es sich nicht erklären, aber er erkannte die hohen, schwankenden Töne wieder. Ihre Abfolge war ihm seltsam vertraut.

Das kann nicht sein, dachte er.

Wieder lauschte er dem Jaulen, spürte die Laute in sein Bewusstsein tropfen.

Warum spielt ihr nicht mit mir?, fragte der Welpe das tote Rudel. *Was hab ich denn jetzt wieder angestellt?*

Ein ums andere Mal. Etwas erwachte in Torak. Seine Nackenmuskeln spannten sich. Tief in seiner Kehle bildete sich eine Antwort. Er verspürte das Bedürfnis, den Kopf in den Nacken zu legen und in Geheul auszubrechen.

Was war das? Er war sich selber fremd. Er war kein Junge mehr, kein Sohn, kein Mitglied des Wolfsclans – jedenfalls *nicht nur*. Er war auch ein Wolf.

Ein kühler Windhauch ließ ihn frösteln.

Im gleichen Augenblick hörte der Welpe zu jaulen auf und wandte sich nach ihm um. Sein Blick war verschwommen, aber er spitzte die großen Ohren und witterte. Er hatte Torak gerochen.

Torak blickte auf das kleine, verängstigte Tier herab und verbot sich jegliches Mitleid.

Er zog das Messer aus dem Gürtel und ging entschlossen den Hang hinunter.

Kapitel 3

Der kleine Wolf begriff *gar nichts mehr*.

Er hatte eben die Anhöhe über dem Bau erkundet, als das Flinke Nass angebraust kam, und jetzt lagen seine Mutter, sein Vater und seine Geschwister im Schlamm – *und taten so, als wäre er überhaupt nicht da*.

Schon lange vor dem Hell hatte er sie immer wieder angestupst und in die Schwänze gezwickt, aber sie wollten sich einfach nicht rühren. Sie gaben keinen Laut von sich und rochen sonderbar nach Beute. Nicht die Art Beute, die vor einem weglief, sondern die Beute Ohn-Hauch, die man sofort fressen konnte.

Der Welpe war nass, durchgefroren und schrecklich hungrig. Vergeblich hatte er immer wieder seiner Mutter die Mundwinkel geleckt und sie angebettelt, etwas Futterbrei auszuwürgen. Was hatte er denn diesmal angestellt?

Er wusste ja, dass er das ungezogenste Junge vom ganzen Wurf war. Andauernd wurde er ausgeschimpft, aber er konnte nicht anders, er war einfach zu neugierig auf alles

Unbekannte. Deshalb fand er es ein bisschen ungerecht, dass man ihn jetzt, wo er ein braver Welpe war und in der Nähe der Höhle blieb, einfach nicht mehr beachtete.

Er tapste zu der Pfütze, in der seine Geschwister lagen, und läpperte ein paar Schlucke Stilles Nass. Es schmeckte ihm nicht.

Er fraß ein Grasbüschel und ein paar Spinnen.

Er überlegte, was er sonst noch machen sollte.

Er bekam es mit der Angst zu tun. Er warf den Kopf in den Nacken und heulte. Das munterte ihn ein wenig auf, denn es erinnerte ihn an die vielen Male, wo er herzhaft ins Geheul seines Rudels eingestimmt hatte.

Als er gerade richtig in Stimmung gekommen war, unterbrach er sich. Es roch nach Wolf.

Vor Hunger etwas wackelig auf den Beinen, fuhr er herum. Er stellte die Ohren auf und witterte. Ja. *Wolf.* Er hörte ihn raschelnd den Abhang am anderen Ufer des Flinken Nass herunterkommen. Er roch, dass es ein männlicher Halbwüchsiger war, der nicht seinem Rudel angehörte.

Aber irgendetwas war an ihm merkwürdig. Er roch zugleich nach Wolf und Nicht-Wolf. Er roch nach Ren und Hirsch und Biber und außerdem nach frischem Blut – und nach etwas anderem, das er noch nicht kannte.

Sehr merkwürdig. Außer – *außer* – es bedeutete, dass der Nicht-Wolf-Wolf in Wahrheit ein Wolf war, der ganz viel verschiedenes Wild gefressen hatte und jetzt ihm, dem Welpen, Futter brachte!

Zitternd vor Gier, wedelte der Welpe mit dem Schwanz und jaulte eine freudige Begrüßung.

Der fremde Wolf blieb stehen. Dann lief er weiter. Der Welpe konnte ihn nicht richtig erkennen, denn seine Augen waren noch nicht so gut ausgebildet wie seine Ohren und seine Nase, aber als der Neuankömmling jetzt durch das Flinke Nass platschte, sah man, dass es in der Tat ein *äußerst* merkwürdiger Wolf war.

Er ging auf den Hinterbeinen. Das Fell auf seinem Kopf war schwarz und so lang, dass es ihm auf die Schultern fiel. Und das Allermerkwürdigste war, *dass er keinen Schwanz hatte*!

Dennoch hörte er sich wölfisch an. Er gab leise, freundliche Jaul- und Kläfflaute von sich, die sich ein bisschen anhörten wie: *Ist schon gut, ich bin ein Freund.* Das beruhigte den Welpen, auch wenn der Fremde die höchsten Töne ausließ.

Trotzdem stimmte etwas nicht. Die freundlichen Laute hatten etwas Lauerndes. Außerdem grinste der fremde Wolf zwar, aber der Welpe spürte, dass er es nicht ehrlich meinte.

Das Wilkommensjaulen des Welpen wurde zum Winseln. *Bist du hinter mir her? Warum?*

Nein, nein, erwiderte das freundliche und zugleich nichtfreundliche Jaulen und Kläffen.

Dann verstummte der fremde Wolf und näherte sich in bedrohlicher Stille.

Der Welpe, der zum Weglaufen zu schwach war, wich zurück.

Der fremde Wolf machte einen Satz, packte den Welpen am Nackenfell und hob ihn hoch.

Der Welpe wedelte schwach mit dem Schwanz, um den Fremden milde zu stimmen.

Der fremde Wolf hob die andere Vorderpfote und bohrte dem Welpen eine riesige Klaue in den Bauch.

Der Welpe winselte. Er bleckte ängstlich grinsend die Zähne und klemmte den Schwanz ein.

Aber auch der fremde Wolf hatte Angst. Seine Vorderpfoten bebten, er schluckte und entblößte ebenfalls die Zähne. Der Welpe spürte Einsamkeit, Unsicherheit und Schmerzen.

Plötzlich schluckte der fremde Wolf noch einmal und zog die große Klaue mit einem Ruck zurück. Dann ließ er sich in den Schlamm plumpsen und drückte den Welpen an sich.

Der junge Wolf beruhigte sich wieder. Unter dem merkwürdig haarlosen Fell, das eher nach Nicht-Wolf als nach Wolf roch, machte es beruhigend Bumbum, wie bei seinem Vater, wenn er auf ihn draufkrabbelte, um ein Schläfchen zu halten.

Der Welpe entwand sich dem Griff des Fremden, legte ihm die Vorderpfoten auf die Brust und richtete sich auf den Hinterbeinen auf. Dann leckte er dem fremden Wolf die Mundwinkel.

Der fremde Wolf schubste ihn ärgerlich weg, sodass er auf den Rücken fiel. Aber er ließ sich nicht abschrecken, setzte sich auf und sah zu dem Fremden hoch.

Was für ein komisches, flaches, fellloses Gesicht! Die Lefzen waren nicht schwarz wie bei jedem anständigen Wolf, sondern blass, und die Ohren ebenfalls – *und sie bewegten sich noch nicht mal*! Die Augen aber waren silbergrau und leuchteten wie richtige Wolfsaugen.

Zum ersten Mal, seit das Flinke Nass gekommen war, fühlte sich der Welpe etwas wohler. Er hatte einen neuen Rudelgefährten gefunden.

*

Torak hätte sich vor Wut in den Hintern beißen können. Warum hatte er den Welpen nicht getötet? Was sollte er jetzt essen?

Der Kleine stupste ihm die Schnauze in die geprellten Rippen, dass er aufschrie. »Lass das!«, brüllte er ihn an und gab ihm einen Tritt. »Ich brauch dich nicht! Kapiert? Du nützt mir nichts. *Hau ab!*«

Er machte sich nicht die Mühe, es in Wolfssprache zu sagen, denn ihm war klar, dass er diese Sprache ohnehin nicht sehr gut beherrschte. Er kannte nur ein paar einfache Gebärden und Lautfolgen. Aber der Welpe verstand ihn auch so. Er trottete davon, setzte sich, ein paar Schritt entfernt, hin und sah ihn schwanzwedelnd und erwartungsvoll an.

Als Torak aufstand, drehte sich alles um ihn. Er musste bald etwas essen.

Er schaute sich um, ob irgendwo am Ufer etwas Essbares zu finden war, sah aber bloß die toten Wölfe, und die rochen entschieden zu schlecht.

Verzweiflung übermannte ihn. Die Sonne stand schon tief. Was sollte er tun? Hier sein Lager aufschlagen? Aber was war mit dem Bären? Hatte er inzwischen von Fa abgelassen und war nun auf die Suche nach ihm gegangen?

Seine Brust wurde schmerzhaft eng. Denk nicht an Fa. Überleg, was zu tun ist. Wenn dir der Bär gefolgt wäre, hätte er dich längst eingeholt. Vielleicht bist du ja hier in Sicherheit – jedenfalls diese eine Nacht.

Er wollte die Wolfskadaver wegschleifen, doch sie waren zu schwer, daher beschloss er, sich weiter flussaufwärts niederzulassen. Aber erst wollte er mit einem der Kadaver eine Schlagfalle aufstellen. Vielleicht fing er ja bis morgen früh etwas.

Die Falle zu bauen, war schwierig. Erst musste er mithilfe eines Astes einen großen, schweren Stein aufrichten, dann einen zweiten Ast als Auslöser quer dazu hinlegen. Wenn er

Glück hatte, kam ein Fuchs vorbei und wurde von dem Stein erschlagen. Das war zwar keine besonders schmackhafte Beute, aber besser als nichts.

Gerade als er fertig war, kam das Wolfsjunge zu ihm herübergetapst und schnüffelte neugierig an der Falle. Torak packte ihn und stieß ihn mit der Schnauze fest auf den Boden. »Nein!«, sagte er streng. »Bleib da weg!«

Der Welpe schüttelte sich und trollte sich beleidigt.

Lieber beleidigt als tot, dachte Torak.

Er wusste, dass er ungerecht gewesen war. Er hätte den Welpen erst anknurren und nur dann bei der Schnauze packen sollen, wenn er nicht gehorcht hätte. Aber er war zu müde, um sich Vorwürfe zu machen.

Wieso hatte er den Welpen überhaupt gewarnt? Es konnte ihm doch egal sein, ob er in der Nacht gegen die Falle lief und erschlagen wurde. Was kümmerte es ihn, ob oder warum er das Tier verstehen konnte? Wozu sollte das gut sein?

Als er aufstand, konnte er sich kaum auf den Beinen halten. Scher dich nicht um den Welpen. Du brauchst etwas zu essen.

Er beschloss, Multbeeren zu suchen, und erklomm mühsam den Abhang hinter dem großen roten Felsen. Erst als er schon oben war, fiel ihm ein, dass Multbeeren im Moor oder im Sumpf wuchsen, aber nicht in Birkenwäldern. Außerdem war es dafür schon viel zu spät im Jahr.

Er sah, dass der Boden stellenweise mit Auerhuhnkot bedeckt war, und legte ein paar Schlingen aus geflochtenen Grashalmen aus, zwei in Bodennähe und zwei auf niedrigen Zweigen, auf denen die Auerhühner manchmal entlangliefen. Er tarnte die Schlingen zusätzlich mit Blättern, damit die Vögel nichts merkten, dann ging er zum Fluss zurück.

Weil er wusste, dass er zu geschwächt war, um einen Fisch zu stechen, spießte er Wasserschnecken auf die Dornen von Brombeerranken und legte die Ranken in den Bach, dann ging er flussaufwärts auf die Suche nach Beeren und Wurzeln.

Der Welpe tapste eine Weile hinter ihm her, dann setzte er sich hin und forderte ihn winselnd auf umzukehren. Er wollte sich nicht zu weit von seinem Rudel entfernen.

Gut, dachte Torak. Dann bleibst du eben da und belästigst mich nicht.

Die Sonne sank immer tiefer, es wurde kalt. Toraks Wams glitzerte vom nebligen Atem des Waldes. Flüchtig ging ihm durch den Kopf, dass er vielleicht lieber eine Hütte bauen sollte, statt Nahrung zu suchen.

Schließlich fand er eine Hand voll Krähenbeeren, die er sofort aufaß, dann noch ein paar verschrumpelte Preiselbeeren, ein paar Schnecken und ein Büschel gelber Sumpfpilze, die zwar von Maden befallen, aber trotzdem noch genießbar waren.

Es war schon fast dunkel, als er zu guter Letzt ein paar Knollenkümmelpflanzen entdeckte. Mit einem spitzen Ast grub er vorsichtig an den gewundenen Stängeln entlang, bis er an die kleinen, knubbeligen Knollen kam. Er kostete eine. Sie schmeckte süßlich und nussig, reichte aber kaum für einen Mund voll. Daher buddelte er noch vier weitere Knollen aus, von denen er zwei sofort aß und die anderen beiden als Vorrat in seinem Wams verstaute.

Jetzt, da er etwas im Magen hatte, fühlte er sich kräftiger, konnte aber immer noch keinen klaren Gedanken fassen. Was ist mit mir los?, überlegte er. Warum fällt mir das Denken so schwer?

Erst eine Hütte. Genau. Dann ein Feuer. Dann schlafen.

Als er auf die Lichtung zurückkehrte, wurde er schon sehnsüchtig erwartet. Der Welpe zitterte und jaulte vor Freude und sprang ihm mit breitem Wolfsgrinsen entgegen. Er krauste nicht nur die Nase und zog die Lefzen hoch, sondern grinste mit dem ganzen Körper. Er legte die Ohren an und den Kopf schief, er wedelte mit dem Schwanz, trappelte mit den Pfoten und sprang immer wieder in die Luft, wobei er die putzigsten Drehungen vollführte.

Allein vom Zuschauen wurde Torak schwindlig und er wandte sich ab. Außerdem musste er sich endlich eine Hütte bauen.

Er sah sich nach abgestorbenen Ästen um, aber der Sturzbach hatte alle weggeschwemmt. Er musste ein paar frische Zweige schneiden, falls er überhaupt noch genug Kraft dazu hatte.

Torak zog die Axt aus dem Gürtel und suchte sich den kleinsten Baum aus einer Gruppe Birken aus. Bevor er drauflosshackte, forderte er noch rasch den Baumgeist auf, sich eine andere Bleibe zu suchen.

Von der Anstrengung wurde ihm wieder schwindlig und seine Armwunde pochte heftig, aber er zwang sich zum Weiterhacken.

Er kam sich vor wie in einer endlosen dunklen Schlucht, in der es nichts anderes gab als Hacken und Ästeabreißen und Weiterhacken. Doch als seine Arme die Axt nicht mehr halten konnten, stellte er bestürzt fest, dass nur zwei dünne Birkenschösslinge und eine mickrige junge Fichte vor ihm lagen.

Es musste ausreichen.

Mit einer gespaltenen Fichtenwurzel band er die Schösslinge zu einem wackligen, niedrigen Dach zusammen, flocht auf drei Seiten Fichtenzweige dazwischen und legte auch den Boden mit Zweigen aus.

Es war eine kümmerliche Hütte, und er hatte nicht mehr die Kraft, sie mit verrotteten Blättern regendicht zu machen. Falls es regnete, konnte er nur darauf vertrauen, dass sein Schlafsack keine Feuchtigkeit durchließ, und beten, dass der Flussgeist keine neuerliche Überschwemmung schickte, denn er hatte die Hütte ziemlich nah am Ufer errichtet.

Er steckte noch eine Kümmelknolle in den Mund und suchte kauend die Lichtung nach Feuerholz ab, doch kaum hatte er die Knolle heruntergeschluckt, drehte sich ihm der Magen um und er brach alles wieder aus.

Der kleine Wolf fiepte freudig und machte sich gierig darüber her.

Habe ich einen ungenießbaren Pilz gegessen oder woher kommt das?, überlegte Torak.

Aber es fühlte sich irgendwie anders an. Er schwitzte und zitterte, und obwohl er nichts mehr im Magen hatte, war ihm immer noch übel.

Ihm kam ein schrecklicher Verdacht. Er löste den Verband um seinen Arm und die Angst ließ ihn frösteln wie ein eisiger Nebelhauch. Die Wunde war flammend rot, der Arm geschwollen. Er roch faulig und fühlte sich heiß an. Als Torak die Wunde berührte, schmerzte es unerträglich.

Ihm war zum Heulen. Er war erschöpft, hungrig und verängstigt und sehnte sich nach Fa. Und jetzt hatte er noch einen neuen Feind.

Das Fieber.

Kapitel 4

Torak musste Feuer machen. Es war ein Wettlauf mit dem Fieber und sein Leben war der Preis.

Er tastete an seinem Gürtel nach dem Zunderbeutel und nahm ein paar Streifen zerrissener Birkenrinde heraus, aber seine Hände zitterten so heftig, dass ihm der Feuerstein andauernd aus der Hand fiel und er den Flammenstein immer wieder verfehlte. Bis es ihm endlich gelang, einen Funken zu schlagen, ärgerte er sich so über sich selbst, dass er vor Wut knurrte.

Als das Feuer schließlich brannte, zitterte er krampfhaft und spürte die Wärme kaum. Alle Geräusche kamen ihm unnatürlich laut vor, das Gurgeln des Flusses, das Schuhu einer Eule, das Hungergejaule des verflixten Welpen. Warum konnte wenigstens der ihn nicht in Ruhe lassen!

Er war durstig und stolperte zum Bach hinunter. Als er sich vorbeugen wollte, fiel ihm zum Glück noch rechtzeitig ein, was Fa immer sagte: *Wenn du krank bist, vermeide, im*

Wasser deine Namensseele zu sehen. Sonst wird dir schwindlig, du fällst hinein und ertrinkst.

Mit geschlossenen Augen stillte er seinen Durst, dann wankte er zur Hütte zurück. Er sehnte sich nach Schlaf, aber er wusste, dass er sich zuerst um seinen Arm kümmern musste, wenn er am Leben bleiben wollte.

Er nahm etwas trockene Weidenrinde aus seinem Medizinbeutel und zerkaute sie, obwohl er von dem bitteren Geschmack würgen musste. Mit dem körnigen Brei schmierte er seinen Arm ein und verband ihn dann wieder mit Birkenbast. Es tat so weh, dass er beinahe ohnmächtig geworden wäre. Mit großer Mühe gelang es ihm, die Stiefel auszuziehen und in den Schlafsack zu kriechen. Auch der Welpe wollte sich hineindrängeln, aber Torak stieß ihn weg.

Benommen und mit klappernden Zähnen sah er zu, wie das Wolfsjunge zum Feuer hinübertappte und es neugierig betrachtete. Es streckte die große graue Pfote aus, schlug nach den Flammen und sprang mit empörtem Aufjaulen zurück.

»Geschieht dir recht«, murmelte Torak.

Der kleine Wolf schüttelte sich und verschwand in der Dunkelheit.

Torak rollte sich zusammen, hielt sich den pochenden Arm und dachte verbittert, dass er offenbar nichts richtig machen konnte.

Er hatte sein ganzes Leben mit Fa im Wald zugebracht, sie hatten für ein, zwei Nächte ihr Lager aufgeschlagen, dann waren sie weitergezogen. Er wusste sehr wohl, wie man vorzugehen hatte. *Gib dir mit deiner Hütte Mühe. Verausgabe dich beim Nahrungsammeln nicht unnötig. Hör rechtzeitig damit auf und richte dich für die Nacht ein.*

Er war erst einen Tag auf sich selbst gestellt und hatte

schon alle guten Ratschläge in den Wind geschlagen. Das machte ihm Angst. Ebenso gut hätte er vergessen können, wie man läuft.

Mit der gesunden Hand berührte er seine Clantätowierung, fuhr mit dem Finger die beiden dünnen, punktierten Linien auf jedem Wangenknochen nach. Als er sieben war, hatte Fa sie ihm eingeritzt und Bärentraubensaft in die winzigen Wunden gerieben. Du verdienst sie nicht, schalt sich Torak. Wenn du jetzt stirbst, bist du selber schuld.

Wieder schnürte ihm der Kummer die Kehle zu. Er hatte noch nie allein geschlafen. Immer hatte Fa neben ihm gelegen. Zum ersten Mal streichelte ihn keine raue Hand, fehlte der vertraute Geruch nach Schweiß und Leder.

Toraks Augen brannten. Er kniff sie zu und verlor sich in schlimmen Träumen.

Er stapft auf der Flucht vor dem Bären durch knietiefes Moos, die Schreie seines Vaters im Ohr. Der Bär kommt ihn holen.

Er will rennen, sinkt aber nur noch tiefer ein. Das Moos zieht ihn nieder. Sein Vater schreit.

In den Bärenaugen brennt das tödliche Feuer der Anderen Welt ... das Dämonenfeuer. Der Bär stellt sich auf die Hinterbeine, ragt drohend wie ein Berg über ihm auf. Er reißt den klaffenden Rachen auf und brüllt seinen Hass zum Mond empor ...

Torak fuhr mit einem Schrei in die Höhe.

Das Gebrüll des Bären hallte noch zwischen den Bäumen. Das war kein Traum gewesen!

Torak stockte der Atem. Zwischen den Zweigen seiner Hütte sah er bläuliches Mondlicht schimmern. Er sah, dass das Feuer fast erloschen war, und spürte sein Herz wie rasend pochen.

Wieder bebte der Wald. Die Bäume lauschten gespannt. Doch jetzt merkte Torak, dass das Gebrüll von weit weg kam, viele Tagesmärsche nach Westen. Erleichtert atmete er wieder aus.

Im Eingang der Hütte hockte der kleine Wolf und betrachtete ihn mit eigenartig dunkelgoldenen Schlitzaugen. Bernstein, dachte Torak, und ihm fiel das kleine Robbenamulett ein, das Fa an einem Lederriemen um den Hals getragen hatte.

Seltsamerweise tröstete ihn das. Wenigstens war er nicht ganz allein.

Als sich sein Puls wieder beruhigt hatte, kehrte der Wundschmerz mit solcher Macht zurück, dass er zu verbrennen fürchtete. Sein Kopf drohte zu platzen. Er kramte noch mehr Weidenrinde aus dem Medizinbeutel, aber sie fiel ihm aus der Hand und er konnte sie im Dämmerlicht nicht wiederfinden. Er legte noch einen Ast in die Glut, dann sank er keuchend zurück.

Immer noch klang ihm das Gebrüll in den Ohren. Wo war der Bär jetzt? Die Lichtung mit den toten Pferden lag nördlich des Flusses, an dem Fa angegriffen worden war, aber inzwischen hatte sich der Bär offenbar nach Westen gewandt. Würde er diese Richtung beibehalten? Oder hatte er Toraks Fährte aufgenommen und war umgekehrt? Wann würde er hier auftauchen und über ihn herfallen, krank und wehrlos, wie er war?

Seine innere Stimme sagte so gelassen, als spräche Fa zu ihm: *Der Welpe würde dich rechtzeitig warnen. Du weißt doch, Torak, Wölfe haben eine so feine Nase, dass sie sogar den Atem der Fische wittern, und sie haben so gute Ohren, dass sie die Wolken ziehen hören.*

Ja, dachte Torak, der Welpe würde mich warnen. Immerhin. Ich will dem Bären wie ein Mann entgegentreten und mit offenen Augen sterben. So wie Fa.

Von fern hörte er einen Hund bellen. Keinen Wolf, sondern einen Hund.

Er runzelte die Stirn. Wo es Hunde gab, waren auch Menschen, und in diesem Teil des Waldes gab es keine anderen Menschen.

Oder doch?

Er sank wieder in die Dunkelheit, in die Klauen des Bären.

Kapitel 5

ALS ER WIEDER aufwachte, was es schon fast dunkel. Er hatte den ganzen Tag geschlafen.

Er war immer noch schwach und hatte quälenden Durst, aber sein Arm fühlte sich nicht mehr so heiß an und die Wunde sah auch besser aus. Das Fieber war weg.

Der Welpe auch.

Torak ertappte sich dabei, dass er sich Sorgen machte. Weshalb? Der Welpe bedeutete ihm nichts.

Er wankte ans Ufer und trank, dann legte er neues Holz auf die fast erloschene Glut. Beides strengte ihn so an, dass er zitterte. Er setzte sich hin und aß die letzte Kümmelknolle und ein paar Wiesenampferblätter, die er am Fluss gepflückt hatte. Sie schmeckten lederig und furchtbar sauer, aber danach fühlte er sich besser.

Der Welpe war immer noch nicht zurück.

Torak überlegte, ob er ihn mit einem Heulen herbeirufen sollte, aber dann würde ihn der Kleine bloß um Futter anbetteln. Außerdem lockte er damit vielleicht den Bären her.

Deshalb ließ er es bleiben, zog die Stiefel an und ging nach seinen Fallen sehen.

Die Angelhaken waren leer bis auf ein säuberlich abgenagtes, kleines Fischskelett. Mit den Schlingen hatte er mehr Glück. In einer zappelte ein Auerhuhn. *Fleisch.*

Torak bedankte sich eilig beim Geist des Huhns, dann drehte er dem Vogel den Hals um, schlitzte ihm den Bauch auf und schlang die warme Leber roh hinunter. Sie schmeckte schleimig und bitter, aber er war so ausgehungert, dass es ihn nicht störte.

Er steckte das Huhn in seinen Gürtel und ging mit schon etwas festeren Schritten weiter, um nach der Schlagfalle zu schauen.

Zu seiner Erleichterung lag kein Wolfsjunges unter dem Felsbrocken. Der Kleine kauerte neben seiner toten Mutter und stupste den stinkenden Kadaver mit der Pfote an. Als er Torak sah, lief er ihm ein Stück entgegen, drehte sich dann wieder nach der Wölfin um und winselte empört. Offenbar sollte Torak seine Welt wieder in Ordnung bringen.

Torak seufzte. Wie sollte er dem Welpen erklären, was Tod bedeutete, wenn er es selbst nicht begriff?

»Komm«, sagte er, ohne sich die Mühe zu machen, Wolfssprache zu benutzen.

Der Welpe drehte die großen Ohren in seine Richtung.

»Hier ist nichts«, sagte Torak ungeduldig, »komm endlich.«

Als sie wieder im Lager waren, rupfte er das Huhn, spießte es auf einen Ast und hielt es übers Feuer. Der Welpe machte einen Satz und wollte danach schnappen.

Torak packte ihn wieder und stieß ihn mit der Schnauze energisch auf die Erde. *Nein!*, knurrte er. *Das ist meins!*

Der Welpe hielt unterwürfig still und klopfte mit dem Schwanz auf den Boden. Als Torak ihn losließ, wälzte er sich auf den Rücken, kehrte dem Jungen den hellen, flaumigen Bauch zu und bat mit stummem Grinsen um Verzeihung. Dann tapste er mit gesenktem Kopf davon und begab sich in sichere Entfernung.

Torak nickte zufrieden. Der Kleine musste begreifen, dass *er* hier der Leitwolf war, sonst gab es später bloß andauernd Ärger.

Wieso später?, dachte er finster. Er hatte nicht vor, den Rest seines Lebens mit dem Welpen zu verbringen.

Der Duft von brutzelndem Fleisch brachte ihn auf andere Gedanken. Fett tropfte zischend in die Flammen. Torak lief das Wasser im Mund zusammen. Rasch riss er dem Huhn ein Bein aus und steckte es als Opfer für seinen Clanhüter in die Astgabel einer Birke, dann setzte er sich und aß.

Noch nie hatte ihm etwas so gut geschmeckt. Er nagte die knusprige, salzige Haut bis aufs letzte Fetzchen ab und lutschte Fleischfasern und Fett von den Knochen, bis sie blank und weiß waren. Dabei zwang er sich, die großen Bernsteinaugen zu ignorieren, die jeden Bissen verfolgten.

Als er fertig war, wischte er sich mit dem Handrücken den Mund. Der Welpe ließ ihn nicht aus den Augen.

Torak seufzte resigniert. »Ist ja gut«, brummte er, riss dem Huhn das andere Bein aus und warf es dem Welpen hin.

Der verschlang es mit einem Haps. Dann sah er den Jungen auffordernd an.

»Mehr hab ich nicht«, sagte Torak.

Der Welpe jaulte ungeduldig und blickte auf das Gerippe in seiner Hand.

Torak hatte die Knochen zwar blank genagt, aber für

Nadeln, Angelhaken und eine Markbrühe taugten sie noch. Allerdings konnte er ohne Kochleder ohnehin keine Brühe zubereiten.

Obwohl er ahnte, dass er sich damit Probleme einhandelte, warf er dem Welpen das halbe Gerippe hin.

Der junge Wolf zermalmte es mit seinen kräftigen Kiefern, dann rollte er sich zusammen und schlief augenblicklich ein. Eine leise atmende, warme graue Fellkugel.

Torak hätte es gern genauso gemacht, aber er wusste, dass er nicht einschlafen konnte. Als die Nacht anbrach und es kalt wurde, saß er immer noch am Feuer und schaute in die Flammen. Mit etwas Fleisch im Magen und ohne Fieber konnte er endlich wieder richtig denken.

Abermals sah er die toten Pferde und den irren Blick des Bären vor sich. *Er ist besessen*, hatte Fa gesagt. *Ein Dämon ist in ihn gefahren und macht ihn so böse.*

Was genau ist eigentlich ein Dämon?, überlegte Torak. Er hatte keine Ahnung. Er wusste nur, dass Dämonen alles Lebendige hassten und dass sie manchmal aus der Anderen Welt ausbrachen, um dieser Welt Krankheit und Zerstörung zu bringen.

Je länger er darüber nachdachte, desto klarer wurde ihm, dass er zwar eine ganze Menge über Jäger und Jagdwild wusste, über Luchse und Vielfraße, Auerochsen, Pferde, Rehe und Hirsche, aber kaum etwas über die anderen Geschöpfe des Waldes.

Er wusste nur, dass die Clanhüter über die Lagerplätze wachten und dass in stürmischen Nächten in den entlaubten Bäumen Geister klagten, die ihre Sippe verloren hatten und nicht wiederfinden konnten. Er wusste, dass in Flüssen und Felsen das Verborgene Volk hauste, so wie Menschen in Hütten wohnten, und dass dessen Angehörige von vorn wunderschön aussahen, wenn sie sich aber umdrehten, morschen, hohlen Bäumen glichen.

Und dann gab es noch den Weltgeist, der Regen, Schnee und Jagdglück sandte und über den Torak am allerwenigsten wusste. Dafür war er viel zu fern – ein unvorstellbar mächtiger Geist, der weit weg auf seinem Berg wohnte, ein Geist, den noch nie jemand gesehen hatte, von dem es aber hieß, er erscheine sommers als ein Mann mit Hirschgeweih und winters als Frau mit Haaren aus kahlen roten Weidenruten.

Torak legte die Stirn auf die Knie. Der Schwur, den er Fa geleistet hatte, lastete auf ihm wie ein Felsbrocken.

Da sprang der Welpe plötzlich knurrend auf.

Torak war im Nu auf den Beinen.

Der Welpe heftete den Blick auf einen Punkt außerhalb des Feuerscheins, spitzte die Ohren und sträubte das Nackenfell. Dann flitzte er los und verschwand in der Nacht.

Torak stand ganz still und umklammerte das Messer seines Vaters. Er spürte, wie ihn die Bäume beobachteten, hörte sie miteinander flüstern.

Ein Rotkehlchen sang ganz in der Nähe sein wehmütiges Nachtlied. Dann war der Welpe wieder da. Sein Fell war glatt, er knurrte nicht mehr und grinste leise.

Torak nahm die Hand vom Messer. Was immer dort gewesen war, es hatte sich entweder verzogen oder stellte keine Bedrohung dar. Hätte es sich um den Bären gehandelt, hätte das Rotkehlchen nicht gesungen, das stand fest.

Er setzte sich wieder hin.

Bis zum nächsten Mond musst du den Berg des Weltgeistes gefunden haben, rief er sich ins Gedächtnis. So hatte es ihm Fa aufgetragen. *Du weißt, wenn das rote Auge am höchsten steht … sind die Dämonen am mächtigsten.*

Ja, das weiß ich, dachte Torak. Ich weiß über das rote Auge Bescheid. Ich habe es schon oft gesehen.

Jeden Herbst erscheint der Große Auerochse – der mächtigste Dämon der Anderen Welt – am Nachthimmel. Erst hält er den Kopf noch gesenkt und wühlt mit den Hufen die Erde auf, sodass man nur die schimmernde Kuppe seiner Schulter sieht. Doch je näher der Winter kommt, desto höher hebt er den Kopf und desto stärker wird er. Dann erkennt man seine funkelnden Hörner und sein blutunterlaufenes rotes Auge, den roten Winterstern.

Im Mond der Roten Weiden hat er schließlich seinen höchsten Stand und das Böse ist am mächtigsten. Dann kommt die Zeit, da die Dämonen umgehen. *Dann ist der Bär unbesiegbar.*

Torak spähte durch die Zweige und sah den kalten Glanz der Sterne. Über dem fernen Schattenriss der Hohen Berge im Osten entdeckte er die Sternenschulter des Großen Auerochsen.

Der Mond der Röhrenden Hirsche neigte sich dem Ende zu. Im nächsten Mond, dem Schwarzdornmond, erschien dann das rote Auge, und der Bär würde immer mächtiger, bis er schließlich im Mond der Roten Weiden unbesiegbar wäre.

Geh nach Norden, hatte Fa gesagt. *Viele Tagesmärsche.*

Torak wollte nicht noch weiter nach Norden ziehen. Dann müsste er den kleinen Teil des Waldes verlassen, in dem er sich auskannte, und unbekanntes Gebiet betreten. Aber Fa musste sich etwas dabei gedacht haben, sonst hätte er ihn nicht schwören lassen.

Torak nahm einen Ast und stocherte in der Glut.

Er wusste, dass die Hohen Berge weit im Osten lagen, noch hinter dem Großen Wald, und dass sie von Nord nach

Süd eine halbkreisförmige Gipfelkette bildeten, die sich wie die Wirbelsäule eines riesigen Walfischs aus dem Wald herauswölbte. Er wusste auch, dass man sich erzählte, der Weltgeist hause auf dem nördlichsten Gipfel. Aber niemand war je auch nur in die Nähe dieses Berges gelangt, denn der Geist schlug jeden Eindringling mit heulenden Schneestürmen und tückischen Steinschlägen in die Flucht.

Obwohl Torak schon den ganzen Tag nach Norden geflohen war, befand er sich erst auf der Höhe der südlichsten Ausläufer der Hohen Berge. Er hatte keine Ahnung, wie er es in seinem Zustand so weit schaffen sollte. Er war immer noch vom Fieber geschwächt und keineswegs in der Verfassung, eine längere Wanderung anzutreten.

Dann lass es sein, dachte er. Mach nicht noch mal denselben Fehler, in Panik zu geraten und dich aus purer Dummheit beinahe selber umzubringen. Bleib noch einen Tag oder ein paar Tage hier und ruh dich aus. Zieh erst weiter, wenn du wieder bei Kräften bist.

Nach diesem Entschluss fühlte er sich etwas besser.

Er legte Holz nach und merkte zu seiner Überraschung, dass ihn der Welpe beobachtete. Sein Blick war unbeirrt und gar nicht welpenhaft, er hatte Augen wie ein ausgewachsener Wolf.

Wieder hörte Torak seinen Vater: *Kein anderes Lebewesen hat solche Augen wie der Wolf – nur der Mensch. Wölfe sind unsere nächsten Verwandten, Torak, das sieht man an den Augen. Der einzige Unterschied ist die Farbe. Ihre Augen sind goldfarben, unsere grau. Aber das kann der Wolf nicht erkennen, denn in seiner Welt gibt es keine Farben, nur Silber- und Grautöne.*

Torak hatte Fa gefragt, woher er das wissen wollte, aber Fa hatte nur lächelnd den Kopf geschüttelt und versprochen, es ihm später einmal zu erklären. Es gab eine Menge Dinge, die er Torak hatte später erklären wollen.

Toraks Miene verfinsterte sich und er rieb sich das Gesicht.

Der Welpe beobachtete ihn immer noch.

Man konnte bereits ahnen, wie schön er sein würde, wenn er erst ausgewachsen war: mit schmaler hellgrauer Schnauze, großen silbergrauen, schwarz geränderten Ohren, schrägen, ebenfalls schwarz umrandeten Augen.

Was für Augen ... Klar und leuchtend wie Sonne auf einem Frühjahrsbach.

Plötzlich hatte Torak das verwirrende Gefühl, dass der Welpe wusste, was er dachte.

Von allen Jägern des Waldes, hörte er Fa flüstern, *sind uns die Wölfe am ähnlichsten. Sie jagen im Rudel. Sie sprechen und spielen gern miteinander. Sie lieben ihre Gefährtinnen und Jungen zärtlich, und jeder einzelne Wolf fühlt sich für das Wohl des ganzen Rudels verantwortlich.*

Torak setzte sich aufrecht hin. Was wollte ihm Fa damit sagen?

Dein Gefährte zeigt dir den Weg.

Sollte etwa das Wolfsjunge dieser Gefährte sein?

Torak räusperte sich und ließ sich auf alle viere nieder. Da er nicht wusste, was »Berg« in der Wolfssprache hieß, musste er sich irgendwie behelfen. Er deutete mit dem Kinn auf die Bergkette und fragte mit gedämpften, aber eindringlichen Jaul- und Winsellauten, ob der Welpe den Weg kannte.

Der junge Wolf spitzte die Ohren und sah ihn an, dann wandte er respektvoll den Blick ab, denn unter Wölfen gilt es als Drohung, sein Gegenüber zu lange anzusehen. Er erhob sich, streckte sich und wedelte träge mit dem Schwanz.

Nichts an seinem Verhalten deutete darauf hin, dass er

Toraks Frage verstanden hatte. Er benahm sich wie ein ganz gewöhnlicher junger Wolf.

Oder doch nicht?

Hatte sich Torak diesen Blick nur eingebildet?

Kapitel 6

SCHON VIELE MALE war Hell auf Dunkel gefolgt, seit Groß Schwanzlos aufgetaucht war.

Zu Anfang hatte er immer nur geschlafen, aber jetzt benahm er sich schon fast wie ein richtiger Wolf. Wenn er traurig war, wurde er still, wenn er wütend war, knurrte er. Er spielte gern mit einem Fetzen Hasenfell Fangen, und wenn ihn der Welpe ansprang, ließ er sich auf den Boden fallen und gab komische Laute von sich, die offenbar seine Art zu lachen waren.

Manchmal stimmte Groß Schwanzlos auch in das Geheul des Welpen ein und sie sangen vereint ihr Lied in den Wald hinaus. Sein Geheul war misstönend und nicht besonders melodisch, dafür jedoch ausgesprochen gefühlvoll.

Auch sonst drückte er sich ziemlich unbeholfen aus, aber man wusste, was er meinte. Er hatte keinen Schwanz und konnte weder die Ohren aufstellen noch das Fell sträuben und die ganz hohen Jaultöne traf er auch nicht, doch meistens machte er sich irgendwie verständlich.

In vielem war er wie jeder andere Wolf.

Aber nicht in allem. Der Ärmste konnte furchtbar schlecht sehen und hören, und wenn es dunkel war, hockte er sich gern hin und beobachtete das Helle-Tier-das-heißbeißt. Manchmal *nahm er seine Hinterpfoten ab* und einmal, es war grauenhaft!, sogar sein Fell. Am allermerkwürdigsten war, dass er endlos lange schlief. Offenbar wusste er nicht, dass Wölfe nur kurz eindösen und immer wieder aufstehen, sich strecken und einmal um sich selber drehen müssen, damit sie niemand im Schlaf überrascht.

Der Welpe tat sein Bestes, um es ihm beizubringen, stupste ihn an oder zwickte ihn ins Ohr, wenn er schlief, doch statt ihm dankbar zu sein, wurde Groß Schwanzlos bloß bitterböse. Irgendwann gab der Welpe es auf und ließ ihn schlafen, und beim nächsten Hell stand Groß Schwanzlos nach einem unsinnig langen Schlaf und mit schrecklich schlechter Laune endlich auf. Selber schuld, wenn er sich nicht von seinem Rudelgefährten wecken lassen wollte!

Heute war Groß Schwanzlos allerdings vor dem Hell und in ganz anderer Stimmung aufgewacht. Der Welpe spürte, dass er ängstlich und aufgeregt war.

Neugierig beobachtete er, wie Groß Schwanzlos den Rudelpfad einschlug, der Nass-hoch verlief. Wollte er auf die Jagd gehen?

Der Welpe sprang hinterher, dann forderte er ihn jaulend auf, stehen zu bleiben. Das war keine Jagd. Außerdem hatte Groß Schwanzlos den falschen Weg eingeschlagen.

Nicht nur, dass er dem Flinken Nass folgte, das der Welpe inzwischen mehr als alles andere auf der Welt verabscheute und fürchtete, es war der falsche Weg, weil … weil es eben nicht der richtige war. Der richtige Weg führte über den Hügel und von dort noch viele Male Hell und Dunkel weiter.

Weshalb er sich da so sicher war, wusste der Welpe nicht, aber er spürte ganz deutlich ein leises, nachdrückliches Ziehen, so wie es ihn zur Höhle zurückzog, wenn er sich zu weit davon entfernte, mit dem Unterschied, dass dieses Ziehen schwächer war, weil es von so weit weg kam.

Groß Schwanzlos lief ahnungslos weiter.

Der Welpe stieß ein leises, warnendes »Wuff!« aus, wie es seine Mutter hören ließ, wenn die Jungen in die Höhle zurückkommen sollten, *und zwar sofort.*

Groß Schwanzlos drehte sich um und fragte etwas in seiner Sprache. Es klang wie: »Wasissn?«

»Wuff«, machte der Welpe noch einmal, trabte zum Fuß des Hügels und blickte in die richtige Richtung. Er drehte sich nach Groß Schwanzlos um und dann wieder nach dem richtigen Weg. *Hier entlang. Nicht dort.*

Groß Schwanzlos wiederholte ungeduldig seine Frage. Der Welpe wartete, dass er es endlich begriff.

Groß Schwanzlos kratzte sich am Kopf und sagte noch etwas in Schwanzlossprache, dann machte er kehrt.

*

Torak beobachtete, wie Wolf gespannt verharrte.

Seine schwarze Nase zuckte. Torak folgte seinem Blick. Er konnte in dem Dickicht aus Haselnusssträuchern und Weidenröschen nichts erkennen, aber er wusste, dass der Bock ganz in der Nähe war, denn Wolf wusste es, und Torak verließ sich inzwischen auf Wolf.

Wolf schaute zu Torak auf und sein bernsteinfarbener Blick begegnete flüchtig dem Blick des Jungen, dann wandte er sich wieder dem Wald zu.

Torak riss den Blütenstand eines Grashalms ab und schlitzte die kleinen Ähren mit dem Daumennagel auf, sodass der Wind die leichten Samen davontrug. Gut. Sie liefen immer noch gegen den Wind, der Bock konnte sie also nicht wittern. Und bevor sie zur Jagd aufgebrochen waren, hatte sich Torak wie immer mit Holzkohle eingerieben, um seinen Eigengeruch zu überdecken.

Geräuschlos zog er einen Pfeil aus dem Köcher und legte ihn ein. Es war nur ein kleiner Rehbock, aber wenn es ihm gelang, ihn zu erlegen, wäre das seine erste eigene Beute. Und er brauchte dringend Fleisch. Es gab viel weniger Wild als sonst um diese Jahreszeit.

Der Welpe senkte den Kopf.

Torak duckte sich.

Beide schlichen weiter.

Schon den ganzen Tag waren sie hinter dem Bock her. Den ganzen Tag war Torak der Fährte aus abgeknabberten Ästchen und Hufabdrücken gefolgt und hatte versucht, sich in den Bock hineinzuversetzen, vorauszusehen, wohin er sich wenden würde.

Wenn du ein Wild verfolgst, musst du es so gut kennen wie deinen eigenen Bruder. Du musst wissen, was es frisst und wo und wann, wo es sich ausruht, wie es sich bewegt. Fa hatte Torak viel gelehrt. Er wusste, wie man einer Spur folgt. Er wusste, dass man oft stehen bleiben und lauschen muss, dass man alles in sich aufnehmen muss, was einem der Wald erzählt …

Jetzt zum Beispiel wusste er, dass der Bock allmählich müde wurde. Am Morgen waren seine kleinen Hufabdrücke noch tief und die Zehen gespreizt gewesen, woraus man schließen konnte, dass er galoppiert war. Inzwischen waren die Abdrücke flacher und die Zehen dichter zusammen, was bedeutete, dass er langsamer lief.

Außerdem musste er hungrig sein, weil er nicht zum Äsen

gekommen war, und auch durstig, denn er war im Schutz des Dickichts geblieben, wo es kein Wasser gab.

Torak hielt nach Anzeichen Ausschau, dass irgendwo ein Bach floss. Etwa dreißig Schritt westlich des Wegs erspähte er hinter den Haselnussbüschen eine Gruppe Erlen. Erlen wachsen nur am Wasser. Bestimmt wollte der Bock dorthin.

Geräuschlos bewegten sich Junge und Wolf durchs Unterholz. Torak legte die Hand ans Ohr und hörte Wasser tröpfeln.

Plötzlich erstarrte Wolf mit nach vorn gedrehten Ohren, eine Vorderpfote in der Luft.

Ja. Da war der Bock. Hinter den Erlen. Eben senkte er den Kopf.

Torak zielte sorgfältig.

Der Bock hob den Kopf wieder. Wasser tropfte von seiner Schnauze.

Torak beobachtete, wie er witterte und das helle Rückenfell aufstellte. Er hatte etwas gemerkt. Im nächsten Moment würde er davonstieben. Torak löste die Sehne.

Der Pfeil bohrte sich dem Bock unterhalb der Schulter in die Rippen. Das Tier erzitterte anmutig, brach in die Knie und sank zu Boden.

Torak stieß einen Freudenschrei aus und zwängte sich durchs Unterholz. Wolf überholte ihn mühelos, ließ sich dann aber ehrerbietig zurückfallen. Er lernte allmählich, Torak als Leitwolf anzuerkennen.

Keuchend beugte sich Torak über seine Beute. Noch hob und senkte sich der Brustkorb, aber der Tod war nah. Die drei Seelen machten sich zum Aufbruch bereit.

Torak schluckte. Jetzt musste er tun, was er seinen Vater unzählige Male hatte tun sehen. Aber für ihn war es das erste Mal und er musste alles richtig machen.

Er kniete sich neben das Tier, streckte die Hand aus und strich sanft über das raue, schweißverklebte Wangenfell. Der Bock lag ganz still.

»Das hast du gut gemacht«, lobte ihn Torak. Seine Stimme bebte. »Du warst klug und mutig und hast den ganzen Tag durchgehalten. Ich verspreche dir, den Pakt mit dem Weltgeist einzuhalten und dich ehrerbietig zu behandeln. Nun ziehe in Frieden.«

Er sah zu, wie sich das große dunkle Auge trübte.

Er war dem Bock dankbar und zugleich ungeheuer stolz. Zum ersten Mal hatte er eigenhändig ein großes Tier erlegt. Wo immer sich Fa auf seiner Todesreise gerade befinden mochte, er freute sich ganz gewiss darüber.

Torak drehte sich nach Wolf um, legte den Kopf schief, zog die Nase kraus und bleckte wölfisch grinsend die Zähne. *Gut gemacht, danke.*

Wolf sprang an ihm hoch und hätte ihn beinahe umgeworfen. Torak lachte und gab ihm eine Hand voll Brombeeren aus seinem Vorratsbeutel. Ein Haps und sie waren weg.

Vor sieben Tagen waren sie vom Flinkwasser aufgebrochen und nichts deutete auf die Anwesenheit des Bären hin. Keine Tatzenabdrücke, keine Haarbüschel im Dornengestrüpp, kein walderschütterndes Gebrüll.

Trotzdem stimmte etwas nicht. Sonst hallte der Wald um diese Jahreszeit vom Röhren des brunftigen Rotwilds und vom Krachen der im Kampf um die Weibchen gegeneinander schlagenden Geweihe wider. Doch alles war still. Es schien, als entvölkerte sich der Wald allmählich, als flöhen seine Bewohner vor einer unsichtbaren Gefahr.

Sieben Tage lang war Torak nur Vögeln und Wühlmäusen begegnet und einmal – ihm war fast das Herz stehen geblieben! – einem Trupp Jäger, drei Männern, einer Frau und einem Hund. Zum Glück war es ihm gelungen, sich unbemerkt davonzumachen. *Geh anderen aus dem Weg*, hatte Fa gesagt. *Wenn sie herausfinden, was du vermagst …*

Torak wusste nicht, was der Vater damit gemeint hatte, aber er hatte bestimmt seine Gründe. Torak hatte sich immer von anderen Menschen fern gehalten, er wollte nichts mit ihnen zu tun haben. Außerdem hatte er jetzt ja Wolf. Von Tag zu Tag verstanden sie sich besser.

Torak hatte inzwischen begriffen, dass die Wolfssprache ein verzwicktes Zusammenspiel von Gebärden, Blicken, Duftmarken und Lauten war. Die Gebärden vollführt man mit Schnauze, Ohren, Pfoten, Schwanz, Schultern, Fell und manchmal auch mit dem ganzen Körper. Manche sind bloße Andeutungen, ein kaum wahrnehmbares Schieflegen des Kopfes oder ein Zucken, und die meisten sind stumm. Inzwischen kannte Torak schon eine ganze Menge, allerdings musste er sich auch kaum Mühe geben, sie zu erlernen. Eher hatte er das Gefühl, sich an etwas vorübergehend Vergessenes zu erinnern.

Nur eines würde er wohl nie beherrschen, weil er eben kein Wolf war, nämlich das, was er »Wolfsgespür« nannte, das unfehlbare Gespür des Welpen für Toraks Gedanken und Stimmungen.

Auch Wolfs Stimmungen wechselten. Manchmal war er ganz Welpe, mit einer kindlichen Vorliebe für Beeren und absolut unfähig, still zu sitzen, wie zum Beispiel als Torak eine Namensgebungszeremonie für ihn abgehalten und er die ganze Zeit herumgezappelt und sich anschließend den roten Erlensaft wieder von den Pfoten geleckt hatte. Im Gegensatz zu Torak, der aufgeregt gewesen war, ein so wichtiges Ritual durchzuführen, hatte sich Wolf nicht im Geringsten beeindruckt gezeigt und ungeduldig darauf gewartet, dass es zu Ende war.

Dann wieder war er der Anführer und wusste mit rätselhafter Sicherheit, welchen Weg sie nehmen mussten. Wenn ihn Torak danach fragte, antwortete er höchstens: *Ich weiß es eben.*

Jetzt gerade war er allerdings kein Anführer, sondern eindeutig ein Welpe. Seine Schnauze war schwarz von Brombeersaft und er verlangte jaulend nach mehr.

Torak lachte und gab ihm einen Klaps. »Schluss jetzt! Ich hab zu tun.«

Wolf schüttelte sich grinsend und trollte sich, um ein Nickerchen zu machen.

Torak brauchte volle zwei Tage, um den Rehbock zu zerlegen. Er hatte dem Tier ein Versprechen gegeben, und wenn er es einhalten wollte, durfte er nichts vergeuden. So lautete der uralte Pakt zwischen Jägern und Weltgeist: Ein Jäger muss seiner Beute Achtung entgegenbringen, dann schickt ihm der Geist neues Wild.

Es war eine verantwortungsvolle Aufgabe. Man brauchte viele Sommer, um zu lernen, richtig mit seiner Jagdbeute umzugehen. Torak stellte sich nicht besonders geschickt an, aber er gab sich große Mühe.

Zuerst schlitzte er dem Bock den Bauch auf und schnitt für den Clanhüter ein Stück Leber ab. Den Rest zerlegte er in Streifen und räucherte sie. Allerdings ließ er sich erweichen, Wolf ein Stück abzugeben, das dieser gierig verschlang.

Als Nächstes zog er dem Tier das Fell ab und kratzte die Unterseite mit seinem Geweihschaber sauber. Um das Haar zu lockern, wusch er das Fell in mit zerbröckelter Eichenrinde vermischtem Wasser und spannte es zwischen zwei jungen Bäumen zum Trocknen auf – und zwar höher, als Wolf springen konnte. Anschließend schabte er das Fell ab, allerdings so ungeschickt, dass er zwei Löcher hinterließ. Die Haut machte er geschmeidig, indem er sie mit dem zerdrückten Hirn des Rehbocks einrieb. Dann wurde sie noch einmal gewaschen und getrocknet, und erst jetzt hatte er ein brauchbares Rohleder, aus dem man Riemen und Angelschnüre herstellen konnte.

Während die Haut trocknete, schnitt er das Fleisch in schmale Streifen und räucherte es über einem qualmenden Birkenholzfeuer. Anschließend klopfte er die Streifen zwischen zwei Steinen flach und rollte sie zu kleinen, festen Bündeln. Das fertige Fleisch schmeckte köstlich. Ein kleines Stück hielt einen halben Tag vor.

Die Innereien wusch er aus, weichte sie in Rindenbrühe ein und hängte sie zum Trocknen über einen Wacholderbusch. Der Magen konnte als Wasserbehälter dienen, die Blase als Ersatz-Zunderbeutel und in den Därmen konnte man Nüsse aufbewahren. Die Lungen waren für Wolf gedacht, allerdings nicht sofort. Torak wollte sie bei seinen Tag- und Nachtmahlen nach und nach auskauen und dann erst dem Welpen hinspucken. Aber da er kein Kochleder besaß, um Leim herzustellen, überließ er Wolf die Hufe. Mit denen spielte der Welpe begeistert, um sie schließlich knirschend zu zerbeißen.

Anschließend wusch Torak die langen Rückensehnen, die er vor dem Zerlegen der Beute herausgetrennt hatte, klopfte sie flach und zerfaserte sie in einzelne Fäden, die er trocknete und mit Talg einrieb, damit sie geschmeidig wurden. Sie waren längst nicht so glatt und gleichmäßig wie die Fäden, die sein Vater herstellte, aber sie erfüllten ihren Zweck und waren so fest, dass sie länger halten würden als die Kleidungsstücke, die er damit zusammennähte.

Zu guter Letzt schabte er noch das Gehörn und die Knochen blank und band sie zusammen, um daraus später Angelhaken, Nadeln und Pfeilspitzen zu schnitzen.

Am Abend des zweiten Tages war alles erledigt. Nach einem üppigen Fleischmahl saß Torak am Feuer und schnitzte sich aus einem Hühnerknochen eine Pfeife. Er wollte den Welpen zurückrufen können, wenn dieser die Gegend erkunden ging, ohne jedes Mal laut heulen zu müssen. Vielleicht waren die fremden Jäger noch in der Nähe, und er wollte nicht riskieren, sie auf sich aufmerksam zu machen.

Er blies probehalber hinein und war enttäuscht, als kein Ton kam. Fa hatte unzählige Pfeifen wie diese hier geschnitzt und alle hatten ein durchdringendes, vogelartiges Zwitschern von sich gegeben. Wieso funktionierte seine nicht?

Verärgert blies Torak, so kräftig er konnte. Er hörte immer noch nichts, doch zu seiner Überraschung sprang Wolf auf, wie von einer Hornisse gestochen.

Torak sah erst den Welpen an, dann wieder die Pfeife und blies noch einmal hinein.

Wieder hörte er nichts. Diesmal stieß Wolf ein kurzes Knurren aus, dann winselte er, um kundzutun, dass ihn das Pfeifen störte, dass er sein Missfallen aber nicht zu deutlich äußern wollte, um Torak nicht zu kränken.

Torak kraulte ihm entschuldigend den Hals und der Welpe ließ sich auf den Boden plumpsen. Seine Miene besagte unmissverständlich, dass Torak gefälligst nur pfeifen sollte, wenn er damit etwas bezweckte.

*

Der folgende Morgen war schön und sonnig, und als sie aufbrachen, besserte sich Toraks Laune zusehends.

Seit der Bär Fa getötet hatte, waren zwölf Tage vergangen. In der Zwischenzeit hatte Torak Hunger und Fieber besiegt, war Wolf begegnet und hatte sein erstes großes Wild erlegt. Außerdem hatte er eine Menge falsch gemacht, aber er war immerhin noch am Leben.

Er stellte sich seinen Vater unterwegs ins Land der Toten vor, ein Land, in dem es Pfeile im Überfluss gab und kein Pfeil je sein Ziel verfehlte.

Wenigstens hat er seine Waffen dabei, dachte er, und mein Messer leistet ihm auch Gesellschaft. Außerdem konnte er das ganze Räucherfleisch mitnehmen. Diese Vorstellung tröstete Torak ein bisschen.

Er wusste, dass er nie völlig über den Verlust seines Vaters hinwegkommen würde. Solange er lebte, würde ihm der Kummer wie ein schwerer Stein auf der Brust lasten. Aber an diesem Morgen drückte ihn der Stein nicht ganz so schwer wie sonst. Bis jetzt hatte er sich wacker geschlagen und sein Vater war gewiss stolz auf ihn.

Als er sich auf dem mit Sonnenlicht gesprenkelten Pfad durchs Unterholz zwängte, war er beinahe zufrieden. Über seinem Kopf zankte sich ein Drosselpärchen. Der satte, zufriedene Welpe hielt sich dicht neben ihm und reckte den buschigen silbergrauen Schwanz in die Höhe.

Satt, zufrieden und leichtsinnig.

Torak hörte gerade noch einen Zweig knacken, da packte ihn schon eine große Hand am Wams und riss ihn hoch.

Kapitel 7

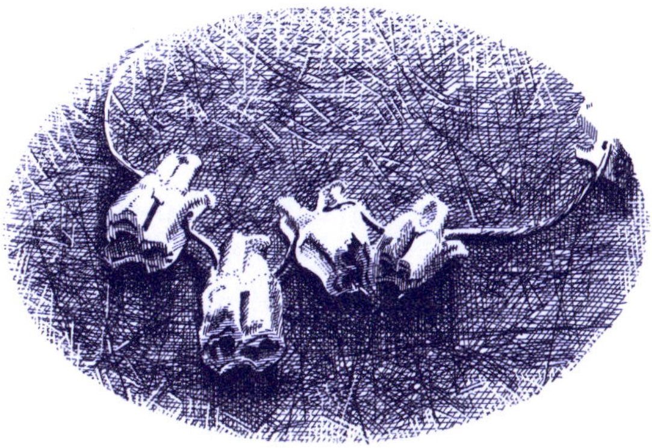

Drei Jäger. Drei tödliche Steinwaffen. Alle auf ihn gerichtet.

Toraks Gedanken überschlugen sich. Er konnte sich nicht bewegen. Konnte Wolf nicht sehen.

Der Mann, der ihn gepackt hielt, war ein Hüne. Sein wirrer rostbrauner Bart glich einem Vogelnest, eine Wange war von einer hässlichen Narbe verunstaltet, und was immer ihn dort gebissen haben mochte, es hatte ihm auch ein Ohr abgerissen. In der freien Hand hielt er ein Messer, dessen spitze Steinklinge er Torak unters Kinn drückte.

Neben ihm standen ein hoch gewachsener junger Mann und ein Mädchen, das ungefähr in Toraks Alter war. Beide hatten braunrotes Haar, ebenmäßige, mitleidlose Gesichter und beide zielten mit Feuersteinpfeilen auf Toraks Herz.

Torak schluckte mühsam. Hoffentlich sah man ihm nicht an, was er für Angst hatte. »Lass mich los«, keuchte er, holte mit der Faust nach dem großen Mann aus, verfehlte ihn jedoch.

»Da haben wir ja den Dieb!«, brummte der Mann und hob Torak noch höher, sodass ihm das Wams die Luft abschnürte.

»Ich bin kein Dieb«, ächzte Torak und griff sich an die Kehle.

»Er lügt«, sagte der jüngere Mann kalt.

»Du hast unseren Rehbock gestohlen«, sagte das Mädchen. Dann wandte es sich an den großen Mann: »Du erwürgst ihn ja, Oslak.«

Oslak stellte Torak wieder auf die Füße, ließ ihn aber nicht los und hielt ihm weiterhin das Messer an den Hals.

Bedächtig steckte das Mädchen seinen Pfeil in den Köcher zurück und hängte sich den Bogen über die Schulter. Der junge Mann dagegen behielt seine Waffen in der Hand. Seine funkelnden Augen verrieten, dass ihm die Situation Vergnügen bereitete. Er würde ohne Zögern schießen. Torak hustete, rieb sich den Hals und griff dabei unauffällig nach seinem Messer.

»Das nehme ich«, sagte Oslak. Er hielt Torak immer noch gepackt, nahm ihm mit der anderen Hand die Waffen ab und warf sie dem Mädchen zu.

Sie betrachtete Fas Messer neugierig. »Hast du das auch gestohlen?«

»Nein! Es … es hat meinem Vater gehört.«

Ganz offensichtlich glaubten sie ihm nicht.

Er sah das Mädchen an. »Du hast behauptet, ich hätte euren Rehbock gestohlen. Wieso war es eurer?«

»Dieser Teil des Waldes gehört uns«, erwiderte der junge Mann.

Torak war verwirrt. »Wie meinst du das? Der Wald gehört doch niemandem …«

»Jetzt schon«, unterbrach ihn der junge Mann barsch.

»Das wurde beim Sippentreffen beschlossen. Weil nämlich…« Er unterbrach sich und machte ein finsteres Gesicht. »Darum geht es hier nicht. Du hast unseren Bock gestohlen. Darauf steht der Tod.«

Torak brach der Schweiß aus. *Der Tod?* Wieso wurde man mit dem Tode bestraft, wenn man einen Rehbock erlegte?

Sein Mund war so trocken, dass er kaum sprechen konnte. »Wenn… wenn es euch um den Bock geht, dann behaltet ihn meinetwegen und lasst mich gehen. Das Fleisch ist in meiner Trage. Ich habe kaum etwas davon gegessen.«

Oslak und das Mädchen wechselten einen Blick, doch der junge Mann schüttelte verächtlich den Kopf. »So einfach geht das nicht. Du bist mein Gefangener. Fessle ihm die Hände, Oslak. Wir führen ihn Fin-Kedinn vor.«

»Wer ist das?«, fragte Torak.

»Du weißt wohl überhaupt nichts«, sagte das Mädchen naserümpfend.

»Fin-Kedinn ist mein Onkel«, erklärte der junge Mann und warf sich in die Brust. »Der Anführer unserer Sippe. Ich bin Hord, sein Brudersohn.«

»Was für eine Sippe denn? Wo bringt ihr mich hin?«

Er bekam keine Antwort.

Oslak versetzte ihm einen Stoß, dass er auf die Knie fiel. Als er sich wieder aufrappelte, warf er einen Blick über die Schulter und sah zu seiner Bestürzung, dass Wolf umgekehrt war, um nach ihm zu sehen. Der Welpe stand zögernd etwa zwanzig Schritt entfernt und sog den Geruch der Fremden ein.

Die drei hatten ihn noch nicht entdeckt. Was würden sie tun? Vermutlich hielten auch sie sich an das alte Gesetz, das es verbot, einen anderen Jäger zu töten. Aber sie konnten Wolf davonjagen. Torak malte sich aus, wie der Kleine hungrig und heulend durch den Wald irrte.

Um ihn zu warnen, stieß er ein kurzes, nachdrückliches »Wuff!« aus. *Gefahr!*

Der verdatterte Oslak wäre fast über ihn gestolpert. »Was hast du gesagt?«

»Wuff«, wiederholte Torak. Ärgerlicherweise lief Wolf keineswegs davon, sondern legte die Ohren an und rannte auf Torak zu.

»Was soll das denn?«, brummelte Oslak mürrisch und packte den Welpen am Nackenfell.

Wolf zappelte knurrend im Griff der großen roten Hand.

»Lass ihn los!«, rief Torak und versuchte, sich zu befreien. »Lass ihn los oder ich bring dich um!«

Oslak und das Mädchen brachen in schallendes Gelächter aus.

»*Lass ihn los!* Er hat dir nichts getan!«

»Scheuch ihn weg und dann lass uns gehen«, meinte Hord gereizt.

»Nein!«, schrie Torak. »Er muss mir den Weg zeigen.«

Das Mädchen warf ihm einen argwöhnischen Blick zu. »*Was* muss er?«

»Er begleitet mich«, nuschelte Torak, der spürte, dass er vor den Fremden weder den Berg erwähnen noch sich mit Wolf verständigen durfte.

»Komm schon, Renn«, fauchte Hord. »Wir verschwenden unsere Zeit.«

Aber Renn musterte Torak immer noch misstrauisch. Sie drehte sich nach Oslak um. »Gib ihn mir.« Sie holte einen Ledersack aus ihrer Rückentrage, steckte den Welpen hinein und band den Sack fest zu. Dann schulterte sie die strampelnde, jaulende Last und wandte sich an Torak: »Wenn du unterwegs Ärger machst, schlag ich dein Wolfsjunges an den nächsten Baum und brech ihm sämtliche Knochen.«

Torak sah sie an. Wahrscheinlich war es bloß eine leere Drohung, aber sie bändigte ihn damit zuverlässiger, als es ihre beiden männlichen Begleiter vermochten.

Oslak versetzte ihm wieder einen Stoß und sie schlugen einen Wildwechsel nach Nordwesten ein.

Die Lederriemen schnürten Toraks Handgelenke schmerzhaft ein. Sollen sie doch, dachte er. Er war furchtbar wütend auf sich selbst. *Schau hinter dich*, hatte sein Vater gesagt. Er hatte sich nicht daran gehalten und musste jetzt dafür büßen, und Wolf ebenfalls. Das erstickte Gejaule war verstummt. Bekam der Kleine nicht genug Luft? War er vielleicht schon erstickt?

Torak bat Renn, den Sack zu öffnen und etwas Luft hineinzulassen.

»Nicht nötig«, erwiderte sie, ohne sich umzudrehen. »Eben hat er noch gezappelt.«

Torak biss die Zähne zusammen und stolperte weiter. Er musste fliehen, aber wie?

Oslak lief hinter ihm, Hord ging voran. Er mochte neunzehn Sommer alt sein, ein kräftiger, gut aussehender junger Mann. Er wirkte zugleich hochmütig und unsicher, als wollte er um jeden Preis der Beste sein, befürchtete aber insgeheim, dass er immer nur der Zweitbeste bleiben würde. Seine Kleidung war sorgfältig gearbeitet und farbenfroh. Das Wams war mit rot gefärbten, geflochtenen Sehnen bestickt und mit grün gefleckter Vogelhaut eingefasst, auf seiner Brust hing eine wunderschöne Kette aus Hirschzähnen.

Torak wunderte sich, dass sich ein Jäger so auffällig kleidete. Obendrein klirrte die Kette, was so ungefähr das Letzte war, was ein Jäger brauchen konnte.

Renn und Hord sahen einander ähnlich, und Torak überlegte, ob sie Geschwister waren. Allerdings war Renn vier oder fünf Sommer jünger als Hord. Ihre Clantätowierung – drei schmale blauschwarze Streifen auf den Wangenknochen – stach von ihrer hellen Haut ab und verlieh ihr ein verschlagenes, misstrauisches Aussehen. Torak glaubte nicht, dass es Zweck hatte, sie um Hilfe zu bitten.

Ihr Beinleder und Wams waren abgewetzt, Bogen und Köcher jedoch ausgesprochen schön. Die Pfeile waren kunstvoll mit Eulenfedern besetzt, damit sie lautlos flogen. An den ersten beiden Fingern der linken Hand trug sie lederne Fingerlinge und um den rechten Arm hatte sie einen Unterarmschutz aus blank poliertem grünem Schiefer gebunden. Torak nahm an, dass so etwas nur jemand trug, der mit Leib und Seele Bogenschütze war. Der Bogen ist ihre wahre Leidenschaft, dachte er, nicht schöne Kleidung wie bei Hord.

Aber welcher Sippe gehörte sie an? Alle drei trugen an der linken Schulter einen Streifen Haut von ihrem Totemtier, in diesem Fall ein Büschel schwarzer Federn. Vom Schwan? Vom Adler? Die Federn waren schon so zerrupft, dass Torak es nicht genau erkennen konnte.

Sie liefen den ganzen Morgen, ohne einmal anzuhalten, um etwas zu essen oder zu trinken. Sie durchquerten sumpfige Täler voll wispernder Zitterpappeln und erklommen mit wachsamen Kiefern bestandene Hügel. Als Torak unter den Bäumen hindurchging, seufzten sie kummervoll, als betrauerten sie schon jetzt seinen Tod.

Wolken schoben sich vor die Sonne und Torak verlor

die Orientierung. Sie kamen an einen Abhang, wo hüfthohe Ameisenhügel aus dem Waldboden ragten. Da Waldameisen ihre Hügel nur an der Südseite von Bäumen errichten, kam Torak zu dem Schluss, dass sie nach Westen gingen.

Irgendwann machten sie doch an einem kleinen Bach Halt, um ihren Durst zu stillen.

»Wir kommen viel zu langsam voran«, schimpfte Hord. »Wir müssen noch das ganze Tal durchqueren, bis wir am Windfluss sind.«

Torak spitzte die Ohren. Vielleicht konnte er ja etwas Nützliches aufschnappen …

Renn merkte, dass er zuhörte. »Der Windfluss«, sagte sie überdeutlich, als spräche sie mit einem kleinen Kind, »liegt im nächsten Tal westlich von hier. Dort lagern wir im Herbst. Und ein paar Tagesmärsche nach Norden fließt das Breitwasser, wo wir uns im Sommer niederlassen. Wegen der Lachse. Das sind Fische. Vielleicht hast du schon mal davon gehört.«

Torak spürte, wie er rot wurde. Immerhin wusste er jetzt, wo die drei hinwollten, nämlich in ihr Herbstlager. Das klang gar nicht gut. In einem Lager waren noch viel mehr Leute und eine Flucht war noch viel schwieriger zu bewerkstelligen.

Die Sonne sank immer tiefer. Die drei Fremden wurden unruhig, blieben immer wieder stehen, sahen sich um und lauschten. Torak erriet, dass sie nach dem Bären Ausschau hielten. Vielleicht hatten sie sich ja seinetwegen dieses neue Gesetz ausgedacht, dass das Wild jemandem »gehörte«. Vielleicht gab es immer weniger Wild, weil der Bär es verjagte.

Sie stiegen in ein weites, mit Eichen, Eschen und Kiefern bestandenes Tal hinab und kamen kurz darauf an einen breiten silbrigen Fluss. Das musste der Windfluss sein.

Plötzlich roch Torak Rauch. Sie näherten sich dem Lager.

Kapitel 8

Sie überquerten den Fluss auf einem Holzsteg. Torak blickte ins Wasser und überlegte, ob er hineinspringen sollte. Aber da seine Hände gefesselt waren, würde er wahrscheinlich ertrinken. Außerdem wollte er Wolf nicht im Stich lassen.

Etwa zehn Schritt flussabwärts tat sich zwischen den Bäumen eine Lichtung auf. Torak roch Kiefernholzrauch und frisches Blut. Er sah vier große Rentierfellhütten, die anders gebaut waren, als er es kannte, und beängstigend viele Leute. Alle waren so beschäftigt, dass sie ihn gar nicht bemerkten. Mit von der Angst geschärften Sinnen prägte er sich jede Einzelheit überdeutlich ein.

Am Flussufer häuteten zwei Männer einen Keiler, der an einem Baum aufgehängt war. Den Bauch hatten sie ihm schon aufgeschlitzt, jetzt hatten sie die Messer weggesteckt und zogen ihm das Fell mit bloßen Händen ab, damit es keinen Schaden nahm. Dabei arbeiteten sie mit nacktem Oberkörper und trugen Schurze aus Fischhaut über den Beinledern. Mit den von gezackten, erhabenen Narben bedeckten muskulösen Oberarmen machten sie einen einschüchternd starken, kräftigen Eindruck. Aus dem Tierkadaver tropfte das Blut in einen Trog aus Birkenrinde.

Zwei Mädchen in kurzen Hirschlederhemden standen kichernd im seichten Wasser und wuschen die Eingeweide des erlegten Keilers aus. Daneben waren drei kleinere Kinder ganz darin vertieft, Schlammfladen herzustellen und mit Ahornzweigen zu verzieren. Zwei schlanke Lederkanus waren halb aufs Ufer gezogen. Ringsherum glitzerte der Boden von Fischschuppen und ein paar große Hunde taten sich an den Resten gütlich.

Mitten auf der Lichtung brannte ein Langfeuer aus Kiefernholz. Dort hatten ein paar Frauen ihre Weidenmatten ausgebreitet, knackten Haselnüsse, lasen die schlechten Beeren aus einem Korb Wacholderbeeren aus und unterhielten sich dabei leise. Keine sah Hord und Renn auch nur entfernt ähnlich. Ob die beiden wohl wie er selber ihre Eltern verloren hatten?, ging es Torak durch den Kopf.

In einiger Entfernung vom Feuer stellte eine alte Frau Pfeile her. Dazu steckte sie nadelspitze Feuersteinsplitter in die Schäfte und befestigte sie mit einer klebrigen Masse aus Kiefernblut und Bienenwachs. Auf ihr Wams war über die Brust ein rundes Knochenamulett mit einer eingeritzten Spirale genäht. Daraus schloss Torak, dass es sich um die Schamanin der Sippe handelte. Fa hatte ihm von Schamanen erzählt. Sie konnten Kranke heilen und sahen in ihren Träumen, wo das Wild zu finden war oder wie das Wetter wurde. Die Alte hier machte allerdings den Eindruck, als könnte sie auch Gefährliches vollbringen.

Am Feuer beugte sich ein hübsches Mädchen über ein Kochleder. Ihr Haar lockte sich im aufsteigenden Dampf und sie warf mit einem gegabelten Ast rot glühende Steine hinein. Es roch nach Fleischbrühe und Torak lief das Wasser im Mund zusammen.

Daneben kniete ein älterer Mann und spießte Hasen auf angespitzte Äste. Er hatte genauso braunrotes Haar und einen kurz gestutzten roten Bart wie Hord, aber das war auch die einzige Ähnlichkeit. Sein Gesicht war so unbewegt und hatte so markante Züge, dass es Torak an gemeißelten Sandstein erinnerte. Er dachte nicht mehr ans Essen. Niemand musste ihm sagen, dass dies ein mächtiger Mann war.

Jetzt löste Oslak die Lederriemen und gab Torak einen Stoß.

Sofort sprangen die Hunde mit wütendem Gebell auf. Die Alte machte eine rasche Handbewegung und die Tiere verstummten bis auf ein leises Knurren. Alle Blicke waren auf Torak gerichtet. Nur der Mann am Feuer fuhr unbeirrt mit seiner Tätigkeit fort. Als er fertig war, rieb er sich die Hände mit Sand sauber, erhob sich und sah den Ankömmlingen schweigend entgegen.

Das hübsche Mädchen lächelte Hord schüchtern an. »Wir haben dir ein bisschen Brühe aufgehoben.«

Torak vermutete, dass sie entweder die Gefährtin des jungen Mannes war oder es gern wäre.

Renn wandte sich nach Hord um und verdrehte die Augen. »Dyrati hat dir ein bisschen Brühe aufgehoben«, äffte sie das andere Mädchen nach.

So benimmt sich nur eine Schwester, dachte Torak.

Hord achtete nicht auf die beiden Mädchen, sondern trat zu dem Mann am Feuer und berichtete ihm kurz, was vorgefallen war. Torak fiel auf, dass er das Ganze so darstellte, als hätte er selbst und nicht Oslak den »Dieb« gefangen.

Oslak schien das nicht zu stören, aber Renn warf ihrem Bruder einen ärgerlichen Blick zu.

Inzwischen hatten die Hunde Wolf gewittert. Mit gesträubtem Fell schlichen sie um Renn herum.

»Zurück!«, befahl das Mädchen. Die Hunde gehorchten. Renn verschwand in der nächsten Hütte und kam kurz darauf mit einem aufgerollten Seil aus Rindenfasern wieder zum Vorschein. Das eine Ende knotete sie um den Sack, in dem Wolf steckte, das andere warf sie über den Ast einer Eiche und zog den Sack so hoch, dass die Hunde nicht herankamen.

Und ich auch nicht, dachte Torak. Jetzt konnte er nicht mehr weglaufen, selbst dann nicht, wenn sich eine Gelegenheit bot. Nicht ohne Wolf.

Renn fing seinen Blick auf und grinste schadenfroh.

Torak machte ein finsteres Gesicht, aber insgeheim war ihm flau vor Angst.

Hord hatte seinen Bericht beendet. Der Mann am Feuer nickte knapp, gab Oslak ein Zeichen und Oslak versetzte Torak wieder einen Stoß. Der Mann hatte leuchtend blaue Augen, die das einzig Lebendige in seinem unbewegten Gesicht waren. Es fiel Torak schwer, ihrem eindringlichen Blick lange standzuhalten, und noch schwerer, wegzusehen.

»Wie heißt du?«, fragte der Mann mit so ruhiger Stimme, dass Torak ganz verzagt wurde.

Er fuhr sich mit der Zunge über die trockenen Lippen. »Torak. Und wer bist du?«, fragte er zurück, obwohl er die Antwort schon zu wissen glaubte.

Anstelle des Mannes antwortete Hord: »Du sprichst mit Fin-Kedinn, dem Anführer des Rabenclans. Und du jämmerlicher Knilch solltest gefälligst mehr Achtung …«

Fin-Kedinn schnitt ihm mit einem strengen Blick das

Wort ab, dann wandte er sich an Torak. »Zu welcher Sippe gehörst du?«

Torak reckte trotzig das Kinn. »Zum Wolfsclan.«

»Na so was«, spottete Renn und ein paar Zuschauer lachten.

Fin-Kedinn lachte nicht. Seine blauen Augen waren unverwandt auf Torak geheftet. »Was hast du in diesem Teil des Waldes zu suchen?«

»Ich will nach Norden«, erwiderte Torak.

»Ich hab ihm gesagt, dass dieses Gebiet uns gehört«, warf Hord rasch ein.

»Das konnte ich nicht wissen«, verteidigte sich Torak. »Ich war nicht beim Sippentreffen.«

»Warum nicht?«, fragte Fin-Kedinn.

Torak schwieg.

Der Anführer des Rabenclans blickte ihn wieder durchdringend an. »Wo sind deine Leute?«

»Das weiß ich nicht«, antwortete Torak wahrheitsgemäß. »Ich habe nicht bei ihnen gelebt. Ich ... ich habe bei meinem Vater gelebt.«

»Und wo ist dein Vater?«

»Er ist tot. Ein ... Bär hat ihn getötet.«

Ein Raunen ging durch die Zuschauer. Einige drehten sich ängstlich um, andere berührten ihr Clanabzeichen oder machten das Zeichen gegen das Böse. Die Alte legte die Pfeile weg und kam zu ihnen herüber.

Fin-Kedinns Gesicht blieb unbewegt. »Wer war dein Vater?«

Torak schluckte. Er wusste (und Fin-Kedinn wusste es zweifellos genauso gut), dass es verboten war, den Namen eines Verstorbenen vor Ablauf von fünf Sommern nach dessen Tod auszusprechen. Einen Verstorbenen kann man nur benennen, indem man seine Eltern nennt. Fa hatte nur sehr selten über seine Familie gesprochen, aber Torak wusste, wie seine Großeltern hießen und woher sie kamen. Fas Mutter hatte dem Robbenclan angehört, sein Vater dem Wolfsclan. Torak nannte ihre Namen.

Jedem fällt es schwer, sich nichts anmerken zu lassen, wenn er überraschend etwas Bekanntes hört. Auch Fin-Kedinn gelang es nicht ganz.

Er muss Fa gekannt haben, dachte Torak bestürzt. Aber woher? Fa hatte weder den Rabenclan noch dessen Anführer je erwähnt. Was hatte das zu bedeuten?

Er sah zu, wie sich Fin-Kedinn nachdenklich mit dem Daumen über die Unterlippe strich. Aber es war unmöglich, zu sagen, ob Toraks Vater nun sein bester Freund oder sein Todfeind gewesen war.

Schließlich ergriff der Anführer wieder das Wort. »Teilt die Habe des Jungen unter euch auf«, befahl er. »Dann bringt ihn ein Stück flussabwärts und tötet ihn.«

Kapitel 9

Toraks Knie gaben nach.

»W-was?«, keuchte er. »Ich wusste ja nicht mal, dass es euer Bock war! Wie kann ich mich dann schuldig gemacht haben?«

»So verlangt es das Gesetz«, entgegnete Fin-Kedinn.

»Warum? *Warum?* Weil du es bestimmst?«

»Weil es die Sippen so bestimmt haben.«

Oslak legte eine schwere Hand auf Toraks Schulter.

»Nein!«, rief Torak. »Hör zu … du sagst, so verlangt es das Gesetz, aber es gibt noch ein anderes Gesetz, oder?« Er holte Luft. »Nämlich dass der Zweikampf entscheidet. Lass … lass uns kämpfen.« Er war sich nicht ganz sicher, ob das auch stimmte, denn als ihn Fa die Sippengesetze lehrte, hatte er dieses Verfahren nur beiläufig erwähnt, aber Fin-Kedinns Augen wurden schmal.

»So ist es doch, nicht wahr?«, beharrte Torak und zwang sich, den Blick des Anführers zu erwidern. »Ihr wisst nicht, ob ich tatsächlich schuldig bin, denn ihr könnt nicht wissen, ob mir klar war, dass der Rehbock euch gehört. Deshalb wollen wir kämpfen, du und ich.« Er schluckte. »Wenn ich dich besiege, bin ich unschuldig und darf am Leben bleiben, ich meine, wir dürfen *beide* am Leben bleiben, der Wolf und ich. Wenn ich dagegen verliere, dürft ihr uns töten.«

Ein paar Männer lachten leise. Eine Frau tippte sich kopfschüttelnd an die Stirn.

»Ich kämpfe nicht mit Knaben«, brummte Fin-Kedinn.

»Aber er hat schon Recht, oder?«, warf Renn ein. »So lautet doch das erste und älteste Gesetz. Er darf einen Zweikampf verlangen.«

Hord trat vor. »Ich kämpfe mit ihm. Ich bin eher in seinem Alter, dann ist es ausgewogener.«

»Kaum«, bemerkte Renn trocken.

Sie stand an den Baum gelehnt, an dem der Sack mit dem Welpen hing. Torak sah, dass sie den Riemen etwas aufgezogen hatte und Wolfs Kopf herausschaute. Er wirkte ziemlich mitgenommen, beäugte aber neugierig die beiden Hunde, die geifernd um den Baum strichen.

»Was meinst du dazu, Fin-Kedinn?«, fragte jetzt die Schamanin. »Der Junge hat tatsächlich Recht. Lass die beiden kämpfen.«

Fin-Kedinn sah die Alte an, und einen Augenblick schien es, als trügen sie einen stummen Kampf darum aus, wessen Willenskraft die stärkere war, dann nickte der Anführer bedächtig.

Torak wurde ganz schwach vor Erleichterung.

Die Aussicht auf einen Zweikampf brachte Bewegung in die Zuschauer. Sie standen in Grüppchen beisammen, redeten aufgeregt durcheinander und stampften mit den Füßen auf. Ihr Atem bildete in der kalten Abendluft kleine Wolken.

Oslak warf Torak Fas Messer zu. »Das wirst du brauchen. Und einen Speer und einen Armschutz.«

»Wozu das alles?«

Der große Mann kratzte sich die Narbe, wo einst sein Ohr gesessen hatte. »Du verstehst nichts vom Kämpfen, was?«

Torak schüttelte den Kopf.

Oslak schnitt eine Grimasse. Er verschwand in einer Hütte und kam mit einem Eschenspeer zurück, der eine tückische Basaltspitze hatte. In der anderen Hand hielt er etwas, das wie ein dreifach gefaltetes Stück Rentierfell aussah.

Zögernd nahm Torak den Speer entgegen und sah zu, wie ihm Oslak den dicken Fellstreifen um den rechten Unterarm band. Sein Arm wurde schwer wie ein großes Fleischstück, und er fragte sich, wozu das Ganze gut sein sollte.

Oslak deutete auf den Verband an Toraks anderem Arm und sagte grinsend: »Sieht für dich nicht gut aus, Kleiner.«

Halb so wild, dachte Torak.

Als er den Zweikampf vorgeschlagen hatte, hatte er an einen Ringkampf gedacht, dazu vielleicht noch eine kleine Messerstecherei. Das hatte er oft mit Fa geübt, aber immer nur zum Spaß. Beim Rabenclan bedeutete Zweikampf offenbar etwas anderes. Torak überlegte, ob es bestimmte Regeln dafür gab und ob er sich lächerlich machte, wenn er nachfragte.

Fin-Kedinn stocherte im Feuer, dass die Funken nur so flogen. Die Luft flimmerte vor Hitze und Torak konnte den Anführer nur verschwommen erkennen.

»Es gibt nur eine einzige Regel«, sagte Fin-Kedinn, als könnte er Gedanken lesen. »Es ist verboten, Feuer zu benutzen. Verstanden?« Wieder blickte er Torak eindringlich an.

Torak nickte geistesabwesend. Das war nun wirklich seine geringste Sorge. Er beobachtete, wie Hord, der hinter Fin-Kedinn stand, seinen Armschutz anlegte. Der junge Mann hatte sein Wams ausgezogen. Er sah schrecklich groß und stark aus. Torak beschloss, sein Wams anzulassen. Dann fiel der Unterschied weniger auf.

Er löste seine Habe vom Gürtel und legte alles auf den Boden. Dann band er sich eine Knüpfgrasschnur um die Stirn, damit ihm das Haar nicht in die Augen fiel. Seine Hände waren schweißnass. Er bückte sich und rieb sie mit Sand trocken.

Als ihm jemand auf die Schulter tippte, fuhr er zusammen.

Es war Renn. Sie hielt ihm einen Rindenbecher hin.

Er nahm ihn dankbar entgegen und trank. Zu seiner Überraschung enthielt er herben, stärkenden Holundersaft.

Renn entging seine Verblüffung nicht und sie zuckte die Achseln. »Hord hat auch davon getrunken, da ist es nur gerecht.« Sie zeigte auf einen Trog am Feuer. »Da drin ist auch Wasser, falls du zwischendurch Durst bekommst.«

Torak gab ihr den Becher zurück. »So lange wird es wohl nicht dauern.«

Sie zauderte einen Moment. »Wer weiß«, sagte sie dann.

Es wurde still. Die Zuschauer verteilten sich rund um die Lichtung, Torak und Hord nahmen in der Mitte am Feuer Aufstellung. Irgendeine Zeremonie gab es nicht. Der Zweikampf war eröffnet.

Lauernd schlichen die beiden jungen Männer umeinander herum.

Trotz seiner Körpergröße bewegte sich Hord geschmeidig wie ein Luchs. Er ging leicht in die Knie und wog Speer und Messer in den Händen. Seine Miene war angespannt, doch um seine Lippen spielte ein schmales Lächeln. Er genoss es, im Mittelpunkt zu stehen.

Ganz im Gegensatz zu Torak. Sein Puls raste, und er vernahm die Rufe der Zuschauer, die Hord anfeuerten, so gedämpft, als bewegte er sich unter Wasser.

Hord stach mit dem Speer nach seiner Brust und er wich mit knapper Not aus. Er spürte, wie ihm der Schweiß auf die Stirn trat.

Er ahmte den Ausfall seines Gegners nach und hoffte, dass niemand etwas merkte.

»Mit Nachmachen kommst du nicht weit«, rief ihm Renn zu.

Torak schoss das Blut ins Gesicht.

Sie bewegten sich jetzt schneller. An manchen Stellen war der Boden glitschig vom Schweineblut. Torak glitt aus und wäre um ein Haar gestürzt.

Kräftemäßig war er unterlegen, da machte er sich nichts vor. Er musste seinen Gegner überlisten. Leider kannte er nur zwei armselige Kniffe und selbst die hatte er nur ein paar Mal geübt.

Egal, dachte er und holte mit dem Speer nach Hords Kehle aus. Wie erwartet riss Hord den Armschutz hoch und wehrte den Stoß ab. Das nutzte Torak aus und zielte nach seinem Bauch, aber Hord parierte auch diesen Stoß beängstigend mühelos, sodass Toraks Speer von seinem Armschutz abprallte, ohne etwas auszurichten.

Den hat er gekannt, dachte Torak. Es wurde immer offensichtlicher, dass Hord ein erfahrener Kämpfer war.

»Na los, Hord«, rief ein Mann aus der Menge. »Lass endlich Blut fließen!«

»Lass du mir Zeit«, gab Hord ironisch zurück.

Die Zuschauer lachten.

Torak versuchte es mit dem zweiten Kniff. Er stellte sich absichtlich ungeschickt an (was ihm nicht weiter schwer fiel), fuchtelte wild mit dem Speer herum und gab sich immer wieder eine verlockende Blöße in der Brustgegend. Hord ging darauf ein, aber als er zustieß, riss Torak den geschützten Arm hoch. Hords Speerspitze bohrte sich mit solcher Wucht in das dicke Fell, dass Torak beinahe das Gleichgewicht verloren hätte, aber es gelang ihm trotzdem wie beabsichtigt, den Arm schwungvoll hochzureißen. Hords Speer brach mittendurch. Aus der Menge kamen gedämpfte Ausrufe. Hord taumelte mit leerer Speerhand zurück.

Sogar Torak war verdattert. Er hatte nicht geglaubt, dass es klappen würde.

Doch Hord erholte sich rasch. Er machte einen Satz und stach mit dem Messer nach Toraks Speerhand. Torak schrie auf, als ihn die Feuersteinspitze zwischen Zeigefinger und Daumen traf, rutschte aus und ließ seinen Speer fallen. Wieder stürzte sich Hord auf ihn. Torak konnte sich gerade noch rechtzeitig wegrollen und wieder aufrappeln.

Jetzt waren beide ohne Speer und somit auf ihre Messer angewiesen.

Um sich eine kleine Verschnaufpause zu verschaffen, sprang Torak hinter das Feuer. Er atmete schwer und sein verletzter Arm pochte. Der Schweiß lief ihm in Strömen herunter. Jetzt bereute er bitter, es nicht wie Hord gemacht und sein Wams ausgezogen zu haben.

»Komm schon, Hord«, kreischte eine schrille Frauenstimme. »Mach ihn fertig.«

»Los, Hord!«, rief ein Mann. »Hast du im Großen Wald sonst nichts gelernt?«

Doch inzwischen galten nicht mehr alle Rufe Hord. Vereinzelt wurden Anfeuerungsrufe für Torak laut, die Torak allerdings weniger als echte Unterstützung auffasste denn als Ausdruck der Befriedigung, dass er länger durchhielt, als man allgemein erwartet hatte.

Er wusste, dass er nicht mehr viel länger mithalten konnte. Er war schon sehr erschöpft und hatte alle seine Kniffe verbraucht. Von nun an bestimmte Hord den Ablauf des Kampfes.

Tut mir Leid, Wolf, wandte er sich stumm an den Welpen. Ich glaub, ich schaff's nicht.

Aus dem Augenwinkel sah er den Welpen hoch im Baum hängen. Er zappelte und jaulte und vor seiner Schnauze standen weiße Wolken. *Was ist los?*, jammerte er. *Warum kommst du nicht endlich und holst mich hier raus?*

Torak sprang zur Seite und Hords Messer verfehlte seine Kehle. Bleib bei der Sache, befahl er sich ärgerlich. Denk nicht mehr an Wolf.

Trotzdem rumorte etwas in ihm und es hatte mit Wolf zu tun. Aber was?

Wieder blickte er zu Wolf und seinen Atemwolken hoch.

»Es ist verboten, Feuer zu benutzen«, hatte Fin-Kedinn gesagt.

Plötzlich war Torak ganz klar und er wusste, was er tun musste. Nach einer neuerlichen Finte wich er seitlich aus und brachte abermals das Feuer zwischen sich und seinen Gegner.

»Na, versteckst du dich mal wieder?«, höhnte Hord.

Torak deutete mit dem Kinn auf den Wassertrog. »Ich muss was trinken, in Ordnung?«

»Wenn's sein muss, *Kleiner*.«

Torak ließ Hord nicht aus den Augen, hockte sich hin und schöpfte mit der hohlen Hand Wasser. Er machte absichtlich langsam, damit Hord denken sollte, er hätte etwas mit dem Wassertrog vor, und nicht auf das blubbernde Kochleder achtete.

Es klappte. Hord trat näher und beugte sich übers Feuer, um seinen Gegner einzuschüchtern.

»Willst du auch was trinken?«, fragte der immer noch hockende Torak.

Hord schnaubte verächtlich.

Plötzlich stieß Torak mit dem Messer zu, zielte aber nicht auf Hord, sondern auf das Kochleder. Er bohrte die Klinge in das dicke Fell, hob es an, kippte es aus und kochende Brühe ergoss sich in die Glut. Zischend stieg Dampf auf – Hord mitten ins Gesicht.

Die Zuschauer hielten den Atem an. Torak nutzte die Gelegenheit und stach nach dem Handgelenk seines Gegners. Der geblendete Hord heulte auf und ließ das Messer fallen. Torak gab der Waffe einen Tritt, dass sie wegschlitterte, dann stürzte er sich auf seinen Gegner und warf ihn zu Boden.

Hord lag keuchend unter ihm und Torak hockte sich rittlings auf seine Brust und drückte ihm die Arme nieder. Ein roter Schleier schob sich vor seine Augen, und er hatte nur noch den Wunsch, seinen Gegner zu töten. Er packte Hords roten Haarschopf und schlug ihm den Kopf auf den Boden.

Da fassten ihn schwere Hände bei den Schultern und zogen ihn weg. »Es ist vorbei«, hörte er Fin-Kedinn sagen.

Torak wehrte sich. Hord sprang auf und tastete nach seinem Messer. Keuchend funkelten sie einander an.

»Ich habe gesagt, es ist *vorbei*«, wiederholte Fin-Kedinn barsch.

Jetzt gerieten die Zuschauer in Aufruhr. Sie waren durchaus nicht der Meinung, dass der Kampf zu Ende war. »Er hat gegen die Regeln verstoßen! Er hat Feuer benutzt!«

»Nein, er hat nach allen Regeln gewonnen.«

»Wer sagt das? Sie sollen noch mal kämpfen!«

Torak und Hord machten beide ein entsetztes Gesicht.

»Der Junge hat gewonnen«, verkündete Fin-Kedinn und ließ Torak los.

Torak schüttelte sich, wischte sich den Schweiß aus dem Gesicht und sah zu, wie Hord das Messer wegsteckte. Sein Gegner war wütend, aber ob auf sich selbst oder auf Torak, war nicht zu erkennen. Dyrati legte ihm beschwichtigend die Hand auf den Arm, aber er schüttelte sie verärgert ab, drängte sich durch die Umstehenden und verschwand in einer Hütte.

Jetzt, da die Mordlust von ihm gewichen war, fühlte sich Torak wackelig, und ihm war ein wenig übel. Er steckte sein Messer in die Lederscheide zurück und sah sich nach seinen Habseligkeiten um. Dann merkte er, dass ihn Fin-Kedinn beobachtete.

»Du hast gegen die Regeln verstoßen«, sagte der Anführer des Rabenclans ruhig. »Du hast Feuer benutzt.«

»O nein«, widersprach Torak mit Nachdruck, aber seine Selbstsicherheit war nur gespielt. »Ich habe kein Feuer benutzt, ich habe Dampf benutzt!«

»Mir wäre es lieber gewesen, du hättest Wasser genommen«, entgegnete Fin-Kedinn. »Du hast die gute Brühe vergeudet.«

Torak schwieg.

Fin-Kedinn musterte ihn von oben bis unten und in seinen blauen Augen blitzte Belustigung auf.

Nun bahnte sich Oslak einen Weg durch die Zuschauer. Er trug den Sack mit Wolf auf den Armen. »Hier ist dein Welpe!«, polterte er und warf Torak den Sack so schwungvoll zu, dass dieser rückwärts torkelte.

Wolf zappelte, leckte Torak das Kinn und erzählte ihm, was er Schreckliches durchgemacht hatte, und das alles gleichzeitig. Torak wollte ihn schon trösten, besann sich aber noch rechtzeitig. Es wäre dumm gewesen, sich im letzten Moment zu verraten.

»Gesetz ist Gesetz«, sagte Fin-Kedinn schroff. »Du hast gewonnen. Du bist frei und kannst gehen.«

»Nein!«, rief eine Mädchenstimme und alle drehten sich um. Es war Renn, die da gerufen hatte. »Du darfst ihn nicht gehen lassen!«, protestierte sie und lief zu ihrem Onkel.

»Du hast doch gehört, ich bin frei«, sagte Torak.

»Wir dürfen ihn nicht gehen lassen«, wiederholte das Mädchen mit Nachdruck. »Es ist zu wichtig. Er könnte …« Sie nahm ihren Onkel beiseite und flüsterte auf ihn ein.

Torak verstand nicht, was sie sagte, aber zu seiner Bestürzung scharten sich immer mehr Zuhörer um die beiden. Die Schamanin machte ein finsteres Gesicht und nickte. Sogar Hord kam aus seiner Hütte, und als er hörte, worüber gesprochen wurde, warf er Torak einen schwer zu deutenden, argwöhnischen Blick zu.

Fin-Kedinn sah das Mädchen nachdenklich an. »Bist du dir da ganz sicher?«

»Nein«, gab sie zu. »Vielleicht ist er es, vielleicht auch nicht. Wir müssen uns erst vergewissern.«

Fin-Kedinn strich sich den Bart. »Und was bringt dich auf diesen Gedanken?«

»Die Art und Weise, wie er mit Hord gekämpft hat. Und das da habe ich bei seinen Sachen gefunden.« Torak sah die kleine Knochenpfeife auf ihrer Handfläche. »Wozu brauchst du die?«, wandte sich das Mädchen an ihn.

»Damit rufe ich den Welpen«, gab er zurück.

Renn blies hinein und Wolf wand sich in Toraks Armen.

Die Zuschauer tuschelten miteinander. Renn und Fin-Kedinn wechselten einen Blick. »Es kommt kein Ton heraus«, sagte das Mädchen vorwurfsvoll.

Torak ging nicht darauf ein. Er stellte erschrocken fest, dass sie nicht wie ihr Bruder strahlend blaue Augen hatte, sondern schwarze, schwarz wie Moortümpel. War sie etwa auch eine Schamanin?

Sie drehte sich wieder nach ihrem Onkel um. »Er darf erst gehen, wenn wir ganz sicher sind.«

»Da ist was dran«, stimmte ihr die Schamanin zu. »Du weißt genauso gut wie ich, was man sich erzählt. Wir alle wissen das.«

»Was soll das heißen, *was man sich erzählt*?«, platzte Torak heraus. »Wir hatten ein Abkommen, Fin-Kedinn. Wir haben ausgemacht, dass Wolf und ich gehen können, wenn ich den Zweikampf gewinne.«

»Nein«, widersprach der Anführer, »wir haben ausgemacht, dass ihr am Leben bleibt. Und daran halte ich mich auch. Jedenfalls fürs Erste. Oslak, leg ihm die Fesseln wieder an.«

»Nein!«, schrie Torak.

»Du hast gesagt, dass dein Vater von einem Bären getötet wurde«, warf Renn ein. »Diesen Bären kennen wir. Einige von uns haben ihn sogar gesehen.«

Hord, der neben ihr stand, erschauerte und kaute an seinem Daumennagel.

»Vor etwa einem Mond ist er hier aufgetaucht«, fuhr Renn leise fort. »Wie ein Schatten hat er den Wald verfinstert und mutwillig alles getötet, was ihm über den Weg lief, sogar andere Jäger. Wölfe. Einen Luchs. Als ob er … als ob er etwas Bestimmtes suchte.« Sie machte eine Pause. »Vor dreizehn Tagen ist er schließlich verschwunden. Ein Läufer vom Eberclan hat ihn im Süden entdeckt. Wir dachten, er wäre fort, und dankten unserem Clanhüter.« Sie schluckte. »Jetzt ist er wieder da. Gestern sind unsere Kundschafter aus dem Westen zurückgekehrt. Bis zum Meer sind sie gewandert und er hat überall seine tödliche Spur hinterlassen. Der Walclan hat ihnen berichtet, dass er sich vor drei Tagen ein Kind geholt hat.«

Torak leckte sich die Lippen. »Und was hab ich damit zu tun?«

»Es gibt bei uns eine Weissagung«, fuhr Renn fort, als hätte sie die Frage nicht gehört. *»Ein Schatten verwüstet den Wald. Nichts und niemand kann ihn aufhalten.«* Stirnrunzelnd unterbrach sie sich.

An ihrer Stelle sprach die Schamanin weiter. *»Dann kommt der Lauscher. Er kämpft mit Luft und spricht mit Stille.«* Dabei blickte sie auf die Pfeife in Renns Hand.

Die Zuschauer waren jetzt verstummt und beobachteten Torak.

»Ich bin nicht euer Lauscher«, sagte er.

»Du könntest es schon sein«, gab die Schamanin zurück.

Torak überlegte. *Der Lauscher kämpft mit Luft …* Genau das hatte er getan: Er hatte Dampf als Waffe eingesetzt. »Und was geschieht mit ihm?«, fragte er leise. »Was geschieht mit dem Lauscher aus eurer Weissagung?« Aber er hatte das ungute Gefühl, die Antwort zu wissen.

Die Stille war fast mit Händen zu greifen. Toraks Blick schweifte über die angstvollen Gesichter der Umstehenden und das Feuersteinmesser an Oslaks Gürtel. Er betrachtete den Keiler am Baum, aus dem dunkles Blut in den darunter aufgestellten Trog tropfte. Er spürte Fin-Kedinns eindringlichen Blick auf sich ruhen und drehte sich um.

»Der Lauscher«, sagte Fin-Kedinn, *»opfert dem Berg sein Herzblut. Und der Schatten wird vernichtet.«*

Sein Herzblut.

Das Blut tropfte leise in den Trog.

Tropf, tropf, tropf.

Kapitel 10

»WAS WOLLT IHR mit mir machen?«, fragte Torak, als ihm Oslak erst die Hände auf den Rücken fesselte und ihn dann an den Pfosten band. »Was habt ihr vor?«

»Das erfährst du früh genug«, gab Oslak zurück. »Fin-Kedinn möchte, dass es bis zum Morgengrauen entschieden ist.«

Bis zum Morgengrauen, dachte Torak.

Er wandte den Kopf und sah zu, wie Oslak den widerspenstigen Wolf mit einer kurzen Lederleine an denselben Pfosten band.

Toraks Zähne schlugen aufeinander. »Und wer hat zu entscheiden, was mit mir geschieht? Warum darf ich nicht für mich selbst sprechen? Wer sind die ganzen Leute, die drüben am Feuer sitzen?«

»Aua!«, rief Oslak. Wolf hatte ihn in den Finger gezwickt. »Fin-Kedinn hat Läufer ausgeschickt, um wegen des Bären ein Sippentreffen einzuberufen. Jetzt entscheiden sie über dich gleich mit.«

Torak spähte zum Feuer hinüber. Dort saßen zwanzig, dreißig Männer und Frauen, die Gesichter von den Flammen beleuchtet. Er machte sich keine großen Hoffnungen.

Bis zum Morgengrauen. Bis dahin musste er von hier verschwunden sein.

Aber wie? Er saß in einer Hütte, war an einen Pfosten gefesselt und hatte weder Waffen noch seine Rückentrage, und selbst wenn es ihm gelänge, sich zu befreien: Das Lager war streng bewacht. Bei Einbruch der Dunkelheit hatte man rings um die Lichtung Feuer entzündet, an denen Männer mit Speeren und Rufhörnern aus Birkenrinde Wache hielten. Fin-Kedinn wollte wegen des Bären kein Risiko eingehen.

Oslak zog Torak die Stiefel aus und band ihm auch noch die Knöchel zusammen, dann ging er und nahm die Stiefel mit.

Torak konnte nicht hören, was am Feuer gesprochen wurde, aber dank der seltsamen Bauweise der Hütte konnte er die Versammelten wenigstens sehen. Hinter ihm fiel das Dach aus Rentierfellen schräg ab, auf der Vorderseite dagegen war die Hütte offen. Dort gab es nur einen Querbalken, der offenbar den Rauch des kleinen Feuers, das vor ihm knisterte, ablenken und dafür sorgen sollte, dass die Wärme drinnen blieb.

Torak versuchte angestrengt mitzubekommen, was draußen vor sich ging. Ein Sippenvertreter nach dem anderen erhob sich und ergriff das Wort. Ein breitschultriger Mann mit einer riesigen Axt. Eine Frau mit langem nussbraunem Haar, wovon eine Locke mit roter Ockerpaste an die Schläfe geklebt war. Ein leidenschaftlich dreinblickendes Mädchen, das sich den Kopf mit gelbem Lehm eingeschmiert hatte, sodass er wie raue Eichenrinde aussah.

Fin-Kedinn selbst konnte er nicht erkennen, aber etwas abseits des Feuers kauerte die Schamanin auf der staubigen Erde und beobachtete einen großen Raben mit schimmerndem Gefieder. Der Vogel stolzierte ohne Scheu vor ihr auf und ab und stieß ab und zu ein heiseres »Krah!« aus.

Ob das der Clanhüter war? Aber was erzählte er der Schamanin? Wie er, Torak, geopfert werden sollte? Ob man ihn ausnehmen sollte wie einen Lachs oder lieber aufspießen wie einen Hasen? Er hatte zwar noch nie gehört, dass irgendeine Sippe, außer in der fernen, schlimmen Zeit nach der Großen Flut, Menschenopfer dargebracht hatte, andererseits hatte er auch noch nie etwas vom Rabenclan gehört.

»Fin-Kedinn möchte, dass es bis zum Morgengrauen entschieden ist… Der Lauscher opfert dem Berg sein Herzblut…«

Hatte Fa diese Weissagung gekannt? Nein, unmöglich, er hätte niemals seinen eigenen Sohn in den Tod geschickt.

Aber dennoch… er hatte Torak schwören lassen, den Berg zu suchen. *Hasse mich nicht eines Tages deswegen*, hatte er gesagt.

Eines Tages. Wenn du es erfährst.

Die raue Zunge des Welpen fuhr über seine Handgelenke und riss ihn aus seinen Grübeleien. Wolf mochte den Geschmack der Lederriemen. Torak schöpfte neue Hoffnung. Wenn er Wolf dazu bringen konnte, die Riemen nicht nur abzuschlecken, sondern durchzubeißen…

Während Torak noch überlegte, wie er das in der Wolfssprache ausdrücken konnte, erhob sich ein Mann vom Langfeuer und kam quer über die Lichtung auf ihn zu. Es war Hord.

Erschrocken knurrte Torak Wolf ein *Halt!* zu. Doch der

Welpe war zu hungrig, um zu gehorchen, und leckte weiter an den Fesseln.

Zum Glück schenkte ihm Hord keine Beachtung. Er blieb an dem kleinen Feuer stehen, kaute an seinem Daumennagel und stierte Torak wütend an. »Du bist nicht der Lauscher«, fauchte er, »das kann nicht sein.«

»Dann sag das den anderen«, gab Torak zurück.

»Wir brauchen kein *Kind*, das uns hilft, den Bären zu töten. Das können wir auch allein. *Ich* werde die Sippen von ihm befreien!«

»Das schaffst du nicht«, entgegnete Torak. Er spürte Wolfs scharfe Schneidezähne an den Riemen nagen und hielt ganz still, um ihn nicht abzulenken. Er hoffte inständig, dass Hord nicht genauer hinsah und merkte, was der Welpe da machte.

Aber dafür war der junge Mann viel zu aufgebracht. Er ging ein paarmal auf und ab, dann wandte er sich wieder an Torak. »Du hast ihn gesehen, nicht wahr? Du hast den Bären gesehen.«

»Natürlich hab ich ihn gesehen«, antwortete Torak überrascht. »Schließlich hat er meinen Vater getötet.«

Hord warf einen verstohlenen Blick über die Schulter. »Ich hab ihn auch gesehen«, raunte er.

»Wann denn? Und wo?«

Hord zuckte zurück, als wollte er einem Schlag ausweichen. »Im Süden. Ich war beim Rotwildclan zu Gast. Dort habe ich die Schamanenkunst erlernt. Unsere Schamanin Saeunn«, er deutete mit dem Kinn auf die alte Frau, die sich immer noch mit dem Raben unterhielt, »hat mich hingeschickt.« Wieder kaute er auf seiner Daumenkuppe, die schon blutete. »Ich war dabei, als der Bär gefangen wurde. Ich … ich habe zugesehen, wie er erschaffen wurde.«

Torak sah ihn verdutzt an. »Erschaffen? Wie meinst du das?«

Aber Hord war schon wieder gegangen.

*

Mittnacht war um, der sterbende Mond ging auf und das Sippentreffen war immer noch im Gange. Wolf leckte und nagte beharrlich an den Lederriemen, aber Oslak hatte die Knoten fest zugezogen, und Wolf gelang es nicht, sie ganz zwischen die Zähne zu nehmen. Mach weiter, beschwor ihn Torak stumm. *Bitte* mach weiter.

Er war zu verängstigt, um Hunger zu verspüren, aber er war von dem Zweikampf mit Hord zerschrammt und zerschlagen, und vom langen Stillsitzen tat ihm der Nacken weh. Selbst wenn es Wolf gelänge, die Fesseln durchzubeißen, bezweifelte Torak, dass er noch genug Kraft hätte, den Wachen zu entkommen und davonzulaufen.

Er dachte über das eben Gehörte nach. »Ich habe zugesehen, wie er erschaffen wurde«, hatte Hord gesagt.

Und noch etwas: Hord hatte den Rotwildclan besucht, die Sippe, der auch Toraks Mutter angehört hatte. Torak hatte seine Mutter nicht gekannt, denn sie war gestorben, als er noch ganz klein war, aber wenn der Rabenclan mit ihrer Sippe befreundet war, konnte er sie vielleicht doch noch überreden, ihn laufen zu lassen …

Draußen schlurften Stiefel durch den Staub. Rasch. Wer da kam, durfte Wolf nicht erwischen.

Torak konnte gerade noch ein warnendes »Wuff!« ausstoßen (auf das Wolf zu seiner Erleichterung hörte), da tauchte auch schon Renn vor der Hütte auf. Sie knabberte an einer gebratenen Hasenkeule.

Ihr scharfer Blick streifte Wolf, der mit Unschuldsmiene

hinter Torak hockte, und blieb auf Torak haften, der ihn erwiderte, um sie davon abzuhalten, noch näher zu kommen.

Er deutete mit dem Kinn auf das Langfeuer und fragte, ob unter den Anwesenden jemand vom Wolfsclan sei.

Das Mädchen schüttelte den Kopf. »Von denen sind nicht mehr viele übrig. Da kommt dich keiner retten, falls du das meinst.«

Torak schwieg, drückte nur unauffällig die Handgelenke aneinander und spürte die Riemen ein wenig nachgeben. Wenn das Leder feucht war, ließ es sich dehnen. Wenn Renn nur wieder verschwinden würde!

Doch sie rührte sich nicht von der Stelle. »Vom Wolfsclan nicht«, wiederholte sie mit vollem Mund, »aber von den anderen Sippen. Die Frau mit dem gelben Lehmkopf da drüben gehört zum Auerochsenclan. Die leben im Großen Wald und beten viel. Deswegen sind sie dafür, dass wir den Weltgeist anflehen, uns von dem Bären zu befreien. Der Mann mit der Axt kommt vom Eberclan. Er schlägt vor, den Bären mit einer Feuerwand in Richtung Meer zu treiben. Und die Frau mit dem Erdblut im Haar ist vom Rotwildclan. Keine Ahnung, was die vorschlagen. Bei denen weiß man nie, was sie denken.«

Torak wunderte sich, dass sie so viel redete. Was wollte sie eigentlich?

Was auch immer, er beschloss, darauf einzugehen, um sie von Wolf abzulenken. »Meine Mutter gehörte zum Rotwildclan. Vielleicht ist die Frau da drüben ja eine Blutsverwandte von mir. Vielleicht…«

»Sie sagt, sie kennt dich nicht. Sie wird dir nicht helfen.«

Torak dachte nach. »Ihr seid mit dem Rotwildclan befreundet, stimmt's? Dein Bruder hat mir erzählt, dass er bei ihnen die Schamanenkunst erlernt hat.«

»Ach ja?«

»Er … er sagte, er hätte gesehen, wie der Bär ›erschaffen‹ wurde. Was meint er damit?«

Renn blickte ihn aus schmalen Augenschlitzen argwöhnisch an.

»Es ist wichtig für mich«, fuhr Torak fort. »Der Bär hat schließlich meinen Vater getötet.«

Renn betrachtete ihre Hasenkeule. »Hord war ihr Ziehsohn. Du weißt, was das ist, oder?« Es klang ein wenig verächtlich. »Es bedeutet, dass man eine Zeit lang bei einer anderen Sippe lebt, mit deren Leuten Freundschaft schließt und sich vielleicht auch dort eine Gefährtin sucht.«

»Davon habe ich schon gehört«, erwiderte Torak. Er spürte Wolf wieder an den Lederriemen herumschnüffeln. Er wollte ihn mit den gefesselten Händen wegscheuchen, aber es klappte nicht. Jetzt nicht, dachte er. Bitte nicht jetzt.

»Neun Monde hat er bei ihnen verbracht«, fuhr Renn fort und biss wieder in die Hasenkeule. »Die haben die besten Schamanen im ganzen Wald, deshalb ist er dort hingegangen.« Sie runzelte die Stirn. »Was macht dein Welpe eigentlich da?«

»Nichts«, erwiderte Torak ein bisschen zu hastig und befahl Wolf mit gespieltem Ärger: »Lass das. Weg da.«

Natürlich kümmerte sich Wolf nicht darum.

Torak wandte sich wieder Renn zu. »Und was ist dann passiert?«

Wieder sah sie ihn misstrauisch an. »Wieso willst du das wissen?«

»Wieso erzählst du mir das überhaupt alles?«

Sofort wurde ihr Gesicht so ausdruckslos wie das von Fin-Kedinn.

Nachdenklich pulte sie sich eine Fleischfaser aus den Zähnen.

»Hord war erst ganz kurz beim Rotwildclan, als ein Fremder ins Lager kam. Ein Wanderer vom Weidenclan, der bei einem Jagdunfall verkrüppelt wurde, jedenfalls hat er das behauptet. Der Rotwildclan hat ihn aufgenommen. Aber…«, sie stockte und sah plötzlich sehr kindlich und verletzlich aus, »… er hat sie betrogen. Es war kein gewöhnlicher Wanderer, sondern ein Schamane. Er suchte sich ein Versteck im Wald und beschwor einen Dämon. Dann bannte er ihn in einen Bären.« Sie machte eine Pause. »Hord hat alles mit angesehen. Aber da war es schon zu spät.«

Die Schatten vor der Hütte schienen sich zu verdüstern. Im Wald hörte man einen Fuchs schreien.

»Aber *warum*?«, fragte Torak. »Warum hat dieser… Wanderer so etwas getan?«

Renn wiegte den Kopf. »Wer weiß? Vielleicht wollte er ein Wesen schaffen, das nur ihm gehorcht? Aber die Sache ging schief.« In ihren dunklen Augen spiegelte sich der Feuerschein. »Der Dämon, der in den Bären fuhr, war zu mächtig. Er hat sich befreit. Drei Menschen hat er getötet, bevor es dem Rotwildclan gelang, ihn zu vertreiben. Bis dahin war natürlich auch der verkrüppelte Wanderer verschwunden.«

Torak schwieg. Man hörte nur die Bäume im Nachtwind flüstern und Wolfs raue Zunge über das Leder lecken.

Da zwickte der Welpe Torak versehentlich in die Hand. Ohne zu überlegen, fuhr Torak herum und stieß ein kurzes, scharfes Knurren aus.

Wolf sprang sofort zurück und grinste entschuldigend.

Renn schnappte nach Luft. »Du *redest* mit ihm!«

»Nein!«, rief Torak. »Nein, du irrst dich …«

»Ich hab's genau gehört!« Sie war noch bleicher geworden. »Es stimmt also. Die Weissagung hat Recht. Du bist tatsächlich der Lauscher.«

»Nein!«

»Was hast du zu ihm gesagt? Was habt ihr beide ausgeheckt?«

»Ich hab dir doch erklärt, dass ich nicht …«

»Das lasse ich nicht zu«, flüsterte sie. »Fin-Kedinn und ich, wir lassen nicht zu, dass ihr beide euch gegen uns verschwört.« Sie zog ihr Messer, schnitt Wolfs Leine durch, packte ihn und lief quer über die Lichtung davon.

»Komm zurück!«, schrie Torak. Verzweifelt zerrte er an seinen Fesseln, doch sie wollten nicht nachgeben. Wolf hatte nicht genug Zeit gehabt, sie durchzunagen.

Er geriet in Panik. Wolf war seine letzte Hoffnung gewesen und nun war er fort. Bald ging die Sonne auf. Schon erwachten die Vögel in den Bäumen.

Wieder zerrte er an den Riemen um seine Hände – vergeblich.

Drüben am Langfeuer standen Fin-Kedinn und die alte Saeunn auf und kamen auf ihn zu.

Kapitel 11

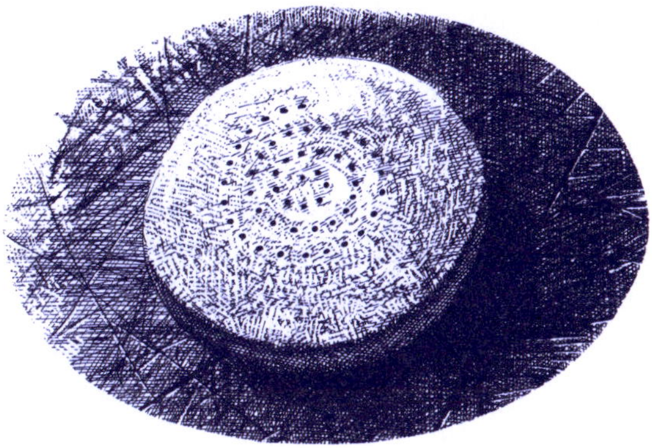

»Was weisst du?«, fragte Fin-Kedinn.

»Nichts«, erwiderte Torak und starrte auf das Knochenmesser am Gürtel des Mannes. »Wollt ihr mich jetzt opfern?«

Fin-Kedinn gab keine Antwort. Er und die alte Schamanin hockten sich links und rechts neben den Hütteneingang und ließen ihren Gefangenen nicht aus den Augen. Torak kam sich vor wie ein Tier in der Falle.

Er tastete mit den auf den Rücken gefesselten Händen umher, suchte irgendetwas, womit er die Riemen durchschneiden konnte. Aber er berührte nur eine glatte, nutzlose Flechtmatte.

»Was weißt du?«, wiederholte der Anführer des Rabenclans.

Torak holte tief Luft. »Ich bin nicht euer Lauscher«, sagte er, so ruhig er konnte. »Das ist ganz unmöglich. Ich habe noch nie von eurer Weissagung gehört.« Trotzdem fragte er sich insgeheim, weshalb sich Renn ihrer Sache so sicher war. Was hatte die Tatsache, dass er die Wolfssprache beherrschte, damit zu tun?

Fin-Kedinn wandte sich ab. Seine Miene war so schwer zu deuten wie immer, aber seine Hand wanderte zu seinem Messer.

Jetzt beugte sich Saeunn vor und blickte Torak in die Augen. Ihr Gesicht wurde von den Flammen angestrahlt und Torak sah sie zum ersten Mal aus der Nähe. Noch nie war er jemandem begegnet, der so alt war. Durch das schüttere weiße Haar schimmerte der Schädel wie blank polierter Knochen und ihre Nase ähnelte einem Vogelschnabel. Das Alter hatte alle Freundlichkeit aufgezehrt, sodass sie einem grimmigen Raben glich.

»Renn behauptet, dass du mit dem Wolf sprechen kannst«, sagte sie schroff. »Das gehört auch zu unserer Weissagung, wir haben es dir bloß noch nicht erzählt.«

Torak sah sie ungläubig an. »Renn irrt sich«, beteuerte er. »Ich kann gar nicht…«

»Lüg uns nicht an«, unterbrach ihn Fin-Kedinn, ohne sich umzudrehen.

Torak schluckte. Wieder tastete er hektisch hinter seinem Rücken umher. Und diesmal… ja! Seine Finger schlossen sich um einen winzigen Feuersteinsplitter, nicht größer als sein Daumennagel. Wahrscheinlich hatte dort jemand sein Messer geschärft. Wenn Fin-Kedinn und Saeunn endlich zum Sippentreffen zurückgingen, könnte er sich befreien! Dann würde er Wolf holen, an den Wachen vorbeiflitzen und…

Um das alles zu schaffen, müsste ich schon großes Glück haben, dachte er entmutigt.

»Soll ich dir auch verraten, *weshalb* du mit dem Wolf sprechen kannst?«, fuhr Saeunn fort.

»Wozu soll das gut sein, Saeunn«, mischte sich Fin-Kedinn ein. »Wir verschwenden bloß unsere Zeit…«

»Er muss es erfahren«, erwiderte die Alte und verfiel in Schweigen. Dann zog sie mit dem gelben verkrümmten Finger die Spirale auf ihrem Amulett nach.

Torak sah zu, wie ihre Klaue immer rundherum fuhr. Ihm wurde ganz schwindlig.

»Vor vielen, vielen Sommern«, sprach die Schamanin des Rabenclans, »verließen dein Vater und deine Mutter ihre Sippe und versteckten sich vor ihren Feinden tief im Großen Wald, bei den grünen Seelen der sprechenden Bäume.« Rundherum fuhr der krumme Finger und versetzte Torak in längst vergangene Zeiten.

»Drei Monde nach deiner Geburt starb deine Mutter«, sprach Saeunn weiter.

Fin-Kedinn stand auf, verschränkte die Arme vor der Brust und blickte in die Nacht hinaus.

Torak blinzelte wie jemand, der aus einem Traum erwacht.

Saeunn würdigte Fin-Kedinn keines Blickes. Sie sah Torak unverwandt an. »Du warst noch ein Säugling. Dein Vater konnte dich nicht nähren. Wenn so etwas geschieht, tötet der Vater das Kind für gewöhnlich, um es davor zu bewahren, dass es elend verhungert. Dein Vater jedoch fand einen Ausweg. Eine Wölfin, die gerade geworfen hatte. Er legte dich zu ihr in die Höhle.«

Torak gab sich Mühe zu begreifen, was die Alte sagte.

»Drei Monde hast du bei den Wölfen gelebt, drei Monde die Wolfssprache erlernt.«

Torak umklammerte den Steinsplitter so fest, dass er ihm in die Handfläche schnitt. Er spürte, dass Saeunn die Wahrheit sprach. Deshalb konnte er sich also mit Wolf verständigen! Deshalb hatte er solche eigenartigen Dinge gesehen, als er die Wolfshöhle entdeckt hatte. Die durcheinander purzelnden Welpen. Die dickflüssige, nahrhafte Milch …

Aber woher wusste Saeunn das alles?

»Nein«, sagte er trotzig. »Du willst mich hereinlegen. Du kannst das alles überhaupt nicht wissen, du warst nicht dabei.«

»Dein Vater hat es mir erzählt«, entgegnete die Alte.

»Das kann auch nicht stimmen. Wir haben uns immer von anderen fern gehalten …«

»Nicht immer. Erinnerst du dich an das Sippentreffen am Meer vor fünf Sommern?«

Torak schlug das Herz bis zum Hals.

»Damals hat mich dein Vater aufgesucht und mir von dir erzählt.« Die gelbliche Klaue blieb in der Mitte der Spirale stehen. »Du bist nicht wie alle anderen«, krächzte sie wie ein Rabe. *»Du bist der Lauscher.«*

Torak umklammerte krampfhaft den Splitter. »Das … das kann nicht sein. Ich verstehe das alles nicht.«

»Natürlich nicht«, erwiderte Fin-Kedinn und drehte sich um. »Dein Vater hat dir nicht erzählt, wer du bist, habe ich Recht?«

Torak schüttelte den Kopf.

Der Anführer des Rabenclans schwieg. Er verzog keine Miene, doch Torak ahnte, was für widerstreitende Gefühle hinter den steinernen Zügen tobten. »Eins musst du wissen«, fuhr Fin-Kedinn schließlich fort. »Es war kein Zufall, dass der Bär deinen Vater angegriffen hat. *Seinetwegen* wurde der Bär überhaupt erschaffen.«

Torak stockte der Atem. »Wegen meines Vaters?«

»Fin-Kedinn …«, sagte Saeunn warnend.

Der Anführer bedachte sie mit einem strengen Blick. »Du

hast eben selbst gesagt, dass er es erfahren muss. Und jetzt erzähle ich es ihm.«

»Aber es war doch der verkrüppelte Wanderer, der…«, wandte Torak ein.

Fin-Kedinn schnitt ihm das Wort ab. »Der verkrüppelte Wanderer war der Todfeind deines Vaters.«

Torak drückte sich erschrocken an den Pfosten. »Mein Vater hatte keine Feinde.«

Die Augen des Anführers funkelten gefährlich. »Dein Vater war nicht irgendein Jäger. Er war der Schamane des Wolfsclans.«

Torak vergaß zu atmen.

»Auch das hat er dir verschwiegen, nicht wahr? O ja, er war der Wolfsschamane. Und seinetwegen wütet jetzt dieses… *Untier* im Wald.«

»Nein«, flüsterte Torak. »Das ist nicht wahr.«

»Das hat er dir alles verschwiegen, stimmt's?«

»Fin-Kedinn«, mischte sich Saeunn wieder ein, »er wollte seinen Sohn nur schonen…«

»Allerdings, und das ist dabei herausgekommen!«, fuhr sie der Anführer an, »ein halbwüchsiger Junge, der von nichts eine Ahnung hat. Und du willst mir erzählen, dass er der Einzige ist, der…« Kopfschüttelnd brach er ab.

Drückendes Schweigen. Fin-Kedinn holte Luft. »Jener Mann hat den Bären nur aus einem einzigen Grund erschaffen«, sagte er ruhig. »Er schuf ihn, damit er deinen Vater tötete.«

*

Im Osten wurde es schon hell, als es Torak endlich gelang, die Fesseln um seine Handgelenke zu durchtrennen. Er durfte keine Zeit verlieren. Fin-Kedinn und Saeunn waren eben erst ans Feuer zurückgekehrt und sogleich in eine hitzige Auseinandersetzung mit den anderen Sippenvertretern verwickelt worden. Sie konnten jederzeit einen Beschluss fassen und ihn holen kommen.

Die Fesseln um seine Knöchel durchzuschneiden, war mühsam. In seinem Kopf drehte sich alles. »Dein Vater hat dich zu einer Wölfin in die Höhle gelegt… Er war der Schamane des Wolfclans… Er wurde ermordet…«

Der Feuersteinsplitter war vom Schweiß ganz glitschig und rutschte Torak aus der Hand. Hastig hob er ihn wieder auf. Schließlich war der letzte Riemen durchtrennt. Torak bewegte die Beine und hätte beinahe aufgeschrien, so schmerzten sie vom langen Stillhalten.

Aber noch heftiger schmerzte seine Seele. Fa war ermordet worden. Von dem verkrüppelten Wanderer, der den dämonischen Bären nur zu dem Zweck erschaffen hatte, dass er Fa umbrachte…

Das war doch verrückt. Ein Irrtum.

Und doch wusste Torak im Grunde seines Herzens, dass es der Wahrheit entsprach. Wieder sah er das verzerrte Gesicht seines sterbenden Vaters vor sich. *Bald kommt er mich holen*, hatte er gesagt. Er hatte gewusst, was sein Feind getan hatte. Er hatte gewusst, wozu der Bär erschaffen worden war.

Die ganze Geschichte ging über Toraks Verstand. Es kam ihm vor, als ob alles, was er bisher zu wissen glaubte, nichts mehr gälte – als stünde er auf dünnem Eis und sähe zu, wie sich unter seinen Füßen blitzschnell Risse ausbreiteten.

Der brennende Schmerz in seinen Beinen brachte ihn wieder zu sich. Er rieb sich die tauben Muskeln. Die nackten Füße waren eiskalt, aber damit fand er sich ab. Er hatte nicht sehen können, wo Oslak seine Stiefel hingetan hatte.

Jetzt musste er die Hütte verlassen, ohne dass ihn jemand sah, dann zu den Haselnussbüschen am Rand der Lichtung hinüberhasten und sich irgendwie an den Wachen vorbeistehlen.

Aber wie? Man würde ihn entdecken. Er musste sich eine List einfallen lassen …

Vom anderen Ende des Lagers trug ihm die neblige Morgenluft ein jämmerliches Jaulen zu. *Wo bist du?*, klagte Wolf. *Warum hast du mich schon wieder allein gelassen?*

Torak erstarrte. Er hörte die Lagerhunde einstimmen. Er sah die am Feuer Versammelten aufspringen und nachschauen gehen, was los war. Er begriff, dass ihm Wolf zu Hilfe kam.

Er musste sich sputen. Rasch schlüpfte er aus der Hütte und schlug sich in die Büsche. Er wusste, was er zu tun hatte … und er verabscheute sich dafür.

Er musste Wolf im Stich lassen.

Kapitel 12

Die kalte Luft brannte ihm in der Kehle, als er sich durch das Weidendickicht zum Fluss kämpfte, und an den spitzen Steinen riss er sich die Sohlen blutig. Er spürte es kaum.

Dank Wolf war er unbemerkt aus dem Lager entkommen, doch schon bald hallte ein tiefes, dröhnendes Tuten von der Lichtung herüber. Die Rindenhörner bliesen Alarm. Er hörte Männerstimmen und Hundegebell. Der Rabenclan nahm die Verfolgung auf.

Brombeerranken krallten sich in sein Beinleder, als er die Uferböschung hinunterschlitterte, dann stapfte er platschend ins hohe Schilf. Er stand knietief im eiskalten schwarzen Schlamm und hielt sich die Hand vor den Mund, damit ihn seine Atemwolken nicht verrieten.

Zum Glück war er mit dem Wind gelaufen, aber ihm rann der Schweiß nur so herunter, außerdem hatte er immer noch seine lederne Fußfessel in der Hand. Die Hunde würden keine Mühe haben, seine Witterung aufzunehmen. Er war unschlüssig, ob er den Riemen wegwerfen oder ihn für den Fall, dass er ihn noch brauchen konnte, behalten sollte.

Seine Gedanken drehten sich wie Wasserstrudel. Er besaß weder Stiefel noch Vorräte noch Waffen – und keinerlei Werkzeug, um sich irgendetwas davon wiederzubeschaffen. Er war ganz auf seinen Verstand und seine Geschicklichkeit angewiesen. Was sollte er überhaupt tun, wenn ihm die Flucht gelang?

Plötzlich wurden die Rufhörner von lautem Jaulen übertönt. *Wo bist du?*

Toraks Zweifel waren wie weggeblasen. Er durfte Wolf nicht zurücklassen. Er musste ihn befreien.

Ich komme!, hätte er am liebsten zurückgeheult, *keine Angst, ich hab dich nicht vergessen*, aber das durfte er jetzt natürlich nicht. Das Jaulen hörte nicht auf.

Seine Füße waren fast erfroren. Er musste wieder ans Ufer, sonst würde er nicht mehr richtig laufen können. Er überlegte rasch.

Die Raben nahmen bestimmt an, dass er nach Norden lief, denn als man ihn aufgriff, hatte er gesagt, er sei dorthin unterwegs. Er beschloss, die Verfolger irrezuführen und genau diese Richtung einzuschlagen, jedenfalls eine Weile, um später umzukehren, zum Lager zurückzulaufen und zu versuchen, Wolf zu befreien.

Ein Stück flussabwärts knackte ein Ast.

Torak fuhr herum.

Ein leises Platschen, ein gedämpfter Fluch.

Er lugte durch die Schilfhalme.

Etwa fünfzig Schritt flussabwärts schlichen zwei Männer am Ufer entlang auf den Schilfgürtel zu. Sie bewegten sich vorsichtig und waren ganz offensichtlich auf der Suche nach ihm. Der Bogen des einen war größer als Torak und er hatte den Pfeil schon auf die Sehne gelegt, der andere trug eine Wurfaxt mit Basaltschneide.

Sich im Schilf zu verstecken, war ein Fehler gewesen. Wenn er blieb, wo er war, würde man ihn finden, wenn er versuchte, durch den Fluss zu schwimmen, würde man ihn sehen und wie einen Hecht aufspießen. Er musste in den schützenden Wald zurück.

So leise er konnte, kletterte er die Uferböschung hinauf. Das dichte Weidengestrüpp bot guten Sichtschutz, aber der Abhang war ziemlich steil. Der rote Lehmboden gab unter seinen Füßen nach. Wenn er ausrutschte und in den Fluss fiel, würde man das Aufklatschen hören ...

Als er die Finger in die Erde bohrte, kullerten kleine Steinchen ins Wasser. Zum Glück übertönten die Rindenhörner das leise Geräusch und seine beiden Verfolger merkten nichts.

Schwer atmend erreichte er ebenen Boden. Jetzt auf nach Norden! Der Himmel war bewölkt, sodass er sich nicht an der Sonne orientieren konnte, aber da der Fluss nach Westen strömte, musste er, wenn er nach Norden wollte, nur darauf achten, dass er ihn immer mehr oder weniger im Rücken hatte.

Er zwängte sich durch das Dickicht aus Espen und Buchen und schleifte dabei den Lederriemen immer hinter sich her, um es den Hunden leicht zu machen, seine Spur zu verfolgen.

Hinter sich hörte er wütendes Gebell. Es klang beängstigend nah. Er hätte mit dem Spurenlegen noch warten sollen. Die Hunde hatten seine Witterung bereits aufgenommen.

In panischer Angst kletterte er auf den nächstbesten Baum,

eine hohe, schlanke Espe, knüllte den Lederriemen zu einer Kugel und warf ihn, so weit er konnte, in Richtung Flussufer, als auch schon ein stämmiger Hund mit rötlichem Fell durchs Brombeergestrüpp brach.

Unter Toraks Baum zögerte er. Geifer tropfte ihm von den Lefzen. Dann witterte er das Leder und sauste davon.

»Da!«, rief jemand vom Fluss her. »Er hat die Spur gefunden!«

Drei Männer liefen keuchend an der Espe vorbei und versuchten, den Hund einzuholen. Torak klammerte sich an den Baumstamm. Wenn einer von ihnen zufällig aufblickte …

Aber sie rannten weiter, bis sie außer Sicht waren. Kurz darauf hörte Torak es leise platschen. Wahrscheinlich suchten sie den Schilfstreifen ab.

Vorsichtshalber blieb er noch eine Weile auf dem Baum sitzen, dann sprang er herunter.

Er lief in nördlicher Richtung durch das Espengehölz, bis er weit genug vom Fluss entfernt war, dann blieb er stehen. Jetzt konnte er nach Osten abbiegen und sich zum Lager wenden, das hieß, wenn es ihm gelang, die Hunde zu täuschen.

Hastig sah er sich nach etwas um, womit er seinen Geruch überdecken konnte. Hirschlosung? Unbrauchbar, die Hunde würden ihn trotzdem riechen. Schafgarbenblätter? Schon besser. Ihr strenger, nussiger Duft müsste eigentlich ausreichen, um seinen eigenen Schweißgeruch zu kaschieren.

Am Fuß einer Buche entdeckte er einen Haufen Vielfraßkot, einen mit Haaren durchsetzten Kringel, der so übel roch, dass ihm die Augen tränten. Das war noch besser. Obwohl er würgen musste, beschmierte er sich mit dem stinkenden Brei Füße, Unterschenkel und Hände. Ein Vielfraß ist nicht größer als ein Dachs, aber er geht auf alles los, was ihm in die Quere kommt, und bleibt meistens Sieger. Die Hunde gingen einer Begegnung mit ihm bestimmt aus dem Weg.

Das Hörnertuten brach jäh ab.

Die plötzliche Stille rauschte ihm in den Ohren. Er erschrak, als er merkte, dass auch Wolfs Jaulen verstummt war. War ihm etwas zugestoßen? Die Raben würden es nicht wagen, ihm etwas anzutun. Oder doch?

Torak bahnte sich einen Weg durchs Unterholz. Zum Lager hin stieg der Boden an und der Fluss strömte eilig zwischen großen, mit glitschigen Moospolstern bewachsenen Felsbrocken dahin.

Weiter vorn stieg eine Rauchsäule in den düsteren grauen Himmel. Das Lager konnte nicht mehr weit sein. Geduckt lauschte er, ob durch das Wasserrauschen irgendetwas von seinen Verfolgern zu hören war. Bei jedem Atemzug erwartete er, das Schnalzen einer Bogensehne zu hören und zu spüren, wie sich ihm ein Pfeil zwischen die Schulterblätter bohrte.

Nichts. Vielleicht waren sie auf seine List hereingefallen und liefen immer noch nach Norden.

Zwischen den Bäumen erspähte er etwas Hohes, Gewölbtes. Er blieb abrupt stehen. Er ahnte, worum es sich handelte, und hoffte, dass er sich irrte.

Der Hügel hockte wie eine riesige, kauernde Kröte vor ihm. Er überragte Torak um Haupteslänge und war von Moos und Blaubeergestrüpp überwuchert. Dahinter erhoben sich zwei kleinere Hügel und alle drei waren von einem Dickicht aus Eiben und efeuumrankten Stecheichen umgeben.

Torak war unschlüssig. Er war einmal mit Fa an solchen Hügeln vorbeigekommen. Das musste die Knochenstätte sein, der Ort, an dem der Rabenclan seine Toten bestattete.

Der Weg zum Lager – und zu Wolf – führte mitten hindurch. Sollte er es wirklich wagen? Er gehörte nicht zum Rabenclan. Wenn er die Schädelstätte einer fremden Sippe betrat, wurden deren Ahnen bestimmt zornig…

Nebelschwaden lagerten in den Senken zwischen den Hügeln, wo die bleichen Gerippe mannshoher Schierlingsdolden aufragten und die flaumigen Samen verwelkter Weidenröschen geisterhaft dahintrieben. Und überall standen dunkle Bäume von jener Art, die den ganzen Winter über grün bleibt und niemals schläft. Sie lauschten.

Im Geäst der höchsten Eibe hockten drei Raben und beobachteten ihn. Welcher von ihnen wohl der Clanhüter war?

Wieder erscholl wütendes Gekläff.

Jetzt hatten sie ihn. Der schlaue Fin-Kedinn hatte seine Schlingen ausgelegt und jetzt zogen sie sich um das gejagte Wild zu.

Torak hatte keine Wahl. In den Stromschnellen würde er ertrinken, und wenn er auf einen Baum kletterte, würden ihn die Vögel verraten, und man würde ihn herunterschießen wie ein Eichhörnchen. Und wenn er sich im Unterholz versteckte, würden ihn die Hunde wie ein Wiesel herauszerren.

Er wandte sich nach seinen Verfolgern um. Er hatte nichts, womit er sich verteidigen konnte, nicht einmal einen Stein.

Er ging langsam rückwärts… und geradewegs in den höchsten Hügel hinein. Er unterdrückte einen Aufschrei.

Jetzt saß er zwischen den Lebenden und den Toten in der Falle.

Da packte ihn etwas von hinten am Wams und zog ihn in die Finsternis.

Kapitel 13

»Rühr dich nicht«, raunte ihm jemand ins Ohr. »Halt den Mund *und fass bloß die Knochen nicht an!*«

Torak sah keine Knochen, er sah gar nichts. Er kauerte in faulig riechender Finsternis und hatte ein Messer an der Kehle.

Er biss die Zähne zusammen, damit sie nicht aufeinander schlugen. Ringsum spürte er das feuchte Gewicht von Erde und die modernden Knochen der Ahnen des Rabenclans. Er hoffte inständig, dass sich ihre Seelen ausnahmslos weit weg auf der Todesreise befanden. Aber wenn nun eine zurückgeblieben war?

Er musste hier raus. Noch im ersten Schreck darüber, erwischt worden zu sein, hatte er Stein auf Stein scharren gehört, als hätte der Unbekannte, der ihn gepackt hatte, den Grabhügel verschlossen. Inzwischen hatten sich seine Augen an die Dunkelheit gewöhnt und er erspähte einen schwachen Lichtschein. Wenn jemand etwas vor den Eingang geschoben hatte, füllte es die Öffnung jedenfalls nicht ganz aus.

Er erwog eben, sich einfach loszureißen, als er draußen vor dem Hügel Stimmen hörte. Noch waren sie leise, aber sie kamen näher.

Torak erstarrte. Der Unbekannte ebenfalls.

Das Knacken und Rascheln kam noch näher, bis es nur noch ungefähr drei Schritt entfernt war. »Das würde er nicht wagen«, sagte eine gedämpfte, ängstliche Männerstimme.

»Vielleicht doch«, antwortete eine Frauenstimme flüsternd. »Er ist nicht wie alle anderen. Du hast ja gesehen, wie er Hord überlistet hat. Wer weiß, wozu er noch imstande ist!«

Torak hörte feuchtes Moos unter Stiefelsohlen schmatzen. Er bewegte versehentlich den Fuß und stieß im Dunkeln gegen etwas Hartes. Es klirrte und er zuckte zusammen.

»Schsch!«, zischte die Frau vor dem Hügel. »Ich hab was gehört!«

Torak hielt den Atem an. Der Druck der Messerklinge verstärkte sich.

»Krah!« Rabengekrächz hallte heiser durch die Bäume.

»Dem Hüter gefällt es nicht, dass wir hier sind. Lass uns gehen. Du hast Recht, der Junge würde es nicht wagen.«

Sie gingen. Torak wurde fast schwindlig vor Erleichterung.

Nach einer Weile versuchte er, sich anders hinzuhocken, aber das Messer erlaubte es ihm nicht. »Bleib, wo du bist!«

Die Stimme kam ihm bekannt vor. Das war doch Renn!

»Du stinkst«, zischelte sie.

Er wollte den Kopf drehen, doch das Messer hinderte ihn daran. »Wegen der Hunde«, erwiderte er flüsternd.

»Die dürfen hier sowieso nicht hin, das ist verboten.«

Torak überlegte. »Woher hast du gewusst, dass ich diesen Weg nehme? Und warum …«

»Das hab ich gar nicht gewusst. Und jetzt sei endlich still. Vielleicht kommen sie noch mal zurück.«

Nachdem sie eine halbe Ewigkeit reglos in der kalten, klammen Dunkelheit gekauert hatten, versetzte ihm Renn einen Tritt und befahl ihm aufzustehen. Torak überlegte kurz, ob er sich auf sie stürzen sollte, ließ den Gedanken aber sogleich wieder fallen. Bei einem Gerangel würden sie nur den Frieden der Ahnen stören. Deshalb schob er die Schieferplatte vom Eingang weg und kroch ins Freie. Niemand war zu sehen. Nicht mal ein Rabe.

Nach ihm kam Renn auf allen vieren rückwärts aus dem Hügel gekrochen. Sie zog zwei Rückentragen aus Haselnussruten hinter sich her. Verblüfft duckte sich Torak in die Weidenröschen und sah zu, wie sie noch einmal in den Hügel schlüpfte und mit zwei zusammengerollten Schlafsäcken, zwei Köchern, zwei Bogen (in Fischhaut gewickelt, damit sie nicht feucht wurden) sowie einem zappelnden Ledersack wieder zum Vorschein kam.

»Wolf!«, entfuhr es Torak.

»Still!« Renn warf einen besorgten Blick in Richtung Lager.

Torak zog den Sack auf, aus dem sofort ein verschwitzter, zerzauster Wolf herausschoss. Er schnupperte nur einmal flüchtig und wäre davongeflitzt, hätte ihn Torak nicht gepackt und ihm mit leisen Kläfflauten versichert, dass er, Torak, es tatsächlich war und kein mordlüsterner Vielfraß. Da verzog der Welpe die Lefzen zu einem breiten Wolfsgrinsen, wackelte zur Begrüßung mit dem ganzen Hinterteil und knabberte entzückt an Toraks Kinn.

»Los jetzt«, befahl Renn.

»Schon unterwegs«, gab Torak kurz angebunden zurück. Er riss ein paar feuchte Moospolster aus, wischte damit den ärgsten Kotbrei ab und schlüpfte in seine Stiefel, die Renn in weiser Voraussicht mitgebracht hatte.

Als er sich umdrehte und nach seiner Trage greifen wollte, stellte er verwundert fest, dass Renn einen Pfeil eingelegt hatte und auf ihn zielte. Außerdem hatte sie sich seinen Köcher und Bogen über die Schulter gehängt und seine Axt und sein Messer in ihren Gürtel gesteckt.

»Was machst du da?«, fragte er. »Ich dachte, du willst mir helfen.«

Sie bedachte ihn mit einem abfälligen Blick. »Warum sollte ich? Für mich zählt nur meine Sippe, sonst gar nichts.«

»Aber warum hast du mich dann vorhin nicht verraten?«

»Weil ich ganz sichergehen will, dass du auch wirklich zum Berg des Weltgeistes willst. Wenn ich dich nicht dazu zwinge, ziehst du den Schwanz ein und läufst weg. Weil du nämlich ein Feigling bist.«

Torak schnappte empört nach Luft. *»Ein Feigling?«*

»Ein Feigling, ein Lügner und ein Dieb. Du hast unseren Rehbock gestohlen, du hast Hord überlistet, damit er den Zweikampf verliert, und du hast abgestritten, dass du der Lauscher bist, und das ist gelogen. Und dann bist du weggelaufen. Jetzt komm gefälligst!«

*

Renns schussbereiten Pfeil im Rücken und ihre kränkenden Vorwürfe noch im Ohr, lief Torak flussabwärts nach Westen, wobei er sich immer im Schutz der Weiden hielt und Wolf auf dem Arm trug, damit seine Pfoten keine Duftspuren hinterließen.

Überraschenderweise hörten sie nichts von den Verfolgern. Das fand Torak fast noch beängstigender als zuvor das Tuten der Rindenhörner.

Renn legte einen strammen Schritt vor und Torak strauchelte oft. Er war müde und hungrig, sie dagegen ausgeruht und satt, was auch bedeutete, dass Weglaufen wenig Sinn hatte. Allerdings war sie kleiner als er, und er nahm an, dass er sie kampfunfähig machen könnte, bevor sie mit ihren Pfeilen allzu viel Schaden anrichtete.

Die Frage war nur, wann? Im Augenblick schien sie selbst darauf erpicht, den Jägern des Rabenclans zu entwischen, und zeigte ihm schmale, gewundene Wildwechsel, die so überwuchert waren, dass sie guten Sichtschutz boten. Daher beschloss Torak abzuwarten, bis sie sich noch weiter vom Lager entfernt hatten. Aber ihre Beleidigungen nagten an ihm.

»Ich bin kein Feigling«, sagte er über die Schulter, als sie dem Flusslauf in ein schattiges Eichengehölz folgten und seine Angst vor den Verfolgern allmählich nachließ.

»Warum bist du dann abgehauen?«

»Ihr wolltet mich opfern!«

»Das war überhaupt nicht beschlossene Sache. Sie waren sich noch nicht einig.«

»Und was hätte ich tun sollen? Einfach abwarten?«

»Die Weissagung kann zweierlei bedeuten«, erwiderte Renn gelassen. »Das hättest du schon noch erfahren, wenn du nicht weggelaufen wärst.«

»Und ich nehme an, ich erfahre es jetzt von dir, weil du ja immer alles weißt«, versetzte Torak giftig.

Renn seufzte. »Die Weissagung kann einmal bedeuten, dass wir dich opfern, dein Blut dem Berg darbringen und uns auf diese Weise von dem Bären befreien sollen. So legt

Hord es jedenfalls aus. Er will dich töten, damit er selber dem Berg dein Blut bringen kann.« Sie machte eine Pause. »Saeunn ist anderer Meinung«, fuhr sie dann fort. »Sie glaubt, nur du allein kannst den Berg finden und den Bären vernichten.«

Torak drehte sich um und sah sie groß an. »Ich? Ich soll den Bären vernichten?«

Sie musterte ihn von Kopf bis Fuß. »Ich gebe ja zu, es klingt unwahrscheinlich. Aber Saeunn ist fest davon überzeugt und ich ebenfalls. Der Lauscher muss den Berg des Weltgeistes suchen, und wenn er ihn gefunden hat, hilft ihm der Geist, den Bären zu vernichten.«

Torak blinzelte verwirrt. Das war doch Unsinn. Eine Verwechslung.

»Warum wehrst du dich so dagegen?«, fragte Renn angriffslustig. »Du bist nun mal der Lauscher. Das weißt du auch. Du hast mit Luft gekämpft, wie es in der Weissagung heißt. Du hast mit Stille gesprochen, nämlich mit deiner Pfeife. Und zu Anfang der Weissagung heißt es, dass der Lauscher mit den anderen Jägern des Waldes reden kann, und genau das kannst du, weil dich dein Vater als kleines Kind zu einer Wölfin in die Höhle gelegt hat.«

Torak warf ihr einen misstrauischen Blick zu. »Woher weißt du das?«

»Ich hab zugehört«, erwiderte sie knapp.

Sie liefen weiter den Fluss entlang nach Westen. Unterwegs hörte Torak Gimpel in den Brombeerbüschen flöten und einen Kleiber auf der Suche nach Maden an einen Ast trommeln. Wo es so viele Vögel gab, musste der Bär weit weg sein…

Plötzlich stellte Wolf die Ohren auf und seine Barthaare zuckten.

»Runter!«, zischte Torak und zog Renn zu Boden.

Im nächsten Moment glitten auch schon zwei Einbäume an ihnen vorüber. Torak konnte den, der näher am Ufer war, gut erkennen. Das kurze braune Haar des Ruderers war über der Stirn zu Fransen geschnitten. Um die breiten Schultern trug er einen steifen Fellumhang und auf seiner Brust baumelte an einem Lederriemen der Hauer eines Keilers. Eine Wurfaxt aus schwarzem Schiefer lag auf seinen Knien. Wie sein Gefährte im anderen Boot ruderte er mit kräftigen Schlägen und ließ dabei den Blick über das Ufer schweifen. Es war nur zu deutlich, wonach er Ausschau hielt.

»Eberclan«, raunte Renn. »Offenbar hat Fin-Kedinn sie gebeten, ihm bei der Suche nach uns zu helfen.«

Sofort war Toraks Argwohn wieder geweckt. »Woher hat er gewusst, dass wir hier lang laufen? Hast du etwa Spuren gelegt?«

Renn verdrehte die Augen. »Wozu?«

»Ich nehme an, du willst mich zu einer anderen Sippe bringen, damit man mich dort opfert.«

»Vielleicht sind die beiden vom Eberclan auch nur hier vorbeigekommen«, sagte sie gereizt, »weil ihr Herbstlager flussabwärts liegt und …«

Sie stockte. »Woher hast du überhaupt gewusst, dass sie kommen?«

»Das hat mir Wolf gesagt.«

Sie sah erst verwundert und dann erschrocken aus. »Du kannst tatsächlich mit ihm reden?«

Torak antwortete nicht.

Sie stand auf und gab sich Mühe, sich ihr Unbehagen nicht anmerken zu lassen. »Sie sind weg. Jetzt müssen wir nach Norden.« Sie schob den Pfeil in den Köcher zurück, hängte sich den Bogen über die Schulter, und Torak glaubte schon, sie hätte es sich anders überlegt. Aber dann zog sie ihr Messer und stieß nach ihm, damit er sich in Bewegung setzte.

Sie kamen an einen Bach, der aus einer Felsklamm schoss, und machten sich ans Klettern. Torak war schon ganz schwindlig vor Erschöpfung. Er hatte die vergangene Nacht kein Auge zugetan und seit über einem Tag nichts mehr gegessen.

Irgendwann konnte er nicht mehr weiter und ließ sich auf die Knie fallen. Wolf sprang von seinem Arm und stolperte vor Ungeduld über die eigenen Pfoten, als er zum Bachufer lief.

»Was soll das?«, rief Renn. »Wir können hier nicht Halt machen!«

»Siehst du doch, dass wir das können«, gab Torak unwirsch zurück. Er riss ein Büschel Seifenkraut aus, tauchte es ins Wasser und wischte sich damit den restlichen Vielfraßkot ab. Dann beugte er sich vor und stillte seinen Durst.

Danach fühlte er sich bedeutend besser. Er wühlte in seiner Trage nach dem Rehfleisch, das er geräuchert und zu kleinen Rollen zusammengeschnürt hatte. Das alles kam ihm vor, als läge es schon viele Monde zurück. Erst biss er ein Stück ab und warf es Wolf hin, dann aß er selbst. Es schmeckte köstlich. Schon nach wenigen Bissen spürte er, wie ihn die Kraft des Rehbocks durchströmte.

Renn zögerte, dann setzte auch sie ihre Trage ab und kniete sich davor, hielt aber das Messer weiterhin auf Torak gerichtet. Mit einer Hand kramte sie drei dünne rötlich-braune Fladen hervor und hielt Torak einen davon hin.

Er nahm ihn und biss ein kleines Stück ab. Es schmeckte

nahrhaft und salzig und hatte einen würzigen Beigeschmack.

»Getrockneter Lachs«, nuschelte Renn mit vollem Mund. »Den zerstampfen wir mit Hirschtalg und Wacholderbeeren, dann hält er sich den ganzen Winter.«

Verblüfft sah er, wie sie auch Wolf einen Lachsfladen hinstreckte.

Wolf tat so, als sähe er es nicht.

Renn überlegte, dann reichte sie Torak den Fladen herüber. Er rieb ihn zwischen den Handflächen, damit er mehr nach ihm als nach Fisch roch, dann bot er ihn Wolf an, der ihn prompt herunterschlang.

Renn zuckte mit gespielter Gleichgültigkeit die Achseln. »Na, ich weiß ja, dass er mich nicht leiden kann.«

»Das kommt davon, dass du ihn dauernd in irgendwelche Säcke steckst«, konterte Torak.

»Es war doch nur zu seinem Besten.«

»Das kann er nicht wissen.«

»Dann sag's ihm doch.«

»So etwas kann man in der Wolfssprache nicht ausdrücken.« Torak biss wieder in seinen Lachsfladen. Dann stellte er die Frage, die ihm schon die ganze Zeit auf der Zunge lag. »Warum hast du ihn mitgebracht?«

»Wen?«

»Wolf. Du hast ihn heimlich aus dem Lager geschafft. Das war bestimmt nicht einfach. Warum?«

Sie schwieg. Dann sagte sie: »Ich hatte das Gefühl, du brauchst ihn. Wie ich darauf komme, weiß ich auch nicht. Aber ich dachte, es könnte wichtig sein.«

Er war in Versuchung, ihr zu erzählen, dass Wolf derjenige war, der ihn zum Berg führte, beherrschte sich aber. Er traute ihr nicht. Zwar hatte sie ihm geholfen, dem Rabenclan zu entwischen, aber das änderte nichts daran, dass sie ihm seine Waffen abgenommen und ihn als Feigling beschimpft hatte. Außerdem bedrohte sie ihn immer noch mit dem Messer.

*

Die Klamm wurde steiler. Torak hielt es für besser, Wolf allein laufen zu lassen, und der Welpe tapste mit hängendem Schwanz vor ihnen her. Ihm gefiel die Kletterei genauso wenig wie Torak.

Am späten Nachmittag erreichten sie einen Steilhang, der auf ein breites, bewaldetes Tal hinunterblickte. Weit hinten sah Torak einen Fluss zwischen den Bäumen glitzern.

»Das Breitwasser«, erklärte Renn. »Der größte Fluss in diesem Teil des Waldes. Er kommt von den Eisflüssen in den Hohen Bergen, sammelt sich im Axtkopfsee, stürzt die Donnerfälle hinunter und mündet schließlich ins Meer. Dort schlagen wir im Frühsommer unser Lager auf und angeln Lachse. Wenn der Wind von Osten kommt, hört man manchmal die Fälle ...« Sie verstummte.

Torak nahm an, dass sie sich Sorgen machte. Ihre Sippe würde sie sicherlich dafür bestrafen, dass sie dem Gefangenen zur Flucht verholfen hatte. Hätte sie ihn nicht als Feigling verhöhnt, hätte sie ihm Leid tun können.

Doch sie fing sich wieder. »Wir durchqueren das Tal«, sagte sie energisch. »Da hinten bei den Wiesen gibt es eine Stelle, wo man gut durch den Fluss waten kann. Danach biegen wir nach Norden ab ...«

»Nein«, unterbrach sie Torak unvermittelt und zeigte auf Wolf. Der Welpe hatte einen Elchwechsel entdeckt, der sich durch ein Gehölz aus hohen, mit feuchten Bartflechten bewachsenen Fichten schlängelte, und sah sich auffordernd um.

»Wir müssen da lang«, sagte Torak. »Außen am Tal entlang, nicht mitten durch.«

»Aber dort geht es nach Osten. Da kommen wir viel eher an die Hohen Berge, und es wird viel schwieriger, sich nach Norden zu halten.«

»Welchen Weg nimmt Fin-Kedinn voraussichtlich?«

»Erst die Wildwechsel ein Stück westwärts, dann nach Norden.«

»Na also, dann ist es doch eine gute Idee, nach Osten zu gehen.«

Sie runzelte skeptisch die Stirn. »Willst du mich vielleicht reinlegen?«

»Hör zu«, erwiderte er. »Wir gehen nach Osten, weil Wolf es sagt. Er kennt den Weg.«

»Wie? Was soll das heißen?«

»Das soll heißen, dass er den Weg zum Berg kennt«, erwiderte Torak ruhig.

Sie starrte ihn an. »Dieser mickrige Welpe?«, schnaubte sie verächtlich.

Torak nickte.

»Das glaub ich dir nicht.«

»Mir egal«, sagte Torak.

*

Wolf fand Weibchen Schwanzlos *grässlich*.

Schon als er sie das erste Mal gewittert und sie die Lange-Klaue-die-fliegt auf seinen Rudelgefährten gerichtet hatte, war sie ihm gründlich zuwider gewesen. Wie konnte sie nur so etwas tun? Als wäre Groß Schwanzlos eine Jagdbeute!

Danach hatte sie noch viel schrecklichere Dinge angestellt. Sie hatte Wolf Groß Schwanzlos weggenommen und ihn in eine komische, luftlose Höhle gesteckt, in der er so durchgeschüttelt wurde, dass ihm übel geworden war.

Noch schlimmer war, wie sie sich gegenüber Groß Schwanzlos aufführte. Wusste sie denn nicht, dass er der Leitwolf war? Es klang schrill und respektlos, wenn sie ihn in der Schwanzlossprache ankläffte. Warum knurrte Groß Schwanzlos sie nicht einfach an und scheuchte sie weg?

Er trabte den Wildwechsel entlang und war froh zu hören, dass sie ein ganzes Stück hinter ihm war. Gut so. Sie sollte ihn bloß in Ruhe lassen.

Er blieb stehen und verspeiste ein paar Preiselbeeren, die am Wegesrand wuchsen, spuckte eine schlechte wieder aus und trottete weiter. Unter den Pfoten spürte er die trockene Erde und auf dem Rücken die Wärme des Heißen Hellen Auges. Er hob die Schnauze und sog die Gerüche ein, die ihm aus dem Tal entgegenschlugen: ein paar Häher und alte Elchlosung, mehrere vom Sturm geknickte Fichten, jede Menge Weidenröschen und welke Blaubeersträucher. Alles gute, interessante Gerüche, aber auch der undeutliche, kalte, Furcht erregende Geruch des Flinken Nass.

Wieder überkam ihn die alte Angst. Irgendwie mussten er und Groß Schwanzlos das Flinke Nass überqueren. Bis zur richtigen Stelle waren es noch viele Sprünge, aber Wolf konnte es schon rauschen hören, so laut, dass es sogar sein bedauernswerter, halb tauber Rudelgefährte nicht überhören konnte.

Es klang nach Gefahr. Wolf wäre am liebsten umgekehrt, aber das ging nicht. Das Ziehen wurde immer stärker… jenes Ziehen, das dem Höhlen-Ziehen glich, aber keins war.

Plötzlich stieg ihm noch etwas anderes in die Nase. Er

blähte die Nüstern. Er legte die Ohren an. Das da war nicht gut. *Nicht gut, nicht gut, nicht gut.*

Wolf machte kehrt und rannte zu Groß Schwanzlos zurück.

Kapitel 14

»Was hat er?«, flüsterte Renn und beobachtete den verängstigten jungen Wolf.

»Ich weiß nicht«, murmelte Torak. Die Härchen auf seinen Armen stellten sich auf. Mit einem Mal hörte er keine Vögel mehr.

Renn zog sein Messer aus ihrem Gürtel und warf es ihm zu. Er fing es auf und nickte.

»Wir sollten umkehren«, sagte sie.

»Geht nicht. Das hier ist der Weg zum Berg.«

Wolfs bernsteinfarbene Augen waren dunkel vor Furcht. Mit gesenktem Kopf und gesträubtem Rückenhaar trottete er weiter.

Torak und Renn folgten ihm so leise wie möglich. Wacholderranken krallten sich in ihre Stiefel, Bartflechten fingerten über ihre Gesichter. Die Bäume waren totenstill … sie warteten darauf, dass etwas geschah.

»Vielleicht ist es gar nicht …«, flüsterte Renn. »Es könnte doch auch ein Luchs oder ein Vielfraß sein.«

Torak glaubte genauso wenig an diese Erklärung wie sie.

Sie kamen um eine Wegbiegung und standen vor einer umgestürzten Birke, die aus tiefen Klauenspuren in der Rinde blutete.

Weder Torak noch Renn sagten etwas. Beide wussten, dass Bären manchmal Krallenspuren an Bäumen hinterließen, um ihr Revier zu markieren und andere Jäger abzuschrecken.

Wolf ging zu der Birke und schnüffelte daran. Torak folgte ihm … und stieß einen erleichterten Seufzer aus. »Ein Dachs.«

»Bist du sicher?«, fragte Renn.

»Die Kratzer sind kleiner als die von einem Bären. Außerdem klebt Erde an der Rinde.« Er ging um den Baum herum. »Seine Vorderpfoten waren vom Wühlen nach Würmern mit Erde verschmiert. Hier ist er stehen geblieben, um sie sauber zu kratzen. Dann hat er sich wieder in seinen Bau verzogen. Da lang …« Er wies nach Osten.

»Woher weißt du das alles?«, fragte Renn. »Hat dir Wolf das beigebracht?«

»Nein. Der Wald.« Er bemerkte ihr verdutztes Gesicht. »Vorhin habe ich ein Rotkehlchen mit Dachshaaren im Schnabel gesehen. Es kam von Osten geflogen.« Er zuckte die Achseln.

»Du kannst gut Fährten lesen, stimmt's?«

»Fa konnte es besser.«

»Jedenfalls bist du darin besser als ich«, sagte Renn. Es klang nicht neidisch, sie stellte es lediglich fest. »Aber warum sollte sich ein Wolf vor einem Dachs fürchten?«

»Ich glaube nicht, dass das der Grund war«, antwortete Torak. »Ich glaube, es war etwas anderes.«

Sie hielt ihm seine Axt, seinen Köcher und seinen Bogen hin. »Hier. Nimm du das lieber.«

Sie pirschten weiter. Vorneweg Wolf, in der Mitte Torak, der nach Spuren Ausschau hielt, und als Letzte Renn, die angestrengt ins Dickicht zwischen den Bäumen spähte.

Nach etwa fünfzig Schritt blieb Torak so plötzlich stehen, dass sie gegen ihn prallte.

Die junge Birke stöhnte noch, aber sie hatte nicht mehr lange zu leben. Der Bär hatte sich auf die Hinterbeine gestellt, um seiner Wut freien Lauf zu lassen. Er hatte die Baumspitze komplett abgebissen, die Rinde in langen, blutenden Fetzen abgerissen und hoch oben klaffende Furchen in den Stamm geschlagen. Erschreckend hoch oben. Hätte sich Renn auf Toraks Schultern gestellt, wäre sie gerade eben an die untersten Klauenspuren herangekommen.

»So groß kann kein Bär sein«, flüsterte sie.

Torak antwortete nicht. Er half Fa wieder in der herbstlich blauen Abenddämmerung, ein Lager aufzuschlagen. Dann brach der Wald über sie herein. Raben krächzten. Kiefern knackten. Und aus dem Dunkel unter den Bäumen sprang etwas noch Dunkleres …

»Es ist alt«, sagte Renn.

»Was?«

Sie wies auf den Stamm. »Das Baumblut ist schon hart geworden. Sieh doch – es ist fast schwarz.«

Torak betrachtete den Baum näher. Sie hatte Recht. Seit der Bär über den Baum hergefallen war, mussten mindestens zwei Tage vergangen sein.

Trotzdem konnte er Renns Erleichterung nicht teilen. Sie wusste das Schlimmste nicht.

Je öfter er tötet, desto stärker wird er, hatte Fa gesagt. … *Wenn das rote Auge am höchsten steht … ist der Bär unbesiegbar.*

Das hier war der Beweis. An jenem Abend, als er Fa angefallen hatte, war der Bär riesig gewesen. Aber nicht *derart* riesig!

»Er wird immer größer«, sagte er.

*

»*Was soll das heißen?*«, fragte Renn.

Torak erzählte ihr, was Fa gesagt hatte.

»Aber… bis dahin dauert es nicht mal mehr einen Mond.«

»Ich weiß.«

Ein paar Schritt neben dem Pfad entdeckte Torak drei lange schwarze Haare, die sich ungefähr in Kopfhöhe an einem Zweig verfangen hatten. Unwillkürlich wich er zurück. »Dort ist er durchgelaufen.« Er zeigte ins Tal hinunter. »Siehst du, wie die Zweige hinter ihm in eine andere Lage zurückgeschnellt sind?«

Doch er war keineswegs beruhigt. Der Bär konnte auf einem anderen Weg zurückgekommen sein.

Da ertönte aus dem Unterholz das vernehmliche Tick-Tick eines Singhüpfers.

»Ich glaube nicht, dass er noch in der Nähe ist«, sagte Torak erleichtert. »Sonst hätte der Singhüpfer nicht gerufen.«

Als es dunkel wurde, bauten sie sich eine leichte Hütte aus miteinander verflochtenen Haselnussschösslingen und Blättermulch. Stecheichenblätter sorgten zumindest für einen Anschein von Schutz. Sie entfachten ein kleines Feuer und aßen ein paar Streifen Räucherfleisch. An die Lachsfladen trauten sie sich nicht heran, denn die hätte der Bär aus einer Entfernung von mehreren Tagesmärschen gewittert.

Es war eine kalte Nacht. Torak saß, in seinen Schlafsack

gehüllt, da und lauschte auf das schwache, ferne Grollen, das laut Renn von den Donnerfällen herrührte.

Warum hatte ihm Fa nie von der Weissagung erzählt? Wieso war er der Lauscher? Was bedeutete das alles?

Neben ihm schlief Wolf mit zuckenden Ohren. Renn beobachtete einen Käfer, der über das Feuerholz krabbelte.

Torak wusste jetzt, dass er ihr trauen konnte. Sie hatte viel aufs Spiel gesetzt, um ihm zu helfen, und ohne sie hätte er nicht fliehen können. Es war ein ungewohntes Gefühl, dass ihm jemand zur Seite stand. »Ich muss dir was sagen«, raunte er.

Renn nahm einen dünnen Zweig und half dem Käfer von einem Ast herunter.

»Bevor mein Vater starb«, sagte Torak, »musste ich ihm etwas schwören. Ich soll den Berg suchen... und wenn es mein Tod ist.« Er unterbrach sich. »Ich weiß nicht, warum er das von mir verlangt hat. Aber ich habe es ihm geschworen, und deshalb versuche ich, mein Versprechen einzulösen.«

Sie nickte, und er sah, dass sie ihm zum ersten Mal vorbehaltlos glaubte. »Ich muss dir auch was sagen«, erwiderte sie. »Es hat mit der Weissagung zu tun.« Stirnrunzelnd drehte sie den Zweig in den Fingern. »Wenn du... den Berg tatsächlich findest, kannst du den Geist nicht einfach um Hilfe bitten. Du musst ihm erst beweisen, dass du seiner Hilfe würdig bist. Das hat mir Saeunn gestern Abend erklärt. Sie sagte, als der verkrüppelte Wanderer den Bären erschuf, hat er unseren Pakt mit dem Weltgeist gebrochen und ihn erzürnt, weil er ein Wesen geschaffen hat, das grundlos tötet. Es wird nicht einfach sein, den Weltgeist jetzt zur Mithilfe zu bewegen.«

Torak schluckte schwer. »Was soll ich denn tun?«

Sie sah ihm offen in die Augen. »Du musst ihm die drei wichtigsten Bestandteile der Nanuak bringen.«

Torak blickte sie verständnislos an.

»Saeunn sagt, die Nanuak ist wie ein großer Fluss, der nirgends endet. Alle Lebewesen tragen etwas davon in sich, Jäger, Wild, Steine, Bäume. Manchmal nimmt ein Teil davon Gestalt an, wie zum Beispiel Gischt auf dem Fluss, und wird ungeheuer mächtig.« Sie stockte. »So etwas musst du finden. Wenn nicht, wird dir der Weltgeist nicht helfen und du kannst den Bären nie vernichten.«

Torak wagte kaum zu atmen. »Drei Bestandteile der Nanuak«, sagte er mit belegter Stimme. »Aber welche? Und wo soll ich sie suchen?«

»Das weiß niemand. Wir kennen nur dieses Rätsel.« Sie schloss die Augen und sagte es auf:

»Ertrunkene Augen im tiefsten Grund,
Es beißt uralter steinerner Mund,
Dunkelstes Licht ist der kälteste Fund.«

Ein leichter Wind kam auf. Die Stecheichen rieben sich tuschelnd aneinander.

»Was soll das denn bedeuten?«

Renn öffnete die Augen. »Das weiß niemand«, sagte sie wieder.

Torak legte den Kopf auf die angezogenen Knie. »Ich soll also einen Berg finden, den noch niemand gesehen hat, ein Rätsel lösen, das bislang noch niemand lösen konnte, und dann noch einen Bären töten, den niemand besiegen kann.«

Renn nickte bedächtig. »Du musst es versuchen.«

Torak schwieg eine Weile. Dann fragte er: »Warum hat dir Saeunn das alles erzählt? Warum ausgerechnet dir?«

»Ich hab sie nicht darum gebeten, sie hat es von sich aus getan. Sie will, dass ich Schamanin werde, wenn ich groß bin.«

»Willst du das denn nicht?«

»Nein! Aber vielleicht... vielleicht hängt das ja alles zusammen. Hätte mir Saeunn nichts erzählt, hätte ich es dir nicht weitererzählen können.«

Wieder herrschte Schweigen. Dann schälte sich Renn aus ihrem Schlafsack. »Ich stell unsere Tragen nach draußen, damit der Essensgeruch nicht womöglich den Bären anlockt.«

Als sie weg war, wälzte sich Torak auf die Seite und blickte versonnen ins feurige Herz der Glut. Ringsum knarrte der Wald im Schlaf und träumte tiefe grüne Träume. Torak stellte sich die ungezählten Baumseelen vor, die sich draußen im Dunkeln drängten und auf ihn warteten, auf ihn ganz allein, damit er sie von dem Bären erlöste.

Er dachte an die goldene Birke, die rote Eberesche und die leuchtend grünen Eichen. Er dachte an das im Überfluss vorhandene Wild, an die Seen und Flüsse voller Fische, an die vielen verschiedenen Arten von Holz und Rinde und Stein, die man sich einfach nehmen durfte, wenn man wusste, wo sie zu finden waren. Der Große Wald bot einem alles, was man sich wünschen konnte. Bis jetzt war ihm nie richtig bewusst geworden, wie sehr er ihn liebte.

Wenn niemand den Bären aufhielt, war das alles dahin.

Wolf sprang auf und entschwand auf einen seiner nächtlichen Streifzüge. Renn kehrte zurück, kroch ohne ein Wort wieder in ihren Schlafsack und schlummerte ein. Torak blickte weiter ins Feuer.

»Vielleicht hängt das ja alles zusammen«, hatte Renn gesagt. Seltsamerweise machte ihm dieser Gedanke Mut.

Er war schließlich der Lauscher. Er hatte gelobt, den Berg zu finden. Der Wald brauchte ihn. Er würde sein Bestes tun.

Er schlief unruhig. Er träumte, Fa sei wieder am Leben, doch dort, wo sein Gesicht gewesen war, saß ein glatter weißer Stein. *Ich bin nicht Fa. Ich bin der Schamane des Wolfsclans …*

Torak schreckte hoch.

Er spürte erst Wolfs Atem im Gesicht, dann strichen flaumige Barthaare über seine Lider und schließlich wurde er liebevoll in Wangen und Hals gezwickt.

Er leckte dem Welpen über die Schnauze, und Wolf rieb sich schnüffelnd an seinem Kinn, bis er sich mit einem »Hmmpf« neben ihn legte.

*

»Wir hätten es weiter unten versuchen sollen«, sagte Renn. Sie reckten die Hälse und spähten zu den Donnerfällen hoch.

Torak wischte sich die Gischt aus dem Gesicht und fragte sich, wie es im Großen Wald etwas geben konnte, das derart wütend war.

Den ganzen Tag waren sie dem ruhigen, grünen Breitwasser stromaufwärts gefolgt. Jetzt, da er über eine schroffe Felswand donnerte, war der Fluss geradezu beängstigend in seinem Zorn. Der ganze Wald schien ehrfurchtsvoll den Atem anzuhalten.

»Wir hätten es weiter unten versuchen sollen«, wiederholte Renn.

»Dort hätte man uns gesehen«, widersprach Torak. »In den Wiesen gab es keine Deckung. Außerdem wollte Wolf auf dieser Seite bleiben.«

Renn schürzte die Lippen. »Und wo ist unser großer Anführer jetzt?«

»Er kann fließendes Wasser nicht ausstehen. Sein Rudel ist in einem Sturzbach ertrunken. Wenn wir einen Weg hinauf gefunden haben, kommt er zurück.«

»Mhmm«, machte Renn zweifelnd. Genau wie Torak hatte sie nicht gut geschlafen und war schon den ganzen Vormittag schlecht gelaunt. Keiner von beiden war noch einmal auf das Rätsel zu sprechen gekommen.

Schließlich stießen sie auf einen Wildwechsel, der am Wasserfall entlang bergauf führte. Er war steil und schlammig und oben angekommen waren sie erschöpft und von dem feinen Sprühnebel durchnässt. Wolf wartete schon. Er saß in sicherer Entfernung vom Breitwasser neben einer Birke und zitterte vor Angst.

»Wohin jetzt?«, keuchte Renn.

Torak musterte den Welpen. »Wir folgen dem Fluss, bis Wolf uns sagt, wo wir ihn überqueren sollen.«

»Kannst du schwimmen?«, fragte Renn.

Er nickte. »Und du?«

»Ja. Was ist mit Wolf?«

»Eher nicht.«

Sie marschierten weiter flussaufwärts, bahnten sich ihren Weg durch Dornengestrüpp und ein Dickicht aus Ebereschen und Birken. Es war ein kalter, wolkenverhangener Tag und der Wind ließ Birkenblätter wie kleine bernsteinfarbene Pfeilspitzen herabregnen. Wolf trabte mit angelegten Ohren voran. Der Fluss eilte unaufhaltsam auf die Fälle zu.

Sie waren noch nicht weit gegangen, als Wolf winselnd am Ufer auf und ab lief. Torak spürte seine Furcht. Er drehte sich nach Renn um: »Er will hier durch, aber er hat Angst.«

»Hier sind die Dornen viel zu dicht«, wandte Renn ein. »Wie wär's weiter oben bei den Steinen?«

Die Steine waren glatt und mit tückischen Moospolstern besprenkelt, aber sie ragten eine gute halbe Unterarmlänge aus dem Wasser. Dort könnte es gelingen.

Torak nickte.

»Ich geh als Erste«, sagte Renn, zog die Stiefel aus, band sie an ihre Rückentrage und krempelte sich das Beinleder hoch. Sie suchte sich einen Stecken, um sich darauf abzustützen, und warf sich die Trage nur über eine Schulter, damit sie nicht in die Tiefe gezogen wurde, falls sie ausrutschte. Bogen und Köcher hielt sie mit der anderen Hand hoch über den Kopf.

Sie sah ängstlich aus, als sie auf den ersten Stein trat, aber sie schaffte es, ohne zu straucheln, fast bis ans andere Ufer – bis zum letzten Felsen, von dem aus sie mit einem Satz an Land springen wollte, stattdessen aber nur den Ast einer Weide zu fassen bekam, an dem sie sich hochzog.

Torak ließ seine Trage und Waffen am Ufer liegen und zog die Stiefel aus. Er wollte erst Wolf hinüberbringen und dann seine Sachen holen.

»Komm schon, Wolf«, sagte er ermutigend. Dann wiederholte er es in Wolfssprache, ging in die Hocke und maunzte leise und beschwichtigend.

Wolf verzog sich eilig unter einen Wacholderbusch und weigerte sich herauszukommen.

»Setz ihn in deine Trage!«, rief ihm Renn zu. »Sonst schaffst du es nie, ihn rüberzubefördern!«

»Dann vertraut er mir nie wieder!«, brüllte Torak zurück.

Er setzte sich am Ufer ins Moos. Dann gähnte er und streckte sich, um Wolf zu zeigen, dass er ganz gelassen war.

Nach einer Weile traute sich Wolf unter dem Wacholder hervor und setzte sich neben ihn.

Torak gähnte wieder.

Wolf warf ihm einen kurzen Blick zu und riss das Maul ebenfalls zu einem gewaltigen Gähnen auf, das in einem Winseln endete.

Torak stand ganz langsam auf und nahm Wolf auf den Arm, wobei er in Wolfssprache besänftigend auf ihn einredete.

Die Steine fühlten sich unter seinen nackten Füßen eiskalt und glitschig an. Wolf zitterte in Todesangst.

Renn beugte sich vor und streckte ihnen mit einer Hand einen Birkenschössling hin. »Gut so«, schrie sie, um das Donnern des Wasserfalls zu übertönen, »gleich habt ihr's geschafft!«

Wolf grub die Klauen in Toraks Wams.

»Nur noch ein Stein!«, rief Renn. »Ich nehm ihn dir …«

Eine Welle schwappte gegen den Stein und spritzte sie nass. Wolf verlor die Beherrschung. In nackter Angst wand er sich aus Toraks Griff und wollte sich mit einem Satz ans Ufer retten. Dann stand er mit den Hinterbeinen im Wasser, mit den Vorderpfoten krallte er sich in die Böschung.

Renn bückte sich rasch und erwischte ihn am Nackenfell. »Ich hab ihn!«, brüllte sie.

In diesem Augenblick verlor Torak das Gleichgewicht und fiel mit einem lauten »Platsch« in den Fluss.

Kapitel 15

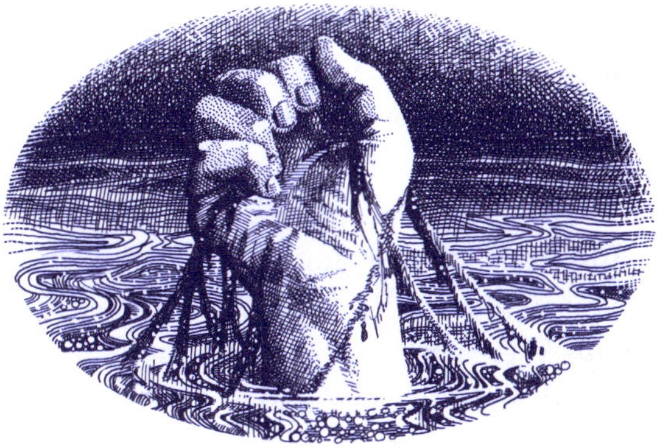

Prustend kam Torak wieder an die Oberfläche und kämpfte gegen die Strömung an.

Er war ein guter Schwimmer, deshalb war er nicht sonderlich beunruhigt. Er konnte sich an dem überhängenden Ast dort festhalten …

Dann eben am nächsten.

Er hörte, wie sich Renn hinter ihm durchs Gestrüpp zwängte und ihn beim Namen rief, er hörte Wolfs aufgeregtes Gekläff, aber sie fielen rasch zurück. Offenbar war das Gestrüpp zu dicht.

Der Fluss stieß ihn vor sich her, schleuderte ihn wie ein welkes Blatt gegen einen Felsen. Er ging wieder unter.

Abermals tauchte er strampelnd auf und stellte erschrocken fest, wie weit er schon abgetrieben war. Von Renn und Wolf war nichts mehr zu hören und der Wasserfall kam mit erstaunlicher Geschwindigkeit näher und übertönte mit seinem Donnern alles andere.

Wams und Beinleder zogen ihn in die Tiefe. Seine Arme

und Beine waren taub vor Kälte, sodass sie sich nur noch wie abgestorbene Äste aus Haut und Knochen anfühlten, die sich, ohne noch etwas zu spüren, abmühten, ihn über Wasser zu halten. Außer weiß aufschäumenden Wellen und verschwommenen Weiden sah er nichts mehr. Dann verschwand auch das und er ging wieder unter.

Da begriff er, dass er den Wasserfall hinunterstürzen und sterben würde.

Zum Fürchten blieb keine Zeit, er spürte nur einen dumpfen Zorn, dass alles auf diese Weise enden sollte. Armer Wolf. Wer wird sich jetzt um dich kümmern? Und arme Renn. Hoffentlich findet sie meine Leiche nicht, die ist bestimmt kein schöner Anblick.

Donnernd und tosend näherte sich der Tod. Ein Regenbogen flirrte durch Schaum und Gischt … dann wurden die Wellen glatt wie Leder, und plötzlich war vor ihm kein Fluss mehr, und er bekam kaum noch Luft, als er über den Klippenrand schoss. Der Tod streckte die Hand aus und zog ihn hinunter, und alles war warm und weich, wie kurz vor dem Einschlafen …

Er stürzte und stürzte, Wasser drang ihm in den Mund, in die Nase, in die Ohren. Der Fluss verschluckte ihn mit Haut und Haar, rauschte mit gnadenloser Gewalt durch ihn hindurch. Irgendwie kam er frei und schnappte nach Luft, dann zog es ihn wieder in den strudelnden grünen Abgrund.

Das Brüllen des Flusses wurde leiser. Lichter blitzten vor seinen Augen. Er sank. Das blaue Wasser wurde erst dunkelgrün, dann schwarz. Er war kraftlos, von der Kälte betäubt. Am liebsten hätte er aufgegeben und wäre eingeschlafen.

Er vernahm ein leises, blubberndes Lachen. Haare wie grünes Wassergras streiften über seine Kehle. Grausame

Gesichter grinsten ihn mit erbarmungslosen weißen Augen an.

Komm zu uns!, rief das Verborgene Volk des Flusses. *Befreie deine Seelen von diesem trägen, schweren Fleisch!*

Ihm wurde übel, als wollte ihm jemand die Eingeweide herausreißen.

Siehst du? Siehst du?, lachte das Verborgene Volk. *Wie rasch sich seine Seelen lösen wollen! Wie sie sich sehnen, zu uns zu kommen!*

Torak drehte sich um sich selbst wie ein toter Fisch. Das Verborgene Volk hatte Recht. Es wäre so einfach, den Körper zu verlassen und sich für immer in ihrer kalten Umarmung zu wiegen …

Wolfs verzweifeltes Jaulen drang an sein Ohr.

Torak schlug die Augen auf. Das Verborgene Volk floh, silberne Blasen perlten durch die Schwärze.

Wieder rief Wolf nach ihm.

Wolf brauchte ihn. Sie hatten noch etwas zu erledigen. Gemeinsam.

Torak schlug mit den empfindungslosen Gliedern um sich und kämpfte sich an die Oberfläche. Das grüne Licht wurde heller. Es zog ihn empor … Kurz bevor er es erreicht hatte, ließ ihn etwas nach unten blicken – und da sah er sie. Aus der Tiefe starrten zwei blinde weiße Augen zu ihm herauf.

Was war das? Flussperlen? Die Augen eines Angehörigen des Verborgenen Volks?

Die Weissagung. Das Rätsel. *Ertrunkene Augen im tiefsten Grund …*

In seiner Brust stach es. Wenn er nicht bald Luft bekam, musste er sterben. Aber wenn er jetzt nicht tauchte und sich die beiden Augen schnappte –, worum es sich auch handeln mochte – würde er sie nie mehr wieder finden.

Er machte kehrt und stieß sich mit kräftigen Beinschlägen wieder hinab.

Die Kälte schmerzte in den Augen, aber er wagte nicht, sie zu schließen. Er kam näher, noch näher … streckte die Hand nach dem Grund aus … und griff in eisigen Schlamm. Er hatte sie! Nachsehen konnte er nicht, denn ringsum wirbelte der Schlamm auf, außerdem wagte er nicht, die Hand zu öffnen, damit sie ihm nicht wieder entglitten, doch er spürte, wie ihr Gewicht ihn nach unten zog. Er drehte abermals um und strampelte nun wieder dem Licht entgegen.

Doch seine Kräfte ließen nach, und er stieg mit qualvoller Langsamkeit empor, behindert von seinen voll gesogenen Kleidern. Erneut blitzten Lichter vor seinen Augen. Wieder lachte es sprudelnd. *Zu spät*, flüsterte das Verborgene Volk. *Jetzt kommst du nie mehr ans Licht! Bleib bei uns, du Junge mit den unsteten Seelen. Bleib für immer hier …*

Etwas packte ihn am Bein und zog ihn hinab.

Er trat danach. Konnte sich nicht befreien. Etwas hielt ihn direkt über dem Knöchel am Beinleder fest. Er wand sich wie ein Fisch, um sich loszureißen, schaffte es aber nicht. Er wollte sein Messer ziehen, doch vor der Überquerung des Flusses hatte er den Riemen um das Heft festgezurrt und jetzt bekam er es nicht heraus.

Zorn wallte in ihm auf. Lasst mich los!, rief er stumm. Ihr kriegt mich nicht – und die Nanuak auch nicht!

Der Zorn verlieh ihm Kraft und er trat wild um sich. Der Griff um sein Bein lockerte sich. Etwas stieß ein gurgelndes Heulen aus und versank in der Dunkelheit. Torak schoss nach oben.

Er durchbrach die Oberfläche, sog die Luft mit gierigen Zügen ein. Von der grellen Sonne geblendet, nahm er eine grüne Wasserfläche und einen überhängenden Ast wahr, der rasch näher kam. Er streckte die freie Hand danach aus … und verfehlte ihn. Ein jäher Schmerz, sein Kopf wollte schier bersten, so weh tat es.

Er wusste, dass er nicht ohnmächtig war. Nach wie vor spürte er die Wellen und hörte den eigenen rasselnden Atem … aber seine Augen waren offen und er konnte nichts sehen.

Panik überfiel ihn. Bin ich blind?, dachte er. Nein, *bitte nicht*, nicht blind!

Kapitel 16

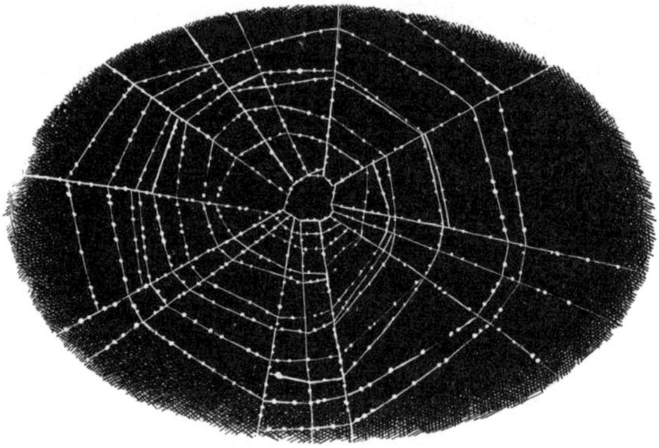

Weibchen Schwanzlos winselte und wedelte mit den Vorderpfoten, deshalb ließ Wolf sie stehen und lief weiter.

Als er Groß Schwanzlos zwischen den Weiden witterte, fing er ebenfalls zu winseln an. Sein Rudelgefährte lag halb im Nass über einem Baumstamm. Er roch nach Blut und bewegte sich nicht.

Wolf leckte ihm die kalte Wange, aber Groß Schwanzlos rührte sich noch immer nicht. War er Ohn-Hauch? Wolf legte den Kopf zurück und heulte.

Ein schwerfälliges Krachen von Zweigen kündigte Weibchen Schwanzlos an. Wolf sprang auf, um seinen Rudelgefährten zu verteidigen, aber sie schubste ihn weg, schob Groß Schwanzlos die Vorderpfoten unter die Achseln und zog ihn aus dem Nass.

Wider Willen war Wolf beeindruckt.

Er sah zu, wie sie Groß Schwanzlos die Pfoten auf die Brust setzte und fest drückte. Groß Schwanzlos hustete! Groß Schwanzlos hatte wieder Hauch!

Aber gerade als Wolf auf seinen Rudelgefährten springen und ihm zärtlich die Schnauze lecken wollte, wurde er wieder weggestoßen! Ohne sich um sein drohendes Knurren zu kümmern, stellte das Weibchen Groß Schwanzlos auf die Beine und torkelte mit ihm die Uferböschung hinauf. Groß Schwanzlos stolperte immer wieder in die Haselsträucher, als könnte er nichts sehen.

Wachsam trabte Wolf neben den beiden her, und seine Aufregung ließ erst ein wenig nach, als sie eine Höhle, ein gutes Stück vom Flinken Nass entfernt, erreicht hatten, eine richtige Höhle, nicht so eine kleine, luftlose.

Trotzdem wollte das Weibchen Wolf immer noch nicht an seinen Rudelgefährten heranlassen. Knurrend wollte er sie wegschieben, doch statt Platz zu machen, nahm sie einen Stock, warf ihn aus der Höhle, zeigte darauf und dann auf Wolf.

Wolf ignorierte sie und ging wieder zu Groß Schwanzlos, der versuchte, sich das Fell abzuziehen. Schließlich war nur noch das lange dunkle Kopffell übrig. Groß Schwanzlos lag zusammengerollt und mit geschlossenen Augen auf der Seite und zitterte vor Kälte. Sein erbärmlicher, fellloser Unterpelz nützte ihm überhaupt nichts.

Wolf drängte sich an ihn, um ihn zu wärmen, aber Weibchen Schwanzlos erweckte rasch das Helle-Tier-das-heiß-beißt zum Leben. Groß Schwanzlos rückte näher an die Wärme heran, und Wolf passte genau auf, dass ihn nichts in die Pfoten biss.

Erst jetzt fiel Wolf auf, dass Groß Schwanzlos in einer Vorderpfote etwas merkwürdig Schimmerndes hielt.

Wolf schnüffelte daran – und wich zurück. Es roch nach Jäger und Beute und Flinkem Nass und Baum, alles durcheinander, außerdem ging ein hohes, dünnes Summen davon aus, so hoch, dass Wolf es nur mit Mühe wahrnahm.

Wolf bekam Angst. Er wusste, dass er es mit etwas sehr, sehr Mächtigem zu tun hatte.

*

Torak kuschelte sich krampfhaft zitternd in seinen Schlafsack. Sein Kopf stand in Flammen, sein ganzer Körper fühlte sich wie eine einzige große Prellung an, aber am schlimmsten war, dass er nichts sehen konnte. *Blind, blind*, hämmerte sein Herz.

Durch das Knistern des Feuers hörte er Renn leise schimpfen: »Wolltest du dich umbringen?«

»Was?«, sagte er, brachte aber nur ein undeutliches Nuscheln zustande, denn sein Mund war mit salzig-süßem Blut verklebt.

»Du warst schon fast wieder oben«, sagte Renn und drückte ihm etwas auf die Stirn, das sich wie Spinnweben anfühlte, »aber dann bist du umgekehrt und hast noch einmal getaucht – absichtlich!«

Erst jetzt begriff er, dass sie nichts von der Nanuak wusste, aber seine Faust war so kalt, dass er sie nicht öffnen und ihr seinen Fund zeigen konnte.

Er spürte Wolfs warme Zunge im Gesicht. Ein schmaler Lichtspalt erschien. Dann eine große schwarze Nase. Toraks Lebensgeister erwachten wieder. »Ich kann sehen!«, rief er.

»Häh?«, blaffte Renn. »Natürlich kannst du sehen! Du hast dir die Stirn an dem Ast aufgerissen und dir ist Blut in die Augen gelaufen. Wunden an der Kopfhaut bluten stark, weißt du das nicht?«

Torak war so erleichtert, dass er am liebsten in lautes Gelächter ausgebrochen wäre, wenn nur seine Zähne nicht so erbärmlich geklappert hätten.

Er stellte fest, dass sie sich in einer kleinen Erdhöhle befanden. Ein Birkenholzfeuer brannte munter, und seine durchweichten Kleider, die an Baumwurzeln hingen, fingen schon zu dampfen an. Man hörte die Fälle laut donnern, und nach dem Geräusch sowie den Baumwipfeln vor dem Höhleneingang zu schließen, mussten sie sich ein Stück oberhalb des Flusses befinden. Er konnte sich nicht erinnern, wie sie hierher gekommen waren. Renn musste ihn getragen haben. Er fragte sich, wie sie das geschafft hatte.

Sie kniete neben ihm und sah ziemlich mitgenommen aus. »Du hast unheimliches Glück gehabt. Jetzt halt mal still.« Sie nahm ein paar getrocknete Schafgarbenblätter aus ihrem Medizinbeutel und zerbröselte sie in der Handfläche. Nachdem sie die Spinnweben weggenommen hatte, drückte sie ihm die Blätterkrümel auf die Stirn, wo sie eine Art Schorf auf der Wunde bildeten.

Torak schloss die Augen und lauschte dem unvermindert wütenden Toben des Wassers. Wolf kroch zu ihm in den Schlafsack und drehte sich so lange um sich selbst, bis er bequem lag. Er fühlte sich herrlich pelzig und warm an und leckte Torak sogleich die Schulter. Torak seinerseits leckte ihm die Schnauze.

Als er erwachte, zitterte er nicht mehr, hielt aber immer noch die Nanuak umklammert. Er spürte sie schwer in seiner Faust liegen.

Wolf schnüffelte im hinteren Teil der Höhle herum, Renn sortierte Kräuter in ihrem Schoß. Toraks Rückentrage, seine Stiefel und Waffen lagen sorgfältig aufgestapelt neben ihr. Torak wurde klar, dass sie, um alles zu holen, den Fluss noch einmal hatte überqueren müssen. Sogar zweimal.

»Renn?«

»Was?«, antwortete sie, ohne aufzusehen. Ihr Ton verriet ihm, dass sie immer noch verstimmt war.

»Du hast mich aus dem Fluss gezogen. Du hast mich hier hochgeschleppt. Du hast sogar meine Sachen geholt. Ich weiß gar nicht, wie … ich finde das sehr tapfer von dir.«

Sie sagte nichts.

»Renn?«, setzte er noch einmal an.

»*Was ist denn?*«

»Ich musste noch einmal tauchen. Ich musste es tun.«

»Warum?«

Linkisch streckte er die Hand mit der Nanuak aus und öffnete sie.

Im selben Augenblick schien das Feuer zusammenzufallen. Schatten hüpften über die Höhlenwände. Die Luft schien zu knistern wie nach einem Blitzschlag.

Wolf hörte auf herumzuschnüffeln und stieß ein warnendes Knurren aus. Renn saß ganz still.

Die Flussaugen lagen in einem Nest aus grünem Schlamm auf Toraks Hand und schimmerten so schwach wie der Mond in einer nebligen Nacht.

Als er sie betrachtete, verspürte Torak einen Nachhall der Übelkeit, die ihn auf dem Grund des Flusses befallen hatte. »Das ist es doch, nicht wahr?«, fragte er. *»Ertrunkene Augen im tiefsten Grund* – der erste Bestandteil der Nanuak.«

Alle Farbe war aus Renns Gesicht gewichen. »Beweg … dich … nicht.« Sie kroch aus der Höhle und kam kurz darauf mit einem Büschel leuchtend roter Ebereschenblätter zurück.

»Zum Glück ist deine Hand schlammverschmiert«, sagte sie. »Sie dürfen deine Haut nicht berühren. Sonst könnten sie dir deinen eigenen Anteil an der Weltseele entziehen.«

»War es das, was mit mir passiert ist?«, fragte er leise. »Im Fluss ist mir … schwindlig geworden.« Er erzählte ihr vom Verborgenen Volk.

Sie starrte ihn entsetzt an. »*Wie konntest du es wagen?* Wenn sie dich erwischt hätten …« Sie machte das Zeichen, mit dem man das Böse abwendete. »Ich fasse es nicht, dass du geschlafen und sie dabei die ganze Zeit in der Hand gehalten hast. Jetzt aber schnell!«

Sie zog einen kleinen schwarzen Beutel aus ihrem Wams und stopfte die Ebereschenblätter hinein. »Die müssten uns eigentlich schützen, und der Beutel auch, er ist aus Rabenleder.« Dann nahm sie Toraks Handgelenk, drehte seine Hand um, ließ die Flussaugen in den Beutel gleiten und band ihn fest zu.

Kaum war die Nanuak sicher verstaut, flammte das Feuer wieder auf, die Schatten schrumpften und das Knistern in der Luft ließ nach.

Torak kam es vor, als wäre ihm eine Last von den Schultern genommen. Er beobachtete, wie Wolf angetrottet kam und sich mit der Schnauze zwischen den Pfoten neben Renn legte, den Beutel in ihrem Schoß ansah und leise winselte.

»Meinst du, er riecht etwas?«, fragte sie.

»Vielleicht hört er sie sogar«, meinte Torak, »aber das können wir nicht wissen.«

Renn erschauderte. »Solange er der Einzige ist …«

Kapitel 17

Als Torak aufwachte, fühlte er sich steif und zerschunden, aber er konnte Arme und Beine wieder bewegen, und da er sich allem Anschein nach nichts gebrochen hatte, kam er zu dem Schluss, dass es ihm besser ging.

Renn kniete am Höhleneingang und hielt Wolf mit konzentrierter Miene eine Hand voll Krähenbeeren hin. Wolf schob sich misstrauisch näher – und wich wieder zurück. Schließlich befand er, dass er ihr trauen durfte, und beschnüffelte die Beeren. Renn lachte, als seine Barthaare sie in der Handfläche kitzelten.

Als sie merkte, dass Torak sie beobachtete, hörte sie zu lachen auf, weil es ihr peinlich war, dass er sie ertappte, wie sie sich mit dem Welpen anfreundete. »Wie geht's?«, fragte sie.

»Besser.«

»Sieht nicht so aus. Du musst dich mindestens noch einen Tag ausruhen.« Sie stand auf. »Ich geh jagen. Unsere Vorräte heben wir uns lieber für den Notfall auf.«

Torak richtete sich ächzend auf. »Ich komme mit.«

»Nein, du musst dich ausruhen.«

»Aber meine Kleider sind trocken und ich muss mich bewegen.« Er verriet ihr nicht den wahren Grund, nämlich dass er Höhlen nicht leiden konnte. Er und Fa hatten hin und wieder in einer Höhle Unterschlupf gefunden, aber meistens hatte Torak dann doch draußen geschlafen. Es kam ihm grundverkehrt vor, zwischen festen Wänden zu schlafen, abgeschnitten von Wind und Wald. Dann fühlte er sich immer, als hätte ihn etwas verschlungen. Renn seufzte. »Versprich mir, dass du zurückgehst und dich hinlegst, sobald wir etwas erlegt haben.«

Torak versprach es ihr.

Das Anziehen war schmerzhafter, als er erwartet hatte, und als er damit fertig war, standen ihm Tränen in den Augen. Zu seiner Erleichterung fiel es Renn, die Vorbereitungen für die Jagd traf, nicht auf. Sie fuhr sich mit einem Eschenholzkamm, der wie eine Rabenklaue geschnitzt war, durchs Haar, band es dann zu einem Pferdeschwanz zusammen und steckte eine Eulenfeder für das Jagdglück hinein. Anschließend schmierte sie sich mit Asche ein, um ihren Geruch zu überdecken, und ölte ihren Bogen mit zerstoßenen Haselnüssen, wobei sie vor sich hin sang: »Möge der Clanhüter mit mir fliegen und mir eine gute Jagd bescheren.«

Torak war erstaunt. »Wir bereiten uns genauso auf die Jagd vor, nur dass wir sagen: ›Möge der Clanhüter mit mir *laufen*.‹ Und wir ölen unsere Bögen nicht jedes Mal ein.«

»Das ist nur so eine Angewohnheit von mir.« Renn hielt den Bogen stolz hoch, sodass das geölte Holz glänzte. »Fin-Kedinn hat ihn für mich gemacht, als ich sieben war, kurz nach Fas Tod. Er ist aus Eibenholz, das vier Sommer getrocknet wurde. Das Splintholz am Rücken, wegen der Biegsamkeit, am Bauch das Kernholz, das gibt dem Bogen Kraft. Den Köcher hat er auch angefertigt. Er hat die Weiden selbst geflochten und ich durfte mir das Muster aussuchen – ein Zickzackband aus roter und weißer Weide.«

Sie hielt inne und ihr Gesicht verdüsterte sich. »Mutter habe ich nie gekannt, Fa war alles für mich. Als er getötet wurde, habe ich schrecklich geweint. Dann ist Fin-Kedinn gekommen und ich habe mit den Fäusten auf ihn eingeschlagen. Er hat sich nicht von der Stelle gerührt. Ist einfach wie eine Eiche stehen geblieben und hat sich von mir schlagen lassen. Dann sagte er: ›Er war mein Bruder. Ich kümmere mich um dich‹, und ich wusste, dass er zu seinem Wort stehen würde.« Sie verzog das Gesicht und kniff die Lippen zusammen.

Torak konnte ihr nachfühlen, dass sie ihren Onkel vermisste und sich wahrscheinlich auch sorgte, ob ihm bei ihrer Verfolgung durch den Wald, in dem der besessene Bär sein Unwesen trieb, etwas zugestoßen war. Um ihr Zeit zu lassen, sich zu beruhigen, machte er sich an seine eigenen Vorbereitungen und suchte umständlich seine Waffen zusammen. »Los, komm, gehen wir jagen.«

Sie nickte und schulterte ihren Köcher.

Der Wald war noch nie so schön gewesen wie an diesem hellen, klaren Morgen. Rote Ebereschen und goldene Birken loderten wie Flammen im dunkelgrünen Fichtengehölz. In den Blaubeerbüschen glitzerten unzählige winzige, von Frost überzogene Spinnweben, gefrorenes Moos knirschte unter ihren Füßen. Ein Paar neugieriger Elstern folgte ihnen zeternd von Baum zu Baum. Der Bär musste weit weg sein.

Leider konnte sich Torak nicht lange an alldem erfreuen.

Am späten Vormittag scheuchte Wolf einen Schwarm Moorschneehühner auf, die mit beleidigtem Kollern aufstoben. Sie flogen so schnell auf und dazu genau in die Sonne hinein, dass Torak nicht einmal zu zielen versuchte, denn er war überzeugt, ohnehin nicht zu treffen. Zu seiner Verwunderung legte Renn einen Pfeil ein und schickte ihn auf die Reise, worauf ein Huhn mit dumpfem Aufprall im Moos landete.

Torak blieb der Mund offen stehen. »Wie hast du das denn gemacht?«

Renn wurde rot. »Tja, ich übe halt viel.«

»Aber … so einen guten Schuss habe ich noch nie gesehen. Bist du die beste Schützin eurer Sippe?«

Sie sah ein wenig verlegen aus.

»Oder gibt es jemanden, der noch besser ist?«

»Ähm … eigentlich nicht.« Immer noch verlegen, stapfte sie durch die Blaubeeren und holte den erlegten Vogel. »Hier.« Sie entblößte grinsend die spitzen Zähne. »Erinnerst du dich noch an dein Versprechen? Du kehrst jetzt um und ruhst dich aus.«

Torak nahm ihr das Huhn ab. Hätte er gewusst, dass sie so gut schießen konnte, hätte er ihr so etwas nie versprochen.

Als Renn zurück zur Höhle kam, schmausten sie ausgiebig. Der Ruf einer jungen Eule verriet ihnen, dass immer noch keine Gefahr drohte, und Renn befand, sie wären jetzt weit genug östlich, um den Rabenspähern entwischt zu sein. Außerdem mussten sie ab und zu etwas Warmes in den Magen bekommen.

Renn wickelte zwei kleine Stücke Moorhuhn in Blutampferblätter und ließ sie für die Clanhüter liegen, während Torak die Feuerstelle an den Höhleneingang verlegte, da er fest entschlossen war, nicht noch eine Nacht dort drin zu verbringen. Er füllte Renns Kochleder halb mit Wasser und hängte es übers Feuer, dann ließ er mithilfe einer Astgabel glühend heiße Steine hineinfallen, um das Wasser zu erwärmen, und gab das gerupfte und entbeinte Huhn dazu. Bald rührte er in einem wohlriechenden Eintopf aus Hühnerfleisch, Lauch und großen, fleischigen Waldpilzen.

Sie aßen fast das ganze Huhn auf, ließen nur ein bisschen für das nächste Tagmahl übrig und tunkten die Soße mit in der Glut gerösteten Löwenzahnwurzeln auf. Danach gab es noch einen herrlichen Brei, den Renn aus späten Preiselbeeren und Haselnüssen zubereitet hatte, und zum Abschluss ein paar Bucheckern, die sie über dem Feuer platzen ließen und dann die kleinen, schmackhaften Kerne herauspulten.

Torak war so satt, dass er sich nicht vorstellen konnte, je wieder etwas essen zu müssen. Er ließ sich am Feuer nieder, um den Riss in seinem Beinleder zu flicken, wo ihn das Verborgene Volk gepackt hatte. Renn saß etwas abseits und trimmte die Federn ihrer Pfeile. Wolf lag zwischen ihnen und leckte sich die Pfoten sauber, nachdem er das Stück Huhn, das ihm Torak aufgehoben hatte, gierig verputzt hatte.

Eine Zeit lang herrschte eine gesellige Stille, die Torak mit Zufriedenheit, ja fast mit Zuversicht erfüllte. Schließlich hatte er den ersten Bestandteil der Nanuak gefunden. Das war doch schon mal ein Erfolg!

Plötzlich sprang Wolf auf und lief aus dem Lichtkreis. Als er kurz darauf zurückkehrte, umkreiste er das Feuer und gab leise, beinahe winselnde Knurrlaute von sich.

»Was hast du?«, flüsterte Renn.

Torak war schon auf den Beinen und beobachtete den

Welpen. Er schüttelte den Kopf. »Ich verstehe ihn nicht richtig. ›Tot-Geruch. Schon alt. Rührt sich.‹ So in etwa.«

Sie spähten in die Dunkelheit.

»Wir hätten kein Feuer machen sollen«, sagte Renn.

»Zu spät«, meinte Torak bloß.

Wolf hörte auf zu winseln, hob die Schnauze und schaute zum Himmel.

Auch Torak sah hoch – und der letzte Rest seiner guten Stimmung verflüchtigte sich.

Im Osten, über den fernen schwarzen Umrissen der Hohen Berge, blickte das funkelnde Auge des Großen Auerochsen auf sie herab. Man konnte es unmöglich übersehen: ein unheilvolles Blutrot, das vor Bosheit pulsierte. Torak konnte den Blick nicht abwenden. Er spürte die Macht, die dem Bären Kraft sandte und seinen eigenen Mut und seine Entschlossenheit schwächte.

»Was können wir schon gegen den Bären ausrichten?«, sagte er verzagt. »Ich meine … mal ehrlich, was bloß?«

»Keine Ahnung«, erwiderte Renn.

»Wie sollen wir die beiden anderen Bestandteile der Nanuak finden? *Es beißt uralter steinerner Mund – Dunkelstes Licht ist der kälteste Fund*. Was soll das überhaupt bedeuten?«

Renn antwortete nicht.

Schließlich riss sich Torak los und hockte sich wieder ans Feuer. Sogar aus der Glut schien ihn das rote Auge anzufunkeln.

»Schau, Torak«, sagte Renn hinter ihm, »da ist der Erste Baum!«

Er hob wieder den Kopf.

Das Auge war erloschen. Stattdessen zog ein schweigender, sich unablässig wandelnder grüner Schimmer über den Himmel. Eben noch drehte sich ein breiter Lichtstreif in lautlosem Wind… schon hatte er sich wieder aufgelöst und schimmernde blassgrüne Wellen wogten über die Sterne. Der Erste Baum bedeckte den Himmel, so weit das Auge reichte, und goss sein zauberisches Feuer über den Wald.

Dieser Anblick entzündete in Torak wieder einen kleinen Hoffnungsfunken. Schon immer hatte er in frostigen Nächten den Ersten Baum mit Staunen und Ehrfurcht betrachtet, während Fa ihm die Geschichte vom Ursprung erzählt hatte. Der Erste Baum verhieß Jagdglück. Vielleicht brachte er ja auch ihm Glück bei seinem Vorhaben.

»Ich glaube, das ist ein gutes Zeichen«, sagte Renn, als ahnte sie, was er dachte. »Ich habe mich schon gefragt, ob es wirklich reiner Zufall war, dass du die Nanuak gefunden hast. Ich meine, warum bist du ausgerechnet dort in den Fluss gefallen, wo die Augen lagen? Ich glaube nicht an einen Zufall. Ich glaube… du solltest sie finden.«

Torak sah sie fragend an.

»Aber selbst wenn dir die Nanuak tatsächlich in den Weg gelegt wurde«, sagte sie bedächtig, »war es immer noch deine Entscheidung, was du tust. Als du sie auf dem Flussgrund hast liegen sehen, hättest du ebenso gut beschließen können, dass es viel zu gefährlich ist, sie heraufzuholen, aber du hast dein Leben dafür aufs Spiel gesetzt. Vielleicht… gehörte das ja auch zu deiner Aufgabe.«

Das war ein tröstlicher Gedanke, bei dem sich Torak sofort ein wenig besser fühlte. Dann schlief er über der Betrachtung der schweigenden grünen Äste des Ersten Baumes ein, während Wolf davontrabte und seiner eigenen geheimnisvollen Wege ging.

*

Wolf trottete zur Anhöhe oberhalb des Tals, um den Geruch, den der Wind mit sich führte, besser aufzunehmen. Es war ein strenger Geruch nach Ohn-Hauch, wie eine schon vor längerer Zeit gerissene Beute… nur mit dem Unterschied, dass sie sich bewegte.

Beim Laufen spürte er voller Freude, dass seine Ballen widerstandsfähiger und seine Beine mit jedem Dunkel kräftiger wurden. Es machte ihm Spaß zu laufen, und er wünschte sich, dass es Groß Schwanzlos ebenso erginge, doch manchmal war sein Rudelgefährte entsetzlich langsam.

Als er sich der Anhöhe näherte, hörte er das Brüllen des Donnernden Nass und einen Hasen, der im Tal dahinter äste. Über sich sah er das Helle Weiße Auge mit seinen vielen kleinen Welpen. Alles war, wie es sein sollte. Bis auf den Geruch.

Oben angekommen hielt er die Schnauze in den Wind, um die vielfältigen Gerüche zu erhaschen, und wieder witterte er es… ziemlich nah schon, und es kam immer näher. Er rannte ins Tal zurück und hatte es auch bald entdeckt – dieses seltsame, schlurfende, faulig riechende Ding.

Er wagte sich so dicht heran, dass er es trotz der Dunkelheit deutlich sehen konnte, bewegte sich dabei jedoch so vorsichtig, dass es ihn nicht bemerkte. Zu seiner Überraschung stellte er fest, dass es keineswegs ein schon lange gerissenes Beutetier war. Es hatte Hauch und Klauen und einen merkwürdig watschelnden Gang, und es knurrte und brummte vor sich hin, wobei ihm Speichel aus der Schnauze troff.

Was Wolf am meisten wunderte, war, dass er nicht spüren konnte, was das Ding empfand. Sein Verstand schien so zerstreut wie ein Haufen abgenagter Knochen. So etwas war Wolf noch nie über den Weg gelaufen.

Er sah zu, wie es weiter den Hang hinab auf die Höhle zustrebte, in der die Schwanzlosen schliefen. Es schlich immer näher …

Gerade als Wolf es anspringen wollte, schüttelte es sich und watschelte davon. Doch es würde zurückkommen, das spürte er im Gewirr der fahrigen Gedanken.

Kapitel 18

Wie ein Dieb in der Nacht stahl sich der Nebel an sie heran.

Als Torak unbeholfen aus seinem Schlafsack kroch, war das Tal unter ihnen verschwunden. Der Atem des Weltgeistes hatte es restlos verschluckt.

Er gähnte. Wolf hatte ihn in der Nacht mehrfach geweckt, war aufgeregt umhergerannt und hatte leise gebellt: *Tot-Geruch – pass auf!* Es ergab keinen Sinn. Jedes Mal wenn Torak nachsehen ging, war nichts Ungewöhnliches zu entdecken, bis auf den Aasgestank und das unangenehme Gefühl, beobachtet zu werden.

»Vielleicht mag er einfach keinen Nebel«, sagte Renn mürrisch. Sie rollte ihren Schlafsack zusammen. »Mir ist er auch nicht geheuer. Bei Nebel ist nichts mehr das, was es zu sein scheint.«

»Ich glaube nicht, dass es am Nebel liegt«, sagte Torak, der beobachtete, wie Wolf witternd die Schnauze hob.

»Woran sonst?«

»Keine Ahnung. Da draußen muss irgendetwas sein. Nicht der Bär und auch nicht deine Leute. Etwas anderes.«

»Nämlich?«

»Wie gesagt, das weiß ich auch nicht. Aber wir sollten vorsichtig sein.« Nachdenklich legte er Holz nach, um den Rest des Eintopfs als Tagmahl aufzuwärmen.

Renn zählte mit besorgter Miene die Pfeile. »Vierzehn. Das reicht nicht. Weißt du, wie man Feuerstein zuhaut?«

Torak schüttelte den Kopf. »Dafür sind meine Hände noch nicht kräftig genug. Fa wollte es mir nächsten Sommer beibringen. Und du?«

»Mir geht's genauso. Wir müssen sparsam sein, denn wir wissen nicht, wie weit es bis zum Berg ist, und wir brauchen noch mehr Fleisch.«

»Vielleicht fangen wir ja heute etwas.«

»Bei dem Nebel?«

Sie hatte Recht. Der Nebel war so dicht, dass sie Wolf kaum auf fünf Schritt sehen konnten. Es war die Art Nebel, die man Rauchfrost nannte: ein eisiger Hauch, der zu Anfang des Winters von den Hohen Bergen herabsteigt, die Beeren schwarz macht und kleine Tiere in ihre Höhlen scheucht.

Wolf schlug einen Auerochsenwechsel ein, der sich oberhalb des Tales den Hang entlang nach Norden schlängelte, eine kalte Kletterpartie durch frostsprödes Farnkraut. Der Nebel dämpfte alle Geräusche und erschwerte es, Entfernungen einzuschätzen. Immer wieder ragten unvermittelt Bäume vor ihnen auf. Einmal schossen sie auf ein Rentier, mussten aber feststellen, dass sie einen umgestürzten Baum getroffen hatten. Das bedeutete, dass sie die Pfeile mühsam wieder aus der Rinde lösen mussten, denn sie konnten es sich nicht leisten, auch nur einen einzigen Pfeil zu vergeuden. Zweimal glaubte Torak im Unterholz eine Gestalt zu sehen, aber als er darauf zuging, fand er nichts.

Sie brauchten den ganzen Vormittag, um den Berg zu erklimmen, und den ganzen Nachmittag, um in das dahinter liegende Tal hinabzusteigen, wo ein schweigender Kiefernwald einen schlummernden Fluss bewachte.

»Ist dir auch aufgefallen«, sagte Renn, als sie sich nach einem freudlosen Nachtmahl in einer eilig errichteten Hütte zusammenkauerten, »dass wir kein einziges Rentier gesehen haben? Inzwischen müsste es hier von Rentieren nur so wimmeln.«

»Daran habe ich auch schon gedacht«, erwiderte Torak. Er wusste so gut wie Renn, dass der Schnee auf den Hochmooren die Herden in den tiefer gelegenen Wald getrieben haben musste, wo sie sich an Moos und Pilzen dick und rund fressen konnten. Manchmal fraßen sie so viele Pilze, dass sogar ihr Fleisch danach schmeckte.

»Was sollen wir bloß machen, wenn die Rentiere nicht kommen?«, fuhr Renn fort.

Torak sagte nichts. Die Rentiere sicherten den Sippen das Überleben: Sie lieferten ihnen Fleisch und Fell für Schlafsäcke und Kleidung.

Er überlegte, wo er Winterkleider herbekommen sollte. Renn war so vorausschauend gewesen, ihre Wintersachen anzuziehen, ehe sie das Lager der Raben verlassen hatten. Leider war es ihr nicht gelungen, auch welche für ihn zu stehlen, weswegen er außer seinen leichten Sommerkleidern nichts dabeihatte, jedenfalls nichts auch nur annähernd so Wärmendes wie die langen Felljacken und Beinfelle, die er und Fa jeden Herbst anfertigten.

Selbst wenn es ihnen gelingen sollte, ein Ren zu erlegen, war es zu spät, noch Kleidung zu nähen. Hinter der Nebelwand stieg das rote Auge des Großen Auerochsen immer höher.

Torak schloss die Augen, um diesen Gedanken zu vertreiben, und fiel schließlich in unruhigen Schlaf. Aber jedes Mal wenn er zwischendurch aufwachte, stieg ihm der eigenartige Aasgeruch in die Nase.

Der folgende Morgen kündigte sich noch kälter und nebliger an, und sogar Wolf, der sie weiter stromaufwärts führte, wirkte bedrückt. Sie kamen an eine umgestürzte Eiche, die wie ein Steg über dem Fluss lag, und krochen auf allen vieren ans andere Ufer. Kurz darauf gabelte sich der Weg. Nach links ging es in ein birkenbestandenes, nebliges Tal hinunter, die rechte Abzweigung führte bergauf in eine feuchte Klamm, deren schroffe, bemooste Steilwände nicht sehr einladend aussahen.

Zu ihrer Bestürzung entschied sich Wolf für den rechten Abzweig.

»Das kann nicht richtig sein!«, protestierte Renn. »Der Berg liegt im Norden! Warum will er immerzu nach Osten?«

Torak schüttelte den Kopf. »Mir kommt es auch falsch vor, aber er scheint seiner Sache ganz sicher zu sein.«

Renn schnaubte verächtlich. Sie wurde sichtlich wieder von Zweifeln geplagt.

Beim Anblick des geduldig wartenden Wolf empfand Torak ein leises Schuldgefühl. Der Welpe war noch nicht mal vier Monde alt. Eigentlich hätte er sorglos vor seiner Höhle spielen sollen, statt durch die Berge zu strolchen. »Ich glaube, wir sollten auf ihn hören.«

»Mmm«, brummte Renn.

Dann rückten sie die Tragen auf den schmerzenden Schultern zurecht und betraten die Klamm.

Kaum waren sie zehn Schritt gegangen, begriffen sie,

dass die Klamm sie nicht durchlassen wollte. Fichten versperrten ihnen mit ausgebreiteten Armen den Weg. Ein Felsbrocken polterte vor ihnen herab, ein anderer donnerte dicht hinter Renn auf den Pfad. Der Aasgestank wurde stärker. Aber wenn er tatsächlich von einem toten Wild herrührte, war es sehr merkwürdig, dass sie nicht hörten, wie sich Raben um den Kadaver zankten.

Der Nebel wurde so dicht, dass sie kaum zwei Schritt weit sehen konnten. Sie hörten nur das Tropf-Tropf des Taus auf dem Farn und das Gurgeln eines Baches, der zwischen überwucherten Ufern dahineilte. Torak fing an, im dichten Dunst Bärengestalten zu sehen. Er beobachtete Wolf genau, aber der Welpe trabte unerschrocken voran.

Gegen Mittag – besser gesagt, als sie das Gefühl hatten, es müsste Mittag sein – machten sie Rast. Wolf legte sich hechelnd auf den Boden und Renn ließ ihre Trage von den Schultern gleiten. Ihr Gesicht war vor Anstrengung verzerrt, ihr Haar klatschnass. »Da weiter hinten hab ich Schilf gesehen«, sagte sie. »Ich geh mir eine Kappe flechten.« Sie hängte die Bögen und Köcher an einen Ast und stapfte davon. Wolf stand auf und tapste hinterher.

Torak ging neben dem Bach in die Hocke und füllte die Wassersäcke auf. Es dauerte nicht lange, da hörte er Renn zurückkommen.

»Das ging ja schnell«, meinte er.

»*Raus!*«, brüllte da jemand hinter ihm. »Raus aus dem Tal des Streuners, sonst schneidet euch der Streuner die Kehle durch!«

*

Torak wirbelte herum und sah einen unglaublich verdreckten Mann mit einem Messer in der Hand über sich stehen. Er blickte in ein verwüstetes Gesicht, rau wie Baumrinde. Der Fremde hatte hüftlanges, schmutziges, verfilztes Haar und trug einen verrotteten Schilfumhang. Und endlich konnte sich Torak auch den Aasgestank erklären, denn um den Hals hing dem Mann der verwesende Kadaver einer Taube.

Eigentlich schien alles an ihm in Verwesung begriffen, angefangen von der leeren, schwärenden Augenhöhle über den zahnlosen schwarzen Gaumen bis hin zu der eingedrückten Nase, aus der eine Schlinge grünlich-gelben Schleims hing. »*Raus!*«, brüllte er und fuchtelte mit einem grünen Schiefermesser herum. »Narik und der Streuner sagen: Raus!«

Torak legte rasch zum Zeichen der Freundschaft beide Fäuste aufs Herz. »Bitte … wir kommen als Freunde. Wir wollen dir nichts zuleide tun …«

»Das habt ihr aber schon!«, tobte der Mann. »Sie tragen's in das schöne Tal! Der Streuner hält die ganze Nacht Wache! Er wacht die ganze Nacht, damit sie kein Verderben in sein Tal tragen!«

»Welches Verderben?«, fragte Torak verzweifelt. »Das wollten wir nicht!«

Es raschelte im Farn und Wolf warf sich Torak in die Arme. Torak drückte den Welpen an sich und spürte sein Herz pochen.

Der Mann achtete überhaupt nicht darauf. Er hatte gemerkt, dass sich Renn von hinten angeschlichen hatte.

»Will mich wohl überrumpeln, die kleine Schlange?«, knurrte er, drehte sich schwankend um und wedelte ihr mit dem Messer vor dem Gesicht herum.

Renn zuckte zurück, aber das erzürnte ihn nur noch mehr.

»Will sie, dass ich's ins Wasser werfe?«, schrie er, schnappte sich die Bögen und Köcher vom Ast und hielt sie über den Bach. »Will sie die hübschen Pfeile und die glänzenden Bögen schwimmen sehn?«

Stumm vor Entsetzen, schüttelte Renn den Kopf.

»Dann lassen sie Messer und Äxte lieber rasch fallen, sonst landet alles im Wasser!«

Sie wussten beide, dass ihnen keine andere Wahl blieb, also legten sie ihm die übrigen Waffen vor die Füße, worauf er sie flink unter seinem Umhang verstaute.

»Was willst du von uns?«, erkundigte sich Torak, dessen Herz inzwischen so hämmerte wie das von Wolf.

»Haut ab!«, brüllte der Mann. »Der Streuner hat's ihnen gesagt! *Narik* hat's ihnen gesagt! Und Nariks Zorn ist fürchterlich!«

Renn und Torak blickten sich nach jemandem namens Narik um, sahen aber nur nasse Bäume und Nebel.

»Wir hauen ja schon ab«, sagte Renn und warf einen bedauernden Blick auf ihren Bogen in der gewaltigen Faust.

»Nicht mitten durchs Tal! Raus!« Er zeigte auf den Abhang.

»Aber … da kommen wir nie rauf«, stotterte Renn. »Es ist viel zu steil …«

»Keine Ausreden mehr!«, blaffte der Streuner und schleuderte ihren Köcher in den Bach.

Sie schrie auf und wollte hinterherspringen, doch Torak packte sie am Arm.

»Es hat keinen Zweck. Er ist schon weg.« Der Bach war tiefer und reißender, als er auf den ersten Blick aussah. Renns geliebter Köcher war bereits davongetrieben.

Sie drehte sich nach dem Streuner um. »Wir haben gemacht, was du verlangt hast! Das hättest du nicht tun brauchen!«

»O doch«, erwiderte der Streuner mit zahnlosem Grinsen. »Jetzt wissen sie, dass er's ernst meint!«

»Komm schon, Renn«, sagte Torak. »Tun wir, was er will.«

Wütend schulterte Renn ihre Trage.

War der Weg zuvor schon beschwerlich gewesen, so war er jetzt noch beschwerlicher. Der Streuner stapfte hinter ihnen her und zwang sie, den steinigen Elchwechsel, den sie an manchen Stellen nur auf allen vieren bewältigten, fast hinaufzurennen. Renn lief voran und trauerte mit versteinertem Gesicht um ihren Köcher, Wolf fiel bald zurück.

Torak blieb stehen, um ihm zu helfen, aber der Streuner fuhr nur einen Fingerbreit vor seinem Gesicht mit dem Messer durch die Luft. »Weiter!«, befahl er.

»Ich will doch bloß …«

»Weiter!«

Renn mischte sich ein. »Du gehörst zum Otterclan, stimmt's? Ich kenne deine Tätowierung.«

Der Streuner starrte sie an.

Torak machte sich die Gelegenheit zunutze und nahm den zappelnden Welpen auf den Arm.

»*War mal* Otterclan«, brummelte der Streuner und kratzte sich am Hals, wo unter der Schmutzkruste wellenförmige blaugrüne Streifen eintätowiert waren.

»Warum hast du deine Sippe verlassen?«, fragte Renn, die sich sichtlich bemühte, den Verlust ihres Köchers zu vergessen, sich mit dem Mann gutzustellen und ihnen damit womöglich das Leben zu retten.

»Hab sie nicht verlassen«, erwiderte der Streuner. »Otter

haben ihn verlassen.« Er drehte der Taube einen Flügel ab, steckte ihn in den Mund und lutschte ihn aus, wobei er eine dicke Rotzschleife mit einsaugte.

Torak würgte, Renn wurde grün im Gesicht.

»Der Streuner hat Speerspitzen gemacht«, nuschelte der Mann, den Mund voller fauligem Brei, »und der Feuerstein ist ihm ins Gesicht gesprungen und hat ihn in den Kopf gebissen.« Er stieß ein bellendes Lachen aus und besprühte seine Zuhörer mit halb zerkauten Bröckchen. »Da ist was an ihm krank geworden, wurde genäht, ist aber wieder krank geworden. Am Ende ist sein Auge einfach rausgesprungen und ein Rabe hat's gefressen. Ha! Raben fressen gern Augen!«

Dann verzog er das Gesicht und schlug sich mit der Faust vor den Kopf. »Ach, aber's tut weh, so weh! Die vielen Stimmen, die in seinem Kopf heulen, die Seelen, die miteinander zanken! Deshalb haben ihn die Otter weggejagt!«

Renn schluckte. »Einer aus meiner Sippe hat auf die gleiche Weise ein Auge verloren. Meine Sippe ist mit den Ottern befreundet. Wir ... wir wollen dir nichts Böses.«

»Kann sein«, schnaufte der Streuner, zog einen Knochen aus dem Mund und verstaute ihn sorgfältig unter seinem Umhang. »Aber sie tragen's trotzdem herein.« Plötzlich verstummte er und ließ den Blick misstrauisch über die Hänge wandern. »Aber der Streuner hat's vergessen ... Narik wollte Haselnüsse! Wo sind bloß die ganzen Haselnussbäume geblieben?«

Torak drückte Wolf noch fester an sich. »Das Verderben, das wir angeblich in dein Tal tragen ... Meinst du damit ...«

»Sie wissen genau, was er meint«, entgegnete der Streuner. »Den Bärendämon, den Dämonenbären. Und der Streuner *hat's ihm noch gesagt*, dass er ihn nicht beschwören soll!«

Torak blieb stehen. »Wem hat er das gesagt? Meinst du etwa … den verkrüppelten Wanderer? Der den Bären erschaffen hat?«

Ein Stoß mit dem Messer erinnerte ihn daran, dass er weitergehen sollte. »Der Krüppel, na klar! Der Weise, immer hinter den Dämonen her, damit sie alles machen, was er will.« Wieder lachte er bellend. »Aber der Wolfsjunge weiß nichts von Dämonen, oder? Weiß nicht mal, was Dämonen sind! Ja, ja, so was merkt der Streuner sofort.«

Renn sah Torak überrascht an. Er wich ihrem Blick aus.

»Der Streuner kennt sich damit aus«, fuhr der Mann fort und hielt dabei immer noch nach Nussbäumen Ausschau. »Klar doch. Bevor ihn der Feuerstein gebissen hat, war er selber ein weiser Mann. Er hat gewusst, wenn man stirbt und seine Namensseele verliert, wird man ein Geist und vergisst, wer man ist. Die Geister tun dem Streuner Leid. Aber wenn man seine *Clanseele* verliert … dann wird man selber ein Dämon.«

Er beugte sich vor und hüllte Torak in eine Wolke aus fauligem Atem. »Denk drüber nach, Wolfsjunge. Ohne Clanseele bist du ein Dämon. Die ungezähmte Kraft der Nanuak, von keinem Clangefühl gebändigt, verwandelt sich in flammenden Zorn, weil dir etwas genommen wurde. Deshalb hassen sie alles Lebendige.«

Torak wusste, dass der Streuner die Wahrheit sagte. Er hatte diesen Hass selbst erlebt. Dieser Hass hatte seinen Vater umgebracht. »Was wurde aus dem Krüppel?«, fragte er heiser. »Aus dem, der den Dämon eingefangen und in den Bären gebannt hat? Wie lautete sein Name?«

»Ja, ja«, brabbelte der Streuner und bedeutete Torak weiterzugehen. »So klug, so weise. Erst verlangt es ihn nur nach den kleinen Dämonen, den Schleichern und Kriechern.

Aber die sind ihm nicht mächtig genug, er will immer noch mehr. Drum beschwört er die Beißer und Jäger. Aber er ist immer noch nicht zufrieden.« Er lachte und wieder schlug sein Aasatem über Torak zusammen. »Und dann«, raunte er, »ruft er … einen *Urgewaltigen* an.«

Renn schnappte nach Luft.

Torak war verwirrt. »Was ist das denn?«

Der Streuner kicherte. »Aah, sie weiß es! Das Rabenmädchen weiß es!«

Renn suchte Toraks Blick. Ihre Augen waren sehr dunkel. »Je stärker die Seelen, desto stärker der Dämon.« Sie fuhr sich mit der Zunge über die Lippen. »Ein Urgewaltiger entsteht, wenn etwas sehr Mächtiges stirbt – zum Beispiel ein Wasserfall oder ein Eisfluss – und seine Seelen sich trennen. Ein Urgewaltiger ist der stärkste Dämon, den es gibt.«

Wolf wand sich aus Toraks Armen und verschwand im Farnkraut. Ein Urgewaltiger, dachte Torak benommen.

Doch das Gespräch über Dämonen brachte den Streuner nur noch mehr aus der Fassung. »Ach, wie sie alles Lebendige hassen!«, stöhnte er und wiegte sich hin und her. »Zu hell, viel zu hell, all die strahlenden, strahlenden Seelen! Tut weh, so weh! *Sie* sind schuld, der Wolfsjunge und das Rabenmädchen! Sie tragen's in Streuners schönes Tal!«

»Aber wir sind doch schon fast wieder aus dem Tal heraus«, wandte Renn ein.

»Ja, sieh doch«, bekräftigte Torak, »wir sind fast schon oben.«

Aber der Streuner wollte sich nicht beruhigen lassen. »Warum machen sie das?«, rief er. »Warum? Der Streuner hat ihnen doch nichts getan!« Er schwang die Bögen über dem Kopf und packte sie dann an den Enden, als wollte er sie entzweibrechen.

Das war zu viel für Renn. »Wag es nicht!«, schrie sie. »Wehe, du tust meinem Bogen etwas an!«

»Zurück!«, keifte der Streuner. »Oder er bricht sie durch wie morsche Äste!«

»Runter damit!«, brüllte ihn Renn an und sprang vergeblich an ihm hoch.

Torak musste rasch handeln. Hastig öffnete er seinen Vorratsbeutel und streckte die offene Hand aus. »Nüsse!«, rief er. »Haselnüsse für Narik!«

Die Wirkung stellte sich sofort ein. »Haselnüsse«, brummte der Streuner, ließ die Bögen fallen, schnappte sich die Nüsse aus Toraks Hand und ging in die Hocke. Dann zog er einen Stein aus seinem Mantel und fing an, die Nüsse zu knacken. »Hm, schön süß. Da wird sich Narik freuen.«

Schweigend hob Renn die Bögen auf und wischte sie trocken. Sie reichte Torak seinen, aber der nahm ihn nicht. Er starrte auf den Stein, den der Streuner zum Nüsseknacken benutzte. »Wer ist eigentlich Narik?«, fragte er, darauf bedacht, den Streuner abzulenken, damit er den Stein aus der Nähe betrachten konnte. »Ist das dein Freund?«

»Der Streuner sieht ihn«, nuschelte der Mann. »Warum sieht ihn der Wolfsjunge nicht? Hat er was an den Augen?« Er steckte die Hand in den Umhang und zog eine räudige braune Maus hervor. Sie hielt eine halbe Haselnuss in den Pfötchen und blickte verärgert um sich.

Torak sah sie erstaunt an. Die Maus nieste und widmete sich dann wieder ihrem Festmahl.

Der Streuner strich zärtlich mit dem schmutzigen Finger über den kleinen, gewölbten Rücken. »Ja, das ist Streuners Ziehkind.«

Der Stein lag unbeachtet auf dem Boden. Er war ungefähr so groß wie Toraks Hand: eine scharfe, gebogene Klaue, aus schwarzem glänzendem Gestein gemeißelt.

Wo es eine Steinklaue gibt, gibt es womöglich auch einen Steinmund? Torak warf Renn einen raschen Blick zu. Sie hatte es ebenfalls gesehen, und nach ihrem Gesichtsausdruck zu schließen, hatte sie den gleichen Gedanken. *Es beißt uralter steinerner Mund.* Das musste der zweite Bestandteil der Nanuak sein.

»Dieser Stein da …«, begann Torak zögernd, »ob mir der Streuner wohl verrät, wo er ihn herhat?«

Ganz von seiner Maus in Anspruch genommen, hob der Mann den Kopf. Dann verzerrte sich sein Gesicht. »Steinmaul«, sagte er gedehnt. »Lange her, schlimme Zeit. Er versteckt sich. Otter jagen ihn weg, aber er hat sein schönes Tal noch nicht gefunden.«

Wieder wechselten Torak und Renn einen Blick. Sollten sie noch einen Wutanfall riskieren?

»Dieses Steinwesen«, hakte Torak nach. »Hat es auch steinerne Zähne im Maul?«

»Na klar!«, knurrte der Streuner, »wie soll es sonst essen?«

»Und wo ist es jetzt?«, fragte Renn.

»Der Streuner hat's doch schon gesagt: im Steinmaul!«

»Und wo lebt das Wesen mit dem Steinmaul?«

Mit einem Mal erschlaffte das Gesicht des Streuners und er sah sehr müde aus. »Schlimmer Ort«, flüsterte er. »Sehr schlimm. Die todbringende Erde, die alles schlingt und schluckt. Die Wächter sind überall. Sie sehen dich, aber du siehst sie nicht. Erst wenn's zu spät ist.«

»Sag uns, wie wir dorthin kommen«, bat Torak.

Kapitel 19

»WIE KANN ES überhaupt ein Geschöpf aus Stein geben?«, fragte Renn verdrossen. Seit dem Verlust ihres Köchers hatte sich ihre Stimmung nicht wesentlich gebessert.

»Weiß ich auch nicht«, sagte Torak zum zehnten Mal.

»Was für ein Wesen soll das überhaupt sein? Ein Wildschwein? Ein Luchs? Wir hätten ihn fragen sollen.«

»Wahrscheinlich hätte er es uns nicht verraten.«

Renn stemmte die Hände in die Hüften und schüttelte den Kopf. »Wir haben seine Anweisungen genau befolgt. Wir sind zwei ganze Tage gelaufen. Haben drei Täler durchquert. Sind dem Bach gefolgt, den er erwähnt hat. Aber gefunden haben wir nichts. Ich glaube, er wollte uns einfach nur los werden.«

Der gleiche Gedanke war Torak auch schon gekommen, aber er wollte es nicht zugeben. Der Nebel hatte sich seit zwei Tagen nicht gelichtet. Es kam ihm falsch vor. Alles an diesem Ort kam ihm falsch vor.

Streuners Anweisungen folgend, hatten sie den »Bach am

Fuß des grauen Felsenhügels« verlassen und stiegen jetzt einen gewundenen Pfad bergauf. Sie fühlten sich ungeschützt, alles ringsum kam ihnen bedrohlich vor. Verkrüppelte Birken ragten aus dem Nebel. Hier und da, wo der Hügel vom Wind kahl gefegt war, sah man nackten Fels durchschimmern. Das einzige Geräusch war das hämmernde *Tschack-tschack* eines Spechts, der seine Rivalen verjagen wollte.

»Er will, dass wir wieder gehen«, meinte Renn. »Vielleicht sind wir in die falsche Richtung gelaufen.«

»Das hätte uns Wolf bestimmt gesagt.«

Renn sah nicht sehr überzeugt aus. »Glaubst du das immer noch?«

»Ja«, sagte Torak. »Allerdings. Denn hätte er uns nicht ins Tal des Streuners geführt, hätten wir die Steinklaue nicht gesehen und nichts über den Steinzahn erfahren.«

»Kann sein. Aber ich finde immer noch, dass wir zu weit nach Osten abgewichen sind. Wir kommen zu dicht an die Hohen Berge.«

»Woher weißt du das, wenn wir keine zehn Schritt weit sehen können?«

»Ich spüre es. Diese kalte Luft kommt direkt vom Eisfluss.«

Torak blieb stehen. »Was für ein Eisfluss?«

»Der am Fuß des Gebirges.«

Torak biss die Zähne zusammen. Er war es allmählich Leid, immer der Dumme zu sein, der über nichts Bescheid wusste.

Sie kletterten schweigend weiter und schon bald hatten sie den Specht hinter sich gelassen. Beunruhigt wurde sich Torak bewusst, wie viel Lärm sie machten: das Knarren seiner Rückentrage, das Knirschen der Kiesel unter Renns Tritten. Er spürte, wie die Steine lauschten, wie die verwachsenen Bäume ihm zur Umkehr rieten.

Plötzlich machte Renn kehrt und kam auf ihn zugelaufen, dass die Kiesel nur so stoben. »Wir haben uns geirrt!«, keuchte sie, die Augen weit aufgerissen.

»Wie meinst du das?«

»Der Streuner hat überhaupt nichts von einem steinernen *Wesen* erzählt! Das waren wir. Er hat immer nur von einem Stein*maul* gesprochen!« Sie packte Torak am Arm und zog ihn den Hang hinauf.

Der Boden wurde ebener, der Pfad hörte auf. Torak blieb mitten im wirbelnden Nebel stehen. Als er begriff, was vor ihnen lag, überkam ihn tiefe Verzweiflung.

Über ihnen ragte eine Steilwand auf, grau wie eine Gewitterwolke. An ihrem Fuß, bewacht von einer einzelnen Eibe, klaffte eine dunkle Höhle wie ein stummer Schrei: ein gähnendes Steinmaul.

*

»Wir können da nicht reingehen«, sagte Renn.

»Wir… ich… muss aber hinein«, widersprach Torak. »Das ist das Steinmaul, von dem der Streuner gesprochen hat. Dort hat er die Steinklaue gefunden und dort finde ich vielleicht auch Steinzähne.«

Aus der Nähe betrachtet, war der Höhleneingang niedriger, als er zunächst angenommen hatte: ein schattiges, kaum schulterhohes Halbrund. Torak legte die Hand auf den Felsen und duckte sich, um hineinzuspähen.

»Sei vorsichtig«, warnte ihn Renn.

Der Höhlenboden führte steil nach unten. Kalte Luft wehte heraus, ein stechender Hauch, wie der Atem einer uralten Kreatur, die noch nie das Licht erblickt hatte.

»Schlimmer Ort«, hatte der Streuner gebrabbelt. »Sehr schlimm. Die todbringende Erde, die alles schlingt und schluckt. Die Wächter sind überall.«

»Beweg deine Hand nicht«, sagte Renn neben ihm.

Als Torak aufblickte, sah er erschrocken, dass seine Finger nur um Haaresbreite von einer großen Hand mit gespreizten Fingern entfernt waren, die tief in den Stein gemeißelt war. Sofort nahm er seine Hand weg.

»Das ist eine Warnung«, flüsterte Renn. »Siehst du die drei Streifen über dem Mittelfinger? Das sind mächtige Zeichen, die das Böse abwehren sollen.« Sie beugte sich darüber. »Das ist alt. Sehr alt. Wir dürfen nicht hinein. Dort unten ist etwas.«

»Was?«, fragte Torak. »Was ist dort unten?«

Renn schüttelte den Kopf. »Vielleicht ein Eingang zur Anderen Welt. Aber es muss etwas Böses sein, sonst hätte man hier nicht die Hand eingeritzt.«

»Mir bleibt trotzdem nichts anderes übrig. Ich gehe hinein. Du bleibst hier.«

»Nein! Wenn du reingehst, komm …«

»Wolf kann ich nicht mitnehmen, er würde den Geruch nicht aushalten. Bleib du hier und pass auf ihn auf. Wenn ich Hilfe brauche, rufe ich.«

Es dauerte eine Weile, aber je länger er auf sie einredete, desto mehr war er selbst davon überzeugt.

Er machte sich bereit, indem er Bogen und Köcher zu seiner Trage, dem Schlafsack und dem Wasserbehälter unter die Eibe legte und auch die Axt aus dem Gürtel nahm. Im Dunkeln würde ihm nur sein Messer von Nutzen sein. Zum Schluss schnitt er eine Lederleine für den Welpen zurecht. Wolf zappelte und schnappte, aber schließlich konnte Torak ihn davon überzeugen, dass er bei Renn bleiben musste, die

die Angelegenheit damit besiegelte, dass sie eine Hand voll getrockneter Preiselbeeren aus ihrem Vorratsbeutel holte. Torak wusste allerdings nicht, wie er Wolf erklären sollte, dass er bald zurückkommen würde. In der Wolfssprache schien es keinen Ausdruck für die Zukunft zu geben.

Renn gab ihm einen Ebereschenschössling zum Schutz mit, dazu einen ihrer Handschuhe aus Lachshaut. »Vergiss nicht«, mahnte sie, »wenn du Steinzähne findest, fass sie auf keinen Fall mit bloßen Händen an. Es wäre auch besser, wenn du den Beutel mit den Flussaugen hier lässt.«

Das leuchtete Torak ein. Wer weiß, was passieren würde, wenn er die Nanuak mit in die Höhle nahm.

Mit dem eigenartigen Gefühl, eine bedrückende Last loszuwerden, reichte Torak Renn den Rabenhautbeutel, den sie sich sogleich an den Gürtel band.

Wolf betrachtete das Geschehen mit zuckenden Ohren, als würde der Beutel, dachte Torak, irgendein Geräusch von sich geben.

»Du brauchst bestimmt Licht«, sagte Renn, froh, etwas Praktisches beitragen zu können. Sie holte zwei Binsenlichter aus ihrer Trage. Die kleinen Fackeln bestanden aus Binsenmark, das in Hirschtalg getränkt und anschließend in der Sonne getrocknet worden war. Mit zwei Steinen setzte sie eine Locke Wacholderrindenzunder in Brand und ein Binsenlicht erwachte zum Leben, eine helle, klare, tröstende Flamme. Torak war ihr unendlich dankbar dafür.

»Wenn du Hilfe brauchst«, sagte sie, kniete sich hin und umarmte Wolf, damit sie selbst zu zittern aufhörte, »rufst du laut. Dann laufen wir sofort los.«

Torak nickte. Dann duckte er sich und betrat das Steinmaul.

*

Er tastete nach der Wand. Sie fühlte sich seltsam schleimig an, wie verwesendes Aas.

Er schob sich langsam voran, immer einen Fuß nach dem anderen. Das Binsenlicht flackerte und schrumpfte zu einem Glimmen. Der Gestank wehte aus der Dunkelheit herauf und brannte ihm in der Nase.

Nach ein paar zögernden Schritten stieß er an Stein. Der Höhleneingang verengte sich zu einem Schlund. Wenn er den passieren wollte, musste er sich seitlich hindurchschieben. Er schloss die Augen und zwängte sich hinein. Er spürte das Gewicht des Felsens, das ihn zu zermalmen drohte …

Die Luft wurde kühler. Er befand sich immer noch in einem Gang, der aber jetzt wieder breiter wurde und eine Biegung nach rechts machte. Er blickte über die Schulter und sah, dass das Tageslicht verschwunden war und damit auch Renn und Wolf.

Der Gestank wurde stärker, je tiefer er in den Berg eindrang, doch er hörte nichts außer seinen eigenen Atem, sah nichts außer Flecken glitzernden roten Felsgesteins.

Ein plötzlicher kalter Schauer zu seiner Linken sorgte dafür, dass er beinahe den Halt verloren hätte. Kleine Steine rutschten weg und fielen ins Bodenlose.

Die linke Tunnelwand war nicht mehr da. Er stand auf einem schmalen Sims, das immer tiefer in die Dunkelheit führte. Von weit unten hallte das »Plink« von tröpfelndem Wasser zu ihm herauf. Ein falscher Schritt konnte tödlich sein.

Noch eine Biegung – diesmal nach links – und unter seinen Füßen rutschte ein Stein weg. Mit einem Aufschrei tastete er nach einem Halt und fand ihn gerade noch rechtzeitig.

Bei seinem Schrei hatte sich etwas bewegt.

Er erstarrte.

»Torak?« Renns Stimme klang wie aus weiter Ferne.

Er traute sich nicht zu rufen. Was immer sich da bewegt hatte, es regte sich nicht mehr, aber es war eine scheußliche, lauernde Reglosigkeit. Es wusste, dass Torak da war. »Die Wächter sind überall. Sie sehen dich, aber du siehst sie nicht. Erst wenn's zu spät ist.«

Er zwang sich zum Weitergehen. Abwärts, immer weiter abwärts. Der Gestank drang in Wolken zu ihm herauf. *Atme durch den Mund*, hörte er eine Stimme mahnen. So hatten es Fa und er immer gemacht, wenn sie an einem stinkenden Stück Aas oder einer von Fledermäusen bewohnten Höhle vorbeigekommen waren. Torak gehorchte, und der Gestank wurde erträglicher, obwohl er sich immer noch in Augen und Hals festsetzte.

Ohne Übergang wurde der Boden wieder eben. Torak spürte, wie sich der Raum um ihn weitete. Von irgendwoher musste trübes Licht hereinfallen, denn er konnte eine riesige, dämmerige Höhle ausmachen. Der Gestank der wabernden Schwaden wurde überwältigend. Er stand in den tropfenden, stinkenden Eingeweiden der Erde.

Das Sims, auf dem er gegangen war, hörte hier auf, und der Boden dahinter war uneben und bucklig. Mitten in der Höhle lag ein großer, flacher Stein. Er schimmerte wie schwarzes Eis und sah aus, als läge er schon seit zahllosen Wintern unberührt da. Sogar aus zwanzig Schritt Entfernung spürte Torak seine Macht.

Hier hatte der Streuner also seine Steinklaue gefunden. Das war also der Grund für die warnende Hand am Höhleneingang. Das bewachten also die Wächter – ein Tor zur Anderen Welt.

Um sich zu beruhigen, legte Torak die freie Hand auf das Heft seines Messers. Der mit Sehnen umwickelte Griff fühlte sich ein wenig warm an und verlieh ihm den nötigen Mut, auf den Höhlenboden hinabzusteigen.

Kaum stand er unten, schrie er vor Ekel laut auf. Der Boden unter seinen Stiefeln gab nach, etwas widerlich Weiches wollte ihn in die Tiefe ziehen. »Die todbringende Erde, die alles schlingt und schluckt ...«

Sein Schrei hallte von den Wänden wider und hoch über sich nahm er eine fast unmerkliche Bewegung wahr. Etwas Dunkles löste sich von der Decke und stieß auf ihn herab.

Es gab nirgends ein Versteck, nirgends eine Zuflucht. Der weiche Boden saugte wie nasser Sand an seinen Stiefeln. Ein Gestank aufwirbelndes Schwirren und das Ding war über ihm: Fettiges Fell verstopfte ihm Mund und Nase, scharfe Klauen zerrten an seinem Haar. Entsetzt schlug er um sich.

Schließlich flatterte der stumme Angreifer mit einem ledrigen »Flapp« davon. Doch Torak wusste, dass er nicht fort war. Der Wächter hatte lediglich herausfinden wollen, mit welchem Eindringling er es zu tun hatte.

Aber was war das für ein Wächter gewesen? Eine Fledermaus? Ein Dämon? Wie viele davon gab es noch?

Torak taumelte weiter. Auf halbem Weg stolperte er und fiel hin. Der Gestank war unerträglich. Er tastete im würgenden Dunkel umher, konnte nichts mehr sehen, nichts mehr denken. Sogar das Binsenlicht färbte sich schwarz – eine schwarze Flamme, die über ihm flackerte ...

Schwankend kam er wieder auf die Beine und schnappte wie ein aufgetauchter Schwimmer nach Luft. Er beruhigte sich ein wenig. Die schwarze Flamme brannte wieder gelb.

Er erreichte den Stein. Auf der vor uralten Zeiten geglätteten Oberfläche waren sechs Steinklauen zu einer Spirale angeordnet. Dort, wo der Streuner die siebte entwendet hatte, klaffte eine Lücke, und in der Mitte lag ein einzelner schwarzer Steinzahn.

»*Es beißt uralter steinerner Mund.*« Der zweite Bestandteil der Nanuak.

Schweiß rann Torak den Rücken herunter. Er fragte sich, welche Mächte er wohl entfesselte, wenn er den Zahn berührte.

Er streckte die Hand aus, zog sie aber sofort wieder zurück, denn er erinnerte sich an Renns Mahnung: »Berühre die Nanuak niemals mit bloßen Händen.«

Wo war der Handschuh? Er musste ihn unterwegs verloren haben.

Er leuchtete mit dem Binsenlicht um sich, tauchte tastend die Hand in die stinkenden Buckel. Wieder wurde er benommen und die Flamme wurde dunkel...

Gerade noch rechtzeitig fand er den Handschuh, der immer noch an seinem Gürtel baumelte. Er streifte ihn über und griff nach dem Steinzahn.

Das Binsenlicht ließ die Höhlenwand hinter dem Stein aufschimmern – und fing sich im Glitzern unzähliger Augen.

Toraks Hand schwebte unschlüssig über dem Zahn und er bewegte die Flamme langsam hin und her. Das Augenmeer glänzte feucht. Die Wände waren mit Wächtern übersät. Überall wo das Licht sie erreichte, wimmelte und zuckte es wie ein von Maden befallenes Stück Aas. Wenn er den Zahn an sich nahm, würden sie sich auf ihn stürzen.

Und dann geschah alles auf einmal.

Von weit oben ertönte Wolfs schneidendes Gebell.

Renn schrie. »Torak! Er kommt!«

Die Wächter stoben auf.

Das Binsenlicht erlosch.

Etwas traf ihn am Rücken und er fiel vornüber auf den Stein.

Wieder schrie Renn: »Torak! Der Bär!«

Kapitel 20

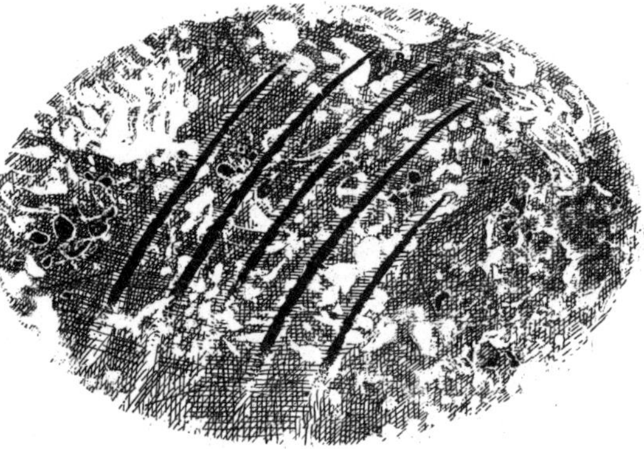

Mit Toraks Köcher in der Hand hastete Renn zum Pfad zurück und stolperte über eine Baumwurzel, worauf sich die Pfeile auf den Boden ergossen. Angst schnürte ihr die Kehle zu. Was soll ich tun? Was soll ich bloß tun?

Kurz zuvor war sie noch unruhig auf und ab gegangen und hatte zugesehen, wie sich ein Schwarm Grünfinken an den saftigen hellroten Eibenbeeren gütlich getan hatte. Wolf hatte an der Leine gezerrt und Laute zwischen Bellen und Knurren ausgestoßen, die Torak vielleicht verstanden hätte, die sie dagegen einfach nur beunruhigend fand.

Dann waren die Finken als zwitschernde Wolke auf und davon geflattert und Renn hatte den Blick den Hügel hinunterwandern lassen. Eine Lücke im Nebel bot ihr klarere Sicht. Sie sah den Bach an einer Gruppe Rottannen vorbeieilen und daneben einen großen dunklen Felsen. Dann bewegte sich der Felsen.

Gelähmt vor Entsetzen, beobachtete sie, wie sich der Bär auf die Hinterbeine stellte und dabei die Tannen überragte.

Der gewaltige Kopf schwenkte herum, die Schnauze schnüffelte im Wind. Er nahm ihre Witterung auf und ließ sich auf alle viere fallen.

Da war sie zur Höhle gerannt und hatte Torak eine Warnung zugerufen… aber Echos waren die einzige Antwort geblieben.

Jetzt da der Nebel wieder dichter wurde und sie die Pfeile mühsam zusammensuchte, stellte sie sich vor, wie der Bär den Abhang heraufkam. Sie wusste, wie schnell sich Bären bewegen konnten. Er musste jeden Augenblick hier sein.

Die Felswand war zu steil zum Hinaufklettern, abgesehen davon konnte sie Wolf nicht zurücklassen. So blieb ihr nur die Höhle, obwohl sich alles in ihr dagegen sträubte. Da drinnen würden sie wie Hasen in der Falle sitzen und nie wieder herauskommen.

Wolfs energisches Zerren an der Leine brachte sie wieder zu sich. Er zog sie zur Höhle… und mit einem Mal wusste sie, dass er Recht hatte. Dort war Torak. Sie mussten sich der Gefahr gemeinsam stellen.

Sie stürzte hinein und zerrte die Tragen und Schlafsäcke hinter sich her. In der jähen Dunkelheit konnte sie nichts sehen, prallte gegen die Felswand und schlug sich den Kopf an. Nach hastiger Erkundung fand sie heraus, dass sich die Höhle bald zu einem Spalt verengte. Wolf war bereits darin verschwunden und wollte sie hinter sich herziehen. Sie drehte sich zur Seite, schob sich hindurch – rasch, rasch –, ließ sich dann auf die Knie fallen und zog die Ausrüstung hinterher.

Als die Tragen, die Bogen und der Köcher neben ihr lagen, spürte sie einen Anflug von Hoffnung. Der Spalt war zu eng für den Bären. Vielleicht konnten sie hier drin abwarten, bis…

Der Wassersack wurde ihr mit solcher Gewalt aus der Hand gerissen, dass sie wieder gegen den Felsen geschleudert wurde und ihr ein heftiger Schmerz durch die Schulter schoss. Benommen drückte sie sich in eine enge Nische und zog Wolf mit.

So schnell kann der Bär doch gar nicht hereingekommen sein, dachte sie wie betäubt vor Angst.

Ein tiefes Knurren hallte durch die Höhle. Sie bekam eine Gänsehaut.

Er passt nicht durch den Spalt, redete sie sich gut zu. Bleib ruhig. Bleib ganz, ganz ruhig.

Aus der Tiefe der Höhle drang ein Schrei: »Renn!«

Rief Torak um Hilfe, oder kam er angelaufen, um ihr beizustehen? Sie wusste es nicht. Sie konnte ihm auch nicht antworten. Konnte nichts anderes tun, als sich mit Wolf in die Nische zu drücken, denn sie war zu dicht an der Öffnung, höchstens zwei Schritt davon entfernt, aber nicht in der Lage, sich wegzubewegen. Irgendeine Macht hielt sie davon ab. Sie konnte die Augen nicht von dem schmalen Streifen Tageslicht wenden.

Das Licht wurde schwarz.

Obwohl sie wusste, dass sie genau das Falsche tat, beugte sich Renn vor und spähte durch den Spalt. Das Blut rauschte in ihren Ohren. Ein albtraumhafter, flüchtiger Blick auf dunkles Fell, das in einem nicht wahrnehmbaren Wind wehte, das Aufblitzen grausamer, langer Klauen, an denen schwarzes Blut glitzerte.

Gebrüll erschütterte die Höhle. Stöhnend presste Renn die Fäuste auf die Ohren, doch das Gebrüll schüttelte sie und hörte nicht auf, bis sie glaubte, ihr Schädel müsste platzen …

Stille. Genauso schrecklich wie das Gebrüll. Als sie die

Fäuste von den Ohren nahm, hörte sie irgendwo Staub rieseln, dazu Wolfs leises Hecheln, sonst nichts.

Langsam und widerstrebend kroch sie zum Spalt und zog den sich sträubenden Welpen mit.

Jetzt sah sie wieder Tageslicht. Grauen Fels. Die Eibe mit den darunter verstreuten Beeren. Keinen Bären.

Ein durchdringendes Knurren, so nah, dass sie deutlich das feuchte Schmatzen eines Mauls vernahm und dumpfen Blutdunst roch. Dann erlosch das Licht wieder und ein Auge bohrte sich in ihres. Schwärzer als Basalt und doch lodernd vor innerem Feuer, zog es sie an – *es wollte sie haben.*

Sie beugte sich vor.

Wolf riss sie zurück, brach den Bann im letzten Moment, sodass sie sich zur Seite werfen und den tödlichen Klauen ausweichen konnte, die dort, wo sie eben noch gekniet hatte, die Luft zerteilten.

Wieder brüllte der Bär. Wieder schmiegte sie sich in die Nische. Dann hörte sie andere Geräusche … das Poltern von Stein, das Stöhnen eines sterbenden Baums. Vor der Höhle wütete der Bär in unbändigem Zorn, entwurzelte die Eibe und zerfetzte sie.

Wimmernd drückte sich Renn an die Wand. Der Fels an ihrer Schulter bewegte sich. Mit einem Schrei wich sie zurück.

Von der anderen Seite hörte sie Stein bersten, hörte, wie Erde mit tödlicher Entschlossenheit beiseite gescharrt wurde. Jetzt begriff sie, was geschah. Der Fels auf dieser Seite des Spalts war nicht, wie sie gedacht hatte, ein Teil der Höhle, sondern nur eine Steinzunge, die aus dem Boden ragte. Der Bär wühlte an ihrem Fuß herum, grub sie und Wolf aus wie einen Ameisenhaufen.

Kalter Schweiß trat ihr aus allen Poren. Sie blickte Wolf Hilfe suchend an.

Erschrocken sah sie, dass er nichts Welpenhaftes mehr an sich hatte. Er hielt den Kopf gesenkt und richtete die Augen auf das Untier vor dem Spalt. Knurrend zog er die schwarzen Lefzen hoch und fletschte die blitzenden weißen Reißzähne.

Trotz regte sich in ihr. »Wir sind aber keine Ameisen«, flüsterte sie. Der Klang ihrer Stimme machte ihr wieder Mut.

Sie ließ Wolf von der Leine. Vielleicht konnte wenigstens er entkommen, wenn es ihr und Torak nicht gelingen sollte. Dann tastete sie nach ihrem Bogen. Das kühle, glatte Eibenholz zu berühren, verlieh ihr Kraft. Sie richtete sich auf.

Konzentrier dich auf dein Ziel, ermahnte sie sich und rief sich den Unterricht in Erinnerung, den ihr Fin-Kedinn erteilt hatte. Das ist das Allerwichtigste. Du musst dich so fest konzentrieren, dass du ein Loch in dein Ziel brennst… Und lass den Zugarm locker, verkrampf dich nicht. Die Kraft kommt aus dem Rücken, nicht aus dem Arm…

»Vierzehn Pfeile«, sagte sie leise. »Da müsste ich eigentlich ein paar Treffer landen, bevor er mich kriegt.«

Sie trat aus der Nische heraus, stellte sich ordentlich hin und zielte.

*

Torak schlug nach den Wächtern, die in einem ganzen Schwarm um ihn herumflatterten.

Klauen rupften an seinem Gesicht und seinen Haaren. Eklige Flügel legten sich auf seinen Mund und seine Nase. Irgendwie gelang es ihm, Renns Handschuh überzustreifen und den Steinzahn zu packen. Er war schwerer als erwartet. Dann zog er den Handschuh mitsamt dem Stein darin aus und stopfte ihn in den Ausschnitt seines Wamses.

»Renn!«, schrie er, als er sich vom Stein abstieß. Sein Schrei wurde von ledrigen Flügeln erstickt.

Er drosch blindlings auf das stinkende Geflatter ein, aber ohne das Binsenlicht sah er nicht einmal die Hand vor Augen.

Von hoch oben und kaum vernehmlich kam Wolfs aufgeregtes Jaulen: *Wo bist du? Gefahr! Gefahr!*

Er stapfte durch den stinkenden Morast darauf zu, unablässig von den Wächtern bedrängt.

Grauenhafte Bilder stiegen in ihm auf: Wolf und Renn lagen tot da … genau wie Fa. Warum hatte er sie bloß dort oben »in Sicherheit« zurückgelassen, obwohl die Gefahr doch nur von dort kommen konnte?

Voller Wut zog er sein Messer und hieb damit nach den Wächtern. Sie schienen der Klinge im Flug auszuweichen. »Davor habt ihr also Angst, was?«, rief er. »Na schön! Dann gibt's noch mehr davon!« Er ließ die Klinge durch die Luft sausen, und wieder hob sich die dunkle Wolke so weit, dass er sie nicht erreichen konnte. Der Griff erwärmte sich in seiner Hand. Knurrend vor Zorn, pflügte er durch den fauligen Schlamm.

Als er sich das Schienbein an hartem Stein stieß, wusste er, dass er das Sims erreicht hatte. »Ich komme!«, rief er, zog sich hinauf und machte sich an den Aufstieg.

Ein Brüllen ließ die Höhle erbeben, so laut, dass es ihn in die Knie zwang. Der Schwarm der Wächter stob auf und verschwand.

Die Stille nach dem letzten Echo war noch schlimmer. Torak fühlte den Felsen unter seinen Knien, spürte den

Steinzahn, der unter seinem Wams pochte. Mühsam richtete er sich auf und tastete sich das schmale Sims hoch. Es war schrecklich steil. Warum hörte er nichts mehr von oben? Was ging dort vor?

Immer höher kletterte er, bis ihm die Beine wehtaten und der Atem in der Kehle stach. Dann kam er um die letzte Biegung. Das Tageslicht blendete ihn.

Der Höhleneingang war fünf Schritt von ihm entfernt und breiter, als er ihn in Erinnerung hatte. Der Spalt, durch den er sich vor seinem Abstieg gequetscht hatte, war aufgerissen. Davor stand Renn, eine kleine, aufrechte und unglaublich mutige Gestalt, und zielte mit ihrem letzten Pfeil auf das Scheusal, das hoch vor ihr aufragte.

Einen Herzschlag lang fühlte sich Torak zu Fa zurückversetzt, in jene Nacht, als sie angegriffen wurden, als sie von der Bosheit der dämonischen Augen wie gelähmt gewesen waren …

»Nein!«, schrie er.

Renn ließ den Pfeil los. Der Bär schlug ihn mit einem flinken Tatzenhieb zu Seite. Doch als er sich anschickte, sein tödliches Werk zu vollenden, sprang Wolf aus dem Schatten, stürzte sich jedoch nicht auf den Bären, sondern auf Renn.

Mit seinen kräftigen Kiefern riss er ihr den Rabenhautbeutel vom Gürtel, warf das Mädchen dabei zu Boden, sodass die Bärenklauen sie nicht trafen, und schoss wie ein Blitz aus der Höhle.

»Wolf!«, rief Torak und wollte ihm nachlaufen.

Mit dem Beutel im Maul verschwand der junge Wolf im Nebel. Der Bär wirbelte mit erschreckender Gewandtheit herum und setzte ihm nach.

»*Wolf!*«, rief Torak noch einmal.

Der Nebel verschluckte die beiden Tiere, der leere Berghang schien Torak zu verhöhnen. Der Bär war fort. Und Wolf auch.

Kapitel 21

Wo BIST DU? Toraks verzweifeltes Aufheulen hallte von den Felsen wider.

Wo bist du?, heulte das Echo der Berge.

Der alte Schmerz in seiner Brust meldete sich wieder. Erst Fa, jetzt Wolf. Bitte nicht Wolf…

Renn stand blinzelnd am Höhleneingang.

»Warum hast du ihn von der Leine gelassen?«, schrie er.

Sie wankte. »Ich musste es tun. Ich musste ihn freilassen.«

Mit einem Wutschrei fing Torak an, in dem Durcheinander herumzuwühlen.

»Was machst du da?«, fragte Renn.

»Ich suche meine Trage. Ich gehe Wolf zurückholen.«

»Aber es wird bald dunkel.«

»Sollen wir etwa einfach herumsitzen und warten?«

»Natürlich nicht! Wir suchen unsere Sachen zusammen, bauen uns eine Hütte und machen Feuer. *Dann* warten wir. Wir warten, bis Wolf *uns* wiederfindet.«

Torak verkniff sich eine gehässige Erwiderung. Erst jetzt

fiel ihm auf, dass Renn zitterte. Auf ihrer einen Wange prangte ein blutiger Kratzer und über dem anderen Auge schwoll eine Beule, groß wie ein Taubenei.

Er schämte sich. Sie hatte sich dem Bären entgegengestellt, hatte sogar den Mut besessen, auf ihn zu schießen. Er hätte sie nicht anschreien sollen. »Tut mir Leid«, sagte er kleinlaut. »Ich wollte dich nicht… Du hast Recht. Im Dunkeln finde ich ihn nie.«

Renn ließ sich auf einen Felsen sinken. »Ich hatte ja keine Ahnung. Ich hätte nie gedacht, dass er so…« Sie schlug die Hände vor den Mund.

Torak zog einen Pfeil aus dem Geröll. Der Schaft war gespalten. »Hast du ihn denn getroffen?«, fragte er.

»Ich weiß nicht. Aber ich fürchte, das spielt keine Rolle. Pfeile können ihm nichts anhaben.« Sie schüttelte den Kopf. »Eben noch war er hinter mir her und im nächsten Augenblick hinter Wolf. Wieso?«

Torak warf den kaputten Pfeilschaft weg. »Ist das wichtig?«

»Vielleicht.« Sie sah ihn an. »Hast du Steinzähne gefunden?«

Den Steinzahn hatte Torak ganz vergessen, und als er jetzt in sein Wams griff und den Handschuh herauszog, wollte er ihn einfach nur loswerden. Die Nanuak war schuld daran, dass Wolf womöglich tot war. Kein zärtliches morgendliches Zwicken, keine stürmischen Versteckspiele mehr… Torak biss sich auf die Knöchel, um gegen seine Angst anzukämpfen. Ein Leben ohne Wolf konnte er sich nicht mehr vorstellen.

Renn nahm ihm den Handschuh ab und drehte ihn hin und her. »Wir haben den zweiten Bestandteil der Nanuak gefunden«, sagte sie nachdenklich, »und dabei den ersten wieder verloren. Aber warum hat Wolf ihn sich geschnappt?«

Torak konnte ihr nur mit Mühe folgen. Ein Gedanke schoss ihm durch den Kopf. »Weißt du noch… als wir die Flussaugen gefunden haben… da war es so, als könnte Wolf sie hören oder irgendwie spüren.«

Renn runzelte die Stirn. »Glaubst du… dass der Bär das auch kann?«

»›All die strahlenden, strahlenden Seelen‹«, murmelte er. »So hat es der Streuner ausgedrückt. Dämonen hassen die Lebenden, sie hassen das Licht ihrer Seelen.«

»Und wenn ihnen schon die Seelen gewöhnlicher Geschöpfe zu hell sind«, nahm Renn den Faden auf, erhob sich und ging auf und ab, »wie viel heller, ja blendend hell, muss dann erst die Nanuak sein!«

»Deshalb hat er dich angegriffen… weil du die Flussaugen hattest…«

»Und deshalb hat sich Wolf den Beutel geschnappt. Weil er es *wusste*. Weil…« Sie blieb stehen. »Weil er den Bären von uns weglocken wollte. O Torak, er hat uns das Leben gerettet!«

Torak trat stolpernd an den Wegrand. Endlich lichtete sich der Nebel. Unter ihnen erstreckte sich der Wald nach Westen, ohne dass man sah, wo er aufhörte. Wie sollte Wolf dort draußen bestehen, ganz allein gegen den Bären?

»Wölfe sind klüger als Bären«, bemerkte Renn.

»Er ist doch noch ein Welpe, Renn, noch nicht mal vier Monde alt.«

»Aber er ist auch derjenige, der uns führt. Wenn jemand einen Ausweg findet, dann er.«

*

Wolf rannte zwischen den Birken hindurch, die strahlende, singende Rabenhaut zwischen den Zähnen.

Aus weiter Ferne vernahm er das einsame Heulen von Groß Schwanzlos.

Wolf hätte am liebsten zurückgeheult, aber das ging nicht. Der Wind trug ihm den Geruch des Dämonen zu. Er roch dessen Zorn und unersättlichen Hunger, hörte seinen unermüdlichen Atem. Doch am deutlichsten spürte er seinen Hass, den Hass auf ihn und auf das, was er bei sich trug.

Aber Wolf wusste mit unbändiger Freude, dass ihn der Dämon niemals einholen würde. Der Dämon war schnell, aber er war noch schneller.

Er fühlte sich nicht mehr als kleiner Welpe, der warten musste, bis die bedauernswerten, lahmen Schwanzlosen hinterherkamen.

Er war jetzt ein junger Wolf, der im flinken, kraftvollen Wolfsgalopp durchs Unterholz sauste. Er genoss die Kraft in seinen Beinen und seinem Rücken, die Geschmeidigkeit, die es ihm erlaubte, sich in vollem Lauf auf einer Pfote zu drehen und kehrtzumachen. O nein, der Dämon konnte ihn nicht einholen!

Wolf machte an einem laut plätschernden kleinen Nass kurz Halt, um zu trinken, und ließ die Rabenhaut zu Boden fallen. Dann nahm er sie wieder zwischen die Zähne und rannte im gewohnten Trab weiter, immer weiter hinauf ins Große Weiße Kalt, das er bislang nur im Schlaf gewittert hatte.

Ein neuer Geruch lenkte ihn ab: Er drang ins Revier eines Rudels Fremdwölfe ein. Alle paar Sätze kam er an einer ihrer Duftmarken vorbei. Er musste sich vorsehen. Wenn sie ihn erwischten, fielen sie vielleicht über ihn her. Immer wenn er seinen eigenen Duft loswerden musste, wartete er bis zum nächsten kleinen Flinken Nass und ließ ihn dort hineinlaufen, statt einen Baum zu markieren. Dann wurde sein Duft weggespült, sodass ihn weder einer der Fremdwölfe noch der Dämon wittern konnten.

Das Dunkel kam. Wolf mochte das Dunkel. Gerüche und Geräusche wurden darin noch deutlicher, aber er konnte fast so gut wie im Hell sehen.

Weit vor ihm stimmte das Fremdrudel sein Abendgeheul an. Wolf wurde traurig. Er erinnerte sich, wie begeistert sein eigenes Rudel immer geheult hatte, wie freudig sie einander nach ihren Schläfchen begrüßt hatten. Das Schnüffeln und Lecken und Tauschen der Düfte, das Lächeln und Necken, mit dem sie einander zur Jagd ermutigt hatten.

Als Wolf so an sein Rudel dachte, wurde er mit einem Mal müde. Er spürte die harten Steine unter den Pfoten wie nie zuvor. Er spürte, wie ihm der Schmerz die Beine heraufkroch. Es tat weh.

Jetzt nagte die Angst an ihm. Er konnte nicht einfach immer weiterlaufen. Er konnte überhaupt nicht mehr laufen. Er war weit weg von Groß Schwanzlos und im Revier eines Fremdrudels. Und der Dämon jagte ihn immer noch erbarmungslos durchs Dunkel.

*

Torak schleppte das, was von ihrer Ausrüstung noch übrig war, in die aus Eibenästen errichtete Hütte und trat nach dem Feuer, dass die Funken stoben. Das Warten war schrecklich. Seit Sonnenuntergang hatte er geheult. Er wusste, dass er damit womöglich den Bären anlockte, aber Wolf war ihm wichtiger. Wo steckte er bloß?

Es war eine kalte, sternklare Nacht. Sogar ohne hinzusehen, spürte er, wie das rote Auge des Großen Auerochsen auf ihn herabstarrte und sich an seinem Unglück weidete.

Renn kam mit einem Arm voll Blättern und Rinde von draußen.

»Du bist lange weg gewesen«, sagte Torak kurz angebunden.

»Ich musste eine Weile suchen. Ist Wolf immer noch nicht zurück?«

Er schüttelte den Kopf.

Renn kniete sich hin und ließ ihre Last auf den Boden fallen. »Als ich die hier gepflückt habe, hab ich Hörner gehört. Rindenhörner.«

Torak sah sie erschrocken an. »Wie? Wo?«

Sie wies mit dem Kinn nach Westen. »Weit weg.«

»War es … Fin-Kedinn?«

Sie nickte.

Torak schloss die Augen. »Ich hab gedacht, er hätte es inzwischen aufgegeben.«

»Fin-Kedinn gibt niemals auf«, erwiderte Renn. Der leise Stolz in ihrer Stimme irritierte ihn.

»Hast du vergessen, dass er mich töten wollte? *Der Lauscher opfert dem Berg sein Herzblut.*«

»Natürlich hab ich das nicht vergessen!«, fuhr sie ihn an. »Aber ich mache mir Sorgen um meine Leute! Wenn der Bär nicht hier oben ist, dann muss er dort unten sein, wo ihr Lager ist. Weshalb sollte Fin-Kedinn sonst ins Horn stoßen?«

Torak kam sich schäbig vor. Renn machte sich genauso Sorgen wie er. Streiten half ihnen nicht weiter.

Er löste die kleine Knochenpfeife, die er geschnitzt hatte, als er Wolf gefunden hatte, vom Gürtel und hielt sie ihr hin. »Hier. Jetzt kannst du auch nach Wolf rufen.«

Sie sah ihn erstaunt an. »Danke.«

Dann herrschte Stille. Torak erkundigte sich, wozu sie die Kräuter benötigte.

»Für den Steinzahn. Wir müssen ihn vor dem Bären verstecken. Sonst kommt er uns immer wieder auf die Spur.«

So wie er Wolf auf der Spur ist, dachte Torak. Der Schmerz in seiner Brust wurde schlimmer. »Wenn die Ebereschenblätter und der Beutel die Flussaugen nicht vor ihm verbergen konnten, wie kommst du dann darauf, dass es mit Rinde und Wermut besser geht?«

»Weil ich sie für etwas Stärkeres benutze.« Sie biss sich auf die Lippe. »Ich versuche, mich zu erinnern, wie es Saeunn immer gemacht hat. Sie bemüht sich, mich die Schamanenkunst zu lehren, aber ich gehe viel lieber auf die Jagd. Hätte ich ihr doch besser zugehört!«

»Du hast wenigstens etwas zu tun«, murmelte Torak.

»Aber was ist, wenn es schief geht?«

Er gab ihr keine Antwort. Er spürte, wie ihn das rote Auge verspottete. Selbst wenn Wolf den Weg zu ihnen zurückfand, würde er unweigerlich den Bären mitbringen, der wiederum von den Flussaugen angelockt wurde. Und die einzige Möglichkeit für Wolf, den Bären abzuschütteln, bestand darin, die Flussaugen fallen zu lassen – was wiederum bedeutete, dass ihnen nichts mehr blieb, um den Bären zu vernichten.

Es musste einen Ausweg geben. Aber Torak kam einfach nicht darauf.

*

Wolf ermüdete zusehends. Es gab keinen Ausweg.

Inzwischen war der Dämon zu weit zurückgefallen, als dass er die Rabenhaut noch hätte riechen können, aber er folgte immer noch Wolfs Fährte und würde auch nicht davon ablassen. Wenn Wolf langsamer wurde – was seine schmerzenden Pfoten deutlich forderten –, würde er ihn schließlich doch noch einholen.

Das Fremdrudel hatte schon längst aufgehört zu heulen und war weit weg in den Bergen auf die Jagd gegangen. Wolf vermisste ihre Stimmen. Erst jetzt kam er sich richtig allein vor.

Der Wind drehte sich und er witterte etwas Neues. Rentiere. Wolf hatte noch nie Rentiere gejagt, kannte ihren Duft aber sehr gut, denn seine Mutter hatte ihm oft die Äste mitgebracht, die den Rentieren auf den Köpfen wachsen. Die Haut, die noch in leckeren Fetzen daran klebte, hatte er immer so gern abgekaut. Jetzt da er die Herde im nächsten Tal roch, ließ der Blutdurst neue Kraft in seine Glieder strömen, und neue Hoffnung flammte in ihm auf. Wenn er dort hinkam …

Während er den Hang hinaufhechelte, kam der Donner vieler Hufe immer näher. Plötzlich war er von einer Unmenge dieser großen Beutetiere umgeben, sie preschten mit hoch erhobenen Köpfen und trommelnden Hufen wie ein unaufhaltsames Flinkes Nass zwischen den Birken hindurch.

Wolf machte auf der Pfote kehrt und sprang dazwischen, und sie ragten rings um ihn auf, während er in ihrem Moschusgeruch badete. Ein Bulle griff ihn an und Wolf wich den Kopfästen aus. Eine Kuh warnte ihn schnaubend, sich ihrem Kalb zu nähern, und er duckte sich unter ihr weg, um ihren stampfenden Hufen zu entgehen. Doch schon bald spürte die Herde, dass er sie nicht jagen wollte, und ließ ihn in Ruhe. Er rannte mit ihnen talaufwärts und sein Geruch wurde von ihrem verschluckt.

Sie wechselten aus den Buchen in ein Gehölz aus Rottannen. Die Felsen wurden höher, die Bäume niedriger, dann ließen sie die Bäume ganz hinter sich und schwärmten in eine steinige Ebene aus, wie er noch nie eine gesehen hatte.

Dem Geruch nach wusste Wolf, dass sich diese Ebene viele Sprünge weit ins Dunkel erstreckte und dass dahinter das Große Weiße Kalt lag. Was war das hier? Aber irgendwo dahinter lag das Ding, das ihn seit seiner ersten Höhle gerufen hatte, das Ding, das ihn unwiderstehlich anzog…

Weit hinter ihm brüllte der Dämon. Er hatte seine Witterung verloren! Voller Freude warf Wolf die Rabenhaut hoch in die Luft und fing sie mit dem Maul wieder auf.

Nach einer Weile drang ein anderes Geräusch an sein Ohr. Ganz schwach nur, aber unverwechselbar: der hohe, dünne Ruf, den Groß Schwanzlos machte, wenn er den Vogelknochen an seine Schnauze hielt!

Dann ein noch viel schöneres Geräusch: Groß Schwanzlos selbst, der nach ihm heulte! Das schönste Geräusch im ganzen Wald!

Die Rentiere liefen weiter, aber Wolf wusste, dass er umkehren musste. Noch war es nicht an der Zeit, zum Großen Weißen Kalt und dem, was dahinter lag, aufzubrechen. Er musste erst zurück und Groß Schwanzlos holen.

Kapitel 22

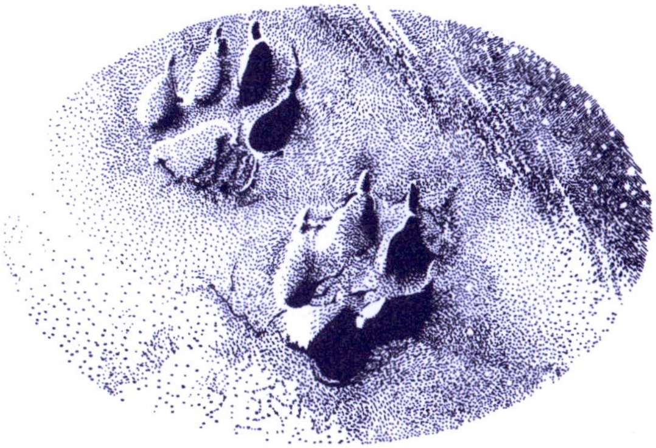

Renn lag in ihren Schlafsack geschmiegt und überlegte gerade, ob sie aufstehen sollte, als Torak am Eingang der Hütte erschien. Erschrocken fuhr sie zusammen.

»Zeit zum Aufbrechen.« Er hockte sich ans Feuer und hielt ihr einen Streifen Räucherfleisch hin. Den Schatten unter seinen Augen nach zu schließen, hatte er auch nicht besser geschlafen als sie.

Sie setzte sich auf und biss halbherzig von ihrem Tagmahl ab. Der Kratzer auf ihrer Wange brannte, auch die Beule über dem Auge tat weh. Schlimmer noch war die bohrende Angst. Es war nicht nur die Nähe der Höhle oder der furchtbare Bär, es war etwas anderes, etwas, worüber sie nicht nachdenken wollte.

»Ich hab die Fährte gefunden«, unterbrach sie Torak.

Sie hörte auf zu kauen. »In welche Richtung sind sie gelaufen?«

»Nach Westen, um den Hügel herum und dann in ein Buchengehölz.« Er stocherte im Feuer herum. Sein schmales Gesicht war vor Sorge angespannt. »Der Bär war direkt hinter ihm.«

Renn stellte sich vor, wie Wolf vor dem Bären durch den Wald floh. »Torak«, sagte sie, »ist dir klar, dass wir auf Wolfs Fährte auch dem Bären folgen?«

»Ja.«

»Wenn wir ihn tatsächlich einholen …«

»Ich weiß«, fiel er ihr ins Wort, »aber vom Warten hab ich die Nase voll. Wir haben die ganze Nacht gewartet und nichts ist geschehen. Wir müssen los und ihn suchen. Ich zumindest. Wenn du willst, kannst du hier bleiben …«

»Nein! Natürlich komme ich mit! Ich wollte dich nur daran erinnern.« Ihr Blick fiel auf den Lachshauthandschuh, der an einem Pfosten der Hütte hing.

»Meinst du, das reicht?«, fragte Torak, der ihrem Blick gefolgt war.

»Keine Ahnung.«

Der Zauber war ihr so klug vorgekommen, als sie ihn Torak gestern erklärt hatte. »Wenn jemand krank wird«, hatte sie gesagt und war sich dabei sehr wichtig vorgekommen, »liegt es für gewöhnlich daran, dass er etwas Schlechtes gegessen hat. Es kann aber auch sein, dass seine Seele von Dämonen weggelockt wurde. Die kranken Seelen müssen gerettet werden. Ich habe Saeunn oft dabei zugesehen. Sie bindet sich kleine Angelhaken an die Fingerspitzen, die ihr helfen, die kranken Seelen einzufangen. Dann schluckt sie einen bestimmten Trank, um ihre eigenen Seelen zu entlassen, damit sie auf die Suche …«

»Was hat das mit der Nanuak zu tun?«

»Das erzähl ich dir doch gerade«, tadelte sie. »Um sie zu finden, muss Saeunn ihre eigenen Seelen vor den Dämonen verbergen.«

»Aha. Wenn du es also machst wie sie, kannst du die Nanuak vor dem Bären verbergen?«

»Das glaube ich jedenfalls, ja. Um sich zu verbergen, schmiert sie sich das Gesicht mit Wermut und Erdblut ein und setzt eine Maske aus Ebereschenrinde auf, die mit einer Schnur aus dem Haar aller Sippenmitglieder zugebunden wird. So was Ähnliches habe ich vor.«

Nach dieser Erläuterung hatte Renn eine kleine Schachtel aus Eschenrinde gefaltet und mit Wermut und rotem Ocker beschmiert. Dann hatte sie den Steinzahn hineingelegt und die Schachtel mit Strähnen von ihrem und Toraks Haar zugebunden.

Es hatte ihr gut getan, etwas zu tun zu haben, statt sich nur um Wolf zu sorgen, und sie war sehr stolz auf sich gewesen. Jetzt, in der kalten Morgendämmerung, beschlichen sie Zweifel. Was wusste sie schon vom Wirken der Schamanen?

»Komm«, sagte Torak und sprang auf. »Die Fährte ist noch frisch. Das Licht steht schön tief.«

Renn spähte aus der Hütte. »Was ist mit dem Bären? Vielleicht hat er Wolfs Witterung verloren und kommt zurück, um uns zu holen.«

»Das glaube ich nicht. Ich glaube, er ist immer noch hinter Wolf her.« Seine Worte beruhigten sie nicht im Geringsten.

»Was hast du?«, wollte Torak wissen.

Sie seufzte. Sie hätte gern gesagt: »Ich vermisse meine Sippe sehr; ich habe fürchterliche Angst, dass mir Fin-Kedinn nie verzeiht, dir zur Flucht verholfen zu haben; ich finde, wir sind verrückt, dass wir freiwillig hinter dem Bären herlaufen; ich habe das schlimme Gefühl, dass wir bald an den einzigen Ort kommen, wo ich niemals hinwollte; und ich mache mir Sorgen, weil ich eigentlich überhaupt nicht hier sein dürfte, denn im Gegensatz zu dir bin ich nicht der Lauscher und komme auch in der Weissagung nicht vor, ich bin einfach nur Renn. Aber es ist sinnlos, das alles auszusprechen, denn du denkst ohnehin nur an deinen Wolf.« Deshalb sagte sie nur: »Nichts. Ich habe nichts.«

Torak warf ihr einen zweifelnden Blick zu und machte sich daran, das Feuer auszutreten.

*

Den ganzen Morgen folgten sie der Fährte durch das Buchengehölz und später durch einen Rottann, wandten sich nach Nordosten und stiegen dabei stetig höher. Wie schon zuvor versetzte Toraks Fährtenlesekunst Renn in Erstaunen. Er schien regelrecht in Trance zu verfallen, suchte mit unerschöpflicher Geduld das Gelände ab und entdeckte dabei manches winzige Zeichen, das die meisten erwachsenen Jäger übersehen hätten.

Der Nachmittag war vorangeschritten, und das Licht schwand schon wieder, als er stehen blieb.

»Was ist?«, fragte Renn.

»Schsch! Ich glaube, ich hab was gehört.« Er legte die Hand ans Ohr. »Dort! Hörst du's auch?«

Sie schüttelte den Kopf.

Ein Grinsen zog über sein Gesicht. »Das ist Wolf!«

»Bist du sicher?«

»Sein Geheul erkenne ich immer. Komm schon, er ist dort oben!« Er zeigte nach Osten.

Renn ließ allen Mut fahren. Nicht nach Osten, dachte sie, bitte nicht nach Osten.

Der Boden unter ihren Füßen wurde immer felsiger und die Bäume schrumpften zu hüfthohen Birken und Weiden.

»Bist du sicher, dass er hier ist?«, vergewisserte sich Renn noch einmal. »Wenn wir hier weiterlaufen, kommen wir ins Hochmoor.«

Torak hörte überhaupt nicht hin. Er lief unbeirrt voran und verschwand hinter einem Felsen. Dann hörte sie, wie er aufgeregt nach ihr rief.

Sie eilte den Hang hinauf und um den Felsen herum, lief direkt in die Fänge eines eisigen Nordwindes. Sie wich zurück. Sie hatten tatsächlich den Saum des Waldes erreicht, den Rand des Hochmoors.

Vor ihnen erstreckte sich ein schier unendliches, baumloses Ödland, in dessen Boden sich Heide und Krautweiden in dem vergeblichen Versuch festklammerten, dem Wind zu trotzen, und auf dem inmitten wogenden Sumpfgrases kleine torfbraune Tümpel schimmerten. In weiter Ferne ragte ein tückischer Geröllhang auf und dahinter erhoben sich die Hohen Berge. Aber zwischen dem Geröllhang und den Bergen lag das, was Renn am meisten fürchtete und was von hier aus nur als weißes Glitzern zu erkennen war.

Torak nahm davon natürlich überhaupt nichts wahr. »Renn!«, rief er und der Wind riss ihm das Wort von den Lippen. »Hierher!«

Sie nahm sich zusammen und sah, dass er am Ufer eines schmalen Baches kniete. Neben ihm lag Wolf mit geschlossenen Augen, den Rabenhautbeutel neben dem Kopf.

»Er lebt!«, schrie Torak und grub sein Gesicht in das nasse graue Fell. Wolf öffnete ein Auge und wedelte schwach mit dem Schwanz. Renn stolperte durchs Heidekraut auf die beiden zu.

»Er ist erschöpft«, sagte Torak, ohne aufzusehen, »und total durchnässt. Er ist im Bach gelaufen, damit der Bär seine Fährte verliert. War das nicht schlau?«

Renn blickte sich ängstlich um. »Aber hat es auch geklappt?«

»Klar«, sagte Torak. »Sieh dir die vielen Sumpfpieper an. Die wären nicht hier, wenn der Bär in der Nähe wäre.«

Renn wünschte, sie könnte seine Zuversicht teilen, kniete nieder und kramte in ihrer Trage nach einem Lachsfladen für Wolf. Ein schon kräftigeres Schwanzwedeln war der Dank.

Es war wunderbar, Wolf wiederzuhaben, aber Renn fühlte sich von allem seltsam abgeschnitten. Zu viel anderes stürzte auf sie ein, zu viel, von dem Torak nichts wusste.

Sie hob den Rabenhautbeutel auf, löste die Schnüre und schaute hinein. Die Flussaugen lagen nach wie vor in ihrem Nest aus Ebereschenblättern.

»Ja, nimm sie nur«, sagte Torak, hob Wolf hoch und bettete ihn dann behutsam auf ein Fleckchen mit weichem Sumpfgras. »Wir müssen sie sofort vor dem Bären verstecken.«

Renn öffnete die Ebereschenschachtel mit dem Steinzahn und ließ die Flussaugen hineingleiten. Dann band sie die Schachtel wieder zu und schob sie in den Beutel, den sie an ihrem Gürtel befestigte.

»Jetzt geht es ihm gleich wieder gut«, versicherte Torak, beugte sich über den Welpen und leckte ihm liebevoll die Schnauze. »Wir sollten ihm an der windgeschützten Stelle dort drüben eine Hütte bauen und Feuer machen, damit er sich erholen kann.«

»Nicht hier«, widersprach Renn hastig. »Lass uns in den Wald zurückgehen.« Auf dem windgepeitschten Moor kam sie sich so ungeschützt vor wie eine Raupe, die an ihrem Faden baumelt.

»Es ist besser, wir bleiben hier«, sagte Torak. Er zeigte

nach Norden auf den Geröllhang und das weiße Glitzern. »Das hier ist der kürzeste Weg zum Berg.«

Renn wurde flau. »Was? Wovon redest du?«

»Wolf hat es mir gesagt. Wir müssen dorthin.«

»Aber … dort können wir nicht hinauf.«

»Warum nicht?«

»Weil das der Eisfluss ist!«

Torak und Wolf blickten sie erstaunt an, und sie sah sich zwei Paar Wolfsaugen gegenüber, das eine bernsteinfarben, das andere hellgrau. Wieder fühlte sie sich schmerzlich ausgeschlossen.

»Begreif doch, Renn«, sagte Torak geduldig, »es ist der kürzeste Weg zum Berg.«

»Mir doch egal!« Sie suchte verzweifelt nach irgendeiner Begründung, die er gelten lassen würde. »Wir müssen immer noch den dritten Teil der Nanuak finden, hast du das vergessen? *Dunkelstes Licht ist der kälteste Fund.* Dort oben werden wir es wohl kaum entdecken! Dort ist es zwar kalt, aber sonst gibt es dort überhaupt nichts!« Nichts als den Tod, ergänzte sie stumm.

»Du hast letzte Nacht das rote Auge gesehen«, hielt Torak dagegen. »Es steigt immer höher. Uns bleiben nur noch wenige Tage …«

»Hörst du mir überhaupt nicht zu?«, rief sie. »Wir können den Eisfluss nicht überqueren!«

»O doch«, antwortete er mit bestürzender Gelassenheit. »Wir finden schon eine Möglichkeit.«

»Wie denn? Wir haben nur noch einen Wassersack und vier Pfeile. *Insgesamt!* Vier Pfeile! Außerdem wird es Winter und du hast nur Sommerkleider an!«

Er musterte sie nachdenklich. »Das ist nicht der wahre Grund, dass du dich so sträubst.«

Sie sprang wütend auf und stapfte davon, kam jedoch gleich wieder zurückmarschiert. »Mein Vater ist in genau so einem Eisfluss gestorben«, sagte sie leise.

Der Wind strich mit traurigem Wispern übers Moor. Torak blickte auf Wolf hinunter, dann sah er sie wieder an.

»Es war ein Schneesturz«, fuhr sie fort. »Er war auf dem Eisfluss jenseits vom Axtkopfsee. Eine halbe Eisklippe ist auf ihn herabgestürzt. Erst im Frühjahr hat man seine Leiche gefunden. Saeunn musste eine besondere Zeremonie abhalten, um seine Seelen wieder zusammenzuführen.«

»Tut mir Leid«, sagte Torak. »Ich wusste nicht…«

»Ich erzähle dir das nicht, damit ich dir Leid tue«, fiel sie ihm ins Wort, »sondern um dir etwas klar zu machen. Mein Vater war ein starker, erfahrener Jäger, der sich in den Bergen auskannte. Trotzdem hat ihn der Eisfluss getötet. Wie dürfen wir da hoffen… wie kannst du da glauben, dass es ausgerechnet uns gelingt, ihn zu überqueren?«

Kapitel 23

»Sei ganz, ganz leise«, flüsterte Renn. »Er kann beim kleinsten Geräusch erwachen.«

Torak legte den Kopf in den Nacken und spähte zu den bedrohlich über ihnen aufragenden Eisklippen hoch. Er hatte schon vorher Eis gesehen, aber nichts, was damit zu vergleichen gewesen wäre. Nicht solche messerscharfen Spitzen und klaffenden Spalten und Eiszapfen, die größer waren als Bäume. Es sah aus, als hätte der Weltgeist eine große, sich überschlagende Welle mit dem Finger berührt, sodass sie mitten in der Bewegung erstarrt war. Trotzdem waren Torak die Klippen, als er sie vom Hang aus erblickt hatte, nur wie eine kleine Runzel in der endlosen Schollenlandschaft vorgekommen.

Nachdem sie Wolf einen Tag Ruhe gegönnt hatten, waren sie vom See durchs Moor und dann den Hang hinaufgewandert, wo sie in einer Senke gelagert hatten, die ihnen kaum Schutz vor dem Wind gewährte. Vom Bären war weit und breit nichts zu sehen. Vielleicht hatte der Tarnzauber ja gewirkt, vielleicht war der Bär aber auch, wie Renn meinte, nach Westen weitergezogen, um unter den Sippen zu wüten.

Am folgenden Morgen hatten sie die Flanke des Eisflusses erklommen und sich nach Norden gewandt.

Es war Wahnsinn, direkt unter den Eisklippen entlangzugehen, wo sie jeden Augenblick von einem Schneesturz erschlagen werden konnten, aber ihnen blieb nichts anderes übrig. Weiter westlich war der Pfad von einem reißenden Schmelzwasserstrom versperrt, der sich eine tiefe blaue Klamm gegraben hatte.

Sie kamen nur langsam voran. Der Schnee war harsch, ihre Schritte knirschten laut. Toraks neuer Schilfumhang raschelte wie trockenes Laub. Sogar sein eigenes Atmen schien ihm ohrenbetäubend laut. Ringsum hörte er unheimliches Knarzen und hallendes Stöhnen: Der Eisfluss murmelte im Schlaf. Es hörte sich ganz so an, als brauchte es nicht viel, um ihn zu wecken.

Eigenartigerweise schien Wolf das alles nicht zu beunruhigen. Er fand den Schnee herrlich, machte sich einen Spaß daraus, mit den Pfoten hineinzuschlagen und Eisbrocken in die Luft zu werfen. Dann wieder blieb er schlitternd stehen und lauschte Lemmingen und Schneemäusen, die unter der Oberfläche ihre Gänge gruben.

Jetzt machte er Halt, um an einem Eisstück zu schnüffeln und es mit der Pfote zu betatschen. Als es nicht reagierte, ließ er sich auf die Vorderpfoten nieder und forderte es mit einladendem Winseln zum Spielen auf.

»Schsch!«, zischte Torak und vergaß ganz, Wolfssprache zu benutzen.

»Schsch!«, zischte auch Renn weiter vorn.

Um Wolf endlich zum Schweigen zu bringen, tat Torak

so, als hätte er in der Ferne etwas Jagdbares ausgemacht, indem er reglos stehen blieb und gespannt zum Horizont blickte.

Wolf machte es ihm nach. Aber als er weder einen Geruch noch ein Geräusch wahrnahm, zuckte er mit den Barthaaren und warf Torak einen fragenden Blick zu. *Wo denn? Wo ist die Beute?*

Torak streckte sich und gähnte. *Keine Beute.*

Was? Warum jagen wir dann?

Sei einfach still!

Wolf stieß ein leises, betrübtes Winseln aus.

»Kommt schon!«, flüsterte Renn. »Wir müssen drüben sein, bevor es Nacht wird!«

Im Schatten der Eisklippen war es furchtbar kalt. Im Lager am See hatten sie sich so gut wie möglich darauf vorbereitet, hatten ihre Stiefel mit Sumpfgras ausgestopft, hatten sich Handschuhe und Mützen aus Renns Lachshaut und dem Rest Rohleder angefertigt, dazu für Torak einen Umhang aus mit Sumpfgras zusammengebundenem und mit Sehnen vernähtem Schilf. Aber das half alles nur notdürftig.

Außerdem gingen ihre Vorräte zur Neige. Sie hatten nur noch einen Wassersack und auch der geräucherte Lachs und das Räucherfleisch reichten nur noch für wenige Tage. Torak konnte sich denken, was Fa gesagt hätte: *Eine Wanderung im Schnee ist kein Spiel, Torak. Wenn du das glaubst, musst du bitter dafür bezahlen.*

Er musste sich eingestehen, dass er eigentlich so gut wie nichts über Schnee wusste. Oder wie Renn es ungerührt auf den Punkt gebracht hatte: »Ich weiß nur, dass im Schnee das Fährtenlesen leichter ist, dass man daraus kleine Kugeln formen kann und dass man sich, wenn man von einem Schneesturm überrascht wird, eine Schneehöhle graben und darin abwarten soll, bis das Unwetter vorüber ist. Mehr weiß ich auch nicht.«

Der Schnee wurde tiefer und schon bald wateten sie bis zu den Oberschenkeln darin. Wolf ließ sich zurückfallen, damit er bequem in der von Torak gespurten Schneise trotten konnte.

»Ich hoffe bloß, dass er den Weg auch wirklich kennt«, sagte Renn leise. »So weit im Norden bin ich noch nie gewesen.«

»Ist hier überhaupt schon mal jemand gewesen?«

Sie hob die Augenbrauen. »Aber ja – die Eisclans. Aber die leben im Flachland, nicht auf dem Eisfluss selbst.«

»Die Eisclans?«

»Die Eisfüchse, Schneehühner, Narwale. Aber du hast doch bestimmt schon …«

»Nein«, seufzte er. »Hab ich nicht. Ich weiß nicht mal …«

Hinter ihnen ließ Wolf ein dumpfes Knurren vernehmen.

Torak drehte sich um und sah, wie der Welpe unter einem Bogen aus festem Eis in Deckung ging. Er blickte hoch und schrie: »Pass auf!«, packte Renn und zerrte sie unter den Bogen.

Ein ohrenbetäubendes Krachen – und schon waren sie von tosendem Weiß umgeben. Eisbrocken donnerten rings um sie nieder, zerstäubten zu Schnee, stoben als tödliche Splitter umher. Torak hoffte inständig, dass der Bogen nicht nachgab, denn sonst würden sie über den Schnee verspritzt werden wie zerquetschte Preiselbeeren …

Der Eissturz hörte so abrupt auf, wie er eingesetzt hatte.

Torak seufzte erleichtert. Alles, was er jetzt noch hörte, war der zusammenrutschende Schnee.

»Warum hat es aufgehört?«, flüsterte Renn.

Er schüttelte den Kopf. »Vielleicht hat sich der Fluss nur im Schlaf umgedreht.«

Renn starrte auf die ringsum aufgetürmten Eisschollen. »Ohne Wolf würden wir jetzt da drunterliegen.« Sie war ganz blass, wodurch ihre Clantätowierungen noch deutlicher zu sehen waren als sonst. Torak vermutete, dass sie an ihren Vater dachte.

Wolf stand auf, schüttelte sich und besprühte sie mit nassem Schnee. Dann machte er ein paar Schritte, schnüffelte ausgiebig und wartete, dass sie ihm folgten.

»Komm«, sagte Torak. »Ich glaube, jetzt ist es sicher.«

»Sicher?«, brummte Renn zweifelnd.

Während der Tag verging und die Sonne über den wolkenlosen Himmel westwärts wanderte, erschienen Schmelzwasserpfützen im Schnee, die blauer waren als alles, was Torak je gesehen hatte. Es wurde immer wärmer. Am späten Nachmittag stand die Sonne direkt über den Klippen und in kürzester Zeit verwandelten sich die Schatten in grellweißes Gleißen. Bald fing Torak unter seinem Schilfumhang zu schwitzen an.

»Hier«, sagte Renn und reichte ihm einen Streifen Birkenbast. »Schneid Schlitze hinein und binde es dir vor die Augen, sonst wirst du schneeblind.«

»Ich dachte, du bist noch nie so weit im Norden gewesen.«

»War ich auch nicht, aber Fin-Kedinn schon. Er hat mir davon erzählt.«

Es gefiel Torak nicht, durch einen schmalen Schlitz zu spähen, wo er doch eigentlich wachsam sein sollte, weil immer wieder Schneeplatten oder riesige Eiszapfen krachend von den Klippen stürzten. Nach einer Weile stellte er fest, dass Renn immer weiter zurückblieb. Das war ungewöhnlich, normalerweise war sie eher schneller als er.

Er wartete, bis sie aufgeholt hatte, und sah erschrocken, dass ihre Lippen eine bläuliche Färbung angenommen hatten. Er erkundigte sich, ob es ihr nicht gut ginge.

Sie schüttelte den Kopf und blieb vorgebeugt stehen. »Das geht schon den ganzen Tag so«, sagte sie schwer atmend. »Ich fühle mich … wie ausgezehrt. Ich glaube … ich glaube, es liegt an der Nanuak.«

Torak fühlte sich schuldig. Er hatte sich ganz auf die Überquerung des Eisflusses konzentriert und vergessen, dass Renn all die Zeit den Rabenhautbeutel trug. »Gib ihn mir«, sagte er, »wir wechseln uns ab.«

Sie nickte. »Aber dafür trag ich den Wassersack, das ist nur gerecht.«

Sie tauschten. Während Torak den Beutel mit der Nanuak an seinen Gürtel band, blickte ihm Renn über die Schulter, um zu sehen, wie weit sie schon gekommen waren. »Wir sind viel zu langsam. Wenn wir bei Einbruch der Nacht nicht drüben sind …«

Sie brauchte den Satz nicht zu beenden. Torak stellte sich vor, wie sie eine Schneehöhle buddelten und sich im Dunkeln aneinander schmiegten, während sich der Eisfluss stöhnend hob und senkte. »Glaubst du, wir haben genug Feuerholz?«

Wieder schüttelte Renn den Kopf.

Bevor sie sich auf den Weg den Hang hinauf gemacht hatten, hatten sie jeder ein Bündel Feuerholz gesammelt und ein kleines Feuer zum Mitnehmen vorbereitet. Dazu hatten sie erst ein Stück schwammartigen Zunderpilz, der auf abgestorbenen Birken wächst, zerschnitten und angezündet, dann die Flammen so weit ausgeblasen, dass der Zunder nur noch schwelte. Anschließend hatten sie ihn in Birkenrinde eingerollt, die Rinde an einigen Stellen durchbohrt, damit das Feuer atmen konnte, und die Rolle mit Bartflechten zugestöpselt, damit es weiterschlief. So konnte man das Feuer den ganzen Tag mit sich herumtragen, friedlich schlummernd und doch jederzeit bereit, mit ein wenig neuem Zunder und Pusten geweckt zu werden, wenn man es brauchte.

Torak schätzte, dass sie genug Holz hatten, um die ganze Nacht ein Feuer zu unterhalten. Kam jedoch ein Sturm auf und sie mussten sich tagelang eingraben, würden sie erfrieren.

Sie stapften weiter, und bald verstand Torak, warum die Nanuak Renn so ermüdet hatte. Schon jetzt spürte er ihr Gewicht.

Plötzlich blieb Renn stehen und riss sich den Birkenbast von den Augen. »Wo ist der Fluss geblieben?«, keuchte sie.

»Was?«, sagte Torak.

»Das Schmelzwasser! Mir ist gerade aufgefallen, dass die Spalte nicht mehr da ist. Meinst du, das bedeutet, dass wir endlich von den Klippen wegkommen?«

Torak nahm seinen Birkenbastschutz ab und blinzelte gegen den Schnee an. Das Licht war so grell, dass er kaum etwas sah. »Ich kann ihn immer noch hören«, sagte er und stapfte weiter, um der Sache auf den Grund zu gehen. »Vielleicht ist er nur tiefer unter den …«

Es geschah ohne jede Vorwarnung. Kein Riss im Eis, kein dumpfes Donnern einbrechenden Schnees. Eben noch setzte Torak einen Schritt vor den anderen, im nächsten Augenblick stürzte er ins Bodenlose.

Kapitel 24

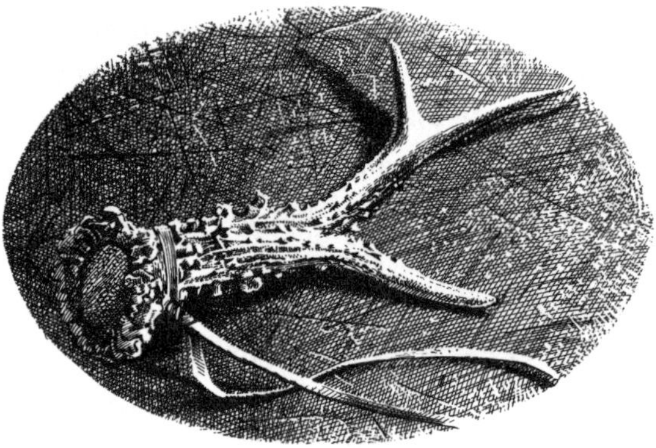

TORAK SCHRAMMTE sich das Knie so böse, dass er vor Schmerz laut aufschrie.

»Torak!«, hörte er Renn flüstern. »Geht's dir gut?«

»Ich… glaub schon«, erwiderte er. Aber das stimmte nicht. Er war in ein Eisloch gefallen. Nur ein schmales Sims hatte ihn davor bewahrt, noch tiefer und damit in den Tod zu stürzen.

Im bläulichen Dämmerlicht sah er, dass der Schacht so schmal war, dass er die Wände mit ausgestreckten Armen berühren konnte, nach unten jedoch schien er kein Ende zu nehmen. Ganz fern hörte er den Schmelzwasserstrom rauschen. Torak steckte mitten im Eisfluss. Wie sollte er hier wieder herauskommen?

Renn und Wolf spähten zu ihm herab. Sie mochten ungefähr drei Schritt über ihm stehen, es konnten aber ebenso gut dreißig sein. »Jetzt wissen wir wenigstens, wo das Schmelzwasser geblieben ist«, sagte er mit bemühter Gelassenheit.

»Du bist nicht besonders tief gefallen«, rief Renn, die ihm Mut machen wollte. »Immerhin hast du deine Trage nicht verloren.«

»Meinen Bogen auch nicht«, ergänzte er und hoffte, nicht allzu verzagt zu klingen. »Und die Nanuak ist auch noch da.« Der Beutel hing unversehrt an seinem Gürtel.

Die Nanuak, dachte er entsetzt.

Was, wenn er hier nicht mehr herauskam? Dann saß er hier unten fest und die Nanuak mit ihm. Ohne die Nanuak waren alle Aussichten, den Bären zu vernichten, dahin. Dann war der Große Wald verloren … und das nur, weil er nicht aufgepasst hatte, wo er hintrat …

»Torak?«, flüsterte Renn wieder. »Alles in Ordnung?«

Er versuchte, ihre Frage zu bejahen, brachte aber nur ein Krächzen zustande.

»Nicht so laut!«, hauchte Renn. »Sonst kommt vielleicht noch mehr Schnee herunter … oder … oder das Loch schließt sich, während du drin bist …«

»Na danke«, sagte er mürrisch, »an diese Möglichkeit hatte ich noch gar nicht gedacht.«

»Hier! Versuch, das zu fangen.« Sie beugte sich bedenklich weit über den Rand und ließ die Axt mit der Schneide voran herunterbaumeln. Den Riemen um den Stiel hatte sie sich ums Handgelenk gewunden.

»Du kannst mein Gewicht nicht halten«, wehrte er ab. »Ich würde dich nur herunterziehen und dann stürzen wir beide ab …«

»Beide ab, beide ab«, hallte es von den Wänden wider.

»Kannst du nicht heraufklettern?«, fragte Renn. Ihre Stimme klang ein wenig zittrig.

»Nichts leichter als das. Jedenfalls wenn ich ein Vielfraß wäre, mit langen Klauen.«

»Klauen, Klauen«, sang das Eis.

Das brachte Torak auf eine Idee.

Langsam und vorsichtig, damit er nicht von seinem Sims abrutschte, streifte er die Riemen seiner Trage von einer Schulter und schaute nach, ob das Gehörn des Rehbocks noch da war. Tatsächlich. Es war ein kurzes Gehörn mit schartigen Wurzelenden. Wenn es ihm gelang, sich einen Spieß an jedes Handgelenk zu binden und sich daran festzuhalten, konnte er die gezackten Ansätze vielleicht wie Eispickel benutzen und aus dem eisigen Schacht klettern, als hätte er tatsächlich Klauen.

»Was hast du vor?«, wollte Renn wissen.

»Wirst du schon sehen«, antwortete er. Ausführliche Erklärungen waren jetzt nicht angebracht. Schon wurde das Sims unter seinen Stiefeln rutschig, außerdem tat ihm das Knie weh.

Er ließ das Gehörn vorerst in der Trage und nahm die Axt vom Gürtel. »Ich muss Kerben ins Eis schlagen«, rief er zu Renn hinauf. »Ich hoffe nur, der Fluss spürt nichts.«

Sie gab keine Antwort. Natürlich würde der Fluss etwas spüren, aber was sollte Torak sonst tun?

Der erste Axthieb ließ prasselnde Eissplitter in den Abgrund regnen. Selbst wenn der Eisfluss es nicht spürte, er hörte es auf jeden Fall.

Mit zusammengebissenen Zähnen zwang sich Torak zum nächsten Hieb. Noch mehr Splitter prasselten hinab und lösten endlose Echos aus.

Das Eis war hart, und aus Angst, nach hinten zu kippen, traute er sich nicht, weit auszuholen, doch nachdem er eine Weile zaghaft vor sich hin gehackt hatte, gelang es ihm, vier, etwa eine Unterarmlänge voneinander entfernte, versetzte Kerben in einer Höhe zu schlagen, die er gerade noch erreichen konnte. Sie waren beängstigend flach, kaum tiefer als sein Daumenglied, und er hatte keine Ahnung, ob sie ihn aushalten würden. Sie konnten ebenso gut wegbrechen, wenn er sich mit seinem vollen Gewicht dranhängte, und ihn mit sich in die Tiefe reißen.

Er schob die Axt in den Gürtel zurück, zog die Handschuhe aus und wühlte in der Trage nach dem Gehörn und den letzten Lederriemen. Seine Finger waren so steif vor Kälte, dass er fast die Geduld verlor, als er versuchte, sich die kleinen Spieße an die Handgelenke zu binden. Schließlich schaffte er es, indem er die Zähne zuhilfe nahm, um die Knoten festzuziehen.

Mit der rechten Hand langte er nach der Kerbe über seinem Kopf und grub den schartigen, gezackten Gehörnansatz tief hinein, bis er Halt fand. Mit dem linken Fuß tastete er nach der untersten Kerbe und stellte sich darauf.

Die Trage zog ihn nach hinten auf den Abgrund zu. Verzweifelt beugte er sich vor, drückte das Gesicht ins Eis … und fand sein Gleichgewicht wieder.

Wolf trieb ihn von oben jaulend zur Eile an. Schnee regnete ihm ins Haar.

»Weg da!«, fauchte Renn den Welpen an.

Torak hörte, wie sich die beiden balgten. Noch mehr Schnee rieselte herab, dann knurrte Wolf verdrossen.

»Nur noch ein Stückchen«, ermutigte ihn Renn. *»Schau nicht nach unten.«*

Zu spät. Torak hatte es soeben getan und einen Blick in die schwindelnde, Übelkeit erregende Leere geworfen.

Er reckte sich nach dem nächsten Halt, verfehlte ihn und brach ein Stück Eiskruste ab, das ihn beinahe mitgerissen hätte. Er tastete verzweifelt nach der Kerbe … und das Gehörn grub sich gerade noch rechtzeitig hinein.

Unendlich langsam zog er das rechte Knie an und fand den nächsten Tritt. Als er jedoch das Gewicht vom linken auf das rechte Bein verlagerte, fing sein Knie zu zittern an.

Du bist wirklich ein Schlaukopf, Torak, dachte er, stützt dich ausgerechnet auf das Bein, das du dir beim Sturz verletzt hast! »Mein Knie macht schlapp. Ich kann mich nicht mehr…«

»Doch, du kannst«, drängte Renn. »Streck nach der letzten Kerbe den Arm nach oben, dann zieh ich…«

Seine Schultern brannten, seine Trage fühlte sich an wie mit Steinen gefüllt. Er schob sich mit aller Kraft nach oben, sein Knie drückte sich durch, wollte wieder nachgeben… da packte ihn eine Hand am Schulterriemen der Trage und er wurde halb aus dem Loch gezogen, halb schob er sich hinaus.

Keuchend lagen Torak und Renn am Rand des Eislochs. Dann rappelten sie sich hoch, wankten ein Stück von den Eisklippen weg und ließen sich in eine pudrige Schneewehe fallen. Wolf hielt das alles für ein großartiges Spiel und tollte mit breitem Grinsen um sie herum.

Renn lachte vor Erleichterung. »Das war aber knapp! Von jetzt an passt du auf, wo du hintrittst!«

»Ich werd's versuchen«, schnaufte Torak. Er lag auf dem Rücken und ließ sich die Wangen von der Brise streicheln. Hoch oben am Himmel schoben sich zarte weiße Wolken wie Blütenblätter übereinander. So etwas Wunderschönes hatte er noch nie gesehen.

Hinter ihm scharrte Wolf im Eis.

»Was hast du da?«, fragte Torak.

Aber Wolf hatte seinen Schatz bereits ausgebuddelt, schleuderte ihn hoch in die Luft und fing ihn mit dem Maul auf. Das war eins seiner Lieblingsspiele. Er sprang hoch, um ihn noch im Flug zu erwischen, kaute ein bisschen darauf herum, kam dann herübergerannt und spuckte ihn Torak ins Gesicht. Noch ein Lieblingsspiel.

»Aua!«, rief Torak. »Was soll das?« Erst jetzt sah er, worum es sich handelte. Das Ding hatte ungefähr die Größe einer kleinen Faust: braun, pelzig und unnatürlich platt – vielleicht war es auch unter einen Eissturz geraten? Der wütende Ausdruck in dem kleinen Gesicht kam Torak unsäglich komisch vor.

»Was ist das?« Renn nahm einen Schluck aus dem Wassersack.

Torak konnte sich das Lachen kaum verbeißen. »Ein gefrorener Lemming.«

Renn platzte los und prustete Wasser übers Eis.

»Platt gedrückt«, japste Torak und wälzte sich im Schnee. »Sieh dir nur sein Gesicht an! Völlig … verdattert!«

»Hör auf!«, kreischte Renn und hielt sich die Seiten.

Sie lachten, bis sie Bauchschmerzen bekamen, während Wolf voller Stolz um sie herumsprang und den gefrorenen Lemming immer wieder in die Luft warf und auffing. Am Schluss schleuderte er ihn besonders hoch, vollführte einen spektakulären Drehsprung und verschlang ihn mit einem Haps. Dann befand er, dass ihm heiß war, und ließ sich in eine Pfütze Schmelzwasser plumpsen, um sich abzukühlen.

Renn setzte sich auf und trocknete sich die Augen. »Legt er einem seine Funde auch vor die Füße oder wirft er sie einem immer nur ins Gesicht?«

Torak schüttelte den Kopf. »Ich hab schon versucht, ihm das beizubringen, aber er weigert sich.«

Dann setzte er sich auf. Es wurde merklich kälter. Der Wind hatte zugenommen, pulvriger Schnee strich wie Rauch über den Boden und die Wolken verdeckten jetzt die Sonne.

»Sieh mal«, sagte Renn und zeigte nach Osten.

Er drehte sich um und sah, wie sich Wolken über den Eisklippen auftürmten. »Auch das noch«, ächzte er.

»Auch das noch«, bestätigte Renn. Sie musste schon die Stimme heben, um den Wind zu übertönen. »Ein Schneesturm.«

Der Eisfluss war erwacht. Und er war sehr wütend.

Kapitel 25

DER ZORN DES Eisflusses brach mit furchtbarer Wucht über sie herein.

Torak musste sich in den Wind lehnen, nur um stehen zu bleiben, und seinen Umhang festhalten, damit er ihm nicht weggerissen wurde. Durch den peitschenden Schnee sah er, wie sich Renn mühsam vorankämpfte, Wolf taumelte seitwärts und hatte die Augen gegen den Wind zu schmalen Schlitzen verengt. Der Eisfluss hatte sie in seinem Griff und wollte sie nicht wieder loslassen. Er heulte, bis Torak die Ohren dröhnten, und schrubbte ihm das Gesicht mit rauen Eiskörnern, er schleuderte ihn herum, bis er Renn und Wolf nicht mehr sehen konnte, ja nicht einmal mehr seine eigenen Stiefel. Und jeden Augenblick konnte er ihn wieder in ein Eisloch werfen…

Durch das wirbelnde Weiß erhaschte er einen Blick auf eine dunkle Säule. Ein Felsen? Eine Schneewehe? War es möglich, dass sie endlich das andere Ufer des Eisflusses erreicht hatten?

Renn packte ihn am Arm. »Wir können nicht weiter!«, schrie sie. »Wir müssen uns eingraben und warten, bis es vorbei ist!«

»Noch nicht!«, schrie er. »Sieh doch! Wir sind fast da!«

Sie kämpften sich auf die Säule zu, doch die zerfaserte und stob auseinander. Es war nur eine Schneewolke gewesen, eine hinterhältige Finte des Eisflusses. Torak wandte sich nach Renn um. »Du hast Recht! Lass uns eine Schneehöhle graben!«

Aber Renn war nicht mehr da.

»Renn! *Renn!*« Der Eisfluss riss ihm den Namen von den Lippen.

Torak fiel auf die Knie und tastete nach Wolf. Sein Handschuh traf auf Fell und er drückte den Welpen an sich. Der sah sich um und suchte Renns Geruch, doch sogar ein Wolf konnte in diesem Schneegestöber keine Witterung aufnehmen.

Oder doch? Zu Toraks Verblüffung spitzte Wolf die Ohren und blickte direkt geradeaus. Torak glaubte, im Schnee eine Gestalt auszumachen. *»Renn!«*

Wolf setzte der Gestalt nach, und Torak lief hinterher, kam aber nicht weit, weil ihn der Sturm gegen eine Eiswand warf. Er fiel auf den Rücken und hätte fast den Welpen zerquetscht. Er war an etwas gestoßen, das wie ein Eishügel aussah. An der Flanke war eine Öffnung, gerade groß genug, um hineinzukriechen. Eine Schneehöhle? Renn konnte unmöglich in so kurzer Zeit einen Unterschlupf gebaut haben.

Mit einem Satz verschwand Wolf in der Öffnung. Torak zögerte einen Augenblick und folgte ihm dann.

Allmählich wurde das Toben des Eisflusses leiser. Mit eisverkrusteten Handschuhen tastete Torak die Umgebung ab. Eine niedrige Decke, so niedrig, dass er auf allen vieren kriechen musste, eine Eisplatte neben dem Eingang. Jemand musste sie herausgeschnitten haben, aber wer?

»Renn?«, rief er.

Keine Antwort.

Er schob die Platte vor das Loch und es wurde still um ihn. Er konnte hören, wie sich Wolf den Schnee von den Pfoten leckte, wie das Eis von seinen Schultern rutschte.

Er streckte die Hand aus, doch Wolf stieß ein warnendes Knurren aus.

Toraks Hand zuckte sofort zurück. Seine Nackenhaare sträubten sich. Renn war nicht hier drin … aber etwas anderes lauerte in der Dunkelheit. »Wer ist da?«, fragte er.

Die eisige Schwärze schien sich zu verdichten.

Torak zerrte sich die Handschuhe mit den Zähnen herunter und riss sein Messer heraus. *»Wer ist da?«*

Immer noch keine Antwort. Er kramte eins von Renns Binsenlichtern heraus, doch seine Finger waren so kalt, dass er den Zunderbeutel fallen ließ. Es dauerte eine Ewigkeit, bis er ihn wiedergefunden, und noch länger, bis er den Feuerstein am Flammenstein gerieben hatte und Funken auf das Häufchen Ebereschenrinde in seiner Hand regneten, doch schließlich flammte das Binsenlicht auf.

Renn und der Eisfluss waren vergessen. Er stieß einen Entsetzensschrei aus.

Neben seinem Knie lag ein Mann.

Er war tot.

*

Torak drückte sich mit dem Rücken an die Eiswand. Hätte ihn Wolf nicht gewarnt, er hätte die Leiche berührt – und wer einen Toten berührte, riskierte Schreckliches. Wenn die Seelen einen Toten verlassen, können sie wütend sein, verwirrt oder einfach nur unwillig, sich auf die Todesreise zu begeben. Wenn ihnen dann etwas Lebendiges zu nahe kommt, können die körperlosen Seelen versuchen, davon Besitz zu ergreifen oder ihm zu folgen.

Das alles schoss Torak durch den Kopf, als er den toten Mann betrachtete.

Seine Lippen waren wie aus Eis gemeißelt, seine Haut schimmerte wachsgelb. Schnee war ihm in die Nasenlöcher geweht wie eine grausame Verhöhnung von Atem, doch die eisverkrusteten Augen standen offen und hatten den Blick auf etwas gerichtet, das Torak nicht sehen konnte, auf etwas, das in der Beuge seines leblosen Arms geborgen lag.

Wolf schien keine Angst zu haben, sondern im Gegenteil von der Leiche fasziniert zu sein. Er legte die Schnauze zwischen die Vorderpfoten und starrte den Toten beharrlich an.

Der Mann trug das lange braune Haar offen. Nur eine einzige Locke war mit roter Ockerpaste an die Schläfe geklebt. Torak dachte an die Rotwildfrau bei Fin-Kedinns Sippentreffen. Sie hatte ihr Haar auf die gleiche Art getragen. Gehörte dieser Mann zur selben Sippe? Zur selben Sippe wie Toraks Mutter?

Er spürte Mitleid in sich aufsteigen. Wie hieß der Mann? Was hatte er hier draußen zu suchen gehabt und wie war er zu Tode gekommen?

Dann bemerkte Torak den schiefen roten Ockerkreis auf der braunen Stirn. Die dicke Winterjacke stand offen und auf der Brust leuchtete ein zweiter Kreis. Torak vermutete, dass er, wenn er sich trauen würde, dem Mann die schweren Fellstiefel auszuziehen, auf jeder Ferse ein ähnliches Zeichen finden würde. Todeszeichen. Der Mann musste den nahenden Tod gespürt und sich die Zeichen selbst aufgemalt haben, damit seine Seelen zusammenblieben, nachdem er gestorben war. Deshalb hatte er wohl auch die Platte nicht mehr vor den Eingang geschoben – um seine Seelen freizulassen.

»Du bist tapfer gewesen«, sagte Torak laut. »Der Tod hat dich nicht geschreckt.« Er entsann sich der verschwommenen Gestalt im Schnee. War das eine der Seelen gewesen, die sich auf die letzte Reise begeben hatte? Konnte man Seelen überhaupt sehen?

»Friede sei mit dir«, wandte er sich abermals an den Toten. »Mögen deine Seelen ihre Ruhe finden und beisammenbleiben.« Er verneigte sich vor seinem toten Blutsverwandten.

Wolf setzte sich auf und drehte die Ohren in Richtung der Leiche. Er schien zu lauschen.

Torak beugte sich verwundert vor.

Der Tote blickte gelassen auf den Gegenstand in seiner Armbeuge. Doch als Torak erkannte, worum es sich handelte, staunte er noch mehr. Es war eine gewöhnliche Lampe, ein glattes Oval aus rotem Sandstein, ungefähr halb so groß wie seine Handfläche, darin eine flache Vertiefung für den Fischtran und eine Rinne für den Docht aus gezwirbelter Bartflechte. Der Docht war schon längst weggebrannt und vom Öl zeugte nur noch ein stumpfer grauer Fleck.

Wolf stieß ein leises, hohes Winseln aus. Sein Nackenhaar war gesträubt, aber er schien keine Angst zu haben. Das Winseln war … ein Gruß.

Torak runzelte nachdenklich die Stirn. So hatte sich Wolf schon einmal benommen, in der Höhle unter den Donnerfällen.

Er betrachtete wieder den Toten, stellte sich dessen letzte Augenblicke vor: wie er in den Schnee gekauert die kleine, helle Flamme beobachtete, während sein Leben flackernd verlosch …

Plötzlich begriff Torak: *Dunkelstes Licht ist der kälteste Fund.* Das dunkelste Licht ist das letzte Licht, das ein Mensch sieht, bevor er stirbt.

Er hatte den dritten Bestandteil der Nanuak gefunden.

*

Mit dem Binsenlicht in einer Hand band Torak mit der anderen den Rabenhautbeutel auf und stellte die Rindenschachtel in den Schnee.

»Wuff!«, warnte Wolf.

Torak löste die Haarschnur und hob den Deckel ab. Die Flussaugen lagen in die Rundung des schwarzen Zahns geschmiegt und starrten ihn blind an. Daneben war gerade noch Platz für die Lampe. Als hätte Renn gewusst, wie groß die Schachtel sein musste, dachte er.

Mit tauben Fingern zog er einen Handschuh an und beugte sich über den Toten, wobei er sorgsam darauf achtete, ihn nicht zu berühren, dann nahm er ihm die Lampe aus dem Arm. Erst als er sie in der Schachtel und die Schachtel wieder im Beutel verstaut hatte, merkte er, dass er die ganze Zeit den Atem angehalten hatte.

Jetzt musste er aber endlich Renn suchen. Rasch knotete er den Beutel an seinen Gürtel, doch als er sich umdrehte, um die Eisplatte vom Eingang wegzuziehen, hielt er inne.

Er hatte jetzt alle drei Bestandteile der Nanuak. Hier, in dieser Schneehöhle, in der er geschützt war.

»Wenn dich ein Schneesturm überrascht«, hatte ihm Renn erklärt, »musst du dir eine Schneehöhle graben und warten, bis er vorüber ist.« Wenn er ihren Rat jetzt missachtete, wenn er dem Zorn des Eisflusses trotzte, um nach ihr zu suchen, würde er das womöglich nicht überleben. Dann würde die Nanuak mit ihm untergehen und auch der Große Wald war dahin.

Wenn er aber hier blieb, musste Renn womöglich sterben.

Torak hockte sich auf die Fersen. Wolf beobachtete ihn aufmerksam. Seine bernsteinfarbenen Augen sahen gar nicht mehr nach Welpe aus.

Das Binsenlicht in Toraks Hand flackerte. Er durfte Renn nicht einfach im Stich lassen. Sie war seine Freundin. Aber durfte er… sollte er… das Überleben des Großen Waldes aufs Spiel setzen, um sie zu retten?

Wie nie zuvor sehnte er sich nach Fa. Fa hätte gewusst, was zu tun wäre…

Aber Fa ist nicht hier, rief er sich in Erinnerung. *Du* musst diese Entscheidung treffen, du, Torak, du ganz allein.

Wolf legte abwartend den Kopf schief.

Kapitel 26

»Torak!«, brüllte Renn aus voller Kehle. »Torak! Wolf! Wo seid ihr?« Sie war ganz allein dem Sturm ausgeliefert. Ihre Gefährten konnten drei Schritt von ihr entfernt sein – sie würde sie nicht sehen. Sie konnten in ein Eisloch gefallen sein, ohne dass sie ihre Schreie gehört hätte.

Der Wind stieß sie in eine Schneewehe und Schnee drang ihr in den Mund. Sie verlor einen Handschuh und der Eisfluss wehte ihn davon. »Nein!«, schrie sie und schlug mit den Fäusten nach dem Wind. »Nein, nein, nein!«

Auf allen vieren kroch sie weiter. Beruhige dich. Such festen Schnee. Grab dich ein.

Nach einem schier endlosen Kampf gelangte sie an einen Schneehügel. Der Wind hatte den Schnee fest zusammengedrückt, aber noch nicht so fest, dass er sich in Eis verwandelt hätte. Sie riss die Axt vom Gürtel und fing an, ein Loch hineinzuhacken.

Torak macht wahrscheinlich das Gleiche, sagte sie sich. Jedenfalls hoffe ich das, beim Weltgeist!

Mit erstaunlicher Geschwindigkeit hackte sie eine Vertiefung in den Hügel, gerade groß genug, um ihre Trage und sie selbst aufzunehmen, wenn sie sich klein machte. Die Arbeit hatte sie aufgewärmt, doch sie konnte die handschuhlose Hand nicht mehr spüren.

Sie kroch rückwärts in die Mulde hinein, stapelte die herausgebrochenen Stücke vor den Eingang und mauerte sich in der froststarrenden Dunkelheit ein. Schon bald brachte ihr Atem die Eiskruste auf ihren Kleidern zum Schmelzen und sie fing an zu zittern. Als sich ihre Augen an die Dunkelheit gewöhnt hatten, sah sie, dass die handschuhlosen Finger weiß und steif waren. Sie wollte sie krümmen, doch sie bewegten sich nicht.

Sie hatte von Erfrierungen gehört. Aki, der Sohn des Anführers des Eberclans, hatte dadurch im vergangenen Winter drei Zehen verloren. Wenn sie die Finger nicht bald aufwärmte, würden sie schwarz werden und absterben. Dann mussten sie abgeschnitten werden, sonst würde sie selbst daran sterben. Verzweifelt hauchte sie ihre Finger an und schob sie dann unter dem Wams in die Achselhöhle. Die Hand fühlte sich so schwer und kalt an, als gehörte sie nicht mehr zu ihr.

Neue Schreckensbilder stiegen in ihr auf. Musste sie hier einsam und verlassen sterben wie ihr Vater? Würde sie Fin-Kedinn nie wiedersehen? Wo waren Torak und Wolf? Selbst wenn sie alle am Leben blieben, wie sollten sie einander wiederfinden?

Sie zog den verbliebenen Handschuh aus, tastete an ihrem Hals nach der Knochenpfeife, die ihr Torak gegeben hatte, und blies kräftig hinein. Sie blies, bis ihr schwindlig wurde. Sie kommen nicht, dachte sie. Sie haben sich bestimmt längst eingegraben, falls sie überhaupt noch leben.

Die Pfeife schmeckte salzig. Lag das an dem Hühnerknochen … oder weinte sie etwa? Weinen hat keinen Zweck, tadelte sie sich. Sie kniff die Augen zusammen und blies weiter.

Als sie aufwachte, war sie von herrlicher Wärme umgeben. Der Schnee war so warm und weich wie Rentierfell. Sie kuschelte sich hinein, war so schläfrig, dass sie nicht einmal die Lider öffnen konnte … viel zu schläfrig, um in ihren Schlafsack zu kriechen …

Stimmen rissen sie aus dem Schlummer. Fin-Kedinn und Saeunn waren zu Besuch gekommen.

Warum lassen sie mich nicht schlafen?, dachte sie benommen.

Ihr Bruder hatte wie immer etwas zu nörgeln. »Warum ist es hier so eng? Warum kann sie nichts richtig machen?«

»Das ist ungerecht, Hord«, sagte Fin-Kedinn. »Sie hat ihr Bestes gegeben.«

»Trotzdem«, meinte Saeunn, »sie hätte wenigstens den Eingang besser verschließen können.«

»Ich war zu müde«, murmelte Renn.

In diesem Augenblick drang ein Windstoß herein und Eisstückchen prasselten auf sie herab. »Zumachen!«, protestierte sie.

Einer der Lagerhunde sprang auf sie drauf, überschüttete sie mit Schneeklümpchen und schob ihr die kalte Nase unters Kinn.

»Wach auf, Renn!«, brüllte ihr Torak ins Ohr.

*

»Ich schlafe!«, brummelte Renn und vergrub das Gesicht im Schnee.

»Nein, du schläfst nicht!« Torak sehnte sich selbst nach

Schlaf, aber erst musste er für sich und Wolf Platz schaffen und Renn wecken. Wenn sie jetzt einschlief, würde sie nie mehr aufwachen. »Komm schon, Renn!« Er packte sie an den Schultern und schüttelte sie. »Wach auf!«

»Lass mich«, schimpfte sie. »Mir geht's gut.«

Aber das stimmte nicht. Ihr Gesicht war vom Eishagel fleckig und rot, die Augen waren fast zugeschwollen. Die Finger der rechten Hand waren steif und wächsern und erinnerten Torak beunruhigend an die des Toten vom Rotwildclan.

Torak hackte weiter und fragte sich, wie lange Renn noch durchgehalten hätte, hätte Wolf sie nicht in ihrer Höhle entdeckt. Torak war am Ende seiner Kraft und hätte keine neue Höhle mehr ausheben können.

Von ihnen dreien hielt sich Wolf noch am besten. Sein Fell war so dick, dass der Schnee darauf nicht schmolz. Er brauchte sich nur kräftig zu schütteln und ein Schneeschauer stäubte auf sie herab.

Als die Höhle endlich groß genug war, konnte sich Torak kaum noch auf den Beinen halten. Er mauerte den Eingang wieder zu, wobei er nur ganz oben eine Lücke ließ, um den Rauch des Feuers, das er sich als Lohn für seine Mühe versprochen hatte, hinauszulassen. Dann kniete er sich neben Renn und schaffte es nach mehreren Versuchen, ihren Schlafsack unter ihr hervorzuziehen. »Kriech rein«, befahl er.

Sie strampelte den Schlafsack weg.

Er scharrte mit den steif gefrorenen Fäusten Schnee zusammen und rieb ihr damit Gesicht und Hände ein.

»Aua!«, jaulte sie.

»Wach auf oder ich bring dich um!«

»Du bist schon dabei«, fauchte sie.

Da Torak wusste, dass er bald Feuer machen musste, rieb

er auch seine eigenen Hände mit Schnee ab und steckte sie unter die Achseln. Mit dem Gefühl kehrte auch der Schmerz zurück. »Aua«, jammerte er. »Autsch, autsch, tut das weh!«

»Was hast du gesagt?« Renn setzte sich auf und stieß sich den Kopf an der Decke.

»Nichts.«

»Doch. Du hast Selbstgespräche geführt.«

»Ich habe Selbstgespräche geführt? Du hast mit deiner ganzen Sippe geplaudert!«

»Gar nicht wahr!« Sie war entrüstet.

»Doch«, gab er grinsend zurück. Wenigstens war sie wach. Noch nie hatte er sich so gefreut, mit jemandem zu streiten.

Irgendwie gelang es ihnen schließlich, ein Feuer zu entfachen. Feuer braucht nicht nur Luft, sondern auch trockenes Brennmaterial, deshalb schichteten sie aus einem Teil ihres Feuerholzes einen kleinen Hügel auf, damit der Rest nicht nass wurde. Diesmal fummelte Torak nicht lange mit dem Flammenstein herum, sondern entsann sich des Zunders in seiner Rückentrage. Erst wollte das Feuer in der Birkenrindenrolle nicht aufwachen, obwohl Torak aufmunternd hineinblies und Renn kleine Stückchen Zunder hineinbröselte, die sie in der Hand vorgewärmt hatte. Doch schließlich wurden ihre Bemühungen mit einer kleinen, aber belebenden Flamme belohnt.

Mit tropfenden Haaren und klappernden Zähnen beugten sie sich darüber und stöhnten, als ihre Hände auftauten und ihre Gesichter schmerzhaft stachen. Doch das Feuer wärmte sie nicht nur, es tröstete sie auch. Jede Nacht ihres Lebens waren sie beim knisternden Prasseln und dem süßlich herben Geruch von brennendem Holz eingeschlafen. Das Feuer war ein kleines Stück vom Großen Wald.

Torak kramte seine letzte Rolle Räucherfleisch hervor und teilte sie unter ihnen dreien auf. Renn reichte ihm den Wassersack. Torak hatte gar nicht gemerkt, dass er Durst hatte, doch nach einem tiefen Zug spürte er seine Kräfte zurückkehren.

»Wie hast du mich eigentlich gefunden?«, wollte Renn wissen.

»Das war nicht ich, sondern Wolf. Ich weiß auch nicht, wie er das geschafft hat.«

Sie überlegte. »Ich schon!« Sie hielt die Knochenpfeife hoch.

Torak stellte sich vor, wie Renn im Dunkeln in die stumme Pfeife geblasen hatte, und überlegte, wie sie sich so ganz allein gefühlt haben mochte. Er hatte wenigstens noch Wolf bei sich gehabt.

Er erzählte ihr von dem Toten und dass er den dritten Bestandteil der Nanuak gefunden hatte. Den schrecklichen Augenblick, als er erwogen hatte, Renn zugunsten der Nanuak im Stich zu lassen, verschwieg er allerdings. Es war ihm zu peinlich.

»Eine Steinlampe«, murmelte Renn versonnen. »Darauf wäre ich nie gekommen.«

»Willst du sie mal sehen?«

Sie schüttelte den Kopf. Erst nach einer Weile sagte sie: »Ich an deiner Stelle hätte es mir zweimal überlegt, die Schneehöhle wieder zu verlassen. Damit hast du die Nanuak aufs Spiel gesetzt.«

Torak schwieg, dann erwiderte er: »Ich habe lange hin und her überlegt. Ich habe auch erwogen, da zu bleiben und dich nicht zu suchen.«

Sie wurde ganz still. »Tja«, meinte sie schließlich, »ich hätte es wohl genauso gemacht.«

Torak wusste nicht, ob er sich nach diesem Geständnis besser oder schlechter fühlte. »Aber wie hättest du dich entschieden? Wärst du geblieben? Oder wärst du mich suchen gegangen?«

Renn wischte sich mit dem Handrücken über die Nase. Dann grinste sie ihn an. »Wer weiß? Aber vielleicht … war ja auch das eine Art Prüfung. Nicht dass du den dritten Bestandteil der Nanuak findest, sondern ob du ihn für einen Gefährten aufs Spiel setzt.«

*

Als Torak aufwachte, umgab ihn gedämpftes bläuliches Licht und er fand sich im ersten Moment nicht zurecht.

»Das Unwetter ist vorbei«, sagte Renn. »Und ich habe einen steifen Hals.«

Torak ging es genauso. Er lag zusammengekauert in seinem Schlafsack und wandte ihr den Kopf zu.

Ihre Augen waren nicht mehr geschwollen, aber ihr Gesicht war knallrot und schälte sich. Wenn sie lächelte, tat es ihr offensichtlich weh. »Aua!«, krächzte sie. »Wir haben's überlebt!«

Er grinste ebenfalls und bedauerte es sofort. Sein Gesicht fühlte sich an wie mit grobkörnigem Sand gescheuert. Wahrscheinlich sah er nicht besser aus als Renn. »Jetzt müssen wir nur noch vom Eisfluss herunter«, meinte er.

Wolf jaulte und wollte hinaus. Torak hackte ihm mit der Axt ein Loch. Licht strömte herein und Wolf schoss sofort nach draußen. Torak kroch hinterher. Er fand sich in einer glitzernden Welt aus Schneehügeln und schroffen, vom Wind geschnitzten Graten wieder. Der Himmel war leuchtend blau wie frisch gewaschen. Die Stille war überwältigend. Der Eisfluss hatte sich wieder schlafen gelegt.

Ohne Warnung sprang Wolf ihn an und stieß ihn in eine Schneewehe. Bevor er sich aufrichten konnte, hüpfte ihm der Welpe auf die Brust, grinste ihn an und wedelte mit dem Schwanz. Lachend schlug Torak nach ihm, doch Wolf duckte sich weg, drehte sich mitten im Sprung und kauerte sich auffordernd hin. *Komm spielen!*

Torak ging in die Hocke und ließ sich auf die Unterarme nieder. *Na, dann los!*

Wolf stürzte sich mit einem Satz auf ihn, und schon wälzten sie sich im Schnee, wobei Wolf spielerisch zubiss und Torak an den Haaren zog und Torak ihn bei der Schnauze und am dicken Nackenfell packte. Schließlich warf Torak einen Schneeball hoch in die Luft, und Wolf vollführte einen seiner erstaunlichen Drehsprünge, schnappte sich den Schneeball und landete in einer Schneewehe, aus der er mit einem weißen Häufchen auf der Nase wieder hervorkam.

Als Torak sich atemlos hochrappelte, hörte er Renn aus der Schneehöhle steigen. Sie gähnte. »Ich hoffe nur, dass es nicht allzu weit bis zum Wald ist. Was ist mit deinem Umhang passiert?«

Er drehte sich um und wollte ihr erzählen, dass der Sturm den Umhang fortgerissen hatte, da blieb ihm das Wort im Halse stecken.

Hinter der Schneehöhle, jenseits des Eisflusses im Osten, schimmerten die Hohen Berge. Sie waren beängstigend nah.

Erst hatte sie der Nebel tagelang verhüllt, dann hatten die hohen Eisklippen sie verdeckt. Jetzt, im kalten, klaren Licht, schienen sie den ganzen Himmel zu verschlucken.

Torak wurde es flau. Zum ersten Mal waren sie nicht nur ein dunkler Streifen am Horizont. Er stand nun dicht vor ihnen, sah ganz deutlich die gewaltigen, himmelstürmenden Eiswände und schwarzen Gipfel, die sich in die Wolken bohrten, spürte ihre bedrohliche Macht. Sie waren die Heimstatt der Geister, nicht der Menschen.

Einer dieser Gipfel ist der Berg des Weltgeistes, dachte er. Der Berg, den zu suchen ich geschworen habe.

Kapitel 27

Das rote Auge stieg unbeirrt. Torak blieben nur noch wenige Tage, um den Berg zu finden.

Und wenn er ihn fand – was dann? Was genau sollte er mit der Nanuak anfangen? Wie sollte es ihm gelingen, den Bären zu vernichten?

Renn kam durch den knirschenden Schnee zu ihm herübergestapft. »Komm schon«, sagte sie. »Wir müssen vom Eisfluss herunter und in den Großen Wald zurück.«

In diesem Augenblick schreckte Wolf zusammen, lief eine Schneewehe hinauf und drehte die Ohren den Ausläufern des Gebirges zu.

»Was ist denn?«, flüsterte Renn. »Was hat er gehört?«

Da hörte Torak es auch: ferne Stimmen in den Bergen, die sich im unbändigen Gesang des Wolfsrudels ineinander woben.

Wolf warf den Kopf zurück, reckte die Schnauze gen Himmel und heulte: *Hier bin ich! Hier bin ich!*

Torak war erstaunt. Warum heulte er ein fremdes Rudel

an? Einzelgänger taten so etwas nicht, sie gingen fremden Wölfen eher aus dem Weg.

Mit leisem Winseln rief er den Welpen zu sich, doch Wolf gehorchte nicht. Mit schmalen Augen, die schwarzen Lefzen hochgezogen, ließ er sein Lied aus sich herausströmen. Torak fiel auf, dass er sich verändert hatte. Seine Beine waren länger geworden und auf seinen Schultern wuchs ein Kragen aus dichtem schwarzem Pelz. Sogar sein Geheul hatte das welpenhafte Kieksen verloren.

»Was ruft er ihnen da zu?«, fragte Renn.

Torak schluckte. »Er erzählt ihnen, wo er ist.«

»Und was rufen sie?«

Torak lauschte, ohne Wolf aus den Augen zu lassen. »Sie reden mit zweien aus ihrem Rudel, Kundschaftern, die ins Hochmoor hinabgezogen sind, um Rentiere zu suchen. Es hört sich an wie…« Er unterbrach sich. »Ja, sie haben eine kleine Herde entdeckt. Die Kundschafter teilen den anderen mit, wo sie sich befindet und dass sie beim Heulen die Schnauzen in den Wind halten sollen.«

»Warum? Wozu soll das gut sein?«

»Das ist eine List, die Wölfe manchmal anwenden, um den Rentieren vorzugaukeln, sie seien weiter entfernt, als sie in Wahrheit sind.«

Renn sah ihn misstrauisch an. »Und das verstehst du alles?«

Er zuckte die Achseln.

Sie grub die Ferse in den Schnee. »Ich mag es nicht, wenn du Wolfssprache sprichst. Es ist irgendwie falsch.«

»Und ich mag es nicht, wenn Wolf mit anderen Wölfen spricht. Das ist auch irgendwie falsch.«

Renn wollte wissen, wie er das meinte, aber er antwortete nicht. Es war zu schmerzhaft, um es in Worte zu fassen.

Ihm wurde immer klarer, dass er, auch wenn er die Wolfssprache beherrschte, kein Wolf war und nie einer sein würde. Ihn und den Welpen würde immer etwas trennen.

Wolf verstummte und kam von der Schneewehe heruntergetrottet. Torak kniete sich hin und legte den Arm um ihn. Er spürte die feingliedrigen Knochen unter dem dichten Winterfell, den kräftigen Schlag des treuen Herzens. Als er sich hinabbeugte, um den Süßgrasgeruch des Welpen einzuatmen, leckte ihm Wolf über die Wange und legte zärtlich die Stirn an seine.

Torak kniff die Augen fest zusammen. *Bitte verlass mich nicht, niemals*, hätte er gern gesagt. Aber er wusste nicht, wie er es ausdrücken sollte.

*

Sie wandten sich nach Norden.

Es war ein anstrengender Marsch. Der Sturm hatte den Schnee zu gefrorenen Dünen zusammengedrückt und in den Mulden dazwischen lag der Schnee hüfthoch. Sie waren immer auf der Hut vor Eislöchern und stocherten mit Pfeilen vor sich im Schnee, wodurch sie noch langsamer vorankamen. Dabei hatten sie stets das Gefühl, dass die Berge sie beobachteten und nur darauf lauerten, dass sie es nicht schafften.

Bis zum Mittag waren sie immer noch in Sichtweite der Schneehöhle. Dann trafen sie auf ein neues Hindernis, eine Eiswand. Zum Erklettern war sie zu steil und zum Durchschlagen zu hart. Wieder einer der grausamen Scherze des Eisflusses.

Renn sagte, sie wolle sich ein wenig umsehen, während Torak mit dem Welpen wartete. Er war dankbar für diese Verschnaufpause, denn der Rabenhautbeutel wurde immer schwerer. »Nimm dich aber vor den Eislöchern in Acht«, mahnte er und sah besorgt zu, wie sie in die Spalte zwischen zwei der größten Eiszähne spähte.

»Sieht aus, als ob es hier einen Durchgang gibt«, rief sie, nahm ihre Trage ab und war verschwunden.

Torak wollte ihr eben nachgehen, da streckte sie den Kopf heraus. »Sieh dir das an, Torak! Wir haben's geschafft! Wir haben's geschafft!«

Wolf setzte ihr nach. Auch Torak stellte seine Trage ab und folgte den beiden. Er war ganz und gar nicht davon angetan, sich in einen engen Spalt zu quetschen, denn das erinnerte ihn an die schaurige Höhle im Wald, doch als er auf der anderen Seite herauskam, stockte ihm vor Staunen der Atem.

Zu seinen Füßen lag ein Sturzbach aus kreuz und quer übereinander getürmten Eisschollen, der wie ein gefrorener Wasserfall aussah. Weiter unten erstreckte sich ein langer Hang mit verschneiten Buckeln, und dahinter, kaum einen Steinwurf entfernt, lag der Wald in sein weißes, glitzerndes Winterkleid gehüllt.

»Ich hätte nicht gedacht, dass ich ihn noch mal wieder sehe«, sagte Renn andächtig.

Wolf witterte, drehte sich nach Torak um und wedelte mit dem Schwanz.

Torak brachte kein Wort heraus. Er hatte nicht gewusst, wie weh es ihm getan hatte – ja, körperlich wehgetan –, den Großen Wald zu verlassen. Eigentlich waren sie nur drei Nächte fort gewesen, aber es kam ihm vor wie Monde.

Am späten Vormittag hatten sie den letzten Eishang überwunden und gingen jetzt im Zickzack bergab. Die Schatten wurden violett, die ersten Kiefern winkten ihnen mit schneebedeckten Zweigen zu. Als sie endlich wieder zwischen Bäumen und außer Sichtweite der Berge waren, empfanden sie das als ungeheure Erleichterung. Aber die Stille war zermürbend.

»Das kann nicht an dem Bären liegen«, flüsterte Renn. »Auf dem Eisfluss haben wir keine einzige Spur entdeckt. Und wenn er außen herum durch die Täler gelaufen ist, braucht er dafür viele Tage.«

Torak schaute forschend zu Wolf hinüber. Der legte die Ohren an, sein Nackenfell aber war glatt. »Ich glaube auch nicht, dass der Bär in der Nähe ist«, stimmte er seiner Weggefährtin zu, »aber weit weg kann er auch nicht sein.«

»Vogelspuren.« Renn zeigte auf den Schnee unter einem Wacholderbaum.

Torak bückte sich. »Ein Rabe. Er ist gelaufen, nicht gehüpft. Das heißt, er hatte keine Angst. Da drüben war ein Eichhörnchen.« Er deutete auf die Zapfen unter einer Kiefer, die wie Äpfel abgenagt waren. »Und hier sind auch Hasenfährten. Noch ziemlich frisch. Ich kann sogar noch Fellspuren erkennen.«

»Wenn sie frisch sind, wäre das doch ein gutes Zeichen.«

»Mmm.« Torak spähte in den Halbschatten. »Aber das hier ist keins.«

Der Auerochse lag wie ein großer brauner Fels auf der Seite. Lebendig überragte er den größten Mann und die Spannweite seiner glänzenden schwarzen Hörner war beinahe ebenso groß. Aber der Bär hatte ihm den Bauch aufgerissen und ihn im zerwühlten tiefroten Schnee liegen lassen.

Torak betrachtete das große, grausam abgeschlachtete Tier und wurde wütend. Trotz ihrer Größe sind Auerochsen sanfte Geschöpfe, die ihre Hörner nur dazu benutzen, mit ihresgleichen zu kämpfen oder ihre Jungen zu verteidigen.

Dieser stumpfnasige Bulle hatte einen derart brutalen Tod nicht verdient.

Sein Kadaver diente nicht einmal den anderen Tieren des Waldes als Nahrung. Weder Füchse noch Baummarder hatten sich in die Nähe gewagt noch hatte sich ein Rabe daran gütlich getan. Keiner hatte es gewagt, die Beute des Bären anzutasten.

»Wuff«, machte Wolf und rannte mit gesträubtem Nackenfell im Kreis.

Bleib weg, warnte ihn Torak. Trotz des schwindenden Lichts konnte er die Bärenspuren erkennen. Wolf sollte nicht damit in Berührung kommen.

»Sieht nicht sehr frisch aus«, meinte Renn. »Wenigstens das.«

Torak untersuchte den Kadaver, wobei er Acht gab, die Spuren nicht zu berühren. Er stieß das Tier mit einem Ast an und nickte. »Beinhart gefroren. Mindestens einen Tag alt.«

Wolf knurrte.

Torak begriff nicht, worüber sich der Welpe aufregte, schließlich war der Bulle schon eine ganze Weile tot.

»Dabei hatte ich gedacht«, fuhr Renn fort, »dass wir hier im Wald sicherer sind. Ich dachte …«

Aber Torak erfuhr nie, was sie gedacht hatte. Plötzlich wurde der Schnee unter den Bäumen lebendig und weiß gekleidete Gestalten umzingelten sie.

Zu spät erkannte Torak, dass Wolf nicht den Auerochsen angeknurrt hatte, sondern die geräuschlosen Angreifer. *Schau hinter dich, Torak.* Er hatte schon wieder nicht daran gedacht.

Mit einer Hand zog er das Messer, mit der anderen die Axt und schob sich auf Renn zu, die bereits einen Pfeil eingelegt hatte. Wolf verschwand zwischen den Bäumen. Rücken an Rücken standen Torak und Renn in einem Ring spitzer Pfeile.

Dann trat die größte Gestalt vor und streifte die weiße Kapuze ab. Im Dämmerlicht war ihr braunrotes Haar fast schwarz. »Hab ich euch endlich!«, sagte Hord.

Kapitel 28

»Warum tust du das?«, schrie Renn. »Er versucht doch nur, uns zu helfen! Ihr dürft ihn nicht wie einen Geächteten behandeln!«

»Dann schau mal gut hin«, sagte Hord spöttisch und zerrte Torak hinter sich her durch den Schnee.

Torak bemühte sich, auf den Beinen zu bleiben, was jedoch nicht einfach ist, wenn einem die Hände auf den Rücken gefesselt sind. Es gab keine Hoffnung auf Flucht – er war von Oslak und vier kräftigen Rabenmännern umringt.

»Schneller!«, drängte Hord. »Wir müssen im Lager sein, bevor es dunkel ist!«

»Aber er ist doch der Lauscher!«, rief Renn verzweifelt. »Ich kann es beweisen!« Sie zeigte auf den Rabenhautbeutel an Toraks Hüfte. »Er hat alle drei Bestandteile der Nanuak gefunden!«

»Was du nicht sagst«, brummte Hord. Ohne seinen Schritt zu verlangsamen, zog er das Messer und schnitt den Beutel von Toraks Gürtel. »Und jetzt gehören sie mir.«

»Was machst du da?«, schrie Renn. »Gib ihm den Beutel sofort zurück!«

»Halt den Mund!«

»Wieso sollte ich? Wer gibt dir das Recht –«

Hord schlug sie so fest ins Gesicht, dass sie hinfiel.

Oslak wollte protestieren, doch Hord wies ihn barsch zurecht. Schwer atmend sah er zu, wie Renn sich aufsetzte. »Du bist nicht mehr meine Schwester«, fauchte er. »Als wir deinen Köcher im Bach fanden, hielten wir dich für tot. Fin-Kedinn hat drei Tage kein Wort gesprochen, aber *ich* habe nicht getrauert, *ich* war froh! Du hast die Sippe verraten und mir Schande gemacht. Mir wäre es lieber, du wärst tot.«

Renn hob die zitternde Hand an die Lippe. Sie blutete. Ein roter Striemen zeichnete sich auf ihrer Wange ab.

»Du hättest sie nicht schlagen sollen«, sagte Torak.

Hord drehte sich um. »Halt du dich da raus!«

Torak musterte Hord. Er hatte sich erschreckend verändert. Anstelle des kräftigen jungen Mannes, gegen den er vor weniger als einem Mond gekämpft hatte, sah er sich jetzt einem ausgemergelten Schatten gegenüber. Hords Augen waren vom Schlafmangel gerötet, und die Hand, in der er die Nanuak hielt, hatte statt Fingernägeln nässende Wunden. Irgendetwas fraß an ihm.

»Glotz mich nicht so an«, knurrte er.

»Hord«, mischte sich Oslak ein, »wir müssen weiter. Der Bär ...«

Hord fuhr herum und spähte angestrengt ins Dunkel. »Der Bär, der Bär«, murmelte er, als verursachte ihm allein der Gedanke Schmerzen.

»Komm schon, Renn.« Oslak bückte sich und reichte ihr die Hand. »Wir packen gleich einen Breiumschlag drauf. Es ist nicht mehr weit bis zum Lager.«

Renn beachtete ihn nicht und rappelte sich ohne Hilfe auf.

Torak sah in einiger Entfernung ein gelbrotes Flackern durch die rasch zunehmende Dämmerung dringen, und noch näher, im Schatten einer jungen Rottanne, ein bernsteinfarbenes Augenpaar.

Sein Herz machte einen Satz. Wenn Hord Wolf entdeckte, war nicht vorauszusagen, wie er reagierte …

Zum Glück zog Renn alle Aufmerksamkeit auf sich. »Ist mein Bruder jetzt der Anführer unserer Sippe?«, wollte sie wissen. »Folgt ihr ihm statt Fin-Kedinn?«

Die Männer senkten die Köpfe.

»So einfach ist das nicht«, sagte Oslak. »Der Bär hat das Lager vor drei Tagen angegriffen. Er hat …« Seine Stimme brach. »Er hat zwei von uns getötet.«

Alles Blut wich aus Renns Gesicht. Sie trat näher an Oslak heran, dessen Stirn und Wangen mit grauem Flusslehm bemalt waren.

Torak wusste nicht, was die Zeichen bedeuteten, doch als Renn sie sah, blieb ihr vor Schreck die Luft weg. »Nein«, flüsterte sie und berührte Oslaks Hand.

Der Hüne nickte und wandte sich ab.

»Was ist mit Fin-Kedinn?«, fragte Renn mit schriller Stimme. »Ist er …«

»Schwer verwundet«, erwiderte Hord. »Wenn er stirbt, werde *ich* Anführer. Dafür sorge ich schon.«

Renn schlug die Hände vor den Mund und rannte in Richtung Lager.

»Renn!«, rief Oslak. »Komm zurück!«

»Lass sie doch«, brummte Hord.

Als Renn weg war, kam sich Torak vollends verlassen vor. Er wusste nicht einmal, wie die anderen Rabenmänner hießen. »Oslak«, flehte er, »du musst Hord dazu bringen, dass er mir die Nanuak zurückgibt! Es ist unsere einzige Hoffnung, das weißt du.«

Oslak wollte etwas antworten, doch Hord fiel ihm ins Wort. »Du hast deine Schuldigkeit getan«, wies er Torak zurecht. »Jetzt bringe ich die Nanuak zum Berg! Ich werde das Blut des Lauschers als Opfer darbringen, um mein Volk zu retten!«

*

Wolf war so verängstigt, dass er am liebsten losgeheult hätte. Wie sollte er seinem Rudelgefährten helfen? Warum ging plötzlich alles drunter und drüber?

Während er den ausgewachsenen Schwanzlosen durch das Weiche Weiße Kalt folgte, kämpfte er gegen den Hunger an, der in seinem Magen wütete, obwohl der Geruch der Lemminge, die nur einen Sprung weit entfernt waren, ihm das Wasser ins Maul schießen ließ. Er rang mit der Verlockung, die jetzt so stark war, dass er sie die ganze Zeit über spürte, und mit der Angst vor dem Dämon, dessen Geruch der Wind mit sich führte. Er stellte die Ohren auf und lauschte dem fernen Geheul des Fremdrudels, das sich gar nicht mehr ganz fremd anhörte, sondern wie entfernte Verwandte …

Das durfte ihn alles nicht kümmern. Sein Rudelgefährte war in Gefahr. Wolf spürte seinen Schmerz und seine Angst. Er spürte auch den Zorn der Ausgewachsenen und *deren* Angst. Sie fürchteten sich vor Groß Schwanzlos.

Der Wind drehte sich und Wolf bekam Witterung von einem Duftgemisch aus dem großen Bau der Schwanzlosen. Geräusche und Gerüche betäubten ihn. *Nicht gut, nicht gut, nicht gut!* Aller Mut verließ ihn. Winselnd verkroch er sich unter einen umgestürzten Baum.

Der Bau verhieß schreckliche Gefahr. Er war riesig und unübersichtlich, voller wütender Hunde, die nicht zuhören wollten, und vielen Hellen-Tieren-die-heiß-beißen. Am schlimmsten jedoch waren die Schwanzlosen selbst. Sie konnten zwar schlecht hören und riechen, aber das machten sie dadurch wett, dass sie geschickte Dinge mit ihren Vorderpfoten anstellten und die Lange-Klaue-die-fliegt entsandten, um die Beute zu beißen.

Wolf wusste nicht, ob er weglaufen oder dableiben sollte.

Um besser nachdenken zu können, kaute er erst an einem Zweig und dann an einem Brocken Weiches Weißes Kalt. Er rannte im Kreis. Nichts half. Er sehnte sich nach der seltsamen Gewissheit, die ihn manchmal überkam und ihm sagte, was er zu tun hatte. Aber sie kam nicht. Sie war wie ein Rabe ins Oben geflogen.

Was sollte er bloß tun?

*

Torak machte sich Vorwürfe. Weil er unvorsichtig gewesen war, hatte er die Nanuak verloren. Es war alles seine Schuld. Rings um ihn warfen die schneebedeckten Bäume blaue Mondschatten auf den Pfad. »Deine Schuld«, schienen sie ihm höhnisch zuzurufen.

»Schneller«, befahl Hord und stieß ihn vor sich her.

Die Raben hatten ihr Lager an einem Gebirgsbach aufgeschlagen. Auf der Lichtung glomm ein Langfeuer aus drei Kiefernstämmen. Darum drängten sich die schrägen Hütten der Sippe, um die wiederum ein Ring kleinerer Feuer und pfahlbewehrter Fallgruben errichtet war, die von Männern mit Speeren bewacht wurden. Es sah aus, als sei die gesamte Sippe hierher nach Norden gezogen.

Hord lief vor, während Torak mit Oslak vor einer der

Hütten wartete. Als er Renn entdeckte, fasste er wieder etwas Mut. Sie kniete am Eingang einer Hütte auf der anderen Seite der Lichtung und redete aufgeregt auf jemand Unsichtbaren ein. Sie sah Torak nicht.

Am Langfeuer waren viele Leute versammelt. Bedrückende Angst lag in der Luft. Oslak zufolge hatten Kundschafter nur zwei Täler weiter Bärenspuren entdeckt. »Er wird stärker«, sagte der Hüne. »Er verwüstet den Wald, als ob … als ob er etwas sucht.«

Torak fröstelte. Hords Gewaltmarsch hatte ihn aufgewärmt, aber jetzt fing er in seinem Sommerleder zu frieren an. Hoffentlich dachten die anderen nicht, er hätte Angst.

Oslak band seine Hände los und nahm ihn bei der Schulter, um ihn auf die Lichtung zu führen. Als Torak in den Schein des Langfeuers und das Summen der Stimmen stolperte, das sich wie ein Schwarm wütender Bienen anhörte, vergaß er die Kälte.

Er sah Saeunn mit untergeschlagenen Beinen auf einem Stapel Rentierfelle kauern, der Rabenhautbeutel lag in ihrem Schoß. Hord saß daneben und kaute an seinem Daumen, Dyrati beobachtete ihn mit sorgenvoller Miene.

Es wurde still. Die Versammelten machten vier Männern Platz, die Fin-Kedinn auf einer Trage aus Auerochsenfell herbeitrugen. Das Gesicht des Anführers war eingefallen, sein linkes Bein verbunden. Auf den Verbänden aus weichem Birkenbast zeichneten sich Blutflecken ab. Er verzog ein wenig das Gesicht, als ihn die Männer am Feuer absetzten, sonst ließ er sich nicht anmerken, dass er Schmerzen litt.

Renn erschien und rollte einen Kiefernklotz hinter Fin-Kedinn, damit er sich anlehnen konnte. Dann kauerte sie sich neben ihn auf ein Rentierfell. Sie sah nicht zu Torak herüber, sondern hielt den Blick aufs Feuer gerichtet.

Oslak stieß Torak in den Rücken und er machte ein paar zögerliche Schritte auf die Trage zu.

Der Anführer der Raben suchte seinen Blick und hielt ihn fest. Torak spürte einen Anflug von Erleichterung. Die blauen Augen waren ungetrübt. Hord würde noch eine Weile warten müssen, bis er Sippenführer wurde.

»Als wir diesen Jungen kürzlich aufgriffen«, sagte Fin-Kedinn mit klarer, tragender Stimme, »wussten wir nicht, wer oder was er ist. Inzwischen hat er die drei Bestandteile der Nanuak gefunden und einer der unseren das Leben gerettet.« Er machte eine kleine Pause. »Ich hege keine Zweifel mehr – er ist der Lauscher. Die Frage lautet nur: Lassen wir ihn die Nanuak zum Berg bringen? Einen Jungen, ganz allein? Oder sollen wir unseren stärksten Jäger schicken, einen ausgewachsenen Mann, der sich besser gegen den Bären behaupten kann?«

Hord ließ seinen Daumen in Ruhe und richtete sich stolz auf. Toraks Mut sank.

»Die Zeit ist knapp«, sagte Fin-Kedinn mit einem Blick zum Nachthimmel, an dem der Große Auerochse loderte. »In wenigen Tagen ist der Bär so stark, dass ihn niemand mehr besiegen kann. Wir können kein Sippentreffen einberufen, dazu reicht die Zeit nicht mehr. Ich muss es jetzt sofort entscheiden, im Namen aller Sippen.«

Außer dem Zischen und Knacken des Feuers war kein Laut zu vernehmen. Die Raben hingen förmlich an seinen Lippen.

»Es gibt viele unter uns«, fuhr Fin-Kedinn fort, »die finden, es sei Wahnsinn, unser Schicksal einem Kind anzuvertrauen.«

Hord sprang auf. »Es ist auch Wahnsinn! Ich bin der Stärkste! Lass mich zum Berg gehen und mein Volk retten!«

»Du bist aber nicht der Lauscher«, warf Torak ein.

»Was ist mit dem zweiten Teil der Weissagung?«, fragte Saeunn mit ihrer krächzenden Rabenstimme. »›Der Lauscher opfert dem Berg sein Herzblut‹ – würdest du das tun?«

Torak holte tief Luft. »Wenn es nötig ist, ja.«

»Es gibt noch einen anderen Weg!«, rief Hord. »Wir töten ihn und ich bringe dem Berg sein Blut! Das ist genauso gut!«

Zustimmendes Gemurmel war die Antwort.

Fin-Kedinn erbat sich mit erhobener Hand Schweigen. Dann wandte er sich an Torak. »Du hast immer abgestritten, der Lauscher zu sein. Wie kommt es, dass du jetzt so versessen darauf bist?«

Torak reckte das Kinn. »Der Bär hat meinen Vater getötet. Zu diesem Zweck wurde er erschaffen.«

»Es geht hier um Größeres als Rache!«, höhnte Hord.

»Und um Größeres als Eitelkeit«, gab Torak zurück. Zu Fin-Kedinn gewandt, sagte er: »Es ist mir gleich, ob ich der Retter meines Volkes bin oder nicht. Welches Volk überhaupt? Ich bin meiner Sippe nie begegnet. Aber ich habe meinem Vater versprochen, den Berg zu suchen. Ich habe einen Schwur abgelegt.«

»Wir vertun nur unsere Zeit!«, sagte Hord unwirsch. »Gebt mir die Nanuak und ich erledige die Sache.«

»Und wie?«, fragte eine leise Stimme.

Es war Renn.

»Wie willst du den Berg finden?«, fragte sie.

Hord zögerte.

Renn erhob sich. »Es heißt, es ist der fernste Gipfel am nördlichsten Ende der Hohen Berge. Wir befinden uns hier am nördlichsten Ende der Hohen Berge. Wo ist er also?« Sie spreizte die Hände. »Ich weiß es nicht.« Sie sah ihren Bruder an. »Weißt du's?«

Er knirschte mit den Zähnen.

Sie wandte sich an Saeunn. »Und du? Auch nicht. Und dabei bist du die Schamanin.« Sie drehte sich nach Fin-Kedinn um. »Du vielleicht?«

»Nein.«

Renn zeigte auf Torak. »Nicht einmal er, der Lauscher, weiß, wo wir den Berg suchen sollen.« Sie machte eine Pause. »Aber es gibt jemanden, der es weiß.« Jetzt sah sie Torak direkt an, bohrte ihren Blick in seinen.

Er begriff, was sie meinte. Kluge Renn, dachte er. Aber nur, wenn es klappt …

Er legte die Hände an den Mund und heulte.

Die Raben sahen ihn staunend an. Die Lagerhunde sprangen auf und veranstalteten ein Riesenspektakel.

Torak heulte noch einmal.

Da kam ein grauer Blitz über die Lichtung gesaust und stürzte sich auf ihn.

Die Leute tuschelten und zeigten mit den Fingern auf ihn, die Hunde tobten, bis die Männer sie wegscheuchten. Ein kleines Kind lachte.

Torak kniete sich hin und vergrub sein Gesicht in Wolfs Fell. Dann leckte er dem Welpen dankbar über die Schnauze. Es hatte Wolf viel Mut abverlangt, seinem Ruf zu folgen.

Als die Aufregung nachließ, hob Torak den Kopf. »Nur Wolf kann den Berg finden«, sagte er zu Fin-Kedinn. »*Er* hat uns so weit geführt. Nur mit *seiner* Hilfe haben wir die Nanuak überhaupt gefunden.«

Der Anführer der Raben strich sich den roten Bart.

»Gebt mir die Nanuak zurück«, bat Torak. »Lasst sie mich dem Weltgeist bringen. Anders geht es nicht.«

Das Feuer knackte und fauchte. Von einer nahen Rottanne rutschte Schnee herab. Die Raben warteten auf die Entscheidung ihres Anführers.

Endlich hob Fin-Kedinn die Stimme. »Wir statten dich mit Nahrung und Kleidung aus. Wann willst du aufbrechen?«

Torak stieß erleichtert den angehaltenen Atem aus.

Renn nickte ihm zu.

Hord beschwerte sich lautstark, doch Fin-Kedinn brachte ihn mit einem kurzen Blick zum Schweigen. Wieder richtete er das Wort an Torak. »Wann willst du aufbrechen?«

Torak schluckte. »Hmm … morgen?«

Kapitel 29

MORGEN WÜRDEN SICH Torak und Wolf in den Wald aufmachen, in dem der Bär sein Unwesen trieb.

Doch selbst wenn sie den Berg erreichten – was sollte Torak dort tun? Sollte er die Nanuak einfach auf den Boden legen? Den Weltgeist bitten, den Bären zu vernichten? Oder versuchen, selbst mit ihm zu kämpfen?

»Willst du neue Stiefel haben oder sollen wir deine flicken?«, blaffte Oslaks Gefährtin, die bei ihm Maß für Winterkleidung nahm.

»Was?«

»Stiefel«, wiederholte die Frau. Sie hatte müde Augen. Mit Flusslehm aufgemalte Zeichen zierten ihre Wangen. Und sie war wütend auf ihn, obwohl er nicht wusste, warum.

»Ich bin an meine Stiefel gewöhnt. Vielleicht könntest du…«

»Sie flicken?« Sie schnaubte verächtlich. »Meinetwegen.«

»Danke«, sagte Torak bescheiden und warf Wolf, der mit angelegten Ohren in der Ecke kauerte, einen Blick zu.

Oslaks Gefährtin griff nach einem Stück Sehne und drehte Torak um, um seine Schulterbreite auszumessen. »Ach, das passt schon«, brummte sie mürrisch. »Los, setz dich, setz dich!«

Torak setzte sich hin und sah zu, wie sie Knoten in die Sehne knüpfte, um seine Maße festzuhalten. Ihre Augen waren feucht und sie musste immer wieder blinzeln. Sie ertappte ihn dabei, wie er sie beobachtete. »Was gibt's da zu glotzen?«

»Nichts«, erwiderte er. »Soll ich meine Kleider ausziehen?«

»Nur wenn du erfrieren willst. Bis Tagesanbruch hast du deine neuen Sachen. Und jetzt gib mir die Stiefel!«

Er tat wie geheißen, und sie betrachtete sein Schuhwerk angewidert, als wäre es ein Paar vergammelter Lachse. »Mehr Löcher als in einem Fischernetz«, schnaubte sie. Torak war heilfroh, als sie endlich aus der Hütte eilte.

Kaum war sie weg, kam Renn herein. Wolf trottete zu ihr hin und leckte ihr die Finger. Sie kraulte ihn hinter den Ohren.

Torak hätte sich gern bedankt, dass sie sich für ihn eingesetzt hatte, wusste aber nicht, wie er es anfangen sollte. Das Schweigen zog sich in die Länge.

»Wie bist du mit Vedna zurechtgekommen?«, fragte Renn unvermittelt.

»Vedna? Ach so, du meinst Oslaks Gefährtin. Ich glaube, sie kann mich nicht leiden.«

»Nein, an dir liegt es nicht. Es liegt an deinen neuen Kleidern. Sie hatte sie gerade für ihren Sohn angefangen und jetzt muss sie die Sachen für dich fertig nähen.«

»Für ihren Sohn?«

»Der Bär hat ihn getötet.«

»Oh.« Arme Vedna, dachte er, armer Oslak. Das erklärte auch den Flusslehm. Offenbar verliehen die Raben auf diese Weise ihrer Trauer Ausdruck.

Die Strieme auf Renns Wange war inzwischen violett. Torak erkundigte sich, ob es wehtat. Renn schüttelte den Kopf. Vermutlich schämte sie sich für ihren Bruder.

»Wie geht es Fin-Kedinn?«, fragte Torak weiter. »Ist es schlimm mit seinem Bein?«

»Sehr schlimm. Die Wunde geht bis auf den Knochen, aber bis jetzt gibt es noch keine Anzeichen für die schwarze Krankheit.«

»Das ist gut.« Er zögerte. »War er … sehr wütend auf dich?«

»Ja. Aber deshalb bin ich nicht gekommen.«

»Weshalb dann?«

»Wegen morgen. Ich begleite dich.«

Torak biss sich auf die Lippe. »Ich glaube, nur Wolf und ich dürfen zum Berg gehen.«

Sie sah ihn groß an. »Wieso denn das?«

»Ich weiß nicht, ich spüre es einfach.«

»Das ist Unsinn.«

»Vielleicht. Aber so ist es nun mal.«

»Du klingst wie Fin-Kedinn.«

»Das ist der zweite Grund. Er würde es dir niemals erlauben.«

»Hat mich das schon mal von irgendwas abgehalten?«

Torak grinste.

Sie erwiderte das Grinsen nicht. Mit düsterer Miene trat sie ans Feuer vor dem Hütteneingang. »Du sollst das Nachtmahl mit ihm einnehmen«, verkündete sie. »Das ist eine Ehre, falls du das nicht weißt.«

Torak schluckte. Er fürchtete sich vor Fin-Kedinn, andererseits lag ihm aber auch etwas an der Anerkennung des Anführers. Die Vorstellung, mit ihm das Nachtmahl einzunehmen, schüchterte ihn ein. »Bist du auch dabei?«

»Nein.«

»Aha.«

Wieder Schweigen. Dann gab sie nach: »Wenn du willst, kümmere ich mich so lange um Wolf. Wir lassen ihn lieber nicht bei den Hunden.«

»Danke.«

Sie nickte. Dann fiel ihr Blick auf seine bloßen Füße. »Mal sehen, ob ich für dich Stiefel auftreiben kann.«

*

Bald darauf machte sich Torak auf den Weg zu Fin-Kedinns Hütte. Er stolperte in den geliehenen Stiefeln, die ihm viel zu groß waren.

Der Anführer der Raben war mitten in einer erregten Auseinandersetzung mit Saeunn, doch die beiden verstummten sofort, als Torak hereinkam. Saeunn sah aufgebracht aus, Fin-Kedinns Gesicht verriet wie immer nichts.

Torak ließ sich auf einem Rentierfell nieder und schlug die Beine unter. Er sah nirgends etwas zu essen, doch am Langfeuer hantierten mehrere Leute geschäftig mit Kochledern. Er überlegte, wie lange das Essen wohl noch auf sich warten ließe und was er hier eigentlich sollte.

»Ich hab dir gesagt, was ich davon halte«, schnaufte Saeunn.

»Allerdings«, erwiderte Fin-Kedinn gleichmütig.

Die beiden gaben sich keine Mühe, Torak in ihr Gespräch mit einzubeziehen, was ihm Gelegenheit verschaffte, sich in Fin-Kedinns Hütte umzusehen. Sie war nicht größer als die anderen und an einem Pfosten hing die übliche Ausrüstung eines Jägers. Doch die Sehne des großen Eibenholzbogens war zerrissen, und auf der weißen Rentierfelljacke waren dunkle Flecken von getrocknetem Blut – unmissverständliche Beweise, dass der Anführer der Raben sich dem Bären gestellt und den Kampf überlebt hatte.

Mit einem Mal merkte Torak, dass ihn jemand beobachtete. Der Mann hatte kurzes braunes Haar und ein dunkles, runzliges Gesicht.

»Das ist Krukoslik«, stellte ihn Fin-Kedinn vor, »er gehört zum Berghasenclan.«

Der Mann legte beide Fäuste aufs Herz und neigte den Kopf.

Torak tat es ihm gleich.

»Krukoslik kennt diese Gegend besser als jeder andere«, sagte Fin-Kedinn. »Sprich mit ihm, bevor du dich auf den Weg machst. Er kann dir zumindest ein paar Ratschläge erteilen, wie man in den Bergen überlebt. Deine Ausrüstung, als wir dich aufgegriffen haben, hat mich nicht überzeugt. Keine Winterkleidung, nur ein einziger Wassersack und nichts zu essen. Dein Vater hat dir bestimmt etwas anderes beigebracht.«

»Dann hast du ihn also gekannt?«

Saeunn wollte aufbrausen, doch Fin-Kedinn wies sie mit einem Blick zurecht. »Ja, ich kannte ihn. Es gab eine Zeit, da war er mein bester Freund.«

Wütend wandte sich Saeunn ab.

Torak spürte, dass er ebenfalls wütend wurde. »Wenn du sein bester Freund warst, warum hast du mich dann zum Tode verurteilt? Warum hast du mich gegen Hord kämpfen lassen? Warum hast du mich fesseln lassen, als das Sippentreffen darüber beriet, ob ich geopfert werden soll?«

»Um zu sehen, aus welchem Holz du geschnitzt bist«,

erwiderte Fin-Kedinn ruhig. »Du bist niemandem nütze, wenn du deinen Kopf nicht gebrauchen kannst.« Er machte eine Pause. »Ich habe dich nicht besonders streng bewachen lassen, falls du dich erinnerst. Ich habe sogar erlaubt, dass der junge Wolf bei dir bleibt.«

»Du meinst … du hast mich auf die Probe gestellt?«

Fin-Kedinn gab keine Antwort.

Jetzt kamen zwei Männer und brachten vier dampfende Birkenholzschalen in die Hütte.

»Iss«, sagte Krukoslik und reichte Torak eine davon.

Fin-Kedinn warf ihm einen Hornlöffel zu, und Torak war so ausgehungert, dass er eine Weile über dem Essen alles andere vergaß. Die dünne Brühe aus gekochten Elchhufen und ein paar Streifen geräuchertem Hirschherzen war mit Ebereschenbeeren und dem festen, geschmacklosen Baumpilz, den man Auerochsenohren nannte, angedickt. Dazu teilten sie sich einen Fladen aus geröstetem Ahornmehl. Er schmeckte ziemlich bitter, aber gar nicht übel, wenn man ihn in Stücke brach und in die Brühe tunkte.

»Tut mir Leid, dass wir nicht mehr zu bieten haben«, entschuldigte sich Fin-Kedinn, »aber zurzeit gibt es nur wenig Wild.« Es war das einzige Mal, dass er auf den Bären Bezug nahm.

Torak war zu hungrig, um darüber nachzudenken. Erst als er die Schale ausleckte, fiel ihm auf, dass Fin-Kedinn und Saeunn ihr Essen kaum angerührt hatten. Saeunn brachte die Schalen ans Langfeuer zurück und setzte sich dann wieder auf ihren Platz. Krukoslik hängte sich seinen Löffel an den Gürtel und kniete sich vor das kleine Feuer vor der Hütte, wo er ein kurzes Dankgebet verrichtete.

Torak war noch nie so jemandem begegnet. Er trug ein

Gewand aus dichtem braunem Rentierfell, das ihm bis zu den Waden reichte, und einen breiten Gürtel aus rotem Leder. Als Clanabzeichen hatte er einen feuerrot gefärbten Fetzen Hasenfell auf der Schulter befestigt und seine Clantätowierung bestand aus einer roten Zickzacklinie quer über der Stirn. Auf seiner Brust hing ein fingerlanges Stück rauchgrauer Bergkristall.

Als er Toraks Blick bemerkte, lächelte er. »Rauch ist der Atem des Feuergeistes. Wir Bergclans verehren das Feuer.«

Torak erinnerte sich an den Trost, den ihm und Renn das Feuer in der Schneehöhle gespendet hatte. »Das kann ich gut verstehen.«

Krukosliks Lächeln wurde breiter.

Da das Nachtmahl beendet war, schickte Fin-Kedinn die anderen weg, um allein mit Torak zu sprechen. Krukoslik stand auf und verneigte sich, Saeunn rauschte wutschnaubend hinaus.

Torak fragte sich, was jetzt wohl kommen würde.

*

»Saeunn ist der Meinung«, erklärte Fin-Kedinn, »dass wir dir nichts mehr erzählen sollen. Sie glaubt, dass dich das morgen nur ablenkt.«

»Was denn?«

»Alles, was du wissen willst.«

Torak überlegte. »Ich will alles wissen.«

»Das geht nicht. Versuch's noch mal.«

Torak zupfte an einem Riss im Knie seines Beinleders. »Warum ich? Warum bin ich der Lauscher?«

Fin-Kedinn strich sich wieder den Bart. »Das ist eine lange Geschichte.«

»Hat es mit meinem Vater zu tun? Weil er der Schamane

des Wolfsclans war? Der Feind des verkrüppelten Wanderers, der den Bären erschaffen hat?«

»Ja… unter anderem.«

»Aber wer war dieser Wanderer? Warum waren die beiden Feinde? Fa hat von ihm nie gesprochen.«

Der Anführer der Raben schürte mit einem Ast das Feuer und die Falten um seine Mundwinkel vertieften sich. Ohne den Kopf zu wenden, fragte Fin-Kedinn: »Hat dein Vater je die Seelenesser erwähnt?«

»Nein«, antwortete Torak verdutzt. »Von denen hab ich auch noch nie gehört.«

»Da bist du aber der Einzige im Großen Wald.« Fin-Kedinn verstummte. Der flackernde Feuerschein malte tiefe Schatten in sein Gesicht. »Die Seelenesser«, fuhr er schließlich fort, »waren sieben Schamanen, jeder aus einer anderen Sippe. Zuerst waren sie nicht böse. Sie halfen den anderen Sippen. Jeder von ihnen besaß eine besondere Begabung. Einer war klug wie eine Schlange und kannte sich mit Kräutern und Heiltränken aus. Der Zweite war stark wie eine Eiche und wollte alles über das Wesen der Bäume erfahren. Die Dritte hatte einen flinkeren Verstand, als eine Fledermaus fliegt. Sie verzauberte am liebsten kleine Tiere, damit sie ihr zu Willen waren. Ein anderer war stolz und ehrgeizig. Er beschäftigte sich mit Dämonen, die er zu beschwören und sich untertan zu machen suchte. Es heißt, wieder ein anderer konnte die Toten anrufen.« Fin-Kedinn stocherte in der Glut.

Als er nicht weitersprach, nahm Torak all seinen Mut zusammen. »Das sind nur fünf. Du hast doch gesagt… es seien sieben gewesen.«

Fin-Kedinn ging nicht darauf ein. »Vor vielen Wintern schlossen sie sich heimlich zusammen. Zuerst nannten sie sich ›die Heiler‹. Sie redeten sich ein, sie wollten nur Gutes tun, Krankheiten heilen und andere Menschen vor Dämonen schützen.« Sein Mund zuckte verächtlich. »Doch bald schon wurden sie von ihrer Machtgier zum Bösen verleitet.«

Torak umklammerte gespannt sein Knie. »Warum nennt man sie denn Seelenesser? Haben sie wirklich Seelen gegessen?«

»Wer weiß? Die Menschen hatten Angst vor ihnen und wenn man Angst hat, verwandeln sich Gerüchte in Wahrheit.« Fin-Kedinns Gesicht nahm einen entrückten Ausdruck an. »Die Seelenesser gierten vor allem nach Macht. Das war ihr einziges Ziel. Sie wollten den Wald beherrschen, wollten seine Bewohner zwingen, ihnen zu Willen zu sein. Aber dann, vor dreizehn Wintern, geschah etwas, das ihre Herrschaft erschütterte.«

»Was?«, flüsterte Torak. »Was geschah damals?«

Fin-Kedinn seufzte. »Es genügt, wenn du weißt, dass es ein großes Feuer gab und die Seelenesser in alle Winde zerstreut wurden. Manche wurden schwer verwundet und alle gingen fort und versteckten sich. Wir glaubten, die Bedrohung sei ein für alle Mal vorbei, aber wir haben uns geirrt.« Er zerbrach den Ast und warf ihn ins Feuer. »Der Mann, den du den verkrüppelten Wanderer nennst… jener Mann, der den Bären erschuf… er war einer von ihnen.«

»Ein *Seelenesser*?«

»Ich wusste es sofort, als mir Hord von ihm erzählte. Nur ein Seelenesser kann einen derart mächtigen Dämon bannen.« Er sah Torak tief in die Augen. »Dein Vater war sein Feind. Er war der Todfeind aller Seelenesser.«

Torak konnte sich nicht vom Blick der blauen Augen losreißen. »Davon hat er mir nie etwas erzählt.«

»Er hatte seine Gründe. Dein Vater… dein Vater hat in

seinem Leben viel falsch gemacht. Aber er tat alles, was in seiner Macht stand, um die Seelenesser zu bekämpfen. Deshalb haben sie ihn getötet. Das war auch der Grund, weshalb er dich fern von anderen Menschen aufgezogen hat. Damit sie nie erfahren, dass es dich gibt.«

Torak sah ihn groß an. »Mich? Warum denn?«

Fin-Kedinn hörte nicht hin und blickte sinnend ins Feuer. »Es ist wirklich unglaublich«, murmelte er. »Niemand wäre darauf gekommen, dass er einen Sohn hat. Nicht mal ich.«

»Ich verstehe das alles nicht«, sagte Torak. »Warum dürfen die Seelenesser nicht erfahren, dass es mich gibt? Stimmt etwas nicht mit mir?«

Fin-Kedinn musterte ihn aufmerksam. »Nein. Sie dürfen nichts von dir erfahren, weil …« Er schüttelte bedauernd den Kopf, als gäbe es viel zu viel zu erzählen. »Weil du eines Tages vielleicht in der Lage sein könntest, sie aufzuhalten.«

»Ich?«, fragte Torak entgeistert. »Aber wie?«

»Das weiß ich nicht. Ich weiß nur eins: Sobald sie von dir erfahren, sind sie hinter dir her.«

Wieder hielt sein Blick den Toraks gefangen.

»Das ist es, was dir Saeunn verschweigen wollte und das du meiner Meinung nach wissen musst. Wenn du am Leben bleibst, wenn es dir tatsächlich gelingt, den Bären zu vernichten, dann ist die Sache damit nicht etwa ausgestanden. Die Seelenesser werden herausfinden, wer das getan hat. Dann wissen sie, dass es dich gibt, und früher oder später kommen sie dich holen.«

Es knackte in der Glut.

Torak zuckte zusammen. »Du meinst … selbst wenn ich den morgigen Tag überstehe, muss ich mein Leben lang davonlaufen?«

»Das habe ich nicht gesagt. Du kannst davonlaufen – oder kämpfen. Man hat immer eine Wahl.«

Torak sah zu der blutbespritzten Jacke hoch. Hord hatte Recht. Das war ein Kampf für einen Mann, nicht für einen Jungen. »Warum hat mir Fa bloß nichts davon erzählt?«

»Dein Vater wusste genau, was er tat. Er hat ein paar schlimme Dinge getan, die ich ihm nie verzeihen werde. Aber ich glaube, bei dir hat er alles richtig gemacht.«

Torak brachte kein Wort heraus.

»Hast du schon einmal darüber nachgedacht, warum die Weissagung von einem ›Lauscher‹ spricht, Torak? Warum nicht von einem ›Redner‹ oder einem ›Seher‹?«

Torak schüttelte den Kopf.

»Weil die wichtigste Fähigkeit eines Jägers die Kunst zu lauschen ist. Darauf zu hören, was einem der Wind und die Bäume verraten. Darauf zu hören, was einem andere Jäger und ihr Wild über den Wald erzählen. Das ist die Gabe, die dir dein Vater vermacht hat. Er hat dich weder die Kunst der Schamanen noch die Geschichte der Sippen gelehrt. Er hat dir das Jagen beigebracht und dich gelehrt, deinen Verstand zu gebrauchen.« Nach einer kleinen Pause fuhr er fort: »Wenn du morgen Erfolg haben willst, dann nur so: indem du deinen Verstand gebrauchst.«

*

Es war schon nach Mittnacht, aber Torak saß noch immer am Langfeuer und betrachtete die schemenhaften schwarzen Umrisse der Hohen Berge. Er war allein. Wolf war auf einem seiner nächtlichen Streifzüge, und die einzigen Lebenszeichen im Lager waren die schweigenden Posten der Raben, die bei den Verteidigungsanlagen Wache standen, und das dröhnende Schnarchen aus Oslaks Hütte.

Am liebsten hätte Torak Renn geweckt und ihr alles berichtet, aber er wusste nicht, wo sie schlief. Abgesehen davon wusste er nicht, ob er es fertig bringen würde, ihr von Fa zu erzählen… eingeschlossen die schlimmen Dinge, die Fin-Kedinn erwähnt hatte.

»Wenn du am Leben bleibst, ist die Sache damit nicht etwa ausgestanden… früher oder später kommen dich die Seelenesser holen… Du kannst davonlaufen oder kämpfen. Man hat immer eine Wahl…«

Schreckliche Bilder trieben wie wirbelnde Flocken im Schneesturm an seinem geistigen Auge vorbei. Die mordlüsternen Augen des Bären. Die Seelenesser, wie flüchtige Schatten in einem bösen Traum. Fas Gesicht, als er im Sterben lag.

Um sie zu verscheuchen, stand er auf und ging langsam auf und ab. Er zwang sich nachzudenken.

Er hatte keine Ahnung, was er morgen tun sollte, aber er wusste, dass Fin-Kedinn Recht hatte. Wenn er gegen den Bären bestehen wollte, musste er seinen Verstand einsetzen. Der Weltgeist würde ihm nur helfen, wenn er sich selbst zu helfen wusste.

Noch einmal ging er die Worte der Weissagung durch. *»Der Lauscher kämpft mit Luft und spricht mit Stille… Der Lauscher kämpft mit Luft…«*

Ein Einfall begann wie ein Funke in ihm zu schwelen.

Kapitel 30

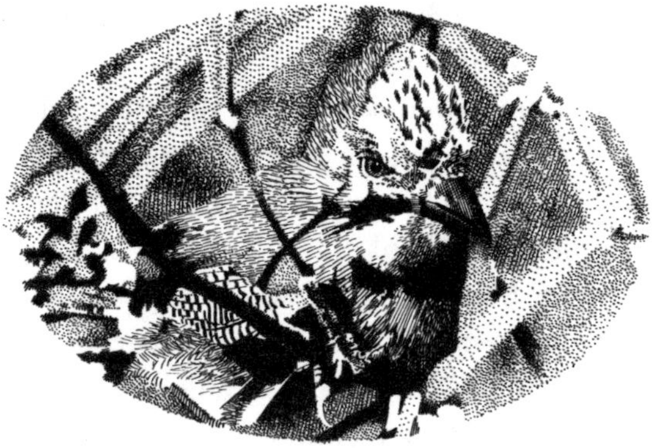

Toraks Finger zitterten so heftig, dass er kaum den Pfropfen aus seinem Medizinhorn herausbekam.

Warum hatte er damit auch bis zum letzten Moment gewartet? Wolf strich ruhelos vor der Hütte auf und ab, die Raben warteten darauf, ihn zu verabschieden, und der verflixte Pfropfen wollte einfach nicht…

»Soll ich dir helfen?«, fragte Renn. Sie stand mit bleichem Gesicht und traurigem Blick im Eingang.

Torak reichte ihr das Medizinhorn und sie zog den schwarzen Eichenpfropfen mit den Zähnen heraus. »Wozu brauchst du das?«, fragte sie, als sie es ihm zurückgab.

Er wich ihrem Blick aus. »Für Todeszeichen.«

Sie erschrak sichtlich. »Wie bei dem Mann im Eisfluss?«

Er nickte.

»Aber der wusste, dass er sterben würde. Du bleibst vielleicht am Leben…«

»Das weiß niemand. Ich will nicht riskieren, dass meine

Seelen getrennt werden. Ich will nicht riskieren, selbst ein Dämon zu werden.«

Sie bückte sich und kraulte Wolf hinter den Ohren. »Du hast Recht.«

Torak schaute an ihr vorbei auf die Lichtung, hinter der sich dunkelblau die Morgendämmerung ankündigte. Über Nacht hatten sich Wolken von den Bergen herabgewälzt und den Wald mit einer dicken Schneeschicht bedeckt. Er fragte sich, ob das für sein Vorhaben günstig war oder ihn eher behinderte.

Dann schüttete er etwas roten Ocker auf seine Handfläche und spuckte darauf, doch sein Mund war zu trocken, sodass er keine richtige Paste zustande brachte.

Renn beugte sich vor und spuckte auf seine Hand. Dann hob sie ein bisschen Schnee auf, ließ ihn in den Händen schmelzen und gab die Flüssigkeit hinzu.

»Danke«, murmelte er. Mit bebenden Fingern malte er sich Kreise auf die Fersen, auf Brustbein und Stirn. Als er fertig war, schloss er die Augen. Zuletzt hatte er Fa diesen Dienst erwiesen.

Wolf drängte sich an ihn, rieb seinen Geruch in das neue Beinleder. Dann legte er Torak die Pfote auf den Unterarm. *Ich bin bei dir.*

Torak bückte sich und berührte Wolfs Schnauze mit der Nase. *Ich weiß.*

»Hier.« Renn hielt ihm den Rabenhautbeutel hin. »Ich hab noch Wermutkraut dazugetan und alles noch einmal mit Saeunn überprüft. Der Tarnzauber müsste wirken. Der Bär wird die Nanuak nicht wittern.«

Torak band sich den Beutel an den Gürtel. Schon jetzt spürte er, wie die Todeszeichen auf seiner Haut trockneten und hart wurden.

»Das hier nimmst du lieber auch mit.« Sie reichte ihm ein kleines, in Birkenbast gewickeltes Bündel.

»Was ist das?«

Sie sah ihn verdutzt an. »Das, worum du mich gebeten hast und woran ich die ganze Nacht gesessen habe.«

Er erschrak. Das hätte er fast vergessen! Was wäre dann aus seinem Plan geworden?

»Ich habe noch ein paar reinigende Kräuter beigegeben«, erklärte Renn.

»Warum?«

»Na ja … wenn du den Bären getötet hast, bist du unrein. Ich meine, schließlich ist es immer noch ein Bär und damit ein anderer Jäger, selbst wenn er von einem Dämon besessen ist. Du wirst dich hinterher reinigen müssen.«

Es war typisch Renn, dass sie so weit vorausdachte, und es beruhigte ihn, dass sie offenbar glaubte, er hätte eine Chance gegen den Bären.

Wolf winselte ungeduldig und Torak gab sich einen Ruck. Zeit zum Abschiednehmen.

Als sie über die Lichtung gingen, fiel Torak ein, dass er das Medizinhorn vergessen hatte, und er rannte noch einmal zur Hütte zurück. Als er wieder herauskam, öffnete er seinen Medizinbeutel mit zitternden Fingern, und das Horn fiel ihm aus der Hand.

Fin-Kedinn hob es für ihn auf.

Der Anführer der Raben humpelte auf Krücken. Als er das Medizinhorn betrachtete, wich alles Blut aus seinem Gesicht. »Das hat einst deiner Mutter gehört.«

»Woher weißt du das?«, fragte Torak verwundert.

Fin-Kedinn schwieg, dann gab er Torak das Horn zurück. »Du darfst es auf keinen Fall verlieren.«

Torak verstaute das Horn in seinem Beutel. In Anbetracht

seines Vorhabens waren das eigenartige Worte. Als er sich zum Gehen wandte, rief ihn Fin-Kedinn noch einmal zurück. »Torak …«

»Ja?«

»Wenn du es überstehst, gibt es hier bei uns immer einen Platz für dich. Falls du das möchtest.«

Torak war zu verblüfft, um zu antworten. Als er sich wieder gefangen hatte, war der Anführer der Raben bereits mit seiner üblichen steinernen Miene weggegangen.

Die Hohen Berge waren von Gold gesäumt, als Torak durch den knirschenden Schnee auf die wartenden Raben zuging. Oslak reichte ihm seinen Schlafsack und den Wassersack, Renn gab ihm Axt, Köcher und Bogen. Erstaunlicherweise half ihm Hord, seine Trage zu schultern. Der junge Mann wirkte zwar unzufrieden, schien sich jedoch damit abgefunden zu haben, dass nicht er derjenige sein sollte, der sich auf die Suche nach dem Berg begab.

Saeunn machte erst über Torak und dann über Wolf das Zeichen der schützenden Hand. »Möge der Clanhüter mit euch beiden fliegen.«

»Und auch mit euch laufen«, ergänzte Renn und lächelte gezwungen.

Torak nickte ihr kurz zu. Jetzt wollte er einfach nur noch los.

Die Raben sahen ihm schweigend nach, als er sich, dicht gefolgt von Wolf, durch den Schnee auf den Weg machte.

Er schaute sich nicht mehr um.

*

Schweigend lag der Wald vor ihnen, aber als Wolf die Führung übernahm, wirkte er entschlossen und furchtlos. Torak stapfte mit dampfendem Atem hinter ihm her. Es war sehr kalt, doch dank Vednas Nähkünsten konnte ihm die Kälte nichts anhaben. Während er schlief, hatte sie die neuen Sachen in seine Hütte gelegt: ein Unterwams aus Entenbalg, dessen weiche Brustfedern sich an seine Haut schmiegten; eine Kapuzenjacke und Beinkleider aus warmem Rentierwinterfell; Hasenfellhandschuhe, die an einem durch die Ärmel gezogenen Riemen hingen. Außerdem hatte sie seine alten Stiefel geschickt mit widerstandsfähigem Leder vom Rentierbein ausgebessert, sie mit Baummarderpelz gesäumt und an den Rand der Sohlen Streifen aus Schlammfischhaut genäht, was für besseren Halt im Schnee sorgte.

Vedna hatte sogar das Clanabzeichen von seinem alten Wams abgetrennt und auf die neue Jacke genäht. Der Streifen Wolfsfell war schmutzig und zerrissen, zählte aber trotzdem zu Toraks wertvollsten Besitztümern. Fa hatte ihn damals angefertigt.

Wolf schlug sich in die Büsche und Torak war sofort hellwach. Eine Eichhörnchenspur ... wie von winzigen Händen. Torak folgte der Fährte, die kreuz und quer durch die schneebedeckten Wacholderbüsche führte und dann in aufgeschreckte, lange Sprünge überging, die am Stamm einer Fichte endeten.

Torak streifte die Kapuze ab und blickte sich um.

Es war totenstill. Was immer das Eichhörnchen erschreckt haben mochte, war weitergezogen, aber Torak machte sich Vorwürfe, dass nicht er die Fährte entdeckt hatte. Bleib wachsam.

Ein Eichelhäher folgte ihnen von Baum zu Baum. Die Sonne stieg immer höher am wolkenlosen Himmel. Schon bald watete Torak keuchend durch knietiefen, blendend weißen Neuschnee. Er hatte sich gegen Schneeschuhe entschieden. Darin hätte er zwar bequemer gehen können, wenn er sich aber schnell bewegen musste, wären sie ihm nur hinderlich.

Wolf hatte es da einfacher, denn seine schmale Brust teilte den Schnee wie ein Kanu das Wasser. Doch am späten Vormittag wurde sogar er müde. Es ging beständig bergauf, genau wie Krukoslik gesagt hatte.

»Mein Großvater war dem Berg schon einmal ganz nah«, hatte er erklärt, als ihn Torak in der Nacht geweckt hatte. »So nah, dass er ihn spüren konnte. Von hier aus musst du dem Bach nach Norden folgen. Danach geht es immer bergauf, bis du den Schatten der Hohen Berge erreichst. Gegen Mittag kommst du dann an eine vom Blitz getroffene Fichte an der Mündung einer Klamm. Die Felswände sind zu steil, um hinaufzuklettern, aber westlich davon gibt es einen Pfad …«

»Was ist das für ein Pfad?«, hatte Torak gefragt. »Wer hat ihn angelegt?«

»Das weiß niemand. Folge ihm einfach. Der Blitzbaum … er ist mächtig. Er beschützt den Pfad vor allem Unheil. Vielleicht beschützt er auch dich.«

»Und dann? Wohin soll ich dann gehen?«

»Du folgst immer dem Pfad. Irgendwo hinter der Klamm ist der Berg.«

»Wie weit ist es bis dorthin?«

»Auch das weiß niemand. Mein Großvater kam nicht weit, bis ihm der Geist den Weg versperrte. So ist es bis jetzt allen ergangen. Vielleicht …. vielleicht ist es ja bei dir anders.«

Vielleicht, dachte Torak und stapfte weiter.

Wenn sein Plan aufging, wenn der Weltgeist seine Bitte erhörte, würde der Bär vernichtet, und der Wald war gerettet. Wenn nicht, war alles aus. Das betraf den Wald so gut wie ihn selbst.

Wolf hob den Kopf und schnüffelte. Seine Nackenhaare waren gesträubt. Was hatte er gewittert?

Einige Schritt weiter war der Schnee ungefähr in Schulterhöhe von den Astspitzen gestreift. Dann entdeckte Torak einen angeknabberten Wacholderschössling. »Rotwild«, sagte er halblaut.

Die Fährten bestätigten seine Vermutung. Allem Anschein nach hatte es sich um ein einzelnes Tier gehandelt, wahrscheinlich einen Bock. Böcke heben die Füße nicht so hoch wie Kühe und der Schnee wies Schleifspuren auf.

Aber warum stellte Wolf das Fell auf, wenn es sich um einen harmlosen Hirsch handelte?

Torak sah auf. Er spürte, wie der Wald den Atem anhielt.

Die Bärenspuren sprangen ihn förmlich an.

Er hatte sie nicht früher gesehen, weil sie so weit auseinander lagen, aber jetzt erkannte er deutlich, dass der Bock in wilder Flucht den Hang hinuntergehetzt war, dicht gefolgt von dem Bären. Dessen weite Sprünge waren Furcht erregend.

Torak zwang sich zur Ruhe und untersuchte die Fährte genauer. Der Bär war in gestrecktem Galopp gerannt, denn die länglichen Abdrücke der Hinterpfoten befanden sich vor den breiteren Abdrücken der Vordertatzen. Jeder Abdruck war dreimal so groß wie sein eigener Kopf.

Die Spuren sind frisch, dachte er, aber die Ränder sind schon angetaut. Obwohl das bei dieser Sonne wahrscheinlich nicht lange dauert…

Wolf lief mitten durch die Spuren und drängte voran.

Torak ging langsamer. Jeder Busch und jeder Felsen nahm jetzt Bärengestalt an.

Als sie mühsam den Hang erklommen, wurde Wolf immer aufgeregter, rannte voraus und kam wieder zu Torak zurück, feuerte ihn mit leisem Knurren und Winseln an. Vielleicht kamen sie dem Berg endlich doch näher. Vielleicht war Wolf deshalb so ungestüm und furchtlos. Torak wäre auch gern furchtlos gewesen, doch er spürte nur noch das Gewicht der Nanuak an seinem Gürtel – und die bedrohliche Nähe des Bären.

Ein fernes Brüllen zerriss den Wald.

Ein Eichelhäher flatterte kreischend davon.

Toraks Hand umschloss den Messergriff so fest, dass es wehtat. Wie weit war der Bär weg? Wo war er?

Wolf wartete mit gesträubtem Nackenhaar, aber erhobenem Schwanz, bis Torak aufgeholt hatte. Seine Antwort war unmissverständlich: *Noch nicht.*

Torak stapfte weiter und überlegte, was wohl mit den Seelen des Bären geschehen sein mochte. Schließlich hatte Renn gemeint, dass es trotz allem immer noch ein Bär war, wie jeder Bär musste er einst Lachse gefischt, Beeren gesucht und Winterschlaf gehalten haben. Waren seine Seelen zusammen mit dem Dämon in seinem Leib eingeschlossen? Hatten sie Angst?

Torak ging um einen Felsen herum – und stand vor der vom Blitz gespaltenen Fichte.

Aller Mut verließ ihn.

Über ihm ragten die Hohen Berge blendend weiß gen Himmel. Die Klamm zerteilte sie wie ein klaffender Schnitt. Immer tiefer grub sie sich in das Gestein und verlor sich in undurchdringlichen Wolkenschleiern. Ein schmaler Pfad klammerte sich an die westliche Bergflanke und stieg von dort, wo Torak stand, immer höher empor. Wer hatte ihn angelegt? Und zu welchem Zweck? Wer wagte es, den Fuß darauf zu setzen und an diesen unheimlichen Ort vorzudringen?

Plötzlich teilten sich die Wolken und enthüllten Torak, was hinter der Klamm lag. Sturmwolken wanden sich um die Bergflanken, eine eisige, windstille Kälte strich vom fernen Gipfel herab, unvorstellbar hoch bohrte er sich in den Himmel – der Berg des Weltgeistes.

Torak schloss die Augen, spürte aber trotzdem die Macht des Geistes, die ihn in die Knie zwingen wollte, spürte seinen Zorn. Die Seelenesser hatten einen Dämon aus der Anderen Welt beschworen, hatten ein Ungeheuer auf den Großen Wald losgelassen. Sie hatten den Pakt gebrochen. Warum sollte der Geist den Menschen beistehen, wenn sich einige von ihnen so schändlich verhielten?

Torak senkte den Kopf. Er konnte nicht weitergehen. Er gehörte hier nicht hin. Es war eine Stätte der Geister, nicht der Menschen.

Als er die Augen wieder aufschlug, war der Berg verschwunden, war wie zuvor in Wolken gehüllt.

Torak hockte sich hin. Ich schaffe es nicht, dachte er. Ich kann dort nicht hinaufgehen.

Wolf saß vor ihm. Seine tropfenförmigen Augen waren klar wie Quellwasser. *O doch, das kannst du. Ich bin bei dir.*

Torak schüttelte den Kopf.

Wolf schaute ihn unverwandt an.

Torak dachte an Renn und Fin-Kedinn und den Rabenclan, er dachte an all die anderen Sippen, von denen er nichts wusste. Er dachte an das vielfältige Leben im Wald. Er dachte an Fa … nicht an Fa, als er sterbend in der zerstörten Hütte lag, sondern an Fa, wie er vor dem Überfall des Bären gewesen war … als er über Toraks Scherze gelacht hatte …

Kummer überwältigte ihn. Er zog das Messer aus der Scheide, streifte den Handschuh ab und legte die bloße Hand auf die kalte blaue Schieferklinge. »Du darfst jetzt nicht aufgeben«, sagte er laut. »Du hast einen Eid abgelegt. Du hast es Fa versprochen.«

Er streifte Köcher und Bogen ab und lehnte sie an den Baum. Dann tat er das Gleiche mit Trage, Schlafsack, Wassersack und Axt. Das alles brauchte er nicht mehr. Er brauchte nur sein Messer, die Nanuak in ihrem Rabenhautbeutel und Renns kleines Birkenbastbündel in seinem Medizinbeutel.

Ein letztes Mal ließ er den Blick über den Großen Wald schweifen, dann folgte er Wolf.

Kapitel 31

Kaum hatte Torak den Pfad betreten, wurde es empfindlich kälter. Der Atem knisterte in seinen Nasenlöchern, seine Wimpern klebten zusammen. Der Geist warnte ihn.

Das Eis unter seinen Stiefeln war brüchig, jeder Schritt hallte in der Klamm wider. Wolfs weiche Pfoten verursachten kein Geräusch. Er drehte sich um und wartete, bis Torak aufschloss, seine Schnauze war entspannt, er wedelte sogar ein wenig mit dem Schwanz. Es hatte fast den Anschein, als freute er sich, hier zu sein.

Schnaufend holte ihn Torak ein. Der Pfad war so schmal, dass sie gerade eben noch nebeneinander gehen konnten. Torak schaute nach unten … und bereute es sofort. Schon jetzt lag der Boden der Schlucht tief unter ihnen.

Sie stiegen höher. Die Sonne kroch über die gegenüberliegende Wand der Klamm und blendete sie. Das Eis wurde immer tückischer. Als Torak einmal zu dicht an den Rand des Pfades geriet, bröckelte es unter seinen Sohlen, und er wäre um ein Haar abgestürzt.

Ungefähr vierzig Schritt vor ihm wurde der Pfad unter einem felsigen Überhang ein wenig breiter. Es war keine richtige Höhle, sondern lediglich eine flache Nische, wo das schwarze Basaltgestein durchschimmerte. Bei diesem Anblick schöpfte Torak neuen Mut. Er hatte auf so etwas wie einen Unterschlupf gehofft, denn den brauchte er für seinen Plan.

Wolf blieb stehen und spannte alle Muskeln an.

Er schaute mit aufgestellten, nach vorn gerichteten Ohren in die Schlucht hinab und jedes einzelne Haar auf seinem Rücken sträubte sich.

Torak hielt die Hand über die Augen und spähte über die Steilwand. Da war nichts. Nur schwarze Baumstämme und schneebedeckte Felsen. Verwirrt wollte er sich schon umdrehen und weitergehen – da tauchte der Bär auf, urplötzlich, wie es Bärenart ist. Erst bewegte sich undeutlich etwas am Grund der Schlucht, im nächsten Augenblick stand er da.

Sogar aus dieser Entfernung, fünfzig oder sechzig Schritt unter Torak, wirkte er riesig. Während Torak noch wie angewurzelt verharrte, schaukelte der Bär misstrauisch witternd den Oberkörper hin und her.

Er konnte den Jungen nicht sehen, dafür war Torak zu weit oben. Er drehte sich um und trottete aus der Schlucht hinaus in Richtung Wald.

Jetzt musste Torak das Undenkbare tun. Er musste den Bären wieder herlocken.

Dazu gab es nur eine sichere Methode. Er streifte sich die Handschuhe ab und hauchte seine steifen Finger an, dann löste er den Rabenhautbeutel vom Gürtel, band die Haarschnur auf und öffnete die Rindenschachtel. Die Nanuak blickte ihn an. Flussaugen, Steinzahn, Lampe.

Wolf gab ein winselndes Knurren von sich.

Torak fuhr sich mit der Zunge über die aufgesprungenen Lippen. Er nahm Renns Birkenbastbündel aus seinem Medizinbeutel, stopfte die reinigenden Kräuter und die Basthülle in den Ausschnitt seiner Jacke und betrachtete das, was Renn vergangene Nacht für ihn angefertigt hatte. Es war ein kleiner Beutel aus Knüpfgras, so feinmaschig, dass sogar die Flussaugen nicht herausfallen konnten. Trotzdem schimmerte das Licht der Nanuak hindurch, das Licht, das Torak nicht sehen konnte, der Bär dagegen sehr wohl.

Vorsichtig, um die Nanuak nicht mit bloßen Händen zu berühren, ließ er Lampe, Steinzahn und Flussaugen in den Knüpfgrasbeutel gleiten. Dann zog er ihn zu und legte sich das lange Band um den Hals. Jetzt trug er die Nanuak unverhüllt auf der Brust. Wolfs Augen reflektierten einen schwachen Goldschimmer: das Licht der Nanuak. Wenn Wolf es sehen konnte, dann auch der Dämon. Darauf musste Torak vertrauen.

Er drehte sich um. Das Untier war bereits ein ganzes Stück von der Schlucht entfernt und pflügte mühelos durch den Schnee.

»Hier ist es«, sagte Torak mit gedämpfter Stimme, um den Weltgeist nicht zu erzürnen. »Hier ist das, hinter dem du her bist, die hellste jener hellen Seelen, die du so sehr hasst, dass du sie unbedingt ein für alle Mal auslöschen willst. Komm und hol sie dir.«

Der Bär blieb stehen. Ein Zucken überlief seine massigen Schulterhöcker. Der große Kopf schwang herum. Er machte kehrt und kam auf Torak zu.

Grimmiger Jubel stieg in Torak auf. Seit das Ungeheuer Fa getötet hatte, war er vor ihm geflohen. Jetzt lief er nicht mehr davon. Er stellte sich dem Kampf.

Das Tier bewegte sich erstaunlich flink. Schon war es

unter ihm. Wie ein Mensch stellte es sich auf die Hinterbeine, und obwohl Torak fünfzig Schritt über ihm war, schien es ihm, als könnte er die Hand ausstrecken und es berühren.

Der Bär hob den Kopf und sah ihm in die Augen – und Torak vergaß den Geist, vergaß, was er Fa geschworen hatte. Er stand nicht mehr auf einem vereisten Bergpfad, sondern wieder im Großen Wald. Aus der zerstörten Hütte kam Fas unbändiger Schrei: *Lauf, Torak! Lauf!*

Er konnte sich nicht von der Stelle rühren. Er wollte wegrennen, den Pfad bis zum Überhang hinauflaufen, wie er es sich vorgenommen hatte … aber es ging nicht. Der Dämon raubte ihm alle Willenskraft, zog ihn in die Tiefe …

Wolf knurrte.

Torak riss sich los und wankte weiter. Dem Bären in die Augen zu blicken, war, als blickte man in die Sonne. Die grün gesäumten Pupillen hatten sich ihm tief eingebrannt.

Von dort, wo der Bär sich mit den Klauen an der Felswand emporzog, hallte das Brechen von Eis herauf. Torak malte sich aus, wie das schwere Tier mit tödlicher Behändigkeit die Schlucht emporkletterte. Er musste den Überhang erreichen, sonst war alles vergebens.

Wolf trabte bergauf. Torak rutschte aus und fiel auf ein Knie. Rappelte sich wieder hoch. Spähte den Abhang hinunter. Der Bär hatte schon gut ein Drittel des Weges zurückgelegt.

Torak lief weiter. Erreichte den Überhang und taumelte keuchend in die Felsmulde. Jetzt musste er seinen Plan zu Ende führen, jetzt war der Augenblick gekommen, den Geist um Hilfe zu bitten.

Mühsam richtete er sich auf, holte tief Luft, legte den Kopf in den Nacken und *heulte*.

Wolf stimmte ein und ihre schrillen Rufe erfüllten die Schlucht, wurden von den Felswänden zurückgeworfen, hallten durchs Gebirge. *Weltgeist*, heulte Torak, *ich bringe dir die Nanuak! Erhöre mich! Schenk mir deine Kraft, um den Dämon aus dem Großen Wald zu vernichten!*

Er hörte den Bären immer näher kommen... hörte Eisbrocken in die Klamm prasseln.

Unablässig heulte er, bis ihn die Rippen schmerzten. *Weltgeist, erhöre meine Bitte...*

Nichts geschah.

Torak verstummte. Entsetzen packte ihn. Der Weltgeist hatte sein Flehen nicht erhört. Der Bär kam ihn holen...

Da merkte er, dass auch Wolf nicht mehr heulte.

Schau hinter dich, Torak.

Er drehte sich um und sah Hords Axt auf sich niedersausen.

Kapitel 32

Torak sprang zur Seite und die Axt fauchte an seinem Ohr vorbei und bohrte sich dort, wo er eben noch gestanden hatte, ins splitternde Eis.

Hord riss sie wieder heraus. »Gib mir die Nanuak!«, schrie er. »Ich muss sie dem Berg bringen!«

»Verschwinde!«

Das Eis am Rand der Klamm knirschte laut. Der Bär musste fast oben sein.

Hords ausgezehrtes Gesicht verzerrte sich vor Schmerzen. Torak konnte sich kaum vorstellen, wie er es geschafft hatte, ihm und Wolf durch den von dem Dämon heimgesuchten Wald zu folgen, dem Zorn des Geistes die Stirn zu bieten und den Pfad emporzuklettern.

»Gib mir die Nanuak!«, wiederholte Hord.

Wolf schob sich an ihn heran, von Kopf bis Schwanz ein einziges Knurren. Er war kein Welpe mehr, er war ein entschlossener junger Wolf, der seinen Rudelgefährten verteidigte.

Hord beachtete ihn überhaupt nicht. »Dann hole ich sie mir eben! Es ist alles *meine* Schuld! Deshalb muss *ich* dem Ganzen auch ein Ende machen!«

Plötzlich wurde Torak alles klar. »Du also! Du warst dabei, als der Bär erschaffen wurde. Du warst damals beim Rotwildclan zu Gast. Du hast dem verkrüppelten Seelenesser geholfen, den Dämon zu fangen.«

»Ich wusste nicht, was er vorhatte!«, protestierte Hord. »Er hat gesagt, er braucht einen Bären... Da hab ich ihm ein Bärenjunges gebracht. Ich hatte ja keine Ahnung, was er damit wollte!«

Dann geschah alles gleichzeitig. Hord hieb mit der Axt nach Toraks Kehle, Torak duckte sich, Wolf sprang Hord an und grub die Zähne in sein Handgelenk, Hord schrie auf und ließ die Axt fallen, drosch aber mit der freien Faust auf Wolfs ungeschützten Kopf ein.

»Nein!«, gellte Torak, zog sein Messer und stürzte sich seinerseits auf Hord. Hord packte Wolf am Nackenfell und schleuderte ihn an die Basaltwand, wirbelte dann herum und griff nach der Nanuak an Toraks Hals.

Torak wich zurück. Hord packte seine Beine und warf ihn rücklings aufs Eis. Noch im Fallen riss sich Torak den Beutel vom Hals und schleuderte ihn auf den Pfad, dorthin wo ihn Hord nicht erreichen konnte. Wolf schüttelte sich, kam wieder zu sich, machte einen großen Satz und schnappte sich den Beutel im Flug, kam dabei aber dem Abgrund gefährlich nah.

»Wolf!«, schrie Torak und wand sich unter Hord, der rittlings auf seiner Brust saß und auf seinen Armen kniete.

Wolfs scharrte verzweifelt mit den Hinterpfoten. Dicht unter ihm erscholl ein drohendes Knurren – dann teilte eine Bärenklaue die Luft, verfehlte Wolfs Pfoten nur knapp...

Mit letzter Anstrengung zog sich Wolf hoch und stand wieder auf allen vieren. Und dann beschloss er zum allerersten Mal, etwas *zurückzubringen*, das Torak weggeworfen hatte, und kam mit der Nanuak im Maul auf seinen Gefährten zugesprungen.

Hord streckte sich, um an den Beutel heranzukommen. Torak bekam eine Hand frei und hielt den Arm des Gegners fest. Wenn nur sein Messerarm nicht unter Hords Knie festgeklemmt wäre …

Ein übernatürliches Gebrüll erschütterte die Klamm. Voller Entsetzen sah Torak den Bären über der Böschung aufragen.

Und in jenem allerletzten Moment, als der Bär schon über ihnen war, als Wolf mit der Nanuak im Maul stehen blieb – in diesem allerletzten Augenblick, in dem Torak mit Hord rang, begriff er die wahre Bedeutung der Weissagung: *»Der Lauscher opfert dem Berg sein Herzblut.«*

Sein Herzblut.

Wolf.

Nein!, bäumte er sich stumm auf.

Aber er wusste, was er zu tun hatte. Laut rief er Wolf zu: »Bring's zum Berg! Wuff! Wuff! Wuff!«

Wolf heftete die goldenen Augen auf ihn.

»Wuff!«, keuchte Torak. Seine Augen brannten.

Wolf machte kehrt und rannte den Pfad hinauf.

Hord knurrte vor Zorn, wollte hinter ihm herstolpern, rutschte jedoch aus und kippte mit einem Aufschrei über die Böschung, dem Bären geradewegs in die weit geöffneten Tatzen.

Torak kam mühsam auf die Beine. Hord schrie immer noch. Torak musste ihm helfen.

Hoch oben ertönte ein ohrenbetäubendes Krachen.

Der ganze Pfad erbebte. Torak wurde auf die Knie geworfen.

Das Krachen schwoll zu einem knirschenden Brüllen an. Torak warf sich unter den Überhang und im nächsten Augenblick kam der rasende, tobende, todbringende Schnee herabgestürzt, riss Hord und den Bären mit und schleuderte sie heulend hinab in den Tod.

Der Weltgeist hatte Toraks Bitte erhört.

Das Letzte, was Torak sah, war Wolf, der mit der Nanuak im Maul unter dem donnernden Schnee hindurch auf den Berg zuraste. »Wolf!«, schrie er. Dann wurde alles weiß.

*

Torak nahm nicht wahr, wie lange er mit fest zusammengekniffenen Lidern in der Felsnische gekauert hatte.

Irgendwann wurde ihm bewusst, dass sich das Donnern in vereinzelte Echos aufgelöst hatte und dass auch die Echos immer schwächer wurden. Der Weltgeist zog sich wieder ins Gebirge zurück. Seine Schritte verklangen im Rieseln des fallenden Schnees…

Dann ein Flüstern…

Dann… Stille.

Torak öffnete die Augen.

Er konnte die andere Seite der Klamm erkennen, demnach war er nicht lebendig begraben. Der Weltgeist hatte den Überhang verschont und ihn am Leben gelassen.

Aber wo war Wolf?

Er stand auf und stolperte zum Pfad zurück. Es war nicht mehr ganz so eisig. Er sah die Berge durch einen Schleier fallenden Schnees. Der Grund der Schlucht war mit Eis- und Felsbrocken bedeckt, darunter begraben lagen Hord und der Bär.

Hord hatte seinen Ehrgeiz mit dem Leben bezahlt. Der Bär war nur noch eine leere Hülle, denn der Geist hatte den Dämon in die Andere Welt verbannt. Vielleicht hatten jetzt auch die eigenen Seelen des Bären ihren Frieden gefunden, nachdem sie so lange mit dem Dämon zusammengesperrt gewesen waren.

Torak hatte seinen Schwur gegenüber Fa eingelöst. Er hatte dem Weltgeist die Nanuak gebracht – und dafür hatte der Geist den Bären vernichtet.

Er wusste es, aber er konnte es nicht richtig fühlen. Das Einzige, was er fühlte, war der Schmerz in seiner Brust. Wo war Wolf? Hatte er den Berg noch erreicht, bevor der Schnee herabstürzte? Oder lag er ebenfalls unterm Eis begraben?

»Bitte mach, dass er lebt«, murmelte Torak. »Bitte. Ich will auch nie wieder um etwas bitten.«

Ein Windstoß zauste sein Haar, brachte aber keine Antwort.

Eine junge Krähe kam über die Berge geflogen, krächzte und tanzte voller Daseinsfreude am Himmel. Von Osten hörte man Hufe donnern. Torak wusste, was das bedeutete. Es hieß, dass die Rentiere aus dem Hochmoor herunterkamen. Der Große Wald erwachte wieder zum Leben.

Torak drehte sich um und sah, dass der Weg nach Süden offen war. Wenn er wollte, konnte er zu Renn, Fin-Kedinn und den Raben zurückkehren …

Doch dann … am anderen Ufer des Eisstroms, der den Weg versperrte, jenseits der Wolken, die den Berg des Weltgeistes einhüllten … heulte ein Wolf.

Es war nicht das hohe, unsichere Jaulen eines Welpen, sondern das klare, herzzerreißende Lied eines ausgewachsenen Tieres. Und doch war es unmissverständlich Wolfs Stimme. Der Schmerz in Toraks Brust riss sich los und brach sich Bahn.

Und während Torak noch dem Klang des Wolflieds lauschte, fielen andere Wolfsstimmen ein, verwoben sich damit und lösten sich wieder davon, ohne die eine klare, so lieb gewonnene Stimme je zu übertönen. Wolf war nicht allein.

Toraks Augen füllten sich mit Tränen. Jetzt hatte er es begriffen. Es war Wolfs Abschiedsgeheul. Er kam nicht mehr zurück.

Das Heulen verebbte. Torak senkte den Kopf. »Wenigstens ist er noch am Leben«, sagte er laut. »Nur darauf kommt es an. Er ist am Leben.«

Am liebsten hätte er eine Antwort geheult, hätte Wolf versichert, dass es nicht für immer war, dass er eines Tages einen Weg finden würde, wie sie wieder zusammen sein konnten. Aber er wusste nicht, wie er das ausdrücken sollte, denn die Wolfssprache kennt keine Zukunft.

Stattdessen sagte er es in seiner eigenen Sprache. Die verstand Wolf zwar nicht, aber schließlich gab er das Versprechen nicht nur ihm, sondern ebenso sich selbst.

»Eines Tages«, rief er und seine Stimme hallte durch die helle, klare Luft, »treffen wir uns wieder. Dann gehen wir beide wieder zusammen im Wald jagen. Zusammen...«

»Die Stimme versagte ihm den Dienst.

»Das verspreche ich dir. Dir, meinem Bruder, dem Wolf.«

Es kam keine Antwort, aber Torak hatte auch keine erwartet. Er hatte sein Versprechen kundgetan.

Er bückte sich und kühlte sein brennendes Gesicht mit einer Hand voll Schnee. Ein herrliches Gefühl. Er nahm noch eine Hand voll und rieb sich das Todeszeichen von der Stirn.

Dann drehte er sich um und machte sich auf den Weg, ging zurück in den Großen Wald.

Torak
Wanderer zwischen den Welten

Kapitel 1

Die Auerochsenkuh tauchte ganz plötzlich zwischen den Bäumen am anderen Flussufer auf.

Eben noch hatte Torak dort nur sonnengesprenkelte Weidenbäume gesehen, nun stand sie auf einmal da. Sie war größer als ein erwachsener Mann und mit den mächtigen geschwungenen Hörnern hätte sie einen Bären aufspießen können. Falls sie zum Angriff überging, sah es nicht gut für ihn aus.

Unglücklicherweise stand er auch noch in Windrichtung. Mit angehaltenem Atem beobachtete er, wie ihre stumpfe schwarze Schnauze zuckend seine Witterung aufnahm. Das Tier schnaubte und scharrte mit dem schweren Vorderhuf.

Dann erspähte Torak das Kalb, das aus dem Farn lugte, und ihm wurde ganz flau. Auerochsen sind gutmütige Geschöpfe – nur dann nicht, wenn sie Junge haben.

Torak zog sich geräuschlos zurück. Wenn er sie nicht erschreckte, ließ sie ihn vielleicht in Frieden.

Die Kuh schnaubte noch einmal und fuhr mit den Hörnern durchs Farnkraut. Dann schien sie einzusehen, dass

Torak ihr nichts tun wollte, und ließ sich im Schlamm nieder, um sich zu suhlen.

Torak atmete erleichtert aus.

Das Kalb stakste zu seiner Mutter hinüber, rutschte aus, blökte und fiel hin. Die Kuh hob den Kopf, stupste ihr Junges so lange mit der Nase an, bis es wieder auf den Beinen war, und ließ sich dann genüsslich zurücksinken.

Torak kauerte sich hinter einen Wacholderbusch und überlegte. Fin-Kedinn, der Anführer des Clans, hatte ihn losgeschickt, um ein Bündel Weidenrinde zu holen, das man zum Einweichen in den Fluss gelegt hatte, und ohne das Verlangte wollte er nicht ins Lager zurückkehren. Ebenso wenig wollte er von einem Auerochsen niedergetrampelt werden.

Er beschloss abzuwarten, bis sich die Tiere getrollt hatten.

Der Mond des Nie-Dunkel war eben angebrochen und die Hitze machte ihn ganz dösig. Vögel zwitscherten in den Baumkronen, von Südosten trug ein warmer, sanfter Wind den Duft von Lindenblüten heran. Nach einer Weile ging Toraks Herzschlag wieder ruhiger. Er lauschte den jungen Grünfinken, die in ihrem Nest im Haselgestrüpp nach Futter schrien. Er beobachtete eine Natter, die sich auf einem großen Stein sonnte. Er wollte sich nicht ablenken lassen, aber immer wieder kam ihm Wolf in den Sinn.

Damals, als Toraks Gefährte, war er noch ein tapsiger Welpe gewesen, der den Jungen hartnäckig um Preiselbeeren angebettelt hatte, aber inzwischen musste er fast ausgewachsen sein.

Du sollst doch nicht an Wolf denken!, schalt sich Torak ärgerlich. Er ist fort. Er kommt nicht zurück, nie mehr. Konzentrier dich gefälligst auf die Auerochsen, auf die Natter und …

Da sah er den Jäger.

Der Mann befand sich am selben Ufer wie Torak, etwa zwanzig Schritt flussabwärts. Die Auerochsenkuh konnte ihn nicht wittern. Er stand zu weit im Schatten, um sein Gesicht zu erkennen, aber er trug wie Torak ein ärmelloses Wams und knielange Beinleder, dazu leichte Rohlederstiefel. Im Gegensatz zu Torak hatte er einen Lederriemen mit einem Eberhauer um den Hals. Demnach gehörte er zum Eberclan.

Das hätte Torak eigentlich beruhigen müssen. Der Eberclan war mit dem Rabenclan, bei dem Torak die letzten sechs Monde verbracht hatte, gut befreundet. Aber der Mann benahm sich sehr sonderbar. Er bewegte sich schwankend und schwerfällig voran, sein Kopf schlenkerte hin und her *und er pirschte sich an die Auerochsenkuh an!* Im Gürtel trug er zwei Wurfäxte mit Schieferklingen, und Torak beobachtete ungläubig, wie er eine davon zückte.

War der Kerl verrückt geworden? Man ging nicht allein auf Auerochsenjagd! Auerochsen waren das größte und stärkste Wild im ganzen Wald. Wer es allein mit ihnen aufnahm, war so gut wie tot!

Das nichts ahnende Muttertier grunzte wohlig und grub sich, froh darüber, die lästigen Mücken los zu sein, noch tiefer in den Schlamm. Das Junge schnüffelte an einem Büschel Weidenröschen und wartete, dass seine Mutter die Lust an ihrem Schlammbad verlor.

Torak stand auf und warnte den Jäger mit eindringlichen Gesten: *Gefahr! Kehr um!*

Der Mann sah ihn nicht. Er holte mit dem muskulösen Arm aus, zielte und schleuderte die Axt.

Die Waffe zischte durch die Luft und grub sich eine Handbreit vor dem Kalb in den Boden.

Das Jungtier ergriff die Flucht. Die Mutter stieß ein zorniges Gebrüll aus, rappelte sich hoch und hob suchend die Schnauze, aber der Angreifer stand immer noch gegen die Windrichtung, weshalb sie ihn nicht wittern konnte.

Jetzt griff der Mann doch tatsächlich nach der anderen Axt!

»Nein!«, flüsterte Torak heiser. »Wenn du sie verwundest, bringt sie uns beide um!«

Der Jäger löste die Waffe vom Gürtel.

Torak überlegte fieberhaft. Wenn der andere traf, würde das mächtige Tier sie in seiner Raserei beide töten. Schreckte er die Kuh dagegen nur auf, würde sie es vielleicht bei einem Scheinangriff belassen und sich mit ihrem Kalb davonmachen. Das hieß, er musste sie rasch aufscheuchen, damit sie nicht getroffen wurde.

Torak holte tief Luft, sprang in die Höhe, wedelte mit den Armen und brüllte: »Hierher! Hierher!«

Er hatte Erfolg – zumindest, was das Aufscheuchen betraf. Die Kuh ging unter wütendem Gebrüll auf ihn los. Dort, wo sie eben noch gestanden hatte, bohrte sich die Axt in den Schlamm. Das Vieh platschte durch den Fluss auf Torak zu, der schleunigst hinter einer Eiche Deckung suchte.

Er schaffte es nicht mehr, auf den Baum zu klettern, denn schon hörte er das Tier grunzend die Uferböschung hochstampfen, spürte schon seinen heißen Atem ...

Im letzten Augenblick machte die Kuh mit zuckendem Schwanz kehrt und preschte in den Wald. Das Kalb galoppierte hinterdrein.

Die Stille war betäubend.

Torak lehnte sich Halt suchend an den Baum. Der Schweiß rann ihm übers Gesicht.

Der fremde Jäger stand schwankend und mit gesenktem Kopf da.

»Warum hast du das getan?«, keuchte Torak. »Wolltest du uns umbringen?«

Keine Antwort. Der Mann torkelte zum Fluss hinunter, sammelte seine Äxte auf, schob sie wieder in den Gürtel und kam zurückgewankt. Sein Gesicht konnte Torak immer noch nicht erkennen, doch das Messer mit der gezackten Schieferklinge und die kräftige Statur des anderen entgingen ihm nicht. Wenn es zum Kampf käme, würde er unterliegen. Schließlich war er noch ein Kind, nicht mal dreizehn Sommer alt.

Auf einmal suchte der Fremde an einer Buche Halt und übergab sich.

Torak vergaß alle Vorsicht und lief hin, um ihm beizustehen.

Der Mann kniete auf allen vieren und spie gelben Schleim. Dann machte er einen Buckel, ein krampfhafter Schauder überlief ihn und er würgte etwas Schwarzes, Glitschiges von der Größe einer Kinderfaust aus. Es sah aus wie… wie ein *Knäuel Haare*.

Ein Windstoß fuhr in das Geäst, ein Sonnenstrahl fiel auf das Gesicht des Fremden und Torak konnte ihn zum ersten Mal richtig sehen.

Dort, wo sich der Kranke ganze Büschel Kopf- und Barthaar ausgerissen hatte, waren wunde, nässende Stellen zurückgeblieben. Sein Gesicht war mit dicken Schorfkrusten übersät, die an die Wucherungen auf kranken Birken erinnerten. Als er die letzten Haarbüschel auswürgte, hörte man in seiner Kehle den Schleim rasseln. Er hockte sich auf die Fersen und kratzte sich den mit Pusteln bedeckten Arm.

Torak wich langsam zurück und tastete nach dem Clanabzeichen an seinem Wams, ein Streifen Wolfsfell. Was in aller Welt war dem Fremden zugestoßen?

Renn hätte es bestimmt gewusst. »Fieber bekommt man

am ehesten im Mittsommer«, hatte sie ihm einmal erklärt, »da können die krank machenden Würmer ungestört ihr Werk verrichten. Sie kommen in den weißen Nächten, in denen die Sonne nicht schlafen geht, aus den Sümpfen gekrochen.« Aber wenn das ein Fieber war, dann eines, das Torak nicht kannte.

Wie konnte er dem Mann bloß Linderung verschaffen? In seinem Medizinbeutel hatte er nur ein paar Huflattichblätter. »Warte, ich helfe dir«, sagte er mit bebender Stimme. »Ich habe ... Nein, nicht! Du tust dir ja weh!«

Doch der Mann kratzte immer weiter und bleckte dabei die Zähne, als sei der Juckreiz so unerträglich, dass ihm richtige Schmerzen lieber waren. Dann grub er die Nägel unvermittelt so tief in die Pusteln, dass es blutete.

»Nein, nicht!«, rief Torak.

Knurrend stürzte sich der Mann auf den Jungen und warf ihn zu Boden.

Torak blickte zu dem verschorften Gesicht auf, sah in ein trübes, eiterverklebtes Augenpaar. »Tu mir ... nichts«, keuchte er. »Ich ... heiße Torak. Ich ... gehöre zum Wolfsclan. Ich ...«

Der Mann beugte sich zu ihm herunter. *»Sie ... sie kommt«*, zischte er und hüllte den Jungen in seinen fauligen Atem.

Torak schluckte mühsam. »Wer ... wer denn?«

Das schwärenbedeckte Gesicht verzerrte sich furchtsam. »Merkst du's denn nicht?«, flüsterte der Mann. *»Sie kommt!* Bald holt sie uns alle!«

Er kam taumelnd wieder auf die Beine und blinzelte in die Sonne. Dann stürmte er durchs Unterholz davon, als wären ihm sämtliche Dämonen der Anderen Welt auf den Fersen.

Torak stützte sich keuchend auf den Ellbogen.

Die Vögel waren verstummt.

Der Wald schien entsetzt innezuhalten.

Torak stand auf. Der Wind drehte sich und blies jetzt unangenehm frisch von Osten. Die Bäume erschauerten. Sie tuschelten miteinander. Torak hätte gern gewusst, worüber sie sprachen. Aber im Grunde wusste er es, denn er spürte es genauso: Etwas fegte wie ein Windstoß durch den Wald.

Sie kommt.

Eine Krankheit.

Torak lief seinen Köcher und Bogen holen. Das Rindenbündel konnte warten. Er musste ins Lager zurück und die Raben warnen.

Kapitel 2

»Wo ist Fin-Kedinn?«, rief Torak, als er ins Rabenlager kam.

»Der ist im Nachbartal«, erwiderte ein kauender Mann, der damit beschäftigt war, Lachse auszunehmen. »Hartriegel für Pfeilschäfte sammeln.«

»Und wo ist Saeunn?«

»Die Schamanin befragt die Knochen«, erwiderte ein Mädchen, das Fischköpfe auf Sehnen fädelte. »Oben auf dem Felsen. Warte lieber, bis sie runterkommt.«

Torak knirschte vor Ungeduld mit den Zähnen. Hoch oben auf dem Hüterfelsen sah er die Rabenschamanin kauern, klein und zierlich wie ein Vogel beugte sie sich gebannt über die Knochen. Neben ihr spreizte der Clanhüter unbeholfen die schwarzen Schwingen und gab ein heiseres »Krah!« von sich.

Wem konnte er sonst noch davon erzählen?

Renn war auf der Jagd. Oslak, der ihn in seiner Hütte aufgenommen hatte, war nirgends zu sehen. Bei den Räuchergestellen entdeckte er Sialot und Poi, zwei Jungen seines Alters – aber den beiden hätte er sich am allerletzten anvertraut. Sie konnten ihn nicht leiden, weil er nicht zum Clan gehörte. Die anderen hatten alle Hände voll mit den Fischen zu tun und bestimmt kein Ohr für irgendwelche wüsten Geschichten über einen Kranken draußen im Wald. Als Torak sich so umsah, kam ihm das Erlebte selbst schon ganz unwirklich vor, so friedlich wirkte alles.

Die Raben hatten ihr Lager dort aufgeschlagen, wo das Breitwasser aus einer Schlucht geschossen kam, donnernd gegen den Felsen brandete und über die Stromschnellen davonschoss. Jeden Sommer kämpften sich die Lachse auf ihrer rätselhaften Wanderung vom Meer in die Berge die Stromschnellen hinauf. Der wütende Fluss schleuderte sie immer wieder zurück, doch sie gaben nicht auf, sprangen wie silbrige Pfeile durch die schäumenden Strudel, bis sie entweder an Entkräftung verendeten, glücklich das ruhigere Wasser oberhalb der Schlucht erreichten oder unterwegs von den Raben mit dem Fischspeer erlegt wurden.

Um sie zu fangen, hatte man Pfähle ins Flussbett gerammt und den Fluss mit einem aus Weidenruten geflochtenen Steg überbrückt, der gerade ein paar mit Speeren ausgerüstete Fischer zu tragen vermochte. Fische stechen war eine heikle Angelegenheit, und wer dabei ins Wasser fiel, riskierte mindestens, zum Krüppel zu werden, wenn nicht noch Schlimmeres, denn der Fluss kannte kein Erbarmen und die aus den Stromschnellen ragenden Felsen waren scharfkantig wie Raubtierzähne. Doch der Fang war heiß begehrt.

Die Hütten waren leer und verlassen. Alles drängte sich auf dem Räucherplatz und kümmerte sich um die Ausbeute des Tages, ehe sie verdarb. Männer, Frauen und Kinder schuppten Fische und nahmen sie aus, andere schnitten das rötliche Fleisch von den Gräten, ließen aber die Schwänze unversehrt, damit man die Lachse daran zum Räuchern aufhängen konnte. Sialot und Poi zerstampften Wacholderbeeren, die unter das geräucherte, zerkleinerte Fleisch gemischt wurden, um es haltbar zu machen … oder um den strengen Geschmack zu überdecken, falls es trotzdem schlecht wurde.

Man ließ nichts umkommen. Die Fischhaut wurde getrocknet und zu wasserdichten Zunderbeuteln verarbeitet, aus Augen und Gräten stellte man Leim her, Leber und Rogen ergaben eine köstliche Beigabe zum Nachtmahl und ein Teil davon wurde abgezweigt und dem Clanhüter und den Geistern der getöteten Lachse geopfert.

Überall im Wald hatten sich alle möglichen Clans an anderen Flüssen niedergelassen, um an der überreichen Beute teilzuhaben, Eber-, Weiden-, Otter- und Natternclan. Dort, wo keine Menschen lagerten, fanden sich andere Jäger ein: Bären, Luchse, Adler und Wölfe. Alle feierten sie den Zug der wandernden Lachse, der sie nach dem strengen Winter mit neuer Kraft versorgte.

So war es von allem Anfang an gewesen, Sommer für Sommer. Ein kranker Fremder würde daran wohl kaum etwas ändern.

Torak sah wieder das verschorfte Gesicht und die vereiterten Augen des Mannes vor sich.

Oslak trat aus der Hütte und Toraks Herz machte vor Erleichterung einen Satz. Oslak würde Rat wissen.

Zu seiner Verwunderung hörte Oslak kaum hin, als Torak lossprudelte. Er schien ganz darin vertieft, die Klinge seines Fischspeers mit einer neuen Sehne zu befestigen. »Du meinst also, der Mann gehörte zum Eberclan …«, brummte er stirnrunzelnd und kratzte sich den Handrücken. »Na, dann wird sich deren Schamane schon um ihn kümmern. Nimm!« Er warf Torak den Speer zu. »Geh runter zu den

Trittsteinen und zeig mal, wie du dich beim Lachsefangen anstellst.«

»Aber Oslak…«, protestierte Torak verwirrt.

»Na los, geh schon!«, blaffte Oslak.

Torak zuckte zusammen. Es sah Oslak gar nicht ähnlich, so ärgerlich zu werden. Eigentlich hatte er ihn überhaupt noch nie so erlebt. Oslak war ein hünenhafter, freundlicher Mann mit struppigem Bart. Sein Gesicht jagte einem auf den ersten Blick einen Schrecken ein, denn er hatte bei einer Meinungsverschiedenheit mit einem Vielfraß ein Ohr und ein Stück Wange eingebüßt. Es war typisch für ihn, dass er nicht dem Vielfraß die Schuld gab. »Ich war selber schuld«, erwiderte er auf Nachfragen. »Ich habe ihn gestört.«

So viel zu Oslak. Seine Gefährtin Vedna und er hatten Torak einen Platz in ihrer Hütte angeboten, als er zu den Raben gestoßen war, und waren immer freundlich zu ihm gewesen. Andererseits war Oslak der stärkste Mann der ganzen Sippe, darum sträubte sich Torak nicht länger und bückte sich nach dem Speer.

Dabei fiel sein Blick auf Oslaks Hand und er erschrak. Oslaks Handrücken war voller Pusteln.

»Was… was hast du da an der Hand?«

»Mückenstiche«, entgegnete der Hüne und kratzte sich heftig. »So üble hatte ich noch nie. Hab die ganze Nacht wach gelegen.«

»Es sieht gar nicht nach Mückenstichen aus. Tut… tut es weh?«

Oslak kratzte sich immer noch. »Komisch. Fühlt sich an, als ob meine Namensseele entweicht, aber das ist Einbildung, oder?« Er blinzelte, als schmerzte ihn das Licht in den Augen, und sah aus wie ein verängstigtes Kind.

Torak schluckte. »Ich glaube nicht, dass die Namensseele den Körper durch eine Wunde verlässt. Das geht nur durch den Mund, wenn man träumt… oder wenn man sich übergeben muss.« Er stockte. »Ist dir übel?«

»Übel? Wieso soll mir übel sein?« Ein Beben überlief den großen Mann. »Trotzdem wollen meine Seelen entweichen.«

Torak packte den Speer fester. »Ich hole Saeunn!«

Oslak machte ein finsteres Gesicht. »Ich brauche keine Saeunn! Geh jetzt!« Mit einem Mal war er ganz verändert. Er baute sich mit geballten Fäusten drohend vor Torak auf.

Dann schien er wieder zur Besinnung zu kommen. »Lass mich einfach in Ruhe, ja? Und jetzt ab. Thull wartet schon.«

»Ist gut«, erwiderte Torak mit gezwungener Gelassenheit.

Auf halbem Weg zum Fluss drehte er sich noch einmal um.

Oslak kratzte sich immer noch. »Sie entweicht!«, brummelte er. Als er zu seiner Hütte ging, sah Torak, dass er hinterm Ohr eine wunde Stelle hatte, wo er sich ein Büschel Haare ausgerissen hatte. Die Stelle war mit honiggelbem Schorf bedeckt.

Torak lief es eiskalt über den Rücken.

Er rannte zum Fluss hinunter, wo Oslaks jüngerer Bruder auf den Steinen hockte und sein Messer säuberte. »Thull!«, rief er, »ich glaube, Oslak ist krank!«

Atemlos erzählte er, was ihn beunruhigte, aber Thull blieb gleichmütig. »Das sind bloß Mückenstiche, Torak. Die hat er jeden Sommer, es macht ihn ganz verrückt.«

»Das waren keine Mücken.«

»Jedenfalls geht es ihm wieder gut.« Thull deutete auf den Weidensteg.

Tatsächlich, da kauerte Oslak und an seinem Speer zappelte ein Lachs.

Torak biss sich auf die Unterlippe und sah sich noch einmal um. Alles schien wie immer. Kinder spielten mit den glitzernden Fischschuppen, übermütige Halbstarke ärgerten die Hunde und zwickten sie in die Schwänze. Thulls Sohn, der fünf Sommer alte Dari, planschte im seichten Wasser und spielte mit dem Auerochsenfigürchen, das ihm Oslak aus einem Kiefernzapfen geschnitzt hatte.

Böses ahnend watete Torak mit seinem Speer ins Wasser.

Die Trittsteine waren vier flache Felsbrocken zwischen dem Steg und den Stromschnellen. Die Anfänger lernten darauf balancieren. Thull zeigte auf den ersten Stein, aber Torak kletterte vorsichtig bis zum vierten, der mitten im Fluss und ein Stück flussabwärts vom Steg und von Oslak lag. Wozu, war ihm selbst nicht klar, er hatte nur das Gefühl, Oslak im Auge behalten zu sollen.

»Du musst auf die Lachse achten«, rief Thull vom Ufer, »nicht darauf, wo du hintrittst!«

Leicht gesagt. Die algenbewachsenen Steine waren glitschig und um Toraks Füße strudelte grünliches Wasser. Ab und zu sah man einen Lachs silbern aufblitzen. Der lange, schwere Fischspeer erschwerte es noch, das Gleichgewicht zu halten. Am vorderen Ende war ein gegabeltes Rehgehörn angebracht, womit man die Fische aufspießen konnte – falls man welche erwischte. Das war Torak trotz mehrfacher Versuche noch nie gelungen. Als er noch mit seinem Vater umhergezogen war, hatte er immer mit Haken und Leine geangelt. Mit dem Speer stellte er sich so ungeschickt an wie ein sieben Sommer altes Kind, was ihm Sialot immer wieder hämisch unter die Nase rieb.

Er riss sich zusammen. Stach zu. Daneben. Wäre fast ausgerutscht.

»Lass sie erst vorbei, ehe du zustößt!«, brüllte Thull. »Hol sie dir, wenn die Strömung sie zurückwirft und sie müde sind!«

Torak unternahm einen zweiten Versuch. Wieder daneben.

Vom Räucherplatz ertönte schallendes Gelächter. Torak schoss das Blut ins Gesicht. Sialot amüsierte sich über ihn.

»Schon besser!«, rief Thull aufmunternd, aber nicht ganz ehrlich. »Versuch's weiter. Ich bin gleich wieder da.« Er ging zum Feuer, um Holz nachzulegen, und ließ den kleinen Dari allein im Flachen spielen, wo er seinem Auerochsen etwas vorsang.

Eine Weile war Torak ganz davon in Anspruch genommen, weder den Speer ins Wasser fallen zu lassen noch selbst hineinzuplumpsen, und er vergaß seine Befürchtungen. Bald war er klitschnass gespritzt. Der Fluss schäumte zornig. Unermüdlich warf er sich in hohen Wellen gegen den Stein, auf dem Torak balancierte.

Auf einmal ertönte vom Steg her ein Ausruf. Torak fuhr hoch – dann atmete er auf.

Oslak hatte noch einen Lachs gestochen. Er tötete den Fisch mit einem kräftigen Handkantenschlag, dann kniete er sich hin und löste ihn von der Speerspitze.

Er ist nicht krank, redete sich Torak ein.

Da sah er, dass sich Oslak wieder den Handrücken schubberte und anschließend an der Schorfkruste hinter seinem Ohr herumkratzte.

Der erlegte Lachs glitt ins Wasser zurück. Oslak bleckte die Zähne, rupfte den Schorf ab – und aß ihn auf.

Torak war so erschrocken, dass er beinahe den Halt verlor.

Eine Wolke schob sich vor die Sonne. Das Wasser wurde schwarz. Der getötete Lachs trieb an Torak vorbei und glotzte ihn mit stumpfen, leblosen Augen an.

Torak blickte zum Ufer.

Dari war verschwunden.

Noch ein Schrei.

Torak drehte sich um.

Der kleine Dari tapste über den Steg, und sein Onkel scheuchte ihn nicht etwa wieder ans Ufer, sondern lockte ihn zu sich!

»Komm zu mir, Dari!«, rief Oslak mit grässlich verzerrtem Gesicht und funkelnden Augen. »Komm zu mir! Ich lasse nicht zu, dass man uns unsere Seelen raubt!«

Kapitel 3

Die Raben am Ufer hatten von alldem nichts mitbekommen. Torak musste etwas unternehmen.

Er stand noch unschlüssig da, als er zwei Mitglieder des Clans aus dem Wald kommen sah.

Renn kam von Osten, in einer Hand ihren geliebten Bogen, in der anderen ein paar erlegte Ringeltauben.

Fin-Kedinn kam vom Fluss her, leicht hinkend auf seinen Stock gestützt, und über der Schulter ein Bündel Hartriegeläste.

Beide erfassten sofort, was vor sich ging, und setzten leise ihre Lasten ab.

Damit Oslak nicht auf sie aufmerksam wurde, rief Torak zu ihm hinüber: »Was ist los, Oslak? Sag's mir! Vielleicht kann ich dir helfen.«

»Mir kann keiner helfen!«, brüllte Oslak. »Meine Seelen entweichen. *Jemand isst sie auf!*«

Jetzt drehten sich auch die anderen Raben verwundert nach ihm um. Daris Mutter stieß einen Schrei aus und wollte losstürzen, aber Thull hielt sie zurück. Oslaks Gefährtin Vedna biss sich vor Entsetzen auf die Faust. Saeunn stand reglos hoch oben auf ihrem Felsen.

Inzwischen war Renn am Steg angekommen, den Fin-Kedinn trotz seines lahmen Beins als Erster erreicht hatte. Stumm gab er ihr seinen Stab zum Halten.

»Wer isst deine Seelen auf?«, wandte sich Torak abermals an Oslak.

»Die Fische!« Gelber Geifer troff von Oslaks Lippen. »Mit ihren Zähnen! Ihren scharfen Zähnen!« Er zeigte ins Wasser, wo die Lachse mit ihren Sprüngen seine Namensseele kräuselten.

Torak bekam es mit der Angst zu tun. So verhielt sich die Namensseele immer, wenn man sich über einen Fluss beugte, und es schadete nichts – außer wenn einem übel war! Dann konnte einem so schwindlig werden, dass man ins Wasser fiel.

»Bald ist sie fort«, jammerte Oslak, »und ich bin nur noch ein Geist! Komm, Dari! Der Fluss ruft uns!«

Erst zögerte der Kleine, dann drückte er sein Spielzeug an sich und tapste weiter.

Torak schielte zu Fin-Kedinn hinüber.

Der Anführer verzog keine Miene, suchte nur Toraks Blick und legte den Finger auf den Mund. *Du stehst zwischen den beiden und den Stromschnellen, du fängst sie ab.*

Torak nickte und sammelte Kraft. Seine Füße waren im eisigen Wasser taub geworden. Seine Arme zitterten.

Jetzt war Dari bei Oslak angekommen. Der Hüne warf seinen Speer weg und hob den Kleinen hoch. Der Steg hing bedenklich durch.

»Oslak!«, rief Fin-Kedinn ihn an. Er sprach nicht besonders laut, aber er machte sich trotz der tosenden Stromschnellen verständlich. »Komm wieder ans Ufer.«

»Geh weg!«, brüllte Oslak.

Entsetzt sah Torak, dass Oslak ein Rindenseil um die beiden Pfähle am Ende des Stegs geschlungen hatte. Ein kräftiger Ruck und das ganze Gebilde würde in sich zusammenfallen und ihn und Dari mit sich reißen.

Torak hielt es nicht mehr aus. »Ich bin's, Oslak, Torak! Tu's nicht!«

Oslak fuhr herum. »Willst *du* mir etwa sagen, was ich zu tun habe? Du gehörst nicht zu uns. Du bist ein Kuckuckskind! Du futterst uns das Essen weg, machst dich in meiner Hütte breit! Du glaubst wohl, ich hätte nicht gemerkt, dass du dich heimlich in den Wald schleichst und nach deinem Wolf heulst! Wir haben's alle gehört. Finde dich endlich damit ab – der kommt nicht mehr zurück!«

Renn zuckte stellvertretend für Torak zusammen, doch der Junge ging nicht auf die Kränkung ein, denn er sah, was Oslak nicht sehen konnte: Fin-Kedinn erklomm humpelnd den Steg.

Oslak geriet ins Schwanken und mit ihm die ganze Konstruktion.

Dari verzog den Mund und heulte los.

Fin-Kedinn hielt sich aufrecht. »Oslak!«

Oslak wich schlingernd zurück. »Lass mich in Ruhe!«

Fin-Kedinn hob beschwichtigend die Hände, dann hockte er sich mit gekreuzten Beinen hin. Vom Ufer aus sah die Sippe in gespanntem Schweigen zu. Es waren ganze sechs Schritt bis dorthin, und wenn Oslak am Seil zog, brach der Steg zusammen, aber der Anführer der Raben wirkte so gelassen, als säße er am Langfeuer. »Wie du weißt, hat mich die Sippe zum Anführer bestimmt, damit ich Acht gebe, dass keinem von uns etwas zustößt…«, hob er an.

Oslak fuhr sich mit der Zunge über die Lippen.

»Nichts anderes habe ich vor«, fuhr Fin-Kedinn fort. »Ich gebe Acht, dass dir nichts zustößt. Aber vorher musst du Dari absetzen. Gib ihn mir. Ich bringe ihn seiner Mutter.«

Oslaks Gesicht war ganz eingefallen.

»Lass ihn herunter«, wiederholte Fin-Kedinn. »Er braucht sein Nachtmahl.«

Kraft seiner Stimme bezwang er den anderen. Behutsam löste Oslak die Ärmchen des Kleinen von seinem Hals und setzte ihn ab.

Dari blickte noch einmal, wie um Erlaubnis bittend, zu ihm auf, dann ließ er ihn stehen und krabbelte zu Fin-Kedinn hinüber.

Der Anführer verlagerte sein Gewicht auf ein Knie und streckte die Arme aus.

Das geschnitzte Spielzeug entfiel Daris Faust und plumpste ins Wasser. Der Kleine kreischte auf und griff danach. Fin-Kedinn packte ihn am Wams und riss ihn an sich.

Die Zuschauer am Ufer atmeten auf.

Torak hatte weiche Knie. Er beobachtete, wie der Anführer aufstand und im Seitwärtsgang mit dem Kind den Steg verließ.

Im seichten Wasser packte Thull seinen Sohn und drückte ihn an die Brust.

Oslak stand wie ein verdutzter Auerochse da. Er blickte ins schäumende Wasser und das Seil glitt ihm aus der Hand. Fin-Kedinn ging zu ihm zurück, fasste ihn bei den Schultern und sprach so leise auf ihn ein, dass die anderen nichts verstehen konnten. Oslak ließ sich mit hängenden Schultern widerstandslos ans Ufer führen, wo ihn die Männer packten und zu Boden zwangen. Er machte einen verwirrten Eindruck, als wüsste er nicht, wie ihm geschah.

Torak balancierte zurück ins Flache und ließ seinen Speer in den Ufersand fallen. Er zitterte.

»Alles in Ordnung mit dir?«, erkundigte sich Renn. Ihr

dunkles Haar war feucht von Gischt, und sie war so blass, dass sich die drei Streifen ihrer Clantätowierung überdeutlich von ihren Wangen abhoben.

Obwohl er wusste, dass sie ihn durchschaute, nickte Torak.

Weiter oben am Ufer beriet sich Fin-Kedinn mit Saeunn, die von ihrem Felsen herabgekommen war. »Was hat er bloß?«, fragte er die Schamanin, als sich die übrigen Sippenmitglieder um sie geschart hatten.

Die Alte wiegte den Kopf. »Seine Seelen kämpfen miteinander.«

»Heißt das, er ist wahnsinnig?«

»Möglich, aber dann ist es eine Art Wahnsinn, die mir unbekannt ist.«

»Mir nicht«, warf Torak ein und erzählte von seiner Begegnung mit dem Jäger vom Eberclan.

Die Miene der Schamanin wurde immer finsterer. Sie war viele Winter älter als die anderen und vom Alter gezeichnet. Ihr kahler Schädel war gelblich wie vergilbter Knochen, ihre Züge so scharf, dass sie eher einem Raben glich als einer Frau. »Ich hab's aus den Knochen gelesen«, krächzte sie. »Eine Botschaft: ›Sie kommt.‹«

»Ich habe auch etwas zu berichten«, meldete sich Renn zu Wort. »Vorhin bin ich einem Trupp Jäger vom Weidenclan begegnet. Der eine war krank. Er hatte Ausschlag. Er war wahnsinnig und hatte schreckliche Angst.« Ihre Augen waren schwarz wie Moortümpel, als sie Saeunn eindringlich anblickte. »Der Weidenschamane lässt dir ausrichten, er hätte ebenfalls aus den Knochen gelesen, und sie hätten ihm drei Tage hintereinander immer wieder das Gleiche erzählt: ›Sie kommt.‹«

Die Umstehenden machten das Zeichen gegen das Böse. Manche fassten nach ihrem Clanabzeichen, das schwarz glänzende Federbüschel, das an ihre Wämser genäht war.

Ein tüchtiger junger Jäger namens Ethan trat vor. »Bera ist drüben auf dem Hügel geblieben, nach den Fallen schauen«, meldete er bestürzt. »Sie hatte Pusteln auf der Hand, genau wie Oslak. Ich hätte sie wohl lieber nicht allein lassen sollen?«

Fin-Kedinn schüttelte den Kopf. Er strich sich mit undurchdringlicher Miene den roten Bart, aber Torak spürte, dass er angestrengt nachdachte.

Rasch erteilte er seine Befehle. »Thull, Ethan! Ihr beide nehmt noch ein paar Männer mit und baut im Lindenwäldchen eine Hütte, so weit weg, dass man sie von hier aus nicht sieht. Dort bringt ihr Oslak hin und bewacht ihn. Vedna, du musst dich von ihm fern halten. Tut mir Leid, aber es geht nicht anders.« Mit funkelnden blauen Augen wechselte er einen Blick mit Saeunn. »Eine Heilzeremonie. Um Mitternacht. Finde heraus, wo die Krankheit herkommt.«

Kapitel 4

Die Gehilfin der Schamanin nahm eine Kelle aus Auerochsenhorn, füllte sie mit glühender Asche und kippte sich die qualmende Glut in die bloße Hand.

Torak schnappte nach Luft.

Die Gehilfin zuckte nicht mit der Wimper.

Zu ihren Füßen wand sich Oslak am Boden, aber die Fesseln hielten seinem Sträuben stand. Für den abschließenden Zauber hatte man ihn auf eine Trage aus Pferdefell gebunden. Bera hatte die ganze Zeremonie schon hinter sich und war in die Krankenhütte zurückgebracht worden. Sie schrie und heulte und war noch kränker als zuvor.

Die Rabenschamanin und ihre Gehilfin hatten nichts unversucht gelassen. Die Alte hatte den beiden Kranken die Zunge mit Erdblut beschmiert, um den Wahnsinn herauszuziehen. Sie hatte ihnen Angelhaken an die Finger gebunden und sich in Trance versetzt, um die entwichenen Seelen wieder einzufangen. Sie hatte die beiden in den dicken Qualm eines Wacholderfeuers gesetzt, um die krank machenden Würmer zu vertreiben. Nichts hatte geholfen.

Als sie nun den allerletzten Zauber vorbereitete, verstummten die Zuschauer. Der Feuerschein flackerte über ihre bangen Gesichter.

Es war eine warme, klare Nacht. Der Mond stand hoch und fast voll über dem Wald. Der Wind hatte sich gelegt, doch die Luft war voller Geräusche: Die Räuchergestelle knarrten, in der Schlucht krächzten die Raben, die Stromschnellen tosten.

Die Schamanin trat an die Trage und reckte die hageren Arme zum Mond. Mit einer Hand umklammerte sie ihr Amulett, in der anderen hielt sie einen Pfeil mit roter Feuersteinspitze.

Torak schielte zu der Gehilfin hinüber, doch deren Gesicht war eine ausdruckslose Lehmmaske. Sie sah überhaupt nicht mehr wie Renn aus.

»Reinige seine Namensseele, o Feuer«, sang Saeunn und umschritt die Trage.

Renn hockte sich neben Oslak und ließ heiße Asche auf seine Füße rieseln. Stöhnend biss er sich auf die Lippen, bis sie bluteten.

»Reinige seine Namensseele, o Feuer.«

Renn schüttete dem Kranken Asche auf die Brust.

»Reinige seine Namensseele, o Feuer.«

Renn beschmierte Oslak die Stirn mit Asche.

»Verzehre die Krankheit …«

Oslak stieß ein Wutgeheul aus und bespie die Schamanin mit blutigem Speichel.

Ein bestürztes Raunen ging durch die Sippe. Der Zauber wollte nicht wirken.

Torak hielt den Atem an. Der Wald hinter ihm wurde ganz still. Vor lauter Neugier, wie die Zeremonie ausgehen mochte, raschelten nicht einmal mehr die Erlen mit den Zweigen.

Jetzt zog Saeunn mit dem Pfeil eine Spirale auf Oslaks Brust. *»Komm heraus, o Krankheit«*, sang sie heiser. *»Aus dem Mark in die Knochen, aus den Knochen ins Fleisch …«*

Torak krümmte sich und hielt sich den Magen. Beim Gesang der Schamanin verspürte er plötzlich einen stechenden Schmerz im Leib.

Die Alte zog bedächtig ihre Spirale über Oslaks Herzgegend. *»Vom Fleisch in die Haut, von der Haut in den Pfeil …«*

Noch ein schmerzhafter Stich, als bohrten sich ihm ihre Worte ins Gedärm. Werde ich auch krank?, schoss es ihm durch den Kopf. Fängt es so an?

Eine schwere Hand legte sich ihm auf die Schulter. Fin-Kedinn war neben ihn getreten. Auch er beobachtete die Schamanin.

»Vom Pfeil …«, Saeunn erhob sich, *»ins Feuer!«* Sie warf den Pfeil in die Glut.

Grüne Flammen loderten auf.

Oslak schrie auf.

Die Zuschauer sogen scharf die Luft durch die Zähne.

Saeunn ließ die Arme sinken.

Der Zauber war missglückt.

Torak hielt sich den Bauch und kämpfte gegen den Schwindel an.

Auf einmal flog ein schwarzer Schatten in den Lichtkreis des Feuers. Es war der Clanhüter und er flatterte geradewegs auf Torak los. Der Junge wollte sich ducken, aber Fin-Kedinn hielt ihn fest. Dicht vor Torak machte der Rabe kehrt. Er war erzürnt, jemand wollte seiner Sippe Böses. Torak hatte keine Ahnung, warum er ausgerechnet zu ihm geflogen war.

Er suchte Renns Blick, doch sie kniete neben Oslak und betrachtete die Spuren, die der sich Wehrende in den Staub gescharrt hatte.

Torak entwand sich dem Griff des Anführers und lief davon, an den Wachen vorbei, aus dem Lager in den Wald.

Auf einer mondbeschienenen Lichtung brach er unter einer Esche zusammen. Wieder wurde ihm schwindlig. Er krümmte sich und übergab sich.

*

Ein Eulenschrei.

Torak hob den Kopf und starrte zu den Sternen empor, deren kalter Schein durch das Laubdach der Esche fiel. Das Gesicht in den Händen vergraben, ließ er sich auf den Boden sinken.

Schwindlig war ihm nicht mehr, aber er zitterte immer noch. Er hatte Angst und fühlte sich allein. Nicht einmal Renn konnte er sich anvertrauen. Sie war zwar seine Freundin, aber sie war auch die Gehilfin der Schamanin. Sie durfte nichts davon erfahren. Niemand durfte etwas davon erfahren. Wenn er tatsächlich krank war, wollte er lieber einsam und allein im Wald sterben, als auf eine Trage gefesselt.

Ihm kam ein schrecklicher Verdacht. *»Jemand isst meine Seelen auf«*, hatte Oslak gebrüllt. Hatte er irre geredet oder war an seiner Behauptung etwas Wahres?

Torak schloss die Augen und lauschte, um sich abzulenken, den nächtlichen Geräuschen um sich herum. Eine Amsel schmetterte ihr Lied, im Unterholz schrien hungrige Rotkehlenjungen.

Von klein auf war Torak mit seinem Vater durch Hügel und Täler geschweift und hatte sich von allen Sippen fern gehalten. Seine Gefährten waren die Geschöpfe des Waldes gewesen. Andere Menschen hatte er nie vermisst. Bei den Raben zu leben, fiel ihm schwer. So viele Menschen, man war nur selten allein. Er gehörte nicht dazu. Sie lebten so ganz anders als seinerzeit Fa und er.

Außerdem sehnte er sich verzweifelt nach Wolf.

Er hatte den Welpen nach Fas Tod gefunden. Zwei Monde waren sie gemeinsam auf die Jagd gegangen und hatten schrecklichen Gefahren getrotzt. Manchmal hatte sich Wolf wie ein ganz gewöhnlicher Welpe benommen, war Torak andauernd vor die Füße gelaufen und hatte überall seine feuchte Nase hineingesteckt. Manchmal jedoch war er ihr Anführer gewesen, und sein rätselhafter bernsteinfarbener Blick besagte, dass er genau wusste, was er tat. Doch vor allem war er Toraks Rudelgefährte. Sein Verlust schmerzte den Jungen sehr.

Er hatte schon oft erwogen, sich auf die Suche nach ihm zu machen, aber im Grunde seines Herzens war ihm klar, dass er den Berg nicht wieder finden würde. Wie es Renn in ihrer nüchternen Art ausdrückte: »Der letzte Winter war etwas Besonderes. Aber jetzt? Ich glaube nicht dran, Torak.«

»Ja, ich weiß«, erwiderte er dann immer, »aber ich heule trotzdem. Vielleicht findet Wolf ja mich.«

Doch sechs Monde waren vergangen und Wolf hatte nicht zu ihm zurückgefunden. Torak hatte sich einzureden versucht, das sei in Wahrheit ein gutes Zeichen, denn dann sei Wolf bei seinem neuen Rudel glücklich, aber aus irgendeinem Grund schmerzte ihn diese Vorstellung am allermeisten. Hatte Wolf ihn denn ganz vergessen?

Der Wind trug leise, ferne Stimmen heran.

Torak setzte sich auf.

Ein Rudel Wölfe. Freudengeheul nach einer geglückten Jagd.

Torak vergaß, dass ihm schwindlig war, er vergaß alles um sich herum, als ihn das Lied der Wölfe wie eine Welle überflutete. Er hörte die tiefen, kräftigen Stimmen der Leitwölfe heraus, das gedämpftere Geheul der übrigen Rudelmitglieder, das sich respektvoll damit verwob, und das winselnde Jaulen der Welpen, die mitzuhalten versuchten. Doch die ganz besondere Stimme, nach der er solche Sehnsucht hatte, war nicht dabei.

Nicht dass er damit gerechnet hätte. Wolf – *sein* Wolf – war mit seinem Rudel weiter nördlich unterwegs. Das Geheul dagegen, das er eben vernahm, kam von Osten, von den Hügeln am Rand des Großen Waldes.

Trotzdem wollte er einen Versuch unternehmen. Er schloss wieder die Augen, wölbte die Hände um den Mund und heulte einen Gruß.

Sofort änderte sich der Klang des fremden Geheuls.

Wo jagst du, einsamer Wolf?, heulte die Leitwölfin in scharfem Befehlston.

Viele Sprünge fern von euch, gab Torak zur Antwort. *Sag mir – herrscht Krankheit in eurem Revier?*

Unser Revier ist ein gutes Revier!, lautete die gekränkte Erwiderung. *Das beste im ganzen Wald!*

Torak hatte schon geahnt, dass die fremden Wölfe nicht begreifen würden, was er mit seiner Frage meinte. Er beherrschte die Wolfssprache nicht besonders gut und hatte Schwierigkeiten, sich darin auszudrücken. Wolf hätte ihn trotzdem verstanden, dachte er, und es gab ihm einen Stich.

Das Wolfslied verstummte jäh.

Torak schlug die Augen auf und sah sich auf der mondbeschienenen, von dunklem Farn und geisterhaft weiß blühenden Spiersträuchern umstandenen Lichtung um. Ihm war, als sei er aus einem Traum erwacht.

Leise Flügelschläge. Ein Kuckuck ließ sich auf dem Baumstumpf neben ihm nieder und sah ihn aus gelben Augen eindringlich an.

Oslaks zornige Anklage fiel ihm wieder ein. *Du gehörst nicht zu uns! Du bist ein Kuckuckskind!* Auch da hatte der

Wahnsinn aus ihm gesprochen und doch war etwas Wahres daran. Der Kuckuck kreischte und flog davon. Etwas hatte ihn erschreckt.

Torak stand geräuschlos auf und legte die Hand ans Heft seines Messers.

Der Mond schien hell, die Lichtung war leer.

Ein Stück weiter östlich mündete ein Bach in das Breitwasser. Torak untersuchte das Ufer auf Spuren. Nichts. Keine Haarbüschel im Gestrüpp, keine zurückgebogenen Zweige.

Und doch war jemand da, das spürte er.

Er reckte den Hals und spähte in die Birkenkrone über seinem Kopf.

Dort hockte etwas und schielte feindselig zu ihm herunter. Klein. Bösartig. Haare wie welkes Gras und ein Blättergesicht. Ein Windstoß bewegte die Zweige und schon war es wieder verschwunden.

*

So traf Renn ihn an: Den Kopf in den Nacken gelegt und das Messer gezückt, stand er wie angewurzelt da.

»Was ist?«, fragte sie. »Warum bist du weggelaufen? Bist du… hast du was Falsches gegessen?« Vor dem Wort »krank« schreckte sie zurück.

»Es geht mir gut«, erwiderte Torak, was ganz offensichtlich gelogen war. Mit bebender Hand schob er das Messer wieder in den Gürtel.

»Du bist aber ganz blass um die Nase.«

»Es geht mir gut.«

Torak setzte sich unter dem Baum auf den Boden und Renn warf rasch einen Blick auf seine Hände, konnte aber keine Pusteln entdecken. »Hast du vielleicht einen ungenießbaren Pilz gegessen?«, hakte sie mit mühsam verhohlener Erleichterung nach.

Er ging nicht darauf ein. »Das Verborgene Volk«, fragte er unvermittelt, »wie sieht es eigentlich aus?«

»Was? Das weißt du doch genauso gut wie ich. Sie sehen aus wie unsereins, nur wenn sie einem den Rücken zukehren, sieht man, dass sie ganz morsch und hohl sind …«

»Und im Gesicht? Wie sehen sie im Gesicht aus?«

»Sag ich doch, wie unsereins! Warum? Wieso fragst du?«

Torak schüttelte den Kopf. »Ich dachte schon, ich hätte da etwas gesehen. Ich dachte … vielleicht ist ja das Verborgene Volk an dieser Krankheit schuld.«

»Das glaube ich nicht.« Renn wagte nicht, ihrem Freund anzuvertrauen, was sie bei der Heilzeremonie erkannt hatte. Das wäre ungerecht. Nach all den Strapazen, die er vergangenen Winter auf sich genommen hatte …

Sie riss sich zusammen, ging zum Fluss hinunter und wusch sich den Lehm erst vom Gesicht und dann von den Händen, wo eine dicke Kruste verhindert hatte, dass sie sich an der heißen Asche verbrannte. Dann rupfte sie für Torak ein Büschel feuchtes Moos aus. »Leg dir das auf die Stirn, dann geht's dir besser.« Sie hockte sich neben Torak ins Farnkraut, holte ein paar Haselnüsse aus ihrem Vorratsbeutel und knackte sie mit einem Stein. Als sie Torak eine Nuss anbot, lehnte er ab. Sie spürte, dass er genau wie sie davor zurückscheute, über die Krankheit zu sprechen, aber beide konnten an nichts anderes mehr denken.

Torak erkundigte sich, wie sie ihn gefunden habe.

»Ich kann vielleicht keine Wolfssprache, aber dein Geheul erkenne ich überall«, schnaubte sie und zögerte. »Hast du immer noch nichts von ihm gehört?«

»Nein«, war die schroffe Antwort.

Sie aß noch eine Nuss.

»Die Heilzeremonie«, fragte jetzt Torak, »die hat nicht gewirkt, stimmt's?«

»Die Krankheit hat sich eher noch verschlimmert. Oslak und Bera sind überzeugt, dass ihnen die ganze Sippe übel will.« Sie runzelte die Stirn. »Saeunn meint, in ferner Vergangenheit, vor der Großen Flut, hätte es solche Krankheiten gegeben. Damals wurden ganze Sippen davon ausgerottet, der Rehclan, der Biberclan. Saeunn sagt, falls man damals irgendwelche Heiltränke gekannt hat, sind sie in Vergessenheit geraten. Sie meint... die Ursache der Krankheit sei Angst, und die Angst wächst immer weiter, wie Blätter am Baum.«

»Wie Blätter am Baum«, wiederholte Torak leise. Er hob einen Ast auf und schälte die Rinde ab. »Und woher kommt die Angst?«

Renn konnte sich nicht länger beherrschen, sie musste es ihm einfach erzählen. »Erinnerst du dich noch, was Oslak vorhin behauptet hat?«, begann sie widerstrebend.

Torak krallte die Finger um den Stock. »Darüber habe ich auch schon nachgedacht. ›Jemand isst meine Seelen auf...‹, hat er gerufen.« Er schluckte. »Die Seelenesser.«

Der Vogelgesang erstarb. Die Bäume regten sich nicht mehr.

»Glaubst du, das ist der Grund?«, fragte Torak. »Glaubst du, die Krankheit hat mit den Seelenessern zu tun?«

»Könnte sein. Und was glaubst du?«

Torak sprang auf, wanderte auf und ab und stocherte mit dem Ast im Farn. »Ich weiß nicht. Ich weiß ja nicht mal, wer die Seelenesser eigentlich sind!«

»Torak...«

»Ich weiß *bloß*«, fuhr er in jäh aufwallendem Zorn fort, »dass es irgendwelche Schamanen sind, die sich vom Bösen verführen ließen. Ich weiß *bloß*, dass mein Vater mit ihnen verfeindet war... auch wenn er mit mir nie darüber gesprochen hat.« Er hieb auf die Farnwedel ein. »Ich weiß *bloß*, dass sie irgendwie ihre Macht eingebüßt haben und dass inzwischen alle glauben, es gäbe sie nicht mehr, aber das ist ein Irrtum. Und letzten Sommer …«, ihm versagte fast die Stimme, »… letzten Sommer hat ein verkrüppelter Seelenesser den Bären erschaffen, der meinen Fa getötet hat.«

Wütend bohrte er den Ast in die Erde, dann schleuderte er ihn weg. »Aber vielleicht irrst du dich ja, Renn, vielleicht haben sie nichts …«

»Nein, Torak, hör zu. Oslak hat ein Zeichen in den Staub gescharrt. Einen dreizackigen Spieß, womit man Seelen fängt. Das Zeichen der Seelenesser.«

Kapitel 5

Die Seelenesser.

Ihr Schicksal war mit seinem verknüpft und doch wusste Torak kaum etwas über sie. Nur dass es sieben an der Zahl waren, alle von verschiedenen Clans, alle von Machtgier zerfressen.

Unten am Fluss schrie eine Fuchsfähe. In Oslaks Hütte wälzte sich Vedna auf ihrem Lager und sorgte sich um ihren Gefährten. Torak lag in seinem Schlafsack und grübelte über das Böse nach, das die Sippen mit einer verheerenden Krankheit schlagen konnte.

Um sich den Wald zu unterwerfen …

Nein, das war unmöglich. Niemand konnte sich die Bäume unterwerfen oder das Wild hindern, dem uralten Gesetz des Mondes zu gehorchen. Niemand konnte den Jägern befehlen, wo sie jagen sollten.

Als er schließlich einschlief, quälten ihn Albträume. Er kauerte im Dunkeln auf einem Hügel und war vor Angst wie erstarrt, als er einen gesichtslosen Seelenesser auf sich zukriechen sah. Er wich zurück und streifte etwas Schuppiges,

Weiches, sich Windendes, das nach ihm schnappte. Er wollte wegrennen. Feuchtkalte Baumwurzeln schlangen sich um seine Knöchel und ein geflügelter Schatten stieß mit klatschenden Schwingen auf ihn herab. Die Seelenesser waren hinter ihm her und er spürte ihre Bosheit wie sengenden Feuerhauch …

Er wachte auf.

Es dämmerte. Der Atem des Waldes hüllte die Bäume in Dunst. Er wusste, was er zu tun hatte.

»Geht es Oslak besser?«, wandte er sich an Vedna, ehe er ins Freie trat.

»Nein.« Sie hatte rot geränderte Augen, aber ihr trotziger Blick verbat sich jedes Mitgefühl.

»Ich muss Fin-Kedinn sprechen. Weißt du, wo er ist?«

»Er ist zum Fluss hinuntergegangen. Stör ihn lieber nicht.«

Torak verließ die Hütte.

Das Lager war schon auf den Beinen. Auf dem Steg hockten mit Speeren bewaffnete Männer und Frauen, andere schürten das Feuer für das Tagmahl. Von fern hörte man mit *Klack! Klack!* Stein auf Stein schlagen. Alle lenkten sich ab, um nicht an Oslak und Bera denken zu müssen, die gefesselt in der Krankenhütte lagen.

Torak folgte dem Lauf des Breitwassers, vorbei an den Stromschnellen und um die Biegung, bis er das Lager aus den Augen verlor. Hier war die Strömung nicht mehr so reißend, die Lachse glitten wie silbrige Pfeile durch das tiefe grüne Wasser.

Fin-Kedinn saß auf einem Uferfelsen und fertigte ein Messer an. Vor ihm lag das Werkzeug ausgebreitet: Schlagsteine, Meißel und ein Rindenbecher mit gekochtem Kiefernblut. Im Moos wartete ein Häufchen nadelspitze Steinsplitter.

Torak bekam Herzklopfen. Er bewunderte den Anführer der Raben, aber er fürchtete sich auch vor ihm. Fin-Kedinn hatte ihn nach Fas Tod bei der Sippe aufgenommen, ihm aber nie angeboten, sein Ziehsohn zu werden. Er wahrte immer eine gewisse Zurückhaltung, als wollte er Torak ganz bewusst nicht zu nah an sich heranlassen.

Torak trat mit entschlossen geballten Fäusten vor ihn hin. »Ich muss mit dir sprechen.«

»Sprich!«, erwiderte Fin-Kedinn, ohne aufzublicken.

Torak schluckte. »Die Seelenesser… Von ihnen kommt die Krankheit. Ich bin ausersehen, sie zu bekämpfen, und will meiner Bestimmung folgen.«

Fin-Kedinn betrachtete gedankenvoll einen faustgroßen, runden braunen Stein, eine Meerknolle, die man im Wald nur selten fand. Die Raben verwendeten für die Waffenherstellung vorwiegend Schiefer, Horn und Knochen, denn Feuersteine wie solche Meerknollen gab es nur an der Küste, wo man sie bei den Meerclans gegen Geweihe und Fischhäute eintauschen konnte.

Torak unternahm noch einen Versuch. »Ich muss sie aufhalten. Damit es aufhört!«

»Und wie willst du das anstellen?«, gab Fin-Kedinn zurück. »Du weißt ja nicht einmal, wo sie sich versteckt halten, keiner weiß das.« Er beklopfte die Meerknolle prüfend mit dem Schlagstein, um zu hören, ob der Feuerstein irgendwelche Sprünge hatte.

Torak zuckte zusammen. Das *Klack! Klack!* weckte schmerzliche Erinnerungen. Er sah vor sich, wie Fa am Feuer saß und Feuersteine bearbeitete. Damals hatte er sich so geborgen gefühlt… Wie man sich irren konnte!

»Renn hat mir erzählt, dass es früher ähnlich schreckliche Krankheiten gegeben hat… und auch Mittel dagegen. Da könnte es doch sein…«

»Eben das habe ich die ganze Nacht herauszufinden versucht«, erwiderte Fin-Kedinn. »Es heißt, ein Schamane im Großen Wald wüsste einen Heiltrank.«

»Wer ist es?« Torak war ganz aufgeregt. »Wir müssen uns den Trank beschaffen!«

Fin-Kedinn versetzte der Meerknolle einen kräftigen Schlag und spaltete sie säuberlich in zwei Hälften. Auf der Innenseite war der Feuerstein kräftig honigfarben mit roten Adern. »Nicht so hastig«, tadelte der Ältere. »So etwas will gut überlegt sein. Ungeduld kann tödlich enden.«

Torak warf sich auf die Uferböschung und rupfte Grashalme aus.

Fin-Kedinn griff nach einem kleinen Hornwerkzeug und bearbeitete damit die Meerknolle. Je nachdem wie fest er zuschlug, sprangen größere oder kleinere Splitter ab. *Klack! Klack!* tönte der Schlagstein und mahnte Torak zur Geduld.

Erst nach einer ganzen Weile sprach der Anführer weiter. »Heute Nacht ist ein Kanu mit einer Frau vom Otterclan eingetroffen. Zwei Mitglieder ihrer Sippe sind erkrankt.«

Torak lief es kalt den Rücken herunter. Der Otterclan lebte weit weg im Norden, am Ufer des Axtkopfsees. »Das heißt, die Krankheit hat sich schon überall ausgebreitet! Ich muss in den Großen Wald. Wenn es irgendeine Hoffnung gibt…«

Fin-Kedinn seufzte.

Torak ließ sich nicht beirren. »Wen willst du sonst losschicken? Du selbst bist hier unentbehrlich, Saeunn ist zu alt für solche Unternehmungen und alle anderen müssen die Kranken bewachen, jagen und Lachse fangen.«

Fin-Kedinn nahm einen daumenlangen Hornmeißel und schärfte mit geschickten Schleifbewegungen einen großen Steinsplitter. »Die Clans im Großen Wald wollen mit uns nichts zu tun haben. Wie kommst du darauf, dass sie uns helfen würden?«

»Darum bin *ich* ja derjenige, der gehen muss! Meine Mutter gehörte zum Rotwildclan. Ich bin mit ihnen verwandt, mich hören sie bestimmt an!« Allerdings hatte Torak seine Mutter nicht gekannt, denn sie war bei seiner Geburt gestorben, und er war selbst nicht von dem überzeugt, was er sagte.

Fin-Kedinns Wangenmuskel zuckte, als er jetzt den vorbereiteten Messerknauf zur Hand nahm, einen Unterschenkelknochen vom Rentier mit einer Einkerbung für die Steinsplitter. Er tauchte einen geschliffenen Splitter in das eingedickte Kiefernblut und steckte ihn in die Vertiefung. »Und wenn die Seelenesser nun eben das bezwecken?« Er hob den Kopf und sah den Jungen so eindringlich an, dass Torak den Blick abwenden musste. »Als du letzten Winter den Bären besiegt hast, habe ich dir verboten, mit irgendwem außerhalb der Sippe darüber zu sprechen, erinnerst du dich?«

Torak nickte.

»Darum wissen die Seelenesser nur, dass jemand sehr Mächtiges in diesem Wald lebt, aber nicht, *wer* es ist.« Er machte eine Pause. »Sie wissen nicht, wer es ist, und sie wissen auch nicht, worin seine Macht besteht. Das weiß niemand.«

Torak verschlug es den Atem. Fin-Kedinn wiederholte mit anderen Worten, was Fa gesagt hatte, als er im Sterben lag. *Dein ganzes Leben lang habe ich dich von anderen fern gehalten … Geh anderen Menschen aus dem Weg, Torak! Wenn sie herausfinden, was du vermagst …*

Aber was vermochte er denn so Ungewöhnliches? Bis dahin hatte er angenommen, Fa hätte auf seine Fähigkeit angespielt, die Wolfssprache zu verstehen und zu sprechen, aber wenn man Fin-Kedinn so reden hörte, musste noch mehr dahinter stecken.

»Ebenso gut könnte die Krankheit eine Falle sein«, fuhr der Rabenanführer fort. »Womöglich wollen dich die Seelenesser damit zwingen, dich zu offenbaren.«

»Und wenn schon! Ich kann nicht einfach die Hände in den Schoß legen! Ich muss Oslak helfen. Ich ertrage es nicht, ihn in diesem Zustand zu sehen!«

Die strengen Züge wurden milder. »Das verstehe ich. Mir geht es nicht anders.«

Beide schwiegen. Fin-Kedinn befestigte noch mehr Feuersteinsplitter in seinem Messerknauf und Torak blickte über den Fluss. Die Sonne stand hoch über den Bäumen und das Wasser funkelte gleißend. Torak kniff die Augen zusammen und erspähte am anderen Ufer einen Reiher und einen Raben, der nach Fischresten pickte.

Dann war das Messer fertig, etwa eine Spanne lang und gezackt und scharf wie ein Vielfraßgebiss. Zu guter Letzt umwickelte Fin-Kedinn das Heft mit einer sorgfältig gespleißten Kiefernwurzel, damit die Hand besseren Halt hatte. »So«, brummte er. »Zeig mal dein Messer.«

»Warum?«, fragte Torak skeptisch.

»Tu, was ich dir sage. Zeig mir dein Messer.«

Der verdutzte Torak zog das Messer aus seinem Gürtel, das einst seinem Vater gehört hatte.

Die Waffe hatte eine schöne, wie ein Blatt geformte Klinge aus blauem Schiefer und einen mit Elchsehnen umwickelten Hornknauf. Laut Fa kam die Klinge vom Robbenclan, woher Fas Mutter stammte. Sie hatte ihrem Sohn die Klinge geschenkt, als er zum Mann geworden war. Den Knauf hatte Fa selbst angefertigt. Als er im Sterben lag, hatte er die Waffe an seinen Sohn weitergereicht. Torak war mächtig stolz auf sein Messer.

Doch als er es dem Rabenanführer reichte, schüttelte der bloß den Kopf. »Viel zu unhandlich für einen Jungen. Das ist ein Schamanenmesser und taugt nur für Zeremonien.« Er gab Torak die Waffe zurück. »In solchen Dingen war er noch nie besonders vorausschauend.«

Zu Toraks großem Bedauern sprach er nicht weiter, sondern balancierte das neue Messer quer auf seinem Zeigefinger und beäugte es kritisch. Das Messer lag ganz gerade.

Schön, dachte Torak.

Fin-Kedinn ließ die Waffe hochschnellen, fing sie an der Klinge auf und hielt sie dem Jungen hin. »Hier. Das ist für dich.«

Nach kurzem Zögern gehorchte der erstaunte Torak.

Fin-Kedinn wollte keine Dankesworte hören. Er stützte sich auf seinen Stab und erhob sich. »Von nun an lässt du niemanden mehr das Messer deines Vaters sehen, und das Medizinhorn deiner Mutter auch nicht. Wenn dich jemand nach deinen Eltern fragt, gibst du keine Auskunft.«

»Aber warum?«

Fin-Kedinn blieb ihm die Antwort schuldig. Er stand reglos da und blickte über den Fluss.

Torak legte die Hand über die Augen, aber das Wasser funkelte trotzdem zu stark, als dass er etwas hätte erkennen können. Er sah nur den Reiher am gegenüberliegenden Ufer und im Wasser einen stromabwärts treibenden Baumstamm.

Im Lager begann eine Frau zu wehklagen. Ihre schrillen Schreie übertönten das Tosen der Stromschnellen und ließen Torak das Blut in den Adern stocken.

Jetzt kamen Männer und Frauen das Ufer entlanggeeilt.

Torak rang erschüttert nach Atem.

Das da im Wasser war kein Baumstamm.

Es war Oslak.

Kapitel 6

Oslak hatte ganz sichergehen wollen. Er hatte seine Fesseln durchgebissen, sich aus der Krankenhütte geschlichen, war auf den Hüterfelsen geklettert und hatte sich in die Tiefe gestürzt.

Es war ein tödlicher Sturz gewesen, so hoffte Torak wenigstens. Die Vorstellung, dass Oslak womöglich noch am Leben gewesen war, als ihn der Fluss in die Stromschnellen geworfen hatte, war ihm unerträglich.

Als er ins Rabenlager zurückkam, herrschte bedrückende Stille. Vedna hatte ihr Wehklagen eingestellt und sah mit ausdruckslosem Gesicht zu, wie ein paar Männer den Leichnam auf einer Trage ins Lager brachten. Dabei gaben sie Acht, ihn nicht mit bloßen Händen zu berühren. Niemand wollte Gefahr laufen, die Seelen des Toten zu verärgern, die immer noch um ihn waren.

Als die Trage neben Oslaks Hütte stand, hockte sich Saeunn daneben, streifte einen ledernen Fingerling über und malte dem Verstorbenen mit rotem Ocker die Todeszeichen auf, damit die Seelen auf ihrer Reise zusammenblieben. Anschließend würde man ihn in den Wald bringen, und zwar so bald wie möglich, damit seine Seelen nicht in Versuchung kamen, im Lager zu verweilen.

Fin-Kedinn stand mit unbewegter Miene ein wenig abseits. Er ließ sich seine Trauer nicht anmerken, sondern gab Anweisung, die Wachen bei der kranken Bera zu verdoppeln und Oslaks Hütte samt seinen Besitztümern anzuzünden. Torak sah ihm trotzdem an, dass er über Oslaks Tod tief erschüttert war. Schließlich hatte er Oslak versprochen, auf ihn Acht zu geben. Dass ihm das nicht gelungen war, würde er sich kaum je verzeihen können.

Schuld.

Auch Torak hatte das Gefühl, schwere Schuld auf sich geladen zu haben.

Umso mehr verspürte er den Drang, etwas zu unternehmen. Wenn die Raben den Toten fortbrachten, wollte er ein Stück zurückbleiben, schließlich gehörte er nicht richtig zur Sippe, und die Gelegenheit nutzen, sich davonzustehlen und auf die Suche nach einem Mittel gegen die Krankheit zu machen.

Doch vorher musste er noch etwas klären.

Als die Zeremonie begann und die Frauen Lehm für die Trauerbemalung holen gingen, verließ Torak unauffällig das Lager und lief zum Hüterfelsen. Wenn sein Verdacht begründet war, wenn das blättergesichtige Geschöpf tatsächlich etwas mit Oslaks Tod zu tun hatte, mochte es Spuren hinterlassen haben.

Zum Fluss hin fiel der Felsen schroff ab, doch auf der Ostseite war der Abhang zwar steil, aber mit einiger Mühe und Umsicht zu erklimmen. Der Lehmboden davor war mit Spuren übersät, Lehmspuren führten auch seine Flanke hinauf.

Das Spurengewirr war nicht leicht zu deuten, doch es

gelang Torak, eine schwache, etwa einen Tag alte Fußspur zu entdecken. Sie stammte von Saeunn und führte bis ganz nach oben. Woanders sah man Pfotenabdrücke, durchsetzt mit vierzehigen Krallenspuren. Dort hatte sich ein Hund mit einem Raben gezankt. Ein Stück daneben fand Torak Männerspuren, allerdings hatten sich nur Zehen und Fersen in den weichen Boden eingedrückt. Oslak war den Felsen in wilder Hast emporgestürmt.

Torak hatte einen dicken Kloß im Hals. Trauern kannst du später, ermahnte er sich, wenn du zum Großen Wald unterwegs bist.

Langsam stieg er in Oslaks Spur den Abhang hoch.

Im Laufen hatte der Kranke Kiesel und Moosbüschel losgetreten. An einer Stelle war er ausgeglitten und hatte eine schmale Blutspur hinterlassen, dann hatte er sich wieder aufgerappelt und war weitergehastet.

Er ist gerannt, als säßen ihm sämtliche Dämonen der Anderen Welt im Nacken, dachte Torak.

Oben auf der Felskuppe bestätigten sich Toraks Befürchtungen. Neben Oslaks Spuren fanden sich andere, viel kleinere. Sie waren kaum zu erkennen, aber Torak entnahm ihnen trotzdem, dass der Betreffende nicht umhergelaufen war, sondern ruhig am Abhang gestanden und zugesehen hatte, wie Oslak in den Tod sprang.

Die Fußabdrücke waren klein wie von einem acht, neun Sommer alten Kind.

Nur dass die Zehen mit Klauen bewehrt waren.

*

Als Torak wieder ins Lager kam, wollte der Trauerzug eben aufbrechen. Am Langfeuer zerstieß Renn Erdblut für die Bestattungszeremonie.

Sie hatte sich das Gesicht mit Lehm beschmiert, wie es die

Raben bei Todesfällen zu tun pflegten, aber die graue Kruste war von Tränenspuren durchzogen. Torak hatte Renn noch nie weinen sehen. Als er näher kam, blinzelte sie heftig.

Torak kauerte sich neben sie. »Ich muss dir was erzählen!«, raunte er. »Ich war oben auf dem Hüterfelsen und ...«

»Was wolltest du denn da?«

»Spuren suchen.«

»Komm, wir brechen auf!«, rief die Schamanin ihrer Gehilfin quer über die Lichtung zu.

»Hier im Lager treibt sich ein sonderbares Geschöpf herum«, sagte Torak hastig. »Ich habe es mit eigenen Augen gesehen!«

Die Rabenschamanin mahnte ein zweites Mal zum Aufbruch.

»Ich muss gehen!«, entgegnete Renn, füllte den zerstoßenen Ocker in ihren Medizinbeutel und stand auf. »Wir bleiben nicht lange weg. Wenn wir wieder da sind, kannst du mir alles erzählen und die Spuren zeigen.«

Torak nickte, doch er wich ihrem Blick aus. Wenn sie wiederkam, wäre er schon fort. Er konnte ihr nicht von seinem Vorhaben erzählen, denn sie würde entweder versuchen, ihn davon abzubringen, oder darauf bestehen mitzukommen, und das durfte er nicht zulassen. Wenn Fin-Kedinn Recht hatte und ihn die Seelenesser womöglich in eine Falle locken wollten, durfte er nicht auch noch ihr Leben aufs Spiel setzen.

»Schade, dass du nicht mitkannst«, meinte Renn, und er kam sich noch schäbiger vor. Dann lief sie davon und nahm ihren Platz an der Spitze des Trauerzuges und an der Seite des Anführers ein, denn Fin-Kedinn war ihr Onkel.

Die Raben zogen davon. Torak sah ihnen lange nach. Sie würden Oslaks Leichnam ein ganzes Stück vom Lager wegtragen und ein Totengerüst errichten, ein niedriges Gebilde aus Ebereschenästen, worauf man den Verstorbenen mit dem Gesicht zum Fluss bettete. Wie die Lachse, so würden auch Oslaks Seelen auf ihrer letzten Reise stromaufwärts zu den Hohen Bergen wandern.

Man würde eine kurze Zeremonie abhalten, von dem verstorbenen Sippenmitglied Abschied nehmen und den Toten dann dem Wald überantworten. So wie sich jener zu seinen Lebzeiten von den Geschöpfen des Waldes genährt hatte, würden sich diese nun von ihm ernähren. Nach Ablauf von drei Monden würde Vedna die Knochen zusammenklauben und zur Schädelstätte der Sippe bringen. Fünf Sommer lang durfte weder sie noch sonst jemand den Namen des Verstorbenen aussprechen, so lautete das strenge Gesetz aller Sippen. Dadurch wollte man verhindern, dass die Seelen der Toten die Lebenden heimsuchten.

Torak wartete, bis der Zug außer Sichtweite war. Als der Wald auch den Letzten verschluckt hatte, wurde ihm in dem verlassenen Lager ganz unheimlich zumute. Nur die Hunde hatte man zum Bewachen der Fischvorräte dagelassen.

Torak machte sich eilig daran, seine Sachen zu packen. Er stopfte seinen spärlichen Besitz in die leichte Korbtrage: Kochleder, Medizinbeutel, Zunderbeutel, Angelhaken, Köcher und Bogen, den zusammengerollten Schlafsack, Fas in ein Stück Leder gewickeltes Messer und das Medizinhorn seiner Mutter. Als er die kleine Axt mit der Basaltklinge in den Gürtel steckte, wurde die Erinnerung daran wach, wann er zuletzt in solcher Hast seine Sachen gepackt hatte. Das war im vergangenen Herbst gewesen, als Fa im Sterben gelegen hatte.

Torak tastete nach dem Messer, das Fin-Kedinn für ihn angefertigt hatte. Es war leichter und handlicher als die Waffe seines Vaters, trotzdem war Fas Messer sein kostbarster Besitz.

Du sollst doch jetzt nicht daran denken, schalt er sich. Du musst hier verschwunden sein, wenn sie wiederkommen, und vergiss diesmal bloß nicht, Proviant mitzunehmen!

Nach dem, was Oslak zugestoßen war, mochte er keinen Lachs mehr essen. Das geräucherte Fleisch und die flachen Fladen aus klein gehacktem, getrocknetem Fisch und zerstoßenen Wacholderbeeren waren ihm zuwider, darum schnitt er sich in Thulls Hütte ein paar Streifen gedörrtes Elchfleisch vom Stützpfosten. Damit würde er bis zum Großen Wald auskommen.

Wie lange man wohl bis dorthin unterwegs war? Drei Tage? Fünf? Er war noch nie im Großen Wald gewesen und hatte bislang nur zwei seiner Bewohner von weitem gesehen: eine schweigsame Frau vom Rotwildclan mit Erdblut im Haar und ein Mädchen vom Auerochsenclan mit leidenschaftlichem Blick und lehmbeschmiertem Schädel. Keine von beiden hatte ihm seinerzeit die geringste Aufmerksamkeit geschenkt, und obwohl er Fin-Kedinn gegenüber etwas anderes behauptet hatte, nahm er nicht an, dass man ihn mit offenen Armen empfangen würde.

Als er an der Hütte des Anführers vorbeikam, wurden ihm die Folgen seines Entschlusses schlagartig klar. Er verließ die Raben, vielleicht für immer.

Erst hast du Fa verloren, dann Wolf, jetzt Oslak, Fin-Kedinn und Renn …

In der Hütte war es dunkel. Fin-Kedinns Schlafplatz war sauber und ordentlich, Renns dagegen ein fürchterliches Durcheinander. Ihr Schlafsack war verknüllt und mit halb fertigen Pfeilen und Federn für die Schäfte bedeckt. Sie würde schrecklich wütend sein, dass er, ohne sie zum Mitkommen aufzufordern und ohne sich zu verabschieden, verschwunden war.

Ihm kam eine Idee. Draußen vor der Hütte fand er einen

flachen weißen Kiesel. Er lief zur nächstbesten Erle, bedankte sich leise bei dem Baumgeist, riss einen Streifen Rinde ab und kaute ihn durch. Dann spuckte er den mit rotem Baumblut vermischten Speichel in die hohle Hand und malte damit seine Clantätowierung auf den Stein, zwei gepunktete Linien, eine davon in der Mitte unterbrochen. Die Lücke gehörte nicht eigentlich zur Tätowierung, sondern sollte die kleine Narbe auf seiner Wange darstellen. Wenn Renn diesen Stein sah, würde sie wissen, wer ihn dorthin gelegt hatte.

Als Torak fertig war, hielt er inne. Sein Finger war rot von Erlensaft, wie letzten Herbst, als er für Wolf eine Namensgebungszeremonie abgehalten hatte. Er hatte dem Welpen die Pfoten damit beschmiert und geschimpft, als der alles wieder abgeschleckt hatte.

»Du sollst doch nicht an Wolf denken!«, rief er laut aus. »Und an die anderen auch nicht!«

Das verlassene Lager schien sich über ihn lustig zu machen. *Jetzt bist du ganz allein, Torak.*

Rasch schob er den Kieselstein unter Renns Schlafsack, dann lief er in die Sonne hinaus.

Der Wald war voller Vogelgesang und wunderschön, aber Torak war weh ums Herz, und er konnte sich nicht recht daran erfreuen.

Er schulterte seinen Bogen und machte sich in Richtung Osten auf den Weg.

Kapitel 7

Der Kummer schien Wolf wie ein unsichtbarer Rudelgefährte zu begleiten.

Er vermisste Groß Schwanzlos. Er sehnte sich nach seinem seltsamen, felllosen Gesicht, seinem zittrigen Geheul, nach seinem sonderbar keuchenden, fiependen Lachen.

Schon oft hatte sich Wolf davongeschlichen, um nach ihm zu heulen. Schon oft war er im Kreis gelaufen und hatte überlegt, wie er sich verhalten sollte. Er war hin- und hergerissen zwischen dem Ruf des Berges und dem Ruf seines alten Rudelgefährten.

Die anderen Wölfe, sein neues Rudel, verwirrte sein Verhalten. *Du hast doch jetzt uns! Du bist noch nicht ausgewachsen, du musst noch viel lernen! Du weißt ja noch gar nicht, wie man große Beute jagt, wie willst du da ohne uns zurechtkommen? Bleib bei uns!*

Es war ein vielköpfiges Rudel, dessen Mitglieder eng zusammenhielten, und anfangs hatte sich Wolf bei ihnen am Berg des Donnerers sehr wohl gefühlt. Sie spielten im Schnee übermütig Fang-den-Lemming, sprangen in Seen und erschreckten die Enten – aber die anderen Wölfe verstanden einfach nicht, was ihn umtrieb.

Das alles ging ihm durch den Kopf, als er zu seinem Lieblingsabhang lief, von wo ihm der Geruch des Waldes in die Nase stieg.

Der Wald war viele Sprünge entfernt, doch Wolf witterte neugeborene Rehkitze, ein Geruch, der ihm das Wasser in die Lefzen trieb, und würziges Baumblut, das aus einer vom Sturm geknickten Fichte sickerte. Er hörte es träge schmatzen, als ein Schwein sich in seiner Suhle wälzte, und hörte ein Otterjunges quieken, weil es vom Ast geplumpst war. Wie gern wäre er dort mit Groß Schwanzlos umhergestreift!

Aber wie sollte er je dorthin zurückkehren?

Es war nicht nur der Gedanke an sein neues Rudel, der ihn davon abhielt, es war vor allem der Donnerer. Der Donnerer würde ihn niemals fortlassen.

Der Donnerer konnte jederzeit zuschlagen, auch jetzt, da das Oben hell und klar war und nichts von seinem zornigen Hauch kündete. Er konnte Bäume entwurzeln und das Helle-Tier-das-heiß-beißt auf Bäume, Felsen und Wölfe hetzen. Er war allmächtig. Das hatte Wolf bitterer als manch anderer erfahren müssen, denn als er noch ein ganz junger Welpe gewesen war, hatte der Donnerer sein Rudel geholt.

Damals war Wolf auf einen Erkundungsausflug gegangen, und als er wiedergekommen war, gab es seinen Bau nicht mehr. Das ganze Rudel, seine Mutter, sein Vater, die anderen Gefährten, hatten nass und kalt und Ohn-Hauch im Schlamm gelegen. Um sie zu töten, hatte sich der Donnerer nicht selbst auf den Weg machen müssen. Er hatte einfach das Flinke Nass von den Bergen herabgeschickt.

Wolf war einsam und verängstigt und vor allem schrecklich hungrig gewesen. Da war Groß Schwanzlos aufgetaucht. Groß Schwanzlos hatte seine Beute mit ihm geteilt und ihn zusammengerollt auf sich schlafen lassen. Er hatte in Wolfs Geheul eingestimmt und ihm Fellstreifen zum Fangen hingeworfen. Groß Schwanzlos war sein Rudelgefährte geworden.

Selbstverständlich war Groß Schwanzlos auch ein Wolf, das roch man ja wohl, allerdings kein gewöhnlicher. Auf dem Kopf hatte er langes dunkles Fell, alles Übrige jedoch war kahl. Dafür hatte er einen losen Überpelz, den er *abstreifen* konnte! Seine Schnauze war ganz flach, und der Ärmste hatte viel zu kleine, stumpfe Zähne, aber am allerseltsamsten war, dass er keinen Schwanz hatte.

Trotzdem hörte er sich genau wie ein Wolf an, wenn man darüber hinwegsah, dass er trotz aller Bemühungen die hohen Töne nicht traf. Auch hatte er eindeutig Wolfsaugen, hellgrau und leuchtend. Doch vor allem hatte er eine echte Wolfsseele.

Wolf wurde immer trauriger. Er reckte die Schnauze und heulte.

Da trug ihm der Wind einen unbekannten Geruch zu.

Es roch nicht nach Jägern und nicht nach Beute, nicht nach Baum und nicht nach Flinkem Nass oder nach Stein. Es roch nach etwas Bösem. Etwas Böses durchstreifte den Wald.

Wolf winselte angstvoll. Seinem Rudelbruder dort unten drohte Gefahr.

Mit einem Mal war alles ganz einfach. Sollte ihn der Donnerer doch strafen, davon ließ er sich nicht länger aufhalten. Groß Schwanzlos bedurfte seiner Hilfe.

Wolf sprang den Abhang hinunter und machte sich auf den Weg in den Wald.

*

Den Schwanz immer auf die Berge gerichtet, lief er viele Male Hell und Dunkel in die Richtung, wo sich das Heiße Helle Auge schlafen legt.

Furcht schnappte nach seinen Hinterläufen.

Er fürchtete sich vor dem Zorn der Fremdwölfe, deren Reviere er durchquerte. Wenn sie ihn erwischten, bissen sie ihm womöglich die Kehle durch.

Er fürchtete sich vor dem Grimm des Donnerers.

Aber vor allem fürchtete er um das Leben seines Rudelgefährten.

Je länger er lief, desto stärker wurde der fremde Geruch. Im Wald ging etwas um.

Ohne zu erlahmen, schlängelte sich Wolf durch das Baumdickicht und suchte nach den Schwanzlosen. Manchmal rochen ihre Rudel nach Schweinen, manchmal nach Ottern, doch das eine Rudel, das er suchte, roch nach Raben. Diesem Rudel hatte sich Groß Schwanzlos angeschlossen.

Schließlich entdeckte er es am Ufer eines zornigen Flinken Nass.

Wie erwartet blieb er unbemerkt. Auch das war eigenartig an den Schwanzlosen. Obwohl sie in vieler Hinsicht echte Wölfe waren – sie waren klug und tapfer, spielten und unterhielten sich gern und verteidigten ihre Rudelgefährten leidenschaftlich –, *riechen* konnten sie überhaupt nicht, und obendrein waren sie so gut wie taub. Deshalb konnte sich Wolf auch ungehindert in der Nähe ihrer Höhle herumtreiben und nach seinem Rudelgefährten Ausschau halten.

Er fand ihn nicht.

Am vergangenen Hell hatte es geregnet, und der Regen hatte viele Witterungen weggespült, aber Wolf hätte Groß Schwanzlos in jedem Fall gewittert.

Dafür witterte er den Leitwolf, der am Hellen-Tier-das-heiß-beißt hockte, wie es die Schwanzlosen mit Vorliebe taten. Neben ihm kauerte das halbwüchsige Weibchen, Groß Schwanzlos' Rudelgefährtin. Sie redete in der fiependen Schwanzlossprache auf den Leitwolf ein. Es klang zugleich zornig und traurig.

Wolf spürte, dass sich das Weibchen um Groß Schwanzlos sorgte.

Auf und ab lief Wolf und suchte seinen Rudelgefährten. Er stieß auf einen großen kahlen Fleck Erde, der nach frischer Asche roch, und auf ein paar unbekannte, sonderbar gerade gewachsene Bäume, die voller Fische hingen. Er verweilte für einen kleinen Imbiss, ehe er dem Bau der Schwanzlosen den Rücken kehrte und seine Suche wieder im Wald fortsetzte.

Vielleicht war Groß Schwanzlos ja auf die Jagd gegangen. Bestimmt sogar. Weit weg konnte er nicht sein, denn er lief wie alle Schwanzlosen auf den Hinterbeinen, und das behinderte ihn erheblich.

Aber so gründlich Wolf auch suchte, er fand ihn nicht.

Die grausame Wahrheit traf ihn wie ein umstürzender Baum.

Groß Schwanzlos war fort.

Kapitel 8

Damit er nicht aus Versehen den Raben begegnete, hielt sich Torak abseits der Clanpfade und folgte stattdessen verborgenen Wildwechseln, die sich durchs Breitwassertal schlängelten.

Das Wild spürte bald, dass er nicht auf der Jagd war, und verlor seine Scheu. Er begegnete einem Elch, der Weidenröschen äste. Waldpferde schlugen mit den Schweifen und trabten ein Stück ins Unterholz, wo sie stehen blieben und sich die Hälse nach ihm verdrehten, bis er weitergewandert war. Zwei Bachen und ihre rundlichen, flauschigen Frischlinge hoben nur kurz die Rüssel.

Die jungen Blätter waren noch nicht ganz entfaltet, das Laub ließ viel Licht durch. Torak kam gut voran. Wie alle, die in den Wäldern leben, war er mit leichtem Gepäck unterwegs und trug nur bei sich, was er zum Jagen, Feuermachen und Schlafen benötigte.

Sein ganzes Leben hatte er im Wald zugebracht, war mit Fa umhergestreift, hatte irgendwo ein, zwei Nächte gelagert und war wieder weitergezogen. Sie waren nie lange an einem Ort geblieben. Das war die größte Umstellung gewesen, als er sich den Raben angeschlossen hatte. Sie wechselten nur alle drei, vier Monde den Lagerplatz.

Außerdem waren es furchtbar viele! Achtundzwanzig Männer, Frauen und Kinder. Auch Säuglinge waren darunter. Torak hatte noch nie so kleine Kinder gesehen. »Warum können die denn nicht laufen?«, hatte er sich bei Renn erkundigt, »und was machen sie bloß den ganzen langen Tag?« Renn hatte sich ausgeschüttet vor Lachen.

Damals hatte er sich über sie geärgert. Jetzt dagegen bewirkten solche Erinnerungen, dass er sie alle nur umso schmerzlicher vermisste.

Südlich der Donnerfälle verließ er das Breitwassertal und wanderte in östlicher Richtung ins nächste Tal. Dort kam es zu einer flüchtigen Begegnung mit zwei Jägern vom Weidenclan, die in Einbäumen unterwegs waren. Zum Glück hatten sie es eilig und erkundigten sich nicht nach seinem Ziel, riefen ihm nur eine Warnung zu, ehe sie stromabwärts davonruderten.

»Letzte Nacht ist ein Kranker aus unserem Lager entflohen«, sagte der eine. »Wenn du jemanden heulen hörst, lauf schnell weg. Er weiß nicht mehr, dass er ein Mensch ist.«

Der andere wiegte grimmig den Kopf. »Diese verfluchte Krankheit. Wo kommt sie bloß her? Als wäre der Atem des Sommers selbst vergiftet!«

Am späten Nachmittag hatte Torak das ungute Gefühl, dass ihn jemand beobachtete.

Immer wieder blieb er lauschend stehen, doch es war nichts zu hören, und wenn er kehrtmachte, war niemand da. Trotzdem wurde er verfolgt, das spürte er ganz deutlich. Als die Schatten länger wurden, malte er sich aus, dass ganze Horden Wahnsinniger durch den Wald streiften, kleine bösartige Wesen mit scharfen Klauen und Blättergesichtern.

Am Ufer eines reißenden Bachs schlug er sein Lager auf. Blau schimmernde Libellen schwirrten pfeilschnell durch die Luft, und die Mücken fraßen ihn schier bei lebendigem Leibe, bis er sich mit Wermutsaft einrieb.

Zum ersten Mal seit sechs Monden nächtigte er ganz allein und er verwandte große Sorgfalt auf die Wahl eines geeigneten Schlafplatzes. Die Stelle musste eben sein und hoch genug über dem Fluss, dass keine Überschwemmung heranreichte. Weder Ameisenhaufen noch häufig benutzte Wildwechsel durften in der Nähe sein, und auch keine abgestorbenen oder vom Sturm halb entwurzelten Bäume, die ihn womöglich im Schlaf erschlugen.

Nachdem er so lange in den Rentierhütten der Raben geschlafen hatte, sehnte er sich danach, wieder so zu leben wie damals mit Fa, deswegen benutzte er lebendige Bäume als Gerüst für seinen Unterschlupf. Er band drei Buchenschösslinge an der Spitze mit Kiefernwurzeln zusammen, dann deckte er das Ganze auf zwei Seiten mit morschen Ästen, Reisig und einer Schicht vermodertem Laub ab und beschwerte es mit einer weiteren Lage Äste. Schließlich hatte er einen gemütlichen Unterschlupf. Am nächsten Morgen würde er die Wurzeln durchschneiden und die jungen Bäume konnten ungehindert weiterwachsen.

Auf den Boden streute er eine Lage vertrockneter Bucheckern vom letzten Herbst und verstaute auch sein Gepäck in der provisorischen Hütte. Drinnen roch es würzig und erdig. »Riecht gut!«, sagte er laut. Es klang gezwungen und ängstlich.

Die Nacht war warm, und von Süden wehte ein leichter, lauer Wind, daher entfachte er nur ein kleines Feuer. Er legte Steine um die Feuerstelle, damit das Feuer nicht entwischen konnte, und weckte die Flammen mit Feuerstein und einer Hand voll Birkenzunder.

Er wusste noch gut, wie er mit Fa an der schwelenden Glut gehockt hatte und sie beide über das rätselhafte, Leben spendende Geschöpf sinniert hatten, das den Sippen so gut Freund war. Wovon mochte es träumen, wenn es schlief? Wohin ging es, wenn es starb?

Torak dachte auch zum ersten Mal richtig an seine Verwandten, die er womöglich bald kennen lernen würde. Vielleicht konnte er sich beim Rotwildclan endlich zu Hause fühlen. Wenn manches anders gekommen wäre, könnte er schließlich einer von ihnen sein. Seine Mutter hätte ihn als Neugeborenes ebenso gut ihrer eigenen Sippe zuführen können statt der von Fa. Dann wäre er nicht im Weiten Wald, sondern im Großen Wald aufgewachsen, Fa wäre unter Umständen noch am Leben und er, Torak, wäre Wolf nie begegnet…

Ihm schwirrte der Kopf. Er stand auf und ging etwas Essbares suchen.

Er grub ein paar süße Orchideenknollen aus und buk sie in der Glut, dazu zerstampfte er Gänsefußblätter zu Brei und würzte das Ganze mit Sandlauch. Es schmeckte gut, aber er hatte eigentlich keinen Hunger. Er beschloss, den Rest für das Tagmahl aufzuheben.

Als er eben das Kochleder in einen Baum hängte, damit keine Tiere drankamen, hallte ein Schrei durch den Wald.

Er hielt inne.

Der Schrei stammte weder von einer Fuchsfähe noch von einem brünftigen Luchs, sondern kam von einem Menschen. Oder von jemandem, der einst ein Mensch gewesen war. Nach dem Klang zu urteilen, befand sich der Betreffende westlich von Toraks Lagerplatz und war ziemlich weit entfernt.

Leise schaudernd beobachtete Torak, wie sich die Dämmerung über den Wald senkte. Bald war Mittsommer, schon waren die Nächte kurz – aber immer noch lang genug, um sich zu fürchten.

Es wurde dunkler, trotzdem hörte man überall Drosseln schwatzen und Spechte heiser lachen. Die Vögel sangen auch nachts. Torak war froh über ihre Gesellschaft.

Er stellte sich vor, wie die Raben jetzt um das Feuer saßen. Bestimmt duftete es nach Rauch und gebratenem Lachs. Er hörte Oslaks polterndes Gelächter …

Als wäre der Atem des Sommers selbst vergiftet!

Rasch breitete er den Schlafsack aus und kroch samt seinen Waffen hinein. Eben war er noch hellwach gewesen, jetzt war er mit einem Mal todmüde.

Er schlief ein.

Schrilles Gelächter hallte durch seine Träume. Benommen nahm er ein lautes Ächzen wahr – vertraut und todbringend zugleich …

Er war schlagartig wach. Das war das Ächzen eines fallenden Baumes … *eines Baumes, der in seine Richtung stürzte!*

Seine Füße hatten sich im Schlafsack verfangen, er steckte fest. Wie eine Raupe schlängelte er sich aus der Hütte, kam unbeholfen auf die Beine, hüpfte ein paar Schritt, stolperte, wäre um ein Haar im Feuer gelandet und warf sich seitlich ins Farnkraut, als der Baum auf die Hütte krachte.

Funken sprühten empor. Schwarze Zweige schwankten und kamen schließlich zur Ruhe.

Torak lag mit pochendem Herzen schweißüberströmt im Farn. Er erinnerte sich genau, dass er vor dem Bau der Hütte nach entwurzelten Bäumen Ausschau gehalten hatte, außerdem ging kaum ein Lüftchen.

Das Gelächter. Bösartig und doch auf unheimliche Weise kindlich. Das war kein Traum gewesen.

Er wagte nicht, sich zu rühren, und blieb so lange liegen, bis er ganz sicher war, dass nicht noch ein Baum umfallen würde. Dann rappelte er sich auf und nahm seine Hütte in Augenschein.

Eine junge Esche war darauf gestürzt, hatte alle drei Schösslinge umgeknickt und Toraks Habe unter sich begraben. Die Sachen waren vielleicht noch zu retten, jedenfalls schien die Ausrüstung im schwachen Schein des Feuers unversehrt, aber wäre er nicht rechtzeitig aufgewacht, hätte ihn der Baum erschlagen.

Doch wenn ihn sein Verfolger hatte umbringen wollen, weshalb hatte er dann gelacht und ihn damit gewarnt? Torak kam es vor, als wollte der Unbekannte ein Spiel mit ihm treiben. Als wollte er ihn in eine Falle locken, aus lauter Neugier, wie er sich dann wohl verhielt.

Das Feuer brannte noch. Mit einem glimmenden Ast in der einen und dem Messer in der anderen Hand, betrachtete Torak die umgestürzte Esche genauer.

Er entdeckte Axtspuren. Kleine Kerben von ungeschickten Hieben, doch sie hatten ihren Zweck erfüllt.

Trotzdem sonderbar. Am Boden waren keinerlei Spuren zu finden. Nichts verriet, dass sich jemand angeschlichen und den Baum angehackt hatte.

Noch einmal ließ Torak den Schein seiner Fackel über die Erde wandern. Nichts. Vielleicht übersah er ja etwas, aber das war eher unwahrscheinlich, denn er war ein ausgezeichneter Spurenleser.

Er tunkte den Finger in das austretende Baumblut, das schon dick geworden war, was wiederum bedeutete, dass die Axthiebe schon einige Zeit zurücklagen und der Unbekannte dem Baum den endgültigen Stoß erst versetzt hatte, als Torak schlief.

Er runzelte skeptisch die Stirn. Kein Mensch konnte einen Baum fällen, ohne dabei Lärm zu machen. Weshalb hatte er nichts gehört?

Wie er so im Dunkeln zwischen den Bäumen stand, wünschte er sich Wolf herbei. Wolf wäre nicht der leiseste Laut entgangen. Er hatte so ein feines Gehör, dass er die Wolken ziehen hörte, und so eine feine Nase, dass er sogar Fische an ihrem Atem witterte.

Aber Wolf ist nun mal nicht da, rief sich Torak zur Vernunft. Er ist weit fort im Gebirge.

Zum ersten Mal seit sechs Monden traute er sich nicht, nach seinem verschwundenen Freund zu heulen. Er hatte zu viel Angst, wer – oder was – seinem Ruf antworten könnte.

Mittnacht war schon um, als er seine Ausrüstung unter dem Baum hervorgezogen und sich eine neue Hütte gebaut hatte, und er taumelte vor Müdigkeit. Außerdem bedrückte es ihn, dass durch sein Zutun drei Bäume gestorben waren. Er spürte ihre Seelen um sich, wehmütig, bestürzt, unfähig zu begreifen, warum sie keine ausgewachsenen Bäume hatten werden dürfen.

Du bist schuld, schienen die älteren Bäume zu raunen. *Du bringst Unglück …*

Diesmal kroch er vorsichtshalber nicht in den Schlafsack, sondern weckte das Feuer und hockte sich mit einem Rentierfell um die Schultern und der Axt auf den Knien in den Eingang seiner neuen Unterkunft. Er wollte nicht einschlafen. Wenn doch nur der Morgen käme …

Er fuhr mit einem Ruck aus dem Schlaf auf. Wieder kam er sich beobachtet vor, aber diesmal fühlte es sich irgendwie anders an. Auch hing ein kräftiger, an Wegrauke erinnernder Geruch in der Luft, den er aber in seiner Schlaftrunkenheit nicht recht einordnen konnte.

Da sah er hinter dem Feuer ein Augenpaar funkeln und tastete erschrocken nach seiner Axt. »Wer ist da?«, fragte er heiser.

Der Angesprochene grunzte bloß.

»Wer ist da?«, wiederholte Torak.

Sein Gegenüber trat in den Feuerschein.

Es war ein Schwein. Ein riesiger Keiler, von der Schnauze bis zur Schwanzspitze volle zwei Schritt lang und schwerer als drei kräftige Männer. Er hatte die großen, pelzigen braunen Ohren aufgestellt und schielte aus klugen Äuglein argwöhnisch zu Torak hinüber.

Torak zwang sich zur Ruhe. Für gewöhnlich greifen Schweine nur an, wenn sie verwundet sind oder ihre Jungen verteidigen wollen, aber ein wütendes Schwein ist flink wie ein Hirsch und unbezwingbar.

»Ich will dir nichts Böses«, wandte er sich an das Tier, obwohl es ihn nicht verstehen konnte, aber vielleicht würde es ja allein der Tonfall beschwichtigen.

Die großen Ohren zuckten, die gelben Hauer blitzten im Flammenschein. Dann gab der Keiler ein gereiztes Grunzen von sich, senkte den mächtigen Kopf und begann, in den Trümmern von Toraks erster Hütte herumzuschnobern.

Er war bloß hungrig. Für Schweine ist der Sommer eine magere Zeit, denn der Herbst mit seinen Beeren und Eicheln liegt schon lange zurück. Kein Wunder, dass er eifrig nach Wurzeln, Käfern und Würmern wühlte.

Der Keiler kümmerte sich nicht mehr um Torak, der sich nach einer Weile in seinem Schlafsack zusammenrollte und dem tröstlichen Geschnüffel lauschte. Sein neuer Gefährte war ein grober Bursche und nicht übermäßig freundlich, aber Torak war er trotzdem willkommen. Auch Schweine haben gute Ohren und eine feine Nase. Solange der Keiler in der Nähe war, konnte sich kein kranker Irrer oder sonst jemand Böswilliges anschleichen.

Leider würde sein neuer Gefährte bald weiterziehen.

Torak blickte in die rote Glut und überlegte, ob Fin-Kedinns Verdacht tatsächlich zutraf, dass man ihn von den

Raben hatte weglocken wollen. Wer oder was auch immer es auf ihn abgesehen hatte – sein Plan war gelungen. Torak war ganz allein.

*

Um wen es sich auch handeln mochte, er war über Nacht nicht untätig gewesen.

Als Torak aus seinem Unterschlupf kroch, regnete es. Der Keiler war fort, das Feuer erloschen und irgendjemand hatte die Steine weggewälzt und die Asche glatt gestrichen. Außerdem hatte derjenige Toraks Pfeile stibitzt, war also, während Torak schlief, in die Hütte geschlüpft, hatte sie aus dem Köcher neben seinem Kopf gezogen und, zu einem Muster angeordnet, in die Feuerstelle gesteckt.

Torak erkannte das Muster sofort. Es war der Dreizack der Seelenesser.

Er ließ sich auf ein Knie nieder und zog einen Pfeil aus dem Boden.

»Na schön«, sagte er laut, als er wieder aufstand. »Ich weiß jetzt, dass du schlau bist und gut im Anschleichen, aber wenn du dich nicht augenblicklich zeigst und mir gegenübertrittst, bist du ein Feigling.«

Im regennassen Unterholz rührte sich nichts.

»Feigling!«, brüllte Torak.

Der Wald hielt gespannt den Atem an.

Toraks Ruf hallte zwischen den Bäumen wider.

»Was willst du von mir? Komm endlich raus und zeig dich! *Was willst du?*«

Regen pladderte auf die Blätter und rann ihm übers Gesicht. Das leise Klopfen eines Spechts war die einzige Antwort.

*

Es regnete den ganzen Morgen. Torak mochte Regen. Bei Regen war es schön kühl und man blieb von Mücken verschont. Er durchquerte die beiden angrenzenden Täler und seine Laune besserte sich. Allmählich verflüchtigte sich das Gefühl, beobachtet zu werden, auch war kein irres Geheul mehr zu hören.

Das mochte daran liegen, dass ihm der Keiler immer noch Gesellschaft leistete. Zwar bekam ihn Torak nicht zu Gesicht, doch er stieß allenthalben auf seine Spuren. Wo das Tier nach Futter gesucht hatte, war die Erde aufgewühlt, und neben einer Schlammkuhle stand eine lehmbeschmierte Eiche, an deren Stamm es sich nach einem Schlammbad ausgiebig geschubbert hatte.

Torak fand das ausgesprochen beruhigend. Er hatte einen neuen Freund gewonnen. Er überlegte, wie alt der Keiler wohl war und ob die Frischlinge vom Vortag wohl seine Jungen waren.

Am späten Nachmittag kreuzten sich ihre Wege. Sie löschten ihren Durst am selben Fluss und rasteten auf derselben schattigen Lichtung. Anschließend gingen beide auf Pilzsuche. Dabei stieß der Keiler unvermittelt ein unwirsches Grunzen aus, drängte Torak weg und zertrampelte den Pilz, nach dem sich der Junge eben hatte bücken wollen. Als Torak das rote Fruchtfleisch sah, begriff er, warum. Beinahe hätte er einen Giftpilz verzehrt, der einem essbaren Pilz zum Verwechseln ähnlich sah. In seiner übellaunigen Art hatte ihn sein Begleiter ermahnt, künftig besser aufzupassen.

Bis zum Morgen regnete es ununterbrochen. Der Wald döste unter einer Wolkendecke. Doch je weiter Torak nach Osten vordrang, desto mehr wurde ihm bewusst, warum es immer dunkler wurde: Es lag nicht nur am bedeckten Himmel, sondern auch am Wald selbst.

Torak war vom Weiten Wald daran gewöhnt, dass das

Laubdach licht war und viel Sonne durchließ und der niedrigere Bewuchs zwischen den Bäumen nicht besonders dicht war, doch inzwischen hatte er die hügeligen Ausläufer des Großen Waldes erreicht. Riesige Eichen ragten vor ihm auf und verwehrten dem Eindringling mit ihren mächtigen Ästen den Zutritt. Das dichte Unterholz aus schwarzen Eiben und giftigem Schierling reichte ihm bis über den Kopf. Der Himmel war hinter einem undurchdringlichen Blätterdach verborgen.

Torak vermisste den Keiler, der schon den ganzen Tag nichts von sich hatte hören und sehen lassen. Eine leise Furcht beschlich ihn, nicht nur vor seinem Verfolger, sondern auch vor dem, was ihn erwartete.

Die alten Geschichten kamen ihm in den Sinn, die ihm sein Vater erzählt hatte. *Im Großen Wald ist alles anders, Torak. Dort sind die Bäume gegenüber Fremden wachsamer, die Sippen misstrauischer. Wenn du dich jemals dort hineinwagst, sei auf der Hut und vergiss nicht, dass dort sommers der Weltgeist in Gestalt eines hoch gewachsenen Mannes mit einem Hirschgeweih durch die dunklen Täler wandelt …*

Am späten Nachmittag, es regnete immer noch, rastete Torak an einem Fluss. Er hängte seine Ausrüstung in eine Stecheiche und ging seinen Wassersack auffüllen.

Im Uferschlamm entdeckte er frische Spuren. Der Keiler war vor ihm da gewesen, und es konnte noch nicht lange her sein, denn seine Spuren waren scharf umrissen, die Afterklauen tief eingedrückt. Torak war froh, seinen Freund in der Nähe zu wissen. Als er sich hinkniete und den Wassersack füllte, stieg ihm der vertraute Raukegeruch in die Nase, und er brummelte grinsend: »Hab mich schon gewundert, wo du steckst!«

Am gegenüberliegenden Ufer teilte sich der Farn und der Keiler trat heraus.

Er war völlig verändert. Die struppigen braunen Borsten waren schweißverklebt, die kleinen Augen trüb und rot gerändert.

Torak ließ den Wassersack fallen und wich zurück.

Der Keiler quiekte zornig.

Und preschte auf den Jungen los.

Kapitel 9

Torak hastete zum nächstbesten Baum, als der Keiler auf ihn losgetrampelt kam.

Die Angst verlieh ihm ungeahnte Kräfte. Er schwang sich auf einen Ast und zog die Beine nach, als sich die Hauer auch schon dort in den Stamm gruben, wo eben noch sein Fuß gewesen war.

Der ganze Baum bebte und Torak grub die Fingernägel in die Rinde.

Er hockte rittlings auf dem Ast und rutschte bis zur Gabelung von Ast und Stamm zurück. Kaum zwei Spannen trennten ihn von dem wütenden Tier, aber höher konnte er nicht klettern, dafür war der Baum zu dünn. Er hatte seine Stiefel verloren, seine Fußsohlen waren von Lehm glitschig. Verzweifelt klammerte er sich fest und versuchte, das Gleichgewicht zu halten. Ein Ast brach mit lautem Knacken mittendurch. Der Keiler warf den Kopf in den Nacken und stierte zu Torak empor.

Die zuvor so gelassen und klug blickenden braunen Äuglein quollen jetzt blutunterlaufen aus ihren Höhlen. Das

Tier hatte sich in ein Ungeheuer verwandelt. Torak fühlte sich voller Entsetzen an Oslak erinnert.

»Ich bin doch dein Freund!«, flüsterte er.

Der Keiler grunzte schnaufend und verschwand krachend und knackend im Unterholz.

Erst als er eine ganze Weile nicht zurückgekommen war, atmete Torak auf, wagte aber noch nicht herunterzuklettern. Schweine sind schlau. Manchmal legen sie sich auf die Lauer. Der Keiler konnte sich genauso gut irgendwo versteckt halten. Torak hatte einen Krampf im Bein, und als er auf seinem Ast herumrutschte, um sich Linderung zu verschaffen, spürte er in der Wade einen stechenden Schmerz. Er blickte an seinem Bein herunter und stellte verblüfft fest, dass seine Füße nicht etwa von Lehm feucht waren, sondern von Blut. Der Keiler hatte ihn an der Wade erwischt, aber er hatte es im ersten Schrecken gar nicht gemerkt. Nun, das war jetzt auch nicht mehr zu ändern.

Der Regen ließ nach und die Sonne kam heraus. Torak betrachtete die Stecheichen und Eichenbäume ringsum und den Farn und die mit weißen Blüten übersäten Spiersträucher dazwischen. Alles wirkte ganz friedlich.

Der Raukegeruch des Keilers lag noch in der Luft. Wenn das Tier in der Nähe lauerte, würde Torak es erst merken, wenn es zu spät war.

Unter ihm landete ein Rotschwänzchen so schwungvoll auf einer Klettenstaude, dass die Regentropfen nur so spritzten. Es hätte sich bestimmt nicht hergetraut, wenn der Keiler noch in der Nähe wäre, dachte Torak.

Für alle Fälle zückte er sein Messer, bat den Geist des Weidenbaums rasch um Verzeihung, brach einen Zweig ab und ließ ihn fallen.

Das Rotschwänzchen flatterte auf. Das Farnkraut erwachte mit einem Schlag zu wütendem Leben.

Aus luftiger Höhe beobachtete Torak, wie der Keiler den Zweig mit seinen Hauern bearbeitete und zu faserigem Brei zertrampelte. Hätte Torak seinen Hochsitz verlassen, wäre ihm ein ähnliches Schicksal zuteil geworden.

Der Keiler schleuderte die Überreste des Zweigs ins Farnkraut, dann fuhr er mit gesenktem Kopf herum und warf sich gegen Toraks Weide.

Seine Schulter prallte mit der Wucht eines herabstürzenden Felsbrockens gegen den Stamm. Es regnete Weidenblätter. Torak hielt sich verbissen fest.

Der Keiler warf sich noch einmal gegen den Baum.

Noch einmal.

Und noch einmal.

Torak blieb fast das Herz stehen, als er begriff, was das Tier vorhatte. Es wollte den Baum umstürzen!

Das konnte ihm durchaus gelingen, denn dem entsetzten Torak wurde immer klarer, dass er sich den falschen Baum ausgesucht hatte. Statt auf eine der robusten Eichen oder Stecheichen zu klettern, die einem wütenden Schwein ohne weiteres standgehalten hätten, hatte er sich auf eine schlanke Weide geflüchtet, deren Stamm kaum breiter war als seine eigenen Hüften.

Wirklich schlau von dir, Torak!, beschimpfte er sich stumm.

Wieder rannte der Keiler gegen den Baum an und diesmal hörte man es krachend splittern. In der Rinde klaffte eine tiefe Wunde. Torak sah das entblößte rötlich braune Holz und das feucht glänzende Baumblut…

Tu etwas! Schnell!

Vielleicht konnte er die zunächst stehende Eiche erreichen, wenn er sich auf dem Ast nach vorn schob…

Er rutschte sofort wieder zurück. Es war zwecklos. Der Ast sah zwar kräftig aus, aber Toraks volles Gewicht konnte er trotzdem nicht tragen. Der Baum war eine Bruchweide, deren Holz, wie jeder wusste, ausgesprochen spröde war. Demnach hatte sich Torak nicht nur den mickrigsten Baum weit und breit ausgesucht, sondern auch noch den, der am leichtesten umzuknicken war.

Mit einem Mal hielt der Keiler inne. Die Stille war Torak fast noch unheimlicher als das Toben und Wüten.

Ihm stand ein Kampf auf Leben und Tod bevor, den er höchstwahrscheinlich verlieren würde. Seine Waffen – Axt, Bogen und Pfeile – hingen außerhalb seiner Reichweite ordentlich an der Stecheiche.

Sein letzter Rest Zuversicht schwand, wie ein Rinnsal im Sand versickert. Es gab keinen Ausweg. Er musste sterben.

Ohne eigentlich zu wissen, was er tat, legte er die Hände an den Mund und heulte. *Wolf! Wo bist du? Hilf mir!*

Der Wind blieb ohne Antwort. Wolf war weit fort im Gebirge.

Obendrein schien Torak der einzige Mensch in diesem Teil des Waldes zu sein. Niemand würde seinen Ruf hören und ihm zu Hilfe eilen.

Wenn er heulte, fühlte er sich einerseits verwundbar, andererseits schöpfte er daraus seltsamerweise auch Kraft. Du gehörst zum Wolfsclan, sprach er sich Mut zu. Einer wie du lässt sich nicht wie ein krankes Eichhörnchen vom Baum schütteln. Bevor ihm wieder Zweifel kamen, kappte er mit dem Messer einen etwa armlangen Ast und befreite ihn von allen seitlichen Auswüchsen. Er schnitt die Spitze stumpf ab und kerbte sie ein, bis er eine kräftige, aber biegsame Gabel hatte. Der Baum mit seinen Waffen war etwa zwei Schritt entfernt. Vielleicht – *vielleicht* – konnte er die Gabel in die Lederschlaufe an seinem Axtstiel schieben und die Axt zu sich herüberangeln.

Der Keiler stand, vor Schweiß dampfend, da und belauerte seine Bemühungen.

Zum Glück war der Weidenast, der am nächsten an die Stecheiche mit den Waffen heranreichte, auch der stabilste. Torak rutschte so weit nach vorn, wie er sich gerade noch traute, dann streckte er sein Hilfswerkzeug aus.

Er reichte nicht heran.

Er rutschte ein Stück zurück, nahm seinen Gürtel ab, knotete ihn um den Weidenstamm und hielt sich mit einer Hand an dem losen Ende fest. Jetzt konnte er sich noch weiter vorbeugen.

Und diesmal… ja! Er schob die Gabelung in die Axtschlaufe und hob die Waffe ganz sacht herunter.

Die Axt war schwer. Toraks gegabelter Ast bog sich, und er musste hilflos zusehen, wie die Axt herunterglitt und sich in die Erde grub.

Der Keiler quiekte, schob die Hauer unter den Axtgriff und beförderte die Waffe schwungvoll ins Unterholz.

Torak gestattete sich keinen Verzweiflungsanfall, sondern angelte mit dem Ast nach seinem Bogen. Unendlich behutsam schob er die Gabel unter die Sehne. Der Bogen war viel leichter als die Axt, denn er bestand ja bloß aus einem Stück Eibenholz und einer Tiersehne, und ließ sich ohne Schwierigkeiten herunterheben.

Als der Bogen wohlbehalten um seine Schulter hing, fasste Torak neuen Mut. »Na, hast du das gesehen?«, rief er dem Keiler zu. »Das hättest du mir nicht zugetraut, was?«

Jetzt die Pfeile. Torak hielt sich wieder an seinem Gürtel fest, angelte nach dem Köcher und bekam ihn auch zu fassen. Der kegelförmige Behälter war aus leichtem Knüpfgras geflochten, aber als Torak ihn vorsichtig zu sich heranzog, kippte er, und ein paar Pfeile fielen heraus. Torak holte seine Angel mit einem Ruck ein und konnte nur die drei letzten retten.

Einen Augenblick verspürte er eine kindische Freude. »Drei Pfeile!«, rief er triumphierend.

Drei Pfeile. Für ein ausgewachsenes Schwein. Ebenso gut konnte man versuchen, einen Elchbullen mit einem Grasbüschel zu erlegen.

Der Keiler nahm schnaufend seine Angriffe wieder auf. Die Weide würde nicht mehr lange standhalten.

Torak duckte sich auf seinem schwankenden Hochsitz und legte einen Pfeil ein. Zweige peitschten gegen seinen Zugarm, er konnte nicht vernünftig zielen ...

Er ließ den ersten Pfeil von der Sehne schnellen und traf den Keiler in die Schulter. Das Tier brüllte auf, bearbeitete jedoch unbeirrt die Wurzeln der Weide mit den Hauern. Die Wunde störte es nicht mehr als ein Mückenstich.

Torak biss die Zähne zusammen und schoss den zweiten Pfeil ab, der wirkungslos von dem mächtigen Schädel abprallte.

Denk nach, Torak! Am Kopf und an der Schulter kannst du ein Schwein nicht ernsthaft verwunden. *Hinter* die Schulter musst du zielen, dann triffst du vielleicht ins Herz.

Es krachte und splitterte, und die Weide schwankte so heftig, dass Torak seinen Widersacher beinahe mit dem Fuß streifte.

Der Keiler setzte zum nächsten Angriff an. Doch ehe er drauflosstürmte, erspähte Torak hinter seinem Vorderlauf einen hellen Fleck, zielte und schoss.

Diesmal bohrte sich der Pfeil dem Tier tief in die Flanke. Ein schrilles Quieken – und der Keiler fiel mit dumpfem Aufprall auf die Seite.

Stille.

Torak hörte nur sein eigenes Keuchen und das leise Tröpfeln des Regens auf den Farnwedeln.

Der Keiler bewegte sich nicht.

Irgendwann hielt Torak es nicht mehr aus. Als sich das Tier immer noch nicht rührte, ließ er sich auf den zerwühlten Boden gleiten.

Als er vor der sterbenden Weide stand, fühlte er sich schutzlos. Er hatte weder Pfeile noch Axt, nur sein Messer.

Aber der Keiler *musste* tot sein. Die schweißgefleckten Flanken hoben und senkten sich nicht mehr.

Torak traute dem Frieden trotzdem nicht. Er hielt drei Schritt Abstand von dem Tier. Näher wollte er sich erst heranwagen, wenn er wieder vollständig bewaffnet war.

Geräuschlos trat er hinter die todwunde Weide und tastete im Farn nach seiner Axt.

Hinter ihm kam der Keiler taumelnd auf die Beine.

Torak wühlte verzweifelt in den Farnwedeln. Irgendwo musste sie doch sein ...

Der Keiler trabte auf ihn los.

Torak erspähte seine Axt, stürzte darauf zu, packte sie, fuhr herum und hieb dem Tier die Klinge in den wulstigen Nacken.

Der Keiler brach tot zusammen.

*

Torak stand breitbeinig und keuchend da und hielt den Axtstiel mit beiden Händen umklammert.

Regen rann ihm wie ein Tränenstrom über die Wangen und tropfte schwermütig auf den Farn. Torak war übel. Bis jetzt hatte er nur etwas erlegt, wenn er Fleisch brauchte. Noch nie hatte er einen Freund getötet.

Er ließ die Axt fallen, kniete sich hin und legte die bebende Hand auf die noch warmen, rauen Borsten. »Es tut mir Leid, mein Freund, aber ich musste es tun. Mögen deine Seelen ... in Frieden ziehen.«

Das glasige Auge begegnete seinem Blick. Die Seelen hatten den Leichnam bereits verlassen. Torak spürte sie um sich. Sie waren zornig.

»Ich werde dich mit Achtung behandeln«, versprach er und strich beschwichtigend über die schweißfeuchte Flanke, »das verspreche ich.«

Zwischen den verklebten Borsten ertastete er etwas Hartes.

Er teilte die Borsten und schnappte nach Luft. Zwischen den Rippen des Keilers stak eine Art Pfeilspitze.

Torak nahm das Messer zu Hilfe, schnitt den Gegenstand heraus und wusch ihn im Fluss sauber. Die Machart war ihm unbekannt. Die Spitze hatte die Form eines länglichen Blattes, war aber mit tückischen Widerhaken versehen und bestand aus im Feuer gehärtetem Holz.

Hinter ihm ertönte Gelächter. Er fuhr blitzartig herum. Das Gelächter verklang.

Erst jetzt ging ihm auf, was sein Fund bedeutete. Deswegen war das Tier so angriffslustig gewesen! Es war nicht krank gewesen, sondern verwundet. Wer es angeschossen hatte, war so grausam und gefühllos, dass er seine Beute nicht endgültig zur Strecke gebracht hatte, wie es das heilige Gesetz der Jagd gebot, sodass der Keiler vor Schmerzen rasend geworden und auf alles losgegangen war, was ihm in die Quere kam.

Und da Torak anscheinend der einzige Mensch war, der sich in diesem Teil des Waldes aufhielt, hatte es der Übeltäter offensichtlich darauf angelegt, ihn zum ersten Opfer des rasenden Tieres zu machen.

Kapitel 10

Torak wickelte ein Stück Leber in Klettenblätter und klemmte es in eine Astgabel.

»Dank sei dem Clanhüter für diese Beute«, sagte er leise, wie er es von klein auf gewohnt war, aber zum ersten Mal empfand er dabei keine Dankbarkeit. Er sah immer den klugen alten Keiler vor sich, wie er im Laub gewühlt und ihm nachts Gesellschaft geleistet hatte, und die rundlichen Frischlinge, die nun vaterlos waren.

Widerstrebend ging er zu dem kolossalen Kadaver zurück. Er musste sich ordentlich anstrengen, bis er ihn schließlich umgedreht und ihm den Bauch aufgeschlitzt hatte, um die Innereien herausholen zu können.

Ein Rehbock war das größte Wild gewesen, das er bis dahin erlegt hatte, und mit dem hatte er zwei Tage lang alle Hände voll zu tun gehabt. Der Keiler war viel größer und würde ihn bestimmt einen halben Mond in Anspruch nehmen.

Er hatte keinen halben Mond Zeit. Er musste weiter, in den Großen Wald, den Heiltrank beschaffen.

Doch was blieb ihm anderes übrig? Das älteste Gesetz überhaupt gebot, seine Jagdbeute mit äußerster Ehrerbietung zu behandeln und alles davon zu verwerten. So lautete der uralte Pakt der Sippen mit dem Weltgeist. Entweder Torak erwies seiner Beute Achtung oder ihm drohte unermessliches Unglück.

Außerdem musste er sich um seine verletzte Wade kümmern, die so scheußlich brannte, dass nicht einmal der kühle Regen die Schmerzen zu lindern vermochte.

Am Fluss pflückte er ein Büschel Seifenkraut, feuchtete die Blätter an, zerdrückte sie, bis sie glitschig wurden und schäumten, und wusch damit sein Bein. Der Schmerz trieb ihm die Tränen in die Augen.

Anschließend musste die Wunde genäht werden. Torak ging zu seiner Trage, die unversehrt im Baum hing, und fädelte einen Sehnenfaden in seine dünnste Knochennadel. Der Faden, den er seinerzeit aus den Sehnen des erlegten Rehbocks hergestellt hatte, war dick und unregelmäßig geraten, und als Vedna ihn sah, hatte sie verächtlich die Lippen geschürzt und ihm ein Stück von ihrem eigenen überlassen. Der war so fein wie eine Spinnwebe und Torak dankte der Spenderin nachträglich noch einmal.

Der erste Stich tat unerträglich weh. Stöhnend zog Torak den Faden durch seine Haut und hüpfte mit der Nadel halb in der Wade ein paar Mal auf dem gesunden Bein im Kreis, ehe er sich zum nächsten Stich durchringen konnte. Als die Wunde fertig genäht war, liefen ihm dicke Tränen übers Gesicht.

Jetzt der Verband. Dafür zerkaute er grüne Weidenrinde – immerhin gab es hier reichlich davon –, aber als er den Brei auftrug, brannte es scheußlich. Obendrauf kam eine Lage weiches Fruchtfleisch von einem frischen Zunderpilz, die er mit etwas Birkenbast festband.

Als alles erledigt war, zitterte er am ganzen Leib. Die Wunde pochte zwar immer noch, aber der Schmerz hatte ein wenig nachgelassen.

Er hob seine Stiefel auf, die zwar lehmverschmiert, aber sonst ebenfalls unversehrt waren, und zog sie an. Zum Glück waren es Sommerstiefel mit Rohledersohlen und Schäften aus weichem Rehfell, die an der verletzten Wade nicht scheuerten. Zu guter Letzt verstaute er den restlichen Zunderpilz in seiner Trage, damit er den Verband in ein paar Tagen wechseln konnte.

In ein paar Tagen …

Dann wäre er immer noch hier und mit dem Keiler beschäftigt.

Es hatte zu regnen aufgehört. Wasser rann von der gesplitterten Weide und der riesige Kadaver glänzte feucht. Zwei Raben landeten daneben und beäugten ihn hoffnungsvoll, bis Torak sie verscheuchte.

Schwarze Punkte tanzten ihm vor den Augen, und er merkte, dass ihm vor Hunger ganz flau war. Ehe er seine Beute zerlegte, wie es sich gehörte, musste er erst einmal etwas essen.

Der Proviant, den er im Rabenlager eingesteckt hatte, war aufgebraucht, aber an frischem Fleisch mangelte es ihm wahrhaftig nicht. Nur dass ihm allein der Gedanke daran zutiefst widerstrebte.

Unter den wachsamen Blicken der beiden Vögel würgte er die restliche Leber herunter. Das Blut zu trinken fiel ihm noch schwerer. Das meiste war inzwischen im Boden versickert – schon das ein unverzeihlicher Fehler seinerseits, den er nie wieder gutmachen konnte und der ihm Unglück bringen würde, weil er gegen den Pakt mit dem Weltgeist verstoßen hatte. Um zu retten, was noch zu retten war, holte er seinen Rindenbecher und fing damit die letzten Tropfen auf. Dabei musste er unwillkürlich an Oslak denken, der den Becher einst in einer langen Winternacht für ihn angefertigt hatte, und gegen das Gefühl ankämpfen, das Blut eines Freundes zu trinken.

Danach aß er eine Hand voll zerkleinerte Klettenblätter, um den Geschmack loszuwerden, dann machte er sich endlich ans Werk.

Das Fell abzuziehen, erforderte viel Kraft. Als er damit fertig war, dämmerte es. Er war über und über mit Blut bespritzt und wankte vor Erschöpfung, das Fell war ein einziger erdverschmierter, stinkender Klumpen. Torak hatte keine Kraft mehr, es zu waschen und Fleisch- und Schwartenreste abzuschaben. Anschließend musste man es mit Holzasche und Hirnmasse einreiben, das Fleisch räuchern und die Knochen zu Angelhaken und Pfeilspitzen verarbeiten.

Nicht zu vergessen, dass er sich natürlich vor Anbruch der Dunkelheit noch eine Hütte bauen und Feuer machen musste …

»Der gute Wille genügt nicht«, sagte jemand hinter ihm.

Torak drehte sich erschrocken um.

Niemand war zu sehen. Der mannshohe Farn war wie eine dunkle Wand.

»Wer ist da?«, fragte Torak und trat einen Schritt vor, doch dann fiel ihm ein, dass seine Waffen hinten bei dem toten Keiler lagen.

Da sah er es. Ein Gesicht im Farn. Es blickte ihn an.

Ein Blättergesicht.

Kapitel 11

Das blättergesichtige Geschöpf war nicht allein.

Daneben erschien noch eins. Dann noch eins und noch eins. Torak war umzingelt.

Als immer mehr zwischen den Bäumen auftauchten, sah Torak, dass sie zwar im Gesicht seinem rätselhaften Verfolger glichen, dass es ansonsten aber erwachsene Männer und Frauen waren, und Klauen hatten sie auch nicht.

Ihr langes braunes Haar war am Hinterkopf mit Schweifhaaren von Waldpferden zusammengebunden. Die Männer hatten ihre Bärte grün gefärbt, wie die Moosbüschel, die von Fichten herabhängen. Männer wie Frauen hatten dunkelgrüne Lippen, aber das Erstaunlichste waren die Blätter: dicht an dicht aufgebrachte grünbraune Tätowierungen, Eichenblätter bei den Frauen, Stecheichenblätter bei den Männern. Das rief den unheimlichen Eindruck hervor, dass sie durchs Laubdach eines Baumes spähten, selbst wenn sie auf festem Boden standen.

Die Fremden gingen barfuß und trugen ärmellose Wämser und kniehohe Beinlinge aus Rindenfaser, die so kunstvoll geknüpft waren, wie es Torak noch nie gesehen hatte. Allesamt waren sie mit herrlichen Bögen aus geöltem Holz bewaffnet und alle hatten einen Pfeil mit grüner Schieferspitze und Spechtfedern am Schaft eingelegt. Die Pfeile waren auf Torak gerichtet.

Zum Beweis seiner friedlichen Absicht legte er rasch beide Fäuste aufs Herz.

Nicht einer der Fremden ließ den Bogen sinken.

»Kommt ihr… aus dem Großen Wald?«, fragte er mit belegter Stimme aufs Geratewohl. Er spürte, dass sich die Unbekannten von dem rätselhaften Verfolger insofern unterschieden, dass sie zwar gefährlich und vielleicht auch unberechenbar waren, aber nicht von Natur aus böse.

»Und du«, erwiderte eine Frau, deren Stimme Torak wiedererkannte, weil sie es gewesen war, die ihn unvermutet angesprochen hatte, »du hast jetzt seinen Saum erreicht und musst umkehren.«

»Aber ich dachte, der Große Wald liegt viel weiter östlich…«

»Da hast du dich geirrt«, entgegnete die Frau eisig wie ein Waldsee. Sie hatte ein schmales Gesicht und ihre nussbraunen, argwöhnisch blickenden Augen standen zu eng zusammen. Auch schien sie älter als die anderen zu sein. Ob sie die Anführerin war?

»Du bist am Saum des Wahren Waldes angekommen«, wiederholte sie. »Weiter darfst du nicht.«

Der »Wahre Wald«? Unwillkürlich war Torak gekränkt. Was war denn an dem Wald verkehrt, in dem er selbst aufgewachsen war?

»Ich komme als Freund«, sagte er mit gezwungener Liebenswürdigkeit. »Ich heiße Torak. Im Großen Wald leben meine Verwandten. Der Eichenclan und mütterlicherseits der Rotwildclan. Von welchem Clan seid ihr?«

Die Frau nahm eine stolze Haltung an. »Waldpferd«, erwiderte sie hochmütig. »Wie du sehr wohl wüsstest, wenn du die Wahrheit sagtest.«

»Ich sage die Wahrheit.«

»Beweise es.«

Mit knallrotem Kopf ging Torak zu seiner Trage und holte das Medizinhorn seiner Mutter. Es war aus einer ausgehöhlten Hirschgeweihsprosse gefertigt, Fuß und Stopfen waren aus Schwarzeiche geschnitzt. Fin-Kedinn hatte ihm zwar verboten, es irgendjemandem zu zeigen, aber ein anderer Beweis fiel ihm nicht ein.

»Da.« Er hielt der Frau das Horn hin.

Sie schreckte zurück, als hätte er sie bedroht. »Leg das auf den Boden!«, rief sie. »Wir fassen keine Fremden an. Womöglich bist du ein Geist oder ein Dämon!«

»Entschuldigung«, erwiderte Torak eilfertig. »Ich … ich lege es hierhin.«

Er legte das Horn auf die Erde, und die Anführerin beugte sich vor, um es zu betrachten. Torak ging durch den Kopf, dass die Leute vom Waldpferdclan mit ihrem Totemtier nicht nur die Haartracht gemein hatten.

»Es stammt vom Rotwildclan«, verkündete die Anführerin.

Ein erstauntes Raunen ging durch ihre Gefährten.

Die Frau trat näher und sah Torak scharf an. »Du hast etwas vom Wahren Wald an dir, obwohl du hier Böses angerichtet hast, aber deine Clantätowierung ist uns unbekannt. Du darfst nicht weitergehen.«

»*Was?*«, entfuhr es Torak. »Ich muss aber!«

»Er darf den Wahren Wald nicht betreten«, mischte sich ein anderes Sippenmitglied ein. »Seht euch an, was er mit dem Schwein gemacht hat!«

»Und mit der Weide!«, ergänzte ein Zweiter. »Seht nur,

wie sie da im Schlamm liegt. Sie stirbt und niemand lindert ihre Qualen!«

»Und wie lindert man die Qualen eines Baums, bitte schön?«, konterte Torak ungehalten.

Sieben nussbraune Augenpaare funkelten ihn feindselig aus blättertätowierten Gesichtern an.

»Du hast unserem Bruder und unserer Schwester schweres Leid zugefügt, das kannst du nicht leugnen«, sagte die Anführerin.

Torak warf einen Blick auf den geknickten Baum und den schlammverschmierten Kadaver. »Nehmt ihr sie.«

»Wie?« Die Frau machte ein misstrauisches Gesicht.

»Nehmt ihr das Schwein und die Weide. Ich bin allein, ihr seid zu siebt. Ihr kommt damit besser zurande als ich. Auf diese Weise halten wir das Unglück fern.«

Die Anführerin zögerte, als befürchtete sie eine Falle. Dann drehte sie sich nach ihren Leuten um. Zu Toraks Erstaunen sagte sie nichts, sondern machte nur ein paar flüchtige Handbewegungen.

Sogleich traten vier Tätowierte vor, zückten schmale Messer mit grünen Schieferklingen und machten sich über das tote Tier her. Verblüffend flink und geschickt zerlegten sie es, verstauten das Fleisch samt Innereien und Fell in Knüpfgrasnetzen, die sie aus ihren Rückentragen zogen, und hängten sich die gefüllten Netze über die Schultern.

»Um unsere Schwester kümmern wir uns später«, erklärte der eine, nickte der Weide zu und bedachte Torak mit einem geringschätzigen Blick. »Dann betten wir sie zur letzten Ruhe.« Schon waren er und seine drei Gefährten im Dickicht verschwunden.

Außer den Hauern war nichts mehr von dem toten Keiler übrig und die legte eine Waldpferdfrau Torak vor die Füße. »Die hier musst du behalten«, sagte sie ernst, »damit du nie vergisst, welch großes Unrecht du dem Wild zugefügt hast. Wärst du einer von uns, müsstest du sie zur Buße um den Hals tragen.«

»Ich weiß, dass ich unrecht getan habe, aber es geschah nicht mit Absicht!«, wandte sich Torak flehentlich an die Anführerin.

»Darauf kommt es nicht an.«

Torak holte tief Luft und unternahm einen zweiten Versuch. »Ich bin hergekommen, weil wir eure Hilfe brauchen. Bei uns im Weiten Wald herrscht eine Krankheit ...«

»Wissen wir«, schnitt ihm die Frau das Wort ab.

»Woher? Hat die Krankheit etwa auch eure Sippe befallen?«

Sie reckte das Kinn. »Im Wahren Wald gibt es keine Krankheiten. Wir hüten unser Revier gut, aber die Bäume erzählen uns so manches. Sie erzählen uns von dem Übel, das ihre Schwestern im Westen heimsucht, und fragen sich, wo es wohl herkommt.«

»Es heißt, einer eurer Schamanen wüsste einen Heiltrank.«

»Wir kennen keinen Heiltrank«, lautete die barsche Entgegnung.

Torak war wie vor den Kopf geschlagen. »Ich weiß ja, dass ich euch erzürnt habe«, sagte er dann höflich, »und es tut mir Leid. Aber wenn eure Sippe keinen Trank gegen die Krankheit weiß, dann vielleicht eine andere ...«

»Wir hier im Großen Wald kennen keinen Heiltrank! Die Leute vom Otterclan haben unbedacht gesprochen. Sie handeln genauso unbedacht wie ihr Totemtier, das ist so ihre Art!«

»Könnt ihr mir denn wirklich gar nicht helfen? Ihr nicht und auch niemand anders hier im Großen Wald? Bei unseren Sippen gab es schon Tote!«

»Das ist bedauerlich«, entgegnete die Anführerin, ohne im Mindesten bedauernd zu klingen, »aber so ist es nun mal. Was du suchst, ist am Meer zu finden.«

Torak machte große Augen. *»Am Meer?«*

»Geh immer nach Westen, lassen dir die Bäume ausrichten. Geh so weit nach Westen, bis es nicht mehr weitergeht. Dort findest du, was du suchst.«

»Stimmt das auch? Ihr wollt mich doch bloß loswerden.«

Die Miene der grüngesichtigen Anführerin wurde verschlossen. »Die Bäume lügen nicht. Wenn deine Seelen tatsächlich dem Wahren Wald verwandt wären, wüsstest du das. Aber das ist offenbar nicht der Fall, sonst hättest du hier nicht so ein Gemetzel angerichtet.«

»Ich wollte das Schwein nicht töten«, beteuerte Torak, »ich war dazu gezwungen. Es hat mich angegriffen. Jemand hatte es angeschossen und es war rasend vor Qual.«

Die übrigen Waldpferde schrien entsetzt auf.

»Welch furchtbare Tat!«, rief die Anführerin aus. »Kannst du das beweisen? Wie konnte uns so etwas entgehen, wo doch in unserem Wald kein Zweig bricht, ohne dass wir es hören?«

Torak bückte sich und hob die Holzspitze auf, die in der Flanke des Keilers gesteckt hatte. Dann fiel ihm ein, dass die Waldpferde jede Berührung mit Fremden vermieden, und er legte die Pfeilspitze wieder hin.

Was dann geschah, traf ihn ganz unvorbereitet. Die Anführerin bleckte die zwischen den grünen Lippen erschreckend weißen Zähne und fauchte: »Du wagst es, uns zu beschuldigen?!«

»Niemals!«, versicherte Torak, doch dann sah er, was ihm bis dahin entgangen war: dass an ihrem Gürtel ein Bündel dunkler Holzpfeile baumelte, die jenem Geschoss glichen, das den Keiler so gepeinigt hatte.

»Wen beschuldigst du dann? Etwa eine andere Sippe im Großen Wald? Los, antworte, oder du bist des Todes!«

»Ich habe keine Ahnung!«, rief Torak ängstlich. »Ich habe den Schuldigen gesehen, aber ich weiß nicht, wer er ist. Ich weiß nur, dass der Keiler diesen Pfeil in der Flanke hatte!«

Er atmete auf, als die Waldpferde endlich die Waffen sinken ließen.

»Ich nenne ihn den Schleicher«, fuhr Torak fort. »Im Gesicht sieht er aus wie ihr – nein, nein, so war das nicht gemeint! –, sein Gesicht ist zwar auch mit Blättern tätowiert, aber es ist klein wie von einem Kind, außerdem hat er Klauen an Händen und Füßen.«

Die Anführerin wich zurück. Sie kniff die grünen Lippen zusammen und erbleichte unter ihrer Tätowierung. »Du musst sofort gehen«, befahl sie schwer atmend. »Wenn du auch nur einen Fuß in den Wahren Wald setzt, schwöre ich bei allen Bäumen, die mich geboren haben, dass du den nächsten Schritt nicht mehr erlebst.«

Ihre Blicke begegneten sich, und Torak sah, dass sie Angst hatte. »Du kennst ihn, nicht wahr? Den Schleicher. Du weißt, wer er ist.«

Die Frau ging nicht darauf ein. Abermals machte sie ihren Leuten ein Zeichen und der ganze Trupp verschwand zwischen den Bäumen.

»Nein!« Torak lief hinterher. »Sagt mir, wer er ist! Wenigstens das!«

Ein Zweig peitschte ihm ins Gesicht.

Ehe sie endgültig vom Unterholz verschluckt wurde, drehte sich die Anführerin noch einmal um. *»Tokoroth …«*, raunte sie.

»Was bedeutet das?«

»Tokoroth …«

Das grüne Gesicht verschmolz mit dem Laub.

Sie war längst auf und davon, als der Name immer noch wie eine Verwünschung nachzuhallen schien.

Tokoroth …

Kapitel 12

»Ein Tokoroth?«, wiederholte Renn und rieb sich die verbundene Hand, »was soll das denn sein?«

»Nicht hier!«, sagte Saeunn barsch.

Die Alte stand unvermittelt auf und stapfte quer durchs Lager. Obwohl sie krumm war wie ein alter, sturmgebeugter Baum, bewegte sie sich erstaunlich flink und verscheuchte mit ihrem Stab jeden, der ihr im Weg stand. Sie marschierte vorbei an Räucherplatz und Hüterfelsen zur Schlucht. Dabei sah sie sich kein einziges Mal um, sondern nahm selbstverständlich an, dass Renn ihr folgte.

Renn ließ sich ihren Missmut nicht anmerken und ging eilig hinterher. Unterwegs erntete sie die gleichen argwöhnischen Blicke wie die Schamanin. Den anderen Sippenmitgliedern galt sie inzwischen vor allem als Gehilfin der Alten, was ihr überhaupt nicht behagte.

Vor drei Tagen hatte die Krankheit die ersten Sippenmitglieder heimgesucht, mittlerweile waren vier weitere Raben erkrankt. Damit die Kranken sich und anderen keinen Schaden zufügten, hatte Fin-Kedinn zu drastischen Maßnahmen gegriffen und sie in eine Höhle am anderen Flussufer verbannt, wo sie Tag und Nacht bewacht wurden.

Furcht lag in der Luft, das spürte Renn deutlich und sie las es auch in den Blicken der anderen. Bin ich der Nächste? Oder du?

Sie hatte panische Angst, dass die Bisswunde an ihrer Hand bedeutete, dass sie selbst die Nächste sein könnte. Sie hätte gern mit jemandem darüber gesprochen, sich überzeugen lassen, dass sie sich irrte, aber Saeunn hatte ihr verboten, den Vorfall zu erwähnen.

Früher hätte sich Renn um so ein Verbot nicht groß geschert. Sie hatte sich Saeunn schon immer widersetzt und sah keinen Anlass, das zu ändern, aber alle, denen sie sich sonst anvertraut hatte, waren nicht mehr da. Oslak war tot, Vedna war zum Weidenclan, ihrer Stammsippe, zurückgekehrt und Torak war verschwunden.

Torak. Zwei Tage war es jetzt her, dass er sich klammheimlich aus dem Staub gemacht hatte. Allein der Gedanke an ihn machte sie stinkwütend. Er war nicht mehr ihr Freund. Ein Freund geht nicht einfach weg, ohne sich zu verabschieden, und lässt einem stattdessen einen blöden angemalten Kiesel da.

Um ihren Ärger loszuwerden, war sie jeden Tag auf die Jagd gegangen, und da sie eine gute Jägerin war, hatte Fin-Kedinn nichts dagegen einzuwenden gehabt. Dabei hatte sie sich auch die Bisswunde eingefangen. Auch das war gewissermaßen Toraks Schuld.

Es war heute Morgen passiert. Sie war vor Tau und Tag aufgestanden und durch den nebligen Wald zu den Haselnussbüschen im Südosten des Tals gewandert, wo sie am Vortag ein paar Fallen gelegt hatte.

Erst hatte sich im Gebüsch nichts geregt, aber dann raschelte es darin.

Da hatte Renn einen der wichtigsten Jagdgrundsätze außer Acht gelassen, die Fin-Kedinn sie gelehrt hatte, und ohne zuvor nachzuschauen, die Hand hineingesteckt.

Es hatte furchtbar wehgetan. Sie hatte so laut aufgeschrien, dass die Bäume erbebten und ringsum die Ringeltauben aufstoben.

Wimmernd hatte sie die Hand mit einem Ruck zurückgezogen, aber das, was sie gebissen hatte, ließ sich nicht abschütteln. Was es war, konnte sie nicht erkennen, dazu war das Laub zu dicht, deshalb hatte sie mit der anderen Hand das Messer gezogen und blindlings zugestochen – und war zu Tode erschrocken. Es war weder Natter noch Wiesel, sondern ein *Kind*! Sie erhaschte eben noch einen Blick auf funkelnde Augen unter einem verfilzten Haarschopf und spitze braune Zähne, die sich tief in ihren Handballen gruben.

Sie hatte drohend das Messer gehoben, worauf ihr das Geschöpf einen Blick zugeworfen hatte, aus dem blanke Bosheit sprach, ihre Hand freigegeben, wie ein wütender Vielfraß gefaucht hatte und schließlich geflohen war.

Da waren auch schon Thull und Fin-Kedinn mit gezückten Äxten herbeigelaufen gekommen.

Aus unerfindlichen Gründen hatte es Renn widerstrebt, ihnen zu berichten, was vorgefallen war. Sie hatte die Hand auf dem Rücken gehalten und sich lautstark selbst ausgescholten, um ihre Verwirrung zu überspielen. »Was bin ich doch für ein Dummkopf, nicht erst nachzuschauen! Zum Glück war es bloß ein Wiesel!«

Thull hatte sich nur zu gern damit zufrieden gegeben und war ins Lager zurückgekehrt. Fin-Kedinn hatte ihr einen prüfenden Blick zugeworfen, dem sie schweigend standgehalten hatte.

»Was war es denn nun?«, wiederholte sie ungeduldig, als die Schamanin nach zwanzig Schritt in die Schlucht hinein stehen blieb. Renn sah sich um. Ihr war unbehaglich zumute. Sie mochte die Schlucht nicht und betrat sie nur, wenn es sich gar nicht vermeiden ließ.

Obwohl es heller Mittag war, standen sie im Dunkeln. In der Schlucht war es zu jeder Tageszeit dunkel, die steilen Wände sperrten außer einem kleinen Streifen Himmel alles Licht aus. Das Breitwasser fühlte sich hier genauso unwohl wie Renn und toste zornig über die Felsbrocken, die kreuz und quer in seinem Bett verstreut lagen.

Renn schauderte es. Hier drinnen konnte sich jederzeit ein Tokoroth von hinten an einen anschleichen, ohne dass man es kommen hörte …

»Tokoroth«, sagte Saeunn leise, und Renn zuckte zusammen.

»Was bedeutet das?«

Saeunn antwortete immer noch nicht. Sie kauerte sich am Ufer auf einen kleinen Flecken trockener roter Erde und zog das Gewand über die knochigen Knie. Sie ging barfuß und man sah ihre krummen braunen Zehennägel.

Torak hatte Renn einmal anvertraut, dass ihn Saeunn an einen Raben erinnerte. »Und zwar an einen alten, übellaunigen.« Renn verglich die Alte eher mit ausgedörrter, steinharter Erde. Was die Laune betraf, hatte Torak allerdings Recht. Renn kannte die Schamanin schon ihr ganzes Leben und hatte sie noch nicht ein Mal lächeln sehen.

»Wieso sollte ich dir etwas über die Tokoroth erzählen?«, fragte die Schamanin jetzt mit ihrer heiseren Krächzstimme. »Dafür interessierst du dich auf einmal, aber die Schamanenkunst willst du nicht erlernen!«

»Weil ich keine Schamanin werden will!«, gab Renn zurück.

»Aber du könntest es darin zu etwas bringen. Du kannst Dinge vorhersehen, ehe sie geschehen.«

»Als Jägerin kann ich es genauso gut zu etwas bringen, aber du …«

»Das viele Jagen lenkt dich nur ab«, fiel ihr Saeunn ins Wort. »Du willst deinem Schicksal entfliehen. Deiner Bestimmung zur Schamanin.«

Um nicht aufzubrausen, musste Renn tief durchatmen. Sich mit Saeunn zu streiten, war ungefähr so Erfolg versprechend wie der Versuch, mit einer Feder einen Feuerstein zu spalten. Dass an dem, was die Alte sagte, etwas Wahres war, machte die Sache auch nicht besser.

Sie beschloss, sich zu beherrschen, bis sie erfahren hatte, was sie wissen wollte. »Bitte erzähl mir etwas über die Tokoroth.«

*

»Ein Tokoroth«, begann Saeunn, »ist ein Kind, das mutterseelenallein in Dunkelheit aufwächst und anschließend einem Dämon als Heimstatt dient.«

Bei ihren Worten schien es noch finsterer zu werden und ein feiner Nieselregen sprenkelte den roten Erdboden.

»Ein Tokoroth«, fuhr die Alte fort, »kennt weder Gut noch Böse, weder Recht noch Unrecht. Es kennt kein Mitgefühl, denn man hat es gelehrt, alles und jeden zu hassen. Es gehorcht niemandem außer dem, der es erschaffen hat.« Die Schamanin blickte in den reißenden schwarzen Fluss. »Es gehört zu den gefürchtetsten Bewohnern des Waldes. Ich hätte nicht geglaubt, dass ich zu meinen Lebzeiten noch von einem erfahren muss.«

Renn betrachtete ihre verletzte Hand. Unter Saeunns Umschlag aus Huflattich und Spinnweben pochte die Wunde schmerzhaft. »›Erschaffen‹ hast du gesagt. Wie meinst du das?«

Saeunns klauengleiche Hand schloss sich fest um ihren

Stab. »Damit meine ich, dass sich jemand des Kindes bemächtigt hat. Jemand hat den Dämon gefangen und in den fremden Körper gebannt.«

Renn schüttelte den Kopf. »Seltsam, dass ich noch nie davon gehört habe.«

»Nur wenige wissen noch, dass es so etwas überhaupt gibt, und noch weniger sprechen darüber. Außerdem«, ihr Ton wurde schärfer, »willst du ja von Schamanenkunst nichts wissen. Oder etwa doch?«

Renn wurde rot. »Und wie erschafft man ein Tokoroth?«

Überraschenderweise verzog die Alte den eingefallenen Mund zu einem anerkennenden Grinsen. »Du gehst den Dingen auf den Grund, das ist gut. Das macht einen Schamanen aus.«

Renn verkniff sich eine Erwiderung.

Saeunn ritzte ein Zeichen in den Boden, verdeckte es aber mit der Hand, sodass Renn nichts erkennen konnte. »Die geheime Kunst, Tokoroth zu erschaffen, ist längst in Vergessenheit geraten. Jedenfalls haben wir das immer angenommen. Wie es scheint, hat jemand das alte Wissen wieder entdeckt.« Sie nahm die Hand weg und Renn sah auf der Erde den Dreizack der Seelenesser.

Damit hatte sie zwar schon halb gerechnet, trotzdem erschrak sie, als sie ihre Ahnung bestätigt sah. »Aber wie stellt man es denn nun an?« Das Breitwasser brauste so laut, dass sie sich kaum verständlich machen konnte.

Saeunn legte das Kinn auf die Knie und blickte wieder in den Fluss und Renn tat es ihr nach. Sie schauten tief hinab bis auf den dunklen Grund. »Als Erstes raubt man ein Kind. Vielleicht verschwindet es plötzlich, wenn seine Eltern einen Augenblick nicht aufpassen. Natürlich sucht die Sippe danach, nimmt an, es sei in den Wald gelaufen, aber die Suche bleibt vergeblich. Es hat sich wohl verirrt und wurde von einem Luchs oder Bären gefressen. Die Trauer ist groß.«

Renn nickte. Sie kannte Familien, die auf diese Weise Kinder verloren hatten, so etwas kam öfter vor, und die Eltern taten ihr immer unendlich Leid. Sie selbst hatte auch schon Verwandte verloren. Fünf Monde war ihr Vater verschwunden geblieben, bis man seinen Leichnam gefunden hatte. Sieben Sommer war sie damals alt gewesen. Sie erinnerte sich noch gut an die quälende Ungewissheit.

»Für so ein Kind wäre es besser, es wäre tatsächlich einem Bären zum Opfer gefallen«, fuhr die Schamanin düster fort. »Alles ist besser, als ein Tokoroth zu werden.«

»Wieso? Dann ist es doch wenigstens noch am Leben!«

»Leben nennst du das?« Die Schamanin ballte die knochige Faust. »Mond für Mond im Dunkeln zu hocken? Es nur gerade so warm zu haben, dass man nicht erfriert? In seinem eigenen Dreck zu leben und sich von vergammelten Fledermäusen zu ernähren, die einem jemand hinwirft? Und das Schlimmste – nie einen anderen Menschen zu sehen? Jedenfalls so lange nicht, bis das Kind die Liebkosungen seiner Mutter vergessen hat, ja, bis es seinen eigenen Namen vergessen hat.«

Renn überlief es eiskalt. Sie glaubte, schon den Hauch des Bösen zu spüren.

»Dann, wenn es nur noch eine leere Hülle ist, dann erst beschwört sein Herr den Dämon und bannt ihn in den Körper.«

»Du meinst, in das Kind«, warf Renn leise ein. »Es ist immer noch ein Kind.«

»Es ist ein Körper, eine leere Hülle«, wiederholte Saeunn barsch. »Seine Seelen sind dem Dämon auf immer hörig.«

»Aber …«

»Wieso widersprichst du mir eigentlich dauernd?«

»Weil es immer noch ein Kind ist! Vielleicht wäre es noch zu retten …«

»Dummes Ding! Lass dich bloß nie von Mitleid blenden! Erklär mir lieber, was ein Dämon eigentlich ist. Na los! Wird's bald?«

Jetzt wurde Renn auch ärgerlich. »Das weiß doch jeder! Warum fragst du?«

»Widersprich mir nicht, Mädchen, tu, was ich dich geheißen habe!«

»Ein Dämon entsteht, wenn jemand stirbt und seine Seelen nicht zusammenbleiben, sodass derjenige seine Clanseele verliert«, leierte Renn widerstrebend herunter. »Wenn nur Namensseele und Weltseele zurückbleiben, hat derjenige keinen Clansinn mehr und kann Gut nicht mehr von Böse unterscheiden. Dann ist ihm alles Lebendige verhasst.« Sie stockte, denn ihr fiel wieder ein, wie sie im vergangenen Herbst einem Dämon direkt ins Auge geblickt und darin nur leidenschaftlichen Hass gesehen hatte. »Dann hat er nur noch ein Ziel, nämlich alles Lebendige um sich her zu vernichten«, endete sie mit schwankender Stimme.

Die Schamanin stieß den Stab auf den Boden und gab wieder ihr krächzendes Lachen von sich. »Ausgezeichnet!« Sie beugte sich vor und Renn sah die geschwollene Ader an ihrer Schläfe pochen. »Damit hast du eben selbst ein Tokoroth beschrieben. Es sieht vielleicht aus wie ein Kind, aber lass dich bloß nicht täuschen! Der Schein trügt. In seinem Körper haust der Dämon. Er hat die Seelen des Kindes so fest im Griff, dass sie sich nie mehr befreien können.«

Renn schlang fröstelnd die Arme um sich. »Wie kann man einem Kind nur so etwas antun!«

Saeunn zuckte nur die Achseln, als erübrigte sich eine Antwort.

»Und wozu dient so ein Tokoroth? Wozu sollte jemand überhaupt eines erschaffen?«

»Damit es seine Befehle ausführt. Sich in fremde Hütten schleicht. Stiehlt. Andere verstümmelt. Angst und Schrecken verbreitet. Was glaubst du wohl, weshalb Fin-Kedinn jeden Abend Wachen aufstellt?«

»Heißt das etwa … es ist eines in unserem Lager?«

»Seit uns die Krankheit heimsucht. Wir wissen nur nicht, warum.«

Renn überlegte. »Du meinst, dass womöglich das Tokoroth die Krankheit verursacht?«

»Ein Tokoroth handelt nur auf Befehl.«

»Die Seelenesser.«

Saeunn nickte. »Das Tokoroth bringt uns auf Geheiß seiner Herren die Krankheit – weshalb, weiß niemand.«

Renn dachte wieder nach, dann sagte sie: »Ich glaube, Torak hat das Tokoroth gesehen. Er wollte mich davor warnen, ehe er weggegangen ist. Er wusste bloß nicht, um was für ein Geschöpf es sich handelt.« Ihr kam ein anderer Gedanke. »Sind es mehrere?«

»Das nehme ich doch an.«

Das musste Renn erst einmal verdauen. »Dann könnte sich eines hier verstecken und ein anderes ist Torak auf den Fersen?«

Saeunn breitete stumm die Hände aus.

Mit einem Mal erschien Renn der Wald, in dem sie aufgewachsen war, als ein Ort voller Gefahren. »Aber wozu schicken uns die Seelenesser die Krankheit? Was haben sie vor?«

»Das weiß ich auch nicht«, erwiderte die Alte.

Diese Antwort ängstigte Renn mehr als alles andere. Saeunn war Schamanin. Wenn sie es schon nicht wusste …

Schaudernd blickte Renn in die reißende Flut. Sie stellte

sich vor, wie der nichts ahnende Torak ostwärts wanderte, verfolgt von einem unvorstellbar bösartigen Geschöpf…

»Du kannst ihm nicht nachgehen und ihn warnen«, unterbrach Saeunn sie. »Du holst ihn nicht mehr ein, und außerdem hast du keine Ahnung, welchen Weg er genommen hat…«

Renn wandte nicht den Kopf. »Ja, ja, ich weiß.«

Im Stillen ergänzte sie: Aber versuchen muss ich es trotzdem.

Kapitel 13

Wolf konnte Groß Schwanzlos zwar nirgends entdecken, aber deswegen gab er noch lange nicht auf.

Einmal witterte er seinen Rudelgefährten auf einer Lichtung mit jungen Buchen, wo sich Groß Schwanzlos offenbar eine Höhle gebaut hatte, aber dann verlor er die Fährte wieder. Der Geruch von Bärenlosung überdeckte sie und auch der Gestank des Bösen, das im Wald umging. Außerdem verstörte Wolf ein neuer Geruch – er witterte einen Dämon. Dessen Witterung hatte Wolf schon als Welpe kennen gelernt und ihn beschlichen ungute Erinnerungen.

Noch einmal streifte er vergeblich über die Lichtung und wieder schnappte die Furcht nach seinen Hinterläufen.

Der Donnerer zürnte ihm, weil er den Berg verlassen hatte, ahnte Wolf. Das Böse folgte seiner Fährte. Bald würde es über ihn herfallen.

Das Oben war schon ganz dunkel und der Hauch des Donnerers ließ das Laub rauschen. Alle Geräusche wurden lauter, alle Gerüche stärker, wie immer bevor es zu knurren anfing.

Irgendwann fand Wolf die Spur seines Rudelgefährten wieder. Fast hätte er vor Freude laut geheult. Von neuer Hoffnung angespornt, lief er weiter, und mit ihm lief lauter Beute, die wie er vor dem Zorn des Donnerers floh und spürte, dass Wolf es nicht auf sie abgesehen hatte. Ein Biber ließ sich ins Wasser gleiten und schwamm zu seinem Bau, eine Hirschkuh hetzte mit ihrem Kitz in den Schutz der Bäume.

Ganz plötzlich ließ der Donnerer seinem Zorn freien Lauf. Das Nass brach über den Wald herein, drückte das Farnkraut flach auf die Erde und knickte die Bäume, als wären es Grashalme. Ein ohrenbetäubendes Krachen folgte und das Helle-Tier-das-heiß-beißt kam aus dem Oben gesprungen, verfehlte Wolf und traf stattdessen eine Kiefer. Der Baum kreischte auf. Das Helle Tier verschluckte ihn mit einem Happs. Wolf ergriff die Flucht, doch ein Junges des Hellen Tiers hüpfte ihm vor die Pfoten und zwickte ihn in die Zehen. Aufjaulend machte er einen Satz, dann stob er davon, den Gestank sterbender Bäume in der Nase.

So verängstigt war er zuletzt als Welpe gewesen. Er wollte zu seiner Mutter! Er wollte zu Groß Schwanzlos! Er war ganz allein und hatte schreckliche Angst.

*

Renn war ganz allein im Wald und bekam allmählich Angst. Vor zwei Tagen hatte sie das Lager heimlich verlassen, aber sie hatte Torak immer noch nicht gefunden. Zweimal schallte das irre Gekreisch der Kranken durch die Bäume und einmal hatte es über ihr geraschelt. Es kam ihr vor, als hockte in jedem Busch und Baum ein Tokoroth.

Jetzt zog ein Unwetter herauf. Der Weltgeist war erzürnt.

Sie hörte Donner grollen und sah durch eine lichte Stelle im Laub eine wolfsgraue Wolkenwand heranziehen. Sie musste bald irgendwo Schutz suchen.

Das Tal, das sie eben durchquerte, wurde im Osten von schroffen Granitklippen begrenzt, auf denen sie ein paar vielversprechende dunkle Punkte erspähte, Höhlen vielleicht. Sie fiel in Laufschritt und bückte sich unterwegs nach trockenen Ästen für ein Feuer.

Das Gewitter brach urplötzlich los. Der Weltgeist trommelte auf die Wolken, bis sie platzten, eine Regenflut entließen und gleißende Blitze wie Pfeile auf den Wald hinabschleuderten. Von weitem sah Renn einen Baum in Flammen aufgehen. Wenn sie sich nicht beeilte, war sie womöglich das nächste Ziel.

Schließlich kam sie an eine Höhle, doch obwohl sie klatschnass war, blieb sie draußen vor dem Eingang stehen. Höhlen können lebensrettend sein, sich aber genauso gut als tödliche Falle entpuppen, deshalb hielt Renn erst einmal nach Fährten von Bären und Schweinen Ausschau und vergewisserte sich, ob das Höhlendach auch hoch genug war, damit nicht durch einen Spalt der Blitz einschlug und ihr in den Kopf fuhr. Erst als sie sich gründlich umgesehen hatte, trat sie ein.

Sie zitterte vor Kälte und sehnte sich nach einem Feuer, trotzdem kümmerte sie sich als Allererstes um ihren Bogen, zog ihn aus der Lachshauthülle und hängte ihn an eine aus der Höhlenwand ragende Wurzel. Anschließend steckte sie die Pfeile zum Trocknen in die Erde, damit sich das feuchte Holz nicht verzog, dann erst machte sie Feuer.

Draußen wütete der Sturm. Wo mochte Torak gerade sein? Ob er wohl auch irgendwo Zuflucht gefunden hatte?

Seine Spur vom Rabenlager bis in diesen Teil des Waldes zu verfolgen, war nicht ganz einfach gewesen, und anfangs war sie auf Vermutungen angewiesen. Sie hatte angenommen, dass Torak alle viel begangenen Pfade meiden würde, was die Möglichkeiten schon einmal eingrenzte. Bären und andere Jäger halten sich gern in Ufernähe auf, wo ihre Beute zum Trinken hinkommt, deswegen findet man die Wildwechsel von Elch und Hirsch eher in höher gelegenem Gelände. Aus den Geschehnissen des vergangenen Herbstes schloss Renn, dass Torak nicht darauf erpicht sein würde, womöglich einem Bären zu begegnen, und folgerte daraus, dass er sich tatsächlich an irgendwelche Wildwechsel hielt.

Ihre Vermutung hatte sich bestätigt, als sie seine Hütte entdeckt hatte, aber sie war sehr erschrocken, dass die jungen Buchen, aus denen er sich einen Unterschlupf errichtet hatte, von einer umgestürzten Esche zerdrückt worden waren. Wie froh war sie gewesen, keinen Leichnam darunter zu finden und direkt daneben die Überbleibsel einer zweiten Hütte zu entdecken! Dass sie Torak gehört hatte, erkannte sie an den sternförmig um die Feuerstelle angeordneten Steinen, wie sie bei der Rabensippe unüblich waren.

Am folgenden Morgen hatte sie Toraks Fährte abermals verloren, weil ein Schwein die Fußabdrücke bis zur Unkenntlichkeit zertrampelt hatte.

Das Feuer fauchte und riss sie aus ihren Gedanken.

In ihrer verletzten Hand pochte es. Sie rückte näher an die Flammen heran und sah wieder die spitzen braunen Zähne des Tokoroth vor sich, hörte es bösartig fauchen …

»Ich muss essen«, sagte sie laut, um das Bild zu verscheuchen.

In ihre Rückentrage hatte sie gedörrtes Elchfleisch, geräucherten Lachs und Lachsfladen gepackt. Letztere waren allerdings nicht mehr ganz frisch, denn in einem Anfall von Rachsucht hatte sie Saeunns persönlichen Vorrat entwendet, einen Stapel Fladen, den die Schamanin in einem Stück getrocknetem Auerochsendarm aufbewahrte.

Sie nahm einen Fladen heraus, brach für den Clanhüter

ein Stückchen ab und verspeiste den Rest. Der Fladen stammte vom letzten Sommer, war aber noch gut. Der Geschmack erinnerte sie nur zu deutlich an ihre Sippe.

Neben ihr lag der geflochtene Weidenköcher, den sie mit Oslaks Hilfe angefertigt hatte, und an zwei Fingern der linken Hand trug sie einen ledernen Schutz, den ihr Vedna genäht hatte. Rechts hatte sie den Unterarmschutz aus geschliffenem grünem Schiefer angelegt, ein Geschenk von Fin-Kedinn, als er ihr das Bogenschießen beibrachte. Sie nahm den Armschutz kaum je ab, worüber sich ihr Bruder oft lustig gemacht hatte. Ihr Bruder … Er war vergangenen Winter gestorben. An ihn zu denken, war schmerzlich.

Um sich aufzuheitern, griff sie nach der kleinen Hühnerknochenpfeife, die ihr Torak geschenkt hatte. Zwar kam kein Ton heraus, jedenfalls keiner, den sie hören konnte, doch sie trug die Pfeife immer bei sich. Wolf schien ihren Ton ausgezeichnet zu hören, was ihr sogar schon einmal das Leben gerettet hatte.

Versuchsweise blies sie hinein.

Nichts geschah.

Wie auch? Wolf war weit fort im Gebirge.

Sie fühlte sich einsam. Sie breitete ihren Schlafsack aus und rollte sich am Feuer zusammen.

*

Renn erwachte mit der beunruhigenden Gewissheit, dass sie nicht allein war.

Der Sturm hatte sich gelegt, doch es regnete immer noch in Strömen und das Wasser gurgelte durch unsichtbare Rinnen in den Höhlenwänden. Das Feuer glomm nur noch schwach. Dahinter, im dunklen Eingang der Höhle, sah sie einen schattenhaften Umriss.

Sie setzte sich unbeholfen auf und tastete nach ihrer Axt.

Die Gestalt war ziemlich groß, jedenfalls zu groß für ein Tokoroth. Ein Luchs? Womöglich ein Bär?

Aber einen Bären hätte sie schnaufen hören. Außerdem würde er nicht unschlüssig am Eingang verweilen.

Beruhigen konnte sie diese Überlegung allerdings auch nicht.

»Wer ist da?«, fragte sie.

Sie spürte den Eindringling eher auf sich zukommen, als dass sie ihn hörte. Er bewegte sich nahezu geräuschlos.

Dann sah sie ein Augenpaar funkeln.

Sie schrie auf.

Der Eindringling wich erst zurück, dann trat er wieder in den schwachen Schein der Glut.

Renn schnappte ungläubig nach Luft.

Es war ein Wolf. Ein großes Tier mit dickem, vor Regen triefendem grauem Pelz. Es senkte witternd den Kopf und wirkte weder ängstlich noch angriffslustig, sondern einfach nur wachsam.

Renn sah das dichte schwarze Nackenfell, die großen bernsteinfarbenen Augen.

Die Augen …

Nein, das war undenkbar.

Zögernd ließ sie die Axt sinken.

»Wolf?«

Kapitel 14

»Wolf?«, wiederholte Renn.

Der Wolf senkte den Schwanz und spitzte die Ohren, wedelte aber schwach. Er beobachtete sie gespannt, wich ihrem Blick jedoch aus, und er zitterte, ob vor Kälte, Furcht oder Angriffslust, konnte sie nicht einschätzen.

Sie sprang auf. »*Wolf!* Ich bin es, Renn! Ach, Wolf, bist du's wirklich?«

Angesichts dieses Gefühlsausbruchs wich das Tier ein Stück zurück und stieß leise, jämmerliche Knurr- und Winsellaute aus.

Renn konnte sich beim besten Willen nicht erinnern, wie Torak Wolf immer in seiner Sprache begrüßt hatte, darum ließ sie sich auf alle viere nieder, verzog den Mund zu einem Grinsen und suchte seinen Blick.

Das schien auch nicht das Richtige zu sein. Das Tier wandte den Kopf ab und wich noch weiter zurück.

War es etwa doch nicht Wolf? Renn hatte ihn nur als Welpen gekannt… war er denn so groß geworden? Von der Schnauze bis zur Schwanzspitze war er jetzt fast länger, als sie selbst maß, und wenn sie stand, reichte ihr sein Kopf bestimmt bis zum Nabel.

Sein Welpenfell war flauschig und hellgrau mit schwarzen Sprenkeln auf dem Rücken gewesen. Jetzt war der üppige graue Pelz weiß, schwarz, silbern und fuchsrot gestromt. Andererseits waren wie damals vor allem die Schultern schwarz und die Bernsteinaugen waren eigentlich unverwechselbar.

Direkt über ihnen krachte ein Donnerschlag.

Renn zog den Kopf ein.

Der Wolf jaulte auf und flitzte an ihr vorbei in die Höhle. Er legte die Ohren an und zitterte heftig.

Jedenfalls ist er noch nicht ganz ausgewachsen, auch wenn es auf den ersten Blick so aussieht, dachte Renn. Er verhält sich immer noch ein wenig wie ein Welpe.

»Ist schon gut«, sagte sie beschwichtigend. »Hier kann dir nichts passieren.«

Er drehte ihr lauschend die Ohren zu.

»Wolf? Du bist doch Wolf, oder?«

Er legte den Kopf schief.

Ihr kam ein Einfall. Sie öffnete ihren Vorratsbeutel und schüttete sich getrocknete Preiselbeeren in die hohle Hand. Als Welpe war Wolf darauf ganz versessen gewesen.

Der Wolf näherte sich ihrer ausgestreckten Hand. Seine schwarze Nase zuckte. Dann schleckte er die Beeren behutsam auf.

»Ach, Wolf!«, rief Renn. »Du bist es tatsächlich!«

Er machte einen großen Satz rückwärts. Sie hatte ihn erschreckt.

Sie kippte sich noch mehr Preiselbeeren in die Hand und redete ihm gut zu. Schließlich kam er wieder angetappt und verputzte die Leckerei. Dann knabberte er neugierig an ihrem Fingerschutz. Um ihn abzulenken, legte sie einen Lachsfladen auf den Boden. Wie früher stupste er den Fladen erst mit der Pfote an, bevor er ihn mit einem einzigen Happs verschlang.

Dieser Vorgang wiederholte sich noch vier Mal, dann waren Renns letzte Zweifel gewichen. Der Welpe von früher hatte Lachsfladen nie widerstehen können.

Auf allen vieren krabbelte sie auf ihn zu. »Ich bin's«, versicherte sie, streckte die Hand aus und kraulte ihn unterm Kinn.

Er sprang auf, sauste zum Höhleneingang und lief dort winselnd im Kreis. Schon wieder hatte sie etwas verkehrt gemacht.

Bestürzt hockte sie sich ans Feuer. »Warum bist du gekommen, Wolf?«, fragte sie laut, obwohl sie genau wusste, dass er sie nicht verstand. »Suchst du etwa auch nach Torak?«

Wolf leckte sich die letzten Lachsbröckchen von den Lefzen, trabte an ihr vorbei bis zur hinteren Höhlenwand und legte sich dort mit der Schnauze zwischen den Vorderpfoten nieder.

Draußen kehrte der Weltgeist mit leise nachhallendem Donner nach Norden auf seinen Berg zurück. In der Höhle hörte man den Regen rauschen und es roch streng nach nassem Wolfspelz.

Renn hätte Wolf so gern verständlich gemacht, wie froh sie war, ihn wiederzusehen, und ihn gefragt, ob er vielleicht wusste, wo Torak war. Aber wie? Wenn Torak mit Wolf sprach, hatte sie meistens weggehört, weil es sie irgendwie störte. Sie hatte dann immer das Gefühl gehabt, ihren Freund eigentlich gar nicht richtig zu kennen. Jetzt zermarterte sie sich das Hirn in dem Versuch, sich daran zu erinnern.

Wölfe verständigen sich nicht vorwiegend mit der Stimme wie unsereins, hatte ihr Torak einmal erklärt. *Sie drücken sich eher mit Pfoten und Schwanz aus, mit Ohren und Fell und mit ... na ja, eben mit dem ganzen Körper.*

Aber du selber hast doch gar keinen Schwanz und kein Fell, hatte Renn eingewandt, *und die Ohren kannst du auch nicht bewegen. Wie machst du dich ihm dann verständlich?*

Ich lasse eben manches aus. Es ist ein bisschen mühsam, aber es klappt einigermaßen.

Wenn schon Torak Mühe hatte, sich Wolf verständlich zu machen, wie sollte sie es dann erst anstellen? Wie sollte Wolf ihr helfen, Torak zu finden, wenn sie nicht miteinander sprechen konnten?

*

Wolf wurde einfach nicht daraus schlau, was Weibchen Schwanzlos eigentlich von ihm wollte.

Ihr Fiepen verriet ihm, dass sie nichts Böses im Schilde führte, aber alles andere war völlig wirr: Erst drohte sie ihm, dann entschuldigte sie sich wieder und ein andermal ... war sie einfach nur unsicher.

Anfangs schien sie erfreut, ihn zu sehen, obwohl er auch ein Gutteil Misstrauen spürte. Dann aber hatte sie ihn unverschämt angestarrt und sich sogar auf die Hinterbeine gestellt. Anschließend hatte sie versucht, sich dafür zu entschuldigen, und hatte ihm Preiselbeeren und den flachen, augenlosen Fisch zu fressen gegeben, der nach Wacholder schmeckte. Hinterher hatte sie sich schon wieder entschuldigt, indem sie ihn unterm Kinn gekrault hatte! Schließlich war Wolf so verwirrt, dass er ein Weilchen im Kreis laufen musste.

Inzwischen war das Dunkel vorüber und sie war immer noch nicht aufgewacht. Ihm war langweilig, darum warf er sich auf sie und forderte sie zum Spielen auf.

Sie schubste ihn herunter und sagte irgendwas in Schwanzlossprache, das klang wie: »Wäck, wäck!« Das hatte Groß Schwanzlos auch immer gemacht. Offenbar war das die Art der Schwanzlosen zu knurren.

Er ließ sie in Ruhe und machte sich stattdessen an die Erkundung des Baus und schließlich daran, ein Loch zu buddeln. Er freute sich daran, was er für kräftige Pfoten hatte und wie die Erdbrocken aufspritzten.

Er hörte eine Maus in ihr Loch huschen. Er machte einen Satz, packte sie, warf sie in die Luft und biss sie entzwei. Zum Nachtisch verspeiste er noch zwei Käfer und einen Wurm, dann ging er draußen nachsehen, was das Weibchen machte.

Das Heiße Helle Auge leuchtete am Oben, und er roch, dass der Donnerer fort war. Ungeheuer erleichtert tollte er durchs Farnkraut und ließ sich den Pelz nass spritzen. Er hörte, wie eine eben flügge gewordene Elster in ihrem Nest umherhüpfte und wie sich im angrenzenden Tal ein Waldpferd den Bauch an einer umgestürzten Fichte schubberte. Er witterte, dass Weibchen Schwanzlos zum Fluss hinuntergelaufen war, und als er ihr folgte, sah er sie mit der Langen Klaue-die-fliegt in den Vorderpfoten dastehen und die Enten belauern.

Enten erschrecken gehörte zu Wolfs Lieblingsspielen. Dabei hatte er auch Schwimmen gelernt, als er nämlich einmal in ein mit Blättern bedecktes Nass gesprungen war, das er für flach gehalten hatte, und plötzlich untergegangen war. Jetzt hätte er sich am liebsten unverzüglich hineingestürzt und die Enten tüchtig aufgescheucht, bis sie ins Oben flatterten. Nur so zum Spaß, nicht weil er Hunger hatte.

Erst musste er aber herausfinden, was das Weibchen vorhatte.

Er blieb höflich stehen und erkundigte sich mit einem Ohrenzucken, ob sie auf Entenjagd war.

Sie übersah ihn.

Wolf wartete noch ein Weilchen ab, denn er wusste ja, dass die Schwanzlosen so erbärmlich schlecht hörten und witterten, dass man direkt vor ihrer Nase stehen konnte, ohne dass sie es mitbekamen.

Irgendwann kam er zu dem Schluss, dass sie nichts dagegen haben würde, und pirschte sich durchs Farnkraut an die Enten heran.

Mit einem Satz war er zwischen ihnen. Sie stoben unter erfreulich empörtem Quaken ins Oben.

Zu seiner Verblüffung kläffte ihn Weibchen Schwanzlos ärgerlich an. »Woff! Woff!«, blaffte sie und schwenkte drohend die Lange Klaue.

Wolf trabte gekränkt davon. Sie hätte ihm ja sagen können, dass sie auf der Jagd war! Schließlich hatte er vorher gefragt.

Aber er war nicht nachtragend. Er lief los, um die Gegend zu erkunden, und dabei ging ihm mit einem Mal durch den Kopf, dass er Weibchen Schwanzlos' Hilfe brauchte, um Groß Schwanzlos zu finden.

Wolf hatte keine Ahnung, woher er diese Gewissheit nahm, aber wie es manchmal vorkam, war er sich auf einmal ganz sicher. Er musste unbedingt bei Weibchen Schwanzlos bleiben.

Am Oben stieg das Heiße Helle Auge immer höher und Weibchen Schwanzlos machte sich endlich auf die Suche nach Groß Schwanzlos. Sie war der Leitwolf, und Wolf trabte hinter ihr her, was ihn einige Überwindung kostete, denn sie kam so langsam voran wie ein neugeborener Welpe.

Nach einer Weile machten sie an einem kleinen Nass Halt, und das Weibchen teilte sich mit ihm einen Wacholderfisch, aber als ihr Wolf über die Schnauze leckte und um mehr bettelte, wehrte sie ihn bloß lachend ab.

Er grübelte immer noch, wieso sie gelacht hatte, als sich

der Wind auf einmal drehte und ihm ein unverwechselbarer Geruch in die Nase stieg.

Er hielt inne, hob die Schnauze und sog in tiefen Zügen die Luft ein. *Ja!* Die schönste Witterung im ganzen Wald! Die Witterung von Groß Schwanzlos!

Wolf machte kehrt und folgte dem Geruch bis zu einer Kiefer, an deren Stamm er die Spur von Groß Schwanzlos' Vorderpfote erschnüffelte, allerdings schon ein paar Male Hell alt. Wieder hob er witternd die Schnauze.

Dahinten! Sie mussten umkehren! Groß Schwanzlos lief gar nicht tiefer in den Wald hinein, sondern genau in die andere Richtung, dorthin, wo sich das Heiße Helle Auge schlafen legt!

Weibchen Schwanzlos war zu weit weg, als dass Wolf sie sehen konnte, er hörte sie nur in die verkehrte Richtung durchs Unterholz stapfen.

Falscher Weg!, bellte er. *Kehr um! Kehr um!*

Er brannte darauf, seinem Rudelgefährten zu folgen, denn er spürte, dass ihnen Groß Schwanzlos viele Sprünge voraus war, aber Weibchen Schwanzlos schien mal wieder überhaupt nichts zu begreifen.

Ungehalten knurrend lief Wolf sie holen.

Sie machte große Augen.

Er sprang sie an, warf sie um und stellte sich bellend mit den Vorderpfoten auf ihre Brust.

Sie hatte Angst und bekam offenbar schlecht Luft.

Dann eben nicht.

Wolf machte schwungvoll auf der Hinterpfote kehrt und stürmte davon.

*

Renn rappelte sich, nach Atem ringend, hoch und klopfte sich die Erde von den Kleidern.

Jetzt da Wolf fort war, fühlte sie sich wieder ziemlich einsam, aber ihr Stolz verbot ihr, ihn mit der Pfeife zurückzurufen. Er hatte sie verlassen. Sein Pech.

In gedrückter Stimmung marschierte sie weiter, bis sie an eine Weggabelung kam. Von Torak keine Spur. Nur Stecheichendickicht und tropfnasser Farn.

Wolf war ganz aufgeregt gewesen und dann war er nach Westen gelaufen… Nach Westen? Nach Westen ging es zum Meer. Was wollte Torak denn da?

Wie aus dem Boden gewachsen, stand Wolf wieder vor ihr.

Nur mit Mühe unterdrückte sie einen Freudenschrei. Sie hatte schon so viel verkehrt gemacht, dass sie nicht den nächsten Patzer riskieren wollte.

Sie hockte sich auf die Fersen und erklärte Wolf in sanftem Ton, wie froh sie war, dass er zurückgekommen war. Dabei hielt sie die Augen niedergeschlagen und streifte nur ab und zu flüchtig seinen Blick.

Wolf kam schwanzwedelnd auf sie zu. Er stupste sie mit der Schnauze in die Wange, knabberte spielerisch an ihrem Ohr, was ein bisschen kitzelte, und schleckte ihr zum Schluss übers Gesicht.

Sie kraulte ihn behutsam hinter den Ohren, und er leckte ihr die Hand, wobei er diesmal darauf verzichtete, an ihrem Fingerschutz zu nagen.

Dann machte er kehrt und lief nach Westen.

»Nach Westen?«, fragte Renn. »Meinst du das ernst?«

Er drehte sich um und sie las unerschütterliche Gewissheit in seinem bernsteinfarbenen Blick.

»Nach Westen«, wiederholte sie.

Wolf galoppierte voran und Renn fiel in Laufschritt.

Kapitel 15

Die Luft hatte einen Beigeschmack von Salz. Torak blieb stehen.

Der Salzgeruch weckte Erinnerungen. Vor fünf Sommern war er zum ersten und letzten Mal in seinem Leben am Meer gewesen und dieses eine Mal hatte ihm wahrhaftig gereicht.

Über ihm rauschten die Kiefern. Im Norden sah er durch die Bäume das Breitwasser in seinem felsigen Bett ungeduldig dem Meer entgegeneilen. Torak hatte es weniger eilig, aber die Anführerin der Waldpferde hatte behauptet, was er suche, sei am Meer zu finden. War er zu leichtgläubig gewesen? Ihm war schmerzhaft bewusst, dass er seinem Ziel, ein Mittel gegen die Krankheit zu finden, seit dem Verlassen des Rabenlagers kein Stück näher gekommen war. Erst war er nach Osten gewandert, dann in die entgegengesetzte Richtung nach Westen. Es kam ihm vor, als ob jemand mit ihm seinen Schabernack trieb, ihn wie ein Knöchelchen oder einen Spielstein umherschubste.

Zwei Tage war es jetzt her, dass er am Saum des Großen

Waldes umgekehrt war. Zwei Tage und Nächte war er ununterbrochen auf der Hut vor seinem Verfolger gewesen. Doch obwohl er spürte, dass ihn dieser noch immer belauerte, hatte er sich seither weder gezeigt noch ihm eine weitere tödliche Falle zu stellen versucht.

Trotzdem hatte sich Toraks Stimmung seit der vergangenen Nacht verschlechtert, was allerdings ausnahmsweise nicht an dem Unbekannten lag.

Torak hatte am Feuer gesessen, mit dem Schlaf gekämpft und dem Sturm gelauscht, der in den Hügeln im Osten grollend abflaute. Zwei Mal hatte ihm der Wind Fetzen gehässigen Gelächters zugetragen. Zwei Mal war er aus der Hütte gelaufen, hatte aber außer abgebrochenen Ästen und funkelnden Sternen nichts gesehen.

Dann hatte er in weiter Ferne einen Wolf gehört.

Mit klopfendem Herzen hatte er angestrengt gelauscht, aber das Geheul war zu leise, die Bäume knarzten und rauschten zu laut. Er konnte nichts verstehen …

Verzweifelt hatte er sich auf den Boden geworfen und beide Handflächen fest auf die Erde gedrückt, um dem schwachen Beben nachzuspüren, das Wolfsgeheul manchmal verursachte.

Nichts.

Hatte er es tatsächlich heulen gehört? Oder war er einer Selbsttäuschung erlegen?

Er war fast die ganze Nacht wach geblieben, aber das Geheul wiederholte sich nicht. War es nur Einbildung gewesen? Nein.

Ein krächzender Seevogel schreckte ihn auf.

Zu seiner Rechten lichtete sich das Dickicht, und als er ein paar Schritte hineinmachte, wäre er um ein Haar in einen Abgrund gestürzt. Er stand auf einer nicht besonders hohen, aber steil abfallenden Klippe, auf deren spärlicher

Erdkrume nur wenige Bäume wurzelten. Offenbar nisteten dort auch die krächzenden Vögel.

Daraufhin wandte er sich nach Westen und passte besser auf, wo er hintrat. Kiefernnadeln dämpften seine Tritte. Das eigene Atmen klang ihm laut in den Ohren. Der Boden wurde abschüssig und mit einem Mal gab es überhaupt keine Bäume mehr und er wurde von der Sonne geblendet. Er hatte den Wald hinter sich gelassen.

Vor ihm mündete das Breitwasser in eine Art lang gestreckten, schmalen See, der allerdings kein erkennbares Ufer hatte. Im Westen sah man eine kieferbestandene Inselgruppe. Es mochte sich um die Robbeninseln handeln, die Heimat der Mutter seines Vaters. Dahinter erstreckte sich, glitzernd und in Dunst gehüllt, das offene Meer.

Wieder wurden bei diesem Anblick Erinnerungen wach.

Sieben Sommer war er alt gewesen und vor Aufregung außer Rand und Band. Bis dahin hatte ihn sein Vater von allen anderen Menschen fern gehalten, aber an jenem Tag wollten sie am großen Sippentreffen teilnehmen. Weshalb er sich dazu entschlossen hatte, darüber hatte Fa nicht mit ihm gesprochen, ebenso wenig darüber, warum sie sich zuvor das Gesicht mit dem Saft zerdrückter Bärentrauben einreiben mussten. Fa hatte ein Spiel daraus gemacht und scherzhaft verkündet, niemand solle sie beide erkennen.

Torak hatte das lustig gefunden und in kindlicher Unwissenheit angenommen, dass auch die anderen Teilnehmer des Treffens ihren Spaß daran haben würden.

Bei ihrer Ankunft war das Ufer an der Mündung des Breitwassers bereits mit unzähligen Hütten übersät. Torak staunte über die vielen verschiedenen Bauweisen: aus Ästen und Rinde, aus Grassoden und Fellen … und über die vielen Menschen staunte er auch.

Seine Begeisterung war nicht von langer Dauer. Die anderen Kinder spürten, dass er ein Außenseiter war, und rotteten sich gegen ihn zusammen.

Ein Mädchen vom Natternclan mit dicken Eichhörnchenbacken hatte ihn verhöhnt. »Dein Fa ist verrückt!«, sagte sie verächtlich. »Deswegen hat ihn seine Sippe verstoßen, weil ihm nämlich ein Geist seinen Atem eingeblasen hat!« Das hatten ein paar andere Kinder vom Weiden- und vom Lachsclan gehört. »Verrückt! Ihr seid verrückt!«, johlten sie. »Buntgesichter! Seelenlose!«

Torak war zu jung, um zu begreifen, dass er gegen so viele Gegner nicht ankommen konnte und zwangsläufig der Unterlegene wäre. Blinde Wut packte ihn. Er ließ seinen Vater von niemandem beleidigen!

Also griff er sich eine Hand voll Kiesel und wollte sie eben werfen, als Fa dazukam. Torak staunte nicht schlecht, dass ihm die kränkenden Bemerkungen der Kinder nichts auszumachen schienen. Lachend hob er seinen Sohn auf die Schultern und verließ den Lagerplatz.

Auch an seinem letzten Abend hatte er gelacht. Sie hatten im Wald ihr Lager aufgeschlagen und Torak hatte einen Scherz gemacht. Dann war der Bär aufgetaucht.

Neun Monde war es jetzt her, dass Fa getötet worden war, trotzdem kam es Torak noch ab und zu unwirklich vor, dass er für immer fort war. Manchmal wachte er morgens in seinem Schlafsack mit dem Gedanken auf, dass er Fa endlich alles erzählen musste, von Wolf, von Renn und Fin-Kedinn …

Dann traf es ihn wie ein Schlag in die Magengrube. Nie wieder würde er Fa irgendetwas erzählen.

Du sollst doch nicht daran denken!, rügte er sich.

Aber wie immer nützte es nicht viel.

Torak sah sich um. Er stand auf einem schmalen grauen Sandstreifen. Vor seinen Füßen häufte sich salzig-modrig stinkender violetter Tang. Zu seiner Linken lagen mächtige Felsbrocken verstreut wie die Splitter einer riesigen Feuersteinknolle, zu seiner Rechten strömte das Breitwasser ins glitzernde Meer.

Torak war ganz verzagt zumute. Alles war so fremd. Das Gekreisch der Möwen klang so anders als der melodische Gesang der Waldvögel. Im Sand waren unbekannte Spuren zu erkennen, eine breite, zu beiden Seiten von fünfzehigen, halbmondförmigen Abdrücken gesäumte Furche. Sie musste von einem großen, schweren Geschöpf stammen, das sich mühsam zum Wasser geschleppt hatte, aber Torak konnte nicht einmal sagen, ob es sich dabei um Beute oder Jäger handelte.

Als er auf einen Felsen kletterte, knirschten winzige weiße Schalen unter seinen Tritten. Sie ähnelten Schneckenhäusern, aber keinen, die er kannte, und auch die Pflanzen mit den fleischigen Blättern und den im Wind schwankenden gelben Blüten, die in den Felsspalten wuchsen, waren ihm unbekannt.

Ein schwarz-weißer Vogel, dessen Federkleid dem einer Elster ähnelte, der aber einen langen roten Schnabel hatte, hackte auf eine Schale ein, die am Stein festgewachsen schien. Mit einem energischen Hieb knackte er sie auf, verschlang den Inhalt und flog mit einem lauten Pfeifruf davon.

Torak blickte ihm nach. Dann ging er am Wasser in die Hocke, beugte sich vor und spähte in die fremde, stetig schwankende Welt hinab, wo goldbraune Wedel und fadendünnes Kraut wuchsen. Als er die Hand hineinsteckte, fühlten sich die Wedel schleimig wie feuchtes Leder an, das Kraut klebte ihm wie nasse Haarsträhnen an den Fingern. Ein Tier mit warzigem orangefarbenem Panzer floh vor seinem Schatten unter einen Stein.

Vom Salzgeruch bekam er Kopfschmerzen und vom gleißenden Funkeln des Wassers brannten ihm die Augen. Er verspürte den überwältigenden Drang, in den Wald zurückzulaufen, sich dort zu verkriechen und nie wieder hervorzukommen.

Aber da war ja noch die Krankheit. Wenn es ihm nicht gelang, einen Trank dagegen zu beschaffen …

Er verscheuchte die Fluchtgedanken und ging erst einmal etwas zu essen suchen.

Er wusste nicht, was hier am Meer alles essbar war, aber am Waldrand entdeckte er einen mit Gänsefuß bewachsenen Fleck und pflückte büschelweise saftige Blätter. Er sammelte Treibholz, machte Feuer und legte ein paar große Steine in die Glut. Dann füllte er sein Kochleder zur Hälfte mit Meerwasser, hängte es an ein aufrecht gestelltes Stück Treibholz und warf erst mit einem gegabelten Ast die glühenden Steine hinein, dann die Gänsefußblätter und zu guter Letzt die Reste eines Hasen, der ihm vergangene Nacht in die Schlinge gegangen war. Bald war der würzige, wenn auch reichlich salzige Eintopf gar.

Torak war müde, aber zu unruhig, um zu schlafen, darum zog er sich aus und wusch sich mit Meerwasser. Er wurde zwar sauber, fühlte sich allerdings hinterher leicht klebrig. Er zog das Beinleder wieder an und legte Stiefel und Wams zum Auslüften auf die Felsen.

Ganz unten in seiner Trage stieß er auf die Hauer des Keilers.

Vielleicht hatte die Waldpferdfrau ja Recht. Vielleicht sollte er sich zur Erinnerung an seinen Freund, den er hatte töten müssen, aus den Hauern ein Amulett machen.

Er wusch die Zähne in einer wassergefüllten Felsmulde, kratzte mit einem Stock das Mark heraus und legte auch sie zum Trocknen auf die Steine.

Dann hängte er ein paar Angelhaken aus Brombeerdornen

in einen algenbewachsenen Priel, von dem er hoffte, dass sich dort Fische zum Fressen einfanden. Als Köder benutzte er das aus den Hauern herausgekratzte Mark, aber er brauchte noch Senker, um die Leinen zu beschweren.

Zwar war das Ufer voller Kiesel, aber er hatte keine Lederschnüre mehr, um sie an den Angelleinen zu befestigen, und den glibberigen Tang in Streifen zu schneiden, widerstrebte ihm. Womöglich lebte im Wasser das Verborgene Volk und der Tang war sein Eigentum.

Ein paar gespleißte Kiefernwurzeln erfüllten diesen Zweck genauso gut, allerdings gab es die nur im Wald.

Kaum war er wieder von Bäumen umgeben, fühlte er sich viel geborgener und suchte unwillkürlich einen Vorwand, sich länger dort aufzuhalten. Vielleicht sollte er sich einen kleinen Vorrat an Wurzeln anlegen. Ein paar in Reserve zu haben, war immer gut. Dazu musste er tiefer in den Wald vordringen, denn man darf immer nur zwei Wurzeln von einem Baum schneiden.

Als er ans Meer zurückkam, stand die Sonne schon tief am Himmel. Auf den ersten Blick lagen seine Habseligkeiten genauso da, wie er sie zurückgelassen hatte.

Auf den ersten Blick.

Wer immer sein Gepäck durchstöbert hatte, hatte sich große Mühe gegeben, alles wieder an Ort und Stelle zu legen, aber Torak merkte sofort, dass etwas nicht stimmte. Die gelben Blumen neben seiner Trage waren ein wenig zerdrückt, denn dort hatte er die Trage ursprünglich abgesetzt. Auch die Hauer des Keilers waren verschoben, denn man sah noch halbmondförmige feuchte Flecken, wo sie ursprünglich gelegen hatten.

Still und leise stahl sich Torak wieder in den Wald und duckte sich ins Unterholz, das seinetwegen gern noch höher hätte sein können.

Da wehten aus etwa dreißig Schritt Entfernung Stimmen herüber und zwei Jungen kamen hinter den Felsen hervor. Sie hielten den Blick auf den Boden gerichtet und suchten offenbar nach Spuren.

Beide waren größer als Torak und vermutlich einen Sommer älter. Sie waren tief gebräunt und hatten mehrere dieser weißen Schalen in ihr langes helles Haar geflochten. Über die Augen hatten sie mit Schlitzen versehene graue Lederstreifen gebunden, wodurch ihre Gesichter etwas Ausdrucksloses, Maskenhaftes bekamen.

Aber Torak brauchte ihre Augen gar nicht erst zu sehen, er spürte auch so, dass sie ihm übel wollten. Ihre Waffen sprachen eine deutliche Sprache: kurze, kräftige Harpunen mit geschnitzten Knochenspitzen und Messer aus blauem Feuerstein. Der Kleinere hatte außerdem eine Schleuder am Gürtel.

Beide waren barfuß, trugen knielange Beinleder aus geschmeidiger grauer Tierhaut und ihre Wämser ließen die über und über mit blauen Tätowierungen bedeckten Arme frei. Ihr Clanabzeichen war ein Stück glänzender grauer Pelz mit kleinen, dunklen Tupfen. Walhaut? Robbenfell?

Am merkwürdigsten war, dass Torak die Wämser und Tätowierungen überhaupt sehen konnte, denn darüber trugen sie langärmlige Kapuzenjacken aus einer gelblichen Haut, dic so dünn war, dass man durchsehen konnte. Was für ein Tier hatte denn durchsichtige Haut?

»Weit kann er nicht sein«, sagte der Kleinere. In der klaren Abendluft klang seine Stimme bis zu Torak hinüber.

»Bestimmt hat er sich zwischen den Bäumen verkrochen«, erwiderte der Größere. »Wie diese … wie nennt man die noch mal? Pferde?«

Der andere kicherte. »Pferde kriechen aber nicht, Detlan.«

»Woher willst du das wissen, Asrif? Du hast doch auch noch keins gesehen.«

»Aber ich hab davon erzählen hören. Komm, wir gehen. Der kommt nicht wieder.«

»Ist auch besser für ihn«, brummte Detlan. »Kommt einfach her und verunreinigt das Meer mit seinen dreckigen Waldsachen ...«

Mit angehaltenem Atem beobachtete Torak, wie die beiden die Felsen hinunterkletterten.

Unter einer Böschung zogen sie zwei lange, schlanke Kanus hervor, die ganz anders aussahen als jene, die Torak kannte. Sie hatten einen ungewöhnlich geringen Tiefgang, Bug und Heck waren mit straff gespanntem grauem Leder bezogen. Außerdem waren die Boote offenbar ausgesprochen leicht, denn die Jungen trugen sie ohne sichtbare Anstrengung auf dem Kopf.

Sie stießen die Kanus ins seichte Wasser und sprangen hinein. Zum Rudern benutzten sie schmale Doppelpaddel und waren schon bald hinter den Uferfelsen verschwunden.

Aber Torak misstraute dem Frieden. Womöglich wollten sie ihn in eine Falle locken. Lieber noch warten. Wie alle Jäger konnte Torak stundenlang warten, ohne dass es ihm etwas ausmachte.

Der leichte Wind erstarb und das Wasser wurde glatt wie polierter Schiefer. Nur vorn am Ufer plätscherten leise kleine Wellen und eine Ente pickte im Tang.

Die Sonne ging unter. Die Ente breitete die Flügel aus und flog davon. Die Dämmerung brach an, doch der Mond des Nie-Dunkel war erst halb um und in den kurzen Nächten herrschte dunkelblaues Zwielicht.

Torak wartete immer noch ab.

Erst kurz bevor die Sonne wieder aufging, wagte er sich

aus seinem Versteck. Steifbeinig vom langen Stillsitzen, kletterte er über die Felsen zum Wasser hinunter.

Seine Trage war feucht von Tau, aber als er den Inhalt überprüfte, fehlte zum Glück nichts.

Er hatte Hunger und sah sogleich nach den Angelhaken. Er bückte sich, holte die Leine ein und streifte die Tangbüschel ab, die der Wind vor sich hergeweht hatte, sodass sie sich daran verfangen hatten.

Aber… es war doch windstill gewesen. Wie war der Tang dann an seine Angelleine gekommen?

Er wollte eben kehrtmachen, als sich die Schlinge um seinen Knöchel stramm zog und ihn umriss.

Kapitel 16

Im Fallen prallte Torak mit dem Hinterkopf gegen einen Felsvorsprung. Als er aufblickte, verdeckte eine hoch gewachsene Gestalt die Sonne. Torak blinzelte und sah in ein dunkles Gesicht unter einem hellen Haarschopf. In einer Hand hielt die Gestalt ein Messer, in der anderen ein Seil, das in der Schlinge um seinen Knöchel endete.

»Hab ihn«, rief der Junge jemand Unsichtbarem zu, dann wandte er sich an Torak: »Rühr dich nicht, sonst bereust du es.« Er sprach ganz sachlich, ohne gehässigen Unterton, aber sehr entschieden.

Torak dachte trotzdem nicht daran, sich so einfach zu fügen. Besonders viele Kampftricks kannte er nicht, aber ein paar Ablenkungsmanöver beherrschte er doch. Als der Junge sich vorbeugte und ihm die Hände fesseln wollte, zog Torak sein Messer. Der fremde Junge wandte den Kopf und Torak trat ihn mit voller Wucht vors Schienbein. Sein Gegner stieß einen Schmerzensschrei aus und wälzte sich am Boden.

Blitzschnell schnitt Torak das Seil um seinen Knöchel durch und floh in den Wald. Er rannte geduckt und Haken schlagend durchs Farnkraut, damit man nicht auf ihn zielen konnte.

»Du entkommst uns nicht, Waldjunge!«, hörte er hinter sich jemanden rufen. Es war der Kleine mit der Schleuder, der Asrif hieß.

Nach etwa sechzig Schritt ließ sich Torak unter eine umgestürzte Kiefer fallen und biss sich fest auf die Unterlippe, um sich nicht durch Schnaufen zu verraten. Der Wald war totenstill. Kein anderer Laut lenkte von seiner geräuschvollen Flucht ab.

»Du bist umzingelt«, hörte er von rechts eine andere Jungenstimme rufen. Es war Detlan, der Große.

»Komm lieber raus«, rief der Dritte, der ihn mit der Schlinge eingefangen hatte.

Kommt mich doch holen, entgegnete Torak stumm.

Ein Stein prallte ein Stück über seinem Kopf gegen den Baumstamm.

»Warte nur, bis wir dich kriegen, Waldjunge!«, höhnte Asrif. Offenbar versuchte er gar nicht erst, sich unbemerkt anzupirschen.

»Wie konntest du so was tun?«, rief Detlan.

»Und *warum*?«, stimmte der Größte ein.

Warum habe ich was getan?, wunderte sich Torak. Dann erst begriff er ihre Absicht. Sie wollten ihn bloß ablenken, während sic ihn einkreisten.

Er hob den Kopf. Geradeaus fiel der Boden in eine lang gestreckte, zugewucherte Senke ab. Erlen und Weiden wuchsen dort, hellgrünes Moos und weiches weißes Hasenschwanzgras. Wer sich hier auskannte, erriet sofort, dass es sich um einen Sumpfstreifen handelte, aber nach ihren Bemerkungen über Pferde zu urteilen, kannten sich die fremden Jungen im Wald überhaupt nicht aus.

Immer noch geduckt, schlich Torak zum Rand der Senke.

Sie war bestimmt zwanzig Schritt lang und fünfzehn breit und dem Geruch nach ziemlich tief. Er konnte sie nicht umgehen, sondern musste sie durchqueren, und zwar ohne sich zu verraten. Erst wenn er drüben angelangt war, konnte er seine Verfolger hineinlocken.

Es konnte klappen. Er durfte bloß selbst nicht einsinken.

Geräuschlos erklomm er eine ausladende Weide, die ihre Äste über die Senke streckte – allerdings vergewisserte er sich zuvor, dass es nicht wieder eine Bruchweide war –, und kletterte bis ans äußerste Ende eines langen Astes. Gegenüber wuchs eine Erle. Wenn er hinüberspringen konnte …

Er sprang und landete mit knapper Not in der Erlenkrone. Seine Füße streiften den kalten, stinkenden Sumpfboden. Als er sich hochzog, brach unter seinem Gewicht ein Ast, und er bat den Baum flüsternd um Verzeihung.

Rufe. »Da unten!«

Sie machten mehr Krach als eine Herde Auerochsen. Torak hastete den Abhang hoch. Wacholderzweige zerkratzten ihm die Waden.

Dann erscholl wütendes Geschrei. Gut so. Sie waren in den Sumpf getappt.

»Hinterhältige Waldtricks!«, brüllte der eine.

»Das wirst du noch büßen!«, ein anderer.

Aber er hörte nur zwei Stimmen. Wo war der Dritte, der Größte?

Egal. Torak stand glücklich oben auf der Böschung – und wäre beinahe einen steilen Abhang heruntergefallen. Er konnte sich gerade noch an einem jungen Baum festhalten.

Er unterdrückte einen enttäuschten Ausruf. Sein Vorsprung war längst nicht so groß wie erhofft.

Der Sumpf würde seine Verfolger nicht lange aufhalten. Auch wenn er den Steilhang hinunterkletterte, war der Fluss zu breit, um ihn zu durchschwimmen, und die Jungen würden ihn in ihren Kanus mühelos einholen. Das hieß, er musste stromaufwärts am Flussufer entlanglaufen und versuchen, sie im Wald abzuhängen. Das wiederum bedeutete, dass er sein ganzes Gepäck unten am Meer zurücklassen musste. Zum Glück hatte er sein Messer dabei …

Sein Messer …

Er hatte das Messer eingesteckt, das ihm Fin-Kedinn geschenkt hatte, aber Fas Messer, das Wertvollste, was er besaß, steckte in seiner Trage.

Über seinem Kopf knackte und rauschte es, und als er aufblickte, sah er einen großen Ast herabstürzen. Er sprang beiseite, aber der Ast erwischte ihn am Ellbogen und er schrie auf.

»Da vorne!«, johlten die Jungen.

Er hörte Gelächter, hob den Kopf – und blickte in ein Blättergesicht, das im nächsten Augenblick wieder im Laub verschwand.

Ein Stein traf ihn an der Wange, er stürzte hin.

»Jetzt haben wir ihn«, triumphierte jemand.

Vom Schmerz ganz benommen, sah Torak den Großen heranschlendern. »Ich hab dir doch gesagt, du sollst nicht auf den Kopf zielen, Asrif«, schalt er seinen Gefährten. »Du hättest ihn töten können.«

Asrif verstaute die Schleuder wieder im Gürtel und erwiderte grinsend: »Na und?«

*

Sie waren zu den Felsen zurückgekehrt. Toraks Hände waren auf den Rücken gefesselt, die drei Jungen gingen auf und ab. Sie hatten die Lederstreifen von den Augen genommen, aber das half Torak auch nicht viel weiter. In ihren Blicken las er, dass sie vor Gewalt nicht zurückschrecken würden, und alle drei hatten die Hand am Messerknauf. Es waren sonderbare Messer mit Knäufen aus einem unbekannten Material, weder Holz noch Horn und auch nicht Knochen.

Der Junge, der ihn eingefangen hatte, trat vor ihn hin. Er hatte ein waches, kluges Gesicht und kalte Augen wie aus blauem Feuerstein. »Du hättest nicht weglaufen sollen«, sagte er ruhig. »So was machen nur Feiglinge.«

Torak hielt seinem Blick stand. »Ich bin kein Feigling.« In seiner Wange pochte es, Füße und Beine waren zerkratzt und brannten.

Asrif lachte schadenfroh. »Mann, kriegst du einen Ärger, Waldjunge!« Torak fand, er sah aus wie ein Wiesel. Er grinste hämisch und bleckte dabei die Zähne. »Stimmt doch, oder, Bale?«

Der antwortete nicht.

»Ich versteh das nicht«, meinte Detlan kopfschüttelnd. »Das Meer mit dem Wald verunreinigen! Wie kann man so was machen?« Er zog angestrengt die buschigen Augenbrauen zusammen, und Torak erriet, dass er nicht der Hellste war, dafür aber treu und brav tat, was man ihm auftrug.

Torak drehte sich nach Bale um, der offenbar das Sagen hatte. »Ich weiß ja nicht, was ihr mir vorwerft, aber ich habe nie …«

»Hirschleder!«, schnaubte Bale angeekelt und stapfte auf und ab. »Rentierfell! Waldholz! Hast du denn gar keine Achtung?«

»Wovor?«

Detlan blieb der Mund offen stehen.

Asrif tippte sich an die Stirn. »Der ist verrückt, anders kann's nicht sein.«

Bale musterte den Gefangenen kritisch. »Nein. Er hat gewusst, was er tat.« An Torak gewandt, fuhr er fort: »Du hast dein unreines Waldtierleder am Meer ausgebreitet! Du wolltest mit deinen niederträchtigen Schlingen unsere Hautboote einfangen … und hast es gewagt, sie im Meer auszulegen.«

»Ich habe geangelt.«

»Du hast das Gesetz gebrochen!«, wetterte Bale. »Du hast das Meer mit Wald beschmutzt!«

Torak holte tief Luft. »Ich heiße Torak. Ich gehöre zum Wolfsclan. Welcher Sippe gehört ihr an?«

»Den Robben, was sonst?« Bale fasste nach seinem Clanabzeichen. »Du wirst doch wissen, wie Robbenfell aussieht!«

Torak schüttelte den Kopf. »Nein.«

Detlan war fassungslos. »Hast du etwa noch nie eine Robbe gesehen?!«

»Ich hab doch gleich gesagt, dass er verrückt ist!«, warf Asrif schnippisch ein.

Torak schoss das Blut in die Wangen. »Ich gehöre zum Wolfsclan«, wiederholte er. »Außerdem …«

»Seht mal da!« Asrif pikte mit einem angeschwemmten Ast nach dem Fellstreifen an Toraks Wams.

Bale verzog geringschätzig das Gesicht. »So sieht also Wolfsfell aus. Muss ja ein jämmerliches Vieh sein, so ein Wolf.«

»Wenn du schon mal einen gesehen hättest, würdest du anders reden!«, brauste Torak auf und fuhr Asrif an: »Lass das!« Fa hatte ihm den Streifen Fell im vergangenen Frühling überreicht. Er stammte von einem toten Wolf, den sie in einer Höhle entdeckt hatten. Im Winter hatte Torak den Streifen von seinem Wams abgetrennt und an seine warme Jacke genäht und dann wieder an das Sommerwams, das er jetzt trug. Er mochte nicht daran denken, dass das Fell irgendwann nur noch ein mürber, unbrauchbarer Fetzen wäre.

Bale warf Asrif einen missbilligenden Blick zu und der Kleinere ließ den Ast achselzuckend fallen.

»Ich gehöre zwar zum Wolfsclan, aber die Mutter meines Vaters stammt von den Robben«, erklärte Torak, an Bale gewandt. »Ob es euch nun passt oder nicht, wir sind Blutsverwandte.«

»Du lügst!«, fauchte Bale. »Wenn du mit uns verwandt wärst, hättest du nicht das Gesetz des Meeres gebrochen!«

»He, Bale«, mischte sich Detlan ein, »lass uns zurückgehen. Sie wird unruhig.«

Bale betrachtete das Meer. Die Wellen waren lebhafter geworden. »Da hast du's«, beschuldigte er Torak. »Du hast die Meermutter erzürnt, weil du ihre Fluten mit Wald beschmutzt hast.«

»Dafür kommst du auf den Stein, Waldjunge!« Asrif rieb sich die Hände.

»Auf den Stein?«, echote Torak verständnislos.

Asrif grinste übers ganze Gesicht. »Eine Schäre bei unserer Insel. Weißt du wenigstens, was eine Schäre ist?«

»Ein Felsen im Meer«, warf Detlan ein, der Toraks Unwissenheit sichtlich immer noch nicht fassen konnte.

»Du bekommst einen Sack Wasser, aber nichts zu essen, und wirst einen ganzen Mond lang auf dem Stein ausgesetzt«, erläuterte Asrif. »Manche lässt die Mutter am Leben, andere nimmt sie mit.« Er wurde plötzlich ernst und Torak las Furcht in seinen wasserblauen Augen. »Sie nimmt sie mit und wirft sie den Jägern in den Rachen.«

»Das reicht jetzt, Asrif«, unterbrach ihn Bale. »Wir nehmen ihn mit, alles andere muss der Älteste entscheiden.«

»Nein!«, protestierte Torak.

Bale beachtete ihn gar nicht. »Asrif, du nimmst die Tauschwaren. Detlan, du machst ein Feuer zum Reinigen, vor allem für den Waldjungen. Ich bessere so lange mein Boot aus.« Er sprang von den Felsen in den Ufersand.

Detlan schien froh, etwas zu tun zu haben, und machte sich daran, ganze Berge getrockneten Tang und Treibholz zu sammeln. Schon bald brannte ein großes Feuer, von dem dicker grauer Qualm aufstieg.

»Was habt ihr mit mir vor?«, wollte Torak wissen.

»Dir einen kleinen Vorgeschmack aufs Meer zu verschaffen«, erwiderte Asrif mit seinem Wieselgrinsen.

»Solange du dermaßen nach Wald stinkst, können wir dich ja wohl kaum in die Nähe unserer Boote lassen«, sagte Detlan und hielt es anscheinend für überflüssig, etwas so Offensichtliches näher zu erläutern.

Ehe Torak etwas einwenden konnte, hatte ihn der große Junge nackt ausgezogen und in die Flammen gestoßen.

Torak brachte sich mit einem Satz in Sicherheit, aber gegenüber stand Asrif und scheuchte ihn mit seiner Harpune in den beißenden, erstickenden Qualm zurück.

Dieses üble Spiel wiederholten sie viele Male, bis Torak die Augen tränten und er würgen musste. Dann schubsten sie ihn ins Meer.

Die Eiseskälte traf ihn wie ein Fausthieb. Er schluckte Salzwasser. Er strampelte wie ein Besessener und konnte schließlich den Kopf über die Wasseroberfläche heben, aber seine Hände waren nach wie vor gefesselt.

Dann wurde er unsanft herausgezogen und zu den Felsen geschleift, wo er, nach Atem ringend, liegen blieb. Die Jungen schnitten ihm die Handfesseln durch und steckten ihn in ein grauledernes Wams und ebensolche knielange Beinleder, die Asrif aus seinem Boot geholt hatte. Ohne Messer und Clanabzeichen fühlte sich Torak trotzdem wie nackt. Es widerstrebte ihm heftig, fremde Kleider zu tragen. »Gebt mir ... meine Sachen wieder!«, stammelte er.

»Sei froh, dass der Lachsclan mit uns keinen Handel treiben wollte«, erwiderte Asrif, »sonst hättest du jetzt überhaupt nichts zum Anziehen!«

»Oje, ist der aber mager!«, rief Detlan aus, als er Torak aufhalf. »Jagt es sich im Wald so schlecht?«

Teils schubsten, teils zerrten sie ihn zum Wasser hinunter. Asrif verstaute geschickt große, beulige Bündel im Bug und Heck seines Bootes. Etwas abseits kniete Bale neben seinem Boot und schmierte dessen Flanke mit einer Art Fett aus einem kleinen Beutel ein. Liebevoll glitten seine Hände über die gespannte Haut, aber als sein Blick auf Torak fiel, verfinsterte sich seine Miene. »Schaff ihn mir aus den Augen, Detlan«, knurrte er. »Er soll meinem Boot nicht zu nahe kommen.«

»Rein mit dir«, befahl Detlan und stieß Torak vor sich her. Auch sein Boot war wie das von Asrif mit großen Bündeln beladen, wozu auch Toraks Habe gehörte, allerdings war alles im Bug gestapelt.

»Dein Freund Bale«, fragte Torak, »wieso ist der eigentlich so wütend auf mich?«

»Dein Angelhaken hat sein Hautboot beschädigt«, entgegnete Asrif. »Du kannst von Glück sagen, dass man den Schaden ausbessern kann.«

»Aber es ist doch bloß ein Boot«, sagte Torak verwundert.

Detlan war empört. »Ein Hautboot ist kein gewöhnliches Boot! Es ist ein Jagdgefährte! Pass bloß auf, dass dich Bale nicht hört.«

Torak schluckte. »Ich wollte niemanden …«

»Los jetzt, rein mit dir«, befahl Detlan mürrisch. »Setz dich ins Heck, nimm die Füße an den Querbalken und rühr dich ja nicht. Wenn du ein Loch in die Bespannung trittst, gehen wir alle beide unter.«

Das Hautboot war so flach, dass es bei der leisesten Bewegung ins Schaukeln geriet, und Torak musste sich am Rand festhalten, um nicht hinauszufallen. Detlan war viel kräftiger gebaut als er, aber als er hineinsprang, schwankte er kein bisschen, und Torak sah, dass er die Beine im Sitzen gegen die Bootswand stemmte, um das Gleichgewicht zu halten.

Bale fuhr voraus und sein Boot glitt mit erstaunlicher Geschwindigkeit durch die Wellen. Sie hatten den Wind im Rücken und flogen wie Vögel übers Wasser, und als Torak sich umdrehte, erschrak er, dass der Wald schon so weit weg war.

Sie näherten sich der Inselgruppe, die er vom Ufer aus gesehen hatte, aber zu seiner Bestürzung fuhren sie einfach daran vorbei. »Aber… ich dachte, wir wollen zu euren Inseln?«

»Stimmt genau!«, erwiderte Asrif spöttisch.

»Warum haben wir dann nicht angehalten?«

Detlan warf lachend den Kopf in den Nacken. »Doch nicht diese! Wir sind noch längst nicht da. Dorthin rudert man einen ganzen Tag lang!«

»Was?« Torak war entsetzt.

Sie passierten die letzte Insel der Gruppe, und ab dort war nirgends mehr Land in Sichtweite, sondern nur noch Wasser, wohin man auch blickte.

Torak klammerte sich an den Bootsrand und spähte in die finstere Flut. »Ich kann gar nicht bis auf den Grund sehen.«

»Natürlich nicht!«, erwiderte Detlan. »Schließlich sind wir hier auf dem Meer!«

Als Torak sich umdrehte, sah er den Wald endgültig am Horizont verblassen, und damit schwand auch die letzte Hoffnung, den ersehnten Heiltrank zu finden.

Doch unversehens trug ihm der Wind Wolfsgeheul zu. Und zwar nicht irgendein Geheul, *sondern das von Wolf.*

Wo bist du? Ich bin hier! Wo bist du?

Torak sprang auf, dass das Boot schlingerte. *»Wolf!«*

»Hinsetzen!«, blaffte Detlan.

»Zu spät, Waldjunge, du kannst nicht mehr zurück«, spöttelte Asrif. »Und komm bloß nicht auf die Idee, ins Wasser zu springen, denn dann müssen wir dich töten.«

Zu spät…

Torak hörte Wolf heulen und konnte den Wald schon nicht mehr erkennen.

»Wolf!«, schrie er gellend.

Wolf hatte seine flehentlichen Rufe vernommen, hatte dem Zorn des Weltgeists die Stirn geboten und sich auf die Suche nach seinem Rudelgefährten gemacht… aber Torak war für ihn unerreichbar, und das durch eigenes Verschulden.

Kapitel 17

DIE SONNE VERSANK im Meer, die drei Boote schossen durch die Wellen und Toraks Zuversicht erstarb.

Er malte sich aus, wie Wolf heulend auf und ab lief und nicht begreifen konnte, weshalb ihn sein Rudelgefährte verlassen hatte. Es war unerträglich. Er hatte ihm noch nicht einmal antworten können, so verdutzt war er gewesen, und als er sich von seinem Staunen erholt hatte, war er schon viel zu weit entfernt gewesen, war Wolfs Geheul längst verhallt. Er machte sich schwere Vorwürfe, dass er das Gesetz des Meeres gebrochen hatte. In Renns Begleitung wäre ihm ein solcher Fehler niemals unterlaufen. Dann wären die Robben jetzt nicht so wütend auf ihn und er hätte längst mit Wolf Wiedersehen feiern können.

Ein Windstoß besprühte ihn mit salziger Gischt, sodass ihm die Augen und die aufgeschürfte Hüfte brannten. Er zuckte unwillkürlich zusammen und hätte beinahe das Gleichgewicht verloren.

»Sitz gefälligst still!«, rief Detlan über die Schulter. »Wenn du reinfällst, zieh ich dich nicht wieder raus.«

»Hast du gehört, Waldjunge?«, rief Asrif aus dem anderen Boot.

»Kümmer dich um deinen eigenen Kram, Asrif«, gab Bale zurück. »Wir sind noch lange nicht da.«

Torak hielt sich mit tauben Händen fest. Wohin er sich auch wandte – weit und breit nur Wasser. Das Meer hatte alles andere verschluckt, den Wald, die Berge, die Raben, Wolf. Torak kam sich vor wie ein unbedeutendes Sandkorn im nassen Fell dieses riesigen, sich unaufhörlich wiegenden Lebewesens.

Wenn er über den Bootsrand schaute, verlor sich sein Blick in undurchdringlicher Finsternis. Wenn man ins Wasser fiel … wann kam man wohl auf dem Grund an? Oder stürzte man ins Bodenlose?

Ein Vogel flog vorbei. Erst hielt ihn Torak für eine Gans, doch er war ganz schwarz und flog so tief, dass seine Flügel beinahe die Wellen streiften.

Kurz darauf ruderten sie an einem Schwarm plumper Vögel vorbei, die sich auf dem Wasser treiben ließen und mit sonderbaren, ganz unvogelhaften Grunzlauten unterhielten. Sie hatten schwarze Schwänze, weiße Bäuche und leuchtend gelbrote, dreieckige Schnäbel.

Detlan folgte Toraks Blick. »Lunde«, sagte er kurz angebunden, »das sind Lunde. Gibt es die bei euch im Wald nicht?«

Torak schüttelte den Kopf. »Sind es Jäger oder Gejagte?«

»Beides. Aber wir jagen sie nicht. Lunde sind den Schamanen heilig.« Er machte eine Pause. Wie es schien, sprach er nur ungern weiter, aber es ließ ihm keine Ruhe, dass Torak rein gar nichts wusste. »Lunde sind nicht wie andere Vögel«, fuhr er schließlich fort. »Es sind die einzigen Geschöpfe, die sowohl fliegen als auch im Meer tauchen und sich obendrein in der Erde eingraben können.

Deswegen sind sie auch heilig. Sie verkehren mit den Geistern.«

Asrif lenkte sein Boot neben ihres. »Wetten, so was habt ihr in eurem Wald nicht?«, sagte er herausfordernd.

Damit hatte er Recht, aber Torak gab sich keine Blöße, sondern bedachte den Kleineren nur mit einem feindseligen Blick.

Es wurde Abend. Immer noch stand die Sonne tief am Himmel. Mittsommer nahte, die Zeit der weißen Nächte, in denen die Sonne überhaupt nicht mehr schläft.

Torak hätte nur zu gern geschlafen. Seine Beine waren verkrampft. Er nickte ständig ein, um dann wieder hochzuschrecken.

Da hallte ferner Gesang über die Wellen.

Wie auf Befehl stellten alle drei Robben das Rudern ein.

Bale riss sich den Sonnenschutz ab und spähte über die Wellen, Asrif bleckte grimassierend die Zähne und Detlan murmelte etwas vor sich hin und griff nach dem Amulett auf seiner Brust.

Torak lehnte sich lauschend über den Bootsrand.

Ein ferner, trauriger Gesang. Die lang gezogenen, an- und abschwellenden Rufe ließen ihn erschauern. Ein hallendes, abgrundtiefes Ächzen, als stimmte das Meer selbst ein Klagelied an.

»Die Jäger«, raunte Detlan.

»Da!«, sagte Asrif leise und deutete nach Nordwesten.

Bale drehte sich um und nickte. »Sie jagen Heringe. Wir müssen Acht geben, dass wir sie nicht stören.«

Torak blinzelte in die Sonne. Erst sah er nichts Ungewöhnliches. Dann fiel ihm etwa zehn Schritt entfernt eine große, spiegelglatte Fläche auf, so glatt, wie Wasser wird, wenn ein Fluss über einen Stein strömt, der ganz dicht unter der Oberfläche liegt. »Was ist das?«, flüsterte er.

»Ein Schwarm Heringe«, sagte Detlan leise über die Schulter. »Sie verstecken sich im Tiefen, aber die Jäger treiben sie an die Oberfläche. Deswegen kommen auch die Möwen.«

Urplötzlich war die Luft voller aufgeregt krächzender Möwen. Aber so wie es Detlan erklärt hatte, stellten die geheimnisvollen Jäger ihrer Beute unter Wasser nach. Torak stellte sich vor, wie sich die Fische angstvoll und Schutz suchend aneinander drängten und dennoch den Jägern ausgeliefert waren, die sie vom Meeresgrund aus angriffen …

Was waren das eigentlich für Jäger?

»Du musst das Wasser beobachten«, zischelte Detlan.

Torak legte die Hand über die Augen.

Das Meer begann zu brodeln. Blasen blubberten empor. Das Wasser wurde hellgrün.

»Die Heringe steigen«, zischte Detlan. »Die Jäger sind unter ihnen und um sie herum und sie können sich nur noch nach oben flüchten …«

Immer mehr Möwen kamen kreischend und krächzend angeflogen, bis der ganze Himmel in Aufruhr war. Jetzt sah Torak auch, dass ein einziger, riesiger Klumpen aus Fischen an die Oberfläche gestiegen kam. Die schlanken, zuckenden Leiber drängten sich so dicht aneinander, dass das Meer ganz silbern wurde und zu kochen schien. Manche Fische sprangen in ihrer Todesangst sogar aus dem Wasser, worauf die Möwen nur gewartet hatten.

Dicht neben Torak schnellte ein Fisch wie ein Pfeil in die Luft, kaum größer als eine Hand. Ein mächtiger Vogel, dessen Flügelspannweite länger als das Boot war, packte ihn mit scharfen Klauen und entführte ihn in die Lüfte. Torak reckte den Hals und erkannte an der Form der Schwingen, dass es ein Adler war.

Eine Möwe flatterte hinterdrein und wollte ihm die Beute abjagen, aber der Adler spreizte nur geringschätzig die aschgrauen Schwanzfedern und flog davon.

Im strudelnden Wasser tobte ein erbitterter Kampf um die Fische. Einer Möwe hing ein halber Hering noch aus dem Schlund, als sie wegflog, worauf zwei andere sie verfolgten, um ihr die Beute wegzuschnappen.

Was Torak dann erblickte, ließ ihn alles andere vergessen.

Eine schwarze Flosse durchstieß die Wogen.

Torak verschlug es den Atem.

Die Flosse war so hoch, wie ein erwachsener Mann groß war, und bewegte sich flinker als ein Boot.

»Da kommen sie, die Jäger!«, raunte Detlan.

Torak sah sich nach den drei Robbenjungen um. Sie hielten den Blick ehrfürchtig, Bale auch bewundernd, aufs Wasser gerichtet.

Eine zweite Riesenflosse durchstieß die Oberfläche und eine dritte, aus der unterhalb der Spitze ein Stück herausgebissen war. Letztere bewegte sich flink und mit tödlicher Zielstrebigkeit voran und umkreiste den Heringsschwarm.

Das ist also ein Jäger, dachte Torak bei sich. Sein Vater hatte ihm einmal mit einem Stöckchen einen Wal auf den Waldboden gezeichnet, aber Torak begriff erst jetzt, wie groß diese Tiere tatsächlich waren. Mit einem Mal kam er sich schrecklich ausgeliefert vor, wie er so in dem zerbrechlichen Boot auf und nieder tanzte …

Es platschte, und als Torak sich umdrehte, sah er eine Gischtfontäne emporsteigen. Dann hob sich eine mächtige schwarze Schwanzflosse aus dem Wasser und fuhr abermals nieder, dass es nur so spritzte. Das Meer schäumte, die aufgewühlten Wogen glitzerten in der Sonne, und als der Jäger mit der verstümmelten Rückenflosse den Fischschwarm erneut umkreiste, folgte ihm ein junges Tier, dessen kleinere Finne mühsam mit seiner großen mithielt.

Immer enger zogen die Jäger ihre Kreise, tauchten in die Tiefe, kamen wieder emporgeschossen und fraßen sich satt. Dann waren sie ganz plötzlich verschwunden.

Mit angehaltenem Atem suchte Torak das Wasser ab. Wo mochten sie sein? Womöglich unter dem Boot?

Hinter ihm ertönte ein kehliges »Kwsch!« und eine Gischtwolke schlug über dem Boot zusammen. Dann sah Torak auch den Jäger mit der verstümmelten Finne wieder. Er schwamm so dicht neben ihnen, dass Torak den gewaltigen, stumpfnasigen Kopf hätte anfassen können... der Rücken war schwarz, der Bauch weiß und hinter dem Auge hatte er einen eiförmigen weißen Fleck. Der riesige Rachen klaffte auf, und Torak konnte die spitzen weißen Zähne erkennen, die länger als sein Mittelfinger waren. Ein glänzendes schwarzes Auge blickte ihn an, dann krümmte der Jäger den schimmernden Rücken und tauchte ab.

Torak machte sich auf das nächste Auftauchen gefasst, aber der Jäger zeigte sich nicht mehr. Nur die Möwen, die sich um die letzten Überbleibsel zankten, und die silbernen Fischschuppen, die im grünen Wasser trieben, erinnerten noch an den großen Raubzug.

Bale vollführte eine knappe Verbeugung vor dem Meer, dann wandte er sich ab, griff wieder zum Paddel und ruderte wortlos davon, gefolgt von den beiden anderen Booten.

Erst als sie eine beachtliche Strecke zurückgelegt hatten, drehte sich Detlan wieder nach Torak um. »Jetzt hast du sie gesehen.«

Torak schwieg, dann erwiderte er: »Die jagen ja im Rudel... wie Wölfe.«

»Du kannst die Jäger nicht mit deinem Waldgetier vergleichen«, widersprach Detlan unwirsch. »Es sind die schnellsten Lebewesen im ganzen Meer und die klügsten und grausamsten obendrein.« Er schluckte. »Ein einzelner Jäger kann mit seinem Strudel das größte Boot in die Tiefe reißen. Mit einem Schlag seiner Schwanzflosse bricht er einem erwachsenen Mann das Rückgrat, als wär's bloß ein kleiner Hering.«

Torak warf vorsichtshalber einen Blick über die Schulter. »Machen sie denn manchmal Jagd auf Menschen?«

»Nur wenn wir Jagd auf sie machen.«

»Kommt das denn vor?«

»Niemals! Die Jäger stehen unter dem Schutz der Meermutter!«, entrüstete sich Detlan. »Außerdem rächen sie sich unweigerlich, wenn jemand einem der ihren etwas antut.« Sein grobes Gesicht wurde nachdenklich. »Man erzählt sich, dass einst vor der Großen Flut ein Junge vom Kormoranclan einen jungen Jäger tötete. Es war ein Versehen, keine Absicht. Der Jäger hatte sich in einem Robbennetz verheddert, und der Junge hatte schon mit der Harpune zugestochen, als er seinen Irrtum erkannte.« Detlan schüttelte den Kopf. »Der Junge erschrak zu Tode und wagte sich nie mehr in ein Boot. Sein ganzes Leben verbrachte er bei den Frauen an Land. Doch viele Winter später, als er schon uralt war, überkam ihn ein solcher Drang, noch einmal aufs Meer hinauszufahren, dass er seinem Sohn befahl, ihn im Boot mitzunehmen.« Detlan befeuchtete sich die trockenen Lippen. »Die Jäger warteten schon. Die beiden waren nie mehr gesehen.«

Torak ließ das Gehörte auf sich wirken. »Aber … aber er hatte das Jungtier doch nicht absichtlich getötet! Konnte er die anderen Jäger denn nicht irgendwie besänftigen?«

Detlan schüttelte nur wieder den Kopf und beide schwiegen eine ganze Weile.

Der Wind legte sich, und sie gerieten in eine Nebelbank,

die Bale und Asrif ihrem Blick entzog. Detlan tauchte das Paddel geräuschlos ein.

Sie kamen an einem kahlen Felsen vorbei, auf dessen Kuppe eine Möwe hockte.

Detlan deutete mit dem Kinn darauf. »Das ist der Stein.«

Irgendwo im Nebel hörte man Asrif kichern. »Dort oben sitzt du auch bald, Waldjunge.«

Torak biss die Zähne zusammen, wild entschlossen, sich nichts anmerken zu lassen, aber im Stillen wurde ihm ganz bang ums Herz. Der Felsen war kaum breiter als das Boot und ragte am höchsten Punkt kaum höher aus dem Wasser, als Torak groß war. Es bedurfte nur einer tüchtigen Welle und man wurde von der Kuppe gespült. Wie sollte man dort droben auch nur einen Tag überstehen, geschweige denn einen ganzen Mond?

Weiter ging es durch den dichten Nebel. Die neuen Kleider klebten Torak feucht am Leib.

Da tanzte vor ihnen etwas auf den Wellen.

Torak kniff die Augen zusammen.

Es war fort.

Nein – da war es wieder, gleich neben dem Boot. Ein hundeähnlicher Kopf, ein grauer Hundekopf mit stumpfer Schnauze, dichtem Schnurrbart und großen, neugierigen Augen.

Als Detlan das Geschöpf erblickte, ging ein Lächeln über sein Gesicht. »Bale! Asrif!«, rief er. »Die Hüterin ist da und will uns heimgeleiten!«

Die Robbe drehte sich auf den Rücken, sodass man ihren hellen, gefleckten Bauch sah. Dann drehte sie sich wieder zurück, kratzte sich mit einer handähnlichen Schwimmflosse die Schnauze, schloss die Nüstern, tauchte unter und schwamm neben den Booten her.

So sieht also eine Robbe aus, ging es Torak durch den

Kopf. Das Tier besaß sowohl etwas eigenartig Plumpes, Unbeholfenes als auch Anmut und Schönheit.

Die Clanhüterin wies ihnen den Weg, und der Nebel lichtete sich so unvermittelt, wie er aufgezogen war. Auf einmal waren die Boote in Sonnenlicht gebadet.

»Da wären wir!« Detlan hob freudig lachend das Paddel, von dem glitzernde Tropfen fielen.

Torak blieb schier die Luft weg. So eine Insel hatte er noch nie gesehen!

Mitten im Meer ragten drei schroffe Felsen auf. Es gab überhaupt keinen Wald, nur Stein und Wasser. Die fast kahlen Felsen waren mit Seevögeln gesprenkelt und von den eisbedeckten Kuppen stürzten Wasserfälle herab. Nur unten an ihrem Fuß konnte Torak einen grünen Saum erkennen und davor eine große, geschwungene Bucht mit einem sandigen Ufer, das die untergehende Sonne rosa färbte.

Dort stand auch eine Ansammlung geduckter grauer Hütten, von denen Rauch aufstieg. Neben jeder Hütte gab es ein Gestell, woran mehrere Boote aufgebockt waren. Dicht am Wasser hatte man zwei junge Bäume gepflanzt. Ihre Wipfel waren zu einem Bogen zusammengebunden, die schlanken Stämme waren leuchtend rot. Torak wurde mulmig. Welchem Zweck mochte das Gebilde dienen?

Übers Wasser drang Stimmengewirr und Vogelgeschrei zu ihnen herüber. Torak erschrak, als er sah, dass die Abhänge von Vögeln nur so wimmelten. Tausende von ihnen tummelten und drängten sich auf schmalen Felsvorsprüngen und auch die Hütten der Robbensippe machten einen wackeligen und beengten Eindruck. Wie konnte man bloß hier leben, zusammengepfercht auf einem schmalen Streifen Land zwischen Fels und Meer?

»Die Robbeninseln«, verkündete Bale mit unüberhörbarem Stolz und lenkte sein Boot neben Detlans.

»Wie viele Inseln sind es denn?«, fragte Torak, der nur eine einzige sah.

Bale beäugte ihn argwöhnisch. »Die hier und weiter nördlich noch zwei kleinere. Dort leben der Kormoran- und der Tangclan, aber diese hier, die gehört uns Robben. Es ist die größte von allen, darum verdankt ihr die ganze Inselgruppe ihren Namen. Die größte und beste.«

Na klar, dachte Torak verdrossen, bei euch Robben ist sowieso alles besser als anderswo.

Doch als sie näher heranfuhren, vergaß er seinen Ärger. Etwas war seltsam an der Bucht. Das Wasser war dunkelrot… das konnte nicht nur am Sonnenuntergang liegen.

Ein salzig-süßer Gestank stieg ihm in die Nase, der umso aufdringlicher war, da kein Wind ging. War das etwa…

Ja.

Die Robbenbucht war voller Blut.

Kapitel 18

DAS MÖWENGESCHREI schrillte Torak in den Ohren und der Blutdunst schnürte ihm die Kehle zu.

Im flachen, rot aufspritzenden Wasser sah er Kinder planschen und Frauen Häute waschen.

Vor einem hoch auflodernden Feuer bewegten sich schemenhaft Männer und türmten neben dem roten Baumbogen riesige Fleischberge auf. Ihre Arme, Beine, Gesichter – alles war rot beschmiert, wie bei Gestalten aus einem bösen Traum.

»Da hat jemand einen guten Fang gemacht«, stellte Asrif fest.

»Den ersten diesen Sommer und wir waren nicht dabei«, meinte Bale bedauernd. Es klang, als sei es Toraks Schuld.

Da erst begriff Torak, dass das ganze Fleisch von einem einzigen erlegten Tier stammen musste. Er sah eine Schwanzflosse am Boden liegen, länger als ein Boot. Was er für zwei junge rote Bäume gehalten hatte, war ein Walkiefer.

Das nahm er jedenfalls an, obwohl der Kiefer nicht von

einem Jäger stammen konnte, denn statt mit Zähnen war er mit langen, dicken schwarzen Haaren besetzt, die ein Robbenmann soeben mit einem Messer abschnitt. Sein eigenes Haar schnitt er sich auch ab und ließ beides vor seinen Füßen auf ein und denselben Haufen fallen.

Als Torak aus dem Boot ins seichte, blutige Wasser stieg, fiel ihm auf, wie fröhlich die Menschen waren. Es herrschte überschwängliche Feierstimmung. Ein solcher Fang bedeutete für viele Tage Nahrung.

Bale sprang aus dem Boot und befahl Torak, sich ja nicht von der Stelle zu rühren. »Nach dem Fest beschließt Islinn, was mit dir geschehen soll.«

Torak war sich der Blicke der Robben unangenehm bewusst. Bei den Raben hatte er schon nie richtig dazugehört, aber das hier war schlimmer. Dabei waren diese Leute seine Blutsverwandten.

Er beobachtete, wie Bale seine Bündel losband und einem wettergegerbten Mann zuwarf, der ihm entgegengekommen war. Aus der Ähnlichkeit der beiden schloss Torak, dass es Vater und Sohn waren.

Detlan brachte sein Boot zu einem der Gestelle, wobei ihn eine freudestrahlende Frau und ein kleines Mädchen, unverkennbar seine Schwester, begleiteten. Die Kleine sprang um ihn herum und bettelte um seine Aufmerksamkeit, was Detlan einerseits peinlich zu sein, ihn andererseits aber auch zu freuen schien.

Asrifs Boot war noch im Wasser, und er wurde eben von einer zänkischen Frau ausgescholten, die noch kleiner als er selbst war. »Ich hab dir doch gesagt, du sollst *zwei* Packen Lachshäute mitbringen!«, zeterte sie und stieß ihn mit dem Finger vor die Brust. »Wo hast du den anderen gelassen?«

»Weiß nicht«, erwiderte Asrif verdrießlich. »Ich erinnere

mich genau, dass ich zwei eingeladen habe, und jetzt ist einer weg.«

Bale sprach mit seinem Vater und deutete dabei auf Torak. Dann lief er das Ufer hoch zum Feuer, wo er einen anderen Mann ansprach.

Die Dämmerung brach herein, die Robben trafen letzte Vorbereitungen für das Fest und Torak wartete immer noch. Die Wange tat ihm weh und er hatte schrecklichen Hunger.

Er begriff inzwischen auch, weshalb sich niemand die Mühe gemacht hatte, ihn zu fesseln. Wohin hätte er fliehen sollen? Die Bucht war von Felsen umgeben. Im Süden stürzte ein Wasserfall einen Steilhang herunter, im Norden wand sich ein Pfad zu einem überhängenden Felsplateau hinauf, das wie der Bug eines riesigen Bootes vorsprang. Er konnte die Insel erst verlassen, wenn die Robben es erlaubten. Er war ihr Gefangener und unterdessen wurde bei den Sippen im Wald einer nach dem anderen krank und starb …

Der Himmel färbte sich tiefblau. Es duftete nach Essen. Kochleder waren an Stützen aufgehängt, die offenbar aus Walknochen bestanden, und hellhaarige Frauen plauderten beim Umrühren miteinander. Anders als bei den Männern waren bei ihnen nicht die Arme, sondern die Waden mit den blauen Wellenlinien der Clantätowierung geschmückt.

Daneben scharte sich eine Gruppe kichernder Mädchen um eine dampfende Grube, aus der köstlicher Bratengeruch aufstieg. Eine ähnliche Art zu kochen hatte Torak schon bei den Raben kennen gelernt, hier allerdings wurde etwas anders verfahren. Man hatte einen Fleischbrocken, so groß wie Torak, in Tang gewickelt, in die mit erhitzten Steinen gefüllte Grube gelegt und mit noch mehr Tang und Sand abgedeckt.

Jetzt füllten die Frauen das Essen in Schüsseln. Offenbar waren sie ausschließlich fürs Kochen zuständig, das Zerlegen der Beute besorgten die Männer. Das fand Torak äußerst befremdlich. Gingen Robbenmädchen denn nicht auf die Jagd? Was Renn wohl dazu gesagt hätte?

Mit knurrendem Magen sah er zu, wie sich die Sippe ums Feuer versammelte. Es kam immer noch niemand, um ihn zu holen.

Die Versammelten stimmten ein Gemurmel an, das wie Meeresraunen klang, und reckten die Arme zum Himmel. Ein Mann trat aus dem Kreis heraus, derselbe, der sich zuvor das Haar abgeschnitten hatte. Er trug einen Korb Heringe, ging damit zu dem Walkieferbogen und stellte die Opfergabe darunter ab. Vermutlich dankte er damit dem Wal, dass er für die Sippe sein Leben gelassen hatte. Statt anschließend in die Runde zurückzukehren, verschwand der Mann jedoch in einer Höhle am Fuß des überhängenden Felsens.

Torak hatte die Hoffnung schon fast aufgegeben, als ihn Detlan endlich holen kam. Sie setzten sich zusammen mit Asrif und Bale etwas abseits vom Feuer.

Ein Mädchen brachte Torak eine Schüssel. Das Gefäß war so schwer, dass er es beinahe hätte fallen lassen, und er stellte verwundert fest, dass es aus Stein war. Weshalb, im Namen des Waldes, benutzte jemand Steingefäße? Die waren doch viel zu schwer zu tragen, wenn man das Lager abbrach und weiterzog.

Ihm kam ein beunruhigender Gedanke. Vielleicht blieben die Robben ja immer an einem Ort.

»Iss«, befahl Detlan und warf ihm einen Löffel zu.

Torak schaute misstrauisch in die Schüssel. In einer matschigen, nach Meerwasser stinkenden Brühe schwammen ein dunkelrosa Fleischbrocken mit dicker grauer Schwarte, ein kleineres bläulich rotes Stück Fleisch, ein halber Hering und zwei lange, fingerähnliche, blasse Dinger.

»Was ist?«, fragte Bale. »Ist dir das etwa nicht gut genug? Sei froh, dass du überhaupt was abkriegst.«

»Hast du noch nie Scheidenmuscheln gegessen?«, wollte Asrif wissen.

»Was ist da alles drin?«, erkundigte sich Torak.

»Das Rote ist Walfleisch und das Graue obendrauf ist der Speck«, klärte ihn Detlan auf. Mit dem Messer spießte er den bläulichen Fleischbrocken in seiner eigenen Schüssel auf. »Walherz. Was ganz Besonderes. Davon bekommt jeder ein Stück, denn es macht uns stark und mutig wie den Wal.« Er steckte den Bissen in den Mund und kaute genüsslich.

»So was Gutes gibt's bei euch im Wald bestimmt nicht«, meinte Asrif.

Auf diese Bemerkung ging Torak nicht ein, sondern widmete sich dem Essen. Das Walfleisch war zäh, der Speck fade und ranzig und die Scheidenmuscheln schmeckten nach gar nichts. Nur der Hering mundete ihm.

»Hast du vorher wirklich noch nie eine Robbe gesehen?«, fragte Detlan.

»Lass gut sein, Detlan, das ist doch Zeitverschwendung«, winkte Bale ab.

Aber Detlan schien Toraks Unwissenheit als persönliche Kränkung aufzufassen. »Alles, was wir besitzen, verdanken wir den Robben«, erläuterte er mit feierlicher Miene. »Kleider, Hütten, Hautboote, Nahrung, Harpunen, Fackeln.« Er hielt inne, und man sah, dass er angestrengt überlegte, ob er etwas ausgelassen hatte.

»Und was ist mit euren Jacken?«, fragte Torak, der wider Willen neugierig war. »Diese dünne durchsichtige Haut, die stammt doch nicht auch von den Robben.«

»Doch«, entgegnete Asrif, »das sind die Därme.«

»Siehst du?«, trumpfte Detlan auf. »Wir verdanken den Robben alles. Wir sind das Robbenvolk.«

»Aber man darf doch sein Totemtier nicht töten«, wandte Torak skeptisch ein. »Warum tut ihr das?«

Die drei Jungen waren ganz betroffen.

»So etwas würden wir niemals tun!«, rief Detlan und klopfte empört auf den gefleckten Fellstreifen an seiner Brust. »*Das hier* ist unser Totemtier! Die Ringelrobbe! Wir jagen und essen *Graurobben*!«

Solche Unterscheidungen waren Torak fremd und kamen ihm spitzfindig und unehrlich vor. Das sah man ihm anscheinend an, denn Detlans Gesicht verfinsterte sich Unheil verkündend.

»Ich hab dir doch gesagt, dass du nur deine Zeit verschwendest.« Bale stand auf und wandte sich an Torak: »Komm mit. Ich bringe dich zu unserem Ältesten.«

*

Islinn, der Robbenälteste, war ein uralter, verhutzelter Mann, der den Eindruck machte, als sei er dem Tod näher als dem Leben.

In sein schütteres weißes Haupt- und Barthaar waren kleine blaue Schieferperlen geflochten, und in den Ohren trug er große, gewundene, speerartige Schneckenhäuser, die so schwer waren, dass ihm die Ohrläppchen bis auf die Schultern reichten.

Bale gab Torak einen Stoß, dass er vor dem Greis auf die Knie fiel. Dann stellte er der Sippe den Gefangenen vor und schilderte, wie sich dieser gegen das Gesetz vergangen hatte.

Bei seinen Worten schrien einige Sippenmitglieder auf, liefen zu dem Walkiefer und tätschelten ihn besänftigend.

Der Älteste strich sich mit zittriger Hand den Bart, schwieg jedoch. Seine Augen tränten und sein Blick flackerte. Torak wusste nicht zu sagen, ob daraus Klugheit sprach oder gerade das Gegenteil.

Schließlich ergriff Islinn doch das Wort. »Du behauptest also, unser Verwandter zu sein«, sagte er mit näselnder und so leiser Stimme, dass es schien, als habe er kaum noch genug Kraft zu sprechen.

»Die Mutter meines Vaters gehörte eurer Sippe an«, erwiderte Torak.

»Wie heißt dein Vater?«

»Das darf ich nicht sagen. Er ist letzten Herbst gestorben.«

Der Alte überlegte, dann raunte er seinem Nebenmann etwas zu. Dessen Gesicht war hinter einer Rauchschwade verborgen, aber an dem dicken sandfarbenen Haarschopf und der kräftigen Statur erkannte Torak, dass er wesentlich jünger als Islinn war. Sein Wams und sein Beinleder waren schlicht gearbeitet, dafür trug er einen prachtvollen, zwei Hände breiten und mit gelbroten Lundenschnäbeln besetzten Gürtel aus geflochtenen Lederstreifen.

Lunde, aha, dachte Torak. Das ist bestimmt der Schamane.

»Dann sag uns eben, wie die Mutter deines Vaters hieß«, befahl der Älteste.

Torak gehorchte.

Der Greis kniff die eingefallenen Lippen zusammen.

Man hörte einige andere Robben nach Luft schnappen.

»Ich habe sie gekannt«, näselte der Älteste. »Sie hat sich mit einem Waldmann zusammengetan. Ich wusste gar nicht, dass sie einen Sohn bekommen hat.«

»Und woher sollen wir wissen, ob das stimmt?«, mischte sich der Schamane ein, ohne den Kopf zu wenden. »Woher wissen wir, dass sich der Junge nicht für einen anderen ausgibt?« Er sprach leise, doch alle Robben beugten sich gespannt vor und lauschten.

Seine Stimme hatte einen ungewöhnlichen Klang. Sie war tief und sanft, aber zugleich bezwingend und mächtig wie das Meer. Diese Stimme zog jeden, der sie vernahm, in ihren Bann. Sogar Torak vergaß einen Augenblick lang, dass ihn dieselbe Stimme eben erst der Lüge bezichtigt hatte.

Der Älteste nickte. »Du nimmst mir das Wort aus dem Mund, Tenris.«

Der Rauch verzog sich, und Torak sah das Gesicht des Schamanen zum ersten Mal richtig, beziehungsweise sein Profil, denn Tenris hielt den Kopf immer noch abgewandt. Er hatte ein scharf geschnittenes, anziehendes Gesicht mit einer geraden Nase, einem breiten, von tiefen, freundlichen Falten umrahmten Mund, einem kräftigen Kinn und einem kurzen dunkelgoldenen Bart.

Torak spürte, dass in Wahrheit dieser Mann bei den Robben die Macht innehatte, dass von ihm allein sein Schicksal abhing. Er musste an Fin-Kedinn denken.

»Ich lüge nicht«, sagte er. »Ich bin mit euch blutsverwandt.«

»Dein Wort genügt uns nicht«, erwiderte der Schamane. Endlich wandte er den Kopf, und Torak sah, dass seine ganze linke Gesichtshälfte von schrecklichen Brandwunden entstellt war. Zwischen wimpernlosen Lidern blickte ihn ein graues Auge an, die Kopfhaut war vernarbt und rot gesprenkelt, nur der Mund war unversehrt. Der Schamane bedachte Torak mit einem herausfordernden Lächeln und schien darauf zu lauern, dass der Junge zurückschreckte.

Torak legte beide Fäuste auf die Brust und verbeugte sich. »Ich gestehe, dass ich euer Gesetz verletzt habe, aber es geschah aus Unwissenheit. Mein Vater hat mich die Bräuche der Meerclans nicht gelehrt.«

Der Robbenschamane Tenris neigte ihm den verbrannten Kopf zu. »Was hattest du dann am Meer zu schaffen?«

»Die Anführerin der Waldpferde meinte, ich würde dort finden, wonach ich suche.«

»Und wonach suchst du?«

»Nach einem Heiltrank.«

»Wogegen? Bist du krank?«

Torak schüttelte den Kopf und berichtete Tenris, was es mit der Krankheit auf sich hatte.

Seine Schilderung hatte auf die Robben eine durchschlagende Wirkung.

Der Älteste schlug die runzligen Hände zusammen.

Andere stießen Schreckensrufe aus.

Bale sprang mit drohender Miene auf. »Warum hast du uns nicht gewarnt? Wenn du es nun zurückbringst?!«

Torak machte große Augen. »Ihr kennt die Krankheit? Hat sie schon welche von euch befallen?«

Aber Bale wandte sich mit gequältem Gesicht ab.

»Vor drei Sommern hat sie uns heimgesucht«, sagte der Älteste finster. »Sein kleiner Bruder ist als Erster gestorben, und dann noch drei andere, auch mein eigener Sohn.«

»Aber inzwischen habt ihr die Krankheit überwunden?«, fragte Torak äußerlich ruhig, obwohl er vor Spannung schier platzte. »Ihr habt ein Mittel gefunden, das dagegen hilft?«

»Schon, aber es ist nur für uns Robben bestimmt, nicht für irgendwelche Fremden.«

Torak war verzweifelt. »Aber ich brauche es! Ihr müsst mir helfen!«

Bale fuhr herum. »Wir müssen gar nichts! Du hast unser Gesetz verletzt, du hast die Meermutter erzürnt, und jetzt willst du uns weismachen, wir müssten dir helfen?«

»Ihr wisst ja nicht, was bei uns im Wald vor sich geht!«, hielt Torak dagegen. »Die Raben sind krank und die Eber, die Otter und die Weiden auch. Bald sind nicht mehr genug Leute übrig, die noch auf die Jagd gehen können …«

»Was geht uns das an?«, erwiderte der Älteste.

Zustimmendes Raunen der anderen Robben.

»Bloß weil du angeblich unser Verwandter bist?«, setzte der Schamane noch eins drauf.

»Aber ich bin tatsächlich euer Verwandter!«, beteuerte Torak. »Ich kann es beweisen! Wo ist meine Trage?«

Ein Blick von Tenris genügte und Asrif lief zu einer Hütte und kam im Handumdrehen mit Toraks Trage zurück.

Torak kramte hastig das Bündel mit dem Messer seines Vaters hervor. »Hier«, sagte er, wickelte die Waffe aus und hielt sie dem Schamanen hin. »Die Klinge stammt von eurer Sippe. Mein Vater bekam sie von seiner Mutter und hat sich einen Knauf dafür geschnitzt.«

Tenris betrachtete das Messer eingehend, äußerte sich jedoch mit keinem Wort dazu. Seine Linke war eine verbrannte, verkrümmte Klaue, die Rechte war gesund. Die langen braunen Finger bebten, als sie die Klinge berührten.

Mit klopfendem Herzen wartete Torak, was er sagen würde.

Auch der Älteste musterte das Messer. Der Anblick schien ihm zu missfallen. »Wie ist das möglich, Tenris?«, fragte er mit seiner schwachen Stimme.

»Es stimmt«, erwiderte Tenris leise. »Der Knauf ist aus Hirschhorn und die Klinge aus Meerschiefer.« Er sah auf und musterte Torak abschätzig. »Angeblich hat also dein Vater den Knauf geschnitzt. Wer war er, dass er es wagte, Wald und Meer zu vereinen?«

Torak blieb ihm die Antwort schuldig.

»Ich nehme an, er war eine Art Schamane?«

Gerade noch rechtzeitig fiel Torak Fin-Kedinns Warnung wieder ein und er schüttelte den Kopf.

Überraschenderweise verzog Tenris den Mund zu einem flüchtigen Lächeln. »Du bist kein guter Lügner, Torak.«

Torak zögerte, dann erwiderte er: »Fin-Kedinn hat mir verboten, über meinen Vater zu sprechen.«

»Fin-Kedinn«, wiederholte Tenris. »Den Namen kenne ich irgendwoher. Ist er auch Schamane?«

»Nein.«

»Aber die Raben haben doch gewiss einen Schamanen.«

»Ja, eine Frau. Sie heißt Saeunn.«

»Hat sie dich die Schamanenkunst gelehrt?«

»Nein. Ich bin Jäger wie mein Vater. Er hat mich Jagen und Spurenlesen gelehrt, nicht die Schamanenkunst.«

Wieder sah ihn Tenris prüfend an, und diesmal spürte Torak seinen unbestechlichen Scharfsinn wie einen gleißenden Sonnenstrahl, der durch die Wolken bricht.

Mit einem Mal glätteten sich die Züge des Schamanen. »Er sagt die Wahrheit«, wandte er sich an den Ältesten. »Er ist tatsächlich unser Blutsverwandter.«

Der alte Mann musterte den Gefangenen mit zusammengekniffenen Augen.

Bale schüttelte ungläubig den Kopf.

»Heißt das, ihr wollt mir helfen?«, fragte Torak. »Ihr gebt mir von dem Heiltrank?«

Tenris wandte sich nach Islinn um. »Das musst du entscheiden.« Aber er beugte sich vor und raunte dem Alten etwas ins Ohr.

Tenris und Bale halfen dem Clanältesten hoch. »Da du unser Verwandter bist«, brachte er mühsam heraus, »betrachten wir dich als einen der Unsrigen.« Er musste Atem holen. »Hätte einer von uns das Gesetz gebrochen, hätte er die Mutter wieder beschwichtigen müssen. Das gilt auch für dich. Morgen bringen wir dich zum Stein hinüber. Dort wirst du einen Mond allein verbringen.«

Kapitel 19

Torak steht wieder am Waldrand. Die Sonne scheint, das Meer glitzert blau, und er selbst ist ganz außer Atem vor Lachen, als er sich mit Wolf im Sand wälzt.

Ein wahrer Wirbel von Schwanzwedeln, tapsigen Pfoten und Luftsprüngen! Wolf landet mit seinem ganzen Gewicht auf Toraks Brust, wirft ihn um und bedeckt sein Gesicht mit zärtlichem Begrüßungsgeknabber. Torak packt ihn am Nackenfell, leckt ihm über die Schnauze und erzählt ihm mit leisem, leidenschaftlichem Fiepen, dass er ihn schrecklich vermisst hat.

Wie Wolf gewachsen ist! Flanken und Schenkel sind muskulös und fest, und wenn er sich auf den Hinterbeinen aufrichtet und Torak die Vorderpfoten auf die Schultern legt, sind sie gleich groß. Aber er ist immer noch derselbe. Er hat immer noch klare Bernsteinaugen und duftet nach Süßgras und warmem, sauberem Pelz. Er ist immer noch eine Mischung aus welpenhafter Verspieltheit und rätselhafter Weisheit.

Wolf schleckt Torak mit rauer Zunge die Wange ab, dann

flitzt er davon, dass der Sand aufstiebt, ist im Nu mit einem Tangstreifen im Maul wieder zurück und fordert Torak zum Spielen auf…

…dann treibt der Tang mit einem Mal im kalten Meer und beide kämpfen ums Überleben. Wolf hat panische Angst vor tiefem Wasser. Verzweifelt reckt er die Schnauze über die Wellen, legt die Ohren an, hat vor Todesfurcht ganz schwarze Augen. Torak will näher heranschwimmen und ihn beruhigen, aber seine Glieder sind albtraumhaft schwer, er wird immer weiter abgetrieben.

Da sieht er hinter Wolf die Finne des Jägers aus dem Wasser ragen.

Wolf hat ihn noch nicht entdeckt, aber er ist am nächsten dran, und der Jäger wird ihn als Ersten verschlingen.

Torak will einen Warnruf ausstoßen… aber er bringt keinen Laut heraus. Es gibt kein Entkommen. Kein Ufer. Nur das mitleidlose Meer und den mordlüsternen Jäger, der immer näher kommt.

Torak lässt Wolf nicht im Stich. Das ist so gewiss, wie ihm die eisigen Wellen ins Gesicht schlagen, so gewiss, wie er Torak heißt. Er zögert keinen Augenblick. Er weiß, was er zu tun hat.

Er holt tief Luft und taucht. Er kommt quälend langsam voran, aber er schafft es, zu Wolf zu gelangen, wieder aufzutauchen und dem Jäger den Weg abzuschneiden. Jetzt gibt er Wolf Deckung. Jetzt kann Wolf sich retten.

Nichts schützt Torak mehr vor der hohen schwarzen Finne. Er sieht die silbrigen Wellen sich kräuseln. Er sieht den großen, stumpfnasigen Kopf durchs grüne Wasser auf sich zuschießen. Vor Angst schlägt ihm das Herz bis zum Hals.

Der Jäger reißt den Rachen auf und will ihn verschlingen…

Torak erwachte zitternd.

Er lag mitten unter anderen Schlafenden in einer Robbenhütte. Seine Wangen waren tränennass. Unwirsch wischte er sich die Tränen aus dem Gesicht. Er sehnte sich danach, wieder im Traum mit Wolf vereint zu sein. Aber Wolf war weit fort und ihn selbst erwartete der Stein.

Eine Weile blieb er einfach liegen und starrte ins Zwielicht. Über seinem Kopf wölbten sich die Walrippen, aus denen das Gerüst der Hütte bestand. Die Abdeckung aus Robbenfell hob und senkte sich sanft. So hatte ihn der Wal schließlich doch noch verschlungen.

Leise stand er auf und bahnte sich zwischen den Schläfern einen Weg ins Freie. Bale drehte sich auf die Seite und öffnete misstrauisch ein Auge, hielt ihn aber nicht zurück. Sie wussten beide, dass Torak nirgendwohin konnte.

Torak stolperte ins graue Dämmerlicht hinaus. Hoch oben ballten sich Wolken um die schroffen Gipfel und legten sich weiter unten als Schleier um die Klippen. Nichts rührte sich im Robbenlager, nicht mal ein Hund.

Torak hatte Durst und ging am Ufer entlang zum Fuß des Wasserfalls, wo das Wasser über große Steine ins Meer strömte. Hier war die Robbenbucht nicht ganz so öd und kahl, wie es ihm am vergangenen Abend auf den ersten Blick vorgekommen war. Im Gras blühten gelbe Sonnenbecher und violette Kranichschnäbel und auf den flachen Ausläufern der schroffen Klippen wuchsen lichtgrüne Ebereschen und Birken.

Torak fand es grausam, dass ihm die Robben die Freiheit ließen, sich an alldem zu erfreuen. Er kam sich vor wie ein Fisch im Netz, der noch umherschwimmt, obwohl er schon weiß, dass er gefangen ist.

Er kniete sich hin und schöpfte das eiskalte Wasser in die hohle Hand.

Da sah er auf einem Felsen am gegenüberliegenden Ufer den Schleicher hocken und zu ihm herüberspähen.

Torak erschrak so, dass er sich nicht rühren konnte. Das Wasser rann ihm durch die Finger.

»Was willst du?«, fragte er heiser.

Das Geschöpf reagierte nicht. Die verfilzte Mähne ließ nur die Klauen und die funkelnden Augen frei.

»Warum verfolgst du mich?«, rief Torak. »Was willst du von mir?«

Er sah einen Schatten über die Steine gleiten und hob den Kopf, aber es war nur eine Möwe, die über ihn hinwegflog. Als er wieder geradeaus blickte, war der Schleicher fort.

Mit einem Wutschrei stapfte Torak durch den Wasserlauf… aber das geheimnisvolle Geschöpf war im Wacholdergestrüpp verschwunden.

Es war jedoch keine Einbildung gewesen, denn als er sich bückte und den Stein untersuchte, wo es gesessen hatte, fand er Kratzspuren im Moos.

Ihm wurde schwindelig. Der Schleicher war ihm übers Meer gefolgt…

»Mit wem hast du da gesprochen?«, fragte jemand misstrauisch, und als Torak sich umdrehte, sah er am anderen Ufer des Wasserlaufs Bale stehen. »Du hast eben mit jemandem gesprochen. Mit wem?«

»Mit niemandem«, stammelte Torak. »Ich… ich habe mit mir selbst geredet.«

Warum war ihm der Schleicher hierher gefolgt? Und wie hatte er das Meer überwunden?

Ihm fiel der Packen Lachshäute ein, den Asrif vermisste. Das wäre eine Erklärung. Als die Robbenjungen mit ihrem Gefangenen beschäftigt gewesen waren, hatte der Schleicher ein Bündel geöffnet, es ausgeleert und war hineingekrochen. Bei dem Gedanken, wie nahe sie einander auf der Überfahrt gewesen sein mussten, überlief es Torak kalt.

»Das nehme ich dir nicht ab«, sagte Bale. »Wenn du mit dir selbst geredet hast, warum machst du dann so ein schuldbewusstes Gesicht?«

Torak schwieg. Er machte ein schuldbewusstes Gesicht, weil er sich schuldig fühlte. *Wenn du es nun zurückbringst?!*, hatte Bale am Vorabend ausgerufen. Er hatte die Krankheit gemeint, nicht dieses Schleichervieh. Aber war das nicht ein und dasselbe?

Er watete wieder zurück. »Wo ist Tenris?«, fragte er eindringlich. »Ich muss ihn unbedingt sprechen.«

Bale kniff voller Argwohn die blauen Augen zusammen. »Wieso? Der wird dir auch nicht helfen.«

Torak ließ ihn reden. Ihm war ein Gedanke gekommen. Die Sache war nicht ganz ungefährlich – wie immer wenn man mit Schamanen zu tun hatte –, aber es ersparte ihm vielleicht den Stein. »Wo ist er?«, wiederholte er seine Frage.

Bale deutete mit dem Kinn auf den überhängenden Felsen am nördlichen Ende der Bucht. »Auf der Klippe. Aber er will bestimmt nicht mit dir sprechen.«

»Doch«, erwiderte Torak.

*

Der Pfad schlängelte sich den steilen Felsen hoch und manchmal musste Torak auf allen vieren weiterklettern.

Als er endlich oben war, musste er erst einmal wieder zu Atem kommen. Er stand auf einem schmalen Felsvorsprung, der sich zu einem flachen Plateau verbreiterte und wie ein Bootsbug übers Meer hinausragte. In der Mitte lag ein grob behauener, flacher Granitblock, der einen Fisch darstellen sollte. Darauf waren Meerknollen aufgeschichtet.

Daneben hockte mit gekreuzten Beinen der Robbenschamane und murmelte etwas vor sich hin.

»Ich muss dich sprechen, Schamane«, keuchte Torak.

»Nicht so laut!«, zischte Tenris, ohne aufzublicken. »Und pass auf, dass du nicht auf die Linien trittst.«

Torak starrte auf den Boden. Der Felsvorsprung war dicht an dicht mit dünnen silbrigen Linien überzogen, die keine scharfkantigen Meißelspuren aufwiesen, sondern nach dem Einritzen so glatt geschliffen worden waren, dass kein Moos darauf wurzelte und Wind und Wetter ihnen nichts anhaben konnten. Torak erkannte Jäger und andere Fische, Adler und Robben. Manchmal verfolgten sie einander, manchmal überschnitten sich ihre Umrisse auch, als hätte einer den anderen gefressen, und so tanzten sie den ewigen Tanz von Jägern und Gejagten.

Der Robbenschamane erhob sich. In der verbrannten Hand hielt er drei Meerknollen und verteilte sie auf dem Boden. »Du kommst, weil du mit mir über deine Buße verhandeln willst?«

»Ja.«

»Du hast die Meermutter erzürnt.«

»Ich wollte …«

»Das kümmert die Meermutter nicht.« Tenris legte den letzten Stein auf den Boden. Er drehte sich immer noch nicht um, sondern forderte Torak auf: »Hilf mir mal. Reich mir die Steine, immer einen nach dem anderen.«

Torak wollte etwas einwenden, besann sich jedoch eines Besseren. Hintereinander schritten sie die Klippe ab, und jedes Mal wenn der Schamane die Hand ausstreckte, reichte ihm Torak einen Stein. Dabei kamen sie einmal dem Abgrund ganz nahe und Torak erhaschte einen Schwindel erregenden Blick auf das Meer.

»Heute sieht sie ganz ruhig aus, nicht wahr?« Tenris war

seinem Blick gefolgt. »Hast du überhaupt eine Vorstellung, wie mächtig sie ist?«

Torak schüttelte den Kopf.

Der Schamane bückte sich geschmeidig und legte einen Stein auf den Boden. Die Lundenschnäbel an seinem Gürtel klimperten leise. »Der Mann, der den Wal getötet hat, mit dessen Fleisch wir gestern das Fest gefeiert haben, hat sich das Haar abgeschnitten, um Abbitte zu tun, dass er ihr eines ihrer Kinder geraubt hat. Jetzt darf er drei Tage lang nichts essen und seine Gefährtin nicht anrühren. Erst wenn die Walseelen zur Mutter zurückgekehrt sind, darf er das Lager wieder betreten.«

Er zeigte auf die Meerknollen vor seinen Füßen. »Deswegen lege ich auch die Steine aus. Um den Seelen den Weg zu weisen.« Nach kurzem Schweigen fuhr er fort: »Du musst begreifen, Torak, dass hier bei der Mutter weit rauere und gefahrvollere Bräuche herrschen als bei euch im Wald.«

Stimmen drangen zu ihnen herauf. Torak spähte den Steilhang hinab und sah, dass das Robbenlager allmählich zum Leben erwachte. Bale stand mit zwei Männern zusammen und zeigte nach oben zur Klippe.

»Schamane«, begann Torak, »ich muss dir etwas …«

Tenris hob die Hand und er verstummte. »Sie wohnt auf dem tiefsten Meeresgrund«, sagte der Schamane leise, »und ist stärker als die Sonne. Ist sie zufrieden, schickt sie uns Robben und Fische und Vögel zum Jagen. Ist sie erzürnt, behält sie ihre Kinder bei sich, schlägt mit der Schwanzflosse und schickt uns Stürme. Atmet sie ein, weicht das Wasser zurück, atmet sie aus, kommt die Flut herein.«

Er unterbrach sich kurz und beobachtete den belebten Uferstreifen. »Sie tötet ohne Vorwarnung, ohne Arglist und ohne Erbarmen. Vor vielen Wintern kam von Westen her die Große Flut. Nur wer sich auf diese Klippe retten konnte, blieb am Leben.« Er wandte sich nach Torak um. »Schon der Wind ist sehr mächtig, Torak, aber die Macht der Meermutter übertrifft jede Vorstellung.«

Torak wunderte sich, weshalb ihm Tenris das alles erzählte.

»Weil auch Wissen Macht ist«, sagte der Schamane, als könnte er Gedanken lesen.

Torak sah sich verstohlen um.

»Hast du hier oben den Trank gebraut?«

Er war verdutzt, als der Schamane lächelte. »Auf diese Frage habe ich schon gewartet.«

Tenris trat wieder an den klobigen Steinaltar, nahm eine Krebsschere herunter, setzte sie an den Mund und blies hinein, worauf ein dünner, blauer, würzig duftender Rauchfaden aufstieg. »Mit dem Heiltrank verhält es sich so«, erläuterte er zwischen zwei Rauchstößen, »dass es nicht darauf ankommt, *wo* man ihn bereitet, sondern *wann*. Es gelingt nur einmal im Jahr in einer ganz bestimmten Nacht. In der zauberkräftigsten Nacht von allen. Errätst du, welche das ist?«

»Die Mittsommernacht?«, erwiderte Torak unsicher.

Tenris sah ihn scharf an. »Ich dachte, du verstehst nichts von Schamanenkunst?«

»Das stimmt auch. Aber ich bin in der Mittsommernacht geboren, deshalb ist sie mir zuerst eingefallen. Außerdem ist es die Nacht der größten Wandlung, und es ist allgemein bekannt, dass die Schamanenkunst ...«

»... mit Wandlungen zu tun hat«, ergänzte Tenris, der nun wieder lächelte, den Satz. »Wie das Leben überhaupt. Aus Ast wird Blatt, aus Gejagten werden Jäger, aus Jungen werden Männer. Du bist ein heller Kopf, Torak, ich könnte dich manches lehren. Zu schade, dass du auf den Stein musst.«

Torak ergriff die Gelegenheit beim Schopf. »Darüber wollte ich ja mit dir sprechen. Ich ... ich gehe nicht auf den Stein.«

Tenris hielt inne. Im ersten Morgenlicht sah man seine Brandwunden besonders deutlich. »Wie bitte?«

Torak gab sich einen Ruck. »Ich gehe nicht auf den Stein. Du gibst mir den Trank, ich bringe ihn in den Wald und ...«

»*Ich* soll dir den Trank geben?«, wiederholte Tenris, und seine Stimme war mit einem Mal so kalt, als hätte sich die Sonne verdunkelt. »Und weshalb sollte ich das tun?«

»Weil deine Sippe sonst ebenfalls krank wird«, entgegnete Torak.

*

Er berichtete dem Schamanen von dem Schleicher und wie dieser auf die Insel gelangt war. Er erzählte ihm von seiner Vermutung, dass der Schleicher von den Seelenessern geschickt worden war, um die Krankheit zu verbreiten. Tenris unterbrach ihn nicht, schmauchte nur schweigend seine Krebsscherenpfeife. Seine Miene war ausdruckslos, doch Torak spürte, dass er angestrengt nachdachte.

Besorgt beobachtete er, wie der Schamane um den Altar herumschritt, die letzte Meerknolle herunternahm und zu ihm zurückkehrte.

»Hast du das Ganze geplant?«, fragte Tenris.

»Aber nein!«, erwiderte Torak bestürzt.

»Merk dir eins, Torak, Hinterhältigkeit kann ich nicht leiden.«

»Aber ich bin nicht hinterhältig! Ich hatte keine Ahnung, dass sich der Schleicher im Boot versteckt hatte, Tenris. Ich bitte dich nur, mir von dem Trank zu geben, weil ...«

»Nur?«, schnitt ihm Tenris das Wort ab. »Es geht hier nicht um irgendein Gebräu, von dem ich dir ein paar Kellen abfülle. Ich musste dafür eigens den Adlerfelsen besteigen und die Selikwurzel pflücken, die nur dort oben wächst. Ich musste eigens in der Mittsommernacht einen Zauber wirken, den seit der Großen Flut niemand mehr angewandt hat!«

Torak fuhr sich mit der Zunge über die trockenen Lippen. »Bis Mittsommer sind es nur noch vier Tage.«

Tenris schüttelte den Kopf. »Du gibst wohl nie auf, was?«

»Ich darf nicht aufgeben. Die Sippen sind krank.«

Der Schamane drehte die Meerknolle in den Fingern und funkelte ihn drohend an. »Und wenn ich dich nun einfach auf den Stein schicke und den Trank für mich behalte?«

Torak öffnete den Mund und schloss ihn wieder. Diese Möglichkeit war ihm nicht in den Sinn gekommen.

»Lass dir das eine Lehre sein, Torak«, sagte Tenris gedehnt. »Versuch nie wieder, einen Schamanen zu etwas zu zwingen. Schon gar nicht mich.«

Torak reckte trotzig das Kinn. »Ich dachte immer, es ist die Aufgabe eines Schamanen, anderen Menschen zu helfen.«

»Was verstehst du schon von Schamanen. Du bist bloß ein Jäger.«

»Aber die Raben brauchen dringend deine Hilfe! Und die Otter, die Weiden, die Eber und alle anderen Sippen vermutlich auch! Wenn du mich auf den Stein schickst, wer soll dann den Heiltrank in den Wald bringen?«

Tenris legte die letzte Meerknolle auf den Boden. »Wenn ich mich überhaupt herablasse, dir von dem Trank zu geben, musst du auch etwas dazu tun.«

Torak wartete gespannt.

»Die Meerclans halten die Mittsommerzeremonie jeden Sommer auf einer anderen Insel ab. In diesem Jahr sind die Kormorane an der Reihe. Der größte Teil unserer Sippe fährt morgen ab, der Rest kommt später nach. Bald ist das Lager leer.«

»Ich will alles tun, was nötig ist«, versicherte Torak.

Zu seiner Verwunderung erwiderte Tenris lachend: »Nicht so voreilig! Du weißt doch noch gar nicht, worum es geht!«

»Ich will alles tun, was nötig ist«, wiederholte Torak standhaft.

Tenris sah auf ihn herunter und über sein entstelltes Gesicht huschte ein mitleidiges Lächeln. »Armer kleiner Torak«, sagte er leise. »Du hast keine Ahnung, worauf du dich einlässt. Du weißt ja nicht einmal, wo du hier eigentlich bist.«

Torak blickte zu Boden, und da erschloss sich ihm endlich das Muster, das Tenris aus den Steinen gelegt hatte.

Es war eine riesige Spirale und sie beide standen genau in der Mitte wie Fliegen in einem Spinnennetz.

Kapitel 20

Renn hatte das ganze Ufer abgesucht, aber nichts deutete darauf hin, welche Richtung Torak eingeschlagen hatte.

Wolf war seiner Fährte unermüdlich einen Tag und eine Nacht lang durch den dichten Wald gefolgt und zwischendurch immer wieder zu ihr zurückgekommen, damit sie einander nicht verloren.

Als sie an die Stelle kamen, wo das Breitwasser ins Meer mündete, war sein Eifer in helle Aufregung umgeschlagen. Winselnd war er im Sand auf und ab gelaufen. Dann hatte er den Kopf in den Nacken gelegt und geheult, ein verzweifeltes, jämmerliches Geheul.

Zweimal waren sie auf die Überreste einer Feuerstelle gestoßen. Auf den Uferfelsen hatte jemand ein großes Feuer entzündet und die Asche überall herumgetreten, weiter unten war eine kleinere Feuerstelle, die eindeutig von Torak stammte, denn ganz in der Nähe fand sich eine seiner Angelleinen. Nur Torak selbst war spurlos verschwunden, als hätte ihn das Meer einfach mitgenommen.

Abends war Renn in ihren Schlafsack gekrochen, hatte

dem Raunen der Wellen gelauscht und gegrübelt, was ihrem Freund zugestoßen sein mochte. Vielleicht hatte die Meermutter ja einen Sturm geschickt, um ihn einen Pfeilschuss vom Land entfernt zu ersäufen. Vielleicht hatte er sich im langen grünen Haar ihres Verborgenen Volkes verfangen …

Sie sank in einen unruhigen Schlaf.

Wolf aber streifte die ganze Nacht ruhelos am Ufer umher.

Bis zum anderen Morgen. Er wollte nichts fressen, wollte nicht jagen gehen und zeigte kaum Interesse an den Eissturmvögeln, die in den Felsen nisteten – was auch ganz gut war, denn deren Jungen bespuckten Angreifer mit einer stinkenden, öligen Flüssigkeit, und Renn hätte nicht gewusst, wie sie das Wolf hätte klar machen sollen. Inzwischen war es Nachmittag. Sie hielt das Warten nicht mehr aus. »Ich muss Hilfe holen«, verkündete sie, obwohl Wolf sie nicht verstehen konnte, aber es tat ihr gut, es laut auszusprechen. »Kommst du mit?«

Wolf drehte ihr die Ohren zu, rührte sich aber nicht vom Fleck.

»Vielleicht hat ihn ja jemand gesehen«, fuhr Renn fort. »Ein Trupp Jäger … oder sonst irgendwer. Komm, wir gehen!«

Wolf sprang auf einen Felsen und blickte übers Meer.

»Bitte, Wolf! Ich mag nicht ohne dich gehen.«

Wolf wandte nicht einmal den Kopf.

Das war auch eine Antwort. Sie musste allein losziehen. Mit zugeschnürter Kehle schulterte sie ihre Trage und machte sich auf den Rückweg zum Wald.

Sie hörte noch, wie Wolf erneut in Geheul ausbrach.

*

Wolf war hin- und hergerissen.

Einerseits hatte er das Gefühl, er sollte an diesem grässlichen Ort auf seinen Rudelgefährten warten, andererseits drängte es ihn, das Weibchen in den Wald zu begleiten.

Er fühlte sich ausgesprochen unwohl. Die helle Erde piekte ihm in den Augen, die heißen Felsen verbrannten ihm die Pfoten und die Fischvögel krächzten ihm feindselig die Ohren voll. Am meisten aber fürchtete er das riesenhafte, ächzende Wesen, das schlummernd zu seinen Füßen lag. Es hatte einen dumpfen, kalten Geruch, den er wieder erkannte, auch wenn er ihm noch nie begegnet war, und wenn es erwachte …

Es wollte Wolf nicht in den Kopf, weshalb sich Groß Schwanzlos an einen Ort begeben hatte, wohin ihm sein Rudelgefährte unmöglich folgen konnte, und schon gar nicht begriff er, weshalb Groß Schwanzlos' Geruch mit dem von drei anderen Schwanzlosen vermischt war. Wolf witterte, dass es sich um halbwüchsige Männchen handelte, dass sie verärgert waren und nicht aus dem Wald stammten, sondern mit dem Großen Nass zu tun hatten.

Nun war auch noch das Weibchen fort, war nach Schwanzlosart unter großem Radau im Unterholz verschwunden. Das gefiel Wolf überhaupt nicht. Sie war zwar manchmal ziemlich übellaunig, aber sie konnte auch klug und freundlich sein. Sollte er sie *doch* begleiten? Und wenn nun Groß Schwanzlos wiederkam und niemand ihn erwartete?

Wolf lief immerzu im Kreis und kam zu keinem Entschluss.

*

Renn war überrascht, dass ihr Wolf so fehlte.

Ihr fehlte seine Wärme, wenn er sich an sie schmiegte, und sein ungeduldiges Winseln, wenn er einen Lachsfladen wollte. Ja, ihr fehlte sogar sein begeistertes Gekläff, jedes Mal wenn er irgendwo ein paar Enten erspähte.

Sie war gekränkt, dass er sie nicht hatte begleiten wollen, und fühlte sich einsam, als sie das Breitwasser auf ein paar Trittsteinen überquerte, um zum Birkengehölz am anderen Ufer zu gelangen. Nicht zum ersten Mal fragte sie sich, was sie hier eigentlich zu suchen hatte, fern ihrer Sippe, in einer Gegend, die von einer verheerenden Krankheit heimgesucht wurde. Hätte Torak gewollt, dass sie ihn begleitete, hätte er sie schließlich darum bitten können. Sie war auf der Suche nach einem Freund, dem sie gleichgültig war.

Je weiter sie in den Wald vordrang, desto beunruhigender fand sie die Stille. Kein Blatt rührte sich, keine Drossel zwitscherte.

Und sie begegnete keinem Menschen. Sie kannte sich in diesem Teil des Waldes aus, denn als sie neun war, hatte Fin-Kedinn sie als Ziehtochter zu den Walen geschickt, damit sie die Sitten und Bräuche der Meerclans kennen lernte. Sie wusste, dass an der Küste viele verschiedene Sippen lebten: die Seeadler, die Lachse, die Weiden. Im Frühling folgten sie dem Dorsch, im Sommer dem Lachs, und im Winter machten sie Jagd auf Robben und Heringe, die in den Buchten vor den Winterstürmen Schutz suchten. Trotzdem herrschte eine unheilvolle Stille.

Irgendwann lichteten sich die Bäume und gaben den Blick auf eine Gruppe großer, schludrig aus Ästen errichteter Hütten frei. Ihre Form erinnerte an Adlerhorste und Renn schöpfte wieder Hoffnung. Von den Meerclans zählten die Seeadler noch zu den zugänglicheren. Sie waren stolz, Fremden gegenüber jedoch stets gastfreundlich und hatten nicht so viele Bedenken wie manch andere, mit den Waldleuten in Berührung zu kommen, denn ihr Totemtier, der Seeadler, jagte sowohl im Wald als auch im Meer.

Aber das Lager war verlassen. Die Feuer waren ausgetreten, nur der bittere Geruch von verkohltem Holz lag noch in der Luft. Renn kniete sich hin und befühlte die Asche, die noch warm war. Sie untersuchte den Abfallhaufen. Die Muschelschalen obenauf waren noch feucht. Die Seeadler mussten gerade erst weitergezogen sein.

Da hörte sie hinter sich jemanden schnaufen.

Sie fuhr herum.

Es kam von der Hütte dort drüben.

Sie zog das Messer und schlich näher. »Ist da wer?«

Aus der dunklen Hütte kam ein kehliges Knurren.

Renn hielt, starr vor Schreck, inne.

Da sprang ihr etwas entgegen.

Sie schrie auf und wich zurück.

Das Geschöpf machte noch einen Satz auf sie zu, dann hielt es jäh an. Die erschrockene Renn sah, dass seine Hände mit dicken, geflochtenen Lederstreifen gefesselt waren.

»Was willst du hier?«, brüllte jemand, kräftige Hände packten sie von hinten an den Schultern und zerrten sie weg. »Bist du etwa auch krank?« Sie wurde umgedreht. »Antworte! Bist du krank? Was hast du da an der Hand?«

»Eine … eine Bisswunde«, stotterte sie. »Mich hat etwas gebissen, ich bin nicht krank …«

Der Unbekannte packte sie am Kinn, riss ihren Kopf zu sich herum und inspizierte ihr Gesicht und ihr Haar. Erst als er sich davon überzeugt hatte, dass sie nirgendwo wunde Stellen hatte, ließ er sie los.

»Ich bin nicht krank«, beteuerte Renn noch einmal. »Was ist hier passiert?«

»Das Gleiche wie überall«, war die unwirsche Antwort.

»Also die Krankheit«, schlussfolgerte Renn.

Im Eingang der Hütte hockte das Geschöpf, das einst ein Mensch gewesen war, und wiegte sich knurrend und geifernd auf den Fersen. Am Kopf hatte es dort, wo es sich die Haare ausgerissen hatte, große, glänzende Stellen, seine Augen waren eiterverklebt.

Der andere Mann warf ihm einen Blick zu und sein Gesicht verzerrte sich vor Schmerz. »Er war mein Freund. Ich hab's nicht übers Herz gebracht, ihn zu töten, obwohl es das Beste wäre.« Er wandte sich wieder Renn zu. »Wer bist du? Und was suchst du hier?«

»Ich bin Renn. Vom Rabenclan. Und wer bist du?«

»Tiu.« Er hob die linke Hand und zeigte ihr seine Clantätowierung, die vierzehige Klaue der Seeadler.

»Was wird nun aus deinem Freund?«, erkundigte sich Renn.

Tiu ging seinen Fischspeer holen, der an einem Baum lehnte. »In ein paar Tagen hat er seine Fesseln durchgebissen. Dann muss er genauso zurechtkommen wie wir alle.«

»Aber… vielleicht fällt er jemanden an.«

Tiu schüttelte den Kopf. »Da sind wir längst weg.«

»Ihr wollt den Wald verlassen?«

Tiu warf einen letzten Blick auf seinen kranken Freund und verließ wortlos die Lichtung.

Renn rannte hinterher.

»Wir fahren zur Kormoraninsel«, erklärte der Seeadlermann. »Diesmal sind die Kormorane an der Reihe, die jährliche Mittsommerzeremonie auszurichten, und im Gegensatz zu gewissen anderen Sippen haben sie nichts dagegen, dass wir daran teilnehmen.«

»Und die übrigen Sippen?«, fragte Renn, als sie eine geschützte Bucht erreicht hatten, wo es von Männern und Frauen wimmelte, die geschäftig plumpe Lederkanus beluden.

»Die Wale und Lachse sind schon vor ein paar Tagen dorthin aufgebrochen, die Weiden sind nach Süden gezogen.« Ein forschender Blick. »Und du? Warum bist du nicht bei deiner eigenen Sippe?«

»Ich bin auf der Suche nach einem Freund. Hast du ihn vielleicht gesehen? Torak heißt er. Er ist ziemlich dünn, ein bisschen größer als ich, hat schwarzes Haar und …«

»Nein«, erwiderte Tiu und ließ sie stehen, um einer Frau ein großes Bündel tragen zu helfen.

»Aber ich habe ihn gesehen«, rief ein junger Mann, der ein Seil in einem Kanu verstaute.

»Wann?«, rief Renn zurück. »Wo? Geht es ihm gut?«

»Den siehst du nicht wieder. Den haben die Robben verschleppt.«

*

»Vor ein paar Tagen sind drei Robbenjungen hier vorbeigekommen«, erzählte der junge Mann. Er hieß Kyo. »Sie boten uns Feuersteine und Robbenlederkleidung zum Tausch an, aber ich war nicht in der rechten Stimmung und ging nicht hin.« Er krauste die Stirn. »Schließlich sind die Wale mit ihnen handelseinig geworden. Sie waren so versessen auf die Meerknollen, dass sie den Robbenjungen nichts von der Krankheit erzählt haben, um sie nicht zu verschrecken …«

»Und Torak?«, unterbrach ihn Renn. »Du hast doch gemeint, du hättest gesehen, wie sie ihn verschleppt haben.«

»Ich habe bloß in einem ihrer Boote einen dunkelhaarigen Jungen sitzen sehen, wie du ihn beschrieben hast. Er war mager, machte ein finsteres Gesicht und hatte eine Menge Schrammen. Kampflos ist er jedenfalls nicht mitgegangen.«

Renn ballte unwillkürlich die Fäuste. »Wo hat man ihn hingebracht?«

Kyo zuckte die Achseln. »Bei den Robben weiß man nie. Die haben nicht wie wir gelernt, mit dem Wald in gutem Einvernehmen zu leben.«

»Ich muss auf ihre Insel.«

»Das geht nicht«, entgegnete Tiu barsch.

»Aber ihr fahrt doch zur Kormoraninsel und von dort ist es nicht mehr weit zur Robbeninsel, stimmt's?«

»Du hast mich nicht verstanden«, erwiderte Tiu gereizt. »Wir leben nicht im Zwist mit den Robben und so soll es auch bleiben!«

»Aber mein Freund ist in Gefahr!«

»Wir sind alle in Gefahr!«, fauchte Tiu.

Renn betrachtete die besorgten Gesichter ringsum und überlegte, wie sie zum Ziel kommen konnte. »Eins habe ich noch nicht erwähnt«, sagte sie schließlich. »Mein Freund Torak… nun, er besitzt außergewöhnliche Fähigkeiten. Vielleicht kann er ja ein Mittel gegen die Krankheit ausfindig machen.«

Tiu verschränkte die Arme vor der Brust. »Das hast du dir eben ausgedacht.«

»Nein. Hör zu, ich will dir verraten, was es mit meinem Freund noch auf sich hat.« Damit verstieß sie zwar gegen Fin-Kedinns Verbot, aber Fin-Kedinn war weit weg. »Ihr erinnert euch bestimmt noch alle daran, was letzten Winter geschehen ist. An den Bären.«

Die Umstehenden unterbrachen ihre Tätigkeiten und kamen näher.

»Der Bär hat welche von unseren Leuten getötet und hier hat er auch gewütet, nicht wahr? Zwei Leute vom Weidenclan sind ihm zum Opfer gefallen, und wir hörten, dass er eurer Sippe ein Kind geraubt hat.«

Tiu zuckte zusammen. »Warum sprichst du davon? Wozu soll das gut sein?«

»Weil es mein Freund war, der seinerzeit den Wald von dem Untier befreit hat.«

Tiu machte ein ungläubiges Gesicht. »Aber du hast doch gesagt, er ist noch ein Kind…«

»Nicht nur, das habe ich dir doch eben erklärt. Fin-Kedinn könnte das auch bestätigen, aber er ist leider nicht hier. Ihr kennt doch Fin-Kedinn?«

Tiu nickte. »Er genießt bei vielen Sippen hohes Ansehen.«

»Er ist mein Onkel. Er würde sich dafür verbürgen, dass ich die Wahrheit sage.«

Tiu ließ sie wieder stehen und beriet sich mit seinen Leuten. Renn wartete besorgt und gespannt, aber er kam gleich wieder zurück. »Tut mir Leid. Wir wollen keinen Streit mit den Robben.«

»Ihr braucht mich nicht bis in ihr Lager zu bringen. Ihr könnt mich einfach irgendwo auf ihrer Insel absetzen, ich finde mich schon zurecht.«

Kyo tippte Tiu auf die Schulter. »Südwestlich vom Robbenlager gibt es eine kleine Bucht. Dort könnten wir kurz anlegen, ohne dass es jemand merkt.«

»Von mir könnte sie seefeste Kleidung bekommen«, warf eine Frau ein, »und ich würde es auch übernehmen, sie für die Überfahrt zu reinigen. Sie ist doch noch ein Kind, Tiu, wir dürfen sie nicht ganz allein hier zurücklassen.«

Tiu seufzte schwer. »Du verlangst sehr viel«, wandte er sich an Renn.

»Ich weiß.«

Sie wollte eben weitersprechen, als sie hinter einem Wacholderbusch ein Augenpaar funkeln sah.

Der Anblick versetzte ihr einen freudigen Stich.

Aufgeregt drehte sie sich wieder nach Tiu um. »Und ich verlange sogar noch mehr.«

»Nämlich?«

»Dass wir noch jemanden mitnehmen.«

*

Die Bucht hallte von Gelächter wider.

Zwar mussten die Seeadler ihr Lager aufgeben und hatten zwei Tote und einen Wahnsinnigen zu beklagen, aber der Anblick eines jungen Wolfes, der vom Kopf bis zu den Pfoten mit Sturmvogelspucke bekleckert war, erheiterte jedermann.

»Den brauchen wir nicht erst zu reinigen«, rief jemand. »Das hat er schon selber erledigt, wie's aussieht!«

Vogelspucke hin oder her, Renn hätte Wolf am liebsten stürmisch umarmt, aber sie begnügte sich dann doch damit, ihn zurückhaltend zu begrüßen und ihm die Flanke zu kraulen.

Wolf wedelte matt mit dem Schwanz. Er bot ein Bild des Jammers. Er hatte eine Ladung stinkenden, öligen Speichel mitten ins Gesicht bekommen, und als er sich daraufhin im Sand wälzte, hatte er die Flüssigkeit nur überall in seinem Fell verteilt. Die Sturmvögel hatten ihm eine Lektion fürs ganze Leben erteilt. Nie wieder würde er ihre Jungen behelligen.

»Ich dachte immer, du magst kräftige Gerüche«, zog Renn ihn auf.

Wolf rieb den Kopf an ihrem Wams, aber davon wurde er das lästige Zeug auch nicht los.

Tiu eilte mit einem Bündel unter dem Arm an ihnen vorbei. »Wenn du es schaffst, ihn in mein Kanu zu verfrachten, können wir ihn meinetwegen mitnehmen«, rief er über die Schulter. »Sonst muss er hier bleiben.«

»Ich lasse ihn nicht allein«, widersprach Renn.

»Dann beeil dich. Wir brechen gleich auf!«

»Komm mit, Wolf«, rief Renn und lief zu Tius Kanu.

Wolf rührte sich nicht. Er grub alle vier Pfoten in den Sand und beäugte mit gesträubtem Nackenfell das Boot, das im seichten Wasser schaukelte.

Renn seufzte resigniert.

Um zu verstehen, was Wolf ihr mitteilen wollte, brauchte man seine Sprache nicht zu beherrschen.

Ich gehe da nicht rein. Kommt nicht infrage. Auf gar keinen Fall.

Kapitel 21

Wieder träumte Torak von Wolf, aber diesmal wollte Wolf ihn warnen. *Wuff! Wuff! Gefahr! Schatten! Tod!*

Was für ein Schatten? Wo?, wollte Torak wissen.

Doch Wolf war schon auf und davon, und Torak konnte nicht hinterher, weil ihn jemand festhielt.

»Lass mich los!«, brüllte er und schlug um sich.

»Wach auf!«, sagte Bale.

»Was?« Torak öffnete die Augen. Er lag in der Robbenhütte und durch die Felle vor dem Eingang fiel Tageslicht herein.

Seit seiner Unterredung mit Tenris auf der Klippe war ein Tag vergangen. Einen ganzen langen Tag hatte er herumgesessen und Daumen gedreht, bis der Robbenschamane den Ältesten endlich überredet hatte, den Gefangenen nicht auf den Stein zu schicken. Mittsommer kam immer näher und im Wald wütete die Krankheit…

»Wer ist Wolf?«, schreckte ihn Bale auf.

»Häh? Niemand. Ich weiß nicht, wovon du redest.«

So leicht ließ sich Bale nicht abwimmeln. »Du bist noch

nicht mal richtig wach, schon lügst du wieder«, sagte er verächtlich.

Torak hatte andere Sorgen. Der Traum bedrückte ihn. *Schatten. Tod.* Was bedeutete das? Wollte Wolf ihn vor dem Schleicher warnen oder ging es um etwas anderes?

Bale versetzte ihm einen Tritt. »Steh auf.«

»Wieso? Rudern wir schon los zum Adlerfelsen?«

»Nein, erst morgen. Heute zeige ich dir, wie man mit einem Hautboot umgeht.«

»*Du?* Ausgerechnet du?«

»Frag Tenris, der hat sich das ausgedacht.« Aus Bales Tonfall schloss Torak, dass der andere davon genauso wenig begeistert war. »Geh du einen Happen Tagmahl essen, dann komm zum Ufer runter. Ich hole schon mal die Boote.«

»Warum ausgerechnet Bale?«, wandte sich Torak an den Schamanen, der in den Uferfelsen Tang sammelte. »Warum nicht jemand anders?« Ganz gleich, wer, ergänzte er in Gedanken.

Tenris grinste schief. »Ist das etwa der Dank, dass ich dir den Stein erspart habe?«

»Aber ausgerechnet Bale! Der kann …«

»… von uns allen am besten mit einem Hautboot umgehen«, fiel ihm Tenris ins Wort. »Hier, halt mal den Korb und sieh mir zu, da kannst du was lernen.«

»Aber …«

»Das hier ist Riementang.« Tenris bückte sich nach einem langen, ledrigen Stängel. »Getrocknet wird er so hart wie das hier«, er klopfte auf seinen Messerknauf. »Wenn man ihn erst in Süßwasser wäscht und dann mit Robbentran tränkt, kann man Seile daraus herstellen. Hast du aufgepasst, wo ich ihn abgeschnitten habe? Ein Stück über der Haftscheibe, damit er nachwachsen kann, das ist wichtig.«

Als Torak eigensinnig schwieg, unterbrach der Schamane seine Belehrungen. »Du wirst Bale noch brauchen, und Asrif auch«, lenkte er ein. »Asrif ist unser bester Kletterer und Detlan ist ein kräftiger Bursche.«

»Ich soll alle drei mitnehmen?«

»Ohne Hilfe kannst du es nicht schaffen, Torak.«

»Das weiß ich ja, aber ich dachte, du kommst mit. Du hast die Wurzel doch schon gepflückt. Wieso begleitest du mich nicht?« Er mochte Tenris, er erinnerte ihn an Fin-Kedinn, nur dass er freundlicher und nicht so abweisend war.

Seufzend berührte der Robbenschamane sein vernarbtes Gesicht. »Das Feuer hat mich nicht nur äußerlich verbrannt, es hat auch meine Lungen versengt.« Er ließ den Tang in seinen Korb fallen. »Auf dem Adlerfelsen wäre ich dir keine Hilfe.«

»Das wusste ich nicht«, sagte Torak verlegen. »Es tut mir Leid.«

»Mir auch«, erwiderte Tenris nachsichtig. »Aber ich schicke die drei noch aus einem anderen Grund mit. Es sind deine Verwandten, Torak. Ob es dir nun behagt oder nicht, du musst ihr Vertrauen gewinnen.«

»Darauf lege ich keinen Wert.«

»Solltest du aber.« Der Schamane blieb freundlich, aber seine Stimme hatte einen strengen Unterton. »Halte dich an Bale. Wenn du ihn für dich einnehmen kannst, hast du die beiden anderen auch auf deiner Seite. Ach ja, und Torak…«, seine Mundwinkel zuckten, »stell dich lieber nicht allzu ungeschickt an.«

*

»Nein, nein, nein!«, brüllte Bale und lenkte sein Boot geradezu herausfordernd mühelos neben Toraks. »Ich habe dir gesagt, du musst die Beine gegen die Bootswand stemmen –

pass auf, du kippelst, du musst dein Gewicht verlagern – nicht so stark, sonst kenterst du!«

Er streckte die Hand aus und richtete Toraks Boot wieder auf. »Wie oft soll ich dir noch sagen, dass das Paddel nicht zum Dranfesthalten da ist! Man stützt sich mit Beinen und Hüften ab, nicht mit den Händen. Stell dir vor, du fährst jagen und erlegst eine Robbe. Dann brauchst du beide Hände, um sie an Bord zu ziehen.«

»Wenn es bloß nicht so schwanken würde!«, murrte Torak. Das schmale Boot hatte so wenig Tiefgang, dass er ständig Gefahr lief herauszufallen. Er kam sich vor wie ein Käfer, der auf einem dünnen Ästchen im Wasser treibt.

»Dafür kann das Boot nichts, das liegt an dir«, erwiderte Bale.

»Warum muss das Ding auch so verflixt flach sein?«

»Wenn es höher wäre, müsstest du viel mehr gegen den Wind anrudern. Versuch's noch mal. Nicht so! Was habe ich dir gesagt? Das Paddel nicht aufs Wasser schlagen, sondern eintauchen! Du darfst kein Geräusch machen!«

»Das versuche ich ja die ganze Zeit«, entgegnete Torak mit zusammengebissenen Zähnen.

»Dann streng dich eben an«, fauchte Bale. »Habt ihr bei euch im Wald keine Kanus?«

»Doch«, und Torak dachte sehnsüchtig an die Einbäume der Eber und die soliden Lederboote der Raben. »Aber die sind stabil und geräumig und wir würden nie …«

»Pah. Stabil und geräumig nützt einem hier auf dem Meer nichts. Ein Boot mit stumpfem Bug macht Blasen und würde die Robben aus fünfzig Harpunenlängen Entfernung aufschrecken. Außerdem würde ein Boot, das nicht schmal und wendig ist, vom erstbesten Brecher zertrümmert. Nein, nein, über die Welle weg, nicht mittendurch! Du musst wie ein Kormoran übers Wasser gleiten …«

Eine große Welle peitschte gegen den Bug von Toraks Boot und er wurde nass bis auf die Haut.

Die Kinder am Ufer lachten. Die Kleinsten spielten Boot, indem sie Robbenfellfetzen in kleinen Meerwassertümpeln schwimmen ließen, die Größeren planschten in Anfängerbooten herum. Im Gegensatz zu Torak brauchten sie nicht zu fürchten, dass sie kenterten, denn ihre Kanus wurden von Querstangen, an deren Enden luftgefüllte Beutel aus getrocknetem Robbendarm schwammen, im Gleichgewicht gehalten.

Als Bale Torak ein Anfängerkanu angeboten hatte, war dieser empört gewesen, doch nach dem anstrengenden Tag geriet er in Versuchung, den Vorschlag zu akzeptieren. Bale war ein unnachgiebiger Lehrmeister, der kein Mitleid mit seinem erschöpften Schüler zeigte. Er hatte sich offenkundig zum Ziel gesetzt, Tenris zu berichten, dass Torak ein hoffnungsloser Fall war.

Inzwischen schien es, als würde er sein Ziel erreichen. Torak war triefnass und ganz benommen von der Sonne. Beine und Schultern schmerzten unerträglich, die Arme zitterten vor Erschöpfung. Er konnte kaum noch das Paddel halten, vom Gleichgewicht ganz zu schweigen.

Dass Bale sein eigenes Boot so gekonnt handhabte, machte die Sache auch nicht besser. Mit einem flüchtigen Handgriff änderte der Robbenjunge die Richtung, und wenn er sich hinstellte, stand er so gelassen und ohne zu schwanken da wie auf festem Boden. Das tat er nicht einmal, um mit seinen Fähigkeiten zu protzen, der Umgang mit dem Boot war ihm zur zweiten Natur geworden.

Wind kam auf, und Torak hatte Mühe, nicht zu kentern. Der ältere Junge lenkte sein Boot neben Toraks, wobei er das eigene Kanu geschickt auf Kurs hielt, indem er ein Paddelende zwischen zwei kreuzweise gespannte Lederriemen schob, sodass er beide Hände frei hatte. »Du musst dir schon ein bisschen Mühe geben«, sagte er tadelnd und machte sich daran, mit einem Eimer das Wasser aus Toraks Boot zu schöpfen.

»Sonst darf ich nicht mit? Willst du mir das damit sagen?«

»Mir wär's recht.«

»Lass es mich noch eine Weile probieren. Ich übe erst seit heute, und du wahrscheinlich schon, seit du sechs bist.«

»Fünf.« Bale sah zu den Anfängern im seichten Wasser hinüber und ein Anflug von Kummer huschte über sein Gesicht. »Mein Bruder war sogar noch jünger.«

»Lass es mich noch ein bisschen probieren.«

Bale überlegte, dann sagte er: »Fahr mal da lang, ich komme nach. Denk ab jetzt nicht mehr über jeden Paddelschlag nach, sondern beobachte die Wellen und fahr einfach, so schnell du kannst.«

Torak wendete und paddelte drauflos.

Anfangs brachte er nur sein übliches Geschlinger zustande. Das Hautboot hüpfte und hoppelte wie ein übermütiger Hase und die Wellen peitschten ihm unsanft ins Gesicht.

Dann trat eine Veränderung ein. Ohne dass er es selbst recht merkte, schien Torak beim Rudern einen eigenen Rhythmus zu finden. Das Paddel tauchte, ohne zu spritzen, ins Wasser, und Torak spürte bei jedem Schlag, wie ihn das Meer unterstützte, statt ihn wie zuvor zu hemmen. Immer schneller glitt er voran, dann machte das Boot einen jähen Satz und er schoss so flink und frei über die Wellenkämme wie ein Seevogel.

»Jetzt hab ich's!«, rief er aus.

Bale kam längsseits und beobachtete ihn gespannt und ohne eine Miene zu verziehen.

»Wunderbar!«, schwärmte Torak. »Das macht ja richtig Spaß!«

Bale nickte bedächtig, aber diesmal musste er sich ein Lächeln verbeißen.

Eine Bö traf Toraks Boot und drehte es so, dass er geradewegs auf das Boot des Älteren zufuhr.

»Wenden!«, brüllte Bale. »Du musst gegenrudern! Sonst fährst du in mich rein!«

Torak stemmte sich gegen den Wind und tauchte das Paddel ein. Es gab einen so heftigen Ruck, dass er beinahe über Bord gegangen wäre, und als er das Paddel wieder herauszog, war das Ruderblatt abgebrochen.

»Pass doch auf!«, schimpfte Bale, als Torak auf ihn zugesaust kam.

»Ich kann nicht wenden!«

Da tauchte Bale sein Paddel ein und schoss im letzten Augenblick davon, während Toraks Boot sich noch einmal drehte und kenterte.

Toraks Kleidung zog ihn in die Tiefe, und er war heilfroh, als Bale angerudert kam und ihn am Wams packte.

»Was sollte das denn?«, schrie er. »Um ein Haar wären wir alle beide gekentert!«

»War keine Absicht!«, prustete Torak.

»Keine Absicht? Du wolltest mich rammen!« Wutschnaubend drehte er Toraks Boot wieder um und hielt es am Bug fest, als Torak zurück an Bord kletterte.

»Ich sage doch, es war keine Absicht!«, keuchte Torak. »Mein Paddel ist durchgebrochen.«

»Unsinn! Unsere Paddel bestehen aus dem zähesten Treibholz, das...«

»Und was ist das da?« Torak schwenkte das kaputte Ruder. »Wenn das Holz so zäh ist, wieso ist mein Paddel dann zerbrochen wie ein morscher Ast?« Er betrachtete die Bruchstelle und wurde still. Jemand hatte sich mit einem Messer an dem Paddel zu schaffen gemacht. Derjenige hatte das Holz nur halb durchgehackt, damit das Paddel noch zu benutzen war, aber trotzdem jederzeit entzweibrechen konnte.

»Was ist?«, fragte Bale.

Toraks erster Gedanke galt dem Schleicher. Aber es konnte genauso gut jemand anders gewesen sein, Bale, Asrif oder Detlan – oder irgendein anderes Sippenmitglied.

Wortlos streckte er Bale das zerbrochene Paddel hin. Der nahm es ihm aus der Hand, betrachtete es mit geübtem Blick und entdeckte sogleich die Messerspuren. »Du glaubst, dass ich das war, stimmt's?«

»Warst du's etwa nicht?«

»Nein!«

»Aber du willst doch, dass ich es nicht schaffe. Hast du vorhin selber gesagt.«

»Weil du uns bestimmt ein Klotz am Bein bist oder in irgendwelche Schlamassel gerätst, aus denen wir dich wieder rausholen müssen.«

»Bestimmt nicht«, erwiderte Torak mit gespieltem Selbstbewusstsein. »Wir wollen doch dasselbe, Bale. Ein Mittel gegen die Krankheit.«

»Und ich soll einfach glauben, dass meine Sippe ebenfalls in Gefahr ist, bloß weil es dir gelungen ist, dich vor dem Stein zu drücken?«, erwiderte Bale mit beißendem Spott.

Torak sah ihn groß an. »Wie meinst du das?«

»Ich weiß ja nicht, was du Tenris oben auf der Klippe alles erzählt hast, aber ich weiß, dass du ein Lügner und Feigling bist, der alles täte, um seine Haut zu retten.« Er warf Torak das kaputte Paddel zu. »Wahrscheinlich unterstellst du mir deswegen solche hinterhältigen Absichten. Weil es so bei euch im Wald zugeht.«

*

Torak hatte Bales kränkende Anschuldigungen noch im Ohr, als er erschöpft zurückruderte. Der Robbenjunge war vorausgefahren und hatte sein Boot bereits an Land gezogen und aufgebockt. Für ihn stand fest, was er von Torak zu halten hatte.

Ohne Hilfe kannst du es nicht schaffen, hatte Tenris gesagt. *Du musst ihr Vertrauen gewinnen. Halte dich an Bale … dann hast du die beiden anderen auch auf deiner Seite.*

Das leuchtete Torak durchaus ein. Er musste Bale irgendwie begreiflich machen, dass er es ehrlich meinte.

Er hatte eine Idee. Wenn er irgendwie beweisen konnte, dass sich der Schleicher auf der Insel herumtrieb, musste Bale ihm glauben.

Ich brauche Spuren, sagte er sich. An Spuren kann auch Bale nicht mehr herumdeuteln. Was den Umgang mit Booten betraf, mochte Torak ein Stümper sein, aber bei der Spurensuche machte ihm keiner etwas vor.

Als er ans Südende der Bucht kam, brach schon die Dämmerung an, beziehungsweise die kurze Zeitspanne, da der Himmel tief dunkelblau schimmerte, denn bald war Mittsommer. Torak zog sein Boot ans Ufer, überquerte den Ausläufer des Wasserfalls und inspizierte den Boden. Seeschwalben umschwirrten seinen Kopf, aber er ließ sich nicht ablenken.

Der Zeitpunkt war gut gewählt, denn im Zwielicht sieht man Fährten besonders deutlich. Außerdem waren die Robben damit beschäftigt, die Feuer für das Nachtmahl aufzuwecken, und kümmerten sich nicht groß um ihren Gefangenen. Torak hatte keine Lust, irgendwem Rechenschaft über sein Tun abzulegen.

Im weichen Lehm fanden sich keine Spuren, aber dort im Gras … dort hatte etwas Kleines … der Schleicher? … den Tau von den Halmen gestreift.

Die Fährte war wie alle Fährten in betautem Gras schwer zu verfolgen, aber Torak wandte einen Kniff an, den ihm sein Vater beigebracht hatte, und betrachtete das Gras im Streiflicht aus dem Augenwinkel.

Nach etlichen fehlgeschlagenen Versuchen gelang es ihm, der Fährte bis zu einer Reihe Felsen unmittelbar am Wasser zu folgen, auf denen sich unzählige Schnecken angesiedelt hatten. Dahinter, am äußersten Ende der Bucht, wuchs eine Gruppe Birken. Überraschenderweise führte die Spur nicht dorthin, sondern in die Uferfelsen. Torak fand Krallenspuren im Moos, und es roch faulig, weil der Schleicher durch einen vermoderten Tanghaufen getapst war.

Schließlich entdeckte Torak auf einem Flecken Sand, den die letzte Flut angeschwemmt hatte, das Gesuchte: einen deutlichen Abdruck spitzer Klauen. Ganz frisch. Von Ameisen und Sandmücken unberührt und nicht verwischt.

Da siehst du's, Bale, frohlockte er stumm.

Ein Kichern ertönte – und dort hockte er: eine kleine, geduckte Gestalt mit langem Haar wie Algengewirr.

Torak war viel zu erfreut, um sich zu fürchten. Hier war der gewünschte Beweis. Wenn es ihm jetzt noch gelang, den Schleicher einzufangen, musste sich Bale endgültig geschlagen geben.

Das Geschöpf machte kehrt und entfloh.

Torak kletterte hinterher.

Die algenbewachsenen Felsen waren glitschig, und eine innere Stimme warnte ihn, ja nicht auszurutschen. Der Schleicher würde Freudensprünge vollführen, wenn Torak vor seinen Augen ins Meer purzelte.

Er kam an eine Felsspalte, aus der Gischt aufsprühte. Zum Drüberspringen war die Klamm zu breit, aber der Schleicher hatte sie irgendwie bewältigt. Dort drüben kauerte er. Seine Augen blitzten boshaft und herausfordernd.

»O nein«, japste Torak. »So dumm bin ich nicht, dass ich hier rüberspringe!«

Fauchend entblößte der Schleicher die Zähne und huschte davon. Seine Klauen scharrten über den Fels.

Torak hastete an der Felsspalte entlang, bis er eine Stelle fand, wo der Bewuchs nicht ganz so tückisch feucht war, ja, an einer Stelle sogar ganz trocken. Flüchtig fragte er sich, wie das wohl kam…

Zu spät. Er verlor den Boden unter den Füßen und stürzte ins Meer. Torak, du Dummkopf! Eine Fallgrube! Die simpelste Falle überhaupt!

Das Meer war so eiskalt, dass es ihm den Atem verschlug, und er verhedderte sich in Tang und Algen, als er Wasser trat und sich nach einer Stelle umsah, wo er sich festhalten und herausziehen konnte. Die Dünung war stärker, als es, von oben betrachtet, aussah, aber es dürfte trotzdem nicht schwer sein, wieder an Land zu klettern. Ernstlich gelitten hatte nur sein Stolz und der Schleicher war inzwischen natürlich längst über alle Berge.

Torak wischte sich die Algen aus dem Gesicht und streckte tastend die Hand aus, aber das Zeug haftete hartnäckig an seiner Haut. Es wollte ihm nicht gelingen, sein Gesicht davon zu befreien, und auch nicht, die Hand hindurchzustecken, um sich irgendwo festzuhalten.

Weil es gar keine Algen sind, begriff er mit einem Mal staunend. *Es ist ein aus Riementang geknüpftes Netz zum Robbenfangen. Du bist in ein Robbennetz gefallen, ganz wie es der Schleicher bezweckt hat.*

Die Dünung warf ihn gegen die Felsen, dass ihm die Luft wegblieb. Wasser zu treten war anstrengend, weil sich das Netz um seine Beine schlang und ihn behinderte. Offenbar war es irgendwo oben in den Klippen festgemacht und außerdem mit einem Stein beschwert, denn

Torak hatte Mühe, Kopf und Schultern über Wasser zu halten.

Bale würde Tränen lachen, dachte er verbissen. Die ganze Sippe würde sich vor Lachen die Bäuche halten, wenn sie sehen könnten, wie ich einen Pfeilschuss vom Lager entfernt in einem Robbennetz zapple.

Er hätte ein Loch in das Netz schneiden können, wenn man ihm nicht das Messer abgenommen hätte. Er musste wohl oder übel um Hilfe rufen und den unvermeidlichen Spott über sich ergehen lassen.

»Hilfe!«, rief er. »Hier bin ich! Hört mich jemand?«

Der Wind pfiff durch die Bucht. Am Himmel schrien die Seeschwalben. Die Wellen klatschten an die Felsen.

Niemand kam ihm zu Hilfe. Niemand hörte ihn.

Er hatte schon ganz lahme Beine. Seltsamerweise schien das Wasser noch zu steigen, denn es reichte ihm inzwischen bis zum Kinn.

Schlagartig wurde ihm klar, was passierte, und jetzt geriet er in Panik. Er saß außer Hörweite des Lagers in einem Robbennetz fest und die Flut kam.

Sie stieg schnell.

Kapitel 22

Die Flut stieg und stieg, und Torak musste sich anstrengen, um wenigstens das Kinn übers Wasser zu recken.

Die Dünung spülte ihn unablässig erst von den Klippen weg, um ihn anschließend wieder dagegen zu schleudern. Die Meermutter schüttelte ihn durch, dass er fast keine Luft mehr bekam. Ihr Salzgeruch ließ ihn würgen, ihr unaufhörliches Ächzen dröhnte ihm in den Ohren. Sie hatte ihn gepackt und ließ ihn nicht mehr los.

Torak versuchte, sie nicht zu beachten, und sann auf einen Ausweg. Irgendwo musste das Netz offen sein. Schließlich war er hineingefallen, da musste es auch möglich sein, wieder herauszuschlüpfen. Aber er konnte die Öffnung einfach nicht finden.

Das Geflecht war zu engmaschig, als dass er die Faust durchstecken konnte, und die Knoten waren so steinhart, dass es keinen Zweck hatte, mit tauben Fingern daran herumzuzerren. Der Tang selbst wiederum war viel zu zäh, um ihn durchzureißen oder zu zerbeißen. »Unsere Netze müssen so haltbar sein, dass sie einer ausgewachsenen

Robbe standhalten«, hatte ihm Detlan beim Tagmahl erklärt.

Wenn er doch bloß sein Messer hätte... Gab es hier irgendetwas anderes, was denselben Zweck erfüllte?

Wieder wurde er gegen die Felsen geworfen und schürfte sich an den Napfschnecken die Haut auf.

Die Schnecken. Hatten ihre Gehäuse nicht scharfe Kanten? Wenn es ihm gelänge, eine abzureißen...

Er wurde erst weggespült und dann abermals gegen den Fels geschleudert, trat strampelnd Wasser und hörte das nicht enden wollende Gelächter der Meermutter.

Hör nicht auf sie, redete er sich gut zu. Hör meinetwegen darauf, wie dir das Blut in den Ohren rauscht, oder auf irgendetwas anderes – bloß nicht auf sie...

Wasser tretend zwängte er den Daumen und zwei Finger durch die Maschen und angelte nach der nächstbesten Schnecke.

Die aber hatte sich am Gestein festgesaugt und wollte nicht loslassen. Vor Anstrengung ächzend, zog Torak an dem Gehäuse, aber das saß so fest, als sei es mit dem Felsen verwachsen.

Da fiel ihm der schwarz-weiße Vogel wieder ein, der bei seiner Ankunft am Meer eine Schnecke aufgeknackt hatte. Ähnliche Vögel hatte er auch hier auf der Insel gesehen, »Austernfischer« hatte Detlan sie genannt. Torak sah vor sich, wie der Vogel der Schnecke unvermittelt einen kräftigen Schnabelhieb versetzt hatte, sodass sie sich gar nicht erst festsaugen konnte.

Er fasste die nächste Schnecke ins Auge und versuchte, es zu machen wie der Vogel, indem er ihr einen abrupten Schlag verpasste. Es klappte, aber die Schnecke glitt ihm aus den Fingern und trudelte jenseits des Netzes und außerhalb seiner Reichweite in die Tiefe.

Wieder ließ ihn das Hohngelächter der Meermutter erschauern. *Ich bin die Stärkere*, schien sie zu raunen. *Gib auf! Gib auf!*

Nein!, erwiderte er stumm. Noch nicht!

Aus der trotzigen Antwort wurde ein Schluchzen. *Noch* nicht. Erst musste er ein Mittel gegen die Krankheit auftreiben und es in den Wald bringen. Erst musste er Wolf noch einmal wiedersehen, Renn und Fin-Kedinn …

Wenn das Netz wenigstens nicht beschwert wäre!

Bei diesem Gedanken gab es ihm einen Ruck. Wenn er den Stein loswürde, wäre die Flut sein Freund. Dann würde die Meermutter entgegen ihrer Absicht zu seinen Gunsten arbeiten, wenn sie ihn das nächste Mal mitriss und gegen die Klippen warf.

Vergiss die dummen Schnecken, schalt er sich. Sieh dich lieber unter Wasser nach dem Stein um!

Er holte tief Luft und tauchte.

Die Welt der Meermutter ängstigte ihn, war ein einziger Strudel aus pechschwarzem Wasser und wogenden Pflanzen. Er konnte nirgendwo das Seil erspähen, mit dem der Stein am Netz festgebunden sein musste, konnte nicht einmal oben und unten unterscheiden.

Gierig nach Atem ringend, tauchte er wieder auf. Die Wellen schlugen höher. Nur mit Mühe konnte er verhindern, dass ihm Wasser in den Mund drang. Lippen, Gaumen und Augen brannten vom Salz. Die Beine wollten ihm nicht mehr gehorchen, das Denken fiel ihm schwer.

»*Hilfe!*«, schrie er noch einmal. »Hört mich denn niemand?« Der Ruf verklang in einem scheußlichen Röcheln.

Es wurde immer dunkler, und außer den steilen Klippen und dem blauen, mit blassen Sternen gesprenkelten Himmel konnte er kaum noch etwas sehen, und sogar dieser Anblick verschwamm immer mehr …

Ertrinken. Die qualvollste Art zu sterben. Spüren, wie einem die Meermutter die Luft aus den Lungen drückt und die Seelen entreißt. Ohne Todeszeichen konnten die Seelen nie mehr zueinander finden. Dann würde er ein Meerdämon, der auf ewig ruhelos umherstreift, der alles Lebendige beneidet und verabscheut und ihm den Garaus machen will …

Eine Welle schlug über ihm zusammen und er spie hustend Salzwasser.

Ich kenne weder Arglist noch Erbarmen, raunte ihm die Meermutter ins Ohr, *weder Gut noch Böse. Ich bin stärker als die Sonne. Ich bin unsterblich. Ich bin das Meer.*

Torak war schrecklich müde. Er konnte kein Wasser mehr treten, er musste eine kleine Pause machen und sich ausruhen.

Er ging unter und die Meermutter nahm ihn in die Arme … umarmte ihn immer fester, bis ihm die Brust zu bersten drohte …

Ein silbriges Flimmern.

Ein Fisch, dachte er benommen. Ein kleiner. Vielleicht ein Hering?

Noch mehr Fische kamen herbei, ein ganzer schimmernder Schwarm, und beobachteten neugierig, wie mitten unter ihnen ein großes fremdes Geschöpf mit dem Tode rang.

Immer tiefer sank Torak, und die silbrigen Pfeile wichen ihm aus und wogten um ihn her wie ein glitzernder Strom, als ihn die Meermutter in ihrer Umarmung zermalmte …

Er spürte einen Ruck im Leib, als risse ihm jemand die Gedärme heraus. Ihm wurde übel. Dann wurde er unversehens aus der erdrückenden Umarmung entlassen und Kälte und Finsternis waren verschwunden. Kein Netz zog ihn mehr in die Tiefe, kein Salz verätzte ihm mehr die Kehle. Er war flink und wendig wie ein Fisch – und wie einem Fisch war ihm weder kalt noch warm, sondern er war eins mit dem Meer.

Wie deutlich er mit einem Mal sehen konnte! Das Wasser war nicht mehr schwarz und trübe, sondern die Felsen, die Wasserpflanzen, die anderen Fische ... alles war gestochen scharf, nur seltsam in die Länge gezogen. Er konnte sich zwar nicht erklären, wie, aber er war selbst zum Fisch geworden. Er spürte, wie sich das Wasser kräuselte, wenn ein Artgenosse vorüberglitt, er war genauso auf der Hut und zugleich neugierig wie der ganze Schwarm. Er spürte das Wasser von den Klippen zurückströmen und hörte die Mutter in der Tiefe raunen.

Da wurde der Schwarm jäh von Todesangst ergriffen, Panik durchzuckte die Fische wie ein Blitz – auch Torak. Ein Angreifer nahte und wollte sie ins tiefere Wasser treiben und er war riesengroß ...

Wer ist da?, fragte Torak und kämpfte mit der Angst, die ihn genauso gepackt hatte wie alle anderen. Wer hat es auf uns abgesehen?

Der Schwarm gab keine Antwort, sondern änderte die Richtung und floh aus der Bucht ins offene Meer – floh vor dem Jäger und ließ Torak zurück. Wieder spürte er den Übelkeit erregenden Ruck im Leib ...

... dann war er wieder der alte Torak und sah den flüchtenden Heringen nach.

Die Brust wollte ihm bersten, in seinen Ohren toste es. Er konnte nicht darüber nachdenken, was ihm eben widerfahren war. Er ertrank.

Wie ein Wilder schlug er mit den Beinen, wehrte sich gegen die tödliche Umklammerung der Meermutter ... doch das Netz widersetzte sich ihm, hielt ihn gefangen.

Da schoss eine weiße Wassersäule empor und wirbelte

ihn herum, als etwas Großes neben ihm im Wasser landete. Scharfe Zähne zerfetzten das Netz, befreiten ihn …

Dann angelten Hände nach ihm, wollten ihn herausziehen, aber sie hatten nicht genug Kraft. Immer wieder glitt er ins Wasser zurück und schürfte sich an den Schneckengehäusen die Hände auf.

Er nahm alle Kraft zusammen und vollführte einen gewaltigen Beinschlag, sodass er mit dem Oberkörper aus dem Wasser schnellte und die Hände ihn schließlich greifen und heraushieven konnten.

Seufzend ließ ihn die Meermutter ziehen.

Torak schnappte nach Luft wie ein ans Ufer gespülter Fisch. Mit der Wange lag er auf den rauen Schnecken, er hatte Tang im Mund. Noch nie hatte ihm etwas so gut geschmeckt.

»Was war denn mit dir los?«, hörte er eine sonderbar vertraute Stimme flüstern.

Er wälzte sich herum, richtete sich auf den Knien auf und spuckte ungefähr das halbe Meer aus. »Ich … w-wäre fast ertrunken«, japste er.

»Ich bin ja nicht blind!« Es klang halb verärgert, halb erschüttert. »Aber was war mit dir los? Wieso bist du nicht einfach herausgeklettert?«

Torak hob den Kopf. »Renn?! Bist du das etwa?«

»Pst! Nicht so laut! Kannst du aufstehen? Dann komm!«

Der völlig verwirrte Torak rappelte sich unbeholfen hoch. Er schwankte so heftig, dass er beinahe wieder ins Wasser gefallen wäre, hätte ihn Renn nicht am Arm gepackt und zu den Bäumen gezogen. »Gleich dahinter kommt eine Bucht, wo man uns nicht sehen kann.«

Sie kletterten über Felsbrocken und durch dichtes Unterholz, bis sie in einer kleinen Bucht am Fuß eines Steilhangs herauskamen.

Schnaufend sank Torak auf die Knie. »Wie … wie hast du mich gefunden?«

»Das war nicht ich«, erwiderte Renn, »das war …«

Hinter einem Felsen kam etwas Dunkles hervorgesprungen, warf Torak rücklings in den Sand und schleckte ihm mit der warmen, rauen Zunge übers Gesicht.

»… das war Wolf«, vollendete Renn ihren Satz.

Kapitel 23

Die Begrüssung der beiden hatte etwas Leidenschaftliches, fast Verzweifeltes. Wolf wedelte winselnd mit dem Schwanz und liebkoste Toraks Gesicht. Torak benahm sich selbst wie ein Wolf, was Renn jedes Mal irritierte, leckte seinem Gefährten über die Schnauze und vergrub das Gesicht in seinem Fell, wobei er leise und eindringlich in dieser eigenartigen, unverständlichen Sprache auf ihn einredete.

Renn kam sich ausgeschlossen vor, außerdem war sie von dem Vorangegangenen tief erschüttert. Das Bild, wie Torak mit dem Gesicht nach unten im Wasser trieb und das schwarze Haar um ihn herumwogte, ging ihr immer noch nach. Sie hatte ihn schon für tot gehalten.

Mit zitternden Händen holte sie Köcher und Bogen hinter einem Felsen hervor und hängte sich einen mit Schnecken gefüllten Knüpfgrasbeutel über die Schulter. »Kannst du laufen?«, fragte sie ungewollt barsch.

Torak, der immer noch vor Wolf kniete, drehte sich um und starrte sie an wie eine Fremde. Mit seinem zerschundenen Gesicht und dem zerzausten Haar sah er gar nicht mehr aus wie ihr guter Freund. »Ich… ich kann es immer noch nicht fassen…« Man hörte, dass er mit den Tränen kämpfte.

»Wir müssen hier weg, Torak! Wir sind zu dicht beim Lager, man könnte uns suchen!«

Aber sie merkte, dass er nicht zuhörte.

»Los jetzt!«, befahl sie da und zog ihn energisch hoch.

Die Böschung war steil und mit Moos und Krähenbeeren überwuchert, was das Klettern erschwerte, doch Torak schaffte es zum Glück trotzdem. Wolf lief schwanzwedelnd neben ihm her, sprang immer wieder an ihm hoch und leckte ihm das Gesicht.

Als sie endlich oben angekommen waren, mussten sie anhalten und verschnaufen.

»Wie hast du mich gefunden?« Torak beugte sich keuchend vor und stützte die Hände auf die Oberschenkel.

»Ich wollte mir unten am Wasser etwas zu essen suchen. Plötzlich hat Wolf wieder so komisch geknurrt und ist losgerannt.« Sie unterbrach sich. »Was war eigentlich los, Torak? Warum bist du nicht einfach an Land geklettert?«

»Ich… hatte mich in einem Robbennetz verheddert.«

»In einem Netz?«

»Ich wollte herausschlüpfen, aber das ging nicht. Wolf hat es durchgebissen. Er hat mir das Leben gerettet.«

Renn war beeindruckt, dass Wolf aus lauter Liebe zu seinem Gefährten dem getrotzt hatte, das er am allermeisten fürchtete. »Er kann das Meer auf den Tod nicht ausstehen. Ich hab's ja kaum geschafft, ihn in ein Boot zu kriegen.«

»Und wie hast du es schließlich geschafft?«

Renn zog wortlos das Lederband mit der Hühnerknochenpfeife unter dem Wams hervor.

»Das heißt, wenn ich dir damals vor vielen Monden nicht die Pfeife gegeben hätte, wäre Wolf nicht mit dir mitgekommen«, sagte Torak gedankenvoll, »und ich wäre ertrunken.« Er kraulte Wolf die Flanke und Wolf rieb sich an seinem Bein und verzog die Schnauze zu einem Grinsen.

Abermals fühlte Renn sich ausgeschlossen. Sie hatte nicht die leiseste Ahnung, was Torak alles erlebt hatte, seit er das Rabenlager verlassen hatte. Auch sie hatte ihm eine Menge zu erzählen, von der Krankheit und dem Tokoroth. »Komm weiter«, sagte sie. »Bis zu meinem Lager ist es nicht mehr weit.«

Sie gingen ein Stück auf der Böschung entlang und scheuchten unterwegs ein paar Raben auf, die empört krächzend aufflatterten. Dann rief Torak verwundert aus: »Aber da unten gibt es ja *Wald*!«

Zu ihren Füßen lag ein von hohen Steilwänden umschlossenes Tal, das sich wie ein Axthieb in die Felsen grub und in dessen Mitte ein See schimmerte. Die Abhänge ringsum waren dicht mit Weiden und Ebereschen bestanden.

»Besonders hoch sind sie nicht«, meinte Renn, »aber es sind immerhin Bäume. Die Robben wagen sich offenbar nicht sehr weit ins Land hinein, deswegen hat mich noch niemand entdeckt, aber gestern habe ich unten am See Spuren gefunden, vermutlich von einem Mann oder einem Jungen.«

»Der Wald fehlt mir schrecklich«, seufzte Torak.

»Mir auch«, pflichtete ihm Renn bei. »Und der Geschmack von Lachs und Rentierfleisch. Außerdem ist es hier nachts furchtbar *hell*. Im Wald fällt einem das nicht so auf, aber hier … hier kann ich überhaupt nicht richtig schlafen.«

»Geht mir genauso«, sagte Torak leise.

»Da drüben ist mein Lager.« Renn ging Torak zu einer

unter Farn, Spiersträuchern und üppig gelb blühendem Labkraut versteckten Senke voran. Ein Bach führte hindurch und am östlichen Ufer hatte sich Renn eine Erdhöhle mit einer Feuerstelle davor gegraben. Eine Eberesche breitete schützend die Arme darüber.

»Du kannst dich am Feuer trocknen«, sagte Renn. »Ich koche derweil die Schnecken. Die brauchen nicht lange.«

Sie hängte Köcher und Bogen an einen Ast und kniete sich vor die Glut. Das Feuer qualmte kaum, weil sie Eschenholz genommen und zuvor die Rinde abgeschält hatte.

Zunächst legte sie eine flache Schieferplatte in die Glut und wartete ab, bis es ordentlich zischte, als sie draufspuckte. Dann wusch sie die Schnecken im Bach und legte sie zum Garen auf den Stein.

Torak kauerte sich hin und Wolf schmiegte sich an ihn. »Wovon hast du dich sonst ernährt?«, wollte Torak wissen.

»Hauptsächlich von Vogeleiern. Ich konnte nur kleineres Wild erlegen. Offenbar gibt es hier keine Elche oder Hirsche. Der See ist bestimmt voller Fische, aber dort kann man leicht gesehen werden, darum bin ich ja auch ans Meer gegangen.« Sie machte eine Pause. »Mir geht es gut, aber um Wolf mache ich mir Sorgen. Die Raben haben ihm gezeigt, wo Aas herumliegt, aber davon wird er nicht satt, und an die Seevögel traut er sich nicht mehr heran, seit ihn ein Eissturmvogel voll gespuckt hat.« Sie lächelte flüchtig. »Das hat ihn ziemlich mitgenommen. Ich musste Seifenkraut pflücken und ihn waschen. Das fand er genauso schrecklich.« Sie merkte, dass sie zu viel redete, und hielt inne.

Torak blickte stirnrunzelnd ins Feuer. »Ich bin wirklich froh, dass du hier bist, Renn.«

Renn sah ihn an. »Ach. Na ja.«

Die Schnecken waren gar. Renn schob die heißen Gehäuse mit dem Messer auf ein großes Gänsefußblatt. Für den Clanhüter klemmte sie eine Schnecke in eine Astgabel und teilte die übrigen Schnecken in drei Portionen. Ein Drittel legte sie etwas abseits vom Feuer für Wolf ins Gras, dann zeigte sie Torak, wie man die schwarzen, blasigen Därme abschnitt und an das saftige orangefarbene Fleisch kam. Er betrachtete das Mahl misstrauisch, machte sich dann aber doch darüber her.

Sein Wams hatte er ausgezogen und zum Trocknen in den Baum gehängt, und Renn sah, dass er abgemagert war und an der Wade eine ziemlich schlampig genähte Wunde hatte, bei der die Fäden gezogen werden mussten. Als sie ihn darauf ansprach, winkte er ab und meinte, darum könnten sie sich später kümmern. Anschließend erkundigte er sich nach ihrer verletzten Hand.

»Mich hat was gebissen«, erklärte sie und rieb die Hand an ihrem Bein. Sie wollte die Sprache noch nicht auf das Tokoroth bringen.

Wolf hatte seine Schnecken schon heruntergeschlungen und beäugte gierig Toraks Portion. Torak überließ ihm den Rest und legte das Kinn auf die angezogenen Knie. »Wie sieht es im Wald aus? Wie schlimm ist es inzwischen?«

»Ziemlich schlimm.« Renn erzählte, dass die Sippen ihre Lager verließen, und beschrieb ihm den Kranken vom Seeadlerclan.

Toraks Miene wurde noch finsterer. »Ich habe nämlich von Wolf geträumt. Er wollte mich vor etwas warnen. ›Schatten‹ hat er gesagt, und ›Tod‹.«

»Hat er die Krankheit gemeint?«

»Ich frag ihn mal.« Torak senkte den Kopf, stieß einen leisen, halb winselnden, halb knurrenden Laut aus und Wolf sprang sofort mit gespitzten Ohren auf die Füße. Dann stellte er den Schwanz auf, leckte Torak den Mundwinkel und winselte eine Antwort.

»Was sagt er?«, wollte Renn wissen. Sie fühlte sich unbehaglich.

»Dasselbe wie in meinem Traum. ›Schatten, Tod.‹ Keine Ahnung, was das bedeuten soll.«

Renn säuberte ihr Messer mit Asche. »Bist du deswegen fortgegangen? Weil er dich im Traum gewarnt hat?«

»Was?«

»Bist du deswegen fortgegangen, ohne irgendwem Bescheid zu sagen? Nicht mal mir?« Der gereizte Unterton ließ sich einfach nicht verhindern.

»Ich wollte einen Trank gegen die Krankheit suchen«, erwiderte Torak ruhig. »Ich habe dir nicht Bescheid gesagt und dich nicht mitgenommen, weil ich dich nicht in Gefahr bringen wollte.«

Renn war fassungslos. »Aber ich war doch längst in Gefahr! Wir waren alle in Gefahr, ach was, wir sind es immer noch! Was gibt es Schlimmeres als die Krankheit?«

»Den Schleicher«, war die zögerliche Antwort.

»Wer ist das denn?«

»Das weiß ich leider auch nicht. Er ist klein. Verdreckt. Er hat Klauen.«

»Das Tokoroth«, sagte Renn dumpf.

Torak richtete sich auf. »Davon haben die Waldpferde auch gesprochen. Wird er so genannt?«

Renn nickte. »Als du weg warst, hat mir Saeunn davon erzählt. Darum bin ich dich ja auch suchen gegangen. Saeunn sagt, die Tokoroth gehören zu den gefährlichsten Bewohnern des Waldes.«

»*Die* Tokoroth?«, echote Torak. »Heißt das, es gibt mehrere?«

Das Mädchen nickte.

»Es ist in Asrifs Boot übers Meer gekommen…«, sagte Torak nachdenklich.

»Wie, es ist hier?! Hier auf der Insel?«

»Sag ich doch. Es hat sich in Asrifs Boot versteckt. Und wenn das einem gelungen ist…«

»… kann es noch anderen gelingen. Womöglich haben sie sich in den Kanus der Seeadler und der anderen Clans versteckt.«

Beide schwiegen gedankenversunken.

»Bist du absolut sicher, dass es hier ist?«, vergewisserte sich Renn schließlich.

»Ja. Ich habe es gesehen. Es hat mir eine Falle gestellt. Deswegen wäre ich um ein Haar ertrunken. Ich war auf der Suche nach einem Beweis, einer Spur oder etwas Ähnlichem, um die Robben davon zu überzeugen, dass ich mir das Ganze nicht ausgedacht habe.«

»Die Robben? Wozu das denn?«

»Sie wollen mir helfen, einen Trank gegen die Krankheit zu brauen.«

»*Helfen* wollen sie dir? Jetzt auf einmal? Sie haben dich verprügelt und verschleppt…«

»Danach haben sie mich wieder laufen lassen.« Torak berichtete seiner Freundin, wie sich alles zugetragen hatte: wie ihn der Schleicher verfolgt hatte, wie er am Rand des Großen Waldes wieder umgekehrt war, wie ihn die Robben gefangen genommen hatten und er sie überreden konnte, ihm die Strafe zu erlassen. »Das Tokoroth ist an der Krankheit schuld, davon bin ich überzeugt, merkwürdig ist nur, dass ich selbst noch gesund bin. Es kommt mir vor… als ob es mich irgendwie auf die Probe stellen will. Aber warum bloß?«

Renn konnte ihm immer noch nicht ganz folgen. »Du bist also kein Gefangener mehr?«

»Wie gesagt, die Robben wollen mir helfen, den Trank zu brauen. Sie haben mir sogar beigebracht, wie man mit einem Hautboot umgeht. Na ja, sie haben es jedenfalls versucht. Morgen brechen wir zum Adlerfelsen auf.« Er blickte nach Osten, wo es schon hell wurde. »Heute, meine ich natürlich.«

Renn griff nach einem Gänsefußstängel und kaute darauf herum. »Das kommt mir komisch vor. Erst verprügeln sie dich und jetzt wollen sie dir auf einmal helfen?«

»Sie brauchen den Trank genauso.«

Renn war immer noch skeptisch. »Was das angeht, habe ich zwar schon von der Selikwurzel reden hören, aber ich wüsste nicht, dass sie in der Schamanenkunst verwendet wird.«

»Ach nein? Tenris wird ja wohl wissen, was er tut«, erwiderte Torak scharf.

»Wer ist denn nun wieder Tenris?«

»Der Robbenschamane. Versteh doch, die Krankheit hatte auch die Robben befallen und er hat sie geheilt! Dasselbe kann er auch für uns tun.«

»Mag sein, aber was machen wir, wenn die Seelenesser noch mehr Tokoroth ausschicken?«

Torak riss entsetzt die Augen auf. Er stand auf, ging ein Stück und kam wieder ans Feuer zurück. »Erzähl mir von den Tokoroth. *Was hat es mit ihnen auf sich?*«

Renn erschrak unwillkürlich, doch sie riss sich zusammen und erzählte ihrem Freund alles, was ihr Saeunn anvertraut hatte.

Torak wurde totenbleich.

»Saeunn hat gesagt, es sind keine Kinder mehr, sondern Dämonen. Durch und durch böse Dämonen.«

»Wie der Bär, der Fa getötet hat.«

Wolf erhob sich, kam zu Torak herüber und schmiegte sich an ihn. Torak kraulte ihn geistesabwesend. Dann kauerte er sich wieder ans Feuer. »Vorhin in dem Netz ist mir was ganz Seltsames passiert.«

Renn wartete geduldig.

»Mir wurde übel. Ich hatte richtige Bauchkrämpfe. So ist es mir schon mal ergangen, bei der Heilzeremonie für Oslak. Es hat sich angefühlt ... als wollte mir jemand die Gedärme herausreißen.« Er schluckte. »Diesmal kam es mir vor, als wäre ich ein Fisch.«

»Wie bitte?«

»Ich habe mich gefühlt ... ich konnte unter Wasser sehen wie die anderen Fische.« Er blickte ins Feuer. »Dann bekamen sie Angst. Sie haben gespürt, dass irgendwo ein Jäger lauert. Und ich hab's auch gespürt, Renn, ganz wie ein Fisch.«

Renn fand sich überhaupt nicht mehr zurecht. »Was für ein Fisch? Wovon redest du eigentlich?«

Da knurrte Wolf kurz, trabte witternd an den Rand des Feuerscheins und blieb mit gesträubtem Fell stehen. Sogar Renn begriff, dass er sie vor einer möglichen Gefahr warnte.

Sie sprang auf und griff nach ihrem Bogen.

Torak war schon aufgestanden und zog sein Wams über.

Von fern hörte man eine Jungenstimme Toraks Namen rufen.

»Das ist Bale«, sagte Torak. »Ich muss hin, sonst schöpft er Verdacht.«

»Wer ist dieser Bale?«

»Na ja – Bale eben«, erwiderte Torak nicht besonders aufschlussreich. »Er war es, der mich gefangen hat, aber jetzt ...«

»Und da willst du zu ihm zurück?«

»Was bleibt mir anderes übrig, Renn? Bis Mittsommer sind es nur noch drei Tage.«

»Aber ... um zum Adlerfelsen zu gelangen, brauchst du nicht aufs Meer hinauszufahren. Bestimmt kommt man auch über Land dorthin! Tius Mutter stammte von hier. Er kennt die Insel. Er hat sie mir aufgemalt. Wir können sofort aufbrechen ...«

Torak wurde abermals gerufen.

»Du weißt doch gar nicht, ob sie es ehrlich meinen!« Renn war außer sich.

»Manche schon. Glaube ich.«

»Was ist das nun wieder für ein Unsinn?«

Torak wurde auf einmal ganz energisch. »So viel steht jedenfalls fest: dass bis jetzt noch jeder Freund, der mich begleitet hat, verwundet oder getötet wurde. So ist es Oslak ergangen und dem Keiler auch. Deswegen bleiben Wolf und du lieber hier.«

»Aber ich …«

»Du passt auf Wolf auf. Und lasst euch nicht von den Robben erwischen.«

»Du bist entschlossen, mit ihnen zum Adlerfelsen zu rudern?«

»Mir bleibt wohl nichts anderes übrig.«

Renn war ganz durcheinander. »Dann folgen wir dir wenigstens über Land, Wolf und ich. Falls du Hilfe brauchst.«

Torak las in ihrem Blick, dass sie nicht umzustimmen war, und nickte knapp.

»Torak!«, rief Bale.

Torak ließ sich hastig auf ein Knie nieder, lehnte seine Stirn an Wolfs Kopf und flüsterte etwas für Renn Unverständliches. Wolf stupste ihm winselnd die Nase ans Kinn.

Dann stand Torak auf und machte sich daran, den Abhang auf demselben Weg zu erklimmen, den sie gekommen waren. »Lasst euch bloß nicht blicken«, rief er Renn über die Schulter zu, »und hütet euch vor den Tokoroth.«

Renn sah sich um. Es war ihr gar nicht recht, dass ihr Freund sie in dem einsamen Tal allein ließ.

Doch Torak war schon fort, war lautlos wie ein Wolf im Unterholz verschwunden.

Kapitel 24

»Torak!«, rief Bale. »Torak! Wo bist du?«

Torak hastete den Abhang hinunter. Er sah Bale zwar nicht, aber er hörte, wie er sich einen Weg durch das Birkengehölz bahnte.

Taumelnd vor Erschöpfung, stapfte Torak durch den Sand und lehnte sich schwer atmend an einen Uferfelsen. Ihm tat alles weh, außerdem machte er sich Sorgen. Es war wunderbar gewesen, Wolf und Renn wiederzusehen, aber ihm war ihretwegen auch bang zumute. Wenn ihnen nun etwas zustieß?

Der weiße Sand der kleinen Bucht schimmerte fahl im Zwielicht. Torak konnte seine eigenen Spuren erkennen, die im Zickzack hinter den Bäumen hervorkamen, und zu seinem Entsetzen auch die Spuren von Wolf und Renn. Wenn Bale sie sah …

Durch die Birken fiel Fackelschein. Das war Bale. Torak musste sich beeilen.

Er wollte eben auf das Licht zulaufen, da traten zwei Gestalten aus dem Gehölz, und er hörte Asrif sagen: »Ich hab's gewusst, dass er abhaut. Ihm graut vor dem Adlerfelsen, deswegen hat er sich davongeschlichen und im Wald versteckt.«

Torak duckte sich hinter einen Felsen und lauschte.

»Entweder das«, erwiderte Bale, »oder er steckt in Schwierigkeiten.« Torak war überrascht, wie besorgt der andere klang. »Ich habe vorhin nicht mitbekommen, ob er wieder an Land gegangen ist.«

»Na und?« Das war wieder Asrif. »Schließlich bist du nicht sein Aufpasser. Ich weiß, dass du dir so vorkommst, weil er jünger ist als du, aber er ist nicht dein Bruder.«

»Weiß ich«, entgegnete Bale unwirsch, »trotzdem hätte ich auf ihn warten sollen. Allein ist es für einen Anfänger gefährlich, besonders zurzeit. Wenn die Kormorane Recht haben …«

»Hoffen wir mal, dass sie sich irren«, meinte Asrif.

Torak trat aus seinem Versteck. »Womit haben die Kormorane Recht?«, fragte er laut, ging auf die beiden zu und verwischte dabei unauffällig sämtliche Spuren.

»Was ist denn mit dir passiert?«, rief Bale aus. Beide Jungen trugen Fackeln aus gedrehtem, in Robbentran getränktem Riementang. In dem flackernden Licht sah Bales Gesicht ganz abgehärmt aus. »Wo hast du bloß gesteckt?«

»Ich wollte euch beweisen, dass ich euch nicht angelogen habe.«

Bales Miene wurde abweisend. »Lass dir was Besseres einfallen. Du warst fast den ganzen Abend weg.«

»Ich bin in ein Robbennetz gefallen.«

»In ein Robbennetz?«, sagte Asrif verächtlich. »Jetzt lügst du aber. So dicht beim Lager legen wir nie Netze aus, weil da keine Robben hinkommen!«

»Kann ja sein«, entgegnete Torak, »aber so war es nun mal. Ich zeig's euch.«

In der Hoffnung, dass die Flut das Netz nicht weggeschwemmt hatte, ging er den beiden in die größere Bucht voran. Doch dann kam ihm ein anderer Gedanke und er ging zu den Felsen weiter.

»Hattest du nicht was von einem Netz gesagt?«, wunderte sich Bale.

»Doch, aber ich will euch erst noch etwas anderes zeigen, nämlich eine Spur.«

Er hatte Glück. Die Flut war nicht bis zur Fährte des Tokoroth gekommen. Der Fußabdruck war im Fackelschein nicht zu übersehen.

Bale kniete sich hin. »Wovon stammt der?«

»Von etwas sehr Gefährlichem«, erwiderte Torak nach kurzer Überlegung.

»Ich hab's gefunden«, rief Asrif von weiter oben und hievte das Netz aus dem Wasser. »Aber wieso hat jemand ausgerechnet hier ein Netz ausgelegt?«, sagte er kopfschüttelnd, als die beiden anderen angerannt kamen. »Hier kommt doch keine Robbe her.«

»Es ging ihm nicht um Robben, sondern um mich«, erwiderte Torak.

»Das denkst du dir doch bloß aus!«, sagte Asrif abfällig.

»Das glaube ich nicht«, widersprach ihm Bale, hockte sich hin und drehte und wendete mit der freien Hand das Netz. »Wer das ausgelegt hat, wusste damit umzugehen.«

»Wie kommst du darauf?«, wollte Torak wissen.

Der Ältere blickte auf. »Wenn man ein Robbennetz auslegt, macht man nur den oberen Teil mit einem Seil an den Felsen fest. Der untere Teil schwimmt im Wasser. Man muss darauf achten, dass das Seil oben nur an einem Ende richtig festgebunden ist, damit die Robbe beim Hineinschwimmen das andere Seilende abreißt und das Netz sich zusammenzieht.«

»Genauso war's«, bestätigte Torak mit leisem Schauder. In Gedanken trieb er wieder im Wasser und glitschiger Tang schlang sich um seine Beine …

»Und seht ihr die hier?« Bale zeigte auf die aus Knochen geschnitzten Haken, mit denen der Netzrand wie mit einer doppelten Zahnreihe bestückt war. »Auf die Weise geht das Netz nicht mehr auf, wenn die Robbe erst mal drin ist.«

Torak nickte. »Ich habe mich schon gewundert, weshalb ich hinein-, aber nicht mehr herauskonnte.«

Bale stand auf. »Ja, und wie bist du dann wieder herausgekommen?«

Abermals antwortete Torak nicht sofort. »Ich habe die Maschen … mit einem Schneckengehäuse durchgeschnitten.«

Bale musterte erst Torak und dann das wüst zerfetzte Netz und hob die Augenbrauen.

Torak hielt seinem Blick trotzig stand. Ihm war nicht wohl dabei, den Robbenjungen anzulügen, aber er vertraute ihm nicht genug, dass er die Wahrheit sagen mochte. Wolf und Renn waren nur in Sicherheit, wenn niemand von ihnen wusste.

»Ist ja auch egal«, sagte er rasch. »Hauptsache, ihr glaubt mir endlich. Ein sehr böses Geschöpf treibt sich auf der Insel herum und hat die Krankheit mitgebracht. Wir brauchen unbedingt den Trank dagegen.«

Bale strich sich nachdenklich mit dem Daumen die Unterlippe. »Na schön, dann habe ich mich eben geirrt. Ich glaube dir, dass du die Wahrheit sagst, wenn vielleicht auch nicht die ganze. Aber kannst du mir erklären, wieso dir jemand eine Falle gestellt hat? Wieso ausgerechnet dir? Bist du denn jemand Besonderes?«

»Das weiß ich genauso wenig wie du«, drückte sich Torak um eine Antwort.

»Ehrlich?«

»Ganz ehrlich.« Torak wechselte das Thema. »Jetzt erklärt mir aber endlich, worüber ihr beide vorhin geredet habt. Es ging um die Kormorane.«

Asrif und Bale sahen einander an.

Es war Bale, der schließlich antwortete. »Es geht darum, dass heute in der Meerenge zwischen unseren beiden Inseln ein paar Männer beim Fischen angegriffen wurden.«

»Angegriffen?«

»Von einem Jäger.«

»Einem Einzelgänger«, setzte Asrif hinzu. »Mit einer verstümmelten Finne.«

Torak sah wieder die schwarzen Rückenflossen unter dem Gekreisch der Seevögel im Wasser kreisen und darunter die eine, besonders große, aus der ein Stück herausgebissen war. Er dachte an den Heringsschwarm in seiner Todesangst…

»Ist dir klar, dass es nur ganz selten vorkommt, dass ein Jäger seinen Schwarm verlässt?«, sagte Bale. »Natürlich gehen die männlichen Jäger allein auf die Suche nach einer Gefährtin, aber nur im Winter. Bei dem Jäger, von dem uns die Kormorane erzählt haben, war das nicht der Fall.«

»Ist jemand zu Tode gekommen?«

Bale schüttelte den Kopf. »Er hat drei Boote zertrümmert, dann ist er weggetaucht und nicht mehr hochgekommen. Der Kormoranschamane meint, er hat die Männer am Leben gelassen, weil er eigentlich jemand anderen gesucht hat.«

»Zum Beispiel dich, Waldjunge«, warf Asrif ein.

»Und warum?«, fragte Torak mit gespielter Empörung. »Weil ich im Meer ein paar Angelhaken ausgelegt habe?«

»Lass ihn, Asrif«, befahl Bale. »Tenris glaubt nicht, dass es daran liegt. Er sagt, es muss noch einen anderen, schwerer wiegenden Grund geben.« Er sah Torak forschend an. »Hast du uns etwas zu sagen?«

Torak schüttelte den Kopf.

»Oder andersrum«, warf Asrif ein, »bleibst du dabei, dass du mit zum Adlerfelsen kommst?«

»Ja«, bekräftigte Torak, aber als er die dunklen Wellen an die Klippen branden sah, kamen ihm Zweifel. Vielleicht hatte er, ohne es zu wollen, etwas Verbotenes getan?

»Wenn wir nichts Verbotenes getan haben«, griff Bale den Gedanken scheinbar auf, »kann uns nichts passieren. Wir nehmen die Rinne zwischen den Schären und der Küste und Tenris wirkt für alle Fälle einen Tarnzauber über unsere Boote.« Er zeigte zum Lager. »Los, wir holen uns noch etwas zu essen. Wir müssen bald los.«

Die beiden Robbenjungen strebten eilig dem Lagerplatz zu und Torak folgte ihnen in einigem Abstand. Noch einmal trieb er im Geist im Wasser und sah dem flüchtenden Heringsschwarm nach. *Schatten*, *Tod*, hatte ihn Wolf im Traum gewarnt.

Bezog sich das etwa weder auf die Krankheit noch auf den Schleicher, sondern auf den einzelgängerischen Jäger, von dem die Kormorane erzählt hatten?

War es das, was ihm Wolf hatte mitteilen wollen?

*

Torak war längst fort, da hockte Renn immer noch am Feuer und dachte über alles nach, was er ihr berichtet hatte. Zum Beispiel über seinen Traum. Sie hätte gern mehr darüber erfahren.

Mit Träumen kannte Renn sich aus, denn manchmal wurden ihre eigenen Träume Wirklichkeit. Als sie noch klein war, hatte sie das erschreckt, und um sie zu beruhigen, hatte Fin-Kedinn Saeunn angewiesen, ihr zu zeigen, wie man damit umging. Die Rabenschamanin hatte sie gelehrt, nach der verborgenen Bedeutung solcher Träume zu suchen. »Die Bedeutung eines Traums ist nicht immer auf den ersten Blick zu erkennen«, hatte die Alte gesagt. »Manchmal muss man ihn sozusagen aus dem Augenwinkel betrachten, wie eine Spur im Tau.«

Schatten … Tod.

War die Krankheit gemeint? Oder eher das Tokoroth? Oder keins von beidem, sondern der Jäger mit der verstümmelten Finne, den Torak erwähnt hatte?

Bei diesem Gedanken überlief es sie kalt. Auf der Überfahrt zur Robbeninsel hatten die Seeadler nach einem einzelnen Jäger Ausschau gehalten, von dem der Tangclan berichtet hatte, er sei bösartig. Hätten sie mehr Zeit gehabt, hätte sie Torak davon erzählt …

Ein Windstoß schüttelte die Eberesche und sie tastete instinktiv nach ihrem Messer. Es war eine laue, aber stürmische Nacht und die Bäume ächzten. Hier und da sah man den schattenhaften Umriss eines niedrigen Felsens. Oder war es ein geducktes Tokoroth?

Renn sprang auf. Es hatte keinen Sinn, hier herumzusitzen und sich zu graulen. Bis zum Adlerfelsen an der Westspitze der Insel war es höchstens ein Tagesmarsch. Am besten machte sie sich gleich auf den Weg, dann hatte sie gegenüber den Booten einen Vorsprung.

Nach diesem Entschluss ging es ihr besser. Sie trat das Feuer aus und sammelte ihre Habseligkeiten zusammen.

Als sie zwischendurch aufblickte, war sie verblüfft, dass Wolf schon wartend dastand. Er hatte ihren Entschluss vorausgeahnt, bevor sie sich dazu durchgerungen hatte.

Das war keine Ausnahme. Torak nannte es sein »Wolfsgespür« und meistens fand Renn es spannend. An diesem Abend beunruhigte es sie eher. Es rief ihr in Erinnerung, dass ihr Wolf in vieler Hinsicht immer ein Rätsel bleiben würde, und das war hier an diesem windigen, von Tokoroth heimgesuchten Ort keine besonders tröstliche Vorstellung.

Sie schulterte ihre Trage und folgte einem schmalen Hasenwechsel, der durch viele Senken führte und daher am meisten Schutz bot. Wolf trabte voran und blieb nur gelegentlich witternd stehen. Sein Schwanz hing locker herab, sein Nackenfell lag glatt an. Renns Befürchtungen verflogen und sie überließ sich ihren Gedanken.

Es hat sich angefühlt, als wollte mir jemand die Gedärme herausreißen, hatte Torak gesagt. *Es kam mir vor, als wäre ich ein Fisch.*

Renn fand das fast noch unheimlicher als irgendwelche Tokoroth. Torak war es auch nicht geheuer gewesen.

Sie blieb wie angewurzelt stehen. *Es kam mir vor, als wäre ich ein Fisch.* Das erinnerte sie an etwas – sie kam bloß nicht drauf, woran.

Es hatte mit der Krankheit zu tun … aber inwiefern?

Wuff!

Wolfs warnendes Gekläff schreckte sie auf.

Er stand reglos da, den Blick auf den See geheftet.

Renn ließ sich sofort fallen und kroch bäuchlings hinter einen Wacholderbusch.

Da unten. Im Wasser. Ein Boot.

Es war zu dunkel, um richtig zu erkennen, wer darin saß. Renn sah nur, dass es ein Mann oder vielleicht auch ein Junge mit dem langen hellen Haar der Meerleute war. Er ruderte geräuschlos in die Richtung, wo die Robben ihr Lager hatten. Jedenfalls fast geräuschlos. Nur ab und zu hörte man das Paddel leise an die Bootswand schlagen.

So wie er sich immer wieder umsah, war er darauf bedacht, nicht entdeckt zu werden, und obwohl Renn gute vierzig Schritt entfernt war, hielt sie unwillkürlich den Atem an, als er dicht vor dem Ufer ins seichte Wasser stieg.

Renn wusste, dass der See in einen Fluss mündete, der durch eine Schlucht in die Robbenbucht führte. Die Schlucht war zu steil und der Fluss zu reißend, als dass man diesen Weg nehmen konnte. Was hatte der Unbekannte vor? Die Robbenbucht erreichte man nur auf dem Weg über die kleinere Bucht mit dem weißen Sand, die ihr Tiu gezeigt hatte.

Der Unbekannte zog sein Boot an Land und versteckte es. Dann verschwand er zwischen den Bäumen und hielt auf die kleine Bucht zu. Demnach gehörte er entweder selbst zum Robbenclan oder kannte sich auf der Insel gut aus.

Renn war unschlüssig. Am liebsten wäre sie hinterhergegangen und hätte herausgefunden, wer der Mann war und was er vorhatte, andererseits brauchte sie gegenüber Torak und seinen Begleitern einen Vorsprung, sonst kam sie zu spät zum Adlerfelsen.

Das gab den Ausschlag. Sie misstraute den Robben, sie durfte Torak nicht mit ihnen allein lassen. Auf nach Westen! Wenn es hell wurde, konnte sie immer noch der Spur des Ruderers nachgehen und herausfinden, was er vorgehabt hatte.

Als sie aufstand, merkte sie, dass Wolf fort war, sich nach Wolfsart lautlos davongestohlen hatte. Bestimmt war er nur jagen gegangen, aber Renn hätte ihn lieber in ihrer Nähe gewusst.

Sie gab sich Mühe, keinen Lärm zu machen, und legte Schutz suchend die Hand auf ihr Clanabzeichen. Dann wandte sie sich westwärts.

*

Wolf war unruhig. Er hetzte mit großen Sprüngen zum Bau der hellfelligen Schwanzlosen und achtete vor lauter Eile kaum auf die Wühlmäuse, die sich am anderen Ufer des Stillen Nass tummelten, und auch nicht auf das Weibchen, das lärmend durchs Unterholz stürmte. Er musste sich unbedingt vergewissern, dass es seinem Rudelgefährten gut ging, und danach musste er dringend etwas fressen. Das Weibchen konnte er später wieder einholen.

Sie hatte ihre Jagdbeute großzügig mit ihm geteilt, allerdings war eine Hasenkeule kaum mehr als ein Maul voll, wo er doch einen ganzen Rehbock hätte verschlingen können. Aber in diesem seltsamen hellen Landstrich gab es keine Rehe und auch keine Pferde und Elche, und die Fischvögel ließ man besser in Frieden, denn wenn man ihnen zu nahe kam, spuckten sie einen an.

Er überhörte geflissentlich seinen knurrenden Magen und hetzte den Steilhang hoch. Oben angekommen sog er die vielen verlockenden Düfte ein, die aus dem Tal aufstiegen, dann lief er den Abhang auf der anderen Seite wieder hinunter, vorbei an seinen gefiederten Rabenfreunden, und hielt auf das Große Nass zu. Die knirschende helle Erde kratzte ihn an den Pfoten, und vom Gestank des Salzgrases musste er niesen, aber Groß Schwanzlos roch er trotzdem ganz deutlich und verfolgte seine Fährte mühelos bis zum Bau.

Dort angekommen spitzte er die Ohren und witterte, gab aber Acht, dass ihn niemand entdeckte. Sehen konnte er Groß Schwanzlos zwar nicht, dafür war er zu weit weg, aber es genügte ihm, seinen Rudelgefährten zu riechen und zu hören. Natürlich hatten Groß Schwanzlos und die anderen Schwanzlosen keine Ahnung, dass er sich hier herumtrieb.

Immer wieder nahm er eine ordentliche Nase Luft und versuchte, die verschiedenen Gerüche zu deuten. Er schüttelte sich unzufrieden. Man wurde aus diesen Schwanzlosen einfach nicht schlau. Der eine Hellfell tat freundlich, lenkte damit aber nur von einer großen Gier ab, und auch Groß Schwanzlos versuchte zu verhehlen, wie ihm zumute war, sogar vor seinem eigenen Rudelgefährten.

Wolf stand unschlüssig da, als er mit einem Mal Geheul vernahm – von so weit her, dass es kaum zu hören war. Vom Ausdruck glich es Wolfsgeheul, aber der Klang war anders, denn es wurde immer wieder von Schnalzlauten und hohen Quiektönen unterbrochen.

Diese Art Geheul war Wolf schon einmal begegnet, nämlich auf der grässlichen Reise in den schwimmenden Fellen, und dann noch einmal am vorangegangenen Hell. Es stammte von den großen schwarzen Fischen, die am Grund des Großen Nass lebten und wie Wölfe im Rudel jagten.

Das Geheul, das eben jetzt ertönte, kam von dem einzelnen Schwarzfisch, der sein Rudel verlassen hatte und, getrieben von Kummer und Zorn, allein das Große Nass durchstreifte. Wolf legte ängstlich die Ohren an und kniff den Schwanz ein. Gegen diesen Schwarzfisch war er so wehrlos wie ein neugeborener Welpe.

Groß Schwanzlos hingegen war nicht wehrlos – nur merkwürdig, dass er sich dessen überhaupt nicht bewusst war.

Darüber hatte sich Wolf schon gewundert, als sie beide am Hellen-Tier-das-heiß-beißt zusammengesessen hatten.

Groß Schwanzlos hatte offenbar keine Ahnung, wer er eigentlich war.

Kapitel 25

»ICH HABE MIT BALE besprochen, dass du kein Gepäck mitnimmst«, sagte Tenris, als er Torak das Boot zum Ufer tragen half. »Du wirst es so schon schwer genug haben, mit den dreien mitzuhalten.« Er musterte Torak besorgt. »Du siehst müde aus. Konntest du nicht schlafen?«

Torak schüttelte den Kopf. Er hätte dem Schamanen gern von dem Netz und dem Tokoroth erzählt, aber die drei Robbenjungen beluden bereits ihre Boote.

Es war ein heißer Tag und das Meer war trügerisch ruhig. Trotzdem gingen Torak der verängstigte Heringsschwarm und die schwarzen Finnen der Jäger nicht aus dem Kopf.

Tenris schien zu erraten, woran er dachte. »Ich habe den Bootsrumpf mit einem Tarnzauber versehen. Der Jäger kann dich nicht spüren.«

»Mir wäre es lieber, wenn du mitkommen könntest.«

Tenris lächelte. »Mir auch.« Er klopfte Torak mit der gesunden Hand auf die Schulter. »Pass auf dich auf.« Damit ging er zum Lager zurück.

Detlan trat mit einer aus Robbendarm genähten Kapuzenjacke zu Torak. »Die wirst du brauchen.«

»Danke.« Die spröde, steife Jacke ließ sich nur schwer über das Wams ziehen und scheuerte am Hals und an den Handgelenken, aber sie würde ihn vor Nässe schützen.

»Und das hier sollst du unterm Wams tragen.« Detlan gab Torak ein zusammengerolltes Stück geräuchertes Walfleisch. »Aber auf keinen Fall essen.«

»Wofür ist das gut?«

»Auf eine Überfahrt nimmt man immer Proviant mit«, erwiderte Detlan mit gefurchter Stirn. »Dann ertrinkt man nicht mit leeren Händen, falls man kentert.«

Torak betrachtete das Walfleisch und steckte es dann gehorsam in sein Wams.

Unten am Wasser wartete schon die kleine Schar derer, die noch nicht nach der Kormoraninsel aufgebrochen waren, und wollte die vier Jungen verabschieden.

Detlans kleine Schwester war den Tränen nahe. Sie war alt genug, um sich zu erinnern, wie die Krankheit ihre Sippe heimgesucht hatte, und jetzt ging sie allen damit auf die Nerven, dass sie jedermanns Hände immer wieder nach wunden Stellen absuchte.

Asrifs Mutter war friedlicher als sonst, tätschelte ihren Sohn und ermahnte ihn bestimmt zum zehnten Mal, auf sich aufzupassen.

Bales Vater drückte seinem Sohn etwas Kleines in die Hand und Bale bedankte sich leise. Sein Vater lächelte und seine blauen Augen blickten liebevoll.

Als Torak die beiden beobachtete, gab es ihm einen Stich, aber dann dachte er an Wolf und Renn, und das half ein bisschen.

»Ist das ein Amulett?«, fragte er Bale, als dieser zu ihm herüberkam und sein Boot einer letzten Prüfung unterzog.

Bale nickte. »Eine Rippe von der ersten Robbe, die ich erlegt habe. Fa hat den Knochen mit einem Kormoranschlund umwickelt, damit er mich bei Sturm an Land trägt. Was hast du eigentlich für ein Amulett dabei?«

»Gar keins, aber als ich noch im Wald gelebt habe, hatte ich immer das Messer meines Vaters und das Medizinhorn meiner Mutter bei mir.«

Bale schien zu überlegen. Dann lief er zu den Hütten und kam kurz darauf mit einem länglichen Lederbündel zurück. »Deine Amulette. Tenris hat gemeint, du darfst sie wiederhaben.«

Torak schlug das Leder auseinander und fand das blaue Schiefermesser, seinen Medizinbeutel und das aus Hirschgeweih gefertigte Horn. »Danke«, sagte er leise, aber Bale war zu beschäftigt, um es zu hören.

Sie brachen ohne große Umstände auf. Anfangs hatte Torak genug damit zu tun, nicht über Bord zu fallen, aber als sie um die Landzunge herumfuhren, wagte er es, sich kurz umzudrehen. Tenris stand unter dem Walbogen und sah ihnen nach. Der Anblick beunruhigte Torak. Es sah aus, als wollte der Wal den Robbenschamanen verschlingen.

Sie paddelten nach Westen und machten gute Fahrt, begleitet von Heringsmöwen und Alken. Dann kam ein leichter Wind auf und kräuselte das Meer, sodass es an das runzlige Gesicht einer Greisin erinnerte.

»Heute ist sie friedlich«, bemerkte Detlan und lenkte sein Kanu neben das von Torak.

Torak war skeptisch. Trotz Tenris' Tarnzauber hielt er unwillkürlich die ganze Zeit nach schwarzen Rückenflossen Ausschau. Jedes Mal wenn ein Fisch aus dem Wasser schnellte oder der Schatten einer Möwe über den Bootsbug glitt, fuhr er zusammen. Kerbfinne konnte überall sein, auch unter dem Boot.

Sie ruderten den ganzen Vormittag. Die Sonne brannte vom wolkenlosen Himmel und die Küste glitt gemächlich vorüber. Torak war selbst überrascht, dass er nicht hinter die anderen zurückfiel, doch nach einer Weile wurde er vom stetigen Takt der Paddelschläge schläfrig.

Er spähte blinzelnd über den Bootsrand, als er unter sich einen rasch größer werdenden schwarzen Umriss sah.

Sofort war er hellwach. Das Boot schwankte bedenklich. Er wollte den anderen etwas zurufen, aber die Warnung blieb ihm im Halse stecken.

Neben seinem Paddel tauchte ein schmaler grauer Kopf auf und schüttelte sich die Tropfen aus dem Schnurrbart. Dann gähnte die Robbe, entblößte dabei die scharfen Zähne und betrachtete Torak neugierig mit sanften Augen.

»Puh!«, schnaufte Torak erleichtert.

Auch die Robbe schnaufte und öffnete dabei weit die Nasenlöcher. Ihr glattes graues Fell war mit dunklen Ringen gesprenkelt. Das erklärte, weshalb sie so zutraulich war. Sie wusste genau, dass ihr niemand etwas zuleide tat.

Bale hatte sie auch gesehen. Er kam grinsend längsseits gepaddelt. »Die Clanhüterin! Jetzt kann uns nichts mehr passieren!«

Die Robbe ließ sich faul auf dem Rücken treiben, wölbte die Schwanzflossen über dem Leib und sah den Ruderern nach, dann schloss sie mit einem leisen *Uff* die Nasenlöcher und tauchte ab.

Vielleicht lag es an der Begegnung mit der Clanhüterin, jedenfalls ließ sich Kerbfinne nicht blicken, und sie kamen so gut voran, dass sie am späten Nachmittag eine kleine Bucht anliefen, um sich eine Weile auszuruhen.

Es war Ebbe und der Schlick war mit Tang und den dreizehigen Spuren von Austernfischern übersät. Bale und Asrif machten Feuer und gingen anschließend ihre Wassersäcke auffüllen, Detlan zeigte Torak, wie man nach Scheidenmuscheln gräbt. Bald lag ein Häufchen länglicher brauner Schalen vor den beiden. Sie garten die Muscheln in der Glut und diesmal mundete es Torak schon besser. Wahrscheinlich gewöhnte er sich allmählich an den Geschmack.

Dazu gab es die harten Stängel einer Wasserpflanze, die Asrif gepflückt hatte. Sie schmeckten wie salziges grünes Eis, und Torak aß sie bloß, um nicht unhöflich zu sein. Die gerösteten, klebrig süßen Eibischwurzeln sagten ihm schon eher zu. Sie aßen schweigend, und Torak fand es sonderbar, dass er sich in Gesellschaft dieser Jungen so wohl fühlte, obwohl sie ihn erst vor vier Tagen gewaltsam gefangen genommen hatten.

Am frühen Abend bestiegen sie wieder die Boote. Torak taten Arme und Beine weh, außerdem nickte er immer wieder ein und schrak erst auf, wenn ihm das Paddel aus den Händen zu gleiten drohte. Die Robbenjungen paddelten munter drauflos, das lange, helle Haar flatterte hinter ihnen her.

Torak hatte die Hoffnung schon aufgegeben, dass sie noch einmal Rast machen würden, als er fernes Vogelgekrächz vernahm. Er kniff die Augen zusammen und sah mitten im Meer einen schroffen Felsen aufragen. Die Kuppe war wie die Finne eines Jägers geformt und um die Spitze kreisten dunkle Punkte.

Adler, dachte er.

*

»Du willst wirklich da hoch?« Torak legte den Kopf in den Nacken.

»Ist ja nicht das erste Mal«, erwiderte Asrif achselzuckend, aber sein Gesicht war grau wie feuchter Sand.

»Ein Mal«, brummelte Bale, »ein Mal warst du bis jetzt oben. Aber nicht ganz oben, wo sie nisten.«

Sie standen am Fuß des Adlerfelsens auf einer Reihe niedriger Felsblöcke, die erst dem Küstensaum folgten und dann wie eine ausgestreckte Klaue ins Meer hinausreichten. Dort draußen hatten sie auch ihre Boote festgemacht, »damit er keins zertrümmert, wenn er abstürzt«, wie Bale gemeint hatte.

Noch nie hatte Torak so einen steilen Felsen gesehen. Seine schroffen Flanken waren vom Frost vieler Winter zerklüftet, dunkelrot wie rohes Walfleisch und über und über mit Vogelkot bekleckert. Es stank so schauderhaft, dass Torak würgen musste, und von dem Vogelgeschrei brummte ihm der Schädel.

Hatten ihn schon die vielen Vögel in der Robbenbucht beeindruckt, ging es hier noch viel ärger zu. Zwischen die auf den untersten Felsvorsprüngen kauernden Kormorane passte keine Feder mehr, weiter oben drängelten sich ganze Schwärme von Alken und noch weiter oben kabbelten sich Dreizehen- und Heringsmöwen. Auf den obersten Felszacken hatten die Adler ihre riesigen, unförmigen Horste gebaut.

»Manche Nester sind hunderte Winter alt«, raunte Bale, »und manche Adler über fünfzig.« Trotz des Lärms dämpfte er die Stimme, was Torak gut nachvollziehen konnte. Sie hatten nicht nur die Adler zu fürchten. Der Felsen selbst war auf der Hut und würde jeden ungebetenen Eindringling abwerfen. Die geborstenen Gesteinsbrocken an seinem Fuß konnten nur eines bedeuten: Steinschlag.

Trotzdem erklommen die Robbenmänner laut Bale gelegentlich den Felsen, wenn sie zu wenig Wild erbeuteten und in der Nähe ihres Lagers nicht genug Eier fanden. Daher rührten auch die Steine, die in gewissen Abständen als Haltegriffe in Felsspalten gezwängt waren und bis zum untersten Adlerhorst führten, der in schwindelnder Höhe thronte.

Dort mussten sie hinauf, obwohl Torak nirgends etwas wachsen sah, schon gar nicht die Selikpflanze, die ihm Tenris folgendermaßen beschrieben hatte: »Sie ist klein, etwa eine Hand hoch, hat grauviolette Blätter und wie Adlerklauen gebogene Wurzeln.«

Torak bekam einen steifen Hals und rieb sich den Nacken. »Wer hat die Griffsteine angebracht?«, erkundigte er sich.

»Der Großvater meines Großvaters«, antwortete Bale. »Allerdings müssen wir sie jedes Mal versetzen, wenn sich der Felsen regt.«

»Meistens klettern wir nicht bis zu den Nestern«, ergänzte Asrif.

»Grade jetzt ist es besonders ungünstig, weil die Adler Junge haben«, fügte Detlan an. »Bestimmt glauben sie, dass Asrif denen was tun will.«

»Hoffen wir, dass sie klüger sind.« Bale holte einen dürren graugrünen Stängel aus dem Beutel an seinem Gürtel und brach ihn in vier Teile. »Hier«, sagte er und verteilte die Stücke.

Detlan und Bale steckten ihr Stück in den Mund und kauten darauf herum, Torak betrachtete seines misstrauisch. »Was ist das?«

»Felsenkraut«, nuschelte Bale mit vollem Mund. »Damit einem nicht schwindlig wird.«

»Ich dachte, Asrif steigt alleine hoch.«

»Richtig, aber vom Hochschauen kann einem genauso schwindlig werden wie vom Runterschauen.«

Das Kraut schmeckte bitter, aber Torak fühlte sich sofort wacher.

Er sah zu, wie Detlan Asrif half, den schweren, aus Riementang geknüpften Klettergurt anzulegen, und kam sich überflüssig und nutzlos vor. Detlan überprüfte noch den großen Holzhaken auf Asrifs Rücken, und Bale schlang sich ein Seil um die Schulter, das ebenfalls mit einem Holzhaken versehen war.

»Kann ich auch was tun?«, erkundigte sich Torak.

Asrif grinste ihn schief an. »Kannst mich ja auffangen, wenn ich runterfalle.«

»Steh uns halt nicht im Weg herum«, entgegnete Bale.

Torak trat zähneknirschend ein Stück zurück. Sie wollten ihn nicht einmal mithelfen lassen.

Jetzt holte Bale mit dem Seil aus. Der Haken sauste durch die Luft und das Seil legte sich in etwa zehn Schritt Höhe um einen Griffstein. Asrif fing den Haken auf und befestigte ihn an dem Haken auf seinem Rücken, Detlan nahm das Seilende und zog es straff. Dann machte sich Asrif an den Aufstieg, hangelte sich mit Händen und Füßen an Felsspalten und Griffsteinen empor, während Detlan sich weit zurücklehnte, um Asrifs Gewicht abzufangen, falls er abstürzte.

Asrif näherte sich dem Griffstein, um den das Seil lag, kletterte auf einen benachbarten Vorsprung, hielt sich mit einer Hand fest, hakte mit der anderen das Seil los und ließ es fallen. Der Haken schlug dumpf auf dem Boden auf – Torak sprang gerade noch rechtzeitig beiseite –, dann warf Bale das Seil ein zweites Mal. Diesmal zielte er auf einen weiter oben angebrachten Griffstein, wobei er sich vorsah, nicht versehentlich Asrif zu treffen. Asrif angelte nach dem hin und her pendelnden Haken und befestigte ihn wieder an seinem Gurt.

Als er weiterkletterte, flogen die ersten Vögel auf und flatterten entrüstet kreischend um ihn her. Ein paar Mal rutschte er aus und trat ins Leere. Nur der Haken und Detlans Muskelkraft bewahrten ihn vor dem tödlichen Sturz.

Detlan und Bale mühten sich schwitzend mit dem Seil,

Torak stand daneben und verwünschte sich im Stillen dafür, dass er so gar nichts tun konnte. Asrif stieg immer höher. Auf dem letzten Stück, das für Bale zu weit weg war, warf er das Seil selbst, wobei er auf Griffsteine zielte, die nah genug waren, dass er nicht weit ausholen musste und womöglich das Gleichgewicht verlor. Schon kam der unterste Adlerhorst in Reichweite.

Torak beschattete seine Augen und blinzelte in die Sonne. Da sah er, wie sich ein dunkler, geduckter Umriss mit riesigen, stumpfen Schwingen von einem Felsvorsprung abstieß und kreiselnd auf Asrif niederschwebte.

*

Über dem Felsen kreiste ein einzelner Adler. Torak musste inzwischen auf der anderen Seite angekommen sein und Renn beschleunigte ihren Schritt.

Zwar ging die Sonne schon unter, aber es war immer noch sehr warm, und das Lüftchen, das vom See heraufwehte, brachte kaum Kühlung. Renn war noch vor Sonnenaufgang losgezogen. Bald darauf war zum Glück auch Wolf wiedergekommen, aber er war so ungeduldig vorausgelaufen, dass Renn Mühe gehabt hatte, mit ihm Schritt zu halten. Auch jetzt war er ihr wieder ein ganzes Stück voraus, machte allerdings immer wieder kehrt und kam zu ihr zurück.

Ob er wusste, wo Torak war? Oder hatte er die Fährte des Unbekannten aufgenommen, der über den See gerudert war? Renn hatte keine Spuren des Mannes entdecken können, sondern lediglich im Ufergebüsch ein weiteres Boot ohne jedes Gepäck gefunden. Vielleicht diente es nur als Ersatz. Leider ließen sich daraus keine Schlüsse ziehen, was der Fremde in dieser Gegend zu suchen hatte.

»Dieser Tage begeben sich die Robben nicht ins Landesinnere«, hatte ihr Tiu erläutert. »Das war früher anders, aber inzwischen achten sie mehr darauf, Wald und Meer strikt zu trennen.«

»Ist denn das Westufer ganz und gar unbewohnt?«, hatte Renn nachgefragt.

Tiu hatte das bejaht. »Dieser Teil der Insel gehört den Adlern. Den hohen roten Felsen, auf dem sie hausen, sieht man schon von weitem. Er ist wie die Finne eines Jägers geformt.«

Gegen Mittag hatte Renn den Felsen zum ersten Mal erblickt. Inzwischen lag der See hinter ihr und sie stand direkt davor.

Von dieser Seite aus war es unmöglich, ihn zu ersteigen. Auf dem tückischen Geröllhang wuchsen nicht einmal Krähenbeersträucher, an denen man sich hätte festhalten können. Weiter links jedoch glaubte sie zwischen ein paar vereinzelten Ebereschen einen Pfad zu erkennen, der womöglich auf die Südseite und anschließend zum Meer hinunterführte, und damit zu Torak.

Zu ihrer Überraschung würdigte Wolf den Pfad keines Blickes, sondern wandte sich nordwärts. Er verschwand in einem Birkengehölz, kam aber sofort wieder herausgesprungen und forderte sie ungeduldig zum Mitkommen auf. Dabei wirkte er nicht ängstlich, sondern einfach nur aufgeregt, und Renn entschloss sich, ihm zu folgen.

Der Pfad führte durch dichtes Unterholz einen felsigen Hang empor. Zerkratzt und ganz außer Atem, kam Renn schließlich auf einem windigen Grat heraus. Sie blickte auf einen Uferstreifen mit schwarz glänzendem Sand hinab, der im Norden jäh abbrach, weil eine Klippe ins Meer gerutscht war. Felsblöcke lagen im Wasser verstreut und darüber zankten sich Schwärme von Vögeln krächzend um etwas Großes, Regloses.

Aas, dachte Renn und sah Wolf nach, der den Abhang

hinunterstürmte. Kein Wunder, dass er so ungeduldig war. Endlich fand er einmal genug zu fressen.

Da sie schon in der Nähe war, wollte sie nachsehen, um was für einen Kadaver es sich handelte.

Der Wind drehte sich und trug ihr einen fauligen Gestank zu. Unten angekommen stapfte sie durch den kohlschwarzen Sand. Wolf verscheuchte die Vögel. Krähen und Möwen stießen auf ihn herab, aber er schnappte nach ihnen und verscheuchte sie. Die Raben stellten es schlauer an, hockten sich auf die Felsen und warteten, dass sie an die Reihe kämen.

Dann entdeckte Renn, dass vor ihr schon jemand hier gewesen war, denn außer Wolfs Spuren sah man im Sand auch die Spuren eines Menschen. Der Betreffende war nicht gerannt, sondern gemächlich gegangen. Was der unbekannte Ruderer auch vorgehabt hatte, er hatte sich dabei Zeit gelassen.

Als Renn näher kam, wurde der Aasgestank so streng, dass sie durch den Mund atmen musste. Die Sonne blendete, und sie konnte nicht richtig erkennen, was dort zwischen den Steinen lag. Sie sah nur einen großen, gewölbten, mit Vogelkot bespritzten Umriss und Wolf, der heißhungrig über das dunkelrote Fleisch herfiel.

Als Renn zu ihm treten wollte, wich er ihr aus und lief ein Stück um den Kadaver herum. Vielleicht wollte er ihr damit sagen, sie solle ihm mehr Platz lassen, damit er ungestört fressen könne, aber Renn war ganz von dem Anblick gefangen genommen, der sich ihr jetzt klar und deutlich bot. O nein, dachte sie, das darf nicht wahr sein.

Wolf hob den Kopf und knurrte sie an, dann winselte er verlegen und wedelte mit dem Schwanz. Das sollte heißen, dass er sie gern hatte, sie ihn aber störte.

Renn wich mit weichen Knien zurück. Sie hatte genug gesehen.

Das Jägerjunge hatte sich in einem Robbennetz verfangen und war mit einer Axt erschlagen worden. Dann hatte man den so gut wie unversehrten Kadaver den Vögeln überlassen und nur die Zähne herausgeschnitten.

Von Übelkeit überwältigt, ließ sich Renn in den Sand fallen. Sie konnte den Blick nicht von der kleinen, schwarzen, von Vögeln zerpickten Finne wenden. Warum tat jemand so etwas?

Dann fiel ihr wieder der einzelne Jäger ein, vor dem der Tangclan gewarnt hatte.

Kein Wunder, dass er bösartig ist, dachte sie.

Kapitel 26

Hoch oben im Fels steckte Asrif in Schwierigkeiten.

Er war bis zu einem Vorsprung ganz dicht unter dem Adlerhorst gekommen, doch dann hatte sich sein Gurt an einem Stein verhakt, und er schaffte es nicht, sich loszumachen.

»Warum schneidet er sich nicht los?« Detlan machte einen langen Hals.

»Wie sollen wir ihn dann sichern?«, fragte Bale zurück.

Torak mischte sich ein. »Wenn er festhängt, dann…«

»…kommt er nicht wieder runter«, fiel ihm Bale gereizt ins Wort. »So schlau sind wir selber.«

»Ich wollte bloß anbieten, hochzuklettern und ihm zu helfen.«

»*Was?*«, entfuhr es Detlan und Bale wie aus einem Mund.

»Da drüben sind doch noch mehr Griffsteine. Wenn ich die nehme…«

»Ja, wenn!«, sagte Bale ironisch.

Torak wandte sich zu ihm. »Ihr habt doch noch einen Gurt und ein Seil dabei und ich bin sogar leichter als Asrif. Ich habe ja jetzt gesehen, wie man es anstellen muss.«

Bale starrte ihn an wie einen Geist. »Das würdest du tun?«

»Wir brauchen die Wurzel«, erwiderte Torak schlicht. »Oder habt ihr einen besseren Vorschlag?«

*

Die ersten zehn Schritt gingen leicht. Der Gurt lag locker um Toraks Schultern, in den großen Holzhaken am Rücken war der Seilhaken eingehängt. Torak hatte sich zuvor überzeugt, dass beide Haken aus kräftigem Fichtenholz geschnitzt waren.

Detlan hielt immer noch Asrifs Seil, Bale sicherte Torak, als dieser bis zum ersten Felsvorsprung kletterte.

»Nicht nach unten schauen und auch nicht bis ganz nach oben.«

Leider hielt sich Torak nicht an diesen Rat. Während er darauf wartete, dass Bale das Seil über den nächsten Griffstein warf, erspähte er in schwindelnder Höhe Asrif und darüber eine Felsspalte, aus der kreuz und quer Äste ragten. Der Adlerhorst. Aber wo waren die Adler?

Er fing den Haken erst beim zweiten Versuch und fummelte eine ganze Weile unbeholfen herum, bis er ihn an seinem Rücken befestigt hatte. Dann gab ihm Bale durch einen Ruck am Seil zu verstehen, dass er bereit war, und Torak kletterte weiter.

Die Griffsteine hielten sein Gewicht gut aus, aber die Abstände waren zu groß für ihn. Zweimal rutschte er ab. Sofort straffte sich der Gurt und bewahrte ihn vor dem Abstürzen.

Es war furchtbar heiß hier oben. Vor dem Aufstieg hatte er die Kapuzenjacke ausgezogen, trotzdem war er nach kurzer Zeit in Schweiß gebadet. Sämtliche Vorsprünge und Spalten waren mit Vogeldreck beschmiert. Der Gestank brannte ihm in den Augen und seine Hände und Füße waren im Nu grau und glitschig.

Selbst das Seil zu werfen, war schwieriger, als es bei Asrif ausgesehen hatte, aber nach ein paar Versuchen klappte es doch. Das Messer seines Vaters schlug ihm gegen die Hüfte, und der Medizinbeutel an seinem Gürtel, der das Medizinhorn seiner Mutter enthielt, war ziemlich schwer, aber beides bei sich zu haben, beruhigte ihn.

Ein paar Kleepflanzen hatten sich hier herauf verirrt und ihre rosafarbenen Blüten wiegten sich im Wind. Ein junger Alk reckte neugierig den mageren Hals. Die meisten Vögel flogen davon, wenn Torak in ihre Nähe kam, manche versuchten aber auch, ihn zu verjagen. Die Dreizehenmöwen kreischten zornig und flogen Scheinangriffe. Torak kam an einem Vorsprung vorbei, auf dem sich junge Eissturmvögel drängten, und entging nur knapp einer Ladung stinkenden Speichels.

Als er sich am nächsten Vorsprung hochzog und eben zu zweifeln anfing, ob er jemals zu Asrif gelangen würde, hockte er unversehens eine Armlänge neben ihm.

Der Robbenjunge kauerte auf allen vieren und wandte Torak den Rücken zu. Sein Gurt hatte sich heillos an einer Felsnase verfangen. Kein Wunder, dass er sich nicht selbst hatte befreien können.

Asrif wandte unbeholfen den Kopf. »Hallo, Waldjunge«, sagte er mit schiefem Grinsen. Er war ganz rot im Gesicht, entweder von dem anstrengenden Aufstieg oder weil ihm seine Lage peinlich war.

»Ich glaube, ich kann dich losmachen.« Torak schob sich seitwärts einen schmalen Spalt entlang, der von seinem Vorsprung zu Asrifs hinüberreichte.

»Pass auf die Adler auf«, warnte ihn der andere.

Torak blickte flüchtig auf – und wäre vor Schreck beinahe

abgestürzt. Ganz dicht über seinem Kopf verdeckte der Adlerhorst den Himmel. Das riesige Gebilde aus mit Flechten bedeckten Ästen war mindestens so groß wie eine Hütte des Rabenclans. Die Jungen hörte man leise rufen, die Eltern ließen sich nicht blicken.

»Wo sind sie?«, fragte Torak mit gedämpfter Stimme.

»Die fliegen da oben«, war die Antwort. »Dass ich hier festsitze, haben sie begriffen, glaube ich. Mit dir ist das etwas anderes.«

Torak schluckte und drehte sich nach dem Vorsprung um, von dem er gekommen war. Sein Seil schlang sich ein Stück weiter oben um den letzten Griffstein. Wenn er fehltrat, würde es ihn auffangen. Natürlich nur wenn es nicht riss, der Gurt ihn aushielt und der Griffstein sich nicht lockerte …

Wenn, wenn, wenn, schalt er sich. Schluss damit.

Er schob sich seitwärts weiter, aber obwohl er sich fast den Arm ausrenkte, reichte er einfach nicht bis zu Asrifs Gurt hinüber.

Noch näher konnte er nicht heran, sein Seil war schon ganz straff. Er ruckte daran – das Zeichen für Bale, ein Stück nachzulassen, aber nichts geschah.

»Er kann dir nicht mehr Seil geben«, bemerkte Asrif, »er hat keins mehr.«

Torak spähte in die Tiefe, sah die emporgewandten Gesichter der beiden Robbenjungen und erkannte, dass Bale den Kopf schüttelte.

Er überlegte. Dann streifte er seinen Gurt ab und hängte ihn über den letzten Griffstein. Jetzt hielt nichts mehr seinen Fall auf, wenn er abstürzte.

»Was machst du denn da?«, zischelte Asrif entsetzt.

»Halt mir die Vögel vom Leib«, zischte Torak zurück und schob sich noch ein Stückchen näher heran.

Als er diesmal die Hand nach Asrifs Gurt ausstreckte, streifte er sie mit den Fingerspitzen.

Ein Schatten glitt über das Gestein, und Torak duckte sich, als eine Heringsmöwe mit schrillem »Kiau« auf ihn herabstieß. Asrif brüllte den Vogel an und warf einen Stein nach ihm. Er traf nicht und die Möwe stob davon, bespritzte aber beide Jungen mit flüssigem Kot. Stinkender weißlicher Schleim klebte in Toraks Haaren und rann ihm übers Gesicht, nur knapp am Auge vorbei. Er spuckte kräftig aus und unternahm noch einen Versuch.

Dieses Mal gelang es ihm, Asrifs Schultergurt zu packen. Seine von Vogelkot glitschigen Finger rutschten immer wieder ab, als er versuchte, den Gurt von dem Felsvorsprung zu lösen. »Rutsch ein Stück zu mir rüber«, keuchte er, »damit er nicht mehr so straff gespannt ist.«

Asrif gehorchte.

Torak zerrte so heftig an Asrifs Gurt, dass er beinahe hintenüber gekippt wäre, aber schließlich kam der Gurt doch frei.

Asrif kauerte immer noch auf allen vieren und sperrte vor Schreck den Mund auf. Er wandte den Kopf und begegnete Toraks Blick. »Danke«, nuschelte er.

Torak nickte. »Die Wurzel ... hast du die Wurzel schon?«

Asrif schüttelte den Kopf.

»Was?«

»Ich komm nicht ran.« Der Robbenjunge wurde schamrot. »Ich habe die falschen Griffsteine benutzt. Sie führen nicht höher. Ich hätte lieber deinen Weg nehmen sollen.«

Noch einmal spähte Torak nach oben und sah, dass weiter rechts ein tiefer Spalt im Zickzack den Felsen hinauf- und dicht an die untersten Äste des Adlerhorsts heranführte. Dort sprossen Büschel glänzender dunkelvioletter Blätter. Selikpflanzen.

Torak erwog, erst noch einmal kehrtzumachen und seinen Gurt wieder anzulegen, aber das Seil war ohnehin zu Ende. Es musste auch so gehen.

»Ich glaube, ich kann es schaffen«, sagte er fest, obwohl er insgeheim seine Zweifel hatte.

*

Vor Anstrengung zitterte er an allen Gliedern, als er in dem Felsspalt höher kletterte. Ihm war heiß, er war erschöpft und vom Gestank des Vogeldrecks war ihm schlecht.

Das Gestein unter seinem Fuß gab nach. Er zog sich gerade noch rechtzeitig hoch, als sich ein paar Felsbrocken lösten und in die Tiefe polterten, bis sie bedenklich dicht neben Detlan und Bale aufkamen und zerbarsten.

Ihm fiel ein, dass er den beiden vielleicht eine Warnung hätte zurufen sollen, aber das hatte sich nun erübrigt. Außerdem würden laute Rufe bloß den Felsen erzürnen, der wegen der beiden Eindringlinge zunehmend verärgert schien.

Er kletterte weiter.

»Pass auf!«, hörte er Asrif unter sich raunen.

Ein drohendes »Kleck, Kleck« ertönte, etwas Dunkles kam auf Torak zugeschossen, und als er sich umdrehte, sah er einen Adler auf sich zufliegen, die mörderischen Klauen nach seinem Gesicht gereckt. Da er zum Klettern beide Hände brauchte, konnte er nicht einmal seinen Kopf schützen, sondern sich nur flach an die Felswand drücken. Er erhaschte einen flüchtigen Blick auf grimmig blickende goldfarbene Augen und eine spitze schwarze Zunge, hörte Schwingen, breiter als ein Hautboot, rauschen …

Ein Stein traf den Adler vor die Brust und er drehte kreischend ab.

Torak spähte zu Asrif hinunter, der den nächsten Stein in seine Schleuder legte.

Wohin der Adler geflogen war, konnte er nicht erkennen. Vielleicht hatte ihn Asrif ja verscheucht, wahrscheinlicher war, dass er weiter oben kreiste und bald zum nächsten Angriff überging.

Der Felsspalt wurde breiter und tiefer und es kletterte sich besser. Als Torak am Ende angekommen war, stellte er erfreut fest, dass er sich auf das rechte Knie stützen und, Brust und Bauch an den sonnenheißen Stein gedrückt, mit der linken Hand sein Messer ziehen konnte.

Der Himmel verdunkelte sich. Wieder hörte man Flügelschlagen und abgehackte Warnrufe, aber diesmal gleich von zwei Adlern, Mutter und Vater, die ihre Jungen beschützen wollten.

»Ich will euren Jungen nichts tun!«, rief Torak und vergaß ganz, die Stimme zu dämpfen.

Dass die Adler nicht auf ihn hörten, wunderte ihn nicht. Er tastete sich an die Selikpflanzen heran, stocherte mit dem Messer nach den Wurzeln und rechnete jeden Augenblick damit, angegriffen und in die Tiefe gerissen zu werden.

Einige gut gezielte Treffer Asrifs verscheuchten die Adler fürs Erste, doch sie gaben keineswegs auf. Der ganze Felsen hallte von ihrem Gezeter wider.

»Mach schon!«, brüllte Asrif.

Torak würdigte ihn keiner Antwort.

Die Pflanzen hatten in dem durch die Sonne fest verbackenen Belag aus vermodertem Holz und Adlerkot Wurzeln geschlagen und wollten nicht nachgeben. Der Schweiß lief Torak in Strömen herunter, als er mit Fas blauem Schiefermesser auf die Wurzelstöcke einhackte. Die Ränder der Felsspalte waren mürbe und ab und zu lockerten sich kleinere Geröllbrocken und purzelten in den gähnenden Abgrund. Torak packte eine Pflanze dicht über der Wurzel und ruckte verbissen daran.

»Beeil dich!«, rief Asrif. »Mir gehen gleich die Steine aus!«

Endlich löste sich die Pflanze. Die bleiche, grün gesprenkelte Wurzel war kaum länger als Toraks Zeigefinger. Torak betrachtete sie einen Augenblick und wollte nicht glauben, dass etwas so Unbedeutendes sie alle vor der Krankheit bewahren konnte.

»Ich hab sie!«, rief er Asrif zu. Er steckte die Wurzel in sein Wams und das Messer in die Scheide, dann machte er sich an den Abstieg zu dem Vorsprung, an dem sein Klettergurt hing.

Unter seinem Fuß knirschte es – der Fels gab nach! Torak klammerte sich fest. *»Passt auf!«*, schrie er, als ein Brocken, der fast so groß wie er selbst war, in die Tiefe polterte – und seinen Gurt mitriss.

Torak hing in der Felswand und sah fassungslos zu, wie der Felsbrocken samt seinem Gurt Asrif um Haaresbreite verfehlte und in fast anmutigem Flug nur ein paar Schritt neben Detlan und Bale dumpf aufprallte und zersprang.

Das Vogelgekreisch verstummte. Außer dem eigenen Atem hörte Torak nur noch das Rieseln kleiner Steine.

Die Adler über ihm stiegen höher, denn sie hatten begriffen, dass er ihren Jungen jetzt nichts mehr anhaben konnte.

Asrif hob den Kopf und schaute zu ihm herauf. Sie wechselten einen Blick.

Beide wussten, was der Verlust von Toraks Gurt bedeutete, aber keiner mochte es aussprechen. Torak blieb nichts anderes übrig, als den langen Abstieg ungesichert anzutreten – was ihn höchstwahrscheinlich das Leben kosten würde.

Asrif befeuchtete seine Lippen. »Komm zu mir runter«, sagte er.

Torak überlegte und schüttelte den Kopf. »Da ist nicht genug Platz für uns beide.«

»Es wird schon irgendwie gehen. Wir können uns meinen Gurt ja teilen.«

»Das hält er nicht aus. Dann stürzen wir bloß beide ab.«

Asrif gab es auf. Torak hatte ja Recht.

»Nimm du die Wurzel«, befahl Torak barsch.

Asrif wollte schon widersprechen, aber Torak ließ ihn nicht zu Wort kommen. »Es ist das einzig Vernünftige, das weißt du auch. Du kannst es bis nach unten schaffen. Du gibst Tenris die Wurzel und er braut den Heiltrank. Für euch und für uns.«

Es klang sehr überlegen, aber Torak spürte sein Herz wie ein ängstliches Vogeljunges flattern. Er begriff gar nicht recht, was er da sagte.

Er beugte sich so weit vor, wie es ging, machte den Arm lang und ließ die Wurzel fallen. Asrif fing sie auf und steckte sie ein. »Was hast du vor?«, fragte er.

Torak ging alle Möglichkeiten durch und war erstaunt, dass er so kühl überlegen konnte. Entweder lag es am Klippenkraut, oder ihm war immer noch nicht richtig bewusst, wie aussichtslos seine Lage eigentlich war.

Bale und Detlan standen direkt unter ihm und die Felsenkette war nicht besonders breit, dahinter lag das Meer. Vielleicht konnte er ins Wasser springen.

»*Versuch* doch wenigstens runterzuklettern!«, bat Asrif und sah dabei sehr jung und verängstigt aus.

»Und du hockst unter mir?«, gab Torak zurück. »Und Detlan und Bale? Wenn ich abrutsche, bringe ich euch womöglich alle drei um.«

Asrif schluckte schwer. »Aber was willst du …«

»Zieh den Kopf ein«, unterbrach ihn Torak und stürzte sich in den Abgrund.

Kapitel 27

Torak stürzte durch grünliches Wasser, durch grünliches Licht – aber er hatte gar keine Angst, war nur heilfroh, dass er nicht auf den Felsen aufgeschlagen war.

Nach der Hitze auf dem Adlerfelsen war die Eiseskälte wie ein Schlag vor die Brust, aber das spürte er kaum, denn jetzt sank er in einen Wald hinab.

Golden schimmernder, sonnengesprenkelter Tang wiegte sich im Rhythmus des Meeres. Die Wurzeln verloren sich in finsterer Tiefe und durch die wogenden Wedel flitzten silbrige Heringe hin und her wie Schwalben.

Da kam auch schon die Clanhüterin herbeigeschwommen, schoss mit einem einzigen Flossenschlag auf Torak zu und vollführte eine Drehung, um ihn mit dem Kopf nach unten eingehender zu betrachten. Mit ihren großen, runden Augen und dem bläschenbeperlten Schnurrbart sah sie so freundlich und neugierig aus, dass Torak am liebsten laut gelacht hätte.

Jetzt trug ihn die Dünung in kälteres Wasser und plötzlich verspürte er einen schmerzhaften Stich im Leib. Es ging so schnell, dass er sich weder wundern noch fürchten konnte, außerdem war der Schmerz im Nu wieder vergangen. Doch auf einmal war ihm nicht mehr kalt, sondern behaglich *warm*, und leicht wie eine Feder war er auch. Er fühlte sich in dieser wunderschönen, gedämpft grünen Welt so wohl, dass er nie wieder fortwollte.

Trotzdem musste er Luft holen.

Widerstrebend schlug er mit den Beinen. Wie ein Kreisel trudelte er empor und zog einen Schweif silbriger Blasen hinter sich her. Doch als er den Kopf über die Wellen reckte, kam ihm die Welt außerhalb des Wassers so grell und unfreundlich vor, dass er die Nasenlöcher sofort wieder verschloss und kopfüber in das schöne grüne Licht abtauchte. Wie ein Pfeil sauste er in den Tangwald hinab.

Dort unten trieb etwas zwischen den Wedeln. Neugierig schwamm er näher.

Es war ein Junge. Er war bewusstlos. Die Strömung spülte ihn hin und her und der Tang schlang sich um seine schlaffen Glieder. War Asrif etwa auch ins Meer gestürzt? Oder Detlan? Bale? Aber das lange wogende Haar des Bewusstlosen war dunkler als das der Robbenjungen – und als sich die Strähnen teilten, blickte Torak in ein schmales Gesicht mit starren grünen Augen, das auf beiden Wangen die schwarzblauen Tätowierungen des Wolfsclans trug.

Entsetzt begriff er, dass er in sein eigenes Gesicht blickte.

Seine Gedanken jagten durcheinander wie aufgescheuchte Fische. Was geht hier vor? Bin ich tot? Ist die Clanhüterin etwa gekommen, mich auf die Todesreise mitzunehmen?

Dann kam er wieder zur Vernunft. Sei nicht albern, Torak! Die Clanhüterin eben war eine Robbe und du gehörst dem Wolfsclan an! Da müsste dich ja ein Wolf holen kommen!

Aber wenn ich nicht tot bin, überlegte er weiter und betrachtete fasziniert und abgestoßen zugleich den im Tang treibenden Jungen, *was ist dann mit mir los?*

Er schwamm noch näher und hielt jäh an, indem er die Vorderflossen spreizte.

Vorderflossen?

Tatsächlich, er hatte Vorderflossen. Er konnte sie wie Hände spreizen – und als er es ausprobierte, sah er sein kurzes graues Fell wogen.

Er schlug einen Purzelbaum und tauchte. Verwundert stellte er fest, dass er sogar noch die leuchtend roten, stacheligen Seesterne am Meeresgrund erkennen konnte. Er hörte Fische am Tang knabbern, hörte gepanzerte Krebsbeine über den felsigen Boden scharren.

Am meisten nahm er aber mit seinen Barthaaren wahr. Die waren so empfindlich, dass ihnen kein noch so schwaches Kräuseln des Wassers entging. Das ganze Meer war kreuz und quer von unzähligen unsichtbaren Fischfährten durchzogen. Er spürte auch, wie sich der Tang träge wiegte und die Wellen von den Klippen zurückgeworfen wurden. So verharrte er eine Weile kopfüber und versuchte, aus den vielen verwirrenden Eindrücken klug zu werden.

Da hörte er in der Ferne leisen Gesang.

Lang gezogene, unheimliche Schreie, ein wahres Geprassel wütender Schnalzlaute. Ein zorniges und klagendes Lied, das vom offenen Meer herkam.

Er erbebte von den Barthaaren bis zum Stummelschwanz. Dann spürte er, wie ein großes Geschöpf das Wasser aufwühlte und in rasender Geschwindigkeit auf ihn zugeschwommen kam.

Eine furchtbare Gewissheit überkam ihn.

Der Jäger kommt.

Abermals wurde ihm von einem stechenden Leibschmerz übel – dann war er mit einem Mal wieder er selbst, Torak.

Ihm war bitterkalt, er lechzte nach Luft und konnte kaum etwas erkennen, so dunkel war es hier unten, er sah nur verschwommen, wie die Clanhüterin mit kräftigen Flossenschlägen ins tiefere Wasser floh.

Der Jäger kommt!

Torak schlug wie rasend mit den Beinen. Seine Glieder gehorchten ihm kaum, er kam quälend langsam voran, aber schließlich war er an der Oberfläche.

Keuchend und prustend, sah er sich blinzelnd um und stellte zu seiner grenzenlosen Erleichterung fest, dass ihn die Strömung ganz nah an die Felsenkette herangetragen hatte, die vom Ufer wie eine ausgestreckte Klaue ins Meer ragte. Er schlug wild mit Armen und Beinen. Wenn er an Land war, bevor der Jäger …

Als er den Kopf wandte, sah er, dass Asrif inzwischen vom Adlerfelsen herabgestiegen war, auf und ab hüpfte und ihm etwas zubrüllte. Dann bestiegen Bale und Detlan ihre Boote und ruderten los, um ihn zu retten. Torak fuhr der Schreck in alle Glieder. Begriffen die beiden nicht, dass sie in viel größerer Gefahr schwebten als er? Schwimmend konnte er die rettenden Felsen vielleicht erreichen, aber in ihren Booten waren sie für den mordlustigen Jäger eine leichte Beute.

»*Nein!*«, schrie er. »Kehrt um! *Geht wieder an Land!*«

Sie hörten ihn nicht. Oder dachten sie, er riefe um Hilfe?

Er bot alle Kraft auf und schwamm noch schneller. Dabei rief er wieder: »Geht an Land! Der Jäger kommt! *Der Jäger kommt!*«

Diesmal hatte ihn Bale gehört, aber statt sein Boot zu wenden, schüttelte er verwirrt den Kopf und paddelte nur noch eifriger auf Torak los. Bestürzt sah Torak, dass das Meer trügerisch glatt dalag und weit und breit keine schwarze Finne zu entdecken war. Bale nahm seine Warnrufe nicht ernst, *weil er den Jäger nicht kommen sah.*

»Kehr um!«, schrie Torak verzweifelt. »Der Jäger kommt!«

Da begriff Bale endlich, was los war. Mit ein paar Paddelschlägen wendete er sein Boot und rief Detlan zu: »Wenden! Wenden!«

Die Wellen warfen Torak gegen die Felsenklaue. Er hielt sich am Tang fest und kletterte an Land – gerade noch rechtzeitig, denn jetzt ertönte ein donnerndes »Kwuusch!« und eine Gischtfontäne spritzte auf.

Torak lag bäuchlings auf den Felsen und sah einen massigen schwarzen Rücken aus dem Wasser ragen – und eine gewaltige, verstümmelte Finne. Sie war so nah, dass Torak erkennen konnte, wie sie das Wasser teilte, und als sich nun der riesige, stumpfnasige Kopf aus den Wellen hob, begegnete er dem rätselhaften dunklen Blick des Jägers. Dann machte das riesige Tier kehrt und schwamm zielstrebig auf die Boote zu.

Die beiden Robbenjungen hatten Toraks Rat zu spät beherzigt. Bale war schon fast wieder bei den Felsen angelangt, wo ihm Asrif unter anfeuernden Rufen die Hand hinstreckte, aber Detlan war zurückgeblieben, und Kerbfinne hatte ihn gleich eingeholt.

Torak rappelte sich hoch und rannte los, sprang mit einem Satz über die Boote, rutschte auf den Algen aus. Doch der Jäger war ihm an Schnelligkeit weit überlegen, und Torak musste untätig mit ansehen, wie er dicht vor Detlan umdrehte und mit dem mächtigen Schwanz nach dem Boot schlug, sodass es in hohem Bogen durch die Luft flog.

Detlan landete mit einem Aufschrei auf den Felsen, rutschte aber wieder ins Wasser zurück. Asrif und Bale liefen zu ihm, da kam auch schon die schwarze Finne angeschossen, machte aber im letzten Augenblick kehrt und tauchte unter.

Asrif und Bale zogen den reglosen Detlan aus dem Wasser und legten ihn auf den Rücken.

Der atemlose und erschütterte Torak suchte das Meer ab, konnte aber außer ein paar Gischtflocken nichts entdecken.

Dann sah er am Horizont eine schwarze Finne dem offenen Meer zustreben. Was – oder wen? – Kerbfinne auch gesucht hatte, hier bei ihnen war er nicht fündig geworden. Torak wandte sich ab und lief zu den anderen.

Asrif kniete neben Detlan und zog mit den Zähnen den Stopfen aus einem Wassersack, Bale leerte seinen Medizinbeutel aus. Detlan lag mit geschlossenen Augen da. Sein Gesicht war aschfahl, und er hatte ganz blaue Lippen, aber als Torak näher trat, sah er ihn atmen, und ihm fiel ein Stein vom Herzen.

Bale blickte auf. »Alles in Ordnung mit dir?«

Torak nickte und wandte sich an Asrif: »Hast du die Wurzel noch?«

Asrif klopfte wortlos auf sein Wams.

Detlans Boot und sein Bein waren zertrümmert. Aus der blutigen Wunde ragte der blanke Knochen.

»Wieso ich?«, keuchte Detlan. »Was wollte er von mir?«

Bale legte dem Freund die Hand auf die Schulter. »Ich glaube nicht, dass er es auf dich abgesehen hatte, sonst wärst du jetzt tot.«

»Trotzdem hatten die Kormorane Recht«, sagte Asrif leise und setzte Detlan den Wassersack an den Mund. »Er sucht jemanden.«

»Aber wen bloß?«, überlegte Bale.

Er drehte sich nach Torak um und stellte ihm jene Frage, die sich Torak längst selbst gestellt hatte: »Bei unserer Meermutter – woher hast du gewusst, dass er kommt?«

Kapitel 28

Torak sah blass aus, als er neben dem verletzten Jungen kniete, fand Renn.

Sie duckte sich etwa dreißig Schritt entfernt hinter die Felsen und machte sich bemerkbar, indem sie ein Rotschwänzchen nachahmte. Ein Rotschwänzchen darum, weil diese Vögel nur im Wald vorkamen, sodass Torak eigentlich stutzig werden musste.

Er reagierte nicht. Renn war verdutzt. So unaufmerksam zu sein, sah Torak gar nicht ähnlich – da musste schon einiges geschehen sein.

Es war eine heiße, schwüle Nacht und unheimlich windstill wie vor einem Sturm. Bis Renn sich zwischen Felsen und Bäumen zum Ufer durchgeschlagen hatte, war sie durchgeschwitzt. Sie war gerade noch rechtzeitig gekommen, um den Angriff des Jägers mitzuerleben.

Im Gegensatz zu ihr schienen weder Torak noch die Robbenjungen zu wissen, *weshalb* sie der Jäger eigentlich attackiert hatte. Renn hatte immer noch den Aasgestank in der Nase, hörte Wolf heißhungrig schlingen und schmatzen. Er war so ins Fressen vertieft gewesen, dass er kaum den Kopf gehoben hatte, als sie weitergezogen war.

Die Sonne ging unter, das blaue Mittsommerleuchten stellte sich ein und Renn hockte noch immer in ihrem Versteck. Sie war ganz versessen darauf, Torak endlich von dem so grausam abgeschlachteten Jäger zu erzählen – aber überhaupt nicht versessen darauf, von den Robbenjungen entdeckt zu werden.

Da kam ein Robbenmann mit einem Boot angerudert. Er trug eine Kapuzenjacke aus Robbendarm und sein Gesicht war von Brandwunden entstellt. Er übernahm sogleich die Führung. Der schmächtige kleine Robbenjunge zog etwas aus seinem Wams, und der Mann steckte es vorsichtig in einen kleinen Beutel, der ihm um den Hals hing. Das war bestimmt die Selikwurzel. Dann nahm der Mann ein paar Äste von dem zertrümmerten Boot, schiente damit das Bein des Verletzten und erteilte den anderen Jungen währenddessen Anweisungen.

Renn beobachtete erstaunt, wie Toraks Augen aufleuchteten, als er den Mann erblickte, und als dieser ihm auftrug, Feuerholz zu sammeln, und Torak sofort gehorchte, verspürte sie leise Eifersucht.

»Kann ich auch frisches Holz brechen, wenn ich nicht genug Treibholz finde?«, fragte Torak so laut, dass es auch Renn verstand. Der Mann nickte und Torak zog los.

Renn vergaß ihre Eifersucht. Vielleicht hatte Torak ihren Erkennungsruf ja doch gehört.

Torak bückte sich nach einem Stück Treibholz, ging zum Wasser hinunter, machte kehrt und kam auf die Felsen zugeschlendert.

»Wo bist du?«, raunte er.

»Bei den Bäumen«, wisperte sie. »Hier oben, nein, weiter links.«

Als er in Reichweite war, packte sie ihn am Wams und zog ihn hinter einen Felsvorsprung, hinter dem man sie nicht sehen konnte. »Na endlich!«, schnaufte sie. »Ich warte und warte …«

»Wo ist Wolf?«, unterbrach er sie.

»In der Bucht nebenan beim Fressen. Ich muss dir unbedingt …«

»Hilf mir lieber Holz sammeln. Ich darf nicht mit leeren Händen wiederkommen.«

»Was? Ach so. Ja, klar.« Aus der Nähe betrachtet, war er immer noch bleich. Er wich ihrem Blick aus. »Geht es dir gut, Torak?«

Er schüttelte den Kopf. »Und dir?«

Sie ging nicht darauf ein. »Hör zu. Ich weiß, weshalb euch der Jäger angegriffen hat.« Sie erzählte ihm von dem Kadaver und den Fußspuren des hellhaarigen Ruderers. »Kein Wunder, dass er bösartig ist. Bestimmt war es sein eigenes Junges. Der Ruderer hat es getötet, ihm die Zähne herausgeschnitten und den Kadaver einfach liegen lassen.«

»Aber … warum macht jemand so etwas?«

»Das weiß ich auch nicht, aber es hängt bestimmt mit irgendeinem Zauber zusammen. Trotzdem … wer würde so etwas Schändliches wagen? Die Clangesetze brechen, einen *Jäger* töten …«

»Rache«, sagte Torak leise. »Ja, das muss es sein. Er hat traurig und wütend geklungen.«

»Wer?«, fragte Renn, die gar nichts mehr verstand.

Toraks Gesicht verzerrte sich, als litte er Schmerzen. »Vorhin im Wasser … da war … ich weiß nicht … ich kann nicht …«

»Begreifst du denn gar nichts?«, fiel sie ihm ins Wort. »Der Ruderer, der das getan hat, *gehört zum Robbenclan!*«

»Was? Was sagst du da?«

»Hier ist etwas gewaltig faul – *und die Robben stecken selbst mit drin!* Wer weiß, vielleicht sind sie ja sogar an der Krankheit schuld! Vielleicht brauchte der Mann deswegen die Zähne!«

Torak wich ein Stück zurück und schüttelte ungläubig den Kopf.

»Hat es dich denn noch nicht gewundert«, fuhr Renn fort, »dass bei ihnen niemand krank geworden ist, obwohl du dich schon seit Tagen auf ihrer Insel aufhältst und das Tokoroth ebenfalls?«

»Das hat nichts zu bedeuten«, erwiderte Torak tonlos.

»Und warum hat man ausgerechnet euch Kinder zum Adlerfelsen geschickt? Wenn die Robben tatsächlich Angst vor der Krankheit haben, warum sind dann keine erwachsenen Männer die Wurzel holen gegangen?«

»Weil Asrif am besten klettern kann und …«

»Und das glaubst du?«

Torak zögerte, dann wehrte er ab: »Seit ich ihnen von der Krankheit erzählt habe, haben sie immer nur versucht, mir zu helfen.«

»Torak …«

Er wurde ungehalten. »Tenris hat mich vor dem Stein bewahrt! Asrif hat die Adler verjagt! Detlan und Bale wollten mich retten, als mich der Jäger angegriffen hat! Bale hat vor drei Sommern durch die Krankheit *seinen eigenen Bruder* verloren!«

»Wieso willst du sie unbedingt in Schutz nehmen?«

»Wieso willst du ihnen unbedingt die Schuld zuschieben?«

»Weil der Ruderer helles Haar hatte! Weil seine Spuren beweisen, dass *er* es war, der den Jäger getötet hat!«

»Hier am Meer hat fast jeder helles Haar! Außerdem hast du selbst gesagt, dass sein Paddel beim Rudern gegen das

Boot geschlagen hat! Die Robben sind aber dafür bekannt, dass sie absolut geräuschlos paddeln können! Wer weiß, wen du da gesehen hast. Genauso gut kann es ein Kormoran oder einer von deinen Freunden, den Seeadlern, gewesen sein …«

»Aber auf keinen Fall einer von *deinen* Freunden, den Robben!«

»Die Robben sind nicht meine Freunde, sondern meine Blutsverwandten«, gab Torak zurück.

Renn zuckte zusammen.

Torak nahm ihr ungerührt das Feuerholz ab, das sie gesammelt hatte, und legte es zu seinem Vorrat. »Ich muss zurück«, sagte er, ohne sie anzusehen.

Renn war entgeistert. »Hast du mir denn überhaupt nicht zugehört?«

»Bald ist Mittsommer, Renn. Uns bleibt nur noch morgen, um zum Lager zurückzurudern.«

»*Rudern* wollt ihr? Wo ein Sturm heraufzieht und ein rachsüchtiger Jäger unterwegs ist?«

»Tenris hat einen Tarnzauber ausgesprochen und sagt …«

»Tenris irrt sich natürlich nie.«

Torak schwieg.

»Wenn ich Recht habe, dann bringst du dich und alle Clans in höchste Gefahr … bloß weil du nicht auf mich hören willst.«

Torak machte kehrt und ging davon.

*

Es war tiefe Nacht und die Seevögel auf den Felsen waren in Aufruhr. Viele verließen ihre Schlafplätze und flogen landeinwärts. Ein Sturm braute sich zusammen.

Torak hatte sich am Feuer zusammengerollt und kurz geschlafen, fühlte sich aber nicht erholt. Bald würde er mit

Tenris und Bale aufbrechen. Sie hatten ausgemacht, Asrif und Detlan zurückzulassen. Wenn sie nur zu dritt waren, kamen sie schneller voran und trafen hoffentlich noch vor dem Sturm und der Mittsommernacht im Lager ein.

Gegenüber lag Detlan dank Tenris' Schlaftrank in tiefem Schlummer, Asrif und Bale waren vor Erschöpfung gleich eingedöst. Tenris dagegen war wach und schmauchte seine Krebsscherenpfeife.

Torak rieb sich die Augen. Er war immer noch müde, aber er konnte nicht mehr schlafen. Der Streit mit Renn hatte ihn zu sehr aufgewühlt. Sie hatten sich auch früher schon gestritten, aber nie derart erbittert. Auf einmal war sie ihm ganz fremd – und das lag nicht nur an ihren Behauptungen, sondern auch an seinem Erlebnis unter Wasser.

Er hatte sich in eine Robbe verwandelt. Was er gehört und gespürt hatte, konnten nur Robben wahrnehmen. Trotzdem war er Torak geblieben …

Tenris klopfte seine Pfeife an einem Stein aus und Torak fuhr zusammen.

Der Schamane verzog den Mund zu einem flüchtigen Lächeln. Torak überwand sich und lächelte zurück. Tenris war ohne Ankündigung angerudert gekommen, hatte einfach gesagt, er habe gespürt, dass sie ihn brauchten. Torak war so froh gewesen, dass ihm die Worte gefehlt hatten. Jetzt sah er zu, wie der Schamane seine Pfeife in der verletzten Hand hielt und sie mit der gesunden Hand mit würzig riechenden Kräutern neu stopfte.

»Bale hat mir berichtet, was vorgefallen ist«, sagte Tenris. Er zündete die Pfeife mit einem glimmenden Holzspan an und stieß mit zusammengekniffenen Augen ein paar Rauchwolken aus. »Warum erzählst du mir nicht die ganze Geschichte? Woher hast du gewusst, dass der Jäger kommt?«

»Das kann ich dir nicht sagen«, erwiderte Torak, »weil ich es selber nicht verstehe.«

Tenris hob die Augenbrauen. »Aber du hast Bale nicht alles erzählt. Vielleicht kann ich dir ja weiterhelfen.«

Torak legte das Kinn auf die angezogenen Knie und ließ den Blick über die roten Kuhlen und Hügel der Glut schweifen. »Robben«, sagte er leise. »Robben spüren so etwas mit den Barthaaren. Sie fangen damit Töne auf.«

Aus dem Augenwinkel sah er, wie sich Tenris gespannt vorbeugte.

»Die Clanhüterin kam zu mir. Sie hat den Ruf des Jägers schon von weitem gehört, ich meine, *gespürt*.« Er schluckte. »Daher habe ich es gewusst.«

Als Tenris unverändert schwieg, hob Torak den Kopf.

Der Robbenschamane hielt die erloschene Pfeife in der Hand, auf seinem Gesicht malte sich Bestürzung.

»Was hat das zu bedeuten?«, flüsterte Torak.

Die Pfeife fiel Tenris aus der Hand und rollte ins Feuer, aber er machte keine Anstalten, sie herauszuholen. Er stand taumelnd auf, stolperte zum Wasser hinunter und blieb dort lange mit dem Rücken zu Torak stehen. Als er zum Feuer zurückkam, sah er jäh gealtert, aber auch seltsam erregt aus. »Erzähl mir alles.«

Torak holte tief Luft. Es jemandem zu erzählen, tat ihm gut. Er hatte gar nicht gemerkt, wie sehr es ihn belastet hatte, das Ganze für sich zu behalten, aber die funkelnden Augen des Schamanen schüchterten ihn ein.

Als er geendet hatte, schwiegen sie beide.

Tenris strich sich mit der zitternden gesunden Hand den Bart. »Hast du so etwas schon einmal erlebt?«

»Ich … ich glaube schon.«

»Du *glaubst*?«, wiederholte Tenris in ungewohnt scharfem Ton. »Was soll das heißen?«

»Als ich aus Versehen in ein Robbennetz gefallen bin. Die Fische… Aber das war bloß ganz kurz.«

»Ganz kurz? Wie lange?«

»Höchstens ein paar Herzschläge lang.«

Die grauen Augen blickten ihn so durchbohrend an, als wollten sie seine Seelen ergründen.

»Was… was ist mit mir los?«, fragte Torak stockend. »Was stimmt mit mir nicht?«

Tenris ließ sich mit der Antwort Zeit. »Mit dir… stimmt alles.« Er warf einen prüfenden Blick auf die Schlafenden, rückte näher an Torak heran und fuhr fort: »Es ist nämlich so…«, er stockte und schüttelte den Kopf.

»Was denn? Sag's mir doch!«

Tenris seufzte. »Wie soll ich es dir bloß erklären?« Er stocherte mit einem Ast in der Glut, dass die Funken sprühten. »Alles Lebendige hat einen Geist«, sagte er schließlich. »Jäger, Gejagte, Fluss, Baum. Nicht alles kann sprechen, aber alles kann hören und denken. Aber das weißt du ja.«

Torak nickte.

»Die drei Seelen, die jedes Lebewesen besitzt – und die zusammengenommen seinen Geist ausmachen –, sind an die äußere Gestalt, an den Körper, gebunden.« Wieder stocherte er im Feuer. »Die Namensseele macht sich zwar ab und zu selbstständig, zum Beispiel wenn man krank ist oder träumt, aber sie entfernt sich nie sehr weit und kommt bald zurück.« Tenris warf den Ast weg und hielt die Hände übers Feuer, als wollte er den Flammen ein Geheimnis entlocken. »Aber alle tausend Winter wird jemand geboren, der… anders ist.«

Trotz der Wärme überlief es Torak kalt.

»Seine Seelen«, sprach Tenris weiter, »können den Körper verlassen und länger fortbleiben als bei einem Schamanen, wenn er Kranke heilt. Sie können sich weiter entfernen.« Er hielt inne. »Sie können in einen fremden Körper fahren. Wenn das geschieht, kann der Betreffende sehen, hören und fühlen wie das Geschöpf, in das seine Seelen eingezogen sind – aber er bleibt trotzdem er selbst.« Der Schamane zog die Hände zurück, drehte sich um und sah den verstörten Torak an. »So jemanden nennt man einen *Seelenwanderer*«, raunte er.

»Nein«, brachte Torak mühsam heraus.

Die grauen Augen blickten ihn unverwandt an.

»Nein!«, wiederholte Torak. »Das kann nicht sein. Wenn die Seelen den Körper verlassen, ist man tot! Dann wäre ich jetzt tot, so ist das nämlich!«

Tenris sah ihn verständnisvoll und mitfühlend an. »Nein, Torak. Bei einem Seelenwanderer verlassen nicht alle drei Seelen den Körper. Die Nanuak – die Weltseele – bleibt immer, wo sie hingehört. Sie verlässt den Körper erst, wenn der Tod eintritt. Nur die Namensseele und die Clanseele gehen auf Wanderschaft.«

Jetzt zitterte Torak. Vom Seelenwandern hatte er noch nie gehört und er wollte auch nichts davon hören.

Tenris packte ihn mit der gesunden Hand an der Schulter und schüttelte ihn leicht. »Ich verstehe ja, dass dir das unheimlich ist. Seelenwandern ist eines der größten Rätsel überhaupt. Alles, was wir darüber wissen, wurde von einem Schamanen an den nächsten weitergegeben, unvollständig und teilweise falsch.« Er schien abzuwägen, wie viel er Torak noch zumuten konnte. »Fest steht, dass es für den Seelenwanderer selbst anstrengend und gefährlich ist.«

Und weh tut es auch, ergänzte Torak stumm, als er an die Schmerzen und die Übelkeit dachte. Es fühlt sich an, als risse einem jemand die Gedärme heraus …

Mit einem Mal erfüllte ihn neue Zuversicht. »Es kann trotzdem nicht stimmen!«, sagte er eifrig. »Ich kann beweisen, dass ich kein Seelenwanderer bin! Als ich im Wald unterwegs war, musste ich mich vor einem wütenden Keiler auf einen Baum flüchten. Er hätte mich beinahe erwischt, ich hatte schreckliche Angst – *und überhaupt nichts ist passiert!* Mir wurde nicht übel, mir hat nichts wehgetan, und ich habe keinen Augenblick gewusst, was der Keiler empfindet!«

Der Robbenschamane wiegte den Kopf. »Torak, Torak, so einfach ist das nicht. Denk nach! Du kennst dich gut genug mit Schamanenkunst aus, um zu wissen, dass auch gewöhnliche Schamanen Hilfsmittel benutzen, wenn sie bei einer Heilzeremonie ihre Seelen ausschicken wollen. Es gibt ganz verschiedene Möglichkeiten. Der Schamane kann sich in Trance versetzen, er kann einen Trank schlucken, manchmal reicht es schon, eine Weile zu hungern oder die Luft anzuhalten. Bei einem Seelenwanderer verhält es sich genauso. Einfach nur Angst zu haben, wie du auf deinem Baum, genügt nicht, damit die Seelen den Körper verlassen.«

Torak überlegte, wann es ihm widerfahren war. Bei der Heilzeremonie war es von Saeunns Rauch gekommen. Im Robbennetz war er dem Ertrinken nahe gewesen, und als er der Clanhüterin begegnet war, auch. So weit schien alles zusammenzupassen, ob er es nun wahrhaben wollte oder nicht.

»Außerdem«, ergriff Tenris abermals das Wort, und Torak war überrascht, dass er wieder lächelte, »kannst du von Glück sagen, dass deine Seelen *nicht* in den Keiler übergewechselt sind. Sie hätten dessen Seelen nicht standgehalten. Womöglich wärst du den Rest deines Lebens ein Schwein geblieben.«

Torak stand auf, wankte zum Wasser und blieb dort zitternd stehen. Er wollte niemand Besonderes sein. Aber … hatte ihn sein Vater nicht aus eben diesem Grund von anderen Menschen fern gehalten? *Es gibt so vieles, was ich dir noch nicht erklärt habe*, hatte er gesagt, ehe er starb. Was hatte er damit gemeint?

»Es ist ein Fluch«, brachte er schließlich zähneklappernd heraus. »Ich will niemand Besonderes sein! Es ist ein Fluch!«

»Nein!« Tenris trat zu ihm. »Es ist kein Fluch, sondern eine kostbare Gabe! Vielleicht siehst du das jetzt noch anders, aber irgendwann wirst du es begreifen!«

»Niemals«, widersprach Torak.

»Jetzt hör mir mal zu!«, sagte der Schamane so eindringlich, dass seine schöne Stimme bebte, »was dir einfach so geschehen ist, ohne dass du es im Geringsten darauf angelegt hättest, damit mühen sich die klügsten Schamanen ihr ganzes Leben lang ab! Ich kannte mal einen Schamanen – und zwar einen guten –, der es sechs Winter lang ununterbrochen versucht hat. Sechs Winter lang hat er sich in Trance versetzt, nichts gegessen und Tränke geschluckt. Dann ist es ihm für ein paar Herzschläge gelungen. Der Mann konnte sein Glück kaum fassen!«

»Ich will das nicht«, wehrte Torak ab. »Ich wollte nie …«

»Das ist es doch, *worum es in der Schamanenkunst geht*, Torak!« Das anziehende, entstellte Gesicht glühte vor Leidenschaft. »Die Schamanenkunst erlernt man doch nicht, um seine Sippe mit ein bisschen buntem Feuer zu unterhalten! Wir Schamanen wollen viel mehr! Wir wollen wissen, was andere denken und fühlen!« Er holte Luft. »Überleg doch mal, wozu du fähig wärst, wenn du deine Begabung gezielt einsetzt! Welche Rätsel du lösen könntest! Du könntest die Sprache von Jägern und Gejagten verstehen! Du wärst so mächtig, dass …«

»Aber ich will das alles nicht!«, rief Torak so ungestüm aus, dass Bale sich im Schlaf umdrehte.

»Ich will das alles nicht«, wiederholte Torak etwas leiser. Er war verängstigt und verwirrt wie noch nie in seinem Leben. Bislang war er einfach Torak gewesen, und jetzt wollte ihm Tenris weismachen, dass er jemand anders war.

Er blickte über das kalte, wogende Meer. Er sehnte sich nach Wolf, wollte ihm alles erzählen. Aber wie sollte er sich ihm verständlich machen? Wie sollte man etwas wie Seelenwandern in der Wolfssprache beschreiben? Das störte ihn fast am meisten daran – dass er diese Erfahrung nicht mit Wolf teilen konnte.

»Und was soll ich jetzt machen?«, fragte er das Meer.

Da spürte er wieder eine Hand auf der Schulter. »Was wir abgesprochen haben«, sagte der Schamane ruhig. »Ich wecke jetzt Bale und wir packen unsere Sachen. Wir bringen die Selikwurzel ins Lager, und in der Mittsommernacht – also morgen Nacht – ziehen wir beide uns damit auf die Klippe zurück, und du hilfst mir, den Trank zu brauen. Für dich hat sich nichts geändert.«

Er wirkte so unerschütterlich wie eine starke Eiche, die jedem Sturm trotzt, und Torak beruhigte sich ein wenig. »Ja«, erwiderte er, »für mich ändert sich nichts. Oder, Tenris?« Er drehte sich um und blickte den Schamanen fragend an.

»Nein«, erwiderte dieser, »gar nichts ändert sich.«

Kapitel 29

Endlich hatte sich der Hunger wieder in seinen Bau verkrochen und Wolf konnte losziehen und Weibchen Schwanzlos und Groß Schwanzlos suchen.

Aber während er sich an herrlich weichem, verwestem Schwarzfisch gelabt hatte, war das Dunkel gekommen. Nicht das richtige Dunkel, sondern jenes Dunkel, das sich vor das Hell schiebt, wenn der Donnerer zürnt. Diesmal galt der Zorn des Donnerers allerdings nicht Wolf, sondern den Schwanzlosen.

Wolf stürmte über die heiße schwarze Erde, den Hang hinauf und wieder hinab bis zu den Felsen, wo das Weibchen auf Groß Schwanzlos gewartet hatte. Er witterte, dass inzwischen auch sein Rudelgefährte da gewesen war und dass sich die beiden gestritten hatten. *Gestritten!* Wolf traute seiner Nase nicht! Es roch nach Knurren und Zähneblecken.

Im Nu hatte er das Helle-Tier-das-heiß-beißt gefunden, an dem sich zwei halbwüchsige Hellfelle schlafen gelegt hatten. Doch dann witterte er bestürzt, dass sein Rudelgefährte sich in einem von den schwimmenden Fellen über das Große Nass aufgemacht hatte.

Jämmerlich jaulend kletterte Wolf in den Felsen umher und suchte die Fährte des Weibchens. Oh, sie war klug! Sie war zum Stillen Nass gelaufen, wo einen der Zorn des Donnerers nicht so leicht treffen konnte, und hatte ebenfalls ein schwimmendes Fell bestiegen. Darin war sie gegen den Wind geschwommen, sodass Wolf ihre Witterung leicht aufnehmen konnte. Er wusste, was er zu tun hatte, er musste ihr folgen, denn auch sie war auf der Suche nach Groß Schwanzlos.

Im Oben grollte es. Der Wind strich heulend durch das Tal, schon prasselte das Nass herab. Bäume bogen sich, Fischvögel wurden wie welke Blätter umhergewirbelt. Wolf hetzte unbeirrt weiter, sprang über Felsen und die zornigen kleinen Nass, die davon herabgestürzt kamen.

Im Laufen stieg ihm ein anderer Geruch in die Nase und er hielt schlitternd an. Mit erhobener Schnauze sog er die Luft in langen Zügen ein.

Das Fell stand ihm zu Berge.

Es roch nach *Dämon*.

*

»Nimm meine Hand!«, rief Tenris und lehnte sich bedenklich weit über den Bootsrand.

Torak hob prustend den Kopf über Wasser und griff verzweifelt nach der Hand. Er bekam sie zu fassen – doch dann schlug die nächste Woge über ihm zusammen und zog ihn in die Tiefe.

Wie ein Stein trudelte er in die erstickende Finsternis hinab. Er konnte nichts sehen, bekam keine Luft.

Dann spie ihn das Meer wieder aus und spielte mit ihm. Seine Kapuzenjacke verhinderte, dass er unterging, er tanzte, nach Atem ringend, über die Wellenkämme.

Tenris war verschwunden. Bale war verschwunden. Der Himmel war schwarz wie Basaltstein. Im flackernden Licht der zuckenden Blitze war ringsum nur tobendes Meer zu sehen.

»Tenris!«, brüllte Torak. »Bale!« Der Sturm trug die Rufe mit sich fort.

Undeutlich sah er sein Kanu kieloben über die Wellen hüpfen. Er schwamm hin … das Meer warf ihm das Boot entgegen … er hielt sich mit beiden Händen fest. *»Tenris!«*, schrie er.

Doch der Schamane war und blieb verschwunden.

Mit einem Mal durchfuhr ein heftiger Ruck das Boot, und Torak wurde so heftig gegen einen Felsen geschleudert, dass ihm die Luft wegblieb. Mit einer Hand klammerte er sich an den Stein, mit der anderen hielt er den Bootsrand gepackt. Das Meer zerrte am Boot und wollte ihn mit sich reißen. Er musste sich rasch entscheiden.

Also ließ er das Boot los und zog sich hoch. Das Boot wurde fortgespült.

Zitternd und zu Tode erschöpft, lag er auf dem rauen Fels und hielt sich fest.

Er hatte keine Ahnung, wo er war. Wenn es ihn ans Ufer geschwemmt hatte, konnte es ihm gelingen, am Leben zu bleiben. War er aber auf einer einsamen Schäre mitten im Meer gelandet – dann sah es für ihn nicht gut aus.

Durch Umhertasten fand er bald heraus, dass der Felsen nicht größer als eine Robbenhütte und ringsum von Wasser umgeben war.

Ihm wurde angst und bange.

Bale war fort, Tenris war fort. Er war ganz allein auf einem Felsen mitten im Meer.

*

Der Sturm legte sich so jäh, wie er losgebrochen war.

Als Renn ans östliche Seeufer kam und das Paddel einzog, klatschte das Wasser träge an die Uferfelsen, und das Schilf schwankte kaum noch.

Renn stellte sich lieber nicht vor, wie es Torak draußen auf dem offenen Meer ergangen war. Warum hatte er auch nicht auf sie gehört und den Landweg genommen, statt mit dem Schamanen und dem großen Robbenjungen loszurudern!

Müde zog sie das stibitzte Boot aufs Ufer, hob Rückentrage und Schlafsack heraus und versteckte beides. Zwar wusste sie nicht, was sie im Lager der Robben erwartete, aber Pfeil und Bogen würden als Ausrüstung wohl genügen.

Als sie den Blick hob, sah sie, dass der Himmel nicht blank gefegt war wie sonst nach einem Sturm. Schmutzig weiße Wolken kamen von den Anhöhen getrieben, Nebelzungen leckten nach dem See und dem Boot. Nebel nach einem Sturm, das hatte sie noch nie erlebt.

Eilig hastete sie die Anhöhe hoch, hinter der die kleine Bucht lag. Als sie oben war, erschrak sie. Das Meer war hinter einer gelblichen Dunstwand verschwunden, die bedrohlich näher rückte.

Da stimmt etwas nicht, dachte sie, da stimmt etwas ganz und gar nicht!

Ihr fiel ein, dass die Mittsommernacht angebrochen war. In der Mittsommernacht ist alles möglich.

Durchnässt, erschöpft und verängstigt, schlitterte und stolperte sie den grasbewachsenen Abhang hinunter und sank im groben weißen Sand in die Knie.

Alles ist möglich …

Sogar dass der Robbenschamane die Wahrheit sagt und Torak tatsächlich ein Seelenwanderer ist.

Als sie die beiden belauscht hatte, hatte sie das, was der

Schamane Torak erklärt hatte, als Unsinn abgetan. Gewiss wollte der Mann ihren Freund aus irgendeinem Grund hinters Licht führen.

Auf der langen, anstrengenden Fahrt über den See hatte sie noch einmal darüber nachgedacht und war zu dem Schluss gekommen, dass es doch stimmte.

Torak war ein Seelenwanderer.

Ein Seelenwanderer.

Sie hatte schon von solchen Leuten gehört, aber nur in den alten Geschichten, die Fin-Kedinn an Winterabenden manchmal erzählte: wie Rabe lernte, sich vom Wind tragen zu lassen, vom Ersten Baum, den ersten Clans – und dem ersten Seelenwanderer.

Wie sie so, vor Kälte zitternd, im Sand kauerte, spürte sie undeutlich, dass alles damit zusammenhing, dass Torak ein Seelenwanderer war: die Tokoroth, die Krankheit, der Heiltrank. Bloß wie, war ihr ein Rätsel.

*

Frierend, nass und hungrig kauerte Torak auf seinem Felsen. Zwar hatte sich der Sturm urplötzlich gelegt, dafür war dichter Nebel aufgekommen, sodass er die Hand vor Augen nicht sah. Bis sich der Nebel wieder verzog, konnte es Tage dauern. Dann war es zu spät.

Ihm fiel das zusammengerollte Stück Walfleisch wieder ein, das ihm Detlan vor dem Aufbruch gegeben hatte. Es war salzverkrustet und roch muffig, und wenn er es jetzt aufaß, trat er womöglich mit leeren Händen vor die Meermutter. Er aß es trotzdem.

Danach fühlte er sich ein wenig besser. Ihm kam sogar ein Gedanke, der ihm etwas Mut machte. Er hatte die Selikwurzel Tenris abgeliefert. Wenn der Schamane damit ans Ufer gelangte, gab es noch Hoffnung…

Eine hohe Welle hätte ihn beinahe mit sich fortgerissen.

Denk lieber nach, wie du von diesem Felsen herunter- und an Land kommst, tadelte er sich.

Viele Möglichkeiten standen nicht zur Auswahl. Er würde wohl oder übel schwimmen müssen. Doch entkräftet, wie er war, würde er sich nicht lange über Wasser halten können. Er brauchte etwas, woran er sich festhalten konnte.

Boot und Paddel waren fort. Ihm waren nur die Kleider geblieben, die er auf dem Leib trug, Fas Messer und der Beutel mit dem Medizinhorn seiner Mutter. Das Horn enthielt eine kleine Menge Erdblut, die gerade mal für die Todeszeichen reichte, aber so schlimm stand es noch nicht um ihn.

Wieder brandeten Wellen an den Felsen. Torak kletterte ein Stück höher und zog die Kapuzenjacke um sich.

Die Kapuzenjacke.

Sie hatte ihn schon zuvor über Wasser gehalten, als das Boot gekentert war. Die Anfängerkanus der Robbenkinder fielen ihm ein, die einen Querbalken mit aufgeblasenen Robbendärmen an beiden Enden hatten.

Torak zog die Jacke über den Kopf, trennte die Bänder unter dem Kinn ab, zerschnitt sie und band damit einen Ärmel, die Halsöffnung und den unteren Rand zu. Die zweite Ärmelöffnung nahm er in den Mund und pustete das Gebilde auf.

Vom Pusten wurde ihm schlecht und schwindelig, aber schließlich hielt er einen wabbeligen Sack in den Händen, den er probeweise auf dem Wasser schwimmen ließ. Wenn er sich diesen Sack an den Gürtel band, konnte er sich vielleicht davon tragen lassen – zumindest würde er auf diese Weise nicht untergehen, wenn er irgendwann zum Schwimmen zu schwach war.

Ringsum kochte das Meer, der Nebel wogte. Irgendwo da draußen lag die Robbeninsel. Aber wo?

Überall nur schwarzes Wasser. Keine Vögel, kein Tang, keine Strömung, die auf eine Landzunge hindeutete. Die Sonne war nicht zu sehen, und er wusste nicht, in welche Richtung er schwimmen sollte. Womöglich schwamm er geradewegs ins offene Meer hinaus.

Leises Wolfsgeheul drang an sein Ohr.

Torak wagte nicht zu atmen.

Da war es wieder. Ein lang gezogenes Heulen, dann ein paar kurze, abgehackte Kläfflaute. *Wo bist du?*, rief Wolf.

Torak legte die Hände an den Mund. *Hier bin ich!* Leise, aber deutlich drang eine Antwort durch die Nebelschwaden, kam übers Meer zu ihm herübergeweht.

Torak heulte noch einmal: *Ruf mich, mein Rudelgefährte, ruf mich!*

Hunger, Müdigkeit und Kälte waren vergessen. Nicht einmal Kerbfinne konnte ihn noch schrecken, denn jetzt kam ihm Wolf zu Hilfe und wies ihm den Weg. Auf ihn konnte er sich verlassen.

Das Wasser war eiskalt, doch Torak überwand sich, ließ sich mit dem Luftsack auf dem Rücken ins Meer gleiten, dem Nebel und allen wütenden Walen zum Trotz, und schwamm los.

*

In der nebelverhangenen kleinen Bucht hörte Renn fernes Wolfsgeheul und fuhr zusammen.

Es klang nach … ja, es war Wolf! Und Torak antwortete ihm! Toraks Geheul erkannte sie immer und überall. Dann war er also noch am Leben!

Bestimmt wollte er ebenfalls zum Lager der Robben. Das spornte sie zusätzlich an.

Der Nebel war so dicht, dass sie keine zwei Schritt weit sehen konnte. Wie eine Blinde tastete sie sich mit ausgestreckten Händen zwischen Felsen und Bäumen zur Robbenbucht voran.

Dann gab es keine Bäume mehr. Sie konnte immer noch nichts sehen. Kein Lager. Kein Meer. Bis auf das Plätschern kleiner Wellen auf Kieseln ganz in der Nähe war kein Laut zu vernehmen.

Sie stolperte auf gut Glück weiter.

Ein Scharren, ein gedämpftes Schnaufen. Jemand zog ein Boot an Land. Als eine große Gestalt aus dem Nebel gelaufen kam, konnte Renn nicht mehr ausweichen, und der Unbekannte stieß mit ihr zusammen.

Beide schrien auf und sprangen zurück.

»Wer bist du?«, rief der Junge.

»Wo ist Torak?«, rief Renn.

Beide standen mit offenen Mündern und ängstlich aufgerissenen Augen da.

Renn erkannte den großen Robbenjungen wieder, der zusammen mit Torak vom Adlerfelsen aufgebrochen war.

»Wer bist du?«, wiederholte er und kniff argwöhnisch die Augen zusammen.

»Ich bin Renn.« Sie gab sich Mühe, selbstbewusst zu klingen. »Wo ist Torak? Was habt ihr mit ihm gemacht?«

Sein Blick streifte ihren Bogen. Er ließ die Schultern hängen. »Der Sturm«, sagte er leise, »wir wurden getrennt. Ich … ich habe gesehen, wie sein Boot gekentert ist.«

»Ja und?«

Der Junge rieb sich die Augen, und sie sah, dass er todmüde war. »Tenris hat noch versucht, ihn rauszuziehen. Ich auch. Aber … Tenris ist immer noch draußen und sucht ihn.« Er wirkte ehrlich besorgt, und wäre er nicht vom Robbenclan gewesen, hätte er Renn Leid getan. »Vorhin hat es so seltsam geheult«, fuhr er fort, »so etwas habe ich noch nie gehört.«

Renn war versucht, ihm alles zu erzählen, doch sie verbot es sich sogleich. Man durfte ihm nicht trauen. Sollte er doch glauben, dass Torak ertrunken war. Sie war vom Gegenteil überzeugt. Sie hatte Torak und Wolf heulen gehört, und das konnte nur bedeuten, dass beide wohlauf waren.

Noch ein Boot kam durch den Nebel geglitten und ein Mann stieg aus. Es war der Robbenschamane.

Er lief sofort zu dem Jungen hin, dann erblickte er Renn und blieb überrascht stehen. »Ich konnte ihn nicht finden«, wandte er sich an den Jungen. Auch er wirkte so niedergeschlagen, dass sich Renn schon fragte, ob sie die Robben womöglich falsch einschätzte.

»Und wen haben wir da?«, fragte der Schamane jetzt. Er blickte freundlich drein und seine Stimme war ruhig und kraftvoll wie das Meer an einem sonnigen, windstillen Tag. Trotzdem verspürte Renn ein vages Misstrauen.

»Ich bin Renn vom Rabenclan«, erwiderte sie.

»Und was machst du hier, Renn vom Rabenclan?«

»Ich… ich suche Torak.« Dabei hatte sie das gar nicht sagen wollen, aber seine Stimme hatte sie dazu gebracht.

»Wir auch«, sagte der Schamane mit düsterer Miene. »Komm mit. Wir gehen ins Lager, dort können wir beratschlagen, was zu tun ist.«

Im Gehen zog er die Kapuzenjacke aus und Renn sah zum ersten Mal seinen prächtigen Schamanengürtel und hörte die Lundenschnäbel leise klimpern.

Sie blieb stehen.

Das Geräusch kam ihr bekannt vor. Sie hatte es schon einmal gehört… als der Unbekannte über den See gerudert war.

Sie erschauerte und bekam rasendes Herzklopfen. Mit einem Mal passte alles zusammen. Das Tokoroth… die Krankheit… die Seelenesser…

Der Robbenschamane drehte sich nach ihr um und erkundigte sich, was los sei.

Das Blut hämmerte ihr in den Ohren, als sie zu seinem anziehenden, grässlich entstellten Gesicht aufblickte. *Beim Robbenclan lebt ein Seelenesser*, dachte sie. *Beim Robbenclan lebt ein Seelenesser namens Tenris. Und er hat es auf Torak abgesehen – auf Torak, den Seelenwanderer.*

»Du bist ja ganz blass«, hörte sie Tenris mit seiner klangvollen Stimme freundlich sagen.

»Ich … ich mache mir Sorgen um Torak.«

»Ich auch.« Der Schamane lächelte. Es war ein herzliches Lächeln, doch als Renn dem gelassenen Blick seiner grauen Augen begegnete, las sie darin, dass er ihr angesehen hatte, dass sie Bescheid wusste. Der Angstschweiß brach ihr aus.

»Komm schon«, sagte er und ergriff ihre Hand, die eiskalt war. »Wir besorgen uns erstmal was zu essen.«

Sein Blick fiel auf die verschorfte Wunde auf ihrem Handrücken und er machte ein mitleidiges Gesicht. »Ach, du armes Kind, was hast du denn da?«

Ehe sie etwas erwidern konnte, hatte er sich schon nach dem Jungen umgewandt. »Sieh mal, Bale, das arme kleine Ding hat die Krankheit.«

Bale machte große Augen und tastete nach seinem Clanabzeichen.

»Das stimmt nicht«, protestierte Renn und versuchte, ihre Hand dem festen Griff des Schamanen zu entwinden. »Das kommt nicht von der Krankheit, sondern …«

»Jetzt brauchst du dich nicht mehr zu ängstigen«, unterbrach sie der Schamane und nahm auch noch ihre andere Hand. »Jetzt kümmere ich mich ja um dich.«

Kapitel 30

Torak wachte davon auf, dass ihm Wolf die Nase abschleckte.

Er war zu müde, um die Augen zu öffnen, deshalb schmiegte er sich nur noch enger an Wolf und vergrub das Gesicht in dem weichen Fell. Ihm war wohlig warm, er fühlte sich geborgen – und vor allem war es wohltuend *still*. Kein Vogelgeschrei mehr, kein Wind. Nur das raunende Meer und Wolfs Herzschlag an seiner Brust. Schleck, schleck, schleck.

Er erinnerte sich verschwommen, wie er sich an Land gekämpft hatte. Wolf hatte ihn vor Begeisterung rücklings in den Sand geworfen, ihn beschnüffelt und abgeleckt und nicht wieder aufstehen lassen. Dann hatten sie sich aneinander gekuschelt und waren eingeschlummert…

Jetzt knabberte Wolf zärtlich an seinem Ohr, dann stupste er ihm unsanft die Schnauze unters Kinn. *Wach auf!*

Torak schlug die Augen auf.

Er lag mit der Wange auf rauem Sand, Wolfs Barthaare kitzelten ihn. Sonst sah er nichts. Der Nebel war so dicht, dass man Meer und Himmel nicht unterscheiden konnte.

Wie lange er wohl geschlafen hatte?

Der Heiltrank.

Mit klopfendem Herzen fuhr er in die Höhe. Wo war er hier? Wo war Tenris? Es war Mittsommer – war es schon zu spät? Da der Nebel die Sonne verdeckte, wusste er nicht, wie weit der Tag bereits fortgeschritten war.

Als er aufstand, drehte sich ihm alles. Er war ganz steif, sämtliche Knochen taten ihm weh und seine Kehle war ausgedörrt.

Irgendwo rieselte Wasser. Torak tappte durch den Nebel, bis er in einen flachen, zugewucherten Bach trat. Er kniete sich hin und trank das sandige Wasser gierig aus der hohlen Hand.

Wolf kam angetrottet. Im Sand machten seine Pfoten kein Geräusch. Torak richtete sich auf, kraulte ihm den Nacken und sagte: *Danke!* Es kam von ganzem Herzen.

Wolf wedelte mit dem Schwanz und leckte Torak den Mundwinkel. *Mein Rudelgefährte.*

Torak fühlte sich etwas erfrischt, stand auf und schaute sich um. Er konnte immer noch keine zwei Schritt weit sehen, aber die Beschaffenheit des Sandes kam ihm bekannt vor. Er war weiß und bestand aus grob zerkleinerten Muscheln. Womöglich war das Lager der Robben näher, als er zu hoffen gewagt hatte …

Von rechts hörte er das Meer rauschen. Er stapfte durch den Sand … und unversehens zeichneten sich im Nebel Bäume und Felsen ab. Er fiel in Laufschritt.

Hinter sich hörte er Wolf laut knurren.

Er fuhr herum.

Wolf stand mit gesenktem Kopf und gefletschten Zähnen da.

Torak zog sein Messer, ließ sich auf den Boden fallen und fragte halb knurrend, halb winselnd: *Was ist los?*

Knurren. Wolf sträubte das Nackenfell.

Auch Torak spürte, wie sich seine Nackenhaare aufstellten. Trotzdem konnte er beim besten Willen nichts Verdächtiges entdecken. Geradeaus zwischen den Bäumen regte sich nichts. *Ich muss weiter*, gab er Wolf zu verstehen.

Wolf knurrte noch einmal.

Bis jetzt hatte Torak immer auf Wolf gehört. Ihm war nicht wohl dabei, seine Warnung in den Wind zu schlagen, aber er musste unbedingt Tenris suchen. *Ich muss weiter*, wiederholte er. *Bitte komm mit!*

Betroffen sah er, dass Wolf knurrend zurückwich.

Obwohl er nichts Gutes ahnte, lief er weiter.

Auf halbem Weg durch das Gehölz packte ihn eine kräftige Hand am Arm. »Da bist du ja endlich!«, rief Tenris. »Dank sei der Meermutter, du lebst!«

Torak drehte sich um, aber Wolf war verschwunden.

»Wir fürchteten schon, du wärst ertrunken!«, sagte Tenris und zog ihn mit sich.

»Du hast mich erschreckt.«

»Das wollte ich nicht. Komm, beeil dich. Die Zeit wird knapp, wir müssen zur Klippe.«

»Hast du die Wurzel noch?«, fragte Torak im Laufen.

»Ja sicher!«

»Und Bale? Hat er es auch geschafft?«

»Bale geht es gut. Ja, ihm geht es gut. Er steht Wache.«

»Wache? Bei wem?«

Tenris' Miene wurde ernst. »Sie ist krank, Torak. Wir mussten sie einsperren.«

»Wer? Wer ist krank?«

»Nicht so wichtig«, wiegelte Tenris ab. »Wir dürfen keine Zeit verlieren, komm weiter.«

Doch Torak ließ nicht locker. »Wer ist krank?« Er ahnte schon, wie die Antwort lauten würde.

»Ach, Torak…«

»Du sprichst von Renn, nicht wahr? Ich muss sie sehen, Tenris, bitte!«

Der Schamane seufzte. »Aber nur ganz kurz.« Er eilte Torak durch das leere Lager voran, bis sie zu der Höhle am Ende der Bucht kamen, wohin sich an Toraks Ankunftstag der Waljäger zurückgezogen hatte. »Hier haben wir seinerzeit auch die anderen Kranken verwahrt«, erklärte Tenris.

Der Eingang war mit Walknochen und Robbenfellen verhängt und verbarrikadiert und Bale stand mit einer Harpune davor. Als er Torak erblickte, strahlte er, aber Torak drängte sich wortlos an ihm vorbei.

Durch einen Spalt sah er Renn auf und ab stapfen. Es war ziemlich dunkel, aber er konnte erkennen, dass sie ganz zerzaust war und ein wütendes Gesicht machte, und er sah auch die Wunde an ihrem Handrücken. Er spürte einen eiskalten Klumpen im Magen.

Als sie ihn erkannte, hellte sich ihre Miene auf. »Torak! Dank sei dem Geist! Hol mich sofort hier raus!«

»Das… das geht nicht, Renn«, erwiderte er. »Du bist krank.«

Sie sah ihn entgeistert an. »Du glaubst ihnen doch nicht etwa? Ich bin nicht krank!«

Tenris legte ihm von hinten die Hand auf die Schulter. »Das sagen sie alle«, brummte er. »Aber sorg dich nicht. Bale kümmert sich um sie und zu hungern braucht sie auch nicht.«

Als Renn den Schamanen sah, schrak sie zurück. »Geh weg!« Und an Torak gewandt, wiederholte sie: »Ich bin nicht krank!«

»Tenris hat Recht«, mischte sich Bale ein und schloss die Hand so fest um die Harpune, dass die Knöchel weiß hervortraten. »Bei meinem Bruder war es genauso.«

»Renn«, sagte Torak beschwichtigend und legte die Hände auf die Robbenfelle, »ich bringe dir von dem Heiltrank, versprochen. Dann wirst du wieder …«

»Ich brauche keinen Trank!«, fauchte sie. »Wieso glaubst du mir nicht?« Sie zeigte auf Tenris. »Er ist es! *Er ist der Seelenesser!*«

»Zum Schluss trauen sie niemandem mehr«, warf Bale ein.

»Wieso glaubst du mir nicht endlich?«, rief Renn. »Sag ihm, er soll dir seine Tätowierung zeigen! Er trägt das Zeichen! Er ist ein Seelenesser!«

Tenris fasste Torak am Arm. »Wir müssen gehen, Torak, sonst ist es für sie und alle anderen zu spät.«

»Nein, Torak – geh nicht!«, schrie Renn. »Er will dich umbringen! *Torak!*« Sie warf sich gegen die Barrikade.

Bale stemmte die Schulter dagegen. »Geht ruhig«, rief er Torak zu. »Ich passe auf, dass ihr nichts zustößt.«

»Bald geht es dir besser!«, rief Torak. »Das verspreche ich dir! Du wirst wieder gesund!«

»Torak!«, brüllte Renn. *»Komm zurück!«*

Ihre Schreie gellten ihm in den Ohren, als er hinter Tenris her durch den Nebel hastete.

»Schnell«, zischte der Robbenschamane. »Die Sonnenwende steht kurz bevor, das spüre ich.«

Als sie den Aufstieg antraten, verhallten Renns Rufe. Bald hörte Torak nur noch sein eigenes Keuchen und ab und zu ein Rinnsal irgendwo am Wegesrand. Er hatte das deutliche Gefühl, dass er gerade das Verkehrte tat, und ihm wurde ganz beklommen. Innerhalb kürzester Zeit hatte er sowohl Wolfs als auch Renns Warnungen in den Wind geschlagen.

Da hörte er hinter sich Klauen scharren.

Er drehte sich um. *Wolf?*

In den wirbelnden weißen Schwaden konnte er nichts erkennen – nur Tenris' Gestalt, die geradeaus im Nebel verschwand. »Tenris!«, rief er. »Warte!«

Wieder das Geräusch von Klauen. Dann huschte eine kleine, geduckte Gestalt vorbei. Das war nicht Wolf. Es war das Tokoroth.

Torak fiel in Laufschritt. »*Pass auf, Tenris!* Das Tokoroth!«

Er spürte einen Schlag auf den Kopf, dann stürzten ihm die Felsen entgegen.

*

Torak schrak hoch.

Er hatte einen Brummschädel, die Schultern taten ihm weh. Jemand hatte ihm das Wams ausgezogen und ihn auf eine kalte Steinplatte gelegt. Jemand hatte seine gefesselten Hände über einen Felsvorsprung gehängt. Die Fesseln saßen so stramm, dass er nicht hinausschlüpfen konnte, aber wenn es ihm gelang, sich mit den Fersen hochzuschieben, konnte er die Hände vielleicht über den Vorsprung heben und ...

Jemand packte ihn an den Knöcheln. Der Jemand hatte spitze Klauen und ein Messer. Torak trat um sich und spürte prompt die Messerspitze an der Wade.

Schwaden von Nebel und bläulichem Rauch waberten vor seinen Augen. Er hörte Feuer knistern, es roch nach Wacholder. Das Meer hörte er nicht. Offenbar war er zu weit oben.

Vor seinen Füßen hockte jemand mit einem Blättergesicht und funkelte ihn dämonisch an.

Lähmendes Entsetzen befiel ihn. Er lag oben auf der Klippe auf dem Steinaltar und das Tokoroth bewachte ihn.

Noch ein Tokoroth trat aus dem Qualm. Ein Mädchen mit knielangem, verfilztem Haar und dürren, mit blauen

Flecken übersäten Beinen. Ihre gelben Finger- und Zehennägel waren zu langen, spitzen Klauen gefeilt.

Sie beugte sich stumm über ihn, und als ihre fettigen Locken seinen Bauch streiften, überlief es ihn kalt. Mit der mageren Hand zog sie ihm Fas Messer aus dem Gürtel.

»Was wollt ihr von mir?«, flüsterte er.

Stumm hob sie mit beiden Händen das Messer.

»Was wollt ihr von mir?«

Stumm legte sie ihm die kalte Schieferklinge auf die Brust.

Dann hörte man es im Nebel leise klingeln und die beiden Tokoroth kauerten sich rasch hin.

Ein hoch gewachsener Mann trat an den Altar. Die Lundenschnäbel an seinem Gürtel klimperten bei jedem Schritt.

Torak hatte das Gefühl, ins Bodenlose zu stürzen. Diese Herzlichkeit, diese Freundlichkeit... alles Schwindel. Wolf hatte Recht gehabt, Renn hatte Recht gehabt und er selbst hatte sich entsetzlich getäuscht.

Der Robbenschamane hatte das Wams ausgezogen. Die ganze linke Seite seines schlanken, kräftigen Oberkörpers war mit furchtbaren Brandwunden bedeckt. Er hatte sich die Arme mit Asche eingerieben, sodass seine Clantätowierung nicht zu erkennen war. Auch sein Gesicht war eine aschgraue Maske – als trauerte er jetzt schon um einen Toten, schoss es Torak schaudernd durch den Kopf. Um den Hals trug er kein Amulett, sondern etwas Krummes, Rotes, Verschrumpeltes, und auf der bloßen Brust hatte er als einzige Tätowierung über dem Herzen einen kohlschwarzen, dreizackigen Spieß zum Seelenfangen. Das Zeichen der Seelenesser.

»Du bist ein Seelenesser«, sagte Torak mit erstickter Stimme.

»Einer von sieben, Torak.« Tenris' Stimme war unverändert wohl tönend, ruhig und kraftvoll wie das Meer an einem sonnigen, windstillen Tag. »Aber mit deiner Hilfe«, fuhr der Schamane fort, »bin ich bald nicht mehr Gleicher unter Gleichen. Dann bin ich der Mächtigste von allen.«

Torak schüttelte langsam den Kopf. »Dabei helfe ich dir nicht.«

Tenris lächelte. »Du wirst wohl nicht umhinkönnen.« Er drehte sich nach den Tokoroth um und erteilte ihnen einen knappen, barschen Befehl.

Der Junge lief einen schweren Korb holen, der fast so groß wie er selbst war, das Mädchen huschte zum Rand der Klippe. Torak sah, dass sie vor dem Pfad, der zum Altar emporführte, einen Wall aus Treibholz aufschichtete.

Der Junge war mit Toraks Fußfesseln nicht ganz fertig geworden. Wenn es ihm gelang, Tenris durch Reden abzulenken, konnte er die Riemen vielleicht abstreifen, und wenn er dann noch nach Wolf heulte …

Ja, was dann? Tenris' Speer und Harpune lagen griffbereit am Feuer und die beiden Tokoroth trugen Messer. Drei gegen einen. Konnte Wolf unter solchen Umständen überhaupt etwas ausrichten? »Deine Freunde können dir nicht helfen.« Tenris schien Gedanken lesen zu können. »Der eine bewacht die andere. Das hat was, oder?« Er nahm ein paar helle, kegelförmige Gegenstände aus dem Korb und legte sie um den Altar herum auf den Boden. Diesmal trat er unbekümmert auf die in den Fels geritzten Linien.

Torak musste ihn in eine Unterhaltung verwickeln, damit er selbst Zeit zum Überlegen gewann. »Die Krankheit …«, setzte er an, »die hast du verbreitet, nicht wahr?«

»Ich habe sie nicht nur *verbreitet*«, verbesserte ihn Tenris, trat einen Schritt zurück und betrachtete prüfend sein Werk, »ich habe sie *geschaffen*. Meine Tokoroth schlüpfen lautlos wie alle Dämonen in fremde Hütten, und ich … nun, mit Gift kenne ich mich bestens aus.«

»Aber … *warum*?«

»Tja, warum?« Tenris griff wieder in seinen Korb. »Als ich vor drei Sommern damit anfing, wusste ich noch nicht, wie ich das Zeug eigentlich einsetzen würde. Ich wollte einfach nur auf alles vorbereitet sein.« Er wiegte den Kopf. »Manchmal kann noch nicht einmal ich vorhersagen, was die Zukunft alles bringt.«

Torak drehte sich der Magen um. »Dann ist Bales kleiner Bruder …«

Tenris zuckte die Achseln. »Ich wollte nur sehen, ob es wirkt.«

»Aber diesen Sommer … die anderen Sippen … *wozu*?«

Der Robbenschamane blickte auf und seine grauen Augen blitzten. »Damit du dich offenbarst und ich sehe, was du alles vermagst.«

Also hatte Fin-Kedinn schließlich doch Recht behalten.

»Und so ist es geschehen«, fuhr Tenris fort, »wenn auch anders, als ich es erwartet hatte. Ich wusste nämlich nicht, wer du bist. Ich wusste nur, dass irgendwo im Weiten Wald jemand sehr Mächtiges lebt, und nahm an, dass derjenige einen mächtigen Zauber wirken würde, um seine Sippe von der Krankheit zu heilen.« Er lächelte sein schiefes Lächeln. »Und was geschah dann? Du bist sogar *freiwillig* zu mir gekommen! Hast *mich* um einen Heiltrank gebeten! Das war zu schön, um wahr zu sein!«

»Und das mit dem Trank?«, hakte Torak nach. »War das auch nur eine List?«

Tenris holte die Selikwurzel aus dem Beutel an seinem Gürtel und warf sie ins Feuer. »Es gibt keinen Heiltrank«, sagte er höhnisch, »das habe ich mir nur ausgedacht.«

Die Flammen loderten dunkelrot auf. Die beiden Tokoroth kamen neugierig näher.

Tenris nickte zufrieden. »Manchmal ist es fast zu einfach,

Schamane zu sein. Ein bisschen buntes Feuer genügt schon.« Er versetzte dem Mädchen einen Fußtritt. Die Kleine fauchte wütend und huschte zu ihrem Holzstoß zurück.

Torak erschrak, als sich der Tokorothjunge jetzt wieder an seinen Fußfesseln zu schaffen machte. Er wehrte sich strampelnd, und der Junge piekte ihm das Messer in die Wade, damit er still hielt.

»Und was hast du jetzt, wo du mich hergelockt hast, mit mir vor?«

Tenris blickte auf ihn herab, das Gesicht verzerrt vor Schmerz und Verlangen. »Als ich begriff, was du alles vermagst, konnte ich es nicht fassen. Dass ausgerechnet ein *Kind* solche Macht besitzt. Die Macht, sich Jäger und Wild gefügig zu machen, die Macht, über alle Clans zu herrschen …« Er schüttelte den Kopf. »Was für eine Vergeudung.«

Tenris beugte sich vor und Torak stieg der bittere Aschegeruch in die Nase. »Bald gehört diese Macht *mir*«, raunte er. »Ich eigne sie mir an und werde selbst ein Seelenwanderer. Dann bin *ich* der größte Schamane aller Zeiten …«

»Und wie willst du das anstellen?«, fragte Torak heiser.

»Mittsommer«, zischelte der Schamane. »Für Schamanenkunst die günstigste aller Nächte – und deine Geburtsnacht obendrein! Es hätte nicht besser kommen können! Alles deutet darauf hin, dass dies der rechte Augenblick ist!«

Beinahe liebevoll strich er Torak das Haar aus der Stirn. »Weißt du noch, wie wir über die Mittsommernacht gesprochen haben? Dass es dabei vor allem um Wandlung geht?«

Torak konnte nicht schlucken, so trocken war sein Mund.

»Aus Ast wird Blatt«, raunte der Schamane, »aus Jungen

werden Männer.« Er beugte sich noch weiter vor, und sein heißer Atem streifte Toraks Wange, als er ihm ins Ohr zischte: »Ich schneide dir das Herz heraus und verspeise es.«

Kapitel 31

Wolf hatte das Schlimmste getan, was ein Wolf tun kann. Er hatte seinen Rudelgefährten im Stich gelassen.

Er war so verdutzt gewesen, dass Groß Schwanzlos nicht auf ihn hören wollte, verdutzt und verärgert, dass er einfach umgekehrt war.

Groß Schwanzlos war allein zum Bau der Hellfelle weitergegangen, und Wolf war den Hang hinauf und wieder hinunter zum Stillen Nass gestürmt, wo er vor Wut nach dem Schilf geschnappt und einen morschen Baumstumpf zerbissen hatte. Mit dem zerkauten Holz hatte er schließlich seinen Ärger ausgespuckt.

Jetzt stand er im seichten Nass, trank sich satt und dachte an damals, als er noch ein mutterloser Welpe gewesen war und sein Rudelgefährte ihn bei sich aufgenommen hatte. Groß Schwanzlos hatte seine Jagdbeute mit ihm geteilt und ihm immer die Hufe zum Spielen und Zerbeißen überlassen, und wenn Wolf vom Laufen die Pfoten wehtaten, hatte ihn Groß Schwanzlos viele Sprünge weit auf den Vorderpfoten getragen.

Ein Wolf lässt seinen Rudelgefährten niemals im Stich.

Wolf jaulte gequält auf und hetzte zum Bau der Hellfelle zurück. Noch einmal ging es den Hang hinauf und hinab, dann schlüpfte er geräuschlos zwischen den Bäumen hindurch, bis der Boden steinig wurde.

Er konnte den Bau zwar nicht sehen, denn der Hauch des Großen Nass hatte ihn verschluckt, aber er konnte ihn riechen. Außerdem hörte er das Weibchen in dem kleinen Bau im Berg auf und ab tappen. Sie war wütend, ängstlich und besorgt, und der junge Hellfell knurrte sie an, warum, wusste Wolf nicht. Von den beiden abgesehen, war der Bau leer.

Es war sogar verdächtig still. Wolf roch die Lemminge, die reglos in ihren unterirdischen Gängen verharrten, hörte die Fischvögel auf den Uferfelsen die Schnäbel unter die Flügel stecken. Alles wartete. Wagte sich nicht zu rühren.

Wolf hob die Schnauze. Er witterte viele Fische und die Duftspuren vieler Schwanzlosen, er witterte die dicken, freundlichen Fischhunde, die im Großen Nass leben und manchmal auf den Klippen liegen. Und er witterte noch etwas anderes – Dämonengestank!

Als er weiterschlich, wurde der Gestank so aufdringlich, dass sich ihm das Fell sträubte. Als Welpe hatte ihn dieser Geruch geängstigt, jetzt jedoch weckte er eine seltsame Begierde, die stärker als jede Jagdlust war, sogar stärker als der Ruf des Berges …

Aber wo war Groß Schwanzlos? Unter den vielen Gerüchen, die sich in der windstillen Luft mischten, konnte Wolf den einen ersehnten Geruch nicht entdecken.

Inzwischen knurrten alle beide, das Weibchen und der junge Hellfell, und als Wolf hinlief, sah er, dass der Hellfell dem Weibchen Fleisch brachte – *aber das Fleisch stank nach Dämon!*

Wolf spürte, dass Weibchen Schwanzlos hungrig war und fressen wollte. Er musste sie aufhalten! Und wenn sie wie Groß Schwanzlos seine Warnung missachtete? Wenn sie gar nicht verstand, was er wollte?

Wolf schlich geduckt weiter, setzte behutsam eine Pfote vor die andere. Er hatte eine Eingebung. Eines verstand das Weibchen immer.

Wenn er knurrte.

*

»Ich habe keinen Hunger«, fauchte Renn, als der Robbenjunge die Schüssel auf den Boden stellte. »Wie oft soll ich dir noch sagen, *dass ich nicht krank bin!*«

»Nun iss schon«, erwiderte der Junge. Er ging rückwärts aus der Höhle, ließ die Robbenfelle wieder vor den Eingang fallen und nur einen handbreiten Spalt offen, damit Luft hereinkam.

Renn konnte ihn zwar nicht leiden, aber ihr war trotzdem mulmig geworden, als er weggegangen war. Die Höhle war ihr unheimlich. Man spürte, wie sich hier vor drei Sommern die Kranken gequält hatten, ihre Verzweiflung lag immer noch in der muffigen Luft.

Aber *du* bist nicht krank, ermahnte sie sich. Du bist bloß müde und hungrig und sorgst dich um Torak.

Sie beschloss, noch einen Versuch zu unternehmen. »Weißt du eigentlich, *warum* euch der Jäger angegriffen hat?«, rief sie dem Robbenjungen zu.

Stille.

»Weil euer Schamane sein Junges getötet hat. Ich habe den Kadaver gefunden. Er hat das Junge in einem Robbennetz gefangen, in so einem, wie sie nur eure Sippe knüpft, und hat ihm bloß die Zähne herausgeschnitten. Würde ein anständiger Mann so etwas tun?«

Keine Antwort.

Renn ballte die Fäuste. »Ich weiß genau, dass er es war. Ich habe seinen Gürtel klimpern gehört, als er über den See gerudert ist.«

Immer noch keine Antwort, aber Renn spürte, dass der Junge zuhörte. Sie hörte ihn draußen vor dem Eingang atmen.

»Die Zähne von einem Jäger«, fuhr sie fort. »Nur ein Schamane kann so etwas gebrauchen.« Sie machte eine Pause. »Wenn ich Recht habe und er an der Krankheit schuld ist … dann hat er auch deinen Bruder umgebracht.«

Betroffenes Schweigen. »Woher weißt du das mit meinem Bruder?«

»Ach, ich weiß so manches. Er hat deinen Bruder umgebracht«, wiederholte sie. »Ich weiß, wie das ist. Es ist noch nicht lange her, da habe ich meinen eigenen verloren.«

»Sei still«, befahl der Robbenjunge.

»Weißt du noch, wie Tenris, kurz bevor dein Bruder krank wurde, auf die Klippe gestiegen ist? Er hat da oben einen Zauber gewirkt.«

»Na und? Schließlich ist er Schamane.«

»Er hat einen Zauber gewirkt und dann ist dein Bruder krank geworden.«

Es war nur eine Vermutung, aber es klappte. Sie hörte den Jungen nach Luft schnappen.

»Es war ein Jagdzauber«, widersprach er leise. »Ein Zauber, damit das Wild …«

»Tja, das behauptet *er*!«

Sie hörte den Sand unter seinen Tritten knirschen. »Halt endlich den Mund«, sagte er schroff, aber es klang unsicher.

»Du weißt trotzdem, dass es stimmt.«

»Du sollst den Mund halten!«, brüllte der Junge.

»Dann glaub mir gefälligst«, brüllte Renn zurück.

Der Junge versetzte den Fellen vor dem Eingang einen Fausthieb.

Danach schwiegen sie beide.

Fleischgeruch erfüllte die Höhle. Nach kurzem Zögern hob Renn die Schüssel auf. Geräuchertes Walfleisch mit Wacholderbeeren. Ihr lief das Wasser im Mund zusammen, aber wenn sie etwas aß, würde der Robbenjunge annehmen, dass sie klein beigab. Sie stellte die Schüssel wieder hin und stapfte ein Weilchen auf und ab. Schließlich erlag sie der Versuchung doch.

Sie wollte eben von dem Fleisch kosten, als sie den Robbenjungen aufschreien hörte und Wolf durch den Spalt in der Barrikade geschlüpft kam. Er sprang sie an und warf sie um, sodass der Inhalt der Schüssel an die Höhlenwand klatschte. Er knurrte und fletschte die Zähne. Renn wollte ihm etwas zurufen, aber er stand auf ihrer Brust und war so schwer, dass sie kaum Luft bekam. Was hatte er bloß?

»He, Wolf«, japste sie, »ich bin's doch!«

»Ich komme!«, rief der Robbenjunge, riss die Felle vom Eingang und stürzte mit gezückter Harpune herein.

Wolf ließ sofort von Renn ab und fuhr herum.

»Nein!«, schrie Renn gellend. »Tu ihm nichts! Er muss krank sein … oder … oder irgendwas!«

Der Robbenjunge achtete nicht auf sie und stach nach Wolf.

Wolf sprang beiseite und schnappte nach dem Harpunenschaft.

Jetzt hätte Renn fliehen können – der Weg war frei –, aber was wurde dann aus Wolf?

Wolf wich der Harpune mühelos aus.

Renn gab sich einen Ruck und rannte ins Freie.

Im Laufen hörte sie den Robbenjungen noch einmal aufschreien, aber diesmal eher vor Empörung als vor Schmerz, und als sie sich umdrehte, sah sie Wolf aus der Höhle springen und davonstürmen.

Ohne recht zu wissen, was sie tat, änderte sie die Richtung und rannte hinterher.

In der Zwischenzeit war der Nebel noch dichter geworden. Renn fand sich überhaupt nicht mehr zurecht und hatte keinen blassen Schimmer, wo sie Torak suchen sollte.

Sie stolperte über einen Holzstapel und lief gegen ein Räuchergestell mit Walfleisch. Vor ihr zeichnete sich undeutlich eine Hütte ab, und sie schlug die Hand vor den Mund, um einen Schreckensschrei zu unterdrücken. Jeden Augenblick konnte der Robbenjunge über sie herfallen … oder das Tokoroth … oder der Seelenesser.

Plötzlich sah sie weiter nördlich Flammen auflodern.

Sie blieb stehen.

Torak hatte gesagt, die Zeremonie, um den Heiltrank zu brauen, würde auf einer hohen Klippe abgehalten. Allerdings war dieser »Trank« vermutlich nur ein Vorwand des Seelenessers.

Trotzdem lief sie in Richtung des Feuers.

Sie hörte hinter sich ein Geräusch und duckte sich. Zu spät. Jemand packte sie am Arm und hielt sie fest.

*

Tenris, der stets freundliche Robbenschamane, war nicht mehr wiederzuerkennen. Er hatte die Maske fallen lassen und zeigte endlich sein wahres Gesicht.

Der Seelenesser hockte neben dem niedrigen Steinaltar, murmelte Zaubersprüche und malte Torak Zeichen auf die Brust. Als Pinsel benutzte er den Beinknochen eines Seeadlers, an den ein Büschel Robbenbarthaare gebunden war, als Farbe eine schwarze, übel riechende, zähe Flüssigkeit. Torak mutmaßte, dass es sich dabei um das Blut des getöteten Jägers handelte und bei den hellen, kegelförmigen Gegenständen rund um den Altar um dessen Zähne.

Er spürte Klauen an seinen Knöcheln kratzen. Der Tokorothjunge zog die Fesseln endgültig stramm. Torak trat wieder um sich, denn die Riemen im richtigen Augenblick abzustreifen, war seine einzige Hoffnung.

»Halt still«, schnauzte Tenris ihn an. Er kaute irgendein stinkendes Zeug, wovon sich sein Augenweiß gelb und seine Zunge schwarz gefärbt hatte. Er sah gar nicht mehr wie ein Mensch aus.

Torak sah aus dem Augenwinkel etwas vorbeihuschen.

Da drüben … hinter dem Treibholzstapel, den das Tokorothmädchen aufgeschichtet hatte und jetzt mit Robbentran übergoss … *Wolf!*

Torak stockte das Herz. Drei gegen einen. Wenn Wolf ihm helfen wollte, würde er dabei umkommen.

»Wuff!«, machte Torak warnend. »Wuff, wuff!«

Wolf spitzte die Ohren, ergriff aber keineswegs die Flucht. Er hatte eine Stelle ausfindig gemacht, wo das Tokorothmädchen noch nicht ganz fertig und der Stapel etwas niedriger war. Allerdings fiel die Klippe direkt daneben steil ab.

Geh weg!, flehte Torak stumm. *Du kannst mir nicht helfen!*

Zum Glück hatten Tenris und die beiden Tokoroth Wolf noch nicht entdeckt. Alle drei beobachteten den Gefangenen argwöhnisch.

»Was hast du eben gesagt?«, wollte Tenris wissen.

Torak überlegte fieberhaft, dann deutete er mit dem Kinn auf den Boden und sagte: »Die Zähne da … die sind von einem Jäger, nicht wahr? Wozu soll das gut sein?«

»Für einen Zauber«, erwiderte Tenris knapp und tunkte den Pinsel wieder ein. »Als du mir das Messer deines Vaters gezeigt hast, habe ich mir schon gedacht, dass du der bist, den ich gesucht habe, aber ich wollte ganz sichergehen.«

»Und dafür musste ein Jäger sein Leben lassen?«

»Na und? Was kann mir schon passieren!« Tenris fasste mit der verbrannten Hand nach dem Amulett um seinen Hals. »Das hier ist ein Tarnzauber.«

Torak sah wieder Detlans verzerrtes Gesicht vor sich, als Bale sein gebrochenes Bein versorgt hatte. Er würde sein Leben lang ein Krüppel bleiben, wenn er überhaupt am Leben blieb. Das alles nur, weil Tenris hatte »sichergehen« wollen.

Wolf kletterte vorsichtig über den Holzstapel und bewegte sich dabei bedenklich nah am Abgrund.

Rasch verwickelte Torak Tenris wieder ins Gespräch. »Du hast eben gesagt, dass ich der bin, den du gesucht hast. Wieso?«

»Derjenige, der den Bären getötet hat«, erwiderte Tenris mit finsterem Gesicht.

»Den Bären«, wiederholte Torak betroffen.

»*Ich* habe den Bären erschaffen«, zischte Tenris. »*Ich* habe den Dämon beschworen. *Ich* habe ihn in den Bären gebannt. Dann bist *du* gekommen und hast mein Werk zunichte gemacht.«

Torak war so erschüttert, dass er nicht mehr auf Wolf achtete. »Du lügst. Der Mann, der den Bären erschaffen hat, war verkrüppelt. Ein verkrüppelter Wanderer.«

Tenris warf lachend den Kopf in den Nacken, stand auf und schritt, Mitleid erregend hinkend, um das Feuer herum. Er konnte sich kaum wieder beruhigen. »Na, ist das überzeugend? Allerdings hatte ich es irgendwann ziemlich über.«

Tenris hatte also den Bären erschaffen … den Bären, der Fa getötet hatte …

Torak sah die Lichtung vor sich, wo er und sein Vater an jenem Abend ihr Lager aufgeschlagen hatten. Sah Fas amüsiertes Gesicht, als er über Toraks Scherze lachte. Sah sein Gesicht, als er im Sterben lag…

»Nanu, weinst du etwa?«, höhnte Tenris.

»Du hast ihn umgebracht«, hauchte Torak. »Du hast Fa umgebracht…«

Er spürte den Tokorothjungen wieder nach seinem Fuß greifen und versetzte ihm einen Tritt. *»Du hast meinen Fa umgebracht!«*, schrie er und wehrte sich mit aller Kraft gegen die Fesseln, doch die Riemen gaben nicht nach.

Im selben Augenblick kam Wolf aus dem Nebel geschossen und sprang Tenris an. Der Robbenschamane griff nach seiner Harpune und die Tokoroth huschten wie Spinnen umher, zückten ihre Messer, zogen brennende Holzscheite aus der Glut und holten damit nach dem Angreifer aus.

»Wolf!« Torak mühte sich verbissen ab, die über dem Kopf gefesselten Hände über den Felsvorsprung zu heben, hatte aber wegen der Fußfesseln keinen Erfolg. »Wuff, wuff, wuff!«

Tenris hob die Harpune und stach zu.

Wolf machte einen gewaltigen Satz, drehte sich im Sprung – und die tückischen Knochenspitzen trafen ins Leere.

Tenris blaffte einen Befehl und das Tokorothmädchen hielt den brennenden Ast an den Holzstapel. Flammen loderten hoch empor. Beide Tokoroth schlugen mit ihren Fackeln nach dem knurrenden Wolf und trieben ihn in die Enge, bis er mit dem Rücken zum Holzstoß stand.

Torak rechnete schon mit dem Schlimmsten, da schoss Wolf herum und kletterte über das äußerste Ende des Holzwalls, das noch nicht Feuer gefangen hatte. Die beiden Tokoroth rannten mit ihren Fackeln hinterher, die Flammen loderten noch höher und jetzt brannte der ganze Holzstoß lichterloh. Der Zugang zur Klippe war versperrt.

Tenris ließ die Harpune fallen. »Er ist weg«, wandte er sich an seinen Gefangenen. »Jetzt kann uns kein Wolf und auch sonst niemand mehr stören.«

»Aber deine Tokoroth können auch nicht mehr zurück«, konterte Torak. Die beiden Kinder hasteten mit klackernden Klauen hinter Wolf her bergab.

Tenris zuckte wegwerfend die Achseln. »Die brauche ich nicht mehr.« Er nahm das Messer von Toraks Brust. »Den Rest schaffe ich auch allein.«

Toraks Herz pochte wild. Wolf war fort. Angesichts der Flammenwand erübrigte sich jede Hoffnung auf Rettung. Selbst wenn es ihm gelang, die Füße frei zu bekommen, selbst wenn es ihm gelang, die gefesselten Hände über den Felsvorsprung zu heben und sich vom Altar herunterzuwälzen – was half das schon? Er saß hier oben in der Falle, war einem erwachsenen, mit Messer und Harpune bewaffneten Mann ausgeliefert, der wild entschlossen war, ihm das Herz herauszuschneiden und es zu verspeisen.

Aber vorher wollte er noch etwas klären.

»Warum hast du das getan?«, fragte er und blickte dem Seelenesser fest in die gelben Augen. »Warum hast du meinen Vater umgebracht?«

Tenris schüttelte den Kopf. »Du bist genau wie er. Du willst auch immer wissen, *warum*. Warum, warum, warum.«

Er umschritt den Altar, spielte mit dem Messer und schnitt eine schmerzliche Grimasse, als er sich seinen Erinnerungen hingab. »Er hat mich hintergangen. Er war schwach. Nichtswürdig. Trotzdem glaubte er, er könnte …«

»Er war nicht schwach«, widersprach Torak.

»Was weißt du denn schon davon?«, fauchte Tenris.

»Ich bin sein Sohn.«

Tenris stand über ihn gebeugt und bleckte die schwarz verfärbten Zähne. »Und ich sein Bruder.«

Kapitel 32

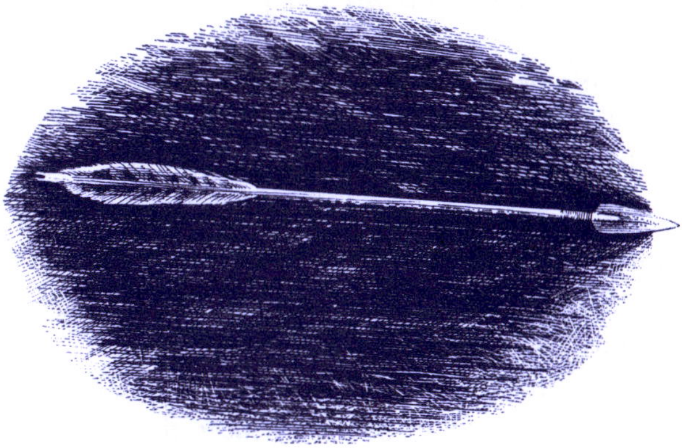

Renn verrenkte sich schier den Hals, aber der Nebel war zu dicht und Torak und der Schamane waren zu weit hinten. Da trat der Schamane an den Klippenrand. Sein dunkler, hagerer Umriss zeichnete sich gegen den hellen Schein der Flammen ab.

»Er hat ein Messer«, sagte sie.

»Sie sind zu weit oben«, meinte der Robbenjunge. »Wir kämen sowieso zu spät.«

»Aber wir können doch nicht einfach …«

»Siehst du nicht, dass uns das Feuer den Weg abschneidet? Kannst du etwa fliegen?«

Renn warf ihm einen skeptischen Blick zu. Obwohl er inzwischen behauptete, auf ihrer Seite zu sein, traute sie ihm immer noch nicht recht. Als sie eben antworten wollte, erscholl Wolfsgeheul.

»Was war das denn?«, wunderte sich der Robbenjunge.

»Das ist Wolf.« Renn hielt lauschend die Hand ans Ohr. »Oje, es kommt von Westen. *Wieso?* Wieso ist er nicht dort oben und steht Torak bei? Wenn noch nicht mal Wolf an ihn rankommt …« Sie überlegte. »Du hast Recht«, wandte sie sich dann an den Robbenjungen. »Wenn wir hinaufsteigen, kommen wir zu spät. Hol mir meinen Bogen.«

Er machte ein entgeistertes Gesicht. »Du darfst nicht auf ihn schießen! Er hat vielleicht Unrecht getan, aber …«

»Und wie sollen wir Torak sonst retten?«

»Tenris ist immer noch unser Schamane!«

»Ich will ihn genauso wenig töten wie du, Bale, aber wir müssen dringend etwas unternehmen!«

In diesem Augenblick wandte sich der Seelenesser ab und war verschwunden. Mit einem Ausruf trat Renn hastig ein paar Schritte zurück, in der Hoffnung, ihn auf diese Weise noch sehen zu können.

»Sie sind zu weit hinten«, wiederholte Bale. »Komm! Wir holen das Boot.«

»Was?«

Bale packte sie am Arm und zerrte sie mit. »Von hier unten kann man den Altar nicht sehen, dafür müssen wir ein Stück hinausrudern!«

Sie hasteten zum Lager hinunter. Bale verschwand in einer Hütte und kam mit Renns Köcher und Bogen wieder zum Vorschein. Dann schnappte er sich sein Boot, schob es ins seichte Wasser, schubste Renn in den Bug, sprang hinterher und griff nach dem Paddel. Kurz darauf schossen sie pfeilschnell durch die Wellen und Renn musste sich mit beiden Händen am Bootsrand festhalten.

Wind sprang auf, kam von Osten, vom Wald her geweht. Als Renn sich nach der Klippe umdrehte, teilte sich der Nebel, und sie erkannte den Seelenesser, der das Messer wie bei einem Schlachtopfer mit beiden Händen über den Kopf hob. Vor ihm lag eine reglose Gestalt.

»Ich sehe sie!«, rief Renn.

Bale wendete das Boot geschickt. Renn wäre über Bord gefallen, hätte er sie nicht am Wams festgehalten.

Mit bebenden Händen zog sie einen Pfeil aus dem Köcher und legte ihn auf die Sehne, doch obwohl sich Bale redlich bemühte, schaukelte das Boot heftig. Aufzustehen kam nicht infrage, sie musste im Knien schießen.

Torak lag immer noch bewegungslos da. Renn kam der schreckliche Gedanke, dass es womöglich schon zu spät war.

»Wir sind viel zu weit weg«, sagte Bale leise, »auf die Entfernung kann kein Mensch treffen.«

Renn überging die Bemerkung und konzentrierte sich ganz auf ihr Ziel, wie Fin-Kedinn es sie gelehrt hatte.

Sie kniff die Augen zusammen und ließ den Pfeil los.

*

Der Pfeil kam in hohem Bogen angesaust und bohrte sich Tenris tief in die Hand. Der Schamane brach aufheulend in die Knie, das Messer rollte klappernd über den Felsboden.

Torak zögerte keinen Augenblick, streifte die Fußfesseln ab und schob sich mit den Fersen hoch. Seine Arme waren ganz lahm und fühlten sich taub an, aber er hob sie über den Felsvorsprung – und wälzte sich vom Altar herunter.

Tenris lag immer noch auf den Knien und hielt sich die verletzte Hand. Dann kam er taumelnd auf die Beine und entfernte sich vom Rand der Klippe, bevor noch mehr Pfeile geflogen kamen.

Auch Torak rappelte sich hoch und stolperte rückwärts. Schultern und Handgelenke taten ihm scheußlich weh. Direkt hinter ihm fiel die Klippe steil ab, der Altar befand sich jetzt zwischen ihm und Tenris.

Mit zusammengebissenen Zähnen zog sich Tenris den Pfeil heraus. Schweiß lief ihm übers Gesicht und zog Bahnen durch die Aschebemalung, sodass man die verbrannte rote Haut sah. »Gib auf, Torak«, keuchte er, »es ist aus!«

Abermals erscholl Geheul. *Die Dämonen sind fort*, verkündete Wolf.

»Der ist über alle Berge«, winkte Tenris ab und bückte sich nach seiner Harpune, »der kann dir nicht mehr helfen.«

»Er hat mir schon oft genug geholfen.«

»Tja, Torak, jetzt bist du ganz allein«, sagte Tenris verächtlich. »Noch einmal können deine Freunde nicht auf mich schießen, weil sie dann womöglich aus Versehen dich treffen.«

Torak schwieg. Er brauchte seine ganze Kraft, um sich auf den Beinen zu halten.

»Nun gib schon endlich auf«, fuhr die klangvolle, verführerische Stimme fort. »Du hast dich wacker geschlagen, aber jetzt ist es an der Zeit, dass du deine Macht an jemanden abtrittst, der damit umzugehen weiß.«

Torak warf einen Blick über die Schulter. Der Ostwind wurde stärker. Der Nebel lichtete sich allmählich. Ein silberner Lichtstreif ergoss sich aufs Meer.

»Ich mach's auch kurz«, raunte Tenris, »versprochen.«

Tief unter sich sah Torak das rastlos wogende Meer schimmern. Im Gesicht spürte er den Wind, der vom Wald herkam, er dachte an Wolf, an Renn und Fin-Kedinn und an die vielen Clans, die er nie kennen gelernt hatte. Wenn er seine Macht an Tenris abtrat... wenn er zuließ, dass der Seelenesser ein Seelenwanderer wurde, waren sie allesamt verloren.

»Es gibt keinen Ausweg«, sagte der Seelenesser leise. »Das weißt du.«

Torak nahm sich zusammen und sah ihm offen ins Gesicht.

Da begriff Tenris, was er vorhatte, und riss ungläubig die Augen auf.

»Es gibt immer einen Ausweg«, erwiderte Torak und ließ sich rücklings von der Klippe fallen.

Kapitel 33

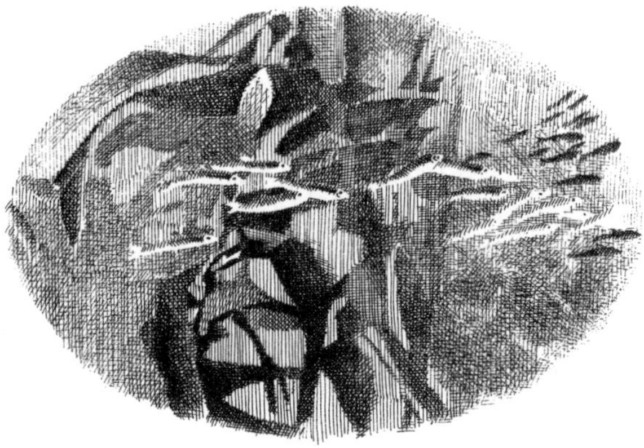

Er stürzte in gähnende Tiefe ... hinab in das aufspritzende Meer ... hinab in den goldenen Tangwald ... hinab in die Finsternis.

Im Untergehen trat er mit letzter Kraft Wasser, doch es war zwecklos. Seine Hände waren so fest zusammengebunden, dass er die Riemen nicht abstreifen konnte, das nasse Beinleder zog ihn unweigerlich auf den Grund. Nie mehr würde er das Tageslicht sehen.

Aber das hatte er ja gewusst, als er sich von der Klippe stürzte. Er hatte gewusst, dass diesmal keine freundliche Clanhüterin angeschwommen käme, dass kein Wolf hinzugesprungen käme und ihn herauszog. Diesmal trat er dem hungrigen Meer ganz allein gegenüber.

Ein letztes Mal hob er das Gesicht dem Licht entgegen und sah hoch über sich eine dunkle Gestalt, die flinker als ein Aal auf ihn zugeschwommen kam.

In ihm regte sich ein Hoffnungsschimmer. War das Wolf? Renn? Bale?

Da packte ihn Tenris am Schopf und zog ihn mit sich.

Torak wehrte sich verzweifelt, aber der Seelenesser war stärker. Torak hielt sich mit beiden Händen am Tang fest und stieß Tenris zurück, dass die Blasen nur so sprudelten. Sie rangen verbissen, bis ihnen die Brust zu bersten drohte, bis sich das Wasser von der Wunde des Seelenessers blutrot färbte.

Der Robbenschamane bog Torak die Finger um, sodass er die Tangwedel loslassen musste, und sie stiegen, kreiselnd und wie zwei Nattern ineinander verschlungen, an die Oberfläche und hoben gleichzeitig den Kopf über Wasser.

»Du wolltest dich lieber umbringen, was?«, schnaufte Tenris. »Wie edelmütig! Aber das lasse ich nicht zu!« Er hielt Torak immer noch an den Haaren gepackt und kraulte einarmig mit flinken, kraftvollen Armschlägen dem Ufer entgegen.

Torak wollte ihn in die Hand beißen, aber Tenris verpasste ihm mit der freien Hand eine kräftige Ohrfeige.

Benommen ging Torak unter. Als er wieder auftauchte, hörte er ein tosendes *Kwsch!* und sah eine riesige schwarze Finne auf sich zuschießen.

Er war vor Angst wie gelähmt.

Tenris hatte den Jäger noch nicht gesehen, denn er hielt den Blick fest aufs Ufer gerichtet. Torak musste die Gelegenheit nutzen …

Mit letzter Kraft warf er sich auf den Seelenesser und riss ihm den Tarnzauber vom Hals.

Der überrumpelte Tenris ließ ihn los. Torak schwamm davon, so schnell er konnte.

Tenris wollte hinterher – und jetzt erblickte er den Jäger. Er griff nach seinem Tarnamulett, doch das war nicht mehr da. Er sah, dass Torak das Amulett in der Hand hielt, und langte danach. Torak wich aus und schleuderte das Amulett weit von sich. Tenris stieß ein Wutgebrüll aus und schwamm hinterher – doch das Amulett war schon untergegangen.

Jetzt waren sie beide dem Jäger auf Gedeih und Verderb ausgeliefert.

Kerbfinne stieß eine hohe Gischtfontäne aus und kam auf sie zu. Torak sah aus dem Augenwinkel ein Boot angerudert kommen, aber es war noch viel zu weit weg …

Schon schob sich der massige Rücken des Jägers vor Meer, Himmel und Boot. Torak sah den riesigen, stumpfnasigen Kopf durchs grüne Wasser gleiten …

Dicht vor ihm machte der Jäger kehrt, bespritzte ihn mit Gischt und hielt auf Tenris zu.

Das entstellte Gesicht hatte einen seltsam gelassenen Ausdruck, als der Seelenesser seinem Verhängnis entgegensah.

Im letzten Augenblick wandte er den Kopf und suchte Toraks Blick. »Frag Fin-Kedinn nach deinem Vater!«, rief er. »Lass dir erzählen, was sich in Wahrheit zugetragen hat …«

Er verschwand in einem silbrigen Strudel.

Ein letzter, gellender Schrei, der jäh verstummte … als der gewaltige Rachen zuschnappte und den Seelenesser in die Tiefe zog.

Kapitel 34

Als das Boot ans Ufer glitt, war das Feuer auf der Klippe heruntergebrannt, nur grauer Rauch stieg noch empor.

Bale hob sein Boot auf den Kopf und brachte es wieder zu seinem Gestell. Torak und Renn blieben einen Augenblick im flachen Wasser stehen, dann wateten sie stumm an Land und stapften zur nächsten Hütte.

Renn wischte die Wasserspritzer von ihrem Bogen und hängte ihn an einen Balken, dann verschwand sie in der Hütte, um nach etwas Essbarem zu suchen.

Torak holte Treibholz von einem großen Stapel und erweckte ein Feuer zum Leben. Er war durchgefroren und wacklig auf den Beinen, aber immerhin hatte ihm das Meer die Zeichen von der Brust gewaschen. Bis die schlimmen Erinnerungen verblasst waren, würde es allerdings länger dauern.

Er hätte seiner Freundin gern erzählt, was er auf der Klippe erlebt hatte und dass er ein Seelenwanderer war, aber er hatte es selbst noch nicht richtig verkraftet. Darum beschränkte er sich auf: »Tut mir Leid. Ich habe tatsächlich geglaubt, du wärst krank. Du hast auch so ausgesehen.«

Renn kam mit einer vollen Schüssel zurück, stellte sie ab und hockte sich auf den Boden. »Tja, und ich habe geglaubt, du wärst tot. Da haben wir uns wohl beide geirrt.« Sie schob ihm die Schüssel hin. »Hier, ich habe ein bisschen Walfleisch aufgetrieben. Wacholderbeeren gab's leider keine, aber es schmeckt auch so.«

Beide betrachteten die Schüssel, aber keiner griff zu.

»Renn«, sagte Torak schließlich, »es gibt keinen Heiltrank. Das mit der Selikwurzel hat Tenris bloß erfunden.«

Renn schlang stirnrunzelnd die Arme um die Knie.

»Hast du gehört?«, vergewisserte sich Torak. *»Es gibt keinen Heiltrank.«*

Renns Gesicht hellte sich unvermittelt auf. Sie setzte sich aufrecht hin und sah erst Torak und dann die Fleischschüssel mit aufgerissenen Augen an. »Die Wacholderbeeren!«

»Was?«

»Als ich in der Höhle eingesperrt war, hat mir Bale etwas zu essen gebracht, aber Wolf hat mich angesprungen und die Schüssel ist ausgekippt. Ich dachte, Wolf wäre verrückt geworden. Im Gegenteil – er hat mir das Leben gerettet! Er wollte verhindern, dass ich von den Wacholderbeeren esse!«

Sie sprang auf und lief aufgeregt hin und her. »Daher kommt nämlich die Krankheit! Der Robbenschamane hat seinen Tokoroth befohlen, die Beeren zu vergiften! Seine Leute haben die Beeren zu Lachsfladen verarbeitet und sind krank geworden.« Sie machte eine Pause. »Darum hat mich Wolf am Essen gehindert, weil das Zeug vergiftet war. Darum … darum bin ich auch vorher nicht krank geworden. Ich habe zwar Lachsfladen gegessen, aber ich hatte welche aus Saeunns Vorrat stibitzt, und der stammt noch aus dem letzten Sommer …«

»…und darum bin *ich* auch nicht krank geworden«, ergänzte Torak, »weil ich nämlich gar keine Lachsfladen eingesteckt habe, als ich losgezogen bin.«

Sie sahen einander staunend an.

»Das würde ja heißen, wenn die Leute keine Wacholderbeeren mehr essen und auch keine Lachsfladen…«

»…werden sie vielleicht *von selber* wieder gesund…«

»…und brauchen gar keinen Heiltrank!«

Das musste des Rätsels Lösung sein, davon war Torak überzeugt. So eine geschickte List sah Tenris ähnlich.

Wie musste der Schamane frohlockt haben, als sie so eifrig nach einem Heiltrank suchten, den es gar nicht gab! Wie schlau musste er sich vorgekommen sein! Wie mächtig.

Trotzdem konnte ihn Torak nicht verdammen. Tenris war ein naher Verwandter. Torak hatte ihn auf Anhieb gemocht und das Bedürfnis gehabt, auch von ihm gemocht zu werden.

Torak legte die Stirn auf die Knie und kämpfte gegen den Schmerz über Tenris' Verrat an. Doch das anziehende, entstellte Gesicht stand ihm noch deutlich vor Augen, die Stimme klang ihm noch in den Ohren. *Frag Fin-Kedinn nach deinem Vater! Lass dir erzählen, was sich in Wahrheit zugetragen hat!*

In Wahrheit? Was hatte er damit bloß gemeint?

Da kam Bale angerannt und rief ganz außer Atem: »Kommt schnell mit!«

*

Sie liefen ans andere Ende der Bucht und durchquerten den Wasserlauf, bis sie vor dem Wasserfall standen.

Die Tokoroth lagen reglos auf den Felsen. Gischt besprühte ihre schmutzigen Gesichter und die verrenkten mageren Gliedmaßen.

Toraks Blick wanderte den steilen Hang empor. Er wunderte sich, weshalb die beiden dort hinaufgeklettert waren. Dann fiel ihm wieder ein, wie Wolf geheult hatte: *Die Dämonen sind fort!*

»Wer ist *das* denn?«, zischelte Bale.

»Das sind Tokoroth«, erwiderte Renn leise.

»Ich dachte, die gibt's nur in den alten Geschichten! Ich dachte ...«

Das Tokorothmädchen krümmte sich stöhnend.

»Sie lebt noch«, sagte Torak und empfand mit einem Mal Mitleid. Die beiden waren noch ganz jung, nicht älter als acht, neun Sommer.

»Es sind Mörder«, sagte Bale finster und zog sein Messer.

Wolf kam hinter einem Felsen hervor und knurrte.

Bale blieb stehen. »Was ...«

Torak ließ sich auf ein Knie nieder. Wolf kam angetrottet, stupste ihn mit der Nase an und leckte ihm die Wange. Torak blickte zu Renn hoch. »Er hat die Dämonen verjagt, sagt er.«

»Und wo sind sie hin?«

Torak wechselte einen Blick mit Wolf, dann schüttelte er den Kopf. »Das möchte ich ihn nicht fragen. Sie sind weg. Dabei wollen wir es bewenden lassen.«

Bale starrte ihn mit offenem Mund an. »Du kannst mit ihm sprechen?«

»Wir sind Rudelgefährten, Wolf und ich.«

»Das ist also ein Wolf.« Bale legte die Hand aufs Herz und verneigte sich. »Ich finde ihn sehr schön.«

Die beiden Tokoroth zuckten wieder.

Renn lief zu ihnen und hockte sich daneben. »Es geht zu Ende«, sagte sie ernst. »Gib mir dein Medizinhorn, Torak. Ist Erdblut darin?«

Torak reichte ihr das Verlangte, aber Bale fragte verständnislos: »Was hast du vor?«

»Ich will ihnen die Todeszeichen aufmalen.«

»Das haben sie nicht verdient!«

Renn drehte sich nach ihm um. »Es waren einmal Kinder wie wir! Ihre Seelen sind noch da, ganz tief drinnen! Wir müssen ihnen helfen, sich zu befreien …«

»Es sind Mörder«, wiederholte Bale ungerührt.

»Lass sie nur machen«, mischte sich Torak ein. »Sie kennt sich mit solchen Dingen aus.«

Die beiden Jungen sahen zu, wie Renn das rote Pulver mit Wasser anrührte und den Tokoroth die Todeszeichen auf Stirn, Brust und Fersen malte.

Wolf kam herbei und setzte sich neben sie, jaulte leise und wedelte mit dem Schwanz. Seine bernsteinfarbenen Augen leuchteten. Was er wohl sah?

Renn machte ein abwesendes Gesicht und murmelte etwas vor sich hin. Torak fühlte sich unbehaglich. Offenbar rief sie die Seelen der Kinder an, beschwor sie, sich hervorzuwagen.

Da ballte der Tokorothjunge plötzlich die Fäuste. Das Mädchen zuckte noch einmal und schlug die Augen auf.

Renn lief eine Träne über die Wange. »Zieht in Frieden«, flüsterte sie. »Ihr seid jetzt frei. Frei …«

Ein Beben überlief den Jungen, dann lag er reglos da. Das Mädchen stieß einen langen, rasselnden Seufzer aus … dann war alles still.

Ein Luftzug strich durch die Sonnenbecher. Wolf wandte den Kopf, als sei eben etwas vorbeigehuscht.

»Sie sind fort«, sagte Renn.

*

Am folgenden Tag kamen die Robben von der Kormoraninsel zurück und Torak, Bale und Renn hatten mit dem Clanältesten eine lange Unterredung.

Zu ihrer Überraschung war Islinn längst nicht so erschüttert über den Tod seines Schamanen, wie sie angenommen hatten. Eher schien ihm die Aussicht, dass er sich von nun an wieder persönlich um alles kümmern musste, neue Tatkraft zu verleihen. Er wirkte geradezu verjüngt, als er seine flinksten Boten nach dem Wald aussandte, um die anderen Sippen vor dem Gift zu warnen und Asrif und Detlan wieder ins Lager zu holen. Die toten Tokoroth bettete man in ein Hautboot, ruderte sie außer Sichtweite der Insel und übergab sie der Meermutter.

Als das geschehen war, schickte Islinn alle außer Torak aus seiner Hütte. »Wenn du morgen aufbrichst, soll Bale dich begleiten. Er trägt Sorge, dass du wohlbehalten heimfindest.«

»Danke, Ältester«, sagte Torak ausdruckslos.

Der Alte blickte ihn forschend an. »Du brauchst dir keine Vorwürfe zu machen. Mich hat er genauso getäuscht, dabei bin ich viele Sommer älter als du.«

Torak schwieg.

»Du trauerst um ihn«, stellte der Alte fest.

Torak war verblüfft, dass man ihm das anmerkte. »Er war freundlich zu mir. Jedenfalls zu Anfang. Hat er sich denn die ganze Zeit nur verstellt?«

Der Blick des Ältesten besagte, dass er im Lauf seines langen Lebens jeder nur denkbaren Art von Niedertracht und Torheit begegnet war. »Das werden wir wohl nie ergründen … Geh zurück in den Wald, Torak, dort gehörst du hin. Aber wenn es dich irgendwann nach einem Zuhause verlangen sollte, weißt du, wo du uns findest.«

Torak legte zum Dank die Fäuste aufs Herz, obwohl er nicht vorhatte, Islinns Angebot jemals anzunehmen. Die Insel würde in ihm wohl immer ungute Erinnerungen wecken.

*

Am nächsten Morgen brachen sie auf. Wolf fuhr in Toraks Boot mit, Renn in Bales. Es war ein strahlend sonniger Tag und dank einem kräftigen Westwind kamen sie gut voran. Als sie aus der Robbenbucht herausfuhren, drehte sich Torak noch einmal um. Von den buckligen Hütten stieg Rauch auf, die Kinder spielten im flachen Wasser. Am Fuß der schroffen Hänge wiegten sich Birken und Ebereschen und darüber kreisten weiße Seevögel.

Diese karge, raue, auf das Wohlwollen der Meermutter angewiesene Gegend würde Torak wohl immer fremd bleiben, doch sie hatte ihre ganz eigene Schönheit, und als er sie jetzt verließ, konnte er endlich nachvollziehen, weshalb Bale so gern dort lebte.

Sein Blick wanderte höher und streifte die hohe Klippe. Ihn schauderte. Er hatte sich nicht überwinden können, noch einmal dort hinaufzusteigen. Bale war allein gegangen und hatte ihm wortlos Fas Messer überreicht.

Unterwegs leisteten ihnen Lunde und Seeadler Gesellschaft. Einmal glaubte Torak, in der Ferne eine hohe, verstümmelte Finne zu erspähen, die ihnen eine Zeit lang folgte, doch als er die Augen zusammenkniff und genauer hinsah, war sie verschwunden.

Es war schon spät am Tag, als Wolf leise bellte und sich schwanzwedelnd und mit gespitzten Ohren in den Bug stellte. Kurz darauf rief Bale etwas, das Torak nicht verstand, und Renn schwenkte grinsend ihren Bogen.

Als Torak aufblickte, sah er über den Wellen die ersten Baumwipfel.

*

Als sie anlegten, war es schon fast dunkel, auch wenn die Sonne noch als große bernsteinfarbene Kugel tief über dem Meer stand.

Torak zog rasch sein Wams und sein Beinleder an und schnürte die Robbenkleidung zu einem Bündel. Seine Rückentrage, seinen Bogen und Schlafsack und vor allem sein eigenes Clanabzeichen wieder zu tragen, war ein gutes Gefühl. Doch als er Bale das Bündel mit den geborgten Sachen im Boot verstauen half, fragte er sich, wann – und ob – er den Robbenjungen wiedersehen würde.

Bale hatte beschlossen, sofort zurückzurudern. Auf dem Weg zum Boot war er schweigsam, und Torak merkte, dass er an den Tag zurückdachte, an dem er und seine Freunde an diesem Ufer einem fremden Waldjungen begegnet waren und ihm einen ausgesprochen ruppigen Empfang bereitet hatten.

»Wir sehen uns bestimmt wieder, Bale«, sagte Torak. »Eines Tages zeige ich dir meinen Wald.«

Bale betrachtete die hohen Kiefern. »Noch vor ein paar Tagen hätte ich gedacht, du spinnst, aber wenn schon Wölfe in Hautbooten fahren, dann …«

»… dann kann genauso gut eine Robbe durch den Wald streifen«, ergänzte Torak lächelnd.

Bale lächelte auch. »Warum nicht, Verwandter?« Er nickte Renn und Wolf zu, stieg in sein Boot und paddelte westwärts. Sein heller Schopf flatterte im Wind, die Sonne färbte das Meer golden.

Auf einer mit grünem Farn und rotvioletten Weidenröschen bestandenen Lichtung bauten sich Torak und Renn aus Birkenschösslingen eine richtige Waldhütte. Sie kochten sich ein anständiges Waldmahl aus geschmorten Gänsefußblättern und gerösteten Lattichwurzeln, dazu gab es eine Hand voll früher Himbeeren, die Torak am Rand der sumpfigen Senke pflückte, in die er seinerzeit Detlan und Asrif gelockt hatte. »Und weit und breit nicht eine Wacholderbeere«, seufzte Renn zufrieden.

Hinterher saßen sie unter den raunenden Bäumen am Feuer, sogen den harzigen Kiefernrauch ein und lauschten dem schmetternden Gesang der Waldvögel. Zwischen den Zweigen sah man sogar schon die ersten Sterne blinken.

Wolf begab sich auf einen seiner nächtlichen Jagdausflüge und Renn gähnte ausgiebig. »Bald bricht der Multbeerenmond an. Multbeeren mag ich gern.«

Torak hatte anderes im Kopf. Er konnte es nicht länger aufschieben. Schon seit Bales Abfahrt versuchte er, den Mut aufzubringen, der Freundin zu gestehen, wer beziehungsweise was er eigentlich war.

»Renn …«, begann er mit abgewandtem Gesicht, »ich muss dir etwas sagen.«

»Was denn?« Renn breitete ihren Schlafsack aus.

Torak holte tief Luft. »Der Robbenschamane hat mir etwas erzählt. Etwas … das mich selbst betrifft.«

Renn hielt inne. »Du bist ein Seelenwanderer«, sagte sie gelassen.

Torak war verblüfft. »Seit wann weißt du das?«

»Seit er's dir erzählt hat.« Sie zupfte einen losen Sehnenfaden aus ihrem Beinleder. »An dem Abend, als wir uns gestritten haben, habe ich mir Sorgen um dich gemacht, deswegen bin ich dir heimlich nachgegangen. Ich habe alles gehört.«

Torak war baff. »Stört es dich?«

»Was soll mich stören?«

»Na ja … was ich bin.«

Sie grinste. »Du bist doch ein *Wer*, Torak, kein *Was*! Du bist noch derselbe Mensch.«

Nach einer kurzen Pause fuhr sie fort: »Ehrlich gesagt war ich nicht besonders überrascht. Ich habe immer gewusst, dass du irgendwie anders bist.«

Torak wollte sie anlächeln, aber es gelang ihm nicht.

»Sei nicht traurig«, sagte sie tröstend. »Vielleicht kommt es ja davon, dass du mit Wolf sprechen kannst.«

»Wieso?«

»Mir hat nie richtig eingeleuchtet, dass du deswegen die Wolfssprache sprichst und verstehst, weil dich dein Vater als Säugling zu einer Wölfin in die Höhle gelegt hat. Da warst du doch noch viel zu klein und konntest noch nicht einmal unsere Sprache. Woran könnte es dann liegen?« Sie legte den Kopf schief. »Vielleicht sind ja deine Seelen in einen von den Wölfen geschlüpft oder so. Könnte das nicht sein?«

Torak kaute nachdenklich auf der Unterlippe. »Auf die Idee bin ich noch nie gekommen.«

Wolf kam mit rot bespritzter Schnauze von der Jagd. Er wischte das Blut am Farnkraut ab und hob witternd den Kopf, dann tapste er zu Torak hinüber und stupste ihn ans Kinn.

»Ob er es weiß?«, überlegte Renn.

»Das mit mir?« Torak kraulte Wolf hinter den Ohren. »Wie denn? Außerdem bin ich noch gar nicht dazu gekommen, es ihm in Wolfssprache zu erklären.«

Renn kroch in ihren Schlafsack und rollte sich zusammen. »Er ist trotzdem noch dein Freund.«

Torak nickte, fühlte sich aber irgendwie ausgeschlossen.

»Schlaf ein bisschen«, sagte Renn gähnend.

Torak schlüpfte in seinen Schlafsack und legte sich auf den Rücken. Er war zwar müde, aber ihm war nicht nach Schlafen.

Wolf ließ sich mit einem »Hmpf« gegen ihn fallen und war im Nu eingedöst.

Torak lag mit offenen Augen da und blickte ins Feuer.

Nach einer ganzen Weile fragte Renn: »Bist du noch wach, Torak?«

»Ja.«

»Ehe der Jäger den Robbenschamanen geholt hat, hat er dir noch etwas zugerufen. Was hat er gesagt?«

Torak hatte gehofft, um diese Frage herumzukommen. »Darüber möchte ich nicht sprechen, jedenfalls noch nicht jetzt. Ich muss erst mit Fin-Kedinn reden.«

Kapitel 35

»Sag mir die Wahrheit«, wandte sich Torak sieben Tage darauf an Fin-Kedinn.

Bis zum Rabenlager hatten sie vier Tage gebraucht. Unterwegs hatten sie festgestellt, dass die Zahl der Erkrankten zurückgegangen war. Überall roch es nach verbrannten Wacholderbeeren. Islinns Boten hatten ihre Sache gut gemacht. Hinzu kam, dass Fin-Kedinn die Clans im Weiten Wald davon überzeugt hatte, dass sie am besten zusammenblieben und die Krankheit gemeinsam durchstanden. Viele Kranke erholten sich wieder, trotzdem hatten die Raben fünf Leute verloren.

Nach ihrer Rückkehr versuchte Torak zwei Tage lang vergeblich, Fin-Kedinn unter vier Augen zu sprechen. Der Anführer der Raben hatte alle Hände voll zu tun, sich um seine Sippe zu kümmern und dafür zu sorgen, dass auch der letzte Trupp Jäger über die vergifteten Beeren Bescheid wusste.

Am siebten Tag kehrte allmählich der Alltag wieder ein. Manche Raben gingen jagen, andere stachen im Fluss Forellen. Renn erläuterte Saeunn, wie sie es angestellt hatte, die Seelen der Tokoroth freizulassen. Wolf, der die Hunde der Sippe nicht leiden konnte, hatte sich in den Wald zurückgezogen.

Der Anführer der Raben stand am Ufer eines ins Breitwasser mündenden Flusses und präparierte Lindenborke. Es war ein heißer Tag, aber im grünlichen Schatten der Bäume war es angenehm kühl. Süßer Blütenduft erfüllte die Luft, in den Baumkronen summten Bienen.

»Soso, die Wahrheit willst du wissen«, wiederholte Fin-Kedinn und prüfte mit dem Daumen die Schneide seiner Axt. »Worum geht es denn?«

»Um alles«, sagte Torak ungehalten. Die Anspannung der letzten Tage machte sich bemerkbar. »Warum hast du nie mit mir darüber gesprochen?«

Fin-Kedinn hackte mit einem wohl gezielten Axthieb einen Schössling von einer mächtigen Linde und fing an, die Rinde abzuziehen. »Worüber hätte ich denn mit dir sprechen sollen?«

»Dass ich ein Seelenwanderer bin! Dass der Robbenschamane mein Onkel war! Dass ich an der Krankheit schuld bin!«

Fin-Kedinn zuckte zusammen. »Das darfst du nicht sagen!«

»Er hat die Krankheit nur *meinetwegen* verbreitet«, widersprach Torak. »*Meinetwegen* mussten Oslak und die anderen sterben. Es ist alles meine Schuld!«

»Nein!« Die blauen Augen blitzten. »Du hast nichts Böses getan! Niemand kann dich für seine niederträchtigen Taten verantwortlich machen. Daran trägt allein er die Schuld, Torak, vergiss das nie.«

Sie maßen einander mit Blicken, dann legte der Anführer die Rindenstreifen zu den anderen. »Außerdem irrst du dich. Ich wusste nicht, dass du ein Seelenwanderer bist, das weiß ich erst, seit Renn es mir gestern Abend erzählt hat. Niemand hat das gewusst.«

»Aber … ich dachte, Fa hätte es Saeunn erzählt. Als ich klein war, damals beim Sippentreffen am Meer.«

Fin-Kedinn schüttelte den Kopf. »Er hat ihr erzählt, dass er dich als Säugling zu einer Wölfin in die Höhle gelegt hat und dass du vielleicht ausersehen bist, eines Tages die Seelenesser zu bezwingen, aber er hat nicht gesagt, wie er darauf kommt.«

»Wieso hat er es ihr verschwiegen?«

»Wer weiß? Er war fast sein ganzes Leben lang auf der Flucht. Er war ein misstrauischer Mensch.«

Sogar dem eigenen Sohn gegenüber, dachte Torak. Das war das Schlimmste: dass er manchmal wütend auf Fa war, weil er ihn nicht eingeweiht hatte …

»Er hat getan, was er für das Beste hielt«, fuhr Fin-Kedinn fort. »Er wollte, dass du eine unbeschwerte Kindheit hast.«

Torak ließ sich auf den Boden fallen und rupfte Grashalme aus. »Du hast beide gekannt, nicht wahr? Meinen Vater und seinen Bruder.«

Fin-Kedinn schwieg.

»Bitte erzähl mir von ihnen.«

Der Anführer der Raben strich sich seufzend den Bart. »Unsere erste Begegnung liegt inzwischen achtundzwanzig Sommer zurück. Ich war elf und dein Vater neun. Er gehörte wie sein Vater dem Wolfsclan an, sein Bruder, der in meinem Alter war, wie ihre Mutter dem Robbenclan. Der Wolfsclan hat uns drei für fünf Monde als Ziehsöhne aufgenommen.«

»Der Wolfsclan?«, wunderte sich Torak. »Denen bin ich noch nie begegnet, wieso …«

»Die Wölfe haben nicht immer so zurückgezogen gelebt

wie heute. Die Zeiten ändern sich. Da wird manch einer vorsichtiger.« Fin-Kedinn band die Rindenstreifen mit einer Weidenrute zusammen. »Wir drei wurden Freunde. Meine Leidenschaft war die Jagd, bei den beiden war es von Anfang an die Schamanenkunst. Dein Vater war begierig darauf, etwas über Bäume, Jäger und Wild zu lernen. Seinem Bruder aber…«, er zurrte den Knoten mit einem Ruck fest, »…dem ging es immer nur um Macht.«

Er warf sich das Bündel über die Schulter, watete ein Stück in den Fluss hinein und klemmte es zum Weichen unter einen großen Stein. »Sechs Winter kamen und gingen und wir blieben gute Freunde. Doch im siebten Winter wurde alles anders.« Das Wasser strudelte um seine Knöchel, als er sich nach einem anderen Rindenbündel bückte, das schon ein paar Tage im Fluss lag. »Dein Vater wurde zum Wolfsschamanen ernannt.« Er warf das Bündel aufs Ufer. »Sein Bruder war zwar der Ältere und, wie manche fanden, auch der Begabtere, aber die Berufung zum Robbenschamanen blieb ihm versagt.« Fin-Kedinn wiegte den Kopf. »Das hat ihn sehr gekränkt. Wie sehr, begriffen wir erst, als es schon zu spät war. Er verließ seinen Clan und streifte allein umher.«

»Wo ist er denn hingegangen?«

Fin-Kedinns Miene wurde bekümmert. »Das weiß ich nicht, denn ich habe ihn nie wieder gesehen. Aber später erzählte mir dein Vater, sein Bruder sei wieder aufgetaucht. Er hätte sich einer Gruppe Schamanen angeschlossen, die sich die ›Heiler‹ nannten.«

»Aber ich dachte, er selber war gar kein Schamane?«

Fin-Kedinn lächelte flüchtig. »Wie du offenbar selbst erfahren hast, konnte er ziemlich überzeugend sein.« Er stieg aus dem Wasser, legte das Rindenbündel auf den Boden und kniete sich daneben. »Ich habe dir ja schon erzählt, wie es kam, dass aus den ›Heilern‹ die Seelenesser wurden, wie sie Angst und Schrecken im Wald verbreiteten … Dann kam das große Feuer, bei dem manche von ihnen schwere Verletzungen erlitten. Sie wurden in alle Winde verstreut und ihre Spur verlor sich.«

»Tenris war im Gesicht und auf der ganzen linken Seite verbrannt«, sagte Torak leise.

»Was niemand wusste«, fuhr Fin-Kedinn fort, »war, dass er zu seinem Clan zurückkehrte. Uns fiel nur auf, dass sich die Robben mit einem Mal … von anderen Sippen absonderten. Sie trieben nur noch mit anderen Meerclans Tauschhandel, nicht mehr mit denen aus dem Weiten Wald. Außerdem hatten sie einen neuen Schamanen.«

Torak warf einen Grashalm in den Fluss und sah zu, wie er von der Strömung hinuntergezogen wurde. »Er hatte es auf mich abgesehen, weil ich ein Seelenwanderer bin. Weil er selbst einer werden wollte.« Er blickte ins Wasser. »Das wollen die anderen Seelenesser bestimmt auch.«

»Vielleicht ist ihnen ja noch nichts von dir zu Ohren gekommen«, erwiderte Fin-Kedinn unschlüssig. »Vielleicht hat es der Robbenschamane ja keinem weitererzählt.«

»Vielleicht aber doch. Vielleicht hat ihm ja auch jemand geholfen.«

Mit einem Mal schien sich der Wald enger um Torak zu schließen und das Bienengesumm klang seltsam bedrohlich. Er sah wieder Tenris' gelbe Augen vor sich und dachte an die übrigen Seelenesser … die gesichtslosen, deren Namen er nicht kannte, die aber längst irgendwo auf ihn lauerten.

»Sie finden bestimmt heraus, was ich zu tun vermag«, sagte er, »und dann holen sie mich.«

Fin-Kedinn nickte. »Wenn sie dich kriegen, werden sie entweder noch mächtiger als in ihren kühnsten Träumen oder sie unterliegen dir und es ist aus mit ihnen.«

Torak sah ihn fragend an. »Hast du mir deswegen nie angeboten, dein Ziehsohn zu werden? Weil ich womöglich eine Gefahr für euch bin?«

In den blauen Augen flackerte es. »Ich muss an meine Sippe denken, Torak. Mag sein, dass wir mit deiner Hilfe die Seelenesser besiegen, aber genauso gut könntest du unser Untergang sein.«

»Aber ich will doch euch Raben nichts Böses!« Torak sprang entrüstet auf.

»Das kannst du jetzt noch gar nicht wissen!«, widersprach ihm Fin-Kedinn energisch. »Du weißt nicht, ob du dich nicht irgendwann veränderst!«

»Aber …«

»Wir tragen alle das Böse in uns, Torak. Mancher kämpft dagegen an, mancher nährt es noch. So ist der Mensch nun mal.«

Torak wandte sich mit einem ungehaltenen Ausruf ab.

Fin-Kedinn machte keine Anstalten, ihn zu beschwichtigen, sondern öffnete das Rindenbündel, nahm ein Stück heraus und machte sich daran, den Bast abzuziehen.

Torak hatte Angst. Ihm war schwindlig. Ihm war, als stünde er am Rand einer hohen Klippe, bereit, sich in den Abgrund zu stürzen.

Er nahm allen Mut zusammen und stellte dem Älteren jene Frage, die ihn seit Tenris' Tod quälte: »Letzten Winter hast du mir doch von den Seelenessern erzählt und hast gemeint, es wären insgesamt sieben, aber näher beschrieben hast du mir nur fünf.«

Der Anführer hielt inne.

»Der Robbenschamane war der sechste. Ich muss wissen, wer der siebte ist.« Er ballte die Fäuste. »Mein Vater hatte eine Narbe auf der Brust. Hier.« Er klopfte auf sein Brustbein. »Darum war es auch so schwierig, ihm … die Todeszeichen aufzumalen.« Er schluckte schwer. »Der Robbenschamane hat da etwas gesagt… und jetzt glaube ich, der siebte Seelenesser…«

Fin-Kedinn fuhr sich mit der Hand übers Gesicht und legte das Rindenstück beiseite.

»Mein Vater. Mein Vater war der siebte.«

Ein Windstoß schüttelte die Zweige und trug einen süßen Duftschwall heran, den die Bäume mit ihren Kronen einzufangen versuchten. »Nein«, ächzte Torak und sank in die Knie, *»nein!«*

Doch er las die Antwort in Fin-Kedinns Blick.

Nach einer Weile kam der Anführer zu ihm herüber und setzte sich zu ihm. »Ich habe dir erklärt, dass sie anfangs nichts Böses im Sinn hatten, weißt du noch? Dein Vater war jedenfalls davon überzeugt. Darum hat er sich ihnen angeschlossen. Um Kranke zu heilen und Dämonen zu vertreiben.« Sein Blick war jetzt kummervoll und abwesend. »Deine Mutter hat sich nicht blenden lassen, aber dein Vater hat zu spät begriffen, wie es sich in Wirklichkeit verhielt.« Er breitete die Hände aus. »Er wollte aus der Gruppe ausscheiden, aber man wollte ihn nicht gehen lassen.«

»Ist das der Grund, weshalb er sterben musste?«

Der Anführer der Raben nickte bedächtig.

Schluchzend und mit bebenden Schultern hockte Torak da, den Kopf auf die Knie gelegt. Fin-Kedinn saß, schweigend und ohne ihn anzufassen, neben ihm, doch allein seine Gegenwart war tröstlich.

Irgendwann stand der Ältere auf. »Ich gehe wieder ins Lager. Du bleibst hier und zupfst den Bast von der restlichen Rinde. Wasch ihn im Fluss aus und häng ihn zum Trocknen auf.«

Torak nickte benommen, denn sprechen konnte er nicht.

»Morgen zeige ich dir, wie man Seile dreht«, versprach ihm Fin-Kedinn noch.

*

Torak war gelaufen und gelaufen, bis er völlig außer Atem war, aber er kam einfach nicht darüber hinweg: Fa war ein Seelenesser gewesen. Sein Fa, sein eigener Fa …

Die Kehle schnürte sich ihm zusammen. Wut, Kummer und Angst tobten in seiner Brust.

Am Ufer eines reißenden Flusses, der über große, moosbewachsene Felsen toste, blieb er schließlich stehen. Ein Eichhörnchen flitzte den Stamm eines Ahornbaums hoch. Ein Otter ließ die erbeutete Forelle liegen und floh ins Farnkraut.

Torak kniete sich zum Trinken hin und seine Namensseele blickte ihm aus dem Wasser entgegen. Torak vom Wolfsclan. Der Seelenwanderer Torak.

Mit einem Wutschrei packte er ein Büschel gelber Sonnenbecher und riss die Blüten in Fetzen. Er gehörte nicht zu den Raben, er gehörte nirgendwohin …

Irgendwann kam der Otter zurück und machte sich wieder über seine unterbrochene Mahlzeit her, und das Eichhörnchen knabberte in der Ahornkrone an der Rinde, weil es an das süße, klebrige Baumblut heranwollte.

Torak setzte sich ins Gras, lehnte sich an den Baumstamm, sah ihnen zu und kam ein wenig zur Ruhe. Die beiden scherten sich nicht darum, dass sein Vater ein Seelenesser gewesen war. Auch dass er selbst ein Seelenwanderer war, kümmerte sie nicht. Solange er sie nicht behelligte, hatten sie nichts gegen ihn einzuwenden.

Er legte die Hand auf die raue Rinde und spürte, wie ihn neue Kraft durchströmte. Der Wald selbst spendete ihm Kraft.

Ein leiser Trotz regte sich. *Hier* gehörte er hin, in diesen Wald. Bei allem, was ihm Schlimmes widerfahren war, hatte ihn der Wald stets gestärkt. Er hatte ihm die Kraft geschenkt, den Bären zu bezwingen. Die Kraft, Tenris und der Meermutter zu trotzen. Die Kraft, sein Schicksal anzunehmen. Vielleicht wusste das ja auch Fas Geist – wo immer er inzwischen weilen mochte – und war stolz auf ihn.

Der Ahorn rauschte leise im Wind und breitete schützend die Arme aus. Torak hob den Kopf und blickte in das leuchtend grüne Laub. Wenn der Wald ihm half, würde er seiner Bestimmung nachkommen. Um die Seelenesser zu besiegen, würde er alles tun, was in seiner Macht stand.

»Ich tu's«, sprach er es laut aus. *»Ich tu's!«*

*

Wolf entdeckte seinen Rudelgefährten am Ufer des kleinen Flinken Nass, wo er im Gras hockte und mit den Vorderpfoten glänzende graue Blätter zerrupfte.

Erst tapste Wolf ein bisschen durch das Nass und kühlte seine Pfoten, dann fraß er aus purer Kameradschaft ein paar von den Blättern, aber als er mit dem Schwanz wedelte, lächelte ihn Groß Schwanzlos nicht wie sonst an. Wolf witterte, dass sein Rudelgefährte traurig war, und begriff gar nichts mehr.

Wolf selbst war nämlich *hochzufrieden*. Endlich fand er sich wieder zurecht und wusste, wozu er auf der Welt war. Als Welpe hatte er Groß Schwanzlos im Kampf gegen den Bärendämon geholfen. Auf der Fischvögel-Insel hatte er die halbwüchsigen Schwanzlosen von den Dämonen befreit. *Das* war nämlich seine Aufgabe: Groß Schwanzlos im Kampf gegen die Dämonen beizustehen.

Das bedeutete zwar, dass er nie mehr zu seinem Rudel im Gebirge zurückkehrte, aber das war nicht so schlimm, denn dafür war er ja wieder mit seinem vorigen Rudelgefährten vereint. Wenn Groß Schwanzlos doch bloß nicht so traurig wäre!

Um ihn zu trösten, schmiegte sich Wolf fest an ihn und rieb ihm seine Witterung ins Fell.

Groß Schwanzlos wandte den Kopf und fragte: *Weißt du, wer ich bin?*

Mein Rudelgefährte, erwiderte Wolf verdutzt.

Aber weißt du, was es mit mir auf sich hat? Was ich alles vermag?

Klar weiß ich das, antwortete Wolf ein bisschen ungeduldig. Das hatte er doch schon die ganze Zeit gewusst.

Erst starrte ihn Groß Schwanzlos an – was ziemlich unhöflich war –, dann ging endlich ein Lächeln über sein Gesicht. *Du weißt es?*

Wolf wedelte mit dem Schwanz.

Schließlich fand er, sie hätten genug geredet, machte die Vorderbeine lang und forderte Groß Schwanzlos kläffend zum Spielen auf. Als sein Rudelgefährte keinerlei Anstalten dazu machte, sprang er ihn an.

Groß Schwanzlos jaulte erschrocken auf und fiel auf den Rücken. Wolf stupste ihm die Schnauze in die Flanken, Groß Schwanzlos packte ihn am Nackenfell und biss ihn spielerisch ins Ohr.

Bald wälzten sich die beiden im Gras, und Groß Schwanzlos stieß die sonderbaren Fiep- und Winsellaute aus, von denen Wolf mittlerweile wusste, dass es Gelächter sein sollte.

Nachwort
zu Wolfsbruder

Wenn du dich in Toraks Welt zurückversetzen könntest, würde dir einiges verblüffend bekannt vorkommen, anderes dagegen ausgesprochen fremd. Du müsstest dich sechstausend Jahre zurückdenken, in eine Zeit, zu der ganz Nordwesteuropa von Wald bedeckt war. Ein paar tausend Jahre zuvor ging die Eiszeit zu Ende und damit verschwanden auch Mammuts und Säbelzahntiger. Zwar gab es schon viele Bäume, Pflanzen und Tiere, die wir heute kennen, aber die Waldpferde waren gedrungener als die heutigen Rassen, und beim Anblick eines Auerochsen hättest du bestimmt über das riesige wilde Rind mit den spitzen Hörnern gestaunt, das eine Schulterhöhe von fast zwei Metern hatte.

Die Menschen zu Toraks Zeit sahen dir und mir durchaus ähnlich, aber ihre Lebensweise war von der unsrigen ganz verschieden. Sie lebten als Jäger und Sammler in kleinen Sippen zusammen und zogen von Ort zu Ort. Manchmal schlugen sie ihr Lager nur für ein paar Tage auf, manchmal blieben sie aber auch einen ganzen Mond oder Sommer am selben Ort. Ackerbau kannten sie noch nicht und sie konnten weder schreiben noch Metall gewinnen und verarbeiten und auch das Rad war noch nicht erfunden. Aber das vermissten sie gar nicht. Es waren echte Überlebenskünstler. Sie wussten alles über die Tiere, Bäume, Pflanzen und Steine des Waldes. Wenn sie etwas brauchten, wussten sie entweder, wo sie danach suchen mussten, oder sie stellten es her.

Ich habe mein Wissen zum größten Teil aus der Archäologie bezogen, mit anderen Worten, aus den Spuren unserer Vorfahren in Gestalt von Waffen, Nahrungsresten, Kleidungsstücken und Hütten, wie sie noch heute im Wald zu finden sind. Aber das genügte mir nicht. Was ging in ihren Köpfen vor? Was für Gedanken machten sie sich über Leben und Tod und wo kamen sie überhaupt her? Deshalb habe ich mich auch mit der Lebensweise von Jägern und Sammlern in jüngerer Zeit befasst, zum Beispiel mit den Indianerstämmen Amerikas, den Inuit (Eskimos), den südafrikanischen San und den japanischen Ainu.

Trotzdem blieb die Frage offen, wie es sich eigentlich anfühlt, im Wald zu leben. Wie schmeckt Fichtenharz? Wie schmecken Rentierherz und geräucherter Elch? Wie schläft es sich in den vorn offenen Hütten des Rabenclans?

Das lässt sich zum Glück noch heute nachvollziehen, jedenfalls bis zu einem gewissen Grad, denn Teile des Großen Waldes haben sich bis in unsere Zeit erhalten. Ich habe sie aufgesucht, und manchmal fühlt man sich im Handumdrehen sechstausend Jahre zurückversetzt. Wenn man um Mitternacht das Rotwild röhren hört oder auf frische Wolfsfährten stößt, wenn man plötzlich einen ziemlich übel gelaunten Bären davon überzeugen muss, dass man weder sein Feind noch ein Beutetier ist… Dann ist man wieder in Toraks Welt.

Zum Schluss möchte ich noch einigen Leuten meinen Dank aussprechen. Ich danke Jorma Patosalmi, dass er mich durch die Wälder Nordfinnlands geführt hat, dass er mich ein Rindenhorn ausprobieren ließ und mir zeigte, wie man Feuer in Form eines glimmenden Zunderschwamms bei sich tragen kann. Ich danke auch Mr Derrick Coyle, dem Rabenmeister des Londoner Tower, der mich mit seinen äußerst würdevollen Schutzbefohlenen bekannt machte. Was Wölfe betrifft, bin ich David Mech, Michael Fox, Lois Crisler und Shaun Ellis zu Dank verpflichtet. Und zu guter Letzt möchte ich meinem Agenten Peter Cox und meiner Lektorin Fiona Kennedy für ihren unermüdlichen Einsatz und ihre Unterstützung danken.

Michelle Paver, 2004

Nachwort

zu Torak

Wanderer zwischen den Welten

Toraks Zeit liegt sechstausend Jahre zurück, einige tausend Jahre nach der Eiszeit, aber vor der Einführung des Ackerbaus, als ganz Nordwesteuropa noch von Wald bedeckt war.

Damals sahen die Menschen dir und mir durchaus schon ähnlich, aber ihre Lebensweise war von der unsrigen völlig verschieden. Sie konnten weder schreiben noch Metall gewinnen und verarbeiten und auch das Rad war noch nicht erfunden. Dafür waren es echte Überlebenskünstler. Sie wussten alles über die Tiere, Bäume, Pflanzen und Steine im Wald. Wenn sie etwas brauchten, wussten sie entweder, wo sie danach suchen mussten, oder sie fertigten es an.

Sie streiften in kleinen Sippen umher. Manche schlugen ihr Lager nur für ein paar Tage auf, wie Torak und der Wolfsclan, andere blieben aber auch einen ganzen Mond oder Sommer am selben Ort, wie der Raben- und der Eberclan, und wieder andere waren das ganze Jahr über sesshaft, wie der Robbenclan. Wie euch vielleicht anhand der Karte auffällt, sind die Raben und die Eber seit den Ereignissen in *Wolfsbruder* ein Stück weitergezogen.

Bei den Recherchen zu *Torak – Wanderer zwischen den Welten* bin ich auf die norwegischen Lofoteninseln und nach Grönland gereist. Ich habe mich mit der traditionellen Lebensweise der Samen und Inuit (Eskimos) und ihren Techniken hinsichtlich Bootsbau, Robbenjagd und dem Anfertigen von Kleidung befasst.

Was den Opferfelsen des Robbenclans betrifft, so hat mich dazu eine Besichtigung der Felsbilder am Dyreberget bei Leiknes im nordwestlichen Norwegen angeregt.

Bei den »Jägern« kam mir zugute, dass ich im nordnorwegischen Tysfjord unter frei lebenden Schwertwalen geschwommen bin, sonst hätte ich mich nicht in Toraks Eindrücke einfühlen können. Wie Torak habe ich nach dieser Erfahrung eine ganz andere Einstellung zu diesen herrlichen Geschöpfen.

*

Ich möchte allen danken, die mir bei meinem Aufenthalt im norwegischen Trømsø geholfen haben, mich in eine Robbe hineinzuversetzen. Dank gilt auch meinen immer gut gelaunten Gastgebern in Westgrönland für die freundliche Aufnahme und für ihre Offenheit. Ich danke dem britischen Wolf Conservation Trust für unvergessliche Stunden mit ein paar ganz wunderbaren Wölfen. Ich danke den Menschen am Tysfjord, dass sie mich mit Schwertwalen und Seeadlern bekannt gemacht haben, sowie Mr Derrick Coyle, dem Rabenmeister des Londoner Tower, der mich an seinem umfangreichen Wissen über seine charaktervollen Schützlinge teilhaben ließ. Zu guter Letzt möchte ich wie immer meinem Agenten Peter Cox und meiner Lektorin Fiona Kennedy für ihren unermüdlichen Einsatz und ihre Unterstützung danken.

Michelle Paver, London, 2005

Michelle Paver

Chronik der dunklen Wälder – Seelenesser

320 Seiten ISBN 978-3-570-12907-4

Dunkel und gefährlich sind die Wälder vor 6000 Jahren, als Toraks Wolf von der Jagd nicht zurückkehrt. Die leere Falle, die Abdrücke im Schnee, der rätselhafte Traum – alles deutet darauf hin, dass Wolf von den Seelenessern verschleppt wurde, den grausamen und machtgierigen Schamanen. Torak bangt um Wolfs Leben und nimmt mit der jungen Renn vom Raben-Clan die Verfolgung auf. Immer weiter führt die Spur sie nach Norden, hinein in unbekanntes Terrain aus ewigem Eis ...

10 004

cbj

www.cbj-verlag.de

Christian Tielmann

Die Zeitenläufer –

Mit Volldampf ins Mittelalter

144 Seiten ISBN 978-3-570-13223-4

Braunschweig um 1180: Die Suche nach einem rätselhaften Buch führt die Zeitenläufer Henrik, Lenz und Fenne ins mittelalterlichen Deutschland nach Braunschweig. Ungeheuerliches ist im Gange: Heinrich der Löwe scheint über unerschöpfliche Geldquellen zu verfügen und es heißt, er kaufe jede Waffe auf, die zu haben ist. Krieg liegt in der Luft! Die Zeitenläufer geraten mitten hinein in den Machtkampf zwischen Barbarossa und Heinrich dem Löwen – und in die Jagd auf das geheimnisvolle Buch, als sie versuchen, am Rad der Geschichte zu drehen.

10008

cbj

www.cbj-verlag.de

N
W
E
S
CORMORAN-
INSEL
SCHWARZE
BUCHT
ADLER-
FELSEN
DIE
ROBBEN
INSEL
SEE
ROBBEN
BUCHT
RINNE
WEISSE
BUCHT